西方文艺理论名著教程

(第三版)(下)

THE CLASSIC WRITINGS OF WESTERN LITERATURE THEORY

胡经之 主编
王岳川 李衍柱 副主编

北京大学出版社
PEKING UNIVERSITY PRESS

图书在版编目(CIP)数据

西方文艺理论名著教程.下/胡经之主编.—3版.—北京：北京大学出版社，2016.3
（博雅大学堂·文学）
ISBN 978-7-301-26848-3

Ⅰ.①西… Ⅱ.①胡… Ⅲ.①文艺理论—西方国家—高等学校—教材 Ⅳ.①I0

中国版本图书馆CIP数据核字(2016)第017118号

书　　　名	西方文艺理论名著教程(第三版)(下)
著作责任者	胡经之　主编　王岳川　李衍柱　副主编
责任编辑	延城城
标准书号	ISBN 978-7-301-26848-3
出版发行	北京大学出版社
地　　　址	北京市海淀区成府路205号　100871
网　　　址	http://www.pup.cn　新浪微博：@北京大学出版社
电子信箱	pkuwsz@126.com
电　　　话	邮购部62752015　发行部62750672　编辑部62767315
印　刷　者	北京虎彩文化传播有限公司
经　销　者	新华书店
	965毫米×1300毫米　16开本　36.5印张　617千字
	1986年11月第1版　2003年6月第2版
	2016年3月第3版　2024年12月第4次印刷
定　　　价	66.00元

未经许可，不得以任何方式复制或抄袭本书之部分或全部内容。
版权所有，侵权必究
举报电话: 010-62752024　电子信箱: fd@pup.pku.edu.cn
图书如有印装质量问题，请与出版部联系，电话: 010-62756370

顾　问　钱中文
主　编　胡经之
副主编　王岳川　李衍柱
编辑委员会（以姓氏笔划为序）
　　王岳川　李寿福　李衍柱　邹贤敏　胡经之　曾繁仁
撰稿者
　　王岳川(北京大学中文系)：导言 第一、四、五、十二、二十
　　　　　一、二十四章
　　赵　勇(北京大学哲学系)：第二章
　　刘小枫(中国人民大学中文系)：第三、十六章
　　方　珊(北京师范大学哲学系)：第六章
　　陈定家(中国社科院文学所)：第七章
　　钱中文(中国社科院文学所)：第八章
　　张志扬(海南大学文学院)：第九、十三章
　　余　虹(中国人民大学中文系)：第十章
　　戴登云(西南民族大学文学院)：第十一章
　　金元浦(中国人民大学中文系)：第十四章
　　王丽丽(北京大学中文系)：第十五章
　　云慧霞(北京大学中文系)：第十七章
　　杨俊蕾(复旦大学中文系)：第二十章
　　朱志荣(华东师范大学中文系)：第十九章
　　张晓霞(北京大学哲学系)：第二十二章
　　张兴成(西南大学中文系)：第二十三章
　　时胜勋(北京大学中文系)：第二十五章
　　朱利华(首都经贸大学)：第二十六章

目录

导　言　20世纪西方文艺理论主潮/1
　　一　现代文论转型与语言学转向问题/2
　　二　作家心理奥秘的内在把握/4
　　三　文学作品的本体论研究/8
　　四　读者中心转移与作品阐释接受/11
　　五　社会批判与历史诗学之维/15
　　六　"后学"思潮与文化研究的思维取向/22
　　七　生态文学与生态批评/31
　　八　全球化语境中的文论转型意义/40

第一章　狄尔泰的精神科学美学/46
　　第一节　生命意识与历史理性批判/46
　　第二节　生命"体验"与艺术意义/50
　　第三节　"表达"与人的精神世界的互通性/53
　　第四节　"理解"及其解释学循环/56
　　第五节　审美想象与人生诗化/61

第二章　尼采的《悲剧的诞生》/66
　　第一节　对《悲剧的诞生》的阐释/67
　　第二节　对《悲剧的诞生》的反思/79
　　第三节　简单的结语/88

第三章　弗洛伊德心理分析学的文艺观/92
　　第一节　弗洛伊德的生平和人格结构学说/92
　　第二节　艺术是原欲的升华与《诗人与幻想》/96
　　第三节　弗洛伊德对西方现代文艺思潮的影响/100

第四章　荣格分析心理学理论及其文艺思想/104
　　第一节　荣格的生平和分析心理学构架/104
　　第二节　象征作为艺术意象背后的原始意象/111
　　第三节　艺术家的人格类型与创作动力/115

第四节 《分析心理学与诗歌的关系》对艺术
奥秘的揭示/121
第五节 艺术与现代人灵魂的拯救/126
第六节 简单的结语/132

第五章 拉康的无意识理论与诗学结构/134
第一节 无意识话语与主体理论/135
第二节 无意识的语言结构/141
第三节 《被窃的信》与叙事抑制/146

第六章 什克洛夫斯基及其《关于散文理论》/150
第一节 文艺自主性/151
第二节 反常化/156
第三节 艺术程序/161
第四节 艺术形式/164
第五节 简单的结语/168

第七章 瑞恰兹与英美新批评/170
第一节 新批评派的背景、流变和性质/170
第二节 瑞恰兹与《文学批评原理》/175
第三节 瑞恰兹的语义学理论及其对新批评的影响/179
第四节 新批评派对瑞恰兹的批评/184
第五节 简单的结语/186

第八章 巴赫金的交往、对话主义文学理论/190
第一节 巴赫金的生平/190
第二节 交往、对话哲学/193
第三节 超语言学/200
第四节 交往美学、复调、狂欢化/206
第五节 人文科学方法论问题/215
第六节 简单的结语/219

第九章 海德格尔的《艺术作品的本源》/221
第一节 海德格尔的哲学思想/221
第二节 艺术作品的本源分析/224
第三节 作品的形式与质料/229
第四节 作品与真理/232

第五节 生成与开端/234

第十章 萨特的《什么是文学》/238
第一节 现象学存在论与人的生存/238
第二节 画、音乐与诗:物与义的二位一体/240
第三节 散文:词与义的剥离及其文学"介入"/243
第四节 写作与阅读:境况中的自由/247

第十一章 杜夫海纳与其《审美经验现象学》/253
第一节 现象学运动与现象学还原/253
第二节 杜夫海纳《审美经验现象学》/257
第三节 艺术作品与审美对象/259
第四节 审美知觉与审美对象/263
第五节 现象学美学与诗学思想/267

第十二章 梅洛-庞蒂的知觉现象学文论/271
第一节 从心理学到知觉现象学/272
第二节 《知觉现象学》与理性批判/276
第三节 美学:《意义与非意义》与《眼睛与心灵》/282
第四节 简单的结语/286

第十三章 伽达默尔的《美的现实性》/288
第一节 艺术的文化哲学阐释/288
第二节 "游戏"/292
第三节 "象征"/296
第四节 "节日"/298
第五节 解释的职能:解释、辩护、批判/302

第十四章 姚斯的接受美学理论/308
第一节 挑战:接受美学的宣言/308
第二节 突破口:文学史悖论/313
第三节 方法论问题:期待视野/317
第四节 走向文学解释学/321
第五节 向导:穿越荆棘与荒野/325

第十五章 伊泽尔的审美响应理论/328
第一节 从现象学美学到文学交流现象学/328
第二节 追索文本的动力全程/330

第三节　审美响应理论的特点与缺失/336
　　第四节　伊泽尔的其他理论建树/340
第十六章　马尔库塞的文艺观/344
　　第一节　科技理性与一维社会/345
　　第二节　新感性与人的审美解放/353
　　第三节　艺术应成为现实的形式/364
第十七章　阿多尔诺的《美学理论》/372
　　第一节　阿多尔诺生平及其辩证法思想/372
　　第二节　对传统美学的诘难/375
　　第三节　文化工业与艺术的蜕变/379
　　第四节　现代艺术与审美救赎/383
　　第五节　人文美学与人间情怀/387
第十八章　女权主义文艺理论话语/389
　　第一节　从权利、性别到整体的人/390
　　第二节　身体书写的语言主体/394
　　第三节　创造力传统和阅读经验/399
　　第四节　女性文论的两难处境/403
第十九章　罗兰·巴特的零度写作与批评观/407
　　第一节　巴特的生平及主要著述/407
　　第二节　零度写作与语言符号/412
　　第三节　叙事作品的三层次/417
　　第四节　读者与批评/419
第二十章　德里达的解构主义文论/424
　　第一节　解构主义的兴起/424
　　第二节　作为事件的德里达/429
　　第三节　关于《论文字学》的解读/435
　　第四节　简单的结语/442
第二十一章　格林布拉特的新历史主义文化诗学/445
　　第一节　新历史主义的源起与文化语境/445
　　第二节　《文艺复兴时期的自我塑造》的新历史观/450
　　第三节　文化诗学的价值取向/456
　　第四节　对新历史主义的基本评价/459

第二十二章　利奥塔的《后现代状况》与诗学理论/462
　第一节　后现代主义问题的哲学背景/462
　第二节　后现代问题及其逻辑起点/466
　第三节　"崇高"的后现代性开放形式/470
　第四节　简单的结语/479

第二十三章　赛义德的后殖民理论与《东方学》/481
　第一节　后殖民理论概述/481
　第二节　后殖民理论的旗手/484
　第三节　《东方学》解读/488
　第四节　东方主义问题及评述/497

第二十四章　鲍德里亚的《消费社会》与文化理论/504
　第一节　现代性问题与"完美的罪行"/505
　第二节　消费社会中的日常生活精神颓败/508
　第三节　商品拜物教中的人文审美生态危机/515
　第四节　白色社会中的后现代镜像/521
　第五节　鲍德里亚文化理论的意义与局限/524

第二十五章　文化研究与布迪厄的《艺术的法则》/529
　第一节　文化研究理论的兴起与文学研究的文化转向/529
　第二节　布迪厄与"文化场域"理论/532
　第三节　自主性与文学场的出现/537
　第四节　双重结构与艺术立场定位/541
　第五节　象征财产市场及其再生产模式/544
　第六节　文学场的理论旨趣及其局限/547

第二十六章　生态文学与生态批评文论/552
　第一节　生态批评思潮与其哲学基础/552
　第二节　劳伦斯·布伊尔的《环境的想象》/556
　第三节　斯科特·斯洛维克的《寻找美国生态文学中的生态意识》/559
　第四节　斯泰西·阿莱的《肉身的自然》/566
　第五节　简单的结语/571

第三版后记/575

导言　20世纪西方文艺理论主潮

20世纪西方文艺理论具有鲜明的时代转型特征,表征了现代性艺术精神向后现代性审美文化价值偏移的重要趋势。进行20世纪西方文学理论的研究,不仅要分析其与19世纪文学理论思潮的内在承继关系,以及其与西方哲学、社会学、心理学、知识社会学、政治学等的关系,以获得一个比较宽广的学术视野和工作平台,而且要进行20世纪时代精神的基本分类,即把握二战以前的"现代性"西方文学理论精神,进而关注二战以后的整个西学精神的转型,分析其"后现代性"产生播撒的内在原因、基本形态、价值转向等问题,同时还需审理世纪末冷战结束后西方文学中的"后殖民性"——东方主义与西方主义问题,并对这一多元文学批评的正负面效应加以阐释。

应该说,这一研究涉及的流派众多,人物思想芜杂,问题面广,更具有多语种特征,使研究具有相当的难度。同样,面对19世纪末的"近代"文论批评、20世纪上半叶的"现代"文论批评、中后期的"后现代"文论批评、世纪末的"后殖民"文论批评,问题出现的周期短、转型快、牵涉面大,特别是在人文科学流派和科学分析流派形成的对峙中,当代文论研究问题呈现出前所未有的复杂性。诸如:如何将科学精神和人文精神加以整合,对当代语言学、社会学、美学成果加以吸收;如何从对西方的译介和模仿中走出来,以国内文论研究专家的眼光重新看待和分析20世纪西方文论批评中最重要的理论批评,并以古今中外的文学作品加以验证,分析其优劣,发现其内在的文论精神,为创立中国当代或新世纪文论流派打下基础的问题意识;如何从中国当代文论建设的语境,来审理所面对的现代西方文论,同时通过现代西方文论的发生发展的研究,来更新我们自己的文艺理论批评建设和话语言说的方式,进行价值重建。上述问题均值得认真审理。

研究20世纪西方文艺理论的关键在于,研究各种西学"主义"时,力求弄清其思想文化"语境",追问:这些问题是怎么来的?仅仅是西方的问题还是人类的共同问题?是国家民族的本土问题还是全球性的问题?是现代性文论问题还是后现代性文论问题?这些问题的深入探索,将有助于新世纪中国文论批评的借鉴和自我反思,并对我们的文化理论策略和文学理论价值重建有着积极的意义。

一 现代文论转型与语言学转向问题

一般而言,20世纪西方文艺理论可分为两大思潮,一是标举"体验"性的审美现代性文论思潮,一是注重实证的理性现代性文论思潮。审美现代性文论思潮,将人的体验、感性、直觉放在本体论的地位加以考察,通过对人的精神内涵的揭示去探寻艺术的本质和世界的审美本性。这一思潮主要包括狄尔泰的生命哲学文论、尼采的唯意志主义文论、弗洛伊德和荣格的精神分析文论、海德格尔的存在主义文论、巴赫金的对话理论、伽达默尔的阐释学文论、姚斯的接受文论、马尔库塞的西方马克思主义文论、格林布拉特的新历史主义文化诗学、鲍德里亚的文化研究理论等。尽管理论的出发点不同,研究问题的侧重面不同,甚至所能达到的理论深度也不同,但它们关注人类生存状态,为使人的思情和真实状态从日常生活的遮蔽中解放出来,打破语言逻辑的功能,以返回思这更原初的本质和返回语言的具体性,做出了不懈的努力。审美现代性文论流派在文论研究中往往强调审美活动中主体审美体验的研究,注重审美的终极价值、超越功能和艺术的生命自由超越本质。这可以说是它们的共同特征所在。

理性现代性文论思潮,则大致包括阿恩海姆的完形心理学文论、乔治·桑塔耶那的自然主义文论、杜威的实用主义文论、瑞恰兹的新实证主义文论、维特根斯坦的分析哲学文论、卡西尔的符号学文论等。这一思潮在方法论上一般偏重于理性主义,更重视其科学性、实证性、归纳性。在具体研究中,注重语言的逻辑功能,要求概念的确定性、表达的明晰性、意义的可证实性。甚至,分析文论从其"真实"的意义系统出发,所求证的是对象的明晰性和一致性,检验出形而上学思考的不真实,而要取消这种思考。于是,它们运用语义检验标准对一切超验价值加以清理,将美的本质连同善的本质,和关乎"人生总态度"的形而上学逐出自己的研究领域。这种极力标举唯科学理性主义的做法,对传统哲学和文论的打击,使"思想"在重新寻找自己的路途中与诗(艺术)相遇。

文论研究上的审美现代性向度和理性现代性向度到了80年代末,出现了互相对话的趋势。因而,当代文论将人的存在及其意义作为自己的重心,而将文艺本体论重新推向文论研究的前台。可以说,文艺本体论在当代文论中的突出地位,正是当代文论主潮演化的必然结果。因此,以本体论为底蕴的整个20世纪的现代文艺美学、现代艺术、现代诗学极为发达兴盛,这已经超越了理性现代性与审美现代性在文艺理论研究问题上的尖锐对立,达到新的交叉和互动。尽管这种互动在反本体论的后现代主义文论扩张中,在被逐渐边缘化。

当代文艺理论的发展,出现了偏重主体(作者和读者)审美体验研究和偏重于作品文本研究两个方面。同时,当代文艺理论也与当代艺术本身的发展关系紧密。当代艺术使理论家们感到艺术与非艺术的界线发生了变化。文艺理论也逐渐从纯诗学的封闭圈子里走了出来,不再局限于对美和艺术的内在特征和形态的研究,而扩展为对艺术和社会以及人类存在中的意义和价值的探索。人们越来越注重将人与艺术的本体关系、艺术品的本源、艺术的超越性价值和艺术品的存在方式与基本结构等问题的研究,放到文艺理论研究的中心,同时也注意到艺术与语言的本体关系。这使得当代文论更为注重从艺术语言入手,去把握艺术的本质。

对现代艺术语言的重视,形成当代文论的一个重要内容。艺术中的语言是人类本真生命的敞开,这种语言不仅比逻辑思维更本源,而且是比认识、反思、我思都更深一层的东西。人们正是通过艺术语言多义性、表达的隐喻性、意义的阐释增生性,而领悟了人生存在的诗意性。艺术语言弱化和消解了语言的逻辑功能,从而将人的生命体验带入流动和开放状态,使人生意义进入澄明之境。语言是人存在的边界,没有什么是艺术的语言所不能穿透和把握的。人们注意到,语言具有既澄明又遮蔽的双重性。一方面语言是人存在的"家园",另一方面又因语言的局限性而构成人存在的"牢笼"。然而,艺术语言却能打破语言的牢笼,一方面,它将人的深层体验和生命激情化为具体的场景人物而固定下来;另一方面,它又不断求新求异求变,使语言本身处于不断否定自我的过程中。艺术语言的本性在于力避陈言、标新立异、化腐朽为神奇。

现代艺术语言的不确定性和多样性,不仅标示出艺术存在与生命流变的同形同构,而且标示出以艺术语言所代表的新感性对日常感性的超越。艺术以其感性生命所带来的鲜活流动和生生不息,造成人类生命力永不衰竭的冲击力。艺术以其变换着、求新着的新语言、新感性,去撞击唯理性主义的铁门,而渴求以新的艺术语言为人类开辟一片无限广阔的自由天地。我们可以透过现代艺术的躁动不安、透过它对艺术新形式的拼命追求和对自由生命把握的焦渴,看到人类力图打破文化传统经年累月所积淀的固有模式和审美心理结构,从而确定某种可以为生命所把握的新生价值,并从中开发出艺术的新的生机。这就是现代文艺理论在现代艺术冲击下进行的全新角度的思考。

20世纪西方文艺理论不仅受到当代美学研究、现代艺术实践的影响,而且也受到各种文化哲学思潮和新兴学科的冲击,因而出现了流派众多、错综复杂的情况。可以说,西方20世纪文论大体上可以分为五个研究维度:一是注重作者心理表现研究方面,主要有表现主义、象征主义、文艺心理学派、原型批评等;二是注重作品本体研究方面,主要有俄国形式主义、英美新批评派、结构主义符号学、现象学作品本体论研究等;三是注重读者阐释接受的研究方面,主要有阅读现象学、文艺阐释学、接受美学、读者反应批评等;四是注重文艺的社会文化批判研究方面,主要有西方马克思主义文论、新历史主义文论、女权主义文论等;五是注重思维论价值论全面转型的"后学"(post-ism)文论思潮,主要有解构主义文论、新历史主义文论、后现代主义文论、后殖民主义文论、文化研究与文化理论等。这些维度构成了20世纪色彩斑斓的人文话语拓展和多元文论景观,使文学理论研究成为最为活跃的文化话语领域。

二 作家心理奥秘的内在把握

20世纪初,狄尔泰和尼采的生命哲学美学思想以其新颖和独特,在文艺理论上独树一帜。威廉·狄尔泰(Wilhelm Dilthey,1833—1911)的美学思想极为丰富,他上承施莱尔马赫、叔本华,下启海德格尔,在思想史和文艺史等领域有不少开创性的建树。他通过人文科学与自然科学的"划界",为人文科学争得地盘。在他看来,自然和生命构成了自然科学与人文科学的根本区别,而生命是一种处于盲目而有秩序的不断流变中的不可抑制的永恒冲动,只有从生活体验出发,方能对生命意义做出解释。对于生命,人们只能依赖于个人的体验、表达和理解去加以把握。狄尔泰标举体验美学,认为体验与人的生命之谜有着非此不可的关系,只有体验才能将活生生的生命意义和本质穷尽;体验打开了人与我、我与世界的障碍,使人的当下存在与人类历史相遇:"诗的问题就是生命的问题,就是通过体验生活而获得生命价值超越的问题。"[1]也就是说,体验关乎人的生活方式,体验即人生诗意

---

① H. P. Rickman, ed. *Selected Works of Welhelm Dilthey*, Led. Wouthampton, 1976, p.114.

化问题。人通过体验去把握生命的价值;诗能穿透生活晦暗不明的现象,把心灵从现实的重负下解放出来,揭示出生命的超越性意义。质而言之,诗就是体验的外化形式,诗能将一种特殊的体验突出到对其意义的反思的高度。

狄尔泰不仅将艺术体验论作为自己美学思想的基石,而且还从符号"表达"这一人的精神世界互通性以及"理解"这一"阐释的循环"上,进一步涉及文艺阐释学的本质。在狄尔泰看来,人的生命"体验"和诗意"表达"只有通过"理解",才能由一个生命进入另一个生命之中,使人类生命之流融合在一起。因此,理解使个体生命体验得以延续和扩展,使表达具有了普遍意义,使精神世界成为具有相关性与互通性的统一体,使历史在阐释中成为现实,使个体之人成为人类,使生命获得超越而臻达永恒。艺术集中体现了人类理解的本质,它是"理解生活的工具",因其显示了历史的真理和保存主体生命体验性而具有本真的意义。尽管狄尔泰从客观主义立场出发,对"阐释的循环"困惑过,但他已经对这个谜做出了自己的回答:"历史之谜"的谜底是人,这个循环之谜源于人自身,在于人的有限性。狄尔泰的生命哲学美学对20世纪西方文论的影响不容忽视,他对人文科学的重大建树,对艺术体验和想象卓绝一代的研究,对解释学的奠基,使他成为20世纪哲学、美学的丰碑。60年代,经哈贝马斯重新阐释和倡导狄尔泰的思想,西方思想界出现了"狄尔泰复兴"运动。狄尔泰的哲学和文艺美学思想,得到人们的重新重视和更为深入的研究。

20世纪初,尼采(Friedrich Nietzsche,1844—1900)的美学思想对当代文论也产生过重大影响。20世纪30年代以来,西方思想界出现了重新认识尼采的势头。尼采的悲剧理论是他整个思想大厦的基石,而《悲剧的诞生》预示了他以后思想发展的轨迹。他在著作中表现出"重估一切价值"的勇气,批判地考察了前人的悲剧理论,第一次把日神和酒神看做相互对立、相互依存的矛盾对立面。他认为日神和酒神的斗争构成了整个希腊艺术发展的基础,也是悲剧诞生的基础。他用日神和酒神的象征来说明艺术的起源、本质和人生的意义,认为希腊艺术的繁荣并非缘于希腊人内心的和谐,相反,而是缘于他们内心的冲突和痛苦。正因为将人生的悲剧性质看得太清,所以产生日神和酒神两种艺术冲动,希求以艺术来拯救人生。

尼采从自己的悲剧观出发,认为日神精神沉湎于外观的幻觉,反对追究本体,企图用美的面纱遮盖人生的悲剧面目,留连于稍纵即逝的欢乐中;而酒神精神则打破外观幻觉,揭开生命悲剧的面纱,直视人生痛苦,与本体相沟通。用理性的目光审视人生,人生必然无意义,只能得出悲观主义的结论。因而需要从审美角度看待世界人生,赋予它们一种审美的意义。他在《悲剧的诞生》中强调,整个世界和人生只有作为审美现象才是合理的,也只有在审美目光的凝视中,被理性窒息的生命才会重新变得充满生机和光彩。艺术是生命力丰盈充满的表现。艺术家是生命力极其旺盛的人,受着内在活力丰盈的逼迫,不得不给予。而生命力衰竭的人是毫无美感的人,与艺术无缘。尼采不仅对美、美感和艺术有深刻的看法,而且对音乐和诗也有独到的见解。尼采的文艺观和美学观,对20世纪文艺理论影响深远,可以说,尼采和狄尔泰的生命哲学美学观构成了当代西方文艺理论的一个不可或缺的重要维度。

当代西方文论中表现主义和象征主义理论,在20世纪初也曾引起很大的反响。表现主义文论代表人物是意大利美学家克罗奇(Benedetto Croce, 1866—1952),他认为艺术即直觉,直觉即是"表现"。人人都有直觉,每个人都是艺术家。真正的艺术家与普通人相比只是直觉不同而已。艺术作品是作者心灵直觉"外射",而借物理媒介"翻译"的结果。象征主义在精神上与直觉主义相通。兴起于法国的具有神秘主义倾向的象征主义诗学认为,客观世界是主观世界的象征,因此可以用有声有色的物象来象征内心世界这一"最高的真实"。只有心灵世界才是真实的、美的,这个"世界"是超现实的,不能被理性所把握,只有通过隐晦曲折的"意象""形象"加以暗示,只有通过意识和潜意识的共同作用,才能传达出心灵世界的奥秘,因而,象征是沟通主客观两个世界的媒介。

弗洛伊德(Sigmund Freud,1851—1939)的心理分析学理论认为,艺术是"原欲"的升华。所谓"原欲",就是人的基本欲望"爱的本能"。人格结构有三个层次:本我、自我、超我;心理结构也有三个意识层次:无意识、前意识、显意识。本我是人格结构的最底层,处于无意识状态,"原欲"就蕴藏在"本我"中,是人类活动最原始的内驱动力。"本我"要避苦求乐,获得快乐是人类一切行动的基本动机。但是,这享乐原则常与现实环境发生矛盾,就要由"自我"加以调节。前意识是用以控制"自我"的本能,使它处于意识与无意识之间。"超我"则是体现社会利益的心理机制,运用社会原则来压抑"本我"冲动。但是,"本我"的"原欲"是人的终极动力,在现实中得不到满足,长期压抑,就要使人毁灭。于是,自我和超我就力求让"原欲"在梦幻想象和文学艺术中得到发泄。在弗洛伊德看来,文学艺术创作就是用一种社会可以接受的文化现象来补偿"原欲"在现实中的失落,使之在想象中得到满足。这样,文学艺术的发生被导源于本我的"原欲",归结为无意识本能。

荣格（Car Gustav Jung，1875—1961）在弗洛伊德精神分析学基础上，建立了分析心理学理论。荣格反对弗洛伊德片面夸大人的个体本能并将本能统统归结于性的作用，认为不同时代和社会的艺术作品中反复出现的问题乃是各民族的各种集体无意识原型观念，人们因被唤醒这种沉睡在心中的集体无意识原型而获得审美愉悦。无意识又有两个层次：一层是个人无意识，一层是集体无意识。荣格用集体无意识来解释文学艺术，从而形成了一种新的研究方法，即原始类型研究或神话原型研究。集体无意识是个人意识（无意识和意识）的基础，它保存在个人意识中。集体无意识包含着种属的"原型"或"原始意象"。"原型即领悟的典型模式。每当我们面对普遍一致和反复发生的领悟模式，我们就是在与原型相遇。"①神话就是古代种属无意识的原始类型或原始意象。在神话以后发展起来的文学保存了这种神话原型，因而可以从中找到原型类型或原始意象。艺术家具有双重的身份，一方面他是具有个人生活的人，有自己的个性和人格；另一方面，他又必须忠实地做这种"集体无意识"的传达工具，必须代表整个人类共同愿来说话。荣格建立在分析心理学理论基础上的文艺观，在当代西方有较大的影响。他对艺术的象征功能、作家、作品与读者关系的揭示，对艺术意义的阐释，对现代艺术"补偿调节"人的精神和拯救人的灵魂，使人重返故里、重返童贞的作用进行了令人信服的说明。

拉康（Jacques Marie Lacan，1901—1981）对心理分析学说的理论倾向性做了再思考。他那充满玄虚概念和极富抽象色彩的言述方式，具有一种相当晦涩的文风，藉此反抗那种把精神分析学作为日常语言分析的做法，而与纯粹运用于心理医疗的美国精神分析学家划清了界限。拉康理论出现以后，获得了相当一部分追随者，受到了作家、电影评论家、女权论者、哲学家、人类学家、历史学家的广泛注意和重视。在拉康那里，"他者"是一个独特的概念。"他者"不仅指其他的人，而且也指仿佛由主体角度体验到的语言秩序。语言秩序既创造了贯通个人的文化，又创造了主体的无意识。"他者"是一个陌生的场所，而所有语言都诞生于此。"独立的主体"是不存在的。人向"他者"屈服，人的每一行为，包括最利他的行为，最终都来自要求被"他者"承认和自我承认的愿望。拉康为了不使"主体"概念孤立，而使其与"他者"共存，甚至为了破坏传统的主体概念扩张而采用了"他者"概念，并用"主体与他者"的辩证依存来颠覆主体的同一性。拉康一反笛卡尔的

---

① *Collected Works of C. G. Jung*, Princeton University Press, Vol. 8, pp. 137-138.

命题"我思故我在",而说:"我思处我不在,我不在处我思。"拉康提出的"无意识作为他者的话语"的根本意义在于,力求在人文知识体系中实现一场话语体系的根本变革。如今,这一理论对哲学、美学、文学的影响日益深远,并成为现代文艺"欲望分析"的重要范畴。将其精神分析学理论运用于"文本"分析上,使拉康关注这样一个问题,在文本里,词语本身只存在于有意识的系统中,在这个系统中,能指和所指具有一种上下文的语境关系。① 拉康提出"隐喻性替代"的说法,即无意识话语反过来将意识置于能指系统中,换位或位移叙述的是无意识的欲望的位移,也就是说,叙述具有位移的表层意义和深层意义,这是在文艺作品系统位移活动中已经确立的法则。

三 文学作品的本体论研究

当代西方哲学注重作品本体论研究,这对当代文艺理论有极大的影响。因此,考察作品本体论必得先考察当代文论对这一问题的看法。

20世纪文论面对艺术与非艺术界限逐渐消失这一事实,感到"什么是艺术品"与"什么是艺术"同样难以回答。因为作为艺术作品本体论的重要问题是难以绕过去的,于是产生了林林总总的确定艺术品本体地位的说法。W. 肯尼克认为:所谓艺术就是一个共有的名称所联系起来的作品。这种观点与维特根斯坦的作品仅仅如同家族成员彼此相像而被联在一起的"家族相似"观点极为相似。人们在"什么是艺术品"上遇到的障碍,使得 N. 古德曼调转提问的角度,而提出一个更基本的问题:一件事物在什么时候是一件艺术品?强调一件物品可以在特定时空中成为一件艺术品,正如一块浮漂木在水中只是一块朽木,而将其放在展厅时,处于一个特定的时空而具有了象征功能,就成为了一件艺术品。

不难看出,20世纪文论对"什么是艺术品"这一问题进行了多种角度的探索,但尚未能有使人服膺的结论,不管是"家族相似"理论(维特根斯坦、肯尼克),还是"特定时空环境"(古德曼)的观点,都没有完全解决艺术品与非艺术品划界的问题。于是艺术品本体的研究出现了一些明显的转向:由定性逐渐变为定点(对特定时空或语言指定);由"艺术品是什么"(质的规定性),变为"艺术品在何处"(现实的确定性);进而,艺术品本体自身(存

---

① J. Lacan, *Ecrits*: *A Selection*, trans. by Alan Sheridan, New York: W. W. Norton and Company Inc. 1977, p.163.

在)的研究,逐步转向为主体如何规定艺术品的特质。这种艺术品本体由客观物质自主性(即自然存在论)向主体的人的价值主体性(即生命本体论)的转向,从消极方面看,可能会在艺术品的界定上走向主观性和随意性,从而取消艺术品的客观标准;从积极角度看,真正的艺术品本体不应再是传统文论所谓的本体(即艺术品存在、实在之源),而应是将人的生命、人的灵性上升到本体论地位。另一方面,当代文艺本体论具有偏重于形式(作品本体存在)的趋向。新批评、结构主义、心理分析和符号学文论都反对近代意义的内容,而重艺术形式。因为"内容"一词,不仅含有具体形象,还包括逻辑、理念、伦理、社会、历史等非艺术因素。

20世纪初期出现的俄国形式主义诗学,把文学作品看做一个独立自足体,它同作品以外的因素无关。作家、读者、社会都是同作品无关的外在因素,不能用社会学、心理学等来研究文学。文学作品就是运用语言技巧制作出来的语言体,因而只能用语言学特别是语音学来研究文学。俄国形式主义诗学,基本上是语言工艺学,注意的是语言的声音层次,最著名的形式主义代表雅克布逊把它称做"功能音位学"。30年代以后,俄国形式主义诗学渐趋消沉,但在捷克却有很大影响,形成布拉格学派,后来发展成为结构主义诗学。

新批评派是当代文论中形式主义的重要流派,在英美风行一时,影响弥深。其重要人物是艾略特(Thomas Stearns Eliot, 1888—1965)、瑞恰兹和兰色姆、韦勒克等人。新批评派致力于文学作品本体的研究,其兴趣在探索文学的"特异性"上,即区别于其他文体的特点,而"特异性"就存在于作品本身:"诗作为一种文体,其特异性是本体的。"(兰色姆)新批评派并不绝对否定文学的功能可以引起读者的感情反应,但是作品本身却并不表现感情,艾略特说道:"诗不是放纵感情,而是逃避感情,不是表现个性,而是逃避个性。"兰色姆认为,诗歌和科学都表达真理,但科学是抽象表达,只有构架而无肌质,诗歌则是具体表达,把肌质还给构架。燕卜荪的见解是:科学语言的语义单纯,而文学语言的语义复杂。布鲁克斯的观点是:科学语言的语境单一,文学语言的语境则包容多种甚至相互冲突的经验。具体说法不同,但基本方法一致,都是在文学的语言本身探索文学的特异性。新批评只注意文学作品本身,不顾作家传记、读者反应和社会背景。新批评认为作品本身的意义和价值不应同作家的意图和读者的反应相混淆。将作品本身同其产生过程相混淆,就会产生"意图谬误";而把作品本身与其效果相混淆,就会产生"动情谬误"。对文学的研究,只应注目于"本体",作品本体的意义,不依作者意图和读者反应为转移。

如果说,新批评的作品本体论立足在作品的抽象与具体的关系上,强调通过语言分析、细读法去寻绎作品的本意(象征之网)的话,那么,结构主义则批判继承了作品内容形式的关系,将结构主义语言学引入文学研究领域,借助于结构主义语法分析来解剖叙事作品。当代影响最大的结构主义文学理论家是罗兰·巴特(Roland Barthes,1915—1980)。巴特的代表作《叙事作品结构分析导论》,运用语言学的理论来解释作品结构,研究了叙事作品的三个层次:功能层(研究基本的叙述单位及其相互关系)、行动层(研究人物分类问题)、叙述层(研究叙述人物、作者和读者关系)。巴特研究叙事作品的层次,不是从众多的文学作品中归纳出来,而是通过假设的模式进行演绎,因而显得抽象难懂。后期的巴特,逐渐转向阅读现象学,区分出了"可写文本"和"可写文本":"可写文本"是读者读不懂的作品,而"可读文本"则是读者能读懂的作品。要使"可读文本"为读者读懂,也需要读者发挥主观能动作用,因为,"文本的意义并不在它本身,而在读者接触文本时的体会中"。

结构主义诗学的兴趣并不在分析个别作品,而是想寻找叙事作品普遍具有的结构。所谓"文学性",对于结构主义诗学来说,就是文学语言的特殊性,所以,托多罗夫致力于分析文学语言的语法结构,把句子分成两种基本成分:施动者和谓语(动词、形容词),从谓语的不同组合引出许多叙事类型。进而,托多罗夫还把话语的手段分成三部分:叙事时间(表达故事时间和话语时间之间的关系)、叙事体态(叙述者观察故事的方式)、叙事语式(叙述者使读者了解故事所运用的话语类型)。话语手段的组合变化,形成了叙事的多种类型。结构主义文学理论将文学和语言相等同,视文学作品为封闭的语言结构自足体,是另一种形式主义。

形成于20世纪60年代的前苏联符号学理论流派,代表人物为洛特曼(Juri M. Lotman,1922—1993),他在其代表作《艺术文本的结构》中认为:应该将艺术文本看做有生命的对象。艺术文本的生命在于"艺术语言能以极小的篇幅集中惊人的信息量"[①]。文本的鲜活生命使之成为一个丰富的信息源,并且能够在传递中不断地丰满生发,从而产生更为深邃的艺术魅力。信息产生意义,一部作品所包含的信息量越大,意义层次就越丰富,审美价

[①] Juri Lotman, *The Structure of the Artistic Text*, University of Michigan, 1977, p.23.

值就越高。"美就是信息。"①同非艺术文本相比较,艺术文本中的信息更为集中,其传递方式更为曲折多元,读者在对文本信息的解释中,不可能绝对地获得全部信息,而只能无穷地趋近信息的原生态,这种超越一般信息的"意味"就是"超信息"或"特殊信息"。在洛特曼看来,结构是艺术文本信息的主要载体之一,艺术作品的思想只能存在于具体结构之中。他用"思想"和"结构"的概念来代替"形式"与"内容",思想的变化使得结构出现相应的变化,这种变化又将会产生差异的思想传递给读者。在这个意义上,艺术文本是通过"形式因素"的外壳建构起来的思想,其中所有的因素又因为思想而充满意义和意义的再生。

当代西方文艺理论在作者、作品、读者这总体活动中,已经从作品一端即作品研究而逐步移向读者一端。从西方作品本体研究重心转移看英伽登的作品本体论,可以说它正处于结构主义与解释接受美学之间。英伽登一方面坚持作品层次论,指出作品本体的确定性,另一方面又认为被表现的客体充满"未定点"和"空白",需要读者加以具体化,因而展示出作品的不确定性和开放性特征。英伽登正是从现象学出发,坚持了作品本体的确定与不确定的统一,其作品本体论是作品研究向读者研究的过渡,是重心转移的中介点。

四 读者中心转移与作品阐释接受

当代文论注重对读者审美经验、读者对文本的理解和阐释、读者的接受效果研究的,主要有文艺现象学、文艺阐释学和接受美学。

现象学文论家罗曼·英伽登(Roman Ingarden,1893—1970)认为,艺术作品是一个具有多层次结构的有机整体,他不同意新批评将艺术作品当作一种创造出来的具有独立存在的客体的看法,也不赞同日内瓦学派仅仅研究艺术作品本身。艺术作品并不是独立的存在,它是意识的一部分,只有当作品呈现在"我"的意识中的时候才存在,而且,客体只有作为意向性意识的相关物才可以被认识。因此,文学本体论应着重探讨在个人经验中得以具体化的审美客体。一首诗是一种"意向性客体",它既不同于"理念的实体"(如抽象的数),也非"现存的实体"(如纸笔油墨),这种"意向性客体"只有在读者的直接阅读经验中方能得以"具体化"。

英伽登还提出他的作品层次论。一部文学作品是一个"多层次的结

---

① Juri Lotman: *The Structure of the Artistic Text*, Ann Arbor: University of Michigan, 1977. p.144.

构",即语言层次、意义单位、图式化观相、被表现的客体。其后,他又提出一个最高审美属性层次——"形而上品质",认为如崇高、神圣、悲剧性等显示出生命存在的更深意义功能,这种最高的审美属性渗透到整个作品之中,成为作品的灵魂所在。① 并且,作品诸层次构成多种类型的审美价值,多层次之间的多样性产生变调和谐。

文学作品不仅是一个客观存在的实体,而且也是一个意向性对象。从本体论观点看文学作品只是一种图式化结构,其构成要素大部分都处于潜在状态。只有在阅读中被读者"具体化"之后,文学作品才能成为丰满具体的审美对象。同时,必须将文学作品与作品的具体化区分开来。他在其作品本体论上建立了自己的文学认识论。文学作品只是一种图式化的构造,只有通过读者阅读才能转化为现实的存在。"具体化"是"作品被理解的具体形式",具体化是阅读中构成的直接关联物,构成作品的显现形式。② 具体化既非心理的,又非经验性的,相反,读者阅读一篇文学作品时,并不是内省自己的内在心理活动,而是集中注意力于文学作品本身,这是一种现象学本质直观活动。英伽登坚持说,不仅具体化能赋予文学作品以生命,而且文学作品的生命会在具体化过程的影响下产生变化。因此,具体化是与原作保持同一性与读者创新的变异性的统一。

在对哲学和艺术的现象学探讨中,梅洛-庞蒂(Maurice Merleau-Ponty,1908—1961)表现出一种重大的理论勇气,他不仅批评了萨特的理论和海德格尔的理论,而且对胡塞尔的理论也进行了扬弃,从而使他在学术的严谨上和文思的深邃度上超过了萨特,成为法国现象学和存在主义的重要理论家。梅洛-庞蒂不仅对格式塔现象学、知觉现象学和"新的本体论"(身体本体论)做出了自己的阐释,而且还对现实的政治哲学、意识形态理论、语言哲学提出了自己的理论和看法③。他的问题是敞开的,邀请我们共同面对这个世界和人生,来思考曾经苦恼过他的问题。因为他相信语言、意识形态、艺术和审美、现实和知觉,是人与世界一种非常本真的体现。艺术总是传达

---

① R. W. Ingarden, *The Literary Work of Art*, trans. G. Grabowiez, Evanston: Northwestern University Press,1973, p. 291.

② R. W. Ingarden, *The Cognition of the Work of Art*, trans R. Crowley and K. R. Olson, Evanston: Northwestern University Press,1973, Chap. 11-12.

③ Cf. Albert Rabil, *Merleau-Ponty*, *Existentialist of the Social World*, New York: Columbia University Press, 1967.; Laurie Spurling, *Phenomenology and the Social World: The Philosophy of Merleau-Ponty*, London: Routledge and Kegen Paul,1977.

不可传达者,而且不可传达者正是哲学和思想的界限。梅洛-庞蒂的艺术观在现象学美学家中独具个性,使我们关注知觉的重要性,知觉与意义的感性相遇,同时也使我们重视身体的意义,因为"我以我的整个存在在一种总体方法中知觉到,我把握住事物的一种独特结构,存在这种独特的方式就在瞬间向我呈现出来"①。这样,肉体就通过感觉的综合活动去把握世界,并把世界明确地表达为一种意义。

法国现象学美学家杜夫海纳(Mikel Dufrenne,1910—1995)所撰写的《审美经验现象学》,以研究读者的审美经验而成为"法国现象学美学的最高成果"。在这部著作中,杜夫海纳将审美对象与审美知觉相互关联作为论述的中心。他明确表示,他对观赏者审美经验描述的步骤是:首先加以现象学描述,然后进行先验的分析,最后从中引出形而上学的意义。杜夫海纳认为,不能从审美知觉出发去考察审美对象,而只能从审美对象出发考察审美知觉,以使经验从属于对象。他进一步将审美对象设定为被感知的艺术作品,因为直接来自艺术作品的审美经验是最本真、最纯粹的。审美对象与艺术作品的区别在于,艺术作品外在于人的意识,是一种具有永久的物态结构的存在。只有在艺术作品上面增加审美知觉,才能出现审美对象。因此,读者既是知觉对象的完成者,又是作品的见证人。杜夫海纳说:"不同的知觉者在艺术品中发现的意义是不同的,但不管什么意义,总是他在作品中发现的,而非他自己外在赋予作品的。"②艺术是人类意义赋予活动的最重要的方式。审美对象作为"准主体",具有意向性特征,"当主体全身心投入作品之中时,作品的意义与我融汇为一"③。这种主体与对象的完美融一,使主体通过对象把握住自我的深层存在。因而,审美对象是一种人生的表达,它呈现展示出"人的内在和外在的意义"。

以伽达默尔(Hans-Georg Gadamer,1900—2002)为代表的文学解释学,是在施莱尔马赫、狄尔泰为代表的传统解释学和海德格尔"理解论"、意义论基础上发展起来的。伽达默尔注重读者理解文本的历史性,认为任何一个人都存在着历史性,因此,在文本的理解活动中,不可能揭示某个文本的原意,而只能带有理解者自身的印痕。强调对象意义的历史性和相对性以

---

① Maurice Merlean-Ponty, *Sense and Non-Sense*, Evanston, Ill.: Northwestern University Press, 1964, p. 50.

② M. Dufrenne, *The Phenomenology of Aesthetic Experience*, Evamston, Northwestern University Press, 1973, p. 59.

③ Ibid., p. 393.

及理解活动的历史性和相对性。在他看来,理解历史性同时也就构成了理解者的主观偏见,而主观偏见又构成了解释者的特殊的视界。因而理解者的视界与对象内容所包蕴的过去视界在理解中达到"视界融合",使得理解者和理解对象都超越了原来的视界,达到一个崭新的视界。艺术解释活动就是主体参加的理解和体验活动,必然带有一定的主观性,这种主观性是对艺术作品文本加以理解不可缺少的"前结构",正因为有这个"前结构"所蕴含的主观性,作为解释活动的结果的"意义",就不可能是纯然客观的,而一定会有主体的"偏见",也就是说在理解活动中,作品产生了新的意义。艺术作品的意义不能脱离接受者,而是依赖于理解者的理解传导的。他在《美学与阐释学》一文中认为,艺术作品"对每个人诉说,似乎是专为他而说"。正是对理解者或接受者的重视,正是对作品意义的寻求中强调理解者与作品的"视界融合",正是把读者的体验和理解看成是对艺术作品本真意义的揭示,伽达默尔才提出了"效果历史"这一重要范畴。

以姚斯(Hans Robert Jauss, 1921—)和伊塞尔为代表的接受美学在20世纪60年代末、70年代初迅速崛起,向作品内部研究的沸沸扬扬的美学思潮提出挑战,对文本中心论进行反拨,确立了以读者为中心的美学理论,实现了文学研究方向的根本变化。接受美学的理论基础主要是现象学美学和解释学美学。姚斯和伊塞尔理论中所采用的一些重要概念和范畴,诸如"期待视野""效果史""未定点""具体化"等均是从海德格尔的"先在结构""理解视野"、伽达默尔的"成见""视界融合"和英伽登"具体化"等概念范畴中衍化而来。接受美学具有新的文学研究范式,形成从文学总体活动过程研究的新思路:首先,接受美学注重艺术交流活动研究。姚斯认为,人总是通过文本与潜在地存在于文本中的作者进行"对话",将人与文本的关系变成"我与你"的关系,变成一种心灵对话、灵魂问答的关系。因此,文本的意义存在于解释它的人的理解意识之中,文本是人的理解的文学效果史中永无止境的显现,而效果史和接受史都具有社会历史意义上的规定性。其次,确定了读者中心地位。在接受美学看来,作品总是为读者而创作的,文学的唯一对象是读者,未被阅读的作品仅仅是一种"可能的存在",只有读者能赋予作品以现实的意义。作品的意义来源于两个方面:一是作品本身,一是读者的赋予。读者对作品意义的填充是能动的、决定性的。因此,作品的意义等同于作者赋予的意义和接受所赋予的意义的总和。再次,突出了艺术接受中审美经验的重要性。姚斯认为,通过艺术接受所产生的艺术经验,使日常感性得以净化,同时人们凭借艺术经验才得以拒绝意识形态对世界的歪曲或解释,而坚持自己在本质直观之中所形成的本真解释,并达到对自我和世界重新审视和感悟的高度。

接受美学的兴起,对当代文艺理论起了转变视野的作用,影响了诸多文艺理论流派,美国的读者反应批评学派、法国的"新"新批评学派深受其影响,它们几乎取消了文本的地位,片面地发展了接受美学中主观性的一面,将读者的能动作用推到极点。

五 社会批判与历史诗学之维

注意艺术与社会的关系,对现实与艺术的关系做出新的话语解释的权力解析的,有西方马克思主义文论(本雅明、马尔库塞、阿多诺等)、新历史主义文论、女权主义文论等。

瓦尔特·本雅明(Walter Benjamin,1892—1940)作为法兰克福学派最早的文化理论家,尽管在世时鲜为人知,然而在今天却受到西方哲学界、美学界的热切关注,形成了所谓的"本雅明复兴"。

本雅明的《德国悲剧的起源》一书的中心概念——"寓言"是其文艺理论基本思想所在。在本雅明看来,寓言并非一种隐意的道德训导,相反,寓言体现了救赎功能,它通过舞台所显示出的废墟、尸体、死亡的形象,通过对一切尘世存在的悲惨、世俗性和无意义的彻底确信,使人有可能透视出一种从废墟中升起的生命通向拯救的天国的远景。因此,在寓言的深层意义中呈现出整个悲剧时代与"震惊"体验的内在真实图景;只有经历苦难和死亡,人的灵魂才能获得拯救。就文学作品而言,作品中的美仅仅是本质之美的一种外在的显现,只有剥开这种美的幻象,才能真正进入艺术作品象征的隐在结构深层,从而显出"真理的内涵"。现实社会生活的灾难,使艺术家无法从四散残破的世界里找到和谐的规范,而只能通过寓言这种"易逝的腐烂与死亡的形式"向永恒的神圣吁求。在这个意义上,悲剧本身就是"废墟",它的寓言性的形式就是美的幻象被彻底打破。现实形式与艺术形式在悲剧中达到一种奇妙的对应。

本雅明的思考走在现实的内层和时代的前头,他的思想始终处于马克思主义与现代主义的交叉点上。他的《作者作为生产者》从"剩余价值论"生产性劳动的论述中得到有益的启发,从而形成自己的艺术生产观念:"艺术是一种社会生产形式。"他认为,马克思主义中经济基础与上层建筑关系的理论在今天具体表现在技术与文学的关系上,艺术决定于时代的生产的社会关系——技术,文学作品在当代已深深地被内在嵌入生存的社会情境中去,它的功能直接关联着它的时代的生产的文学关系。因此可以说,将艺术创作技巧同生产的技术加以本体化地统一是本雅明美学思想的重要内容。

在对现代艺术的看法上,本雅明认为,技术复制在大工业生产中的广泛运用,使众多摹本代替了独一无二的艺术精品,技术复制终于使"真品"和"摹本"的区分丧失了意义,本真性的判断标准开始坍塌。机械复制把艺术作品从它对仪式的寄生性的依附中解放出来,艺术的功能颠倒过来了。处于现代社会中的艺术与传统艺术有着完全不同的新质,艺术技巧的革新,直接影响着艺术创作本身,甚至使艺术观念产生了新的逆转。本雅明藉此将艺术作品与意识形态的关系、意识形态与生产方式的关系、意识与潜意识的关系在一种全新的意义上联结起来,并以寓言和隐喻的奇特方式,把现代主义的主题与马克思主义的主题融合起来,从而阐明了现代艺术的特性。

法兰克福学派的另一主将马尔库塞(Herbert Marcuse,1898—1979)始终关注着现代人的境遇及其审美解放,并把否定现实的批判思维作为废除异化的根本前提。在此基础上,他还对艺术与社会、艺术与人的关系做过深刻的阐释。其理论的突出特征是,首先确立感性及现实社会的本体论的优先地位,进而予以社会历史的批判,从而以艺术去达到人的感性及其现实社会的审美解放。艺术是独立于既定现实原则的,它所召唤的是人们对解放形象的向往。也就是说,真正的文学艺术具有双重使命:一方面,它是对现存社会的批判;另一方面,它又是对解放的期望。现代工业社会中极权主义和消费主义的融合、"单面社会"和"单面思维"的融合造成了现代人全面异化而产生出单面人。这是一种完全僵化的物,是按照技术理性行事的工具,是被动接受而没有主动创造的人,是只能屈从现实而不能批判现实和改变现实的人。马尔库塞坚持,艺术可以拯救人僵化了的感性,因为文艺本质上是与现实疏远的,艺术就是对异化世界的拒斥、控诉和反抗。艺术在反抗现实非人境遇的同时,又永恒地祝福人的激情、回忆、渴望、爱恋,并创造出一个属人的世界,使人的感性得到审美解放。只有经过心理结构革命,重塑人的新感性,现实社会的革命才有可能完成。马尔库塞呼唤新的感受性,这种新感性使人在现存社会中超出现存社会关系和社会技术的系统,而进入一个灵性和鲜活生命的境域。马尔库塞非常看重艺术想象及其所创造的理想世界,认为可以给人类普遍被压抑的本能一个瞬间的满足。

马尔库塞的艺术革命理论是由诉诸美的本体论、诉诸想象的认识论、诉诸审美形式的革命论所组成。他提出艺术成为现实的形式的主张,即通过艺术去建造一个完全不同的与给定现实相对抗的现实,使艺术的规范性成为现实的内容和新质,使现实社会转换成另一种自由的社会。马尔库塞强调艺术对现实的变革,强调艺术对新人的塑造。同时,他又对失去颠覆现状和批判现实力量的"大众文化"表示深深的不满,认为这种大众流行艺术浸入灵魂,人们变成了整个文化机器中的小零件,在卑微的感官享乐中,以一种所谓的"幸福意识"取代了"不幸意识",即沉沦和屈从取代了觉醒和反抗,最终掩盖了人的异化这一真相,重新阻绝了人们对现实怀疑和反思的道路。马尔库塞呼唤一种铸灵性的高级艺术(高级文化),以反抗工业社会对人的扭曲,对抗"大众文艺"的麻木和"卑俗",这虽然有着明显的贵族气息,但其重塑人的新感性这一真切意图,却是不应被忽略的。

法兰克福学派著名哲学家、美学家阿多诺(Theodor W. Adorno, 1903—1969)的理论,最明显的特点是强调绝对的否定性。他把自己的哲学看做"批判的反思",他对传统和现实的一切均持怀疑和批判的否定态度。他的"否定的辩证法"对充满危机的现代西方社会进行了深入的批判,切中了问题的要害。他认为,"启蒙"尽管促使了"人的觉醒",但另一方面又发展了人控制支配自己的权利,发展了工具理性,从而对人的内在自然加以限制,人的全面丰富性遭到了可怕的压抑;人退化为单面的怪物,片面的物质享受和可怕的精神贫困撕裂着现代人。在对现代文化的批判中,阿多诺深化了马克思的资本主义社会不利于艺术发展的观点:在资本主义商品交换中,全社会都在交换之中硬结成一种交换的金钱的尺度,艺术生产变成了纯粹的商品生产。艺术成了一种交换而非满足人的精神需要,艺术创作中作家的灵感和活生生的生命被商品这一铁腕所扼杀。因此,作为抗争异化的现代艺术终于变成"非审美"的反艺术——艺术坚持自己之为艺术,反对把自己变为商品和消费品,为此它把自己变成了反艺术。

在《美学理论》中阿多诺认为,现代主义艺术是现代社会灾难的产物,也是对未来的不幸的预感,它于绝望之中给现代人痛苦的灵魂以拯救的希望和慰藉。现代艺术的审美价值产生于它对传统、对既存现实的否定,这种否定构成一种新的乌托邦。因此,对人具有拯救绝望功能的艺术在现代社会中是不可或缺的,如果消解了艺术便是助长了野蛮。因此,美学形式是一个既不受现实压抑,也无需理会现实的禁忌的全新的领域。艺术就是要追求那种现实社会中所没有的东西,艺术不是对现实的模仿,而是对未来的启示性呈现。艺术具有超越性、精神性、无概念性的特征。阿多诺进而强调艺术的批判职能,认为艺术成为社会的东西毋宁说是因其同社会对抗的立场,它不逢迎现存社会的规范,它通过自己成为非艺术和反艺术这一事实去批判和抗议这个社会,在这一极端的造反形式中也宣告了艺术的危机。然而只有危机才能重新自我审视,正如"只是因为绝望的缘故我们才被施予希望"一样。甚至,阿多诺为了彻底反抗权力结构对个人的巨大控制和操纵,在著述行文方面同一般人采用的写作语汇"决裂",其句法、语法、词汇甚至标点符号"决不与人相似",而实行语汇的"逆转或否定"。可以说,阿多诺在艺术和美学上提出的一系列问题,具有重要的当代意义,值得我们对现代艺术和后现代艺术做更深一步的探究。

除了西方马克思主义美学注重艺术与社会、艺术与时代、艺术与个人的关系探讨外,在美国出现的"新历史主义批评",亦十分注重艺术与历史现实的关系,人们不满于"新批评"仅仅将目光停留在文本内在结构和语言技巧上,也不满结构主义诗学"从一粒蚕豆里见出世界、以单一结构概括天下作品"的做法,甚至也不满后结构主义以形式分析去瓦解传统的作家与文本的权威,把文学批评变成揭示符号的差异本质和语言的含混歧义的无休止的逆向消解的循环运动游戏。人们感到尽管社会历史批评有过分强调美学的社会功利和人为价值判断、以及将作品看做现实的直接模仿和反映而无视作品自身审美价值的严重局限,但其仍触及了文艺的根本特性和本质规律。

新历史主义产生于20世纪80年代的英美文化和文学界。它在70年代末已经初露端倪,即在文艺复兴研究领域中逐渐形成了一种新的批评方法,而且这种阐释文学文本历史内涵的独特方法日益得到西方文论界的认可,一大批新历史主义批评家也日益受到批评界的关注,其中较引人注目的有:格林布拉特(Stephen Greenblatt)、海登·怀特(Hayden White)、多利莫尔(Jonathan Dollimore)、蒙托斯(Louis Adrian Montrose)、维勒(Don E. Wayne)等。新历史主义是一个具有庞杂知识体系和学术范式的学派。它诞生于美国,而受欧陆思想的熏染,并呼应德法思想的冲突演进。这使它有可能跳出狭窄的文本视界,获得新的更为客观的视野,去洞悉后现代文艺的意识形态性、现代文化工业的生产、消费规律。

新历史主义的具体文本的阅读和批评,源于80年代文艺复兴研究领域。它重新剥离并命名不同种类的写作实践,以政治化解读的方式从事文化批评,关注文化所赖以生存的经济和历史语境,将文艺复兴的趣事佚闻纳入"权力"和"权威"的历史关系中,以边缘、颠覆的姿态拆解正统学术,以怀疑否定的眼光对现存政治社会秩序加以质疑,在文本和语境(context)中将文学和文本重构为历史客体,最终从文本历史化到历史文本化,从政治批评到批评的政治。① 对"文学与历史"关系的研究,成为格林布拉特最主要的工作。这分为两个层面,一是文学与社会的关系,二是文学人物与现实权力之间的关系。格林布拉特认为,文学与社会具有一种不可截然划分的关系,正是在这复杂的关系网络中,个人自我性格的塑造,那种被外力强制改塑的经验,以及力求改塑他人性格的动机才真正体现为一种"权力"运作方式。在上层建筑与经济基础之间,新历史主义通过"小历史"的发掘重新修复了文学的社会流通的双重性②,这促使当代文艺理论必须调整并重新选择自我的位置:不是在阐释之外,而是在"谈判(商讨)"和"交易"的隐秘处。

新历史主义作为一种文化政治批评,超越了西方激进主义思潮那种二元对立思维模式,不再满足于在官方意识形态与社会生活形态、权力话语与个体话语、文化统治与文化反抗、中心与边缘之间做出非此即彼的选择,而是看到二者之间不是单纯的对抗关系,而且有认同、利用、化解、破坏等一系列文化策略和交错演化。新历史主义对文学史的意义在于:对旧历史小说主题人物加以剥离,对旧经学加以反拨,对旧的意识形态加以颠覆,使新历史文学走向了重新解释历史、再造历史、再造心态史、再造文化史的新话语,从而具有了新的理论和实践的阐释框架。任何文学文本的解读在被放回到历史语境中的同时,就被放回到"权力话语"的结构中,承担了自我意义构成与被构成、自我言说与被权力话语言说、自我生命"表现"与被权力话语压抑的命运。因此,进入历史和文学文本,就意味着对自我意识在主导意识形态中被同化进而丧失应保持清醒的理论自觉,对压制文本的"权力"加以拆解,剥离文本中那些保留个体经验的思想、意义和主题的存在依据,揭示其背后被压制的权力结构,并且挑明意识形态结构与个体心灵法则对抗所出现的种种新异意识和思想裂缝。在这个意义上,新历史话语表明,文学是历史空间中最易被激活的思想元素,它参与了历史的新发展进程,参与了对现实的文化思想史的重写。

女权主义文论(Feminist Literary Theory)是60年代末欧美知识界兴起的一种新型话语。女权主义所涉猎的问题具有跨学科性质。这意味着,任

---

① Brook Thomas, *The New Historicism and Other Old Fashioned Topics*, Princeton: Princeton University Press, 1991.

② Cf. S. Greenblatt, *Shakespeare Negotiations: The Circulation of Social in Renaissance England*, Berkeley: University of California Press, 1988.

何单一的学科很难完全解决女权主义文论的多层问题。激发女权主义文论产生的既有社会历史的原因,也包括精神分析、解构主义和新马克思主义的思潮。因此,女权主义文论不再是仅仅重视文本研究,而是在文学研究中关注国家、地区、种族、阶级、宗教、性倾向等女性话语问题,并在多学科范围内展开学科之间的对话。女性主义表征出从权利争夺到性别视角,再到整体的人的存在的发展轨迹。在一系列激进姿态和行动之后,女权主义文论不再仅仅倡导"女性价值",而是力图展现一种超越于纯粹男性化和女性化之上的"第三态"思维,使原本作为文艺理论和文学批评的女权主义表现出较强的意识形态色彩和实践特征。

女权主义文论主要由两大分支组成,英美学派和法国学派。她们的哲学观念、研究方法和关注对象都各有不同,但都对女权文论的社会性格外强调。女权主义英美学派经历了从60年代"女性美学"到80年代"差异比较"的发展演变。"女性美学"的代表人物和著作有:玛丽·埃尔曼《想念妇女》(1968)、凯特·米勒特《性政治》(1969)、埃伦·摩尔《文学妇女》(1976)、伊莱恩·肖瓦尔特《妇女的解放与文学》(1977)、《她们自己的文学》(1977)、桑德拉·吉尔伯特与苏珊·格巴《阁楼上的疯女人》(1979)、玛丽·雅各布斯《妇女写作与描写妇女》(1979)。它们主要分析小说作品中的女性形象以及女性想象力的特征问题,探索女性作品中蕴含的女性意识和独特的审美体验,并对传统文学史加以质疑。而"性别差异比较"的代表人物和著作有安内特·科洛德尼《重读之图:性和文学文本的阐释》(1980)、《穿过布雷区的舞蹈:略论女权主义文学批评的理论、实践及政纲》(1980)、罗瑟琳·科渥德《女性欲望》(1984)、杰奎琳·罗斯《视觉中的性欲》(1986)、伊莱恩·肖瓦尔特编《新女性主义批评》(1985)、玛丽·朴维《规矩淑女与妇女作家》(1985)、玛丽·雅各布斯《阅读妇女:女性主义批评文集》(1986)、《浪漫主义写作与性别差异》(1990)、巴巴拉·约翰逊《差异的世界》(1987)、斯皮瓦克《在其他世界里:文化政治论文集》(1988)、桑德拉·吉尔伯特和苏珊·格巴《镜与妖女:对女性主义批评的反思》(1989)。英美学派更为重视社会学历史学的研究,着力揭示深隐在文本内部的两性对立事实以及女性话语受到压迫和遮蔽的真实状况,主张从性别差异看女性写作和阅读的特点,以及通过解构哲学、心理分析和语言学理论分析女性独特的审美心理和创作心态。

女权主义的法国学派受解构主义和拉康精神分析影响很大,其理论带有明显的解构痕迹。法国学派的代表人物及著作是:西蒙·波伏娃《第二性》(1949)、《妇女与创造力》(1987)、朱利亚·克里斯蒂娃《中国妇女》(1974)、《语言里的欲望》(1977)、《语言——未知物》(1989)、露丝·依利格瑞《他者女人的反射镜》(1974)、《性别差异》(1987)、埃莱娜·西苏《美杜莎的笑声》(1981)、《从潜意识场景到历史场景》(1989)。法国女权主义者认为,男权中心话语必须解构,因为长期以来,父权制度在确立男权中心时只表达了一个性别,在力比多机制的象征投射中放逐了女性。只有中断象征秩序,才能产生具有女性历史性性别意识的革命。因此,法国学派更为激进,把女性的写作当做反抗工具和革命实践,试图借助语言的重组来抗拒乃至颠覆既有不合理秩序。女权主义以批判的眼光对全部传统的文艺观、批评观和价值观加以质疑,暴露所有文本中潜藏的"性歧视"。它不仅要阐述女性形象中的政治含义,而且要通过文学与社会惯例的研究,以一种全新的理论视点发掘被遗忘的女性文学史。可以说,女权主义文论注意男性写作中对女性形象的臆想、歪曲和性别歧视,开启了对女性文学创作传统的找寻,清算了男权社会对女性的全面压抑和再造,完成了从"女性美学"到"性别批评"的转型。

80年代的女性主义文论十分重视"性别差异"比较,表现出自我找寻、自我确证的趋势。一些理论界的新锐采用结构主义、解构主义、后殖民理论和文化研究的方法来推进一度陷入"平权"或"特质"认识误区的女权主义文论,使之发展成为探讨意识形态的印记以及性(sex)与性别(gender)系统的效果的性别理论(Gender Theory),在讨论性别差异的问题时,用社会学分析取代原有的生物决定论,在具体命题讨论中建立性别比较前提,把性别升格为范畴而非旧式的某种范例。尤其值得关注的是,当后现代主义思潮席卷了欧美知识界以后,女权主义文论也出现了跨学科的趋向,显示出越来越明显的否定性、流动性的症候,使原本就不遵从一定之规的女权主义益发显出起伏变化的状态。

如果说,第三世界在第一世界的"被看"中发生了历史变形的话,那么,第三世界妇女则在这"变形"中沉入了历史地表。随着女权运动的高涨,第三世界妇女开始进入西方的"视界"之中,无论是朱莉亚·克里斯蒂娃对中国妇女"默默无言注视"自己的描写①,还是桑德拉塔尔帕德·莫汉蒂《在西方的注视下:女性主义的学术研究和殖民话语》中对第三世界妇女在男权主义主观臆断中变形的描写,都既注意到在东方妇女注视下的西方妇女自我"身份问题"(克里斯蒂娃),又注意到在西方注视下的东方妇女被看成抹

---

① Cf. J. Kristeva, *About Chinese Women*, New York, Urizen, 1981.

平了文化历史和政治经济特殊语境的"一个同质的群体"时的"身份问题"（莫汉蒂）。

六 "后学"思潮与文化研究的思维取向

20世纪后半叶，西方文论出现了诸种社会性和文化性的新动向，诸如解构主义文论话语、后现代主义文论、后殖民主义文论、文化研究、生态批评等，在全球化语境中，成为西方文论前沿话语与最新走向。这些与"后学"（post-ism）紧密相关的新问题和新视角，使得西方文论十分活跃。

解构主义（deconstruction）在20世纪下半叶风靡欧美，到80年代，这一反传统、反形而上学的激进方法论已经普遍地渗透到当代文化评论和学术思维中。解构主义的词汇：消解、颠覆、反二元论、书写、话语、分延、踪迹、播撒等已被广泛运用到哲学、文学、美学、语言学研究中。它实现了哲性诗学研究的话语转型，刷新了人们对语言与表达、书写与阅读、语言与文化、文学与社会等方面的认识，影响和重塑着文学评论的性格，并开拓了文学批评和文学作品阐释领域。在解构思想中，福柯的话语分析和德里达的权力颠覆思想成为解构主义思想的中坚。

法国思想家米歇尔·福柯（Michel Foucault，1926—1984）的理论充满挑战性。福柯著作和思想的考古学方法，对当代人文科学有重要启示作用。而他在时代、文化和思潮中展开的理论关键，即"知识型""人之死""话语权力""谱系学"等重要问题。福柯的《疯狂与文明》[1]（1961）、《词与物》（英译书名为《事物的秩序》）[2]（1966）、《知识考古学》[3]（1969）、《监禁与惩罚》[4]（1975）以及《性史》[5]（1976—1984）等，都对整个世界的后现代性思维转向发生了重要影响。这些著作试图分析疯狂、性、犯罪如何变成某种真理的游戏，而在这些人类的行为实践中，主体自身又是如何通过真理的游戏获

---

[1] M. Foucault, *Madness and Civilization*, trans. by Richard Howard, New York, 1965.

[2] M. Foucault, *The Order of Things: An Archaeology of the Human Sciences*, New York: Random House, 1970.

[3] M. Foucault, *The Archaeology of Knowledge and the Discourse on Language*, trans. by A. M. Sheridan Smith, New York: Pantheon, 1972.

[4] M. Foucault, *Discipline and Punish: The Birth of the Prison*, trans. by Alan Sheridan, New York, 1977.

[5] M. Foucault, *The History of Sexuality*, Volume 1: An Introduction, trans. by Robert Hurley, New York: Random House, 1978.

得改变。福柯不仅从人类科学的考古学角度,而且从监禁、惩罚和性的权力禁忌压抑的角度,揭示主体的存在及其现代问题。在对疯狂、性、文明、权力、压抑等关键问题的探讨中,福柯要去发现在现实的权力机构和权力压抑网络中被确认和隔离的一系列问题,关注人类文明中那些异端和边缘的东西,注重研究现代权力机构复杂系统包容的知识和经过调整的日常实践活动的话语。福柯问题的核心是,弄清一种知识通过什么方式得以在文明中产生转换和发展,同时又为科学理论提出新的观察领域,提出未曾涉及的问题和尚未发现的对象,因此,权力、真理、话语和知识考古学的方法,成为他挖掘那些被掩盖、被压抑的问题和"知识型"的方法。这些思想,对当代文论产生了全面的影响,使人不再仅仅从文本形式中看文化症候,而是从知识话语的背后看权力运作。福柯尤其关注通过构成社会制度背后的那种看不见的权力规约,去观察主体的人形成过程中的正负面效应。他把历史看成是一个"谱系化"的不断总体化的图景,而要把历史拆开,使它与现在、过去、未来相隔离,从而使我们意识到历史的异己性、疏离性。这样,通过对历史的解构,发现历史中人的疏离的、非总体性的性格,使"现代合法性"受到真正质疑,进而挖掘出非连续性的、非合法性的知识,而使一种谱系学中的反常规性升上历史地平线,使非常数、非本质、非等级秩序等,成为人文科学尤其是人文科学考古学研究的真正对象。

德里达(Jacques Derrida,1930—2004)是解构主义的代表人物,其激进的思想对当代世界的思想学术界产生了重要影响。解构即消解逻各斯中心主义、语言中心主义、在场形而上学话语,而以思想和语言游戏对"中心化"的结构主义加以拆解。强调意义是历史地形成的,是一个历史的结构,所以意义自身并不能在言语中或在写下来的文本中呈现。相反,意义由于时间关系产生的种种概念和种种差异而被推延。

解构形而上学二元对立的策略,使德里达通过颠倒说话和书写的次序,移动中心和边缘的位置来消解形而上学。德里达颠覆了言语对书写的优先地位,使说话(言语)从中心移位到了边缘。中心的解除,使说话与书写具有相同的本性,二者不存在任何中心和从属关系,也不存在二元对立的关系,而是一种平等的互补关系:书写是说话的记录保存的形式,说话是书写的补充形式,书写与说话都是思想的意义表达形式,二者互相依存,缺一不可。[①] 进

---

① J. Derrida, *Of Grammatology*, trans. G. C. Spivak, Baltimore: Johns Hopkins University Press, 1976, p.158.

而,德里达将这一解拆说话与书写关系的解构策略扩展到整个形而上学大厦,要去解拆一切不平等的对立概念,从而颠倒在本质与现象、内容与表现、隐含与显现、物质与运动关系上的传统观念,对绝对理性、终极价值、本真、本源、本质等有碍于自由游戏的观念提出质疑。于是,德里达的解构策略——"分延""播撒""踪迹""替补"等概念,就成为与"定义"的单一固定含义相对的、具有双重意义并不断滑动的模糊词汇。可以说,德里达通过分延、播撒、踪迹、替补等模棱两可、具有双重意味的词,所要达到的目的无非是:追问自诩为绝对真理形而上学大厦赖以建立的根基是什么?这一根基的先验虚幻性是怎样有效地逃脱一代又一代哲人的质疑?破除形而上学神话的基本方略怎样才能有效地避免自身重陷泥淖?德里达所创造的术语可以收到揭形而上学虚假之底的功效。因为,分延、播撒、踪迹、替补等概念,是一种亦此亦彼、亦是亦非,或者既非亦非(neither nor)、既是亦是(at once-at once)的非概念或反概念。这些模棱两可的概念的目的在于:揭露形而上学二元对立的虚构性,打破语言中心的历史虚假执行语,以分延的意义不定取代理解的意义确定性,以播撒揭穿文本的裂缝,并从这一"裂口"中得到文本字面上没有的更多的东西,以踪迹和替补说明始源的迷失和根本的空缺。德里达用这些概念构成一张网状结构,宣称了本源的不复存在,文本的永不完整性。对"原"文的阅读是一种误读,是以新的不完整性取代文本原有的不完整性,因为替补成为另一种根本上不完整的文本。

实际上,解构方法的正负价值都相当明显。就正面价值而言,解构主义在整个思维上进行本体论革命的同时,在文化界产生了一场方法论革命,解除了人们头脑中根深蒂固的传统一元论,消解了人们习惯的思维定势,从新的角度反观文学和自身,从而发现了许多过去难以见到的新问题和新意义。解构批评热衷于在文学文本中探索世界文本的潜隐逻辑,它不为表面的中心、秩序和二元对立所迷惑,而是从边缘对中心进行消解,从"裂缝"对秩序进行颠覆,从表象中弄清事情本来的面目,从文本的无字处说出潜藏的压抑话语。就解构批评的负面价值而言,解构批评以过激的言词和调侃的态度,彻底否定秩序、体系、权威、中心,主张变化、消解、差异是一切,这是另一种意义上的"语言暴政"。作为后现代主义的理论基础。这种充满政治意味的解构方法使整个文学评论界的兴趣离文学自身越来越远,以至有人认为解构主义正在毁灭文学,使整个文学研究和评论界陷入意义和价值危机。

后现代主义(postmodernism)是一种汇集了多种文化、哲学、艺术流派的庞杂思潮,就文化哲学而言,新解释学、解构主义、西方马克思主义、女权主义构成了后现代主义论争的文化景观。对后现代主义的不同观点,构成思想家不同身份的认同:积极推进后现代主义的人,往往以做一个后现代哲人为荣,可以称之为后现代主义者,如德里达、利奥塔、斯潘诺斯、伊哈布·哈桑等;严肃批判、抵制后现代主义的思想家,则以后现代批判者的身份出现在思想论坛,如哈贝马斯、杰姆逊、伊格尔顿等;以学者的身份对后现代主义进行客观研究,无意于做一个后现代主义者,对后现代主义保持清醒的认识的学者,如理查·罗蒂、佛克马、赛义德等。正是这种"推进""批判""研究"的合力,构成了起伏跌宕的后现代文化思潮。后现代主义张扬一种"文化批评"精神,力图打破传统形而上学的中心性、整体性观念,而倡导综合性、无主导性的文化哲学。后现代性的显著标志是:反乌托邦、反历史决定论、反体系性、反本质主义、反意义确定性,倡导多元主义、世俗化、历史偶然性、非体系性、语言游戏、意义不确定性。

法国后现代哲学家利奥塔(Jean-Francois Lyotard,1924—1998)以独特的"消解中心"视界,将后现代是否可能的问题转化为后现代时期知识状态的研究。他对合法性问题进行了广泛的研究,认为传统的合法化因时过境迁而失效,只有通过"解"合法化(delegitimation),走向后现代的话语游戏的合法化。换言之,那种以单一的标准去裁定所有差异也统一所有话语的"元叙事"(Metanarrative)已被瓦解,自由解放和追求本真的"两大合法性神话"或两套"堂皇叙事"已消逝。如此一来,科学真理只不过是多种话语中的一种"话语"而已,与人文科学"话语"一样,不再是"绝对真理"。后现代境况的不同往昔,使后现代文艺美学发生了变化。利奥塔认为存在两个划分后现代的标准:其一是历时态标准,后现代主义是不同于现实主义、现代主义的一个历史时期,它由60年代发生发展,将随历史而不断地向后延展;其二是共时态标准,后现代是"一种精神",一套"价值模式",它表征为消解、解中心、非同一性、多元论、解"元话语"、解"元叙事",专事反叛,冲破旧范式,不断地逐后追新。这种后现代文化精神是利奥塔衡量任何文化现象是否具有后现代性的圭臬。

利奥塔认为:科学在追求真理的要求中,一方面逐步解拆牛顿式宇宙论殿堂,同时,使科学更进一步地占领了人文科学的地盘,并宣告作为同源叙事的人文最高范式和整体叙事的失效。后现代来临,在知识领域悄悄地进行着一场哥白尼式的革命。(1)研究的范式发生了逆转:由外在呼唤人生解放、理想、正义等堂皇话语转入人的意识拓进、语言游戏和结构分析,由追求传统同一性辩证法转到现代否定辩证法;(2)学者的使命变了:不再具有

"元话语",转向日趋精细剖解与局部论证;由知识的启蒙变为知识专家控制信息;(3)教育的本质变了:学生不再是关切社会解放的"自由精英分子"(liberal elite),而是在终端机前面获取新型知识的聆听者;教师再也不是传统传道授业解惑的精神导师,其地位将被电脑信息库所取代,出现在学生面前的不再是教师,而是终端机;学校中心场所不再是教室、图书馆,相反,数据库成了明日的百科全书,其所存信息超过了任何听者的容量和接受力。数据库成为后现代人的本性。①

后现代主义往往通过边缘、外在、异己,对中心、内在、秩序加以嘲弄、颠倒、斥责,以贬损正统、消解中心、否定等级、上下移位、前后错置,并在对各种文本的新阐释中,强调比喻性的文字。这表明后现代批评家通过比喻性语言将作者和读者引到文本深隐的另一面,去揭示那被洞见所蒙蔽的矛盾焦点和习焉不察的自我否定意义,从而瓦解原意的向心性,打破作品形式的束缚力量,超越一切逻辑链条的桎梏,以一种全新的视界、一种自由创新的形式,使文本语言活泼起来,达到巴赫金所说的"狂欢"境界,使代表不同意识形态和文化背景的解读,真正禀有"文化相异性"和"多音谐调"的后现代性。

后殖民主义(postcolonialism)是多种文化政治理论和批评方法的集合性话语。它与后现代理论相呼应,在后现代主义消解中心、消解权威、倡导多元文化的潮流中崭露头角,并以其意识形态性和文化政治批评性纠正了本世纪上半叶的纯文本形式研究的偏颇,而具有更广阔的文化视阈和研究策略。殖民主义诸种理论,旨在考察昔日欧洲帝国殖民地的文化(包括文学、政治、历史等)以及这些地区与世界其他各地的关系。也就是说,这种理论主要研究殖民时期之后宗主国与殖民地之间的文化话语权力的关系,以及有关种族主义、女权主义、后现代主义的方法,揭露帝国主义对第三世界文化霸权的实质,探讨"后"殖民时期东西方之间由对抗到对话的新型关系。

后殖民主义理论受葛兰西(Antonio Gramsci,1891—1937)"文化领导权""文化霸权"理论影响很大。同时,弗朗茨·法农(Frantz Fanon)《黑皮肤,白面具》(*Black Skin, White Masks*)和《地球上的不幸者》(*the Wretched of the Earth*)对后殖民理论的兴起有重要的开创作用。当然,福柯(Michel

---

① J. F. Lyotard, *The Postmodern Condition: A Report On Knowledge*, tran. by Geoff Bennington and Brian Massumi, Manchester University Press, 1984, Chap. 11-12.

Foucault)的话语理论则成为后殖民主义思潮中的核心话题。后殖民主义兴起的时间,学界有不同的看法,一般认为是在19世纪后半叶就已萌发,而在1947年印度独立后始出现的一种新的意识和新的声音。其理论自觉和成熟是以赛义德的《东方主义》(1978)出版为标志。在赛义德之后,最主要的理论家有斯皮瓦克(Gayatri Chakravorty Spivak)、霍米·巴巴(Homi K. Bhabha)等。斯皮瓦克将女权主义理论、阿尔都塞理论与德里达的解构主义理论整合在自己的后殖民理论中,从而成为一个有影响的批评家。而霍米·巴巴则张扬第三世界文化理论,注重符号学与文化学层面的后殖民批评,并将自己的研究从非洲文学转到印度次大陆上来。

美国后殖民主义批评家爱德华·赛义德(Edward W. Said, 1935—2003)的东方主义研究具有明显的意识形态分析和政治权力批判倾向。他在这个世界的话语权力结构中看到宗主国政治、经济、文化、观念与边缘国政治文化的明显二元对立,在这种对立的权力话语模式中,边缘国往往是仅仅作为宗主国"强大神话"的一个虚弱陪衬,一种面对文化霸权的自我贬损。这种强权政治虚设或虚构出一种"东方神话",以此显示其文化的无上优越感。这就是"东方主义"作为西方控制东方所设定出来的政治镜像。

东方主义的概念的宽泛性,使其对这一概念的解释充满误读。而误读者有以下几种:有持第一世界(西方)立场,制造"看"东方或使东方"被看"的话语的权力操作者;有第三世界的民族主义者,他们强烈的民族情绪使其日益强化东西方文化冲突论,并以此作为东方形象和东方作为西方的"他者"存在的理由;有既是第一世界文化圈中的白领或教授,却又具有第三世界血缘的"夹缝人"或"香蕉人"(外黄里白)的人。他们在东西冲突中颇感尴尬,面对西方经常处于一种失语与无根状态,却在面对东方时又具有西方人的优越感。而赛义德所谓的消除误读的"正读",是要超越那种非此即彼的僵硬二元对立的东西方文化冲突模式,强调那种东西方对垒的传统观念应该让位于新的你中有我、我中有你的"第三条道路"。这种超越传统的所谓"不是东风压倒西风,就是西风压东风"的僵化对立模式的新路,正是赛义德要纠正东方主义权力话语的意图之所在。他并不是要人们走极端搞一个"西方主义"(东方人虚构或解魅化的"西方"),正如德里达解构"中心"的目的不是要使某"边缘"成为新的中心,而是要取消中心达到多元并生一样,赛义德要消除的是形而上学的本质主义,并力求超越东西方对抗的基本立场,解构这种权力话语神话,从而使东方和西方构成对话、互渗、共生的新型关系。

"东方主义"(Orientalism)中虚构了一个"东方",使东方(Orient)与西方(Occident)具有了本体论上的差异,并使西方得以用新奇和带有偏见的眼光去看东方,从而"创造"了一种与自己完全不同的民族本质,使自己终于能把握"异己者"。但这种"想象的地理和表述形式",这种人为杜撰的"真实",这种"东方主义者"在学术文化上研究产生的异域文化美妙色彩,使得帝国主义权力者就此对"东方"产生征服的利益心或据为己有的"野心",使西方可以从远处居高临下地观察东方进而剥夺东方。这种东方主义者的所谓纯学术研究、纯科学研究其实已勾起了权力者的贪欲,这无异于成为帝国主义帮凶,这种制造"帝国语境"强权征服的东方主义,已不再是纯学术而是成为强权政治的理论基础。因为正如拿破仑1798年入侵埃及起就在全世界拉开了西方对东方掠夺的帝国主义阶段一样,19世纪初当几位德国的东方主义学者初次见到一尊奇妙的印度塑像时,他们对东方的欣赏情趣立即被占有欲所置换。因此,"东方主义"有可能在制造了西方攫取东方的好胃口的同时,又不惜通过编造神话的方式美化"东方"清白的受害者形象,制造出又一轮"被看"的方式。

一种文化总是趋于对另一种文化加以改头换面的虚饰,而不是真实地接纳这种文化,即总是为了接受者的利益而接受被篡改过的内容。东方主义者总是改变东方的未来面目使其神秘化,这种做法是为了自己和自己的工作,也是为其所信仰的那个东方。东方主义将东方打碎后按西方的趣味和利益重组一个容易被驾驭的"单位",因此,这种东方主义研究是"偏执狂"的一种形式,是一种知识—权力运作的结果。"它创造了一种永恒不变的东方精神乌托邦。"[1]在赛义德看来,西方为自己的经济、政治、文化利益而编造了一整套重构东方的战术,并规定了西方对东方的理解,通过文学、历史、学术著作描写的东方形象为其帝国主义的政治、军事、统治服务。这意味着作为一种权力和控制形式的东方主义在内容上是有效的,这种有效在建立"白人"优越论的种族主义思想的同时,使从事东方主义研究的知识分子陷入一种"失败"主义情绪中:"东方主义的失败是知识分子的失败,也是人类的失败。东方主义站在与世界一个地区完全对立的立场上,认为这个地区同自己所在的地区不同,因此它没有看清人类的经验,没有将东方看成人类的经验。"[2]也就是说,作为东方主义者的西方知识分子,利用文化研

---

[1] Edward W. Said, *Orientalism*, New York: Pantheon, 1978, p.246.
[2] Ibid., p.328.

究并没有增进人类总体经验,并没有消除民族主义和宗主国中心主义的偏见去解释人类文化的总体体系,而是通过对东方的文化研究参与着种族歧视、文化霸权和精神垄断。赛义德要质疑这种文化研究的内在矛盾和困境,削弱这种唯心主义式的文化特权,因为对文化霸权的"抵抗"同权力运作一样,也是文化的组成部分。

赛义德要使知识分子从非此即彼的二元对立误区中"超前性"地走出来,从东方主义的束缚中解放出来,真正进入多元共存的后现代世界格局之中。为此,他强调后殖民主义思潮在种族与性别问题上对欧洲中心主义与父权中心主义的广泛深入批判的现实意义。尽管东方主义的误读使东西方之间的不平等和对峙仍然存在,但后殖民主义文化批判使人们意识到,这种不平等和对峙不会长久,而终将在人类互相理解和达到的共识中成为正在消失的历史经验。

文化研究(cultural studies)理论在后殖民语境中,成为世纪之交西方文化界的一个重要景观,其中纠结着诸多当代难点和疑点问题。法国思想家让-鲍德里亚(Jean-Baudrillard,1929—)的后现代消费社会理论,对这些前沿问题进行了深度剖析。为了完成对后现代社会的总体性分析,鲍德里亚借助诸多新术语,诸如"仿像"(simulacrum)、"内爆"(impdsion)、"超真实"(hyperreality)、"消费"(consume)、"致命"(deadliness)等,进行新一轮的后现代社会学美学批判。其重要著作《生产之镜》《仿像与模拟》《冷酷的回忆》《完美的罪行》《物自体》等,对消费社会、传播媒体、符码交换系统理论、白色社会形态的研究,对当代"文化研究"和"文化批评"有着理论奠基的意义:一方面通过电视传播的正负面效应的研究,为当代信息播撒和心灵整合的研究提供了一个可资重视的文化视点;另一方面对消费社会中身体与自我问题、身体与他者问题、肉体取代灵魂而灵魂在肉体中沉睡问题的审理,敞开了当代文化研究所关注的精神救赎与身体解放问题。

在后现代时期,消费社会已经进入一种文化身份的符号争斗中。商品权力话语消解了高雅文化的壁垒而与通俗文化合谋,轻而易举地通过大众传媒侵入到当代文化的神经,将日常生活作为市场需求和世俗文化模式设定为当下社会文化的普遍原则,并企图将消费主义作为当代人生活的合法性底线。于是在哲学"元话语"失效和中心性、同一性话语消失后,人们在焦虑、绝望中寻找到解决信仰危机的方法。

在后现代"新类像时代",全球计算机信息处理、媒体和自动控制系统,以及按照类像符码和模型而形成的社会组织,正在取代生产的地位而成为社会的组织原则。在这个由模型、符码和控制论所支配的信息与符号时代，商品化消费（包括文化艺术），都成为消费者社会心理实现和标示其社会地位、文化品味、区别生活水准高下的文化符号。日益重要的媒体重新界定着传播的形式和内容，并打破了表层与深层意义二元对立的深度模式。各种信息图像的纷至沓来，人们在购买消费、感受世界、关注问题或参加社会活动中，受到传媒越来越多的同步性信息获得的制约。镜头的意向性代替了个体的价值判断，知识分子的精神导向性变得更加微弱，新闻报纸和电视板块的导向成为人们的"人生指南"。于是一些知识分子逐渐放弃了独立思考写作，而成为一个大众传媒中的不断言说者。

鲍德里亚对现代性的反思，对消费社会生产之镜的社会文化分析，在当代世界的思想界有相当的影响力。他已经洞悉后现代传媒在加剧人们心灵的异化、在肢解社会心理和个体心性的健全方面所造成的严重威胁，并进而对传媒在"文化工业"生产中销蚀意义的功能加以清算①，这是颇具独到眼光的。

"后学"和文化研究问题是当代社会问题的文化征兆，难以回避。正确的态度是：认真审理，辨正吐纳。后殖民理论充满歧义和差异，但化约化处理则可以看到，其实质无非是东方主义或西方主义的"看"、"被看"或"对看"问题。所谓"东方主义"大致上可表述为：是西方人眼中的想象性"东方"：既有西方人中心主义式地"凝视"中国的文化渗透或文明冲突论，又有东方边缘迎合西方主流话语设定"被看"甚至"制造被看"；既有民族主义的文化拒斥的"说不"，又有东方学者进入第一世界学术圈成为西化了的东方人，并以获取的西方理论去反映自己处境的尴尬——获得中心权力精英身份的同时，忘记了母语边缘文化身份，在分享中心话语权的同时，却无力找回历史记忆中"沉默"的话语。与上述话语理论相对，所谓"西方主义"，是东方人眼中的想象性"西方"，即：既有制造西方神话而将现代化等同于西化，又有主张走出现代性而走向民族性或中华性；既有强调中国精神化而西方物质化进而对西方加以解魅，又有宣扬西方衰亡而东亚崛起论。在这种复杂的东方主义和西方主义的话语纠缠中，学者们的谈论往往顾此失彼，难以得出清晰的结论，而且，在谈论问题时因对象的多元性，而使问题很难在一个平台上获得某种"主体间性"。这种复杂的语境又添上了网络文化传播的新动向。

于是，在把真正的思想家、艺术家视为"无用"的后现代"快餐文学"写

---

① Cf. Jean Baudrillard, *The Mirror of Production*, St. Louis, Mo: Telos Press.

作中,在跨国资本运作的现代性和后现代性语境中,在传媒和"类像"填满的世俗化空间和欲望化氛围中,知识传播和阐释的权威性受到质疑。而且,伴随着全球化出现的知识分子写作和传播有着重要的转变——新的电子群体或电脑空间群体的发展导致感知经验变异并产生新的网络交流空间:传媒文化以其强大力量淹没日渐衰退的书文本化,新的电子阅读方式在文学研究域引起了变革,电脑写作使文学研究文本永远处于敞开之中而难以完成,网上杂志的增加改变着文学研究的出版合法性条件。不断被阐释的网络文本仅仅对人产生某种暂时性的记忆,不仅改变了文学作品对批评家的存在方式,而且削弱了批评家的昔日的重要地位。这一切,使得当代西方文论的意义阐释变得更加扑朔迷离、难以定位,需要深加分析。

七 生态文学与生态批评

20世纪后期,西方的"生态文化"和"生态批评"理论从发生发展到逐渐推向全球,已然成为一种跨学科的新的文艺理论研究方法。当然,就理论的传承脉络而言,可以说,生态文化和生态批评不是普通的关于人与环境的文学研究,而是属于文化研究的大范围中的一个新拓展的理论领域。这主要突出表现在几个重要维度上:当代西方文论研究进入了"理论生产缓慢期",西方文学批评理论不再是层出不穷的花样翻新,而是重新重视作为自然和社会双重身份的"世界",表现出文艺对自然形式的模仿价值;文学批评理论研究仍未定型,仍在注重新历史、把捉政治意识形态、确定种族和性别关系中不断寻找新的审美视角和文化地基,重新确定自我理论学科形态;西方文论生产有世界性影响的大师正在减少,经典性的文论文本也在减少,当代西方文论正进入所谓"理论终结"时代或"后理论时代"。

在我看来,生态文化问题是一种跨学科的人类与自然的命运考辨,是从人类反思自然生态进而反思文化生态后开始的。这种生态自然观使得西方人在现代性问题上意识到不能再盲人瞎马了,返身而诚开始研究生态文化、生态哲学、生态美学、生态艺术。这意味着被现代性所打压的传统艺术应该重新加以评估和阐释其人类心灵价值。我们不应该跟在西方后面迈上这条不归路,而应该用生态文化精神去重新审视世界艺术的未来发展的可能性,一方面要求自然生态平衡,另一方面要求人的精神生态平衡。新世纪人类为什么要让自己"分裂"、让艺术成为疯狂呢?为什么不能超越西方现代性弊端而正视自我身份呢?为什么不思考避免重蹈西方现代性"异化"式制度性断裂的覆辙,而开始修复人类艺术的精神性断裂呢?

生态文化美学必须重新构造简单生活方式。因为消费主义"身体"扩张与全球同质化的潜在逻辑,使整个世界的消费主义日渐明显。反对消费主义、张扬绿色生态生活方式的人认为:现代化或现代生活不是高楼、汽车、病毒、荒漠、沙尘暴,真正的优质生活不需要太多人工的雕饰和过剩的物质炫耀。如今西方许多人已经认识到"拼命生产、拼命消费"生存方式的弊端,中产阶级中更悄然兴起了"简单生活"——把家搬到乡村,自钉木板房,不使用过多电器,挣有限的"薪水",充分享受大自然中的空气、阳光。社会学家认为:这种返璞归真、回归自然、"少就是多"(less is more)的"简单生活",在21世纪必将成为一种普遍的风气。也许,简单的生活,简单的消费,也就是像托尔斯泰晚年素朴的生活一样,可能会重新呈现出精神的魅力。

新世纪人类文化发展正在逐渐走向清明的理性化,这意味着文化发展的良性化、生态化、新型化和境界化,即抛弃那些"顽主形态"的恶俗趣味和游戏人生的"比矮主义",而走向与自己心灵对话的独立精神个体追求,重视个体心灵的独处。人都是孤独的,在孤独中,人可以逃离外在世界的喧嚣和肉身化的沉重,回到本心的怡然自得和本真心性之中。应在日常生活中力图弄清个体存在意义,阐明在物质世界中人的存在的精神性,为人类生存留下反思和回归的空间。

笔者坚持认为,东方思想、东方经验的缺席是人类的败笔,东方经验的和谐性和东方话语的包容性,可以纠偏西方现代性的单边主义和消费主义,平等地向全球播撒自己的有益经验并造福人类。东方尤其是中国文化中思想精髓,如绿色和谐思想、辩证思想、综合模糊思想、重视本源性和差异性的思想、强调"仁者爱人"等思想,是对西方的一种滋养或者互动。与现代性强调人对自然的征服和最大限度地榨取剩余价值的经济学完全不同,在"后东方主义"时期,具有东方思想的生态美学和生态文化正在化解人和他人、人和自己、人和自然的冲突。由此,我们就不难理解为什么海德格尔晚年要关注老子《道德经》中的中国思想,为什么罗兰·巴特要纵论日本的俳句、书法和天皇在东京中心虚位问题,为什么德里达要到中国大谈"宽恕"问题和中国文化现象,为什么赛义德在病榻上对遥远的东方中国如此神往。是什么使他们对东方发生了兴趣?除了东方经济的重新崛起以外,当然是文化"差异性"。差异性文化使得西方一流思想家开始了对"东方"的全新关注。如果我们什么都"拿来"而不"输出"的话,东西方文化就会出现文化生态平衡问题。可以认为,西方正在吸收东方文化精神而从事人类文化的新整合。换言之,新世纪西方知识界将目光转向东方,必将给西方中心主义的思维模式和社科认识模式以新思维,并将给被西方中心主义边缘化的东方知识界,带来重估一切价值的勇气和重新寻求人类未来文化新价值的文化契机。

"生态学"一词,是由希腊语 oicos(房子、住所)派生而来,最早出现在德语中,即 die Okologie,英语为 the ecology。生态主义并非横空出世,其思想渊与18世纪的浪漫主义运动有着分不开的关系。1858年美国作家梭罗在《瓦尔登湖》一书中阐释了自己的人与自然和谐相处的观念。他从生态平衡的角度反对喧嚣的城市,而赞美树林和溪流的自然世界。

1886年德国动物学家海克尔在《生物体普通形态学》一书中,阐述了动物植物关系演化的系统树,认为精神与物质应该和谐统一:"我们把生态学理解为关于有机体与周围环境关系的全部科学,进一步可以把全部生存条件考虑在内。生态学是作为研究生物及其环境关系的学科而出现的。随着这一学科的发展,现代生态学逐步把人放在了研究的中心位置,人与自然的关系成为生态学关注的核心。"这一说法应是生态理论的滥觞。

一般认为,1970年在西方兴起的"生态主义"(Ecologism)开始了生态文化的艰难历程。生态文化和生态批评出现,就是在这样一个大背景下开始的。相对于其他西方文论而言晚出的"生态批评"(Ecocriticism),一经出现就在世界上迅速引起人们的理论兴趣,并不断加强这一理论的世界化进程。西蒙·C.埃斯托克(Simon C. Estok)认为,生态批评的诞生因为视角不同而有三个不同的日期:作为文化术语的"生态批评"最初由威廉·罗依克特(William Ruekert)在其1978年发表的文章《文学与生态学:生态批评的实验》中提出,但是并没有引起人们重视;15年后的1993年,帕特里克·墨菲创办《文学与环境跨学科研究》杂志,以其重量级的话语权力,重新阐释生态批评的重要性,引起广泛的关注和响应,标志着生态批评学派的逐渐形成,但是还没有学派的纲领和正式理论出版物;1996年,切瑞尔·格罗特菲尔蒂、哈罗德·弗罗姆编《生态批评读本:文学生态学的里程碑》和劳伦斯·布依尔《环境的想象》出版,生态批评终于有了自己的理论纲领和重要的美学原则,在学术界引起深度关注与研究,并不断在辩论中走向成熟的体系构架。

可以说,20世纪60年代以来,生态哲学(Ecophilosophy)、生态神学(Eco-theology)、生态政治学(Ecological Politics)、生态经济学(Ecological Economics)、生态人文主义(Ecological Humanism)、生态女性主义(Ecofeminism)、生态文学(Ecoliterature)、生态艺术(Ecological Art)、生态社会学

(Ecosociology)、生态伦理学(Ecological)、生态人类学(Ecological Anthropology)、生态心理学(Ecological Psychology)、生态批评(Ecocriticism)、深生态学(Deep Ecology)等研究领域如同雨后春笋,人们在西方文论的"高原平台期"中又发现一个新的研究角度——去掉人类中心主义,坚持自然中心主义,以人与自然的和谐共处作为生态理论的基本法则,以此消除人类沙文主义僭妄的生态批评。与以前相比,"生态"一词体现出鲜明的价值倾向性和实践意味,"生态"一词所蕴涵的人文精神含义更为深厚。生态哲学把对自然生态危机的根源追溯到现代文明的人类中心主义、二元对立思维模式上,将自然科学研究所提供的生态思维和生态方法渗透到人的世界观和生存体验中,努力把生态精神培育为一种通向全新文明前景的思维方式、价值基础、精神信仰和文化观念。总之,今天的生态文化运动已经变成了一场自然科学研究成果与人文思考相结合、理论研究与实践行动相结合、对现代文明的批判反思与对一种更加健康完善的新文明的建设性思考并重的文化运动。

在笔者看来,所谓生态文学主要是指那些敏感地对现代世界生态危机加以揭示,对其人类中心主义价值观加以批判,对导致生态危机的现代文明加以反省的作品。生态文学并不将人类看成自然界的中心,也反对将人类的利益作为自然价值判断的绝对尺度。他们从一次次生态灾难的恶果和今后数不清的生态危机预警中体察到,只有将包括自然和精神的整个世界生态系统的整体利益作为人类未来的终极前提和最高价值,人类才有可能有效而全面地消除威胁人类存在的生态危机,从而获得一个有利于人类的长远利益或根本利益的地球。

在生态文学领域,有广义的生态文学作品,即那些具有生态文化意识的传统文学作品,如梭罗的《瓦尔登湖》、华兹华斯的《序曲》、托马斯·哈代的威塞斯系列小说等。这类作品并未直接提出"生态"这一关键词,甚至也没有将生态危机的后果推导到令人吃惊的程度,但是作品中不乏人与自然相交融的生命和谐意识,不乏对人与自然疏离对立的现代文明的深度批判;狭义的生态文学作品是作家有鲜明的生态文化立场,前卫地反思人与自然的关系,直面现代性生态危机而发出自己的批判之声,如雷切尔·卡森的《海的边缘》《寂静的春天》①,苏联作家艾特玛托夫的《白轮船》、美国小说家博

---

① 其中,尤其需要注意的是雷切尔·卡森(Rachel Carson, 1907—1964)的观点。她作为生态文学的创始人和整个生态文化和环境运动的推动者,描写自然环境的恶化,揭示生态困境问题,传播生态思想观念,对生态文学和环保运动的发展、诸多国家环境政策和发展战略了产生了重要的影响。

伊尔的《地球之友》、日本女作家加藤幸子的《都市中的自然》《森林的诱惑》等。

生态文学发出的是人类"诗意地栖居"的心灵诉求,其中心维度要把握的是人类与自然的互动生成关系,考量自然如何影响人的生存和心灵。就生态文学创作而言,注重生态哲学的深度思考,加深生态文化的审美体验,获得正确的生态价值判断,探索人在世界中重获"家园"感的新感知方式;就生态文学的作品构成而言,注重文本中的自然中心主义和人与自然的和谐,通过文本叙事加强人对生态人文的素养,在叙事文本的引导下探索走出全球生态危机的可能性,在文本的价值反思中获得生态文学意味对人的心灵的再塑造;就生态文学阅读而言,强调通过阅读提升人从自然母体中生存的内在精神世界观,对自然的颓败和地球的困境有感同身受的危机感,获得正当的生态思维和家园感并激发其热爱生命的天性,恢复人的精神世界和自然关系的内在和谐。"我们在阅读文学作品时,对于文本中揭示的调节人与环境相互作用的复杂机体可以有更新的理解。具有环境意识的文学研究提供了一个更加深广的机会,带着对自然之声的新鲜敏感去阅读文学作品。"[1]可以说,人们在阅读生态文学作品时,对于文本中揭示的调节人与环境相互作用的复杂机理可以有更新的理解,带着对自然之声的新鲜敏感去阅读文学作品。生态文学的创作和阅读的关键,是对人的自我狂妄的中心思维模式的重新调节,进而向生态中心世界观不断迈进,获得对非人类生命形式和物理环境的全球整体概念的正确审美感知。

生态文学的特殊性在于,它是人类与自然从对抗—征服—报复的恶性循环中走出来,传递人与自然重新摆正位置的诉求在文学形式中的表达。不少生态文学作品预测了人类的苦难未来和走出困境的可能性,在生态文化预警中展示人与自然重新融为一体的"远景",力求回归自然以逃避未来生态灾难和人类毁灭。因此,生态文学不是一般地描写自然风光中人与自然的闲适感,而是从文学文本中空前地凸显人类的重大困境,并对这种危及人类整体未来的困境加以审美解答,进而超越对具体问题的思考而直接深入到对智慧的深层关注中去,激发起人类与非人类的自然世界联系的内在情感,寻找人类与自然重归于好的和谐世界的新途径,探索在人与自然发展的互惠型的人类自然新伦理。

---

[1] Michael P. Branch (ed.), *Reading the Earth: New Directions in the Study of Literature and Environment*, xiv.

生态批评是一个言人人殊的话语体。大多数人认同彻丽尔·格罗特费尔蒂的定义:"生态批评是探讨文学与自然环境之关系的批评。"生态批评家们关注到现代化造成的生态破坏及温室效应已经引起了全球生态恶化,这种恶化的严重程度已经威胁到人类生存环境和未来发展。于是强调一方面从生态文化生态文学角度进入文学研究,另一方面从文学审美经验角度对遏制生态恶化获得生态平衡达到人类的可持续发展加以深度阐释,已然成为文学思想家和文学创作家在全球化时代必须担当的历史使命。

一般认为,"生态批评"这一概念由美国学者威廉·鲁克尔曼1978年首次提出,他的《文学与生态学:一次生态批评实验》一文在《衣阿华评论》1978冬季号上刊出,以"生态批评"概念明确地将"文学与生态学结合起来"。1992年,"文学与环境研究会"在美国内华达大学成立。1994年,克洛伯尔出版专著《生态批评:浪漫的想象与生态意识》,提倡"生态学的文学批评"(Ecological Literary Criticism)或"生态学取向的批评"(Ecological Oriented Criticism)。1995年在科罗拉多大学召开了首次研讨会,会议部分论文以《阅读大地:文学与环境研究的新走向》为书名正式出版(1998)。其后,生态批评的著作有如雨后春笋般充斥文论界。① 1996年美国第一本生态批评论文集《生态批评读本》由格罗特费尔蒂(Cheryll Glotfelty)和弗罗姆主编出版,其宗旨在于"分别讨论生态学及生态文学理论、文学的生态批评和生态文学的批评",使得生态批评更具有文学批评的特征和范式。在导言中格罗特费尔蒂对生态批评加以定义:"生态批评研究文学与物理环境之间的关系。正如女性主义批评从性别意识的视角考察语言和文学,马克思主义批评把生产方式和经济阶级的自觉带进文本阅读,生态批评运用一种以地球为中心的方法研究文学。"

1998年英国第一本生态批评论文集《书写环境:生态批评与文学》在伦敦出版,分生态批评理论、生态批评的历史、当代生态文学三个部分。这本由克里治和塞梅尔斯主编的著作认为:"生态批评要探讨文学里的环境观念和环境表现。"

1999年夏季的《新文学史》是生态批评专号,共发表10篇专论生态批

---

① 美国批评家斯莱梅克曾这样惊叹生态批评如此迅速地成为当今文学研究的显学:"从八九十年代开始,环境文学和生态批评逐渐成为一种全球性的文学现象。ecolist 和 ecocrit 这两个新词根在期刊、学术出版物、学术会议、学术项目以及无数的专题研究、论文里大量出现,有如洪水泛滥。"生态批评的主要代表人物有格罗特费尔蒂、劳伦斯·布耶尔、乔纳森·贝特、埃里克·托德·史密斯、莫菲、多默尼克·海德等人。

评的文章,2000年出版的生态批评著作主要有默菲教授主编的论文集《自然取向的文学研究之广阔领域》、托尔梅奇等主编的《生态批评新论集》、贝特的《大地之歌》等。2001年,布伊尔出版了新著《为危险的世界写作:美国及其他国家的文学、文化与环境》,麦泽尔主编出版了《生态批评的世纪》。2002年年初,弗吉尼亚大学出版社隆重推出第一套生态批评丛书——"生态批评探索丛书"。此外,还有美国的格伦·洛夫于2003年末出版的《实用生态批评》、英国的格雷格·加勒德于2004年8月出版的《生态批评》。

对"生态批评"的定义,言人人殊,难有定论。米歇尔·P.布兰奇等人在《阅读大地》中说:"隐含(且通常明确包含)在这种新批评方式诸多作为之中的是一种对文化变化的呼唤。生态批评不只是对文学中的自然进行分析的一种手段,它还意味着走向一种更为生物中心的世界观,一种伦理学的扩展,将全球共同体的人类性观念扩大到可以容纳非人类的生活形式和物理环境。正如女权主义和非裔美国文学批评呼唤一种文化变化,即通过揭露早期观点的狭隘性而努力促成一种更具包容性的世界观一样,生态批评通过考察我们关于自然世界之文化假定的狭隘性如何限制了我们展望一个生态方面可持续发展的人类社会的能力而呼唤文化的改变。"

哈佛大学英文系教授劳伦斯·布伊尔(Lawrence Buell)在其著作《环境想象:梭罗、自然书写和美国文化的构成》中将生态精神贯穿到文学和文学理论的更为深入的层面。在这部堪称"生态文学批评的里程碑"的著作中,布伊尔将矛头指向了20世纪以来文学和批评中的一个主要倾向:对真实世界的指涉维度的丧失。[1] 布伊尔认为:生态批评通常是在一种环境运动实践精神下开展的。换言之,生态批评家不仅把自己看做从事学术活动的人。他们深切关注当今的环境危机,很多人还参与各种环境改良运动,他们还相信,人文学科特别是文学和文化研究,可以为理解及挽救环境危机做出贡献。生态批评是跨学科的,宣扬美学上的形式主义或者学科上的自足性是成不了生态批评家的。生态批评从科学研究、人文地理、发展心理学、社会人类学、哲学(伦理学、认识论、现象学)、史学、宗教以及性别、种族研究中吸取阐释模型。其结果显然是在不同的生态批评家之间产生了方法论上的巨大差异。随着生态运动的壮大,"生态批评"这一术语的含义也越来越复杂。起初使用它的是研究自然写作及自然诗歌的文学学者,这些作品着眼

---

[1] Cf. Lawrence Buell, *The Enviroment Imagination: Thoreau, Nature Writing and the Formation of American Culture*, Cambridge: Harvard University Press, 1995。

于非人类世界及其与人的关系。与之相应的是早期的生态批评家的理论假设也比今天简单。比如,许多早期的生态批评家强烈反对现代文本性理论,并宣称生态批评的核心任务是要强调文学应该使读者重新去与自然"接触"。

大致上可以说,"生态批评"是从文学批评角度进入生态问题的文艺理论批评方式,一方面要解决文学与自然环境深层关系问题,另一方面要关注文学艺术与社会生态、文化生态、精神生态的内在关联。生态批评关注文本如何拒绝、展示或者激发人类热爱生命的天性:"集中在生命进程或者类似生命进程中的内在人类倾向,激发起我们与非人类的自然世界联系的想象和情感。在宗教信仰带来的安全感、现代性的焦虑、后现代的碎片与混乱之后,作家们开始探索人类归属世界的新途径,探索在我们与自然之间发展一种谨慎而互惠型伦理的新途径。因此,生态批评的一个重要驱动力就是定位、敞开并且讨论这种表现在文学形式中的渴求。"①生态批评运用现代生态学观点考察文学艺术与自然、社会以及人的精神状态的关系,同时运用文学想象叙事手段透视生态文化,探索人在世界中的诗化生存状态,思考人、自然、艺术与批评三者之间的关系——对人与自然征服与报复关系的反思,对生态艺术批评的人文原则的确定,对现代主体中心问题和多元价值新构造的推演。正是在这一点上,笔者同意《阅读大地》的编者所说的:"具有生态敏感性的文学批评的一个重要作用就在于它具有一种潜能,推动人类全体成员培养起更加深厚的生态人文素养。"②

在笔者看来,生态批评有以下几个基本特征:

一、生态批评以研究文学中的自然生态和精神生态问题为主,力求在作品中呈现人与自然世界的复杂动向,把握文学与自然环境的互涉互动关系。生态批评在文学批评中使用频率增加而范围不断扩大,因而生态批评已经作为文学理论的重要术语收入西方文论术语词典。

二、生态批评亦可从生态文化角度重新阐释传统文学经典,从中解读出被遮蔽的生态文化意义和生态美学意义,并重新建立人与自我、人与他人、人与社会、人与自然、人与大地的诗意审美关系。

三、生态批评对艺术创作中的人的主体性问题保持"政治正确"立

---

① Michael P. Branch (ed.), *Reading the Earth: New Directions in the Study of Literature and Environment*, Moscow, Idaho: University of Idaho Press, 1998, xii.
② Ibid.

场——既不能有人类中心主义立场,也不能是绝对的自然中心主义立场,而是讲求人类与自然的和睦相处,主张人类由"自我意识"向"生态意识"转变。人类与地球是共存亡的生命契合关系,人类不再是自然的主宰,而是大地物种中的一员,与自然世界中的其他成员生死与共。

四、生态批评将文学研究与生命科学相联系,从两个领域对文学与自然加以研究,注重从人类社会发展与生态环境变化角度进入文学层面,从而使生态批评具有了文学跨学科特性。生态批评是人类面对生态灾难之后的文学反思,是文学艺术家对人类在地球的地位的重新定位,是思想家对西方现代性弊端的重新清算。

五、生态批评在对生态文化现象进行观照时,承继了绿色革命的意识形态,强调不能背离文学精神和文学话语,而要尽可能在文学文本形式和艺术手法层面展开话语叙事,通过"文学性"写作的形式美手法去体现生态文化精神。

六、生态批评的内容要求从生命本质和地球的双重视野中,考察人类的过去与未来的存在状态。这一视角将已经流于形式主义的文学研究与危机重重的地球生存问题联系起来。文学从此可以抛弃形式主义的文字游戏,从语言消解的各种文学批评话语中振作起来,重新审视"人类的"生活意义和"世界的"生态意义。

总体上看,生态批评将文学与自然环境的关系作为自己研究的领域,它一方面必须是"文学性"研究,另一方面又必须触及"生态性"问题。这种"文学性"与"生态性"的整合不同于其他的文学批评或文学理论。生态批评对人类未来充满希望,并不断呼唤着诗意乐观的生存态度,拒斥"对未来的绝望",从而显示出生态批评的乐观主义精神特质。

当然,任何一种新的理论出现,都有不完备之处乃至理论盲点,生态批评也不例外。这种新的批评模式在文学界引起广泛关注的同时,也得到社会的广泛批评。达纳·菲利普斯在《生态论的真相》一书中对生态批评提出若干异议,认为生态批评是旧瓶装新酒,理论上没有什么创新,只是用时髦的术语哗众取宠而已;生态批评仍没有形成自洽的理论体系,其理论根据的匮乏使之不过成为激情的叙述话语;生态文学批评充满野心,想当然地把相当复杂的进化论及生态理论纳入文学批评之中而难以消化。但不管怎么说,生态批评仍在西方文论的"文本喧哗""话语游戏"中走出来,开始俯身生养死葬的大地,直面并关心人类存在的真实困境,这是不可否认的事实。

八　全球化语境中的文论转型意义

研究 20 世纪西方文艺理论对我们有何意义？通过对其历史脉络的把握和对名家名篇的深入研究，会对我们有何启发？这些都是必须弄清楚的。

20 世纪是文化解构与重建的时代，面对神性的坍塌，人类必得重新认识自己，而且任何一个民族和个人均不能逃避这一自我身份重塑的历史节点。20 世纪的文艺不断换新变幻、愈演愈烈，20 世纪的文论不断推演创新、流派迭出。那么，为什么会出现这种状况？这种不断创新求变的背后有何深刻意义？它标明了人类怎样一种处境？它指涉出诗学的反思担当了何种使命？当代西方文艺理论不断花样翻新、不断发生话语转型这一事实，值得我们往深处思。

当西方哲学中逻辑经验主义将黑格尔、费希特、谢林、海德格尔的哲学宣判为"连错误都不是，而是一无所有"①时，当一切关乎人的灵性和生命的终极价值问题：仁义、温爱、自由、幸福都在分析哲学的一系列承诺：拯救思维混乱、摈弃形而上学、清除哲学的超越性与想象力中遭到可怕的放逐时，哲学面临着文化与生存两极间的深渊。因而，在哲学忘掉了自己的天命而走入逻辑、计算之时，文艺理论出来主动担当反思人生意义的使命；而当西方科技理性精神全面冲击各个领域之后，西方哲学许多重要流派都纷纷涉足文论和美学，现象学（英伽登、杜夫海纳）、解释学（海德格尔、伽达默尔）、存在主义（萨特、加缪）、西方马克思主义（本雅明、马尔库塞、阿多诺、布洛赫）是这样，结构主义（穆卡洛夫斯基、什克洛夫斯基）、新托马斯主义（马利坦）、解构主义（德里达）、后现代主义（哈桑、斯潘诺斯）、后殖民主义（赛义德、斯皮瓦克）、文化研究（布迪厄、鲍德里亚）亦是这样。可以说，当西方世界精神生态失去平衡，人处于尖锐的心与物、人与世界分离之时，当人的灵魂、人的根基虚无化而无所依持时，人们急切地渴盼栖居在艺术之家中，从而使人在感性的个体形式中把握到绝对，并通过艺术使世界由此转换成一幅形式图画，使骚动不安的灵魂得以宁静的栖息。因此，艺术和文论作为人的活动方式和反思方式，在当代世界具有"生命精神化"的价值。

不仅如此，当神性消退而出现价值虚无时，个体的感性生命的归依问题

---

① 卡尔那普：《通过语言的逻辑分析清除形而上学》，见《逻辑经验主义》（上卷），商务印书馆 1982 年版，第 33 页。

也要由艺术和文论来解决。当尼采宣布"上帝已死",而举起审美主义大旗时,经由康德、席勒呼吁的审美之路得到空前的高扬,诗化哲学家们(席勒、尼采、狄尔泰、诺瓦利斯)都相信艺术可以代替宗教,因为在神性的根基遭到摧毁以后,审美主义才会成为代偿品被提出来。终于,自柏拉图、普罗丁、黑格尔、克尔凯戈尔为代表的西方传统美学、哲学中感性的审美低于超验的神性的现状,整个地改观了。于是,在狄尔泰那里,艺术获得了与宗教相同的地位;在瑞恰兹那里,"只有诗可以救助我们";在海德格尔那里,诗(艺术)终于成了思的源头;而马尔库塞更把艺术作为昭示新存在(New Being)的唯一通途。因为在绝对价值虚无中,在终极意义失落中,必得有某种给人以希望的路途和给人以肯定的方式。因为不肯定超验神性,就得肯定生命感性;不肯定至乐的彼岸,就得肯定苦难而又超拔的此岸,非此即彼。这是西方文论和美学最终不得不出来填补价值的空虚的根本原因所在,也是其当代文论的本性和使命所在。

可以说,当代艺术担当起拯救人的感性审美生成的使命,而当代西方文艺理论也担当起诗意地反思人生意义和生命价值的使命。文论反思在某种程度上标示出当代艺术的文艺本体论深度。因此,艺术和文论反思在当代以其对主流话语的反抗的坚毅,而照亮了自己存在的家园。艺术的深度成了人性的深度,成了人性觉醒的向度。它使人对自身灵魂和精神世界因痛苦而呼求,并在人格化了的自然的沉思中加以感悟。文艺无法回避,也无意回避爱、孤独、忧虑、荒诞、死亡等人类命定的深层意识和灵魂骚动,伟大的艺术和对艺术的理论反思,为抵御人性深度的沦丧,为打破日常感觉因停留在生活的表面和外围而带来的平庸委琐、浅薄无聊,付出了艰难的探索代价。

当代文艺理论将当代艺术上升到对人本体反思的高度,它对传统的自明的文艺观念、文艺范畴加以悬搁和批判,对那些僵死的研究方法和文艺研究模式加以反思和创新,从而空前地张扬了审美现代性诗学的勃勃生命,空前地标举出审美现代性文论的现代意识。无疑,审美现代性西方文艺理论所关注的问题已不仅仅是艺术的认识方式和审美特性问题,而是上升到艺术存在论水平,表征出的是当代人的价值存在方式问题。审美现代性文论的真正意义在于:将艺术转化为人类生存意义的揭示,成为人类永恒超越的诗意栖居的家园,使本体的批判成为对自我的批判,领悟的反思成为对自己的领悟和反思,从而使人的混沌存在成为明朗的价值存在。

当清楚了20世纪西方文艺理论之所以空前活跃的终极原因和根本意义以后,还需要追问:研究当代西方文论的意义究竟何在?在我看来,从中国立场审理 20 世纪西方文艺理论具有重要的话语转型和重建意义：

其一，研究当代西方文论是在文化互动中的中西前沿思想对话。这意味着，不应仅从知识论和认识论着手，因为这一研究不是对西方文化和西方文论品头论足，相反，从生态美学上看，这种西方文论思想的考察，是中西文论和文化的一场本体论意义上的对话，正是在这种对话中，中西文论的真实意义在当前时间中呈现出来。对当代西方诗学的研究，一方面可以使我们从现代文化的高度看西方文化的美学困境和诗学精神的张扬，另一方面，也可以使我们看到自己文论和美学还袭因着传统的重负，未能达到真正的反思。这种文艺理论研究的反思和自省，不是要通过比较来贬扬某一文论，这种诗学对话的目的，在于去更深一层探问人类审美文化的共同价值取向。因而，对西方文论的研究只能以相互启示、相互生发为共同基础。只有去除了自身遮蔽状态，只有将探索人类审美文化的真实意义作为共同的尺度，我们的研究才有可能在一个新的基点上，达到对西方诗学的深刻洞悉。

其二，对当代西方文艺理论的研究不能采用孤立的、静止的观点，而应采用具体的、发展的观点去分析和研究。我们不应照搬和移植西方文艺理论，而应在与西方文论的参照对比中，整理、分析、总结自己的当代文艺理论，进而建设自己的当代文艺理论体系。当我们真正把握了 20 世纪西方文艺理论的真实意义，真正领悟了当代文论下潜藏的存在本体论意义之时，我们的知识型将有全新的结构性调整。在文艺理论和美学研究的深层，涉及一个远为深邃而且相当重要的问题，即中西文化精神的走向问题；因为，诗学研究不仅涉及诗意的思维方式（诸如改变思维模式、引进新方法论等），更重要的是人生意义和价值存在的重新确立，是人生审美化（即生命的审美生成）问题。因此，建立当代中国的文艺理论体系，必须首先清楚西方文化和诗学的主要趋势和价值取向。只有真正弄清了西方诗学的"文化灵魂"，同时也认清了我国文艺理论亟待鼎新革故的方面，才能取长补短、扬优弃劣。

其三，在全球化的多元文化色彩和"政治正确"意向中，中国文论界在对第一世界和第三世界文化的研究中，注意到后殖民主义在批判资本主义生产和消费关系时，往往强调第三世界对第一世界的"文化拿来"，而没有清醒地意识到新世纪中国"文化输出"的重要性。这事实上提出了全球化语境中的中国文化和文论知识分子的价值立场问题。在笔者看来，"全球化"不是一个全球同质化、单一化的过程，而是一个逐渐地尊重差异性的过程——科技一体化、制度并轨化、思想对话化、信仰差异化。① 尽管差异性面临的处境很艰难,但是必须尊重差异性。笔者不认为全球化时代全世界所有的语言都消失了,只剩下英语;全世界的所有文化都慢慢被整合了,只剩下西方文化;全世界一切的意识、一切的文明都慢慢地被同质化,多元的历史终结了。相反,全球化是一个学会尊重差异性的多元化过程,是东西方共同组成"人类性"的过程,也是西方中心主义习惯自己成为多元中的一元的过程。在后殖民语境中,中国学者的批评精神不可或缺,本土学者应从自己的喉咙发声,用自己的方式介入第一世界的话语中心,使得话语成为可"分享"的,理论成为可"旅行"的,价值标准成为可"互补"的。处于边缘的第三世界知识分子的文化理论介入和对中心主义的警惕,对于抵制第一世界思想家的文化帝国主义霸权话语,使其得以考虑不同历史文化和社会差异所制约的观念,处理全球问题,审理以西方现代性作为全球发展唯一标准或道路的知识佞妄,有着不可缺乏的纠偏功能。全球化时代为中国从"西学东渐"走向"东学西渐"提供了基础。一种东西方知识分子平等对话在多元宽松的文化语境中将成为可能。因此,全球化时代对知识分子不仅意味着要不断创造新的思想,而且要找到传播自己新思想的途径。新思想、新观念的含量和传播的广度决定学者在"学术文化链"上的位置。那些原创性的思想家生产了一个时代,而其他人却仅仅在消费他们的思想,甚至浅化、消泯他们的思想成果。当新时代需要新的阐释时,全球学术话语"文化链"一端的波动,会使得处于另一端的我们措手不及。我们思想的命脉与西方"他者"紧密相关,这是一个非常尴尬的现实,也是一个亟需改变和超越的全球化时代知识分子命运的现实。

其四,文化转型中的前现代、现代、后现代问题价值判断问题。这方面文论界认识的差异很大:有从时间矢量角度分为线性发展的过程,也有从超越层面分为"新的就是好的",还有站在前现代立场反对现代性和后现代性的,也有对前现代、现代、后现代进行同步批判的,等等。可以说,走向现代化的中国同时存在着传统性、现代性、后现代性文化断片和经验,于是,一方面有着全球化意识中的后现代文化视野与跨文化经验,另一方面又有着在

---

① 亨廷顿提出"文明的冲突",人们已经耳熟能详。近年来正走红西方的思想家哲学家齐泽克(Slavoj Zizek)提出:文明的冲突不是发生在不同文明之间,而是发生在同一文明背景下。在西方,这种观点备受重视。那么我们需要关注的是,同一种文明内部是什么原因使它发生重大的断裂和冲突? 而且,在全球化中为什么要将尊重差异性看成非此不可的? 事实上,全球化时代是尊重差异性的时代,这一多元化的过程相当漫长。

后殖民氛围中的文化身份认同与历史阐释焦虑,同时还存在着全球化文化霸权中的历史记忆和民族寓言问题。这种问题的重叠化、语境的杂糅化、场域的错综化,使得"后学"从文化批评进入政治批评领域,并在解构与建构、时尚与守成、虚无与信仰、悲观与乐观中重新书写自我文化身份,当代性的"文本政治"问题因之得以敞开。这些问题值得从两个角度加以分梳。一是"后现代后殖民主义在中国"主要强调西方后学进入中国后,中国学者在文化冲突中的具体理论反应,即一种多元并存的纳受、抵抗、整合、消融的过程;二是"中国后现代后殖民",是一种具有某种普遍意义的后学新思维,逐渐进入中国学者的学术神经,并成为一种看世界的新角度方法,甚至成为一种新的思想平台或流派。这两个问题有着内在不可分离的联系,又可以看成一个问题的两面,彼此相依,互为因果。后学问题上的"西学东渐",表明当代中国在哲学思想和文化观念上同世界保持了灵动的联系,并使西方的学院派问题进入中国后,不再是纯理论问题,而成为理论与实践的双重问题。对中国而言不是全面植入后现代问题,而是在现代性全面展开中择优而行。因此,对政治层面、经济层面、信息传播层面的前现代、现代与后现代的差异,当从更高价值理论层面加以分析:应该用一个更高、更远的视野来看如今同时态呈现在面前的前现代、现代和后现代,在审美现代性和理性现代性的张力之间找到人性的基本价值平台。说到底,选择什么样的角度,做出怎样的具有合法性的价值判断,与我们的文化身份和中国立场紧密相关。

其五,文学发展中的文化身份问题。后现代主义、现代主义、批判现代主义,与后殖民主义紧密相关。后殖民主义的引入,使得后现代主义的中心与边缘问题、价值平面问题、反权威问题变得更加复杂,并使中国文论界共时性地遭遇到以下诸多问题:后学研究的阐释中国的焦虑,后现代中的语言学转向及其汉语思想的当代言说方式,后现代哲学与中国哲学审理以及哲学新方向,后现代主义与现代西方哲学关系,后现代主义与社会科学的复杂状态,后现代主义与新实用主义、科学主义、女权主义的关系,形而上学的命运与后现代实在论,后现代问题与当代宗教神学思想,后现代主义与文学艺术的危机,后现代主义之后的东方后现代问题,当代诗学与后现代审美文化,日常生活与后现代性等等,后现代后殖民与文化保守主义,公共领域与公共舆论关系及其共识性与公共性的丧失,人文精神的困境与价值反思,后殖民语境中的知识分子与精神家园,后殖民主义的发展与中国文化思想的内在矛盾,东方主义与西方主义的对抗性态度,后殖民场域中的第三世界文学和批评,后殖民话语叙事碎片与时尚怀旧,后殖民主义与民族主义,以及妖魔化中国与知识的买办化批评等。在一系列彼此缠绕,互相牵连的话语中,中国文论学界进行了持续不断的研究,并取得了一些不容忽视的成果。面对这种"后学"大面积的思想消解性活动,在传统价值遭到合法性的困境时,只有通过理论和实践层面的不懈探索,通过后殖民时期知识分子的边缘性思考,在获得自身的个体独立性中,将对知识体系的更新和对学术思想的创新,作为自身存在的理由和中国思想延伸的契机。赛义德认为:"作为知识分子,最困难的是要以自己的作品介入想宣传的事物,而又不僵化为一种体制或为了某系统或方法服务的机制。"①笔者坚持认为,批判是学术发展的生命,但是如果批判仅仅是将知识消解为零散的碎片,仅仅不断复制自身的"批判话语",而无视问题本身的深度和广度,就难以出现人类知识的新增长,致使话语批判变成时代知识主流的泡沫。因而,从事真正的思想批判和问题揭示,就是重新创造自我身份,并以自己平实的工作为时代做一个真实注脚,进而成为这个变革的社会肌体中的一种反思性微量元素,或许是对新世纪中国思想知识增长的有意义的工作。

在笔者看来,在当代文论转型与文化重建中,只能是尽可能多地遵守不断超越的"人类性"的共同价值和认识,遵循一定的国际审美共识(不管是文学的还是艺术的),同时加上中国知识分子审理过的中国文化精华部分的"文化财"(狄尔泰),才有可能组成新世纪的中国新文化形态。只有东西方文化尊重彼此的差异性和强调文化的可持续发展,才能维持整个世界文化的生态平衡。

---

① Edward Said, *Representations of the Intellectual*: *The 1993 Reith Lectures*, London: Vintage, 1994, p. 90.

第一章 狄尔泰的精神科学美学

真正的哲人禀受着生命和诗的馈赠,在苦苦思索中展开灵魂的对话,并将生命本体的思考作为自己安身立命的本源。他留下一串坚实而清晰的脚印,展示出一生孜孜求索的心路历程。

哲人在没有诗的时代呼唤诗人,在生命意义晦暗不明的痛苦之中寻求明晰和诗化的人生。因为每个人的一生都有一道跨不过去的界限,正是这道界限使人们最终相遇在生命的边缘。这边缘终将使人们透悟生命这个大谜,从而在体验中感领到你的存在就是我的存在,在理解之中感受到人类精神世界的息息相通。哲人探索生活的神秘面孔,这面孔嘴角上堆满了微笑,但双眼却是忧伤的。因为那飘逝的是永恒的,这是他的困惑,也是他的谜中之谜的谜底。

第一节 生命意识与历史理性批判

德国现代生命哲学家、解释学美学家威廉·狄尔泰(Wilhelm Dilthey,1833—1911),是20世纪哲学界、美学界一位令人瞩目的人物。他著述甚多,其哲性诗学思想十分丰富。他上承施莱尔马赫、叔本华,下启海德格尔,在思想史和文艺史等领域有不少开创性的建树。

当代西方出现的"狄尔泰复兴"现象,使人们深切地感受到,狄尔泰为时代所苦恼、所追寻的人的哲学问题,人的生命价值和艺术体验理解的价值取向问题,在当代哲学和美学中仍未能解决,相反,有的问题在今天变得更加尖锐和令人困惑。因而,通过狄尔泰的生命哲学观和诗学阐释学理论的研究,将艺术问题与人生问题以及人的现实历史境遇问题联系起来,会使我们重新解开艺术本体之谜和人类生命价值之谜,从而更好地体验生命和理解世界。这位诞生在19世纪的哲性诗人,其整个思想对20世纪产生了不可磨灭的影响。

狄尔泰的哲学深受康德、黑格尔的唯心主义和浪漫主义哲学以及英国经验主义的影响。他给自己选定的目标是要进行"历史理性批判"。他遵循的道路是"认识论之途",而非西方"传统的形而上学之途"。也就是说,他要以认识论来证明人文科学特殊的方法论特征,为自然科学和精神科学"划界"。如果说,康德通过他的"纯粹理性批判"为自然科学奠定了可靠的认识论与方法论基础的话,那么,狄尔泰也想通过他的"历史理性批判"使精神科学(即人文科学)关于人类历史的知识的确定性和客观性成为可能。

狄尔泰的一生为建立真正的精神科学做出了不懈的努力。赴巴塞尔大学任教期间,他走出了神学院,再一次感到宇宙人生的和谐美,他在新的生活中开始更深地思索生命意义的问题。人的生命本体,人与历史的关系,人类的体验、表达、理解问题,精神科学的建立和解释学等问题,使他兴奋,使他焦虑。这期间,他已经清楚地知道自己的任务,就是要建立一门与自然科学不同的精神科学(或人文科学),以防止自然科学对精神科学的僭越。

狄尔泰的研究工作可分为三个方面:精神科学理论及其与自然科学的划界研究;关于人、社会和国家的诸门科学的历史解释学研究;心理学方面的工作是要表现出"人这一整体事实"。关于科学理论、科学历史与解释学的心理学的各项探索自始至终互相渗透。其目标在于把"生命"带向哲学的领悟,以及从"生命本身"出发,为这种领会保障解释学基础。一切集中于心理学,而其心理学是要在生命历史的发展联系与作用中,把生命同时领会为人藉以生存的方式、精神科学的可能对象与这些科学的根本。解释学是这一领会的自身澄清。狄尔泰采用"批判"一词标出他与康德哲学的紧密联系,而与形而上学划清了界限。在西方哲学中,那种非批判的、对一个东西不加考察便接受下来作为自己的理论的根基或出发点的态度,被斥为"形而上学"。狄尔泰走的是一条"批判"的道路。但他不考察"纯粹理性"或"纯粹知识",而是考察"历史理性"和"历史知识",也就是说,将人的生命的具体存在作为自己哲学考察的核心,去考察人认识他自己以及人所创造的社会和历史的能力。狄尔泰循此出发去追问:人如何认识自己?如何认识他人?如何认识人自身所创造的人类文化?如何认识由人本身的生存所构成的人类历史?如何认识人自身的再创造?甚至还要追问:精神科学的知识如何可能?这种认识的基础和条件何在?这种知识的可靠性和有效性如何?

狄尔泰所面对的19世纪末期的世界,实证主义和历史主义在思想领域形成两股重要的思潮。他首先对这两种思潮加以批判。在他看来,实证主义原则诸如诉诸经验、推崇科学、追求知识的客观性是有其合理性的,但实证主义无视人的心灵的创造活动,对生命加以机械解释,对历史的僵化死板的看法则是狄尔泰所不能同意的。同时狄尔泰认为,历史主义给了他诸多有益的启示,但历史相对主义又会使人文科学知识失去确定性和可靠性。狄尔泰认为,那种用自然科学的实证主义方法来研究人文科学和人类历史的做法是错误的。因为自然科学与精神科学在研究对象和目的上存在明显的区别。在狄尔泰看来,有两个世界,一个是物理世界,一个是精神世界。精神世界是一个内在的宏观世界,是人类生命和精神生活的纯粹世界,它与处于人类心灵之外的物理世界是迥然不同的。而且在物理世界中,人们是通过对物体(对象)的精确观察和测量来获取对于物理世界的知识的。因此,人们往往注意对外在事物进行描述和分析,以满足其功利目的。而在精神世界中,充满了主体的人的情感、想象、意志,以及人类活动的观念、价值、目的等,是无法加以精确观察测量的。因此,狄尔泰把历史与哲学、研究人类经验与研究人类心灵的学科结合起来,试图以此提供一种新的方法论来重新解释人类生命活动和社会文化的发展。

生命作为人类历史发展与人类精神创造活动的主宰,是精神科学真正的研究对象。狄尔泰的"历史理性批判"的根本旨归,是要研究"总体的人"(ganzcn Menschen),即根据人是有意志、有情感、有想象的存在物这种能力来阐明认识及其概念在这总体的人中,"知、情、意只是真实的生活过程的不同方面",是"血管中流着真正的血"的有血有肉的活生生的"认识主体"。① 这样,强调科学认识中人文科学(精神科学)与自然科学的区别,强调认识主体的有血有肉的知情意活生生的统一与无生命的"主体"的区别,在这一区别过程中,使人文科学的独特性、人的"主体性"问题鲜明地凸显出来。

只有将精神世界与物理世界分开,只有将精神科学与自然科学分开,才能使精神世界确立自己独立的统一领地,使精神科学有自己的地盘,才能够卓有成效地探索人类精神生活和生命意识的底蕴,才能对何谓世界统一性的基础、何谓人类生命的意义、何谓人的内在本质这些问题加以回答。这样狄尔泰就将精神科学与自然科学的"划界问题"推到了哲学前台,并成为其整个体系的核心部分。狄尔泰认为:"我们不能只是靠着把自然科学家们的研究方法直接移植到我们人文科学的领域中来,这丝毫也不表明我们就成为大科学家的真正门人。我们必须使自己的知识适应于我们的研究对象

---

① W. Dilthey, *Gesammelte Schriften*, Band 1, Stuttgart, S. XVIII.

的本性,只有以此为基点,才是科学家们对待他们的研究对象的方式。"①

狄尔泰进而认为,精神科学的标志在于,所有这一类科学都是从不同的方面来研究"同一个大事实",这就是"人",或更确切地说是"人—社会—历史的实在",而无论如何,只有活生生的人才是精神科学分析的起点和终点。狄尔泰在科学大潮中将人的科学推到潮头并强调要研究"人这一整体"的事实,澄清了将自然科学和人文科学混为一谈的谬误,突出了二者的根本差异性,从而使人们凝视在自然物质上的目光在更高层次上转换成凝视自己,反思人自身,从而将亚里士多德的名言"认识你自己"变成了有一整套严密方法的具体实践。既然狄尔泰认为自然和生命构成了自然科学与精神科学的根本区别,而且,狄尔泰也提出生命是一种处于盲目而又有秩序的不断流变之中的不可抑制的永恒冲动,那么,他为精神科学和自然科学立下的"划界标准"是什么呢?狄尔泰在晚年明确提出了这个"划界标准":即只有当体验、表达和理解的网络成为一种特有的方法时,我们面前的人才成为精神科学(Geistes wissenschaften)的对象。一门科学,只有当我们可以通过生活(Leben)、表达和理解的网络关系去研究它的对象时,才属于精神科学。②

狄尔泰的时代,人的历史境遇发生了巨大的变化,以科学世界观和方法论为基础的形而上学体系无法解决人的生活世界问题。狄尔泰呼吁,让人类努力把握现代生命哲学的本质,从生活体验出发来对生命的意义做出解释,因为对于生命,人们只能依赖于个人内在的体验和感觉来把握。人类对生命冲动的内在体验的外在表达形式表征为文学、艺术、宗教等形式的精神科学。精神科学不可能以逻辑的形而上学作为自己的基础,它只能以个体与群体的具体生活体验为旨归。这就是狄尔泰的全新的精神科学方法论。狄尔泰正是从人的全部身心发展、从人的心灵的内宇宙出发,去探究作为主体的人是怎样感受世界、体验生活世界、表达自我意识、理解人类历史,从而追问人是如何获得自己潜能的全面伸张,最终成为"整体的人"的。因此,"体验—表达—理解"是狄尔泰精神科学的理论构架和方法论基础,也是他全部体系的核心范畴。狄尔泰精神科学与自然科学"划界"的意义在于:区分了自然本体论和生命本体论,并进一步确立了与生命本体论相适应的认识论,指出认识人自身—生命本体,只能是体验、表达和理解。

---

① H. P. Rickman, ed. *Selected Works of Welhelm Dilthey*, Led. Wouthampton, 1976, p. 89.
② W. Dilthey, *Gesammelte Schriften*, Band 7, Stuttgart, S. 176.

第二节 生命"体验"与艺术意义

面对人类宏大的精神世界,狄尔泰感到,要真正把握这一世界的奥秘是极不容易的。因为在技术时代即将来临的背景下,"理想主义的激情已失却其鼓舞人心的魅力"①。而且科技思维模式已经浸渍了哲学、文学以及人们的日常感觉方式。古希腊哲学以来的以人生哲学解决自然实在问题的趋向,如今变为了以自然实在模式来解决人生哲学和审美方式问题。狄尔泰痛心地感到:现在,我们得追问:对个体或群体而言,其活动的终极目的何在?贯穿我们这个时代的深刻矛盾来临了。我们对事物的本原,对我们生存的价值,以及我们行为的根本价值茫然无知,如进入扑朔迷离的雾幛一般。

今天,人的生命价值、人生的超越性意义问题被哲学遗忘了,而诗和艺术在哲学忘却了自己的使命时,挺身而出承担了反思人生痛苦的天命。当哲学家躲进形而上学体系中玩弄概念的游戏时,诗人艺术家却严肃地解生命之谜、解人生之谜。据此,狄尔泰认为,诗人与哲学家交换位置是技术时代降临时的必然产痛。诗是将人与人互相维系在其存在的最高要素中的共同精神的表达,诗倾诉出伟大心灵的颤动。正是诗(艺术)给处于世界已达夜半的人以温爱和柔情,给人生迷茫中的心灵提供了一个生存的支撑点。正是在这个意义上,狄尔泰才在《体验与诗》中断言:"诗向我们揭示了人生之谜。"

艺术与人生是密不可分的。对人生的体认不能诉诸理性,而只能是"体验"(Erlebnis),只有体验才能将活生生的生命意义和本质穷尽,只有通过体验,人才能真切而内在地置身于自身生命之流中,并与他人的生命融合在一起。而那种仅仅为我们所感觉到、意识到的对象,则是一种外部体验。经验与体验在狄尔泰的理论体系中有根本区别。在对外物的经验中,主体(人)与客体(对象)处于一种主客二元对立的外在关系中,是将对象作为一个东西、一个"物"来对待,这种单纯的认识关系,是传统认识论主客关系和自然科学方法论的要害之所在。而"体验"则截然相反,是一种主体和对象之间的关系。体验者与其对象不可分割地融合在一起,主体全身心地进入客体之中,客体也以全新的意义与主体构成新的关系。此时,无客体也无所

---

① H. P. Rickman, ed. *Selected Works of Welhelm Dilthey*, Led. Wouthampton, 1976, p. 89.

谓主体,主客体的这种活生生的关系成为体验的关键,对象对主体的意义不在于它(或他)是可认识的物,而在于在对象上面凝聚了主体的客观化了的生命和精神。对象的重要正在于它(他)对主体有意义,这就使主客体关系化成了"每个个体自己的世界"。

可以认为,体验关涉人的有限生命的超越和生活价值的反思。体验打开了人与"我"、"我"与世界的障碍,使人的当下存在与人类历史相遇。在体验中,我绝非一个超然物外、面对客体的纯粹"主体",同样,对象也非外在于"我"的纯然"客体",处在体验之中的人所体验到的是:"我"在世界中,世界亦在"我"之中。体验表明了有限生命生活关联中的处身性,从而具有本体论的意义。狄尔泰将"生活体验"看成人类真正的"生活地基"(Untergrund des Lebens)。[1]

人不仅生活在一个现实的物理世界中,而且生活在自己的世界之中,生活在由生活体验构成的境界中,一个只对有灵魂的人才敞开的"生活世界"中。只有这种生活才是真正意义上的"人的生活"(das Leben)。通过体验,人从物理世界走向"生活世界"和艺术世界。因为,"诗的问题就是生命(生活)的问题,就是通过体验生活而获得生命价值超越的问题"[2]。

在狄尔泰那里,生命关联域具有本体论上的优先性,本体论问题就是生命之谜的问题。而生命即生活,生活即生命,其核心关联是体验。人体验自己的历史境遇,因为人是自己的历史;人表现自己的情感,因为人就是情感体验本身。

体验关乎人的生活方式,即人生诗意化问题。深层体验总是关乎人本体属性的命运、死亡和爱憎。体验作为感性个体本身的规定性,就是要使人直面人生之真去解人生之谜,使人的生命达到一种透明性。诗可以揭示出生活的本质——通过艺术体验去把捉生命的价值,通过艺术活动,去穿透生活晦暗不明的现象,揭示生命的超越性意义。艺术体验与生命诗化问题在狄尔泰那里有着特殊的地位。他认为:诗把心灵从现实的重负下解放出来,激发起心灵对自身价值的认识。通过诗的媒介,从意志的关联中提取出机缘,从而在这一现象世界中,诗意的表达成了生活本质的表达。诗扩大了对人的解放效果,以及人的生命体验的视界,因为它满足了人的内在渴求;当命运以及它自己的选择仍然将他束缚在既定的生活秩序上时,他的想象使

---

[1] W. Dilthey, *Gesammelte Schriften*, Band 7, Stuttgart, S. 131.
[2] H. P. Rickman, ed. *Selected Works of Welhelm Dilthey*, Led. Wouthampton, 1976, p. 114.

他去过他永不能实现的生活。诗开启了一个更高、更强大的世界,展示出新的远景。在狄尔泰看来,诗(艺术)是关于生命本体的,是生命本体艺术化的中介。质而言之,诗就是体验的外化形式。当艺术家将自身内在的孤独、痛苦、渴望、希冀凝定为艺术的形式时,读者就可以通过"再度体验"去同诗人的灵魂相沟通,并悟出一些诗人似未说出却确已通过他说出的内容而在读者心中唤起的东西。因此,诗的结构将人的行为置于命运的裁决之下,这种方式向读者暴露了生活的一个侧面。读者把自己与诗中的内容联系起来,就像联系生活本身一样。"生命本体在于此,它是自身的证明。"①

艺术与生命相关联,但艺术不等于生命和生活本身。艺术源出生活关联,却又因其呈现出生活的意义而又高于生活关联。艺术是诗人"外师造化,中得心源"而创造出来的,是从生活世界与我们的意志、旨趣的关联中抽出来的。狄尔泰认为,史诗以及戏剧对读者、听众和观众表现了一个事件,致使这个事件的意义所在被他们所握。因为,只要一个事件向我们披露了生活本质的某些侧面,这个事件便被理解成有意义的。诗是理解生活的感官,诗人是明察生活意义的目击者。在这里,读者的理解已与诗人的创造不谋而合。因为这个创造,乃是对体察过的经验之生硬、粗糙、不成形式的原矿加以熔炼的神秘过程,乃是"有意义"的形式把这些原矿石重铸的神秘过程。正是诗,使人在世界中通过体验而重新审视自我生命的价值,同样也使人感领了神秘的生命启示。真正的诗把一种特殊的体验突出到对其意义之反思的高度。通过艺术体验,一切真正意义上的诗都与诗人在他本身、在别人、在各种人生事件的记录中所发现者密切相关。因此,生活体验是关于这些事件的意义之诗的知识所流出的活的源泉。

诗的灵魂是呈现出生活的意义,意义的给出是诗人通过体验和反思而超越自身狭窄境地的结果。诗的意义呈现使诗获得一种超越性,它开始传达一种普遍性的东西,同时这具有普遍性的意义又绝非抽象的,而是活生生的、激情充盈的。这就是真正的艺术——诗意的凝聚。正是在这个意义上,可以认为,生命即体验,体验即突破自身生活的晦暗性;生活体验即一种指向意义的生活,艺术体验即一种给出意义的艺术。艺术体验具有深拓性、超越性和普遍性。诗人的创造活动的基础包括:个人自己的体验;对他人体验的领悟;由观念推导和深化的体验。而这不同的体验均需以自己内在灵性为基点,从自己的命运境遇出发去感受和领会一切世像事物。这样,生活才

---

① W. Dilthey, *Gesammelte Schriften*, Band 7, Stuttgart, S. 225.

会展示出自身的本真性,而艺术才成为人的本真生存的表征,事情本身的言说,艺术意义的给出才使人的混沌存在转化为明朗的价值存在。体验具有意向性,正是这种意向性结构使人的体验成为一种"意向性"体验,成为一种赋予意义、指向意义、寻求意义的体验活动。体验的意向性使艺术世界的意义建构成为可能。

体验就是创造生命的意义,使自己达到一种诗意的自由之境,让生活成为自身的命运,而不至于使自己在日常生活的惯性中麻痹和卑琐,失掉其内在灵性。作为狄尔泰精神科学基石的体验,是对人生之谜的解答。狄尔泰认为,诗与生活的关系是:个体从对自己的生存、对象世界和自然的关系的体验出发,把它转化为诗的创作的内在核心。于是,生活的普遍精神状态就可以溯源于总括由生活关系引起的体验的需要。但所有这一切体验的主要内容是诗人自己对生活意义的反思。狄尔泰的"体验"论,在其哲性诗学中占有极为重要的地位。它犹如解开狄尔泰思想的钥匙,是打开狄氏思想库的前提条件。但要真正把握狄尔泰哲性诗学思想的全貌和深层意蕴,则必须进一步弄懂他的"表达"论和理解论。

第三节 "表达"与人的精神世界的互通性

当狄尔泰为精神科学立下"体验"这块基石时,他遇到一个十分棘手的问题:每个人都有不同的内心世界,而且有自己独特的"生活体验",那么这种"体验"具有客观性和普遍有效性吗?我们又怎样去客观有效地把握、认识这种"生活体验"呢?

狄尔泰谨慎地使自己免于滑向心理主义,认为体验必须外化而成为一种"生活的客观性",因为"生活的客观性是与体验的主观性相对立的"①。这样,主观色彩很浓的体验可以把自己固定在一个客观的、物理的"表达"(Ausdruck)上,也即是说人的心灵内涵的体验是通过"表达"(不管语言、姿态、文字或艺术符号、科学符号、行为符号等)来使人们得到"理解"的。在表达符号上,人们不仅注意这一表达,而且"超越"这符号本身,而进入一种符号的内层面,直接感受它所"意味着"的、所"代表指称"的东西(本体)。当代语义学、解释学以及解释学教育学对这一点进行了深刻研究,成果几乎遍及整个人文科学界,因此,人们将狄尔泰称为"解释学之父",这一誉称并

---

① W. Dilthey, *Gesammelte Schriften*, Band 7, Stuttgart, S. 146.

不过分。这一"表达"符号系统既与一般物质现象不同(如油画这种艺术符号,不能说这幅画是画布加油彩的物质构成),同时也与一般的心理现象有别(心理现象只体验,而符号是不仅要向内体验,而且要向外"表达"),它只能是一种传达心理世界的符号化过程。这样,"精神科学"定义实际上已经由研究"生活体验"更进一层地化为研究"表达",亦即"生活的客观化"了。"质言之,精神科学把生活的客观化作为它的包罗万象的题材。这样,精神科学的疆域就是由生活的外部世界的客观化所规定的。"①

值得重视的是,狄尔泰从人学的角度规定了人是社会的人,因此,对自我的认识必须通过他人的认识才能达到,然而对他人的认识又不可能直接洞见他的"体验",而只能根据他的"生活的客观化"即他的各种"表达"才能把握。也就是说,"只有通过他人的手势、声音和行动与我们感官的接触,我们才能大体意识到他人的内心生活"②这一命题意味着:自我认识的真理性在于人际交流的可能性、客观性。正是通过表达,人类内在精神体验才以外在物质符号的方式保存下来;正是"表达",使个人的内在"言语"转换成现存世界文化的"语言",而得以保存和交流、积淀为"文化财富";"表达",使空间绵亘万里、时间远逾千载之人能够"对话";正是"表达",使过去与现在接通,过去的意义即在于通过现在去对生活主动地揭示;正是借助于"表达",人与人的交流维度大大拓展,不仅在空间之维展开,更在时间之维内互相关联。在表达中,个体的"体验世界"终于获得普遍形式而融于无限的人类和历史的"表达世界"之中,这个"表达世界",毋宁说就是真正的人的生活世界的历史地平线,使得"历史的产品被织入这感官的世界之中,我们每时每刻都被这些历史的产品所围绕"③。在表达中,过去就是现在。

狄尔泰借助于"表达"这一客观范畴使个人的非理性体验超出了狭窄的心理流程进入人与人、人与社会、人与自我、人与自然的多重关系中,同时使人不仅生活在现在,而且在现在中把握过去和未来,以至于在表达中,使过去、现在、未来瞬间整合为一体,个体的深邃"体验世界"与人类历史的广袤"表达世界"豁然贯通,使个体融入人类大全。"表达世界"赋予人类生活以"历史性"的本质和深度,正是在这个意义上,狄尔泰才极力强调"人是什么,只有历史才能告诉他"④,"人能理解历史,正因为他本身就是一个历史

---

① W. Dilthey, *Gesammelte Schriften*, Band 7, Stuttgart, S. 148.
② Ibid., Band 5, Stuttgart, S. 138.
③ H. P. Rickman, ed. *Selected Works of Welhelm Dilthey*, p. 194.
④ W. Dilthey, *Gesammelte Schriften*, Band 5, Stuttgart, S. 224.

的存在物"①。

狄尔泰有一句名言:"我们说明自然,但我们理解内心生活。"②"表达",使人不仅能认识自己,更能认识自己的历史、人类的文化历史。"表达"不仅使"社会人"成为可能,更为重要的是,"表达"使"历史人"成为可能。一个对象如能被理解,那么,这个对象一定是认识主体本身创造出来的。而人之所以能理解自己、理解他人,进而理解自己族类的文化历史,就在于人能通过对象的表达而对其进行同化。也就是说,解释的理解打开了一个广阔的、在解释者个人生活中新的可能性领域。任何个人的生活体验都是有限的,但人的文化与时间有限性造成的人类存在的种种局限可以为扩大历史研究所克服,因为这种研究揭示了生活的整体统一。我们与过去的他人都是人,作为人,当然有无限的可能性,历史上他人的现实情况,对同样作为人的我们来说就是一种可能性。通过研究过去,人文科学家认识或激起了他潜在的可能性。"每一种人类的东西对我们都成了一种表现我们存在的无穷可能性之一的文件。"③每一个人都可说是一般人的缩影,人们之间的个别差异只是程度问题。每个人在人生的过程中发展的某些精神特征,潜在地是每一个人都具有的。因此,在理解过去时,理解他人加强了对自我的理解。重新体验所得到的知识是一个积极地再创造他人经验,从而给认识者的精神留下深刻印象的过程。文化历史丰富了我们在思想与感情成长方面的经验,体验式地、身历其境地参与不同的经验扩大了人自身的眼界。

毋庸讳言,"表达"是一个重要的哲学概念,是把人所生活的可见的、具体的文化世界看做一种内在力量——有意识的生命的产物。整个具体文化世界好比一个有意识的生命或精神表达自己的文本。生命在流逝,只是留下了许多物质载体——"文本",它们表达了运动着的人类体验。这些文本的意义可以被他人所理解。音乐、诗歌、宗教、历史都表达了精神世界的内容,因而,它们本身就是这世界意义的表达。正是通过这种表达,人类生活才成为可以认识的对象。

同时,狄尔泰还将生命表达分为三种类型:1. 语言的表达。这属于概念、哲学判断和逻辑思维的抽象体系。狄尔泰认为,这些都属于纯粹理性,

---

① W. Dilthey, *Gesammelte Schriften*, Band 5, Stuttgart, S. 151.
② Ibid., S. 114.
③ Ibid., S. 247.

因为它们同经验没有直接关系,只要抽象而清晰,这些纯粹理性的表达式就可以完全确定地加以理解。2. 行为的表达。行为总是朝向一个目的,但并不总是向别人传达一种意向。然而,它们是有意义的,因为它们是由一种意向推动的。它只是行为者生活的一个象征,研究者不仅得知道行为,还得知道环境、目的、方法和产生它的背景,在这个基础上,研究者才能理解他研究的这个行为。3. 经验的表达。这类表达式属于精神的对象化——人类行为可见的产物,像宗教和哲学体系,艺术作品、纪念物和各种风俗制度。这种表达式能包含的东西比它们的创造者所认识到的还多。因为,"他把(它们)从(生活的)深奥之处提了出来,而这些深奥之处是意识无法说明的"①。表达的创造性、完备性和有效性是表达的重要特点。所谓表达的创造性即指其能以自身表达出自身以外的信息;所谓表达的完备性即指其表达是尽可能充分的;所谓的表达有效性即指这种表达能为人们所接受。在诗的表达上这三个特点最为明显,狄尔泰十分推崇莎士比亚的诗、歌德的诗、荷尔德林的诗、浪漫派的诗。因为诗的表达是对世界意义和生命之谜最神秘的显现和展示,而且诗的表达历史地揭示出人们体验和领会生活意义的无限可能性,以及人性与世界关系的真实价值。

"表达"使"体验"超出个体心理境界而进入人类历史的大潮,但这又给人设定了一个新的疑问:作为必须站在历史之中来认识历史本身的我们真的能够认识历史吗?他本身是历史之中的一部分,这个部分能把握住把他包卷在其中的整体吗?作为历史的主体,我们已经置身于历史之中,并永远也无法跳出这整体。于是刚刚使体验的主体染上"表达"的客观性、有效性的我们,又进入一个更深不可测的"解释的循环"这一大谜之中。

第四节 "理解"及其解释学循环

寻求意义的形而上学冲动,是人类精神生活的质素。"意义"使生活充盈着一种形而上学的神秘光彩,"表达"只是生活的一个媒介,因为表达的价值正在于它所表达的意义。狄尔泰认为,通过表达而对意义的把握需要一种特殊而复杂的精神活动——理解。精神科学的根本方法是"理解"的方法。人的生命体验和诗意表达不能借助逻辑思维,而只能由一个生命进入另一个生命之中,使生命之流融合在一起。一切与人的生命相关的科学

---

① W. Dilthey, *Gesammelte Schriften*, Band 5, Stuttgart, S. 206.

现象(社会文化)和艺术现象,都是用符号、语言固定下来的生命的表现。因此,理解这些符号的传达也就是理解生命,为了达到这种深层理解,只有通过符号和语言中介而感悟其所表现的生命本体。

那么,什么是理解?理解究竟怎样才能成为可能呢?

精神科学研究人和人的生活的意义。人有自己的心灵世界,有着自己的历史。理解乃是进入人类精神生活世界的过程,历史也只有通过理解才能成为人的现实。如果没有理解,便不能构成人类历史,精神世界便是荒芜的,便谈不上生命的可能性,表达和意义都不复存在。因此,理解使个体生命体验得以延续和扩展,使表达具有了普遍意义,使精神世界成为具有相关性和互通性的统一体,使历史在人的阐释中成为现实,使个体之人成为人类,使生命获得超越而臻达永恒。所以理解活动是人类活动的质的规定性。所谓"理解"即是"我们理解体现在一个物质符号中的精神现象的活动",或者在外部世界的物质符号基础上"理解内在的东西"的活动,其结果是以自身体验使对象感悟,在"你"之中发现了"我"。理解就是一个人与另一个(包括一个人对自我的理解)的"交流"过程。一个人向另一个人开放,便是向他说的话开放。因此,"理解"就是一种"对话的形式"。过去的世界是一个他人的世界,一个独立的他人在各种产物中表达他们的世界。他们用象征来揭示自己的意向、感情、心绪、洞见与欲望。而解释者则希望在理解与解释的过程中扩展自己的眼界,获得对自己有益的异己世界的知识。

理解的本质在于,它不仅是一个人与另一个人之间的情感、理智的交流,就是我的"存在"、我的"存在方式"。它带动着我的意识和我的原始活力中的全部无意识去追逐新的生命。在每一个瞬息,我都不再是我,但也不只是我的"你",而是我与你,我与人类相交融。因此,解释的理解,就是个人与普遍历史知识的融合,即个人的普遍化。理解之所以成为可能,狄尔泰认为,这是因为一方面人类有着共同的心灵结构,人类的心灵能够理解它所创造的东西;另一方面,不同时代的人的体验内容不同,蕴含的意义不同,但人类体验的形式是相同的,因而能通过表达而理解,进而再度体验到表达中的意义,从"你"中发现同一个"我"。艺术作品集中体现了人类理解的本质。艺术品最真实地呈现出人类灵魂的巅峰体验和深渊体验,最真实地揭示出生命和生活历史的意义。艺术作品自足地存在着,它能够完全独立于它的创作者与研究者而存在。艺术品是"理解生活的工具",显示历史的真理,因其保存了主体的灵魂和生命体的复杂意义和信息,而具有本真的意义。艺术家避免为生存而斗争,他真切地体验灵魂的痛苦而不欺骗和做假,艺术家是"未来生活意义的预言者"。

生命解释着自身,它有一种解释学结构。生命只有通过意义单元的媒介作用才能把握生命,这些意义是超出历史长河之上的。艺术作品凝定着主体的生命,因而,艺术品更像主体而非客体。它们是意义的独立的源泉,以它们自己的方式向人说话。它揭示了一种意义,表达了生活。对于狄尔泰来说,最真实的文本不是写上的能抄写或更改的东西,而是坚固的独特的物体——雕塑、绘画或建筑,它们通过象征向研究者——历史学家"传达真理"。"理解"的根本意义在于,任何一种作品"文本"一经理解,其文化产物就失去了陌生与不可思议的特点,它开始有意,而我们则发展了同它的关系。它成为一个"你",而不是一个"它"。当我们与它保持距离时,每一个文化对象都是一个异己的"它"——只是一个对象,当我们试图要真正理解一个异己的文化产物,异己的它就成了一个"你"。潜在的"你"并不仅仅在我们自己传统中存在,它们也存在于其他文明与它们的过去中。当我们转向它们时,就可以把它们认出来,它们也会向我们说话。当我们不去理解或解释它们的时候,它们只是作为一个纯粹的客体存在于那里。一旦我们去理解或解释它们时,我们就同它们建立起一种类似对话的关系。

人是有目的的,人就是目的。人与他的精神外化产品——艺术、文学、宗教,得"从里面来理解"。通过理解和解释,我们可以发现过去文化和现在异己文化对于实在的认识和对于真理的表达,或者说,这些文化在向我们诉说它们对于世界的理解和看法。因此,正是在"理解"中,人类文化产物给人以新的意义,"理解"就不是一个单纯的主体对客体的单向涉入,而是对象作为另一个人(你)同我的对话过程,一个自我揭示的行为和价值生成过程。于此,人通过理解,投入到历史文化的进程之中,并以自身的理解重新构成一种新的"文本"。然而,问题似乎并不那么简单。理解和解释的有效性与客观性问题仍未能解决。因为,我们在理解某个文本时,作为解释者,是自己的时代活动的一部分,我们自己也是这历史进程的参与者,我们的精神是由个人经验与文化经验整合而成的。我们何以能超越历史去进行研究?如果我们在理解和解释中带有自身的局限性和经验色彩,那么这种解释怎么可能说是揭示过去艺术家的生活或其精神的意义存在?狄尔泰面对的艺术解释的难题陷入了"阐释的循环"的困境。

"阐释的循环"这个概念大致包含三方面内容:1.人的现实存在与认识历史的关系;2.传统的整体与部分的关系;3.解释活动中理解与经验的关系。我们首先面对的是"历史之谜"。人是历史的存在,是以"历史性"为本质的主体。历史意识拯救了人的灵魂的一致性。人们渴望理解,需要深刻的哲学的认识才能达到,而理解他人却极不容易,舍斯托夫在《开端与终结》中说:"俯身于别人灵魂之上,你们将什么也看不见,在那巨大而又幽暗的深渊中,结果只体验了晕眩。我们只能据外部情况推断内心体验,从眼泪推断痛苦,由苍白推断惊惧,由微笑推断喜悦。然而他人的灵魂仍然不可见,只能领悟而已——只能以自己同样深不可测的陌生的眸子去推测深渊。"对他人的理解只能通过他的"生活表达"才能领会。而"只有将我与他人相比较,并且意识到我与他人不同,我才能经验到自身的个性"①。

如果说认识自我,必须先认识他人,那么,认识自我,同样必须先认识历史。狄尔泰说:"人是什么,只有他的历史才会讲清楚。若人们把过去置诸脑后,以便重新开始生活,就会完全徒劳无益。人们无法摆脱过去之神,因为这些神已经变成了一群游荡的幽灵。我们生活的音调取决于伴随着过去的声音。"②因此,解释的循环的历史之谜在于:人在认识之前,先置自身于历史之中,他绝无可能跳出这个大圆(Zerkel),他必须处于历史之中去认识历史本身。他是历史整体的一部分,但这"部分"能把握住把他包容在其中的整体吗?狄尔泰对于"解释的循环"充满了困惑。在长期艰苦的研究中,他认为自己解答了这个大谜而宣称:"'历史之谜'的谜底是人","我本身在就是一个历史存在物。探索历史与创作历史是同一个人"。③

"在我们成为历史的观察者以前,我们首先已经是历史的存在物,而且只因为我们是历史的存在物,我们才成为历史的观察者。"④可以说,历史之谜的起源在于人自身,在于人的有限性,而不在有意义的客体或生活。客体或生活本身都不是谜,它们表现得并不神秘,它们没有任何能动性,它们就是它们所是的,是我们自己在面对它们时感到困惑不解。因此,作为有意志、有目的的人面对自己的历史,如他在过去与现在建立的社会世界,他的艺术作品、文学、科学和宗教,得通过"体验"来理解。正因为我们生活在"历史"与"生活"中,所以我们就已经理解了它。我们之所以能理解,是因为历史与个体在根本上是具有同质性、可互通性的。

解释的循环在狄尔泰的《创造者的选择》中表述为:"整体在它那个部分的术语中应当是明白的,个别部分在整体的术语中也应当是明白的。为

---

① H. P. Rickman, ed., *Selected Works of Welhelm Dilthey*, p. 247.
② W. Dilthey, *Gesammelte Schriften*, Band 5, Stuttgart, S. 224.
③ Ibid., S. 27.
④ Ibid., S. 274.

了理解一部作品，我们应当去求教于作者和与他相近的作品。这种比较程序可使我们对每个个别的句子真正理解比过去深刻一些。因此，对整体和它的个别部分的理解是互相依赖的。"也就是说，狄尔泰理解的"循环"，同谢林的门徒 F. 阿斯特所说的"个别只有通过整体，反过来整体只有通过个别才能够被理解"的"循环"，在本质上是相通的。

就文艺作品而言，阐释的循环包括互相依赖的三种关系：单个词与作品整体之间的关系，作品本身与作者心理状态的关系，作品与它所属的种类和类型的关系。狄尔泰遇到了各种解释的一个共同困难：整个句子应当根据个别的词及其组合来理解，而充分理解个别部分又必须以对整体的理解为前提。在文学作品研究中，他把词与句子、句子与全篇看成部分与整体相互作用的关系，把意义视为由于这个相互作用而理解到的东西。个别部分的意义保证对整体意义的理解，整体也改变着句子在表述和思维图式中词的含糊不清之处，并使之得到明确。

整体的意义是由个别部分的意义构成的，部分的已知的东西必须同更大的未知的背景联系起来，正是整体这个大背景关系给予已知（部分）的东西以意义。解释活动中理解与经验的关系不容忽视。解释者看到的东西，都是他的经验准备让他看到的东西，解释者总是根据自身体验来理解和解释作品，总是将作品与自身的经验联系起来，因而对同一部作品，深者不觉其浅、浅者不觉其深的情况到处可见。作品意义不会一成不变，因为解释者每次都对它进行多种多样的具体化。作品意义存在于解释者个人活生生的体验中，它是内在的，而文本只等待着解释者，只是一个共同感受和体验的条件和源泉。与此同时，理解过程本身的任务则因主体心灵的复杂而不断地复杂化，甚至渐趋主观化。这是因为，人们用眼睛外在地观察自然现象世界，而人们用心灵的眼睛去理解反思人类本体世界。解释者与其说在理解文本，不如说在体验自身。因此，在"解释的循环"框架中进行的理解，这本身"总是相对的，永远不可能完成"。

狄尔泰企图通过体验——表达——理解，去追求人文世界中的客观知识。他竭力避免解释的主观性、相对性，想超越认识者本身的历史特定的生活处境，而把握本文或历史事件的真实意义，使理解具有客观有效性。他的这种观念，显然是想让精神科学具有自然科学的那种中立观察者的态度和客观性理想，因此，狄尔泰的困惑是必然的。海德格尔、伽达默尔等对狄尔泰的困惑提出过深刻的意见，他们认为，这其实表明，狄尔泰一方面竭尽全力为精神科学和自然科学划界，但又未能将已经发现的"困惑"看做精神科学不同于自然科学的特性所在,反而不自觉地用自然科学的标准、方式和客观性要求精神科学。因此,伽达默尔在《真理与方法》中认为,"应使我们自己摆脱狄尔泰的重大影响",而海德格尔的《存在与时间》的哲学阐释学早就迈出重要变革的一步,将理解不再看做一种认识方法,而是作为人类存在的一个基本结构,从而确认理解的循环并非一个由随意的认识方式活动于其间的圆圈,这个词表达的是此在本身的生存论的先行结构。

作为解释学之父,狄尔泰提出了解释学中的一系列重要问题,他在20世纪来临之时出版的《解释学的起源》(1900)一书,全面评述了解释学的源起、发展,并着重阐述了施莱尔马赫的解释学思想。狄尔泰虽然强调解释的客观性立场,但他也感到必须将解释学的范围扩大到人类生活的全部领域,因此,他在实践中坚持了理解的历史性和主观性,而在理论上却无法解决"圆圈"的矛盾,也未能真正确定解释的"普遍有效性"的标准。尽管狄尔泰真诚地追求过、痛苦过,但困惑始终伴随着他。

第五节　审美想象与人生诗化

20世纪的来临,使狄尔泰感到新的精神生命的焕发,尽管他经过19世纪的风风雨雨,已经进入垂暮之年。晚期狄尔泰在学术上取得了新的成就。1904年出版《论描述和分析心理学》,同年还在柏林大学主持了一个胡塞尔《逻辑研究》的研讨班,并坦诚地说:"在认识论的描述方法方面,我得力于胡塞尔的《逻辑与诗》。"1906年出版《青年时代的黑格尔》,1907年推出另一部哲学巨著《哲学的本质》,1905—1910年他写成了他一生中最重要的著作《精神科学中的历史世界建构》,这部书可以看做狄尔泰《精神科学引论》的继续深化和全面确立,狄尔泰自己认为这部书最终提出了"全部精神科学认识的基础"。

在《体验与诗》《哲学的本质》等著作中,狄尔泰探讨审美经验、诗的想象以及艺术与人的生命审美化的问题。他一生都坚信,哲学、宗教、诗都是对世界之谜和人生之谜的解答,而艺术想象和体验能使人的生命充满勃勃生机,使人的生命(生活)于感性沉醉之中获得某种超验的意义。狄尔泰酷爱诗和音乐。他感到诗(艺术)同生命意义之间有一种紧密相契的关系。他在《体验与诗》中说:最伟大的诗人的艺术,在于它能创造一种情节,正是这种情节中,人类生活的内在关联及其意义才得以呈现出来,这样,诗向我们揭示了人生之谜。如果说,狄尔泰通过"历史理性批判",完成了精神科学与自然科学的"划界"问题,并以"体验——表达——理解"为主轴贯穿于自己庞大的哲性诗学体系中,那么,他对文学艺术的看法,则集中表征在他对"诗的想象"的论述上。

他的《诗的伟大想象》昭示出人的生命本体诗化的前景,同时也鲜明地体现出他的艺术观和生命观。为什么诗能将生命最深层的本质揭示出来呢?狄尔泰在《哲学的本质》中说,是因为诗具有体验性和想象性特性,"诗把一种特殊的经验突出到对其意义的反思高度","诗可以向我们揭示出生命的不同维度",诗的想象使人的生命有可能突破功利性的现实处境,而达到一种由已知域向未知域的展开。狄尔泰突出地强调诗的想象地位,因为,想象的本质与人的本质紧密相契,想象即把无限的远景引入有限的生命,使有限与无限接通。

狄尔泰在《体验与诗》中说:"正是通过想象所建构的意义世界,精神生活才保持自己超越形象建立起的普通法则。"想象是一切艺术的根本特征。人处身于世界之中,对生命本体的体验方式有反思的(哲学)、审美的(诗)和超验的(宗教)。如果说哲学反思的绝对中介是理性,宗教体验的中介形式是神秘直感,那么艺术体验的中介形式就是想象。狄尔泰说:"想象的突出地位首先表现为使生活本身进入艺术作品、进入欣赏的渴望。个人努力表现自己的内在价值,而且以任何可能的方式显示它的存在和尊严。……源于生活的艺术作品超出了日常的生活,使得生活本身在艺术和诗歌中达到高潮,从而给生活带来异常的兴味。"[①]想象使人的现实生活充满诗意。古代社会的人类,在自己的想象世界中生发出生命的光彩,使周遭无生命的事物和无生气的环境变得美妙而迷人,世界才成为人栖居之所。而到了文艺复兴以后,尽管技术理性不断扩展,但人们的著作仍充满瑰丽的想象。那个时代认为精神的力量无所不在,而它的精神形态就是读者和艺术。想象在那个时代的人身上产生的力量,表现在他们顿悟和思考问题的方式及语言风格的本身。在一些思想家的书信及著作中,就充满想象的气息,弥漫着对存在于万物之中的精神的感知,以及对所有从存在到力的转换的感知。他们著作中存在一种感应的力量,一种可见的、几乎可以触知的内心世界的表象,一种对人生、对自然事物的力与精神的感受,一种奇妙的、不可思议的、令人敬畏的想象力,一种在冲突中超自然力的幻觉般的意识,以及一种

[①] 狄尔泰:《诗的伟大想象》,转引自伍蠡甫、胡经之主编:《西方文艺理论名著选编》下卷,北京大学出版社1987年版,第57页。

近乎残忍的表现力。

总之,在狄尔泰看来,想象力是人类精神发展的结晶,是人类生命中活跃和充满生机的本性。想象是艺术世界的透明的光。当人生处在日常生活的晦暗不明的状态中时,当人处在生命的痛苦和孤独之时,正是诗和艺术给沉沦的生命带来澄澈之光,使生命感到温爱、宁静,并顿悟生命本体的意义。诗通过想象,调动和激活人的全部生命力,使人的感觉成为审美的人的感觉,使过去、现在、未来瞬息沟通。狄尔泰在《诗的伟大想象》中说:"想象,并不是指一种特殊的精神力量。……艺术的想象只不过是在特殊的精神中被强化了的这些过程的精华。"这样的精神能生动地察觉、体验,并以形象化的、情感的力量"回忆",创造一个更高的"艺术真实"。这艺术真实如同另一个世界在现实的世界之上延伸、扩展。想象与诗、想象与人生是密不可分的,想象在普遍的人的特征中,把最强的生命价值创造出来,将生活和人的感性价值尺度加以确立,从而在人与世界的关联中重新设立一个不同于现实世界的诗意化世界。这个世界以其虚构的形式表述了真实的世界图景和人生状况,它以对现实的彻悟和对人的最高价值——生命意义的领会而成为超越性的真实世界。想象使人永远不处于任何已成之局,而向未成之境、未来之途发展。

艺术就是要追求那种尚不存在的东西。正唯其未定型性和寻找意义的执拗性,才显示出人的伟大之处;正唯其艺术创造和追求,才使生命得到肯定,获得超越,获得诗化。想象力的强弱是一个人生命力、创造力强弱的直接表征。艺术想象是人的"感性爆发的瞬间、生命的显现","无意义的感情如同朽木而被抛弃"。想象是艺术创造的动力,是艺术意向的设立。狄尔泰标举想象的重要地位,即从主体的全部灵肉血性、潜在性、能动性提到首位的角度出发,赋予人的生命体验、人生诗化以特殊本体论的意义。想象是一种生命直感,这种本体直感是人的生命本身的能表达性或表达能力,它比言说更根本、更本源,它不是思想,而是比思想更沉实、更浑茫、更难以捉摸,因而内在于人的根本生存域。人靠这种超越有限性的想象力,使那些根本说不出来的东西仿佛获得了一种自我显示性。想象比语言更基本、更宽泛,更不能言说,但可以靠某种可感觉性去自我显示。充满神奇瑰丽想象的作品,揭示出人的出现和生命存在,是深不可测的。

想象与回忆的关系,狄尔泰尤为重视。他认为回忆包孕着想象的要素,想象植根于回忆之中。人是历史的人,人的想象和创造离不开他的文化和历史。人的回忆之域是一个巨大的意识和无意识关联域,那里蓄集了人的生命能力和原始经验。人的想象的辽阔之海与其原型经验的"精神内海"息息相通,人的精神的个性化和独一无二,使其艺术想象的创作物永远是一种"创新",永远是一种自由的"创造"。因此,想象既指出过去(回忆),又指出未来(理想),想象既超越人的生命的有限,却又难以离开无限,既处在现实生活之中,又居于理想境界之上。想象的现实规定性,就是人的生命本体论的规定性写照。因此,狄尔泰特别强调人的想象离不开人的历史(回忆),人的创造不能超越自我先被设定的有限。因为人生中所具有的,在历史的伟大转折中被揭示出来。只有历史才表明"什么是人"。

狄尔泰的想象论不仅关系着他的文艺观,而且也关系着他的本体观念。他对想象的研究是建立在生命本体论基础上的,他晚年之所以如此注目于体验和想象的问题,是因为他发现体验、想象同生命本体诗意化有着非此不可的联系。狄尔泰将想象作为人的超越性存在标志,将人的历史之维(过去、现在、未来)与想象之维相契,将想象与人的生命意义追求结合起来,显示出狄尔泰思想的精深独到。狄尔泰在《诗的伟大想象》一文结尾中强调:"目的是人,而不是社会,不是自然,不是历史。"正是文学和艺术的想象,使人的自由得以充分展开。人是目的,人是世界意义的给予者和创造者,想象是人本体创造和诗化的绝对中介。在我看来,想象问题并非仅仅是关涉艺术创作的问题,而是一个诗学问题、哲学问题。想象的意义并不仅仅在创作作品,而在于人在想象之中,重新设立了一个自我,重新获得一种超现实的时空。这种超时空的时空感使人变成一个完全不同于日常生活"旧我"中的一个"新我"。他的心态、意念、感觉、情感起了极大的变化,他开掘了一片心灵世界全新的领地。想象突破了生活的晦暗性,而在一种审美意象性的投射中,完成意义世界、价值世界的诞生。想象使人得以打破自身的枷锁,设定个体永恒生活的图景。

生命的意义在于生命的诗化,只有通过体验、想象,生命才能诗意地存在,才能与本真对话,才能走向审美的人生。这是生命美学的意义之所在,也是狄尔泰跨入新世纪的哲性诗学架构。狄尔泰的哲学思想、诗学思想源自于他的浪漫的生命禀性。越临近生命的终点,狄尔泰越感到一种对生活的眷恋之情。他给女儿的信中充满对生命的留恋:"对我而言,工作永远是一生中最大的幸福,但目前,我却愈加感到身心交疲。"生命是一个大谜。狄尔泰一生都是一位真诚的解谜者。狄尔泰面对生活世界梦魇般的未解之谜,困惑过、求索过;他面对哲学上的一大堆问题,反思过、痛苦过。他的全部著作都是他精神生命的内心独白。狄尔泰有一个过于沉重而敏锐的大脑,有一颗充满骚动而渴求明晰的灵魂。他全身心地投入哲学思考,内心永远处在激烈的斗争之中。狄尔泰不仅是一位哲人,也是一位注视人生苦难的哲性诗人或诗性哲人。他的心灵深处,有一片诗与哲学的谐美境地。他的一生都在精神世界里漫游。他对精神科学的重大贡献,对艺术体验和想象卓绝一代的研究,对"解释学"的奠基,使他成为一座生命与思想探求的路碑。面对哲学上一大堆问题,狄尔泰进行了非常痛苦的思考,在《论德国的诗歌音乐》中说:"哲学思考是一种非同寻常的悲剧。生活是如此短促,生活之火是如此微弱,因此,作为有限人生的我们如何才能达到真正伟大呢?"狄尔泰一生都在解生命(生活)之谜,他重视人的精神世界,总是静静地倾听自己内心中那一片圣洁的和音。他从不追求身外之名,然而他的思想在哲学、美学、历史学、社会学、心理学、文艺批评领域都产生了很大的影响,以至他被称为"世纪之交的最重要的思想家"。

狄尔泰已经感到命运的巨掌开始敲门,同时,他更为忧虑地感到20世纪初的世界,是正面临巨大变革的前夜,一个新的时代即将来临。他在《我们时代的历史哲学》中说:"我们这一代人,注定要承担更大的探索生活精神面孔的使命。生活的面孔嘴角上堆满了笑容,但双眼却充满忧伤。是的,让我努力奔向光明、奔向自由和美,然而却不是抛弃过去,完全去标新立异。我们必须带着旧神去进入每一户新居。"在新的世纪之初,这位生命哲学家、解释学之父和精神科学创始人,面对新时代神秘而充满忧伤的眼睛,力求去获得生命意义新解释和精神生活新创造的欢乐。他预感到20世纪将是一个哲学变革、美学转轨、诗学转型的世纪,但他仍对未来充满哲人的乐观。因为他说过,文化与历史、精神与生命、体验与理解的意义在于对精神生活的无限追求过程中。

参考书目:

1. W. Dilthey, *Gesammelte Schriften*, Band1, Band5, Band7, Stuttgurt.
2. H. P. Rickman, ed., *Selected Works of Wethem Dithey*, Led. Wouthampton, 1976.
3. 狄尔泰:《诗的伟大想象》,见伍蠡甫、胡经之主编:《西方文艺理论名著选编》下卷,北京大学出版社1987年版。

思考题:

1. 精神科学建立的意义何在?
2. 表达和体验有着怎样的联系?
3. 狄尔泰是如何看待理解及其解释学循环的?

第二章　尼采的《悲剧的诞生》

尼采是德国 19 世纪一位富有浪漫气质的哲学家，曾被勃兰兑斯（Brandes）称为"当代德国文化中最令人感兴趣的作家"①。尼采逝世以来，世人对这位"超人哲学"的创立者评价不一，毁誉参半。《理想的冲突》一书的作者宾克莱将他列入对人类思想的发展产生了重大影响的哲学家的行列。海德格尔和雅斯贝尔斯都曾撰过专著论述尼采。20 世纪 30 年代以来，随着研究的深入，西方哲学界出现了重新认识尼采的势头。杰姆逊说："不管怎样，应该说尼采是当代西方哲学中最有影响的人物。"②这些简单事实反映出尼采哲学对人类文化的强烈冲击，其余波直到今天仍未消失。

尼采的悲剧理论是他整个思想大厦的基石，是理解其哲学的一把钥匙。尼采自己也持这种看法，认为《悲剧的诞生》预示了他以后思想发展的轨迹："此书中的一切都是预言性的。"③尼采在这里也表现出"重估一切价值"的勇气，他批判地考察了前人的悲剧理论，第一次把日神（Apollo）和酒神（Dionysus）视为矛盾的对立面，认为它们之间的斗争构成了整个希腊艺术发展的基础，也是悲剧诞生的基础。"尼采所做的即是提出了希腊的日神和酒神，扩展了它们的重要性，将它们提高到象征性地位。"④

尼采早年曾在波恩大学和莱比锡大学读书，毕业后于 1869 年任巴塞尔大学教授，并开始出版他的著作。对尼采早期思想的形成起了重大影响的有两个人：一个是叔本华，另一个是瓦格纳。这两位德国文化史上的重要人物虽然一个是哲学家，另一个是音乐家，但他们的作品表达的却是一个共同的主题，即生命意志的受难和世界痛苦。叔本华与瓦格纳并不相识，瓦格纳在创作其音乐作品时也并未读过叔本华的哲学著作，但他们之间似乎有一

---

① 勃兰兑斯：《尼采哲学》英文版，1915 年，伦敦，第 1 页。
② 弗·杰姆逊：《后现代主义与文化理论》，唐小兵译，陕西师范大学出版社 1986 年版，第 87 页。
③ 见《尼采全集》第 6 卷，德国袖珍书籍出版社，慕尼黑，第 314 页。
④ 见西尔克·斯恩特：《尼采论悲剧》，剑桥大学出版社 1981 年版，第 168 页。

种神秘的契合:叔本华似乎是在用哲学概念对瓦格纳的音乐进行解释,而瓦格纳似乎也在用音乐旋律阐发叔本华的思想。正如尼采指出的:"如果哲学家说,在有机界和无机界中渴求着生存的是意志,那么音乐家则补充道:这种意志在所有等级上渴求的都是一种歌唱性生存。"①他们两人这种奇特的思想交融对早期的尼采影响很大,他从叔本华哲学体系中获得的抽象概念在瓦格纳音乐中转化为形象画面,而他从瓦格纳作品中得到的感性印象又在叔本华那里升华到哲学的抽象王国。年轻的尼采从他们那里汲取养料,并大大加以发挥,写出了《悲剧的诞生》一书。

《悲剧的诞生》是尼采的处女作,也是他前期最主要的著作,尼采的艺术观主要就反映在这部著作里。但是,从严格意义上讲,《悲剧的诞生》也许又算不上一部系统的科学论著。《尼采全集》的编辑者柯里(Giorgio Colli)写道:"《悲剧的诞生》发表已一百多年了,但从历史批评的眼光来看,它仍是一部极神秘的作品。"②他指出:"《悲剧的诞生》因而也是尼采最难懂的著作,因为希腊祭师处处都接过了理性的语言。"③读者常常把握不住尼采不连贯的叙述,散文般的语言更给全书披上一件华丽的外衣。"读过尼采某些著作的人或许曾被他从一个问题跳到另一个问题以及他在发挥一个主题时显然缺乏条理性和连贯性弄得困惑不解。"④宾克莱这段评论也完全适用于《悲剧的诞生》。

本章将首先对《悲剧的诞生》进行阐释,力图给尼采在其中表达的思想勾勒出一个大致轮廓,理出一条贯穿始终的线索,在此基础上,再对《悲剧的诞生》进行反思和横向及纵向考察。

第一节 对《悲剧的诞生》的阐释

一、日神和酒神

要理解尼采在《悲剧的诞生》中表达的思想,首先要廓清两个基本概念。可以毫不夸张地说,尼采的全部思想就是从这两个概念引申出来的,这

---

① 见《理查德·瓦格纳在拜罗依特》,《尼采全集》第1卷,慕尼黑:德国袖珍书籍出版社,第491页。
② 见《尼采全集》第1卷后记,同上书,第901页。
③ 同上书,第902页。
④ 宾克莱:《理想的冲突》,马元德等译,商务印书馆1984年版,第187页。

就是日神和酒神。正如一位评论家所指出的:"尼采对悲剧的阐释的核心是日神和酒神之间的辩证关系。"①在尼采看来,希腊人对艺术的深奥见解虽然没有形成概念,但却可以在其众神世界的明晰形象中捕捉到。希腊人的这两个艺术神使我们认识到,就目标和起源而论,在希腊世界里存在着有形艺术(由日神所派生)和无形艺术(由酒神所派生)之间巨大的矛盾。

为了更好地认识日神和酒神,尼采把它们比做梦境(Traum)和迷醉(Rausch)这两种完全不同的状态。尼采认为这两种心理现象之间的差别和日神与酒神之间的差别是一样的。在梦境中,人们暂时忘却了现实世界的苦难,可以随心所欲地去编织美丽的幻景,为自己创造出一个远离现实苦难的美妙世界。尼采因而认定在这里每人都有自己和谐安宁的天地,梦境世界成了躲避现实痛苦的庇护所。这里是个体的天堂,人人都有自己丰富多彩的世界。

希腊人在日神中也表达了同样的感受。与充满痛苦的现实相反,日神表现了更高、更美、更完善的世界,创造出美丽的幻象。但是,梦境有它的界限,否则就要起病理变化。在日神那里也是如此:严格的界定、对无节制的激情的遏止、充满智慧的宁静,这些就是日神的特征。这里也是个体的世界,艺术家依靠的是"个体化原则"(Principium Individuationis)。在尼采看来,日神就是"个体化原则的壮丽神像"②。正是靠了这种"个体化原则",艺术家于是创造出丰富多彩、绚丽无比的世界来。雕塑、史诗以及一切叙述文体的艺术就是其表现形式。

但梦毕竟是幻象,是虚假的,它是想象的产物。人们不愿继续沉湎于这种虚假的梦境之中,而渴望摆脱幻象,去把握世界真实的本质。于是,人们从幻象中苏醒过来,进入另一种状态,这就是迷醉状态。在这种状态中,人与人的界限冰消瓦解,日神式的自我主体消失了,人完全处于一种忘我境界之中,个体化原则遭到彻底破坏,人失去了自主意识,理智也不复存在,个体全然汇入群体之中,与神秘的大自然融为一体,从而感受到自然那永恒的生命力,获得一种不可言状的快感。人们只要想想古希腊酒神祭奠的狂热场面,就能理解这一切。这正是酒神境界:"在酒神的魔力下,不仅人与人的联盟重新建立,甚至被异化了的、充满敌意的或受到奴役的自然也与它的浪

---

① 见西尔克·斯恩特:《尼采论悲剧》,剑桥大学出版社1981年版,第265页。
② 见《悲剧的诞生》,《尼采全集》第1卷,慕尼黑:德国袖珍书籍出版社,第28页。

子——人重新握手庆和。"①酒神的感知方式是什么呢？在尼采看来，它不是以美见长的日神式雕塑或史诗，而是——音乐。

这就是日神和酒神这两种力量，前者是梦境世界，它创造个体，是对人生痛苦的解脱；后者是迷醉现实，它消灭个体，是对大自然神秘统一性的感知。这两种力量从大自然中生发出来，是艺术发展的深层动力。受它们支配，每一个艺术家要么是日神式的梦境艺术家，要么是酒神式的迷醉艺术家，或者最终合二为一，集二者为一身。

尼采认为，经过这样对日神和酒神进行的一般性考察和对比之后，我们就可以转向希腊人了，以便确定这两种冲动在他们中间是如何起作用的，由此我们就能深入理解希腊艺术家与自然的关系。

尼采是从文化的历史发展这一宏观视角来考察希腊艺术的。什么是文化？尼采对此下过一个定义："文化首先是一个民族在其所有生命表现中所具有的艺术风格的统一。"②按照这一定义，尼采把希腊文化的发展分为六个时期。第一时期是荷马以前的野蛮时期。这时候恣意横行，完全受无节制的意志支配的酒神占统治地位，人们感到无穷无尽的充溢，同时又感受到生命意志遭受到的可怕苦难。处在这一远古时期的希腊人是不自觉的悲观主义者。于是他们拼命追求解脱，期望通过幻象来逃避痛苦。这样，第二个时期，即荷马时期开始了。人们创立了奥林匹斯这座辉煌的梦之大厦，创造了奥林匹斯诸神的壮丽形象，这就是日神文化。在现世苦难中苦苦挣扎的希腊人渴望摆脱痛苦，他们必然会创造出这些神来，"如同带刺林丛中绽出玫瑰花来一样"③。在众神的照耀下，人生于是成为可能，有了被追求的意义。自然的可怕原始力量被销蚀了，人们于是不再渴求死亡，不再诅咒人生，而是热烈地追求生活，追求快乐，到处是田园牧歌，灿烂阳光。尼采强调，被近代人所热烈向往的这种美妙世界（席勒对此用了"朴素"一词）并不是简单地、顺理成章地产生出来的，似乎在任何一种文化的源头都可以找到。这应该完全归功于日神文化："它总是须首先倾覆一座泰坦王国，杀死巨怪，然后以其强有力的幻觉显现和充满乐趣的幻想战胜对世界的观察所达到的可怖深度和最易受到刺激的受难能力。"④在尼采看来，这种沉湎于美妙幻景之中的"朴素"是极其罕见的。正因为如此，荷马作品是无与伦

---

① 见《悲剧的诞生》，《尼采全集》第1卷，慕尼黑：德国袖珍书籍出版社，第28页。
② 见《不合时宜的观察》，同上书，第163页。
③ 见《悲剧的诞生》，同上书，第36页。
④ 同上书，第37页。

比、不可再现的。我们只能把荷马的"朴素"理解为日神文化的完美胜利。生命的原始冲动被日神遏止住了,被强制纳入秩序之中。

但是,和谐的奥林匹斯世界中闯入了北方的蛮族文化(第三阶段),后者的特征是狂热的酒神抒情。于是,日神与酒神展开了激烈搏斗。斗争最终以日神文化的全胜宣告结束。多立克艺术(Die dorische Kunst),首先是具有纯粹形象性的多立克雕塑,就是这一胜利的体现,于是,多立克文化诞生了(第四阶段)。但是,酒神再次崛起,卷土重来,它与日神终于交织在一起,两种冲动的不朽撞击溅出了耀眼的光芒:这就是"崇高的阿提卡悲剧"(第五阶段)。悲剧就这样诞生了。它是日神和酒神相结合的产物,经由埃斯库罗斯和索福克勒斯,达到了高峰,成为希腊文化发展史上一块巨大的里程碑。但自此以后,悲剧衰落了,苏格拉底主义的肇兴窒息了悲剧,使它走上了毁灭的道路(第六阶段)。

至此,尼采从整体上考察了希腊文化的发展过程,着重讨论了日神和酒神的作用,认为希腊文化的发展自始至终贯穿着这两种力量的斗争。当前者占上风时,产生了以荷马史诗为代表的叙述文学;当后者占上风时,以音乐为特征的无形艺术则取得统治地位;而当二者在一更高层次上获得统一后,悲剧就产生了。

二、合唱

在讨论了希腊文化的一般发展后,尼采开始对构成悲剧的诸因素进行研究。他是从分析合唱入手的。

按照传统的看法,合唱是悲剧的发轫,悲剧实际上就是从合唱衍变而来的,所以尼采认为尽可能把合唱视为"原始悲剧"。浪漫派理论家施莱格尔认为合唱在某种意义上是观众的总体和缩影,是"理想的观众"。尼采斥之为肤浅的、不科学的观点,因为早在舞台情节出现以前就有合唱了,而"没有戏剧的观众是一个荒谬的概念"[1]。观众必须意识到自己面前是一部艺术作品,而不是一种现实经验。观众是作为艺术作品的对立面而存在的。而古希腊合唱却是希腊人的一种自足活动,不是为观众而存在的,更不是观众本身。尼采写道:"我们……认为这个问题太深刻,以至于这些肤浅的观察方式甚至连门儿都摸不到。"[2]

---

[1] 见《悲剧的诞生》,《尼采全集》第1卷,慕尼黑:德国袖珍书籍出版社,第54页。
[2] 同上书,第54页。

对合唱的更深入的看法是席勒在其著名的《墨西拿的新娘》前言中提出来的。席勒把合唱队看做一堵有生命的墙,它围在悲剧四周,把它与真实世界完全隔开,以保持悲剧的理想领地。席勒以此来反对要求绝对真实的自然主义。尼采认为席勒的看法也没有揭示出合唱的本质。

在尼采看来,合唱实际上是自然精灵的再现。紧裹在层层文明罩衣里的希腊文明人(Kulturmensch)把自己装扮成自然精灵,从而忘却了自己本来的身份:"国家和社会,总之,人与人之间的一切鸿沟都让位于一种超强统一情感,它将人引导回自然的心房。"①文明人这时候变成了自然人,与自然融为一体,进入酒神情状,从而感受到自然那无穷无尽的生殖力,于是他得到一种形而上学的安慰(Metaphysischer Trost);虽然现象界里万物变迁,生老病死,但生命力却是永恒的,不可摧毁的。个体可以毁灭,但主宰着芸芸众生的生命力却长存不朽。萨提儿合唱(Satyr Chor)以直观朴素的形式昭明了这一真理,它使人忘却了现实世界。这就是最初的合唱。这时候,根本就不存在观众与合唱之间的区别,合唱不是表演给人看的,而是希腊人的自身需要。所以尼采说:"根据这一认识,我们可以将原始悲剧中处于低级阶段的合唱称为酒神式的人的自我映现。"②

后来,合唱的职能扩大了,它要去感染更多的人,使更多的人去体验酒神情状,为了达到这一目的,于是出现了情节、舞台形象、对白、置景等。尼采把这种扩大了的合唱称为"酒神颂歌式合唱"(Dithyrambischer Chor),这就是"戏剧的原始现象"(das Dramatische Urphomen)。合唱中从而被引入了日神因素(情节、舞台形象、对白、置景)。这样,酒神与日神第一次融合起来了,尼采宣称:"根据这一认识,我们可以将希腊悲剧理解为不断在一个日神画面世界中得到宣泄的酒神合唱。"③日神因而只是艺术手段而已,是为酒神智慧服务的。所以,这一阶段的合唱在本质上是酒神精神的日神客体化。但是尼采强调,虽然这种日神客体化是叙述性和情节性的,但它却并不意味着幻象中的日神式拯救,而"表现了个体的毁灭和与原始存在的合一"④,因而在合唱中始终是酒神占据主导地位。

随着这种"低级阶段"的原始悲剧的进一步发展,各种戏剧表现手段日趋完善,人们开始尝试将神作为真实存在表现出来,不再诉诸想象,而是诉

---

① 见《悲剧的诞生》,《尼采全集》第 1 卷,慕尼黑:德国袖珍书籍出版社,第 56 页。
② 同上书,第 59—60 页。
③ 同上书,第 62 页。
④ 同上。

诸视觉,于是出现了本来意义上的悲剧。这时候,合唱的任务就是将观众的情绪激动起来,达到酒神状态。这样,当悲剧主人公出现时,观众们看见的并不是挂着面具的演员,而是从自身迷醉状态中产生出来的形象:"这是日神的梦境状态,在这种状态中,白昼世界蒙上了面纱,一个比它更清晰、更明了、更吸引人,然而却更似幻影的新世界在不断变幻中全新地诞生在我们眼前。"①这里,我们又见到日神和酒神交融的情景:情绪是酒神式的,而场景却又具有日神特征。

将尼采对合唱的论述与黑格尔的看法比较一下是十分有趣的。

在黑格尔看来,希腊悲剧中有两种基本因素,一种是"神性的未经分裂的浑整意识",另一种则是"动作情节,即伦理目的的抉择和实现"。② 前者是浑然一体的普遍意识,还未具体化为特殊因素,因而不能导致具体行动;后者驱遣各类人物相互之间对立起来,从而产生冲突。这两种因素"在希腊悲剧中就以合唱队和发出动作的人物的形式表现于艺术作品"③。合唱队因而代表了一种较高的实体性意识,对冲突进行评判,对结局进行思索。它实际上就是永恒正义的化身,具有实体的普遍性。用黑格尔的话说就是:"合唱队所代表的就是带有伦理性的英雄们的生活和动作中的真正实体性。"④它不以实践的方式直接参与情节,而只凭认识下判断,提出警告,表示同情。由于合唱队不发出动作,也不像史诗一样叙述事迹,因而黑格尔认为它的表现方式是抒情的,与凯歌和酒神颂歌相似。

从这一比较我们可以看出,尼采和黑格尔在合唱中都强调一种和情节动作相对立的因素,但他们从各自的悲剧理论出发,对之做了截然不同的解释。在前者,它是酒神,是一种不可遏止的非理性冲动,企求把握世界的神秘统一性;在后者,它是浑然一体的普遍意识,具有最高的理性特征。不同的观点导致了完全不同的结论。

三、音乐·神话

尼采认为,悲剧在其发展的各个阶段都是以音乐为核心的。他这个叔本华的信徒几乎全盘接受了叔本华的音乐理论,不过给它披上一件酒神的华丽外衣而已。所以,要了解尼采眼中音乐在悲剧中扮演的角色,首先必须

---

① 见《悲剧的诞生》,《尼采全集》第1卷,慕尼黑:德国袖珍书籍出版社,第64页。
② 黑格尔:《美学》第3卷,下册,朱光潜译,商务印书馆1984年版,第303页。
③ 同上。
④ 同上书,第304页。

对叔本华的音乐理论有一大致了解。

叔本华认为,意志的客体化便是理念,这个理念不是别的,正是我们生活于其中的现象界。其他所有的艺术都无法直接表现意志,而只是理念的摹写和反映,因而它们通过理念才能与意志发生间接联系。而音乐却跳过了理念,完全不依赖现象界,因而"音乐乃是全部意志的直接客体化和写照"①。所以音乐的效果远比其他任何艺术都要强烈、深入,因为其他艺术描绘的只是影子,而音乐描绘的却是本质。音乐是最高的艺术,它无需任何媒介物,概念在这里丝毫不起作用:"作曲家在他的理性所不懂的一种语言中启示着世界最内在的本质。"②因为概念是从一切直观形象中抽象而来的形式,所以它是依赖于现象界而存在的,而音乐则与之完全相反,它表现的是最内在的,先于一切形态的内核或事物的核心。叔本华因而断言:"对世界上一切形而下的来说,音乐表现着那形而上的。"③音乐具有涵盖一切的普遍意义,但它的普遍性绝不是一种抽象的空洞,而具有明确的规定性,与几何体和数字一样,可以先验地运用于任何事物。音乐揭示了世界最隐蔽的本质,是其最正确、最直截了当的解释。谁要是完全沉浸在音乐里,就能窥见生命的所有进程。

在尼采看来,以雕塑和叙述文学为内容的日神艺术和以音乐为内容的酒神艺术之间的巨大矛盾被叔本华认识到了(虽然叔本华没有用日神和酒神来表达这一矛盾),因而他完全赞同叔本华的见解。尼采写道:"根据叔本华的学说,我们于是将音乐直接理解为意志的语言。"④音乐以一种理性所无法把握的力量深入世界本质之中,揭示了世界心灵深处的"原始矛盾和原始痛苦"⑤。这样,它进入了本体界,成了原始意志的象征,是酒神精神的最好体现。酒神伴着音乐的旋律,才能纵情狂舞。与所有有形艺术相反,音乐所遵循的是完全不同的美学原则,因而不能用日神的美学标准来衡量。尼采认为,只有当人们认识到了这一矛盾,才能把握希腊悲剧的本质。他在一份手稿中写道:"从悲剧性材料中获得音乐——不再对美的东西,而是对世界进行解释:由此从音乐中产生出与美相悖的悲剧思想。"⑥从这个意义

---

① 叔本华:《作为意志和表象的世界》,石冲白译,商务印书馆1982年版,第357页。
② 同上书,第306页。
③ 同上书,第364页。
④ 见《悲剧的诞生》,《尼采全集》第1卷,慕尼黑:德国袖珍书籍出版社,第107页。
⑤ 同上书,第51页。
⑥ 见《尼采全集》第7卷,慕尼黑:德国袖珍书籍出版社,第72页。

上讲,他认为:"我们如此高傲的古希腊学在核心问题上迄今为止似乎仅仅陶醉在影子游戏和表皮形式中而已。"①

尼采对神话也进行了深入探讨。他认为,在悲剧中,音乐和神话有密切的关系,它们都是酒神精神的强有力表现方式,不过手段各异。音乐径直深入世界内核,无需任何媒介物,而神话靠的则是形象画面:"神话希望被形象地感受为固执地指向无限的一种普遍性和真理的唯一例证。"②因而,神话实际上是一种具有形而上意义的对世界本质的"类比性观照"(das Gleichnisartige Anschauen)。所以,在悲剧中,音乐要攫住观众,将世界本质揭露给他们看,就离不开神话的辅助。尼采因而写道:"悲剧在其音乐的万能效力和具有酒神感受能力的观众之间设置了一个崇高的类比物——神话。"③换句话说就是,神话在悲剧中起到了缓冲剂的作用。因为纯粹的音乐使人直接面对世界意志,倾听来自世界本源的声音,这是凡夫俗子们受不了的。尼采举出瓦格纳的《特立斯坦和伊索尔德》(*Tristan und Isolde*)第三幕作为支持自己的论据。他问道:"一个和在这里一样把耳朵仿佛靠在世界意志的心室之上的人,一个感受到对存在的狂暴渴求化为隆隆洪流或纤柔无比的涓涓小溪从这儿注入世界的所有血管的人,他不会猝然毁灭吗?"④作为个体的人毕竟太脆弱了,所以他需要缓冲剂,而不能单凭音乐径直去把握世界本质,就像我们带上手套才能拾取烧红的铁块一样。神话正好给我们提供了这样一个可能性:"神话在音乐面前保护着我们。"⑤所以,酒神音乐要想向人们昭示世界本质,引导人们撇开纷乱的现象界,径直深入到世界内核中去,神话是不可缺少的手段,它为酒神精神打开了前进的道路。正因为如此,神话在悲剧舞台上扮演了一个重要角色。

从这里我们很容易看出,既然神话是音乐的类比物,是对世界本质的形象说明,它就必然要与日神因素发生联系,"悲剧神话只能被理解为借助日神艺术手段对酒神智慧的画面化"⑥。日神就这样在悲剧中又一次出现了,它力图重新建立被毁灭了的个体,用幻觉"欺骗"我们,把我们从酒神的忘我情状中拯救出来,处于一种既要观看又要超越于观看之上的境界。酒神

---

① 见《悲剧的诞生》,《尼采全集》第 1 卷,慕尼黑:德国袖珍书籍出版社,第 104 页。
② 同上书,第 112、134 页。
③ 同上。
④ 同上书,第 135 页。
⑤ 同上书,第 134 页。
⑥ 同上书,第 141 页。

和日神融为一体,它们相互依赖,缺一不可:"酒神讲叙着日神的语言,日神最终也讲叙着酒神的语言;由此就达到了悲剧以及整个艺术的最高目标。"①

四、悲剧之毁灭

尼采认为,埃斯库罗斯和索福克勒斯时代是希腊悲剧的黄金时代。在此期间,希腊悲剧蓬勃发展,它与赫拉克里特(Heraklit)的哲学并行生长,共同构成了希腊文化的高峰。用尼采的术语说,即在所有的生命体现中,艺术风格达到了统一。但再往后发展,希腊悲剧就开始走下坡路了,走上了乐观主义、辩证法和自我意识的道路。

"悲剧是以自杀结束其生命的。"②欧里庇得斯就是元凶。他力图将酒神因素从悲剧中驱逐出去,在纯粹的非酒神基础上重建悲剧。他是怎样达到目的的呢?他凭借什么与强大的酒神搏斗呢?尼采认为:"在某种意义上,连欧里庇得斯也只不过是一幅面具。"③借他之口发言的是苏格拉底。于是,新的矛盾产生了,这就是酒神与苏格拉底之间的矛盾,希腊悲剧就在这不可调和的矛盾冲突中遭到毁灭。

苏格拉底主义究竟是什么?

苏格拉底相信可以凭借理性去穷尽自然,因而视知识为包治百病的"灵丹妙药"。在苏格拉底看来,运用智性探究自然的奥秘,这乃是人类唯一崇高的任务:"自苏格拉底始,概念、判断和结论的那种机械程序被尊为最高活动和超于其他一切能力之上的最令人羡慕的天赋。"④苏格拉底及其追随者甚至试图从辩证法中推导出道德行为、同情心和牺牲精神,思维之网从此将人类紧紧缠住。当苏格拉底将目光投向社会时,他发现,几乎所有人对自己的职业都毫无深入了解。他们只凭本能行事,缺乏洞察力,不具备任何有用的知识。据此,苏格拉底对现存艺术和伦理道德进行了批判。他认为世界上现存的一切都是不可靠的,因为它们不是建立在理性知识的基础之上的,应毫不怜惜地加以抛弃。基于这种信念,他认为有必要对现实进行改造,以便建立一种全新的,与以往完全不同的文化、艺术和伦理道德。在苏格拉底无情的大棒下,悲剧首当其冲。尼采写道:"在苏格拉底看来,悲

---

① 见《悲剧的诞生》,《尼采全集》第1卷,慕尼黑:德国袖珍书籍出版社,第140页。
② 同上书,第75页。
③ 同上书,第83页。
④ 同上书,第100页。

剧艺术似乎从未'道出过真理',更不用提它的对象的'不具多少理智'的人,也就是说不是哲学家。这就是为什么要远避开它的双重原因。"①只有伊索寓言得以幸免,因为它毕竟启迪人的智性,闪耀着理性的光辉。

苏格拉底究竟在悲剧中看到了什么呢?"一些完全无理性的东西,其原因似乎无效果,其效果似乎无原因,而整体却五彩斑斓,多姿多彩。这对一个有审慎气质的人来说是格格不入的,而对易受刺激,敏感的人来说则是危险的导火索。"②因而悲剧毫无实用价值,既不能传授知识,又不能启迪头脑,属于"谄媚艺术"之列。所以,苏格拉底要求他的学生严格避免这种"非哲学刺激"。

在苏格拉底主义的进攻下,悲剧的阵地土崩瓦解了,被强迫附丽于辩证法的树干之上,成为知识的附庸。构成酒神精神之核心的音乐理所当然地遭到放逐,从此与悲剧无缘:"乐观主义辩证法挥动三段论的鞭子,将音乐赶出了悲剧,这就是说,它毁灭了悲剧的本质。"③合唱也在劫难逃,在苏格拉底的乐观主义舞台世界面前,它成了"一些偶然的东西,一种可有可无的对悲剧起源的回忆"④。日神的命运也好不了多少,"在逻辑公式主义中,日神倾向变成了蛹"⑤。闯入悲剧领域的乐观主义因素像野草一样迅速蔓生,最终将它窒息。

我们知道,尼采所竭力维护的酒神与理性是格格不入的,它实际上是以一种理性所无法解释的神秘方式对世界本质即永恒生命力的感知,因而与科学精神是完全背道而驰的。无怪乎尼采要对以冰冷的知性为基本特征的苏格拉底主义大加讨伐。在他眼里,苏格拉底的知识结构是一个五花八门的混合体,根本谈不上风格的统一。所以,苏格拉底所代表的只能是一种衰落的文化。

不难看出,尼采在这里攻击的决不仅仅是苏格拉底一个人,他的攻击目标实际上是整个日渐发展的科学思潮,苏格拉底在尼采的语汇里无非是科学的代名词而已。在尼采看来,酒神和日神之间的矛盾经过连绵的斗争,在阿提卡悲剧中得到了最终解决。但是,以苏格拉底为代表的科学思潮勃起后,悲剧艺术受到致命一击,科学与悲剧水火不相容,两相争斗,

---

① 见《悲剧的诞生》,《尼采全集》第1卷,慕尼黑:德国袖珍书籍出版社,第92页。
② 同上。
③ 同上书,第95页。
④ 同上。
⑤ 同上书,第94页。

最后悲剧遭到毁灭。

五、悲剧之再生

苏格拉底主义是否已经永远战胜了酒神精神？科学已经一劳永逸地将悲剧埋葬了吗？尼采带着这个问题继续追寻苏格拉底的精神发展轨迹。他发现，苏格拉底在晚年对自己确定不移的信念发生了怀疑。在监狱里，他甚至自己动手谱写他曾如此轻蔑的音乐，并将几段伊索寓言改写成诗。他开始醒悟了，觉得自己"就像一个蛮族国王不理解高贵的神像一样，面临着渎神的危险——出于无知"[1]。苏格拉底开始思索这样一个问题：没有被我理解的东西是否一定是无理性的，也许存在着一个拒逻辑家于门外的智慧王国，也许艺术甚至是科学的必要纠正。据此，尼采断言，苏格拉底主义并非永远与艺术相悖，只要我们探清了其中的奥秘，就会明晓前者必然要导向后者。

苏格拉底是"理论人"（der Theoretische Mensch）的典型。尼采写道："我们整个现代世界……把用最高知解力武装起来的，为科学服务的理论人作为理想，其原型和始祖就是苏格拉底。"[2]理论人相信自然是可以被穷尽的，认为知识具有万能效力。用科学去探知宇宙本原，认知世界成了最崇高的人类职业，因而理论人力图借助科学的力量把握整个世界图景，努力追求将知识之网织得更加天衣无缝。尼采认为，这种不断的、无休止的追求必然要闯入绝境，无穷的探索必然会使科学走到它的边缘："因为科学之圈的圆周有无穷多的点，在还根本看不出如何完全测出这个圈的时候，这个高贵而有天赋的人未到人生中途就不可避免地碰上了圆周的这些边缘点，在那里他呆视着不可照亮的冥冥之处。"[3]这时候，认识的一种新形式产生了，这就是"悲剧认识"，"它需要艺术作为保护和治疗剂"[4]。以这种新眼光去考察苏格拉底，就会理解他对知识的无限追求是如何终于转化为悲观的绝望和对艺术的渴望的。按照尼采的观点，可以这样来理解这一过程：在其初级阶段，这种对知识的无限追求呈现出反艺术的特征，酒神精神在它的威力下荡然无存。在其第二阶段，它陷入死胡同，反而需要艺术来解救它。在尼采看来，这就是历史的二律背反，它是对恣意横行的科学的辛辣嘲讽。于是，

---

[1] 见《悲剧的诞生》，《尼采全集》第 1 卷，慕尼黑：德国袖珍书籍出版社，第 96 页。
[2] 同上书，第 116 页。
[3] 同上书，第 101 页。
[4] 同上。

冥冥之中又重新燃起了希望之光,奄奄一息的悲剧面临着第二次解放。尼采写道:"如果古老的悲剧是被辩证法对知识,对科学乐观主义的追求逐出其轨道的,那么从这一事实就可以推导出对世界的理论性观察和悲剧性观察之间的永恒搏斗。而且只有当科学精神被导向它的界限,它对普遍有效性的要求通过对那些界限的指明而被消灭以后,才有可能希望悲剧的再生。"①

悲剧复兴的历史条件形成了。尼采满怀信心地宣告,酒神精神正在我们时代渐渐苏醒。苏格拉底主义行将瓦解,埋葬者就要被埋葬了。但是,酒神精神将在哪块幸运的土地上崛起呢?这是尼采现在关注的中心问题。

尼采是从民族与文化的关系的角度来讨论这个问题的。在他看来,民族与文化是两个完全不同的概念。民族具有恒定性,它以自己的传统、风俗习惯以及千百年来形成的稳定民族素质来保持自己的聚合力。而文化则是流动的,变化的,不稳定的。每一时代都带有自己特定的文化特征。如果一个民族被文化的洪流所卷走,那它不可避免地要失去自己的民族性,蜕变成毫无个性特征的群落,从而失去自己的历史地位。从这一观点出发,尼采把法国与德国做了比较,认为法国恰好陷入这一历史性悲剧,与现代文化融为一体,从而失去了法兰西民族的特性。而德国则没有遭此厄运,"我们这种十分可疑的文化迄今为止与我们民族特性的高贵核心毫无共同之处"②。所以,振兴酒神精神的使命历史地落在了德国民族的肩上。尼采对此深信不疑,就连当今德国令人沮丧的严酷现实也不能摆动他的信念:"在歌剧和我们这个没有神话的实在的抽象特性中,在堕落为娱乐的艺术和受概念支配的生活中,苏格拉底乐观主义的与其说是败坏生活,倒不如说是毫无艺术感的本性暴露在我们眼前。但使我们欣慰的是,尽管如此,仍有迹象表明异常健康的、深邃的、富于酒神力量的德国精神丝毫未受损害,它像一位卧地打盹的骑士一样在一座人迹不至的深渊里休憩酣梦。"③面对伟大的德国精神,日耳曼民族的忠实子孙尼采不禁肃然起敬。它曾冲破中世纪的沉沉长夜,造成了德国宗教改革运动,"在其圣歌中,第一次鸣响了德国音乐的未来方式"④。今天,它又哺育了不朽的德国音乐,从而为悲剧的再生开辟了道路:"在德国精神的酒神基础之上崛起了一种强力,它与苏格拉底文化的

---

① 见《悲剧的诞生》,《尼采全集》第1卷,慕尼黑:德国袖珍书籍出版社,第111页。
② 同上书,第146页。
③ 同上书,第153页。
④ 同上书,第147页。

原始条件毫不相干,既不能从它们中得到解释,也不能用它们来辩护,反而被这种文化当做可怕的、不可解释的东西,当做威力无比的敌对东西,这就是德国音乐。"①只有伟大的德国音乐才是酒神精神的真正继承人,只有它才能将被苏格拉底主义窒息了的悲剧重新拯救出来。而德国音乐最杰出的代表是谁呢?在尼采看来,这顶桂冠非瓦格纳莫属。瓦格纳音乐给悲剧在现代条件下的复兴带来了希望。一度被葬进历史坟墓的古希腊悲剧在瓦格纳音乐剧(Musikdrama)中获得了再生。

第二节 对《悲剧的诞生》的反思

一、生命的不死鸟

尼采在《悲剧的诞生》中提出了一个很重要的思想,他认为生命的永恒是建立在个体毁灭之上的,这个观点值得我们重视。现象界里万物变迁,生老病死,一切都被创造出来,又不可抗拒地被毁灭掉,在这不断的创造与毁灭过程之下,潜伏着的却是永恒的生命之流。众多的个体生命毁灭了,隐藏在它们背后的生命力却是不朽的。尼采写道:"单个的人应该注定成为某种超个体性的东西。——这就是悲剧想要做的。他必须忘却死亡和时间给个体造成的极度恐惧。"②在尼采看来,这就叫具有悲剧意识(Tragisch Gesinnt sein)。

应该说,尼采的这个思想是十分深刻的。作为个体的人终究不免一死,任何人都不能超越时间之维,与宇宙同在。但隐藏在万事万物之后的生命力却是不朽的,它不受时间和空间的制约,使人类在整体上波澜壮阔地向前发展,绵绵无尽期。黑格尔也表达过类似的思想,他在自己的杰作《精神现象学》中写道:"精神的生活不是害怕死亡而幸免蹂躏的生活,而是勇于承当死亡并在死亡之中得以自存的生活。精神只当它在绝对的支离破碎中能得全其自身时才赢得它的真实性。"③否定是存在的必要基础,人类就是在不断的自身否定之中,在对自身的不断超越之中向前发展的。歌德在其不朽诗剧《浮士德》中也以具像的方式阐明了这一思想。浮士德上天入地,神

---

① 见《悲剧的诞生》,《尼采全集》第1卷,慕尼黑:德国袖珍书籍出版社,第127页。
② 见《理查德·瓦格纳在拜罗依特》,《尼采全集》第1卷,慕尼黑:德国袖珍书籍出版社,第453页。
③ 黑格尔:《精神现象学》上卷,贺麟译,商务印书馆1979年版,第21页。

游四方,孜孜以求地追寻人生之真谛。从本心来讲,他决不愿意停留脚步。让魔鬼靡非斯特得逞,他要向那辉煌壮丽的自由王国无限逼进:

> 人人的天性都一般,
> 他的感情总是不断地向上和向前。
> 有如云雀没入苍冥,
> 把清脆的歌声弄啭;
> 有如鹰隼展翼奋飞,
> 在高松顶上盘旋。①

但是,浮士德也是凡夫俗子,在不断的追求中他终于面对死亡,不能回避。于是,他只能在想象中去达到"自由的人民生活在自由的土地上"那样一个"崇高的瞬间":

> 我愿看见人群熙来攘往,
> 自由的人民生活在自由的土地上!
> 我对这一瞬间可以说:
> 你真美呀,请你暂停!
> 我有生之命留下的痕迹,
> 将历千百载而不致淹没无闻。
> 现在我怀着崇高幸福的预感,
> 享受这至高无上的瞬间。②

这就是浮士德所追求的目标,也是羁绊于必然王国里的人类所追求的自由王国。是的,作为个体的浮士德是必死的,但人类就在这不断的个体否定中得到肯定,去无限逼近理想境界。这就是我们从浮士德结局中得到的启示,正如歌德意味深长地假借天帝之口所指出的那样:

> 不断努力进取者,
> 吾人均能拯救之。③

歌德在另一部书里又写道:"我们的激情实际上像火中的凤凰一样,当老的被焚化时,新的又立刻在它的灰烬中出生。"④这段话可以说是浮士德结局

---

① 歌德:《浮士德》,董问樵译,复旦大学1983年版,第57页。
② 同上书,第667—668页。
③ 歌德:《浮士德》,董问樵译,复旦大学出版社1983年版,第685页。
④ 《歌德的格言和感想集》,程代熙、张惠民译,中国社会科学出版社1982年版,第54页。

的最好注脚。

马克思也持类似观点:"死似乎是类对特定的个人的冷酷无情的胜利,并且似乎是同二者的统一相矛盾的;但是特定的个人不过是一个特定的类的存在物。并且作为这样的存在物是必死的。"①生命的不死鸟就这样一次次从灰烬中再生,从而不断地在自由阶梯上攀登,去向那无限的自由王国上升。

尼采的观点无疑与他们是相似的。他跳出了个体的狭窄圈子,从类的主体角度来考察个体的毁灭,从而从"小我"进入了"大我",对人生持昂扬的乐观主义积极态度,与叔本华的悲观主义形成鲜明对照,这无疑是值得肯定的。他的悲剧观的确是他自己所称的"强健的悲剧观"。在尼采看来,悲剧之所以能够给人以快感,就在于能使人透过悲剧人物的毁灭瞥见那历万劫而不灭的永恒生命力,永恒生命力按照"个体化原则"派生出各不相同的万事万物,然后又毫不留情地将它们毁灭掉,宛如一个嬉戏的儿童,他垒起又推倒石堆,筑好又毁掉沙塔。

不过我们不应忘记的是,尼采在赞颂"永恒生命"的同时,却又始终把它视为叔本华式的世界意志,认为它是理性所无法认知的盲目原始冲动。这样,他始终无法摆脱叔本华的阴影,无论他怎样努力也无济于事。

二、科学与悲剧

尼采在《悲剧的诞生》中对苏格拉底以及以苏格拉底为代表的科学精神进行了猛烈抨击。在他看来,所谓的科学精神就是借助理性对自然的探究以及对知识的追求:"我把科学精神理解为那种首先在苏格拉底身上表现出来的对自然的可穷尽性和对知识的万能疗力的信仰。"②而科学精神却是与尼采所竭力高扬的酒神精神格格不入的,后者以一种理性所无法解释的神秘方式直达世界本质,因而与科学精神是背道而驰的。所以,在尼采看来,科学思潮一经勃起,悲剧必然要遭到灾难性打击。

尼采提出科学毁灭悲剧的观点,是有其深刻的历史背景和哲学根源的。从历史上看,18、19世纪的西方世界,科学技术迅猛发展,它不但从根本上改变了人的生存方式,同时也使人的思维方式发生了深刻变化。学究式哲学家们埋头探究长系列的概念演绎和归纳能力,力图将整个世界图景

---

① 马克思:《1844年经济学—哲学手稿》,人民出版社1979年版,第76页。
② 见《悲剧的诞生》,《尼采全集》第1卷,慕尼黑:德国袖珍书籍出版社,第111页。

纳入冷冰冰的数学公式中。理性成了解释宇宙现象的唯一钥匙。在他们看来,客体在演变过程中表现出一种相对恒常和齐一,它帮助主体积极主动地去形成一个相对自律的理性心理结构。这样,客体与主体在理性的基础上达到了统一。莱布尼茨和笛卡尔就是其代表人物。另一方面,资产阶级的科学文明虽然带来了巨大的物质财富,但却造成了人的心灵的枯竭,吹散了人生诗意的芬芳。正如尼采所说:"这种无人性的齿轮机和机械以及劳动者的'无个性'和'劳动分工'的虚假经济性使生命成为病态。"①在这种历史的沉沦中,浪漫主义思潮应运而生。它从诞生的那天起,就同以数学和智性为基础的唯理主义拼命抗争,竭力挽救被技术洪流所淹没了的人的内在灵性,拯救被数学性思维所窒息了的朴素运思方式。在法国,卢梭大声疾呼,指责资产阶级文明社会的科学败坏了人的心灵,毒化了社会风气,主张返归自然,重建那种被现代人所抛弃了的朴素的、与自然和谐相处的古老生活方式。在德国,这种批判更是源远流长,由来已久。早在康德那里,对理性的批判就已初露端倪。人既然是一种有限的经验存在,也就必然是一种有限的理性实体。要想借助这种有限的理性去构建无限的存在,就必然要导致荒谬。康德提出四对"二律背反"来支持自己的见解,他用理性的方法对宇宙的量(有限还是无限)、质(单一还是复合)、关系(自由还是自然)、模态(必然还是偶然)进行了四对(八次)完全相反的有效证明,从而暴露了理性的重重相悖和无能。以施莱格尔兄弟和诺瓦利斯为旗手的德国浪漫派运动对理性的攻击更是不遗余力,提出对世界进行"诗化"(Poetisieren)的口号。他们敏感地意识到技术文明的发展带来了人性的丧失,从此人再也感受不到绝对的、自由的神性,被逐出世辈栖身的家园——自然,在这个被严酷的理性所统治的世界上流浪。这是一种新的分裂,即人与自己的创造物的分裂,人的存在价值与技术文明的分裂。在浪漫主义诗人看来,要克服这一分裂,要想重建人与自然的和谐关系,就必须向诗转化。施莱格尔写道:"浪漫诗是发展着的包罗万象的诗。——它要而且应该……对生活和社会进行诗化。"②在这样一种历史氛围中,尼采提出知识毁灭悲剧的观点是不足为奇的,要看到这是18、19世纪一股席卷西方世界的浪潮,它在德国表现尤为突出,源远流长,连绵不绝,一直发展到以海德格尔为代表的现代存在主义。所以,尼采决非孤立现象,乃是历史发展序列中必然要出现的一环。

---

① 见《瞧这一个人》,《尼采全集》第6卷,慕尼黑:德国袖珍书籍出版社,第316页。
② 见《德国文论选读》,莱比锡:VEB百科全书出版社1973年版,第83页。

从哲学根源来看,尼采对知识的敌对态度则是承袭了叔本华的衣钵。

众所周知,康德把世界分为现象界和本体界两大部分,认为人的知解力所能认识的无非是现象界而已,对本体界是生盲。现象界虽然由本体界所派生,但本体界却是人的知性所达不到的自在之物(Ding an Sich)。这样,康德就宣判了传统的以研究世界本体为目的的形而上学以死刑。叔本华支持康德对世界的划分,但却不同意他的"本体界不可知"的观点。在叔本华看来,隐藏在世上万事万物之后的是意志的力量,它无所不在,无时不在,是整个自然界的主宰。小至石块树木,大到人类世界的芸芸众生乃至天体星辰,都不过是意志的客体化和外在化而已。叔本华宣称,这种意志即是康德所谓的超乎时间、空间以及种种因果关系之外的自在之物,天地之间的万事万物只不过是意志的表象而已。这样,叔本华就把世界分为表象(现象界)和意志(本体界)两部分。这就是其著名的《作为意志和表象的世界》一书的由来。叔本华认为,一切以科学为共同名称的学术活动考察的都是现象界,"它们的课题始终是现象,是现象的规律与联系和由此发生的关系"①。因此,科学是最低的认知方式,与意志根本无缘。尼采接过了叔本华这一思想,认为靠科学是无法把握世界本质的。他在晚期手稿中写下的一段话明白无误地表明了这一点:"科学的精确性最容易在种种最表面的现象那里获得,即在可以计数、计算、触摸以及可见之处,在可以确定数量之处。因而实在的最贫瘠区域首先被种植成了丰裕之地。一切都必须从机械论的角度得到解释,这一要求成了本能。似乎最有价值、最基本的认识正好在这里首先获得:这真是太幼稚了。实际上,一切能计数、能把握住的东西对我们都没有什么价值。……逻辑和机械论只对最肤浅的东西才有用武之地。"②而尼采要探知的却是生命之本源,在他看来,这是科学所无法承担的,只有酒神精神才能完成。所以,一旦科学成了时代风尚,以酒神为特征的悲剧当然就毁灭了。

欧洲近代唯理主义把人类生存的意义归结为依靠逻辑工具掌握和支配外部世界,人们迷信科学万能,热衷于追求知识,外在的物质活动导致了内在情感的泯灭,内心生活被忽视了,近代大工业的发展更加剧了这一倾向,这就造成了一部分人的精神危机,埋下了非理性主义崛起的种子。尼采以酒神精神来对抗科学,这当然只能是以偏纠偏,不过,在现代科学技术飞速

---

① 叔本华:《作为意志和表象的世界》,石冲白译,商务印书馆1982年版,第258页。
② 见《尼采全集》第12卷,慕尼黑:德国袖珍书籍出版社,第190页。

发展的条件下，如何努力去挖掘人的深层心理，探寻内心深处的无意识领域，这的确是当代哲学的一个重大课题。

三、艺术与人生

在考察尼采的悲剧观时，我们必须记住，尼采对人生怀有深深的眷念之情，他的根是深深地扎在此岸世界中的，正如他自己所说："要以各种方式种植对生命、对自己生命的爱！"①在尼采看来，用理性的目光审视人生，人生必然无意义，只能得出悲观主义的结论，因为对真理的无休止追求必然要陷入绝境，因而需从另一个角度，即审美角度来看人生。尼采在《悲剧的诞生》中多次强调，整个世界只有作为审美现象才是合理的，他认为这是全书的主旨。审美完全是人的非理性活动，它超越了理性的疆界，以活生生的、具有无限可能性的人生为对象，只有在审美目光的注视下，被理性所窒息的生命才重新变得有血有肉，光彩夺目。大千世界只不过是艺术家纵横其间的舞台，唯有艺术家才能赋予人生以形而上学的意义："艺术在本质上是对存在的肯定、祝福与神化……"②鉴于此，尼采对信奉道德学说的基督教进行了猛烈抨击，他写道："它既不是日神式的，也不是酒神式的，它否定一切审美价值——而这正是《悲剧的诞生》承认的唯一价值。"③

人生本无意义，艺术的使命就是赋予它以意义，使得人生成为可能，尼采因而激烈反对亚里士多德用"恐惧"和"同情"来解释悲剧，尼采写道："如果他是对的，那么悲剧就成了危及生命的艺术。"④因为它用恐惧和同情来威吓人们，使人感到生命的可怖和危险，从而丧失生存的勇气。在尼采看来，艺术之价值正是在于战胜人生的可悲性质，生命的痛苦正是经由审美的桥梁化为生命的快乐。一言以蔽之："艺术是生命的伟大刺激剂。"⑤后期的尼采对叔本华持激烈的批判态度，也正是因为叔本华把艺术当做通向否定生命的桥梁，这与尼采的理论当然是格格不入的。

艺术为什么能担负起对人生进行审美考察的重任呢？在尼采看来，这是由艺术的非理性特质所决定的。尼采是这样来描述艺术家的："他一下子立在一种强力面前，这种力量瓦解了理性的反抗。是的，它使我们迄今为

---

① 见《尼采全集》第 9 卷，慕尼黑：德国袖珍书籍出版社，第 209 页。
② 见《尼采全集》第 13 卷，慕尼黑：德国袖珍书籍出版社，第 241 页。
③ 见《瞧这一个人》，《尼采全集》第 6 卷，慕尼黑：德国袖珍书籍出版社，第 310 页。
④ 见《尼采全集》第 13 卷，慕尼黑：德国袖珍书籍出版社，第 409 页。
⑤ 见《偶像的黄昏》，《尼采全集》第 6 卷，第 127 页。

止生活其中的其他一切东西都以非理性的、不可理解的面貌出现:我们脱离了自身,游离在一种谜一般的火热元素中,我们不再能理解自己了,认不出最熟悉的东西,我们手中没有了标尺,所有规律性的东西,所有呆僵的东西开始运动起来,每一事物在新的色彩中闪光,以全新的文字符号向我们讲话。"①这不禁令人记起叔本华对艺术认知方式的奇特论述:"是纯粹的观审,是在直观中浸沉,是在客体中自失,是一切个体性的忘怀,是遵循根据律的和把握关系的那种认识方式之取消;而这时直观中的个别事物已上升为其族类的理念,有认识作用的个体人已上升为不带意志的'认识'纯粹主体,双方是同时并举而不可分的,于是这两者(分别)作为理念和纯粹主体就不再在时间之流和一切其他关系之中了。"②在两人看来,艺术的认知方式是与理性背道而驰的,它完全不受时间、空间、因果关系的制约,是艺术家纯然的内省活动,具有最高意义上的非理性特征,因而它与只能对世界进行表面性观察的理性主义相反,以一种神秘的方式径直把握世界的原始本质。这样,以严密的演绎推理为特征的理性认知方式就被以直观和类比为特征的浪漫式的非理性认知方式所取代了。

对理性的至高无上的地位提出挑战的并非只有叔本华、尼采两人。德国学者路德维希·克拉格思(Ludwig Klages)认为,歌德早就研究过意识与生活的关系问题。歌德在迄今为止对意识的绝对赞颂中发现了人类存在之不完善性的根本原因,认为单凭理性是不能穷尽生活的全部奥秘的。克拉格思举歌德的诗为例:

> 我们所有的非凡努力,
> 只在无意识那一刹那才获成功。
> 如果玫瑰花是认知到太阳的绚丽的,
> 它怎么能开放!③

歌德并强调指出:"人不能长久地囿于知觉状态,他必须重新闯入无意识存在之中,因为那里生长着他的根。"④不假道意识的体验比假道意识的体验更为完善,活跃的生命可以不依赖意识而存在,犹如根可以不依赖于鲜花而

---

① 见《理查德·瓦格纳在拜罗依特》,《尼采全集》第1卷,慕尼黑:德国袖珍书籍出版社,第468页。
② 叔本华:《作为意志和表象的世界》,石冲白译,商务印书馆1982年版,第274页。
③ 见克拉格思:《尼采的心理成就》,波恩,1977年,第四版,第159页。
④ 同上。

存在一样。相反,意识则必须依赖于无意识生活,犹如鲜花必须依赖于根才能开放一样。克拉格思认为尼采不过是发展和完善了歌德的思想。他指出:"在歌德那里初露端倪的,在尼采这里则成了主题。"①艺术被尼采推演到极端,染上了本体论的色彩,成了追寻人生之最高意义的形而上学活动。

应该说,艺术活动是带有相当的非理性因素的,它不像科学那样建立在严格的数学法则之上,也不以合乎逻辑的论证、推理作为创作手段。如果尼采不是将艺术的这种非理性特征绝对化,我们很可以将它看做对人类的艺术潜能的一次有力开拓,对理性的必要补充。但是,尼采却将艺术的非理性因素无限夸大,进而赋予艺术以本体意义:"我坚信……艺术是生命的最高任务和生命原本的形而上学活动。"②这就走火入魔,陷入极端了。

四、尼采与叔本华

勃兰兑斯指出:"作为一个思想家,尼采是以叔本华的理论为出发点的。就其最初的著作而言,他实际上不过是叔本华的门徒。"③尼采同意叔本华把世界分为表象和意志两部分,日神世界和酒神世界实际上就是这种划分的翻版,但是,尼采却在一个根本问题上与叔本华分道扬镳了,他不能同意叔本华对世界意志的彻底否定。

我们知道,叔本华认为整个世界都是由盲目的、非理性的意志统治着。在意志的驱使下,人类被永恒的追求、无穷无尽的欲望压得喘不过气来:"愿望按其本质来说,就是痛苦。"④因为愿望当然来自自身的需要,也就是来自自身的匮乏,因而也就来自痛苦。用叔本华的话说就是:"一切欲求皆出于需要,所以也就是出于缺乏,所以也就是出于痛苦。"⑤要想解除痛苦,就必须消除造成痛苦的根本原因,彻底否定生命意志,从而达到叔本华这个佛教信徒所向往的涅槃(Nirvana)境界。叔本华之所以推崇悲剧,就在于"文艺上这种最高成就就是以表出人生可怕的一面为目的的。"⑥悲剧的根本意义就在于它以最直观的形式告诉人们,要想解除痛苦,就必须否定意志,消灭一切欲望,忘却自我:"悲剧,也正是在意志客体化的最高级别上使

---

① 见克拉格思:《尼采的心理成就》,波恩,1977 年,第四版,第 160 页。
② 见《悲剧的诞生前言》,《尼采全集》第 1 卷,慕尼黑:德国袖珍书籍出版社,第 24 页。
③ 勃兰兑斯:《尼采传》,安延明译,工人出版社 1986 年版,第 27 页。
④ 叔本华:《作为意志和表象的世界》,石冲白译,商务印书馆 1982 年版,第 273 页。
⑤ 同上。
⑥ 同上书,第 350 页。

我们在可怕的规模和明确性中看到意志和它自身的分裂。"①

　　这就是尼采无法接受的了。在他看来,生命意志固然总是与痛苦相伴,但酒神却使我们尝到了生的永恒欢乐。一方面,我们认识到世上万事万物都要经历痛苦的毁灭过程,另一方面,我们却又感受到世界意志强烈的创造欲望。一切现象都必须毁灭,以便世界意志在不可遏止的生命冲动中去创造,去更新:"我们真的在这短暂的瞬间成了原始本质自身。感受到了它那不可遏止的生存欲望和生存欢欣。"②尼采与叔本华的分歧在这里是很清楚的。在尼采看来,世界本质固然是痛苦的,但痛苦并不是涵盖一切的全能力量。酒神精神给世界带来了希望,它使人们认识到对存在的原始欢欣永不可战胜。因而他不否定意志,而是肯定之。当尼采后来清算自己与叔本华的关系时,他宣称:"在这个意义上,我有权称自己是第一个悲剧哲学家——即悲观主义哲学家最极端的矛盾面和对立面。"③柯里也认识到了这一点,他写道:"叔本华以及那种视构成悲剧之基础的激情为原始痛苦的直觉性解释……远离开生命,而尼采的音乐性和非文学性激情则证明自己有'另外的'生命基础,即'真正的'酒神和肯定一切的神,它是一种原始欢欣。"④(着重号为引者所加)英人西尔克和斯恩特认为叔本华对尼采悲剧观的影响主要来自其整个哲学体系,与叔本华的悲剧理论倒没有多少关系,他们指出:"在叔本华的悲剧体系中,没有与日神和酒神相等同的东西。"⑤这是有一定道理的。尼采后来也强调指出:"有两种受难者,一种因生命的充溢而受难,他们渴望酒神艺术,同样也渴望对生命的一种悲剧性认识和展望。——另一种则因生命的贫乏化而受难,他们要求安宁、静默的大海或是艺术和哲学的迷狂、痉挛和麻醉。"⑥叔本华恰好满足了后一种受难者的两种需要,而尼采自始至终竭力高扬的却是第一种受难,因而他在本质上与叔本华是背道而驰的。难怪尼采 16 年后对自己在《悲剧的诞生》中用了叔本华的语言而懊丧不已,因为叔本华的语言"模糊和败坏了酒神预感"⑦。叔本华说,悲剧使人对另一种完全不同的存在有了预感,尼采同意他的看法,

---

①　叔本华:《作为意志和表象的世界》,石冲白译,商务印书馆 1982 年版,第 354 页。
②　见《悲剧的诞生》,《尼采全集》第 1 卷,慕尼黑:德国袖珍书籍出版社,第 109 页。
③　《瞧这一个人》,《尼采全集》第 6 卷,慕尼黑:德国袖珍书籍出版社,第 312 页。
④　《尼采全集·后记》,《尼采全集》第 1 卷,慕尼黑:德国袖珍书籍出版社,第 904 页。
⑤　西尔克、斯恩特:《尼采论悲剧》,剑桥大学出版社 1981 年版,第 331 页。
⑥　见《尼采反对瓦格纳》,《尼采全集》第 6 卷,慕尼黑:德国袖珍书籍出版社,第 425 页。
⑦　见《自我批评的尝试》,《尼采全集》第 1 卷,慕尼黑:德国袖珍书籍出版社,第 20 页。

但又追问道:这是一种什么样的存在呢? 他自己回答道:这不是涅槃,而是"永恒生命"(das Ewige Leben),它建立在个体的毁灭之上,是永恒的存在统一体。叔本华又说,悲剧使人产生一种欢悦之感,尼采也同意他的看法,同时又追问道:这是一种什么样的欢悦呢? 他答道:这不是神秘的弃世(die Mystische Resignation aus der Welt),而是"崇高的欢悦",这种欢悦产生于对现象界的破坏和对世界原始统一性的预感。

在我们看来,如果说叔本华的悲剧观宣扬了一种出世思想,号召人们彻底否定生命意志,以求解脱痛苦,遁入虚无,那么尼采的悲剧观则完全是入世的,植根在对生命的热爱之上。他既看到了人生的苦难,同时又不丧失对生命的希望,洋溢着热烈的乐观主义精神。朱光潜先生在其早期英文著作《悲剧心理学》中说:"尼采的一大功绩正在于他把握住了真理的两面。"①这是不无道理的。

第三节　简单的结语

《悲剧的诞生》是尼采前期最重要的著作,它标志着尼采从此义无反顾地走上了批判哲学家的道路,正如他后来指出的:"《悲剧的诞生》是我对所有价值的第一次重估。"②尼采在这部著作里全面阐述了他对希腊悲剧的看法,论述了悲剧产生的背景、历史氛围,它的兴盛和衰落的过程及原因,探讨了悲剧在现代复兴的可能性。尼采认为全书有两大贡献:"其一是对希腊人的酒神现象的理解;对它做了首次心理分析,视它为整个希腊艺术的根源之一。再就是对苏格拉底主义的理解;苏格拉底第一次被认识到是使希腊解体的工具,是典型的颓废主义者。"③这倒是十分中肯的自我估价。

的确,《悲剧的诞生》给人印象最深的,就是对酒神的弘扬。我们知道,古希腊艺术在相当长的时期内对德国文化界造成了重大影响。这股希腊热肇始于温克尔曼:温克尔曼……造成了德国古典时期的希腊热。④温克尔曼自1755年起详尽钻研了古希腊艺术,先后发表了《论希腊绘画和雕塑作品中的模仿》(1755)和《古代艺术史》(1764),提出了著名的"高贵的单纯,宁静的伟大"说。从此,这一观点风靡一时,征服了整整一代人。歌德、席

---

① 朱光潜:《悲剧心理学》,人民文学出版社1985年版,第153页。
② 见《偶像的黄昏》,《尼采全集》第6卷,慕尼黑:德国袖珍书籍出版社,第160页。
③ 见《瞧这一个人》,《尼采全集》第6卷,慕尼黑:德国袖珍书籍出版社,第310页。
④ 见诺特曼:《德国文学简史》,斯图加特,1987年版,第75页。

勒也接受了温克尔曼的学说，视以完美、宁静、和谐为特征的古希腊艺术为理想境界，力图在自己的文学实践中达到这一最高目标，从而开创了德国文学史上辉煌的古典时期。

在这些一代文学巨擘的眼里，和谐、完美、高贵已成了古希腊的象征。席勒在其名著《论朴素的诗和伤感的诗》中就对古希腊田园般仙境赞颂不已。可是，异军突起的尼采打碎了这个田园梦。他另辟蹊径，提出了酒神形象来对抗自古典时期以来占统治地位的日神形象。① 认为酒神精神是古希腊艺术发展的更为深刻的基础。尼采不无骄傲地宣称："正是这样，我第一个理解了酒神那奇妙的现象。"② 从前遭人冷落的酒神被尼采重新发掘出来，被当做遏止自启蒙运动以来日渐强大的理性主义的武器，这可算是尼采的一大发明。

尼采这部美学著作并未对具体的悲剧做分析，仅止满足于纲领式的阐述，与黑格尔的风格迥然不同。书中充满了神谕式的语言，极富神秘色彩。形象的比喻，夸张的叙述比比皆是。语言的绚丽华美在哲学家中是不多见的，尼采之对德国文学界产生重大影响，这也是原因之一。人们完全被尼采的语言天才给迷住了。自然主义作家列奥·贝尔克(Leo Berg)在1889年发表的《尼采研究》一书中，就对尼采的语言进行了详细分析。哥德弗里特·本(Gottfried Benn)对尼采的语言才华更是赞口不绝，称尼采是"自路德以来最伟大的德国语言天才"③。

对尼采的评价是一个很复杂的问题，要想在整体上对尼采做出实事求是的评价，必须充分占有材料，对尼采的全部著作进行深入研究，这显然在本章有限的篇幅里是无法完成的。但笔者仍愿对涉及尼采评价的一个关键问题谈谈自己的看法。

长期以来，尼采的名字总是和臭名昭著的"权力意志"说联在一起的。我国以及苏联、东欧在很长一段历史时期内对尼采持否定态度，很重要一个原因就是因为尼采鼓吹"权力意志"，这从理论上为德国法西斯上台扫清了道路，从而为世界人民带来了深重的灾难。这里有两个问题需要澄清：一是对 Wille Zur Macht 这个概念的理解。尼采的本意主要指生命力的自我扩张、充溢、强健和发展，因而这个概念的内涵是很宽泛的，最好译为"强力意

---

① 见诺特曼：《德国文学简史》，斯图加特，1987年版，第184页。
② 见《瞧这一个人》，《尼采全集》第6卷，慕尼黑：德国袖珍书籍出版社，第311页。
③ 见《尼采和德国文学》第1卷，图宾根：马克斯·尼梅尔出版社1978年版，第4页。

志"(台湾有的学者把它译为"冲创意志")。而我们却狭义地仅止把它理解为"权力意志",这是一种极大的误解。所以,我们以往对尼采的批判在相当程度上是建立在一种错误的理解之上的。值得指出的是,我国学术界已开始注意这个问题,近期发表的一些论述尼采的文章和专著已开始采用"强力意志"的译法,而不用"权力意志"。其次,长期以来被视为尼采后期总结性权威著作的 der Wille Zur Macht 一书,实际上是一部伪书,并非出自尼采手笔。不错,尼采确实曾经有过写 der Wille Zur Macht 一书的打算。在1886年9月2日致他妹妹的信中,尼采写道:"我已表示在今后四年中要写我的四卷本主要著作。光题目就要吓人一跳:'强力意志,翻转一切价值之尝试'。"①但尼采后来觉得难以写下去,终于放弃了此项计划。尼采死后,他妹妹伊丽莎白·福尔斯特接管了尼采遗稿和《尼采全集》的编辑出版工作。她与合作者对尼采遗稿进行加工扩充,于1911年以尼采的名义发表了 der Wille Zur Macht 一书。这样一部伪造的书竟然广为流传,成了后世研究尼采的主要依据。尼采之成为法西斯的理论鼻祖,也主要是这部书的"功劳"。20世纪30年代后,西方哲学界的学者在深入考证的基础上,澄清了事实真相。保尔·杨茨在其三卷本《尼采传》中对此也有详细记载。②《尼采全集》的编辑者柯里经过对保存在魏玛档案馆里的尼采原始手稿进行深入研究,也对此提出有力证据,他在《尼采全集的编辑原则》一文中写道:"我想在这里再次强调,尼采从未以此题目写过书,直到最后也不想用它来写书,这一见解是确凿的事实。"③至于伊丽莎白为什么要编辑出版这样一本伪书,是沽名钓誉,还是根本就没有理解尼采,或者甚至想借其兄的名望偷运自己的观点?这是一个很复杂的问题,我们也不想在此追究。我们只看重这样一个事实;由于 der Wille Zur Macht 一书的出版,尼采的形象是被大大地歪曲了,这对本来就易遭人误解的尼采来说,无疑是雪上加霜。

参考书目:

1. 勃兰兑斯:《尼采哲学》,伦敦,1915年英文版。
2. 《尼采全集》,慕尼黑:德国袖珍书籍出版社。
3. 黑格尔:《美学》,朱光潜译,商务印书馆1984年版。
4. 叔本华:《作为意志和表象的世界》,石冲白译,商务印书馆1982年版。

---

① 见《尼采通信集》第3卷第3册,柏林,第241页。
② 见保尔·杨茨:《尼采传》(2卷),第577页。
③ 见《尼采全集》第14卷,慕尼黑:德国袖珍书籍出版社,第12页。

5. 克拉格思:《尼采的心理成就》,波恩,1977年,第四版。

思考题:

1. 尼采是如何论述悲剧的诞生的?
2.《悲剧的诞生》体现了尼采怎样的精神旨趣?

第三章 弗洛伊德心理分析学的文艺观

在20世纪的思想家中,对西方精神世界冲击最大的,要算弗洛伊德了。第一次世界大战以后,他的学说猛烈地冲击了哲学、文学、艺术、宗教、社会风尚、道德伦理,激起一阵又一阵死水波澜。如今,社会学、美学、人类学、教育学、法学、神话学都不能弃他不顾。

弗洛伊德对文艺问题十分关注,总想猜透艺术家内心深处的隐秘的东西。他运用心理分析学来解释文艺的心理起源和文艺创作的心理动机,虽然他同时也承认,心理分析方法很难解答艺术功能的本质,无力去说明艺术的本质是什么,更不能给艺术家的创作手法下注脚。但他坚信的是,心理分析学能为参破艺术创造的奥秘提供有力的帮助。

弗洛伊德的文艺观是他的心理学理论的推演应用,因此了解其心理学说是分析其文艺观的前提。

第一节 弗洛伊德的生平和人格结构学说

西格蒙特·弗洛伊德(Sigmund Freud,1856—1939)于1856年5月6日出生在莫拉维亚的弗赖堡(现在捷克境内),父亲是犹太人。弗洛伊德幼年时,全家就迁居维也纳。弗洛伊德的一生差不多全是在维也纳度过的,要不是晚年因纳粹迫害流亡伦敦(不久就客死异乡),他是决不会离开维也纳的。

弗洛伊德在读书的时候,因为是犹太人,很受人歧视,这促使他发奋要在学业上有所成就和建树。青少年时代的弗洛伊德对文学、人类起源、宗教问题都十分有兴趣,并广泛阅读人文科学方面的书籍,为他后来从精神病理学的临床和实验领域走向广泛的人文科学领域打下了基础。

弗洛伊德在学校就读的时代,正是德国的实验科学风行的时代,达尔文的进化论和歌德的进化论思想,对他选择学医起了决定性的影响。但同时,到底是什么决定着人的行为?人究竟是什么?这些终极问题一直纠缠着他,他在长时间的医学临床和实验研究中,始终没有忘记对这些问题的追问,他后来大胆地对人的本性发表己见与此不是没有关系的。

弗洛伊德毕业以后开业行医,使他有机会接触到当时的大量社会问题。弗洛伊德是一位哲学气质很浓的心理学家、精神病学家。他早在青年时代就表示对哲学知识的渴求胜过其他一切,并立志要探究人的奥秘。到晚年,他还把自己的学说做了哲学总结,写了两部表述他那带有浓厚悲观色彩的浪漫哲学思想的哲学著作:《文明及其不满》和《幻想之前景》。

弗洛伊德著述十分丰富,几乎每年都要写一些不乏独见的论文或专著。他的精神分析学说实际上是关于人格结构及其内部冲突的学说,大致可分为本能论、人格结构论、心理解剖学三大方面。

本能论 弗洛伊德最初的出发点是遵循达尔文的道路,从生物学的途径去研究人。他认为人性之根本就是由生物能转换而来的心理能的发泄和反发泄。一切用于人格作功的能,都出自本能,本能决定了一切心理活动过程的方向的先天状态。本能的主要根源是人体的需要,亦即人体组织或器官的兴奋过程,这一过程将储存在体内的能量释放出来。本能的最终目的就是缓解或消除人体的需要状态。本能不只一种,有多少需要,就有多少本能。不过可以总括为生命本能和死亡本能及其由这两者各自派生出的诸本能两大类。本能造成了一系列内部刺激,要消除这些内部来的刺激,就需要非常复杂的行为和心理功能。人格结构就由此动力建立起来了。本能论奠定了弗洛伊德整个精神分析学说的基础。他曾表示,他的终生目标就是推论或猜测出精神装置究竟是怎样构造的,究竟是什么力量在其中相互作用和相互制约的。

人格结构论 根据本能的能量投注和转移,形成了人格的内部结构。它分为三个层次:本我、自我、超我。本我是储存本能的地方,是各种本能的驱动力之源。本我的唯一机能就是直接消除由外部或内部刺激引起的机体的兴奋状态,它履行生命的第一原则——快乐原则。快乐原则的目的是避苦趋乐,消除使人感到痛苦和不适的紧张体验。它成为生命唯一的价值准则。这一追求快乐的本能以耗用心理能做心理功(感知、记忆、思维等)为手段,使机体回复平静状态。

自我是协调本能要求与现实社会要求之间不平衡的机能。它的法则不是人格内部的要求,而是现实社会的要求;也就是说,它依据现实原则去调节、压制本能活动,以避免不愉快和遭受痛苦。这种抑制本我的自我系统所设立的现实原则并不是要废弃快乐原则,只是迫于现实而暂缓实行快乐原则。尽管自我以现实原则代替了快乐原则,但它最终是引向快乐。

超我是通过父母的奖惩权威树立起来的良心、道德律令和自我理想,它们阻止本能的能量直接在冲动性行为和愿望满足中释放出来,或间接地在自我机制中释放出来,竭力中止行使快乐原则和现实原则。良心和道德律令对本能的命令是"不准",自我理想把本能的能量全部投注到对至善至美的理想的能量发泄作用上。

心理解剖学说 弗洛伊德认为人的心理有三个意识层次,即无意识层、前意识层和意识层。① 无意识层是不为人知的,但正常人的大部分精神活动是在意识水平下进行的,而且大部分日常行为也受无意识驱动。无意识和本能密切相关;无意识内藏有被压制的观念和情感。这些观念和情感部分来自过去生活中已被遗忘了的事例,而更重要的是与儿童性发育过程中的创伤性经验相联结。如果回忆起这些观念和经验,就会引起兴奋激动、道德谴责、羞耻感和害怕受惩罚。所以一般不愿或不能回忆这些观念和经验。这是由于一种"监察"在把关。无意识内容要进入意识只有在"监察"极为强大时(这就转化为神经官能症)、松懈时(如由梦中表现出来)或受骗时(如在开玩笑中流露)才有可能。前意识在无意识与意识之间,于儿童期发展起来,其作用在于保持对欲望和需要的控制,延缓本能的满足,以避免遭受痛苦。意识是一种注意的感官,通过注意活动,人们才能感知外界的现实环境和各种刺激。

弗洛伊德的心理分析学在基本原理方面隶属于18世纪末19世纪初兴起的德国浪漫哲学思潮。与浪漫哲学家费希特从自我出发去设立、引出非我和外部世界以及谢林从"绝对"出发去设定心灵的世界和自然的世界一样,弗洛伊德从满载本能冲动的本我出发来引出整个人格结构、人的社会行为和外部世界。与叔本华和尼采把非理性的意志作为本体和出发点一样,他把非理性的本我作为本体和出发点,把人甚至整个社会都看成非理性的。虽然他的理论的建立最初不是从思辨的哲学概念出发,而是从精神病学的治疗研究的经验事实出发,他的学说的结论却是与浪漫哲学思潮相一致的。他在自传中承认,自己很晚才读叔本华的书,并且一直避着尼采,但自己的思想与叔本华、尼采哲学有不少相同之处。

---

① 心理解剖学说是弗洛伊德的前期理论,晚期理论(大约于1920年开始形成)是人格结构说,两者有密切关系。实际上人格结构说是心理解剖学说的哲学改造。无意识的地位从精神中最大、最重要的区域降低为一种精神现象,早期被划为无意识的很大部分变成了本我。

非理性主义是他的思想的核心。他相信,由人形成的社会充分反映了人的非理性,每一新的一代都因为出生于一个非理性的社会中而给败坏了。人影响社会,社会又影响人,这样就形成一个恶性循环,只有少数具有坚强意志的人才能超脱出来。这是因为人性中的非理性力量太强,理性力量几乎没有机会占上风。多数人都不是靠真理生活,他们依赖幻想和愿望满足过得更舒服,根本不相信逻辑推理和理性的力量。

这里应该着重指出,弗洛伊德的理想是理性主义的。他期望世界是理性主义统治。但他悲观地认为,这是难以兑现的。因为,在他看来,本我作为一切心理活动和社会行为之本源是非理性的,它没有组织性,其能量处于动态,随时要求释放出来或投注到某一目标上。它是超时间、超经验的,既不受理智和逻辑法则的约束,也不内聚任何道德和社会因素。这一原始的主观实在只受一种愿望支配,即趋苦避乐的快乐原则。在个人的一生中,本我是人格建立的基础,它易于冲动、非理性、孤僻、自私、偏爱快乐,顽强地依靠想象、梦幻来满足自己的愿望。

超我与本我一样,也是非理性的,不能依据现实性的逻辑去区分主观与客观。它歪曲和篡改现实,反对符合现实性的自我,并强迫自我不按照现实的本来面目去认识它们,而是按照它们应该是什么样去认识,迫使自我把世界看成如自己所希望的模样。

此外,自我的防御机制也是非理性的,它是对付焦虑的非理性形式,即它采用的防御手段都不是现实社会的准则。它歪曲、掩盖或否认现实,从而阻碍了人的心理发展。在弗洛伊德看来,人的整个人格除了自我以外都是非理性的。只有自我按照现实的要求行事,履行现实原则。它通过识别、记忆、判断、推理来运用心理能量,以逻辑思维取代愿望满足。只有自我的功能是理智的,但它又被非理性的本我、超我和自我防御机制压得喘不过气来。

由于人的非理性,研究人的心理和行为的心理学就根本无法成为一门精确的科学。人格的内驱力和约束力之间常常处于力量的微妙平衡状态,使人很难准确预言一个人在任一给定环境中究竟会干出什么事来。所以,心理学不可能成为一门预测性科学,而只能在一定意义上成为一门"事后分析科学"。他的文学批评实际上就是进行这种事后分析。

生物还原论的出发点和非理性的哲学观的矛盾,理性主义与非理性主义的矛盾,医学实验根据与浪漫哲学气质的矛盾在弗洛伊德身上成了无法排除的对立,这使他的学说忽而似有科学的性质,忽而又是哲学家式的任意发挥,既渲染非理性不可避免,又渴望理性的力量,因此,用科学的真假判断去判定他的学说的真伪已失去意义。实际上,他的学说更多地具有解释的随意性,而不是科学的规定性。

从思想史的角度来看,他那独具特色的学说是反抗近代以来强大的唯理主义和德国古典哲学的形而上学的整个浪漫哲学思潮的一个环节。西方资本主义工业文明对人性的摧残,唯理主义日益实证化,置人的情感、想象、原欲而不顾;工业化加剧了西方世界中人们的普遍愤懑和精神病态。弗洛伊德认识到,逻辑的思维和逻辑的世界不能穷尽人的思维和人的世界。大量的精神病理事实证明了这一点。但是,他并不认为解决的办法是摧毁理性逻辑,让非理性的能量泛滥。相反,他希望的是人们能有效地控制自己的本能,求得快乐原则与现实原则的统一。不过,他对此始终是悲观的。

毫无疑问的是,弗洛伊德的基本出发点是错误的。他把一切行为和人格表现的动因归之于本能,实际上是一种生物还原论。虽然他力图解释人类社会的种种矛盾,解答人类的历史困境,并且也独到地认识到一些问题,但他的基本思想的迷误使他不可能对这些问题做出正确的符合社会历史发展规律的解答。

第二节　艺术是原欲的升华与《诗人与幻想》

弗洛伊德表面承认,心理分析学无力解答艺术的本质问题,但实际上,他仍然对艺术的本质做了回答,这就是所谓的本能(原欲)升华说。

升华说的前提是动力论。动力论是弗洛伊德固守的一条极为重要的原则。他深受19世纪德国物理学能量守恒原理的影响,把物理学上"能"只会转换形式但不会消灭的原则移植到心理学上,并从此出发去解释人的一切社会活动。他接受了奥地利生理学家布吕克关于生命机体是一个动力系统,同样服从化学和物理学的规律的见解,把布吕克的动力生理学改造为动力心理学,依照能量的转换和改变去研究人格。人的能量之源就是由人体生物能转换而来的心理能,能量聚集在本我中,其中最主要的就是原欲(Libido),它是生命本能的核心力量。他声称"原欲"与生物学上的性欲不同,它包罗更广的生理机能,是一种"爱的本能",但实际上人们很难看出在他那里这两者有多大的区分。"原欲"在弗洛伊德那里成了人的科学和艺术活动甚至宗教行为的终极因。这一原始的生物性能量流动不居,要求得到满足;它不仅仅局限于生殖的要求,而是寻求快乐。但人类的历史经验发现,必须把"原欲"的范围限制在生殖领域,以便把能量释放出来,用以同环境做斗争。于是自我把"原欲"的能量接过来(能量转换),把它们全部投入到心理活动中,而不消耗在冲动性行为或愿望满足上。这样就形成了能量发泄(原欲)与反能量发泄(自我、超我)的两极对立。

"原欲"与自我(它遵循现实的要求)和超我(它遵循社会规范的要求)之间的永不缓解的冲突必然产生挫折和焦虑,因为"原欲"的能量是不灭的。为了消除挫折和焦虑,自我和超我就想方设法,主要方法有:求同作用、移置作用和升华作用、防御机制、本能转换等等。文艺就属于升华作用。

所谓"移置作用"是指能量从一个对象改道注入另一个对象,本能的根源和目的保持不变,发生改变的只是目标或对象。这就是说,由于"原欲"的能量发泄所要求的对象是为社会和现实不允许的,自我就选取一些社会和现实许可的对象来代替"原欲"所要求的对象,"原欲"之能由此而投注到这些社会化和现实化的对象中去,这种代替物就等于是一种补偿。如果所找到的替代对象是文化领域中的较高的目标,这样的移置就被称为升华,亦即"原欲"的能量被转移到文学艺术、知识追求、慈善事业等方面的活动上去了。他说:"性力,或者更确切些说性力束(因为从分析研究得知,性力是由许多成分、许多个别冲动组合起来的),在人那里也许比绝大多数动物要强烈得多,而且比动物更为恒久不断,因为,性力在人那里已克服了周期性,但在动物身上性力仍有周期性。于是,性力特别把文化活动提供给那些杰出的精力旺盛的人……原来的性的目标置换成了另一种不再是性的但在心理上仍旧与性有联系的目标,这种置换能力称为升华的能力。"①

这种原欲升华说与生物还原说同样粗拙,人类种种超验的价值活动被说成与动物性动机一般,难怪弗洛伊德在这一点上会遭到几乎是包括他的同路人在内的攻击。

弗洛伊德大概是抑制不住自己的哲学欲求,用他的原欲升华说去对一些文艺名著做一番解释,其结论往往是令人啼笑皆非。什么达·芬奇在描绘各种圣母像时所激发的热情,是对他早年就离别的母亲的思念情感的升华,蒙娜丽莎的微笑唤醒了成年的达·芬奇对他童年早期的母亲的记忆,由于达·芬奇的远大抱负使他超越了人类普遍的动物性需要,他身上的原欲异常衰减;什么莎士比亚的十四行诗、惠特曼的诗篇、柴科夫斯基的音乐、普鲁斯特的小说都有些章节和片断是对渴求同性恋的热望的斗争;什么文学

---

① 见弗洛伊德:《"文化"性道德与现代神经症》,《性理论三篇》,1980年德文版,第125页。

史上的三部代表作(索福克勒斯的《俄狄浦斯王》、莎士比亚的《哈姆雷特》、陀斯妥也夫斯基的《卡拉玛卓夫兄弟》)都以弑父为主题,不是偶然,其中为了女人的性竞争十分清晰。在他看来,似乎文学家、艺术家们不能在现实生活中让原欲的要求得到最充分的满足,只好寄寓想象性创造,其他人有着与大艺术家和大文豪相同的升华需要,但由于天赋较差而只能将能量转移到平庸的事务中。由此,他把艺术家与精神病人等类同视,他们都是用幻想来补偿自己的原欲对象的丧失,只不过精神病人是用肉体的方法来摆脱兴奋状态,不能以精神方法来处理,艺术家却能通过艺术来缓解自己的兴奋状态。精神病人一旦沉溺幻想就不能自拔,艺术家不过比精神病人懂得如何再度把握现实。

总之,他认为,艺术作品不过是艺术家在原欲支配下制造的幻想,这幻想的王国是作家的避难所,它是由于人们必须放弃生活中某些本能的需要,痛苦地从享乐主义转到现实主义时建立起来的。而现实生活中又充满缺陷,于是要在幻想中弥补,文艺由此诞生。所以他说"诗人也像做游戏的儿童一样在做同样的事儿;他创造出一个幻想的世界,并且十分严肃认真地去创造,这就是说,他把幻想世界与现实严格地区分开来,把自己满怀着的极大激情灌注在幻想中"①。各时代各民族的作家所感到的缺陷各不相同,弥补的方式也就不一致。艺术是原欲的补偿。

弗洛伊德的这一观点在他的《诗人与幻想》一文中表述得最为充分。《诗人与幻想》是他的文艺观的集中表露。归纳起来大致有这样几点:1.关于创作动机:他认为,作家创作的动因是幻想,是受到压抑的愿望在无意识中的实现。只有一个愿望未满足的人才会有幻想,也只有幻想才能满足受潜抑的愿望。2.创作回忆说:作家的创作总是对过去的、特别是儿童期受抑制的经验的回忆。回忆恢复了过去被潜抑的经验的动力,从而产生了要求补偿实现它的愿望,对受创经验的回忆是创作的契机。3.作家与作品中人物的同一说:每部作品都是一场幻想,其中的主角归根结底是"自我"。心理小说的主角都是从内部来描写的,作家用自我观察的方法将他的自我分裂成许多"部分的自我",结果就使他自己精神生活中冲突的思想在几个主角身上得到体现。

把艺术家视为幻想的世界的构造本是无可非议的。艺术的世界的确与人的无法实现的愿望有关,中外文艺史已有大量证明。但是,从生物动力论

---

① 见弗洛伊德:《诗人与幻想》,转引自海塞编:《文学理论读本》,1976年德文版,第7页。

出发去解释艺术家是庸俗的。艺术家是人类历史实践进程中的预言家,他们具有敏锐的感受性、多愁善感、满怀忧患;他们的细腻的感性和强烈的实践生命力能轻易地预先把握住实践生活中的新的经验,以自己的敏感将社会理性的新的方面内化为自己感性的新质素,能以独卓的灵性去感触和捕捉到以萌芽形态潜藏于既定社会结构中那预示着未来新型社会形式的基质的新的社会理性。艺术家在精神上往往犹如飞蓬般漂泊的人,无家可归的浪子,那是因为他们正从一种既定的实践生活活动方式走向另一新的实践生活活动方式的中间状态。正像海德格尔描述的那样,诗人的本质——这里是指贫困时代的真正的诗人——在于,由于时代的贫困,诗的活动与诗的职业在他身上成为诗的追问。为此,"贫困时代的诗人"必须把自己诗化为诗的本质。凡出现这种情形,那是因为诗的活动必须被设想为适合于这个年迈已衰的世界的命运。诗人的权利和使命就是在人们心中唤起高于人自身的力量。① 这一诗人的天职与生物性的原欲有何相干。在弗洛伊德的冲击下,我们的确需要保护诗人的天使般的圣洁。

弗洛伊德自诩心理分析能找出艺术家个人生活的印象、机遇经验与他们的著作之间的关系,从而推导出作家在创作时所有的思维和动机。心理分析的目的仍是证明在本能活动过程中,一个人的外部经验和他的反应之间的关系。在此,他借助于无意识的童年经验。没有达·芬奇的童年经验,决不会画出那些招来令人伤感的命运的绘画。因为,作家的创作动机必然与作家的童年愿望有关。这些愿望未得实现,变成无意识隐藏起来,以后便创作出一个幻想的世界(艺术作品)来补偿这一愿望。"人们常把诗人的生活与其作品之间的关系想象得过于简单。从对幻想的研究所获得的观点出发,我们得承认如下事实:一个强烈的现实事件在诗人心中唤起了对一个更早的、多半属于儿童时代的事件的回忆,正是从这一儿童期的事件中萌生出愿望,这愿望又在如今的作品中得到满足。"②

弗洛伊德由此开创了以无意识去解释艺术创作活动的文学批评方法。著名精神分析学家琼斯说:"精神分析对个别人所做的详细深入的研究证明了,艺术才能和艺术创作都源于无意识的深层,灵感同样如此。它还证明了,艺术才能和创作以一种特殊的方式来摆脱存在于无意识深层的原始冲突。艺术家下意识地竭力用纯粹审美的形式将由这些冲突所激起的情绪发

---

① 见海德格尔:《林中路》,1957 年德文版,第 251 页。
② 见弗洛伊德:《诗人与幻想》,转引自海塞编:《文学理论读本》,1976 年德文版,第 11 页。

泄出来。"①艺术活动的起因都归结到了无意识,但无意识则不是一个比意识小得多的概念,它所包涵的内容比意识的内容要多得多。弗洛伊德强调,无意识并不只是静静地躺在心理结构底层的、暂时被忘却的东西,它更多的是被压制的动机和情感的聚积。它们来自于过去的生活事件,其中主要是儿童期性发育过程中的创伤性经验,如儿童恋母情感受创而郁结的病理情结。所有这些被压抑的心理能都有十分强烈的要求出路的愿望,企图得到发泄和表现。于是乎,艺术家的创作活动都成了这种发泄和表现。他由此去解释,达·芬奇是非婚生子,很小就与生母分开;莎士比亚写《哈姆雷特》是由于他刚死了父亲,又失去了亲生儿子(据说他就叫哈姆尼特 Hamnet)。

强调研究艺术家的人格,探究艺术家的深层意识与作品的关系,在方法论上是合理的,特别是当这种方法与社会学的方法相结合时。艺术家的深层情感,远逝的难以忘怀的体验,偶然的机遇感受,对童年梦境的回忆,的确在创作中起着相当大的作用。文艺创作不是大工业式的集体生产,而是心灵的独家经营。文学表现生活,首先是个人从自己的人格结构出发,在自己的历史命运中去体验生活。生活体验往往是破碎的、幽隐的、难以言状的,大量保存在无意识的心理层中。无意识中的生活体验如何转换为艺术作品,至今是美学中的一大课题。这一课题的进展要求从多方面,多角度去探究,无意识问题本身无疑是一个重要的方面。但如果因此而放弃了其他方面的考察,仍然不会有多大的成效。一位西方学者对心理分析的文学批评的指责不无道理:无意识文学批评只强调深层的心理动力,"而忽视艺术作品有语言的源流、文学史上的先驱、当代经济、社会、政治、哲学或宗教信仰的源泉,忽视当前事件以及诗人对同时代人和外部世界的观察,同样是十分愚蠢的"②。

第三节 弗洛伊德对西方现代文艺思潮的影响

弗洛伊德的学说在文艺理论上的影响远不如在文学创作上的影响那么大。20 世纪,他的《释梦》和《日常生活中的精神病理学》出版后,在医学界和精神病学界遭到否定和冷遇。但文学家们则从不同于科学家的角度来对待他的成果。"弗洛伊德心理学对人的本质的论述成了诗人们常利用来写

---

① 见琼斯:《什么是心理分析》中的文艺一节,1956 年德文版。
② 见诺尼:《心理学与文学批评》,《心理分析与社会科学》,1963 年英文版,第 205 页。

作的材料。"①"弗洛伊德借助于梦的分析使得无意识活动展现出来,他还发现了作为精神分析技术的自由联想,这些使得作家和艺术家们不再议论理性主义及其机械的世界图景。"②20世纪以来兴起的形形色色的现代流派几乎无不烙上弗洛伊德学说的印记。

从19世纪末开始,尼采的诗、陀斯妥也夫斯基的小说、梅特林克的戏剧已逐渐走向形而上学的探究。到20世纪,文学日趋形而上学的现实,深入到现实社会和人的表层下面,摸索玄奥精深的哲理人生问题。而许多现代哲学反倒不关心人生意义和价值、人的生存的困境等问题。过去以写实的现实主义和抒情式写实的浪漫主义为主的文学,反倒担负起了传统哲学的主要任务。海德格尔曾说,应思的东西历史地进入了文学,思本身也诗化了。狄尔泰早在19世纪末就已看到哲学实证化、文学哲学化的趋向,并做出了说明。"科学思想趾高气扬,至高无上,与人的精神在理解自身、理解普遍的意义上的无能为力形成了尖锐的对立,由此产生出当今时代精神及其哲学上的最终的主要特征。拜伦、列奥帕蒂、尼采的冷峻傲岸的悲观主义预言了科学精神将统治全球。但同时,在他们那里也宣告了意识的虚无。因为任何标准已一去不复返,任何坚实的东西都摇摆不定了……这种空虚的痛苦、一切深刻的信念和混乱、对生命价值和目的的茫然失措,进一步引起了'诗歌和小说上的种种五花八门的尝试,力图解答我们存在的价值和目的问题。'"③

弗洛伊德的学说对文学创作的巨大影响,也是出于同一原因。他探究人的本质的欲求和成果,他的哲学观、人道精神以及准科学的研究方法,使他进入解决人自身的问题这一庞大队伍的行列。近代以来,西方资本主义扩张欲急于求得满足,社会经济结构不断发生剧烈变化,技术文明不断发展,唯理主义哲学积极支持以数学为基础的物理学,物理学则为大工业化技术的理性统治提供了基础。个人的孤独感、忧郁、焦虑不断增长,人们越来越感到精神上的危机和苦闷,经济危机更加重了心理上的压力。加上宗教传统的清规戒律的束缚,整个社会呈现出一幅可怕的图景。弗洛伊德从心理学角度道出了现代作家广泛感受到的苦闷心境。例如,他对焦虑的大量分析。他指出,焦虑在人格的发展中和人格活动作用的动力状态中都起着

---

① 见 M. 斯科雷尔等编:《现代文学判断基础》,1948年英文版,第172页。
② 见 G. 福尼克、M. 施莱伯尔合编:《德国文学史》,1980年德文版,第311页。
③ 见狄尔泰:《当前文化与哲学》,《狄尔泰选集》,1976年英文版,第111—112页。

重要作用。焦虑与其他痛苦状态(如紧张、疼痛、悲哀等)不同,因为人在焦虑时有一种特殊的感受。在任何情况下,人在焦虑时都能意识到自己处于焦虑状态,每个人都可以在主观中将焦虑同痛苦、抑郁、悲哀和紧张等体验区别开来。这有如海德格尔大谈的那种畏惧,它不是害怕这个或那个具体事物的恐惧,而是没有什么好怕的那种坐卧不安之感。

弗洛伊德认为,焦虑的唯一功能是向自我发出危险信号,当这种信号出现在意识中时,自我就能采取措施以对付危险。于是,自我承担的重大任务之一就是要对付那些使人感到烦恼焦虑的威胁和危险。自我因此而设立了种种防御机制(压抑、投射、反向作用、固结等),来消除焦虑。焦虑成了世纪病。西方现代不少作家接受无意识理论,往往就是为了表现他们的世纪病。意大利作家莫拉维亚采用精神分析手法渲染人的病态心理和荒诞行为,表现资本主义社会的现实如梦幻一般,模棱两可,不可捉摸;表现女性的空虚、烦闷、压抑的精神生活。贝尔托的著名小说《难以捉摸的邪恶》借精神分析为手段,刻画人的潜意识,以求探索人的生存意义和目的。具有强烈批判精神的表现主义戏剧家奥尼尔对资本主义社会中的变态现象有一种特殊的敏感。他努力揭示埋藏得很深的东西,并用弗洛伊德的学说去解释。超现实主义创始人布勒东则公开承认弗洛伊德学说的指导作用,认为无意识、梦幻、非逻辑语言乃至精神错乱才是真正的精神生活。奥地利著名作家茨威格对西方传统人道精神浸润极深,对现代资本主义社会极为不满。他承认弗洛伊德使他的目光锐利起来。他的作品就往往以人的内心的焦躁、迷乱为主题,并以类乎弗洛伊德的"自由联想"的"框形技法"来发掘主人公隐秘的深藏于心理结构深层中的极为珍贵的情感,疯狂的灵与肉的冲突和搏斗,痛不欲生的精神创痕和儿童期无意识愿望的执着追求。

尽管现代作家中不少人喜欢把无意识学说当做发泄口,当做一种工具来使用,却很难说已经形成了一个文学上的纯精神分析派。大多数现代作家都读过弗洛伊德的著作或有关他的书,但有些作家滥用它,有的则将它改造一番,大都根据各自的需要,从中抽取自己感兴趣的东西。无意识理论的影响是深远而泛化的。

弗洛伊德本人对作家和艺术家很钦佩,认为艺术家很懂得在人的生活中暗地里起作用的那一部分情感。他与作家的交往很多。里尔克早在1915年就拜访了他。1923年罗曼·罗兰开始与他通信,并于1924年同茨威格一起拜访他。弗洛伊德受纳粹迫害流亡伦敦时,茨威格还专门去看望他。弗洛伊德80岁寿辰时,罗曼·罗兰、朱利·罗兰、威尔斯、伍尔夫、茨威格等名作家组织了191位小说家集体献礼,由托马斯面交。至于把自己的著作题赠弗洛伊德的就更多了。

但西方普遍认为弗洛伊德过于偏激,走极端,尽管他也是颇富启发性的,也着实把握着一些问题。全盘继承弗洛伊德理论的人寥若晨星。大多数作家也不赞成正统的弗洛伊德主义或纯粹的心理分析方法。他自己也说过,精神分析本身很少能独立担负起处理某一问题的全责,只能对许多知识领域提供有价值的援助。这倒是颇有自知之明。

参考书目:
1. 弗洛伊德:《诗人与幻想》,见海塞编:《文学理论读本》,1975年德文版。
2. 琼斯:《什么是心理分析》,1957年德文版。
3. 诺尼:《心理学与文学批评》,见《心理分析与社会科学》,1976年德文版。

思考题:
1. 弗洛伊德是如何分析艺术的?
2. 弗洛伊德艺术观的局限性在哪里?
3. 弗洛伊德对西方文论有何影响?

第四章 荣格分析心理学理论及其文艺思想

当弗洛伊德的精神分析理论对整个20世纪西方世界产生最强大的冲击力时,荣格以其分析心理学而异军突起,从而成为与弗洛伊德齐名的当代著名心理学家。

荣格在许多方面修正、丰富了精神分析理论,他所创造的分析心理学从新的层次进一步奠定了心理分析在当代西方文化中的突出地位,其影响所及不限于心理学领域,而包括哲学、美学和文艺领域。可以说,荣格是现代思潮中最重要的变革者和推动者之一。如果对荣格整个心理学思想、文艺美学观念、哲学意向有所忽略,甚至误解的话,那么,也就遗漏了与这一万方多难的时代紧密攸关的整个思想。

荣格对文艺问题倾注了很大的热情。他总是苦苦思索和探求艺术创作活动的奥秘,分析作家的人格和心理类型,并运用分析心理理论来重新解释文艺的心理源泉和艺术的社会意义。他独辟蹊径的探索将是许多重要文艺思想赖以产生的温床,他对文艺的真知灼见,将成为人们认识人类艺术精神中基本真理的启迪。

第一节 荣格的生平和分析心理学构架

卡尔·荣格(C. G. Jung,1875—1961)于1875年生于瑞士的一个宗教家庭。他的父亲及八个叔伯都是牧师,所以荣格童年时受到十分强烈的宗教影响。他非常虔信自己的梦、幻觉和新奇的想象,他把这些都当做仅仅为少数人而透露的天机启示。甚至,他会因一个梦而放弃学考古学而改学医学。

荣格在读了弗洛伊德《梦的解析》以后,对精神分析产生了兴趣,并写了一本题为《早发性效果心理学》的专著。1906年,荣格与弗洛伊德建立了通讯关系,并很快成为挚友,互相通信一直延续了七年之久。

然而,荣格逐渐对弗洛伊德强调性动机的理论表示不满,进一步发展到对弗洛伊德把力比多(Libido)能量解释为原始性欲的观点公开表示怀疑。荣格认为,力比多的本质,并非如弗洛伊德所认为的是由压抑的性欲和攻击性的冲动产生的人格驱动力。相反,在荣格看来,力比多是生物的普遍生命能量,一种创造性的生命能量,它为个人的心理发展提供能源。力比多是隐藏在精神后面的内驱力。这种由怀疑而导致的争论,使荣格与弗洛伊德的关系变得相当紧张,终于使七年通信的挚友终止了通讯往来。与弗洛伊德的决裂引起了已近不惑之年的荣格极大的精神痛苦,他进入了被自己称为"黑暗岁月"时期。在那段持续三年隐身静修的苦苦思索时期,他终于跳出了弗洛伊德的理论框架,而形成自己鲜明的理论特色。他的理论新颖和深刻,表明他对自己的精神领域进行了多么艰难痛苦的探索。他对自己的理论不断加以发展,直至生命的终止。荣格于1961年在瑞士波灵顿城堡的家中逝世,享年86岁。

我认为,荣格与弗洛伊德的基本分歧不仅在于对力比多本质的解释上,而更深一层表现在对无意识的实质和结构的不同理解上。正是对力比多的实质的不同解释、对无意识结构的不同理解,荣格才在自己的理论中提出了"集体无意识"的概念。对集体无意识的发现,使荣格成为本世纪最卓越的学者之一,荣格也在享有盛誉的同时成为一个颇有争议的人物。

荣格的文艺和美学观是他的心理学理论的应用,因此,我们有必要首先较为全面地了解他的理论构架。荣格的著述极为丰富,他所创立的分析心理学实际上是关于人格结构、动力和心理类型的学说,大致可以分为人格结构论和心理类型论两个方面。下面我们主要谈谈荣格的人格结构理论。

在荣格心理学中,人格作为一个整体被称为精神(psyshe),精神包括所有的思想、感情和行为,不管这种思想或感情是意识到的还是无意识的,精神对个体起着调节和控制作用,使之适应周遭的环境。因此,精神这个概念表明荣格一个基本思想,即个人从一开始就是一个整体,一个为精神所统领制约的整体,这种人格原始统一性的观点是对那种人为拼凑的人格理论的反拨。荣格认为,精神由自我、个人无意识和集体无意识这几种相互区别而又彼此相互作用的系统和层次组成。

自我(ego)这一概念,荣格用来命名自觉意识的组织,即我们意识到的一切东西。它包括思维、情感、记忆和知觉。自我构成了意识域的中心,使日常生活机能正常运转,对我们的同一性的延续感的同节奏负有责任。正是由于自我的存在,我们才能够感觉到今日之我与昨天之我是同一个人。荣格的自我概念十分近似于弗洛伊德的自我概念。

荣格认为，那些曾经为我们所深切体验过的东西并未在我们的脑海中彻底消逝，相反，它们储存和潜藏在个人无意识中。个人无意识包括一切在个人经历中曾经被意识到但又被压抑或遗忘、或者在一开始就没有形成意识印象的那些属于知觉阈下知觉的东西。也就是说，所有那些微弱得不能到达意识、或微弱得不能存留在意识中的体验，都被储存在个人无意识中。值得注意的是，荣格的无意识概念尽管与弗洛伊德的无意识概念有某种程度的相近，但仍有其质的区别。在弗洛伊德看来，无意识主要来自个人早期生活特别是童年时期创伤性经验的压抑，也就是说，无意识主要是指那种受压抑被遗忘的心理内容的集合场所，因而具有个人的后天的特性。而在荣格看来，无意识与自我是相互作用的，但无意识并非都是具有性压抑特征，也并非都具后天的特性。这里，荣格在弗洛伊德止步的地方前进了一大步，他不再将无意识看成是一个单一混沌的东西，而是将无意识分为两个层面，表层只关系到个人，可称之为"个体无意识"，而深层的无意识不是来自个人的体验，而是与生俱来的，因此，称其为"集体无意识"。

在荣格看来，处于无意识表层的个体无意识有一个重要特征，即可以将一组一组心理内容聚集起来形成一个情结（complex）。所谓情结，指富于情绪色彩的一组相互联系的观念或思想，它们受到个体的高度重视，并存在于个体的潜意识之中。换言之，它们犹如完整人格中的一个个彼此分离的小人格一样，具有自主性、有自己的驱力，甚至可以强有力地控制人的思想和行为。荣格发现，当某人具有某种情绪而执意地沉溺于某种东西以致不能自拔时，这时的"情结"并不一定成为人的调节机制中的障碍，也可能恰恰相反，它们可能成为灵感和动力的源泉。就像沉迷于创作冲动的梵·高，会在自己内心深处一种不可遏止的激情推动下，被一种巨大的使命感攫住，以致牺牲自己的一切，去执着地创造最高的美，创作完美的艺术品。荣格将艺术家这种"对于创作而言的残酷的激情"，将这种"他命定要牺牲幸福和一切普通人生活中的乐趣"[①]以对完美的艺术境界的追求，归因于作者所具有的一种极度强烈的情结，这样就使情结的阻碍和激发的双重功能突现出来。

那么，情结是怎样产生形成的呢？荣格由此着手，从个人无意识再往深一层挖掘，于是一个新的层面被发现了。荣格认为，情结必定源于人性中某种比童年时期的经验更深邃、更本源的东西，那就是"集体无意识"。集体无意识的发现打破了心理学上人格结构中严格的环境决定论，说明了正是

---

① 见《荣格文集》第 15 卷，英文版，第 101—102 页。

进化和遗传为心理结构提供了蓝图。集体无意识理论无疑是心理学史上的一座里程碑,对医学、哲学、文学艺术等学科的发展产生了深远的影响。

集体无意识(Collective Unconscious)是荣格理论中最大胆、最神秘、并引起最大争议的概念,也是荣格理论的核心部分。集体无意识反映了人类在以往的历史进程中的集体经验。荣格曾说:"我之所以选择'集体的'这个术语,因为无意识的这一部分不是个体的,而是普遍的;同个人心灵相比较而言,它或多或少地具有在所有个体中所具有的内容和行为模式。换言之,由于它在每一个人身上都是相同的,因此它构成了一种超个性的共同心理基础,而且普遍存在于我们每个人的身上。"①对个体无意识而言,它只能达到婴儿最早记忆的程度,而不能再往前迈进一步。而集体无意识则包括婴儿记忆开始以前的全部时间,实际上是人类大家庭全体成员所继承下来并使现代人与原始祖先相联系的种族记忆。荣格认为,"个人无意识的内容主要由带感情色彩的情绪所组成,它们构成心理生活中个人和私人的一面。而集体无意识的内容则是所说的原型"②。因此,在荣格那里,集体无意识是无意识的深层结构,它是先天的、普遍一致的。也就是说每个人都继承着相同的基本原型意象,犹如每个婴儿都天生具有母亲原型。

那么,集体无意识的内容和性质是什么呢?如果说个体无意识的内容是构成个人心灵生活的多种"感情倾向的情结"的话,那么,集体无意识的内容则是"原型"(Archetype)或"原始意象"(Primordialimage)。在荣格看来,人的心理是通过进化而预先确定了的,个人因而是同往昔联结在一起的,不仅与自己童年的往昔,更重要的是与种族的往昔联结在一起,甚至更往前推,与有机界进化的漫长进程联结在一起。甚至,从个体出生之日起,集体无意识的内容就给个人的行为提供了一套预先形成的形式。"一个人出生后将要进入的那个世界的形式,作为一种心灵意象,已先天地为人所具备。"③这些印在人们脑海中的祖先经验在各种时期被称为"种族记忆""原始意象",而通常被称为"原型"。

原型这一概念的意思即最初的模式,可以解释为一种对世界的某些方面做出反应的先天倾向。"原型即领悟的典型模式。每当我们面对普遍一致和反复发生的领悟模式,我们就是在与原型相遇。"④荣格还认为:"人生

---

① 见荣格:《四个原型》,伦敦,1972年版,第3—4页。
② 《荣格文集》第9卷(一分册),英文版,第4页。
③ 《荣格文集》第7卷,英文版,第188页。
④ 见《荣格文集》第8卷,英文版,第137—138页。

中有多少典型情境就有多少原型,这些经验由于不断重复而被深深地镂刻在我们的心理结构之中。这种镂刻,不是以充满内容的意象形式,而是最初作为没有内容的形式,它所代表的不过是某种类型的知觉和行为的可能性而已。"①因此,荣格在自己的论著中描述过众多的原型,诸如:再生原型、死亡原型、巫术原型、受难原型、上帝原型、魔鬼原型、太阳原型、月亮原型、动物原型、圆圈原型等等。② 值得注意的是,原型不同于人生中经历过的若干往事所留下的记忆表象,不能被看做在心中已充分形成的明晰的画面。因为"就内容方面而言,原始意象只有当其成为意识到的并因而被意识经验所充满时,它方才成为确定了的"③。同时,我们也注意到,尽管荣格将原型同原始意象相提并论,甚至有不少学者将二者看做等值的概念,但细细揣摩,二者之间仍有微妙的区别,原型指一种与生俱来的心理模式,所有的原型的集合构成了集体无意识,而原始意象介于原型与意象等感性材料之间,

---

① 见《荣格文集》第9卷(一分册),英文版,第48页。
② 荣格认为,虽然存在着许多原型,但每个人的人格中都具重要意义的是以下四种原型:A. 人格面具(Persona):此词源于希腊语,意为面具,荣格用这个术语来描绘个人公布于众的自我。人格面具原型是由于人类必须在社会中扮演某种角色而发展起来的。它是别人据以了解我们的那部分精神。荣格指出,有些人把他们的人格面具与他们的整个精神等同起来,这是错误的。在某种意义上,人格面具被认为是具有欺骗性的。因为它向别人显现的仅仅是一个人精神中的很少的部分。但是,如果一个人认为他就是他所装出的那个人,那么他就在欺骗自己,这样是危险的。B. 阿尼玛(Anima)和阿尼玛斯(Animus):阿尼玛是男性精神中的女性特征。阿尼玛是由男人在漫长岁月中与女人交往所获得的经验而产生的。这种原型有两种作用。第一,它使男性获得女性特征;第二,它提供了一个在男性和女性中相互交往的参照系。既然原型被看做一种理想的化身,那现实中的女人就很难与它完全一致。如果一个男性坚持某一特定现实中的女性要与他先天获得的女人意象相一致,那么他们之间的关系就会终止。阿尼玛斯是女性精神中的男性特征。它给女性提供男性特质,也提供一种指导她与男性交往的参照系。如同阿尼玛为男性提供一个理想化的女性形象一样,阿尼玛斯也为女性提供一个理想化的男性形象,坚持把某个特定现实的男性与理想化的意象相统一,就会导致关系冲突和幻觉的破灭。C. 阴影(Shadow):心灵中最黑暗、最深入的部分,是集体无意识中由人类祖先遗传而来的,包括动物所有本能的部分。它使人具有激情、攻击和狂烈的倾向。过分压抑阴影,将削弱人的强烈的情感和深邃的直觉。同时也可以说阴影原型使一个人的人格具有整体性和丰满性。这些本能使人富有活力、富有朝气、富有创造性和生命力。排斥和压制阴影会使一个人的人格变得平庸苍白。D. 自身(Theself)或称自己或自我:心灵中协调其他各部分的部分。自我的表现就是人为了达到人格的统一和整合而做的努力。人格的整合达到了,个人便处于自我实现的境界。因此,这是人格的中心点,其他部分都集聚在其四周。自身将这一系统集合一起,而导致人格的统一、平衡和稳定。自身原型的概念,是荣格研究集体无意识的最重要的成果。他说:"自身是我的生命的目标,它是那种我们称之为个性的命中注定的组合的最完整的表现。"(《荣格文集》第7卷,英文版,第238页)
③ 《荣格文集》第9卷(一分册),英文版,第79页。

可以规范和限定意象,因此二者构成一种潜在与外显的关系。

作为构成集体无意识最为重要内容的原型,具有一切心理反应所具有的普遍一致的先验形式。荣格从心理学角度将原型理解为心理结构的基本模式。他认为心理活动的这种基本模式(原型),"是一种从难以计数的千百亿年来人类祖先经验的沉积物,一种每一世纪仅增加极小极少变化和差异的史前社会生活经历的回声"①。那么,我们不禁要问,难道人的文化心理结构的积淀是先天决定的吗?作为对决定论和独断论深恶痛绝的荣格,是不会同意这种推演和答案的。于是他从生物本能的演化、从生命的内在性质和演化规律去寻求答案。荣格认为,作为集体无意识内容的原型并非是外部经验的产物,相反,人类心理本身具有自主性和某些先天综合能力。心理这种自主性、统一性和先天综合能力应归因于生物体的固有性质和内在规律。也就是说,一切由遗传决定的东西是一些以某种方式处理普遍经验的倾向,而怎样反映原型则取决于个人的生活环境。对此,荣格说道:"我们不得不这样假设,大脑的一定结构和独特的性质,并不能仅仅归因于周遭环境的影响,而且也同样应归因于生物体的奇特和自主性质,归因于其自身固有的规律。"②荣格没有将自己拘束在人的社会环境范围内,而是从人的遗传和进化角度说明了原型的性质。

作为无意识深层结构的集体无意识,在荣格看来,是精神中最重要和最有影响的一部分,而且,它的一切内容寻求着各自的外在表现形式。当集体无意识的内容在意识中不被认识时,它们就会通过梦、幻觉、想象和象征表现出来。正因为很少有人能完全认识他们的集体无意识内容,所以,大多数人只有利用研究梦与幻觉的内容来了解自己。荣格藉此推断说:正如神经病患者的梦、幻觉和想象揭示了病人的无意识心理一样,这种"集体的"梦、"集体的"幻觉和想象,这种反复出现的超个人的原始意象,也揭示出人类共同普遍的深层意识心理结构。而且,这些梦和幻觉既然象征着基本的人性,因此,人类能通过研究它们来充分了解自己的未来,并有希望终有一天能认识自己的真实面目和本质。就这个意义而言,集体无意识比任何一代人的知识更丰富。

毋庸讳言,荣格集体无意识假设在方法论上有新的突破。荣格曾说过:

---

① 见荣格:《献给分析心理学》,纽约 1928 年版,第 162 页。
② 见《荣格文集》第 6 卷,英文版,第 444 页。

"集体无意识概念既非思辨性的,也非哲学的,它是一种经验质料。"①荣格的集体无意识的假设的主要依据既非凭空思辨推演,又非完全拘泥医疗实践,而是根据考古学、人类学和神话学。他尊重精神现象,强调梦、幻觉和想象等心理现象同物理现象相比,其重要性和真实性毫不逊色。他采用自己发现的方法,包括:释梦、积极想象(病人全神贯注于形成意象)、绘画、象征的放大,以及语词联想等等,逐步揭示出集体无意识之谜。同时,他对心理治疗中的仅仅重视因果论(即在心理治疗中人们总是在病人过去的生活中寻找他今天患病的原因)不满而标举"目的论"方法,即坚持认为人们当前的行为是由未来而不是过去所决定的。他的许多精神发展的思想(个性化、整合、个性形成等)都是目的论的,甚至于"梦"也往往是面前的展望和对未来的憧憬。荣格在自己的研究方法中同时采用因果论和目的论,并最早提出同步性(synchronicity)原理,认为原型可以在一个人内心中获得心理的表现,与此同时,它也可以在一个人内心中获得物理的表现。原型并没有导致这种表现,它既不是心理事件的原因,也不是物理事件的原因,因此,心理事件和物理事件的关系是一种同步对应的关系。

荣格的人格理论是在对柏拉图的灵魂说和理念说的批判上,在对康德"把原型还原为有限的几个知性范畴"②的扬弃上逐步完善的,他不再将自我(ego)做狭窄的理解,也不仅仅将原型看做理性的"我思",而是看做更接近存在主义的"我在",因而具有现代哲学强调人的血肉之躯的感性生命的色调。荣格所提出的自身(self)这一概念以取代自我,使自我所表征的意识的主体还原为自身所代表的人格的主体。"自身"在集体无意识中是一个核心的原型,这样,荣格通过对想象、情感等一切心理活动的强调,而标举感性的生命主体,为包括无意识在内的人的感性争得地位,把人的心理联结为一个整体并从而深入追寻其基础,以获得人的自然本能和具有普遍一致性的原始心理结构。正唯此,荣格才充满激情地说道:"人格是个体生命天赋特质的最高实现。人格的实现取决于直面人生的具有高度勇气的行动,是对于所有那些构成个体生命的要素的全面肯定,是个体对于普遍存在状况的最成功的适应,以及伴随着进行自我选择的最大限度的自由。"③

---

① 见《荣格文集》第9卷(一分册),英文版。
② 见《荣格文集》第8卷,英文版,第136页。
③ 见《荣格文集》第17卷,英文版,第171页。

第二节 象征作为艺术意象背后的原始意象

纵观人类艺术史,可以发现,象征是艺术的最早形式,也就是说,艺术最初是从象征开始的。象征作为一种艺术思潮,在西方文学史中出现过两次,一次是中世纪,泛神论者爱留根纳就认为艺术即象征,因而一切艺术作品都具有表层意义和象征意义两个层次。另一次是19世纪末和20世纪初,波德莱尔和马拉美是其代表。马拉美认为,诗就是启示,就是梦幻,就是神秘,就是通过象征去展露心灵的状态。象征的美学特征即"藉有形寓无形,藉有限表无限,藉刹那抓住永恒,使我们只在梦中或出神底瞬间瞥见的遥遥的宇宙变成近在咫尺的现实世界,正如一个蓓蕾蓄着烂漫芳菲的春信,一张落叶预奏那弥天漫地的秋声一样"①。这就使象征往往透过艺术意象去表达出艺术意象背后的象征意义。

荣格注意到现代艺术中象征的深层意蕴,他认为,仅仅从形象的寓意上把握艺术象征的美学特征是浅层次的,只有深入揭示集体无意识的奥秘,只有将象征与原型紧密联系起来,才能真正揭示出象征的本质。荣格认为:尽管象征在某种程度上表达和再现了一种受到挫折的本能冲动,和渴望得到满足的愿望(这一点与弗洛伊德关于象征是欲望的伪装的解释相一致),但象征不仅仅是欲望的伪装,它同时也是原始本能驱力的转化。这些象征试图把人的本能能量引导到文化价值和精神价值(诸如文学、艺术和宗教等)中去。这就是说,象征或象征性活动并不仅仅是把本能的能量从其本来的对象中移置到替换性对象上。比如,原始人的舞蹈并非仅仅是性行为的一种代替,相反,这种原始舞蹈是某种超越了纯粹性行为的东西。因此,"象征不是一种用来把人人皆知的东西加以遮蔽的符号,这绝非象征的本真含义。恰恰相反,象征借助于与某种东西的相似性,而力图阐明和揭示某种完全属于未知领域的东西,或者某种尚在形成过程中的东西"②。

在荣格看来,原型和象征是自己理论体系中最为重要而又彼此紧密关联的两个基本概念。象征是原型的外在化显现,原型只有通过象征来表现自己。象征所要表达的所谓"未知领域的东西"是什么呢?这就是深藏在集体无意识中的原型。荣格认为,一种象征,就是原型的一种表现,而人类

---

① 梁宗岱:《象征主义》,《诗与真·诗与真二集》,外国文学出版社1984年版,第69—70页。
② 《荣格文集》第7卷,英文版,第287页。

的历史就是不断地寻找更好的象征,即能充分地在意识中实现其原型的象征。荣格在其早期著作《转变的象征》中,通过对一位美国姑娘各种幻想的分析,去揭示幻想中那鲜明生动的意象背后的象征意义,藉此理解梦、幻想、幻觉、诗歌以及一切人类精神产物的象征意义和原型根基。荣格对那位姑娘所写的一首题为《逐日的飞蛾》的意象进行放大,对诗中那只要能在太阳那儿获得"销魂的青睐"的一瞬间,就宁可心甘情愿地幸福地死去的飞蛾的艺术意象进行极深刻的分析,并指出:

> 在太阳与飞蛾的象征中,我们经过深深的挖掘,一直向下接触到人类精神的历史断层。在这种挖掘过程中,我们发现了一个深深埋藏着的偶像——太阳英雄,"他年轻英俊,头戴金光灿灿的王冠,长着明亮闪光的头发",对于一个人短促有限的一生来说,太阳英雄是永远不可企及的;他围绕大地旋转,给人类带来白昼与黑夜、春夏与秋冬、生命与死亡;他带着再生的重返童贞的辉煌,日复一日地从大地上升起,把它的光芒洒向新的生命新的世纪。我们这位梦想家正是以她的全部灵魂向往和憧憬着这位太阳英雄,他的"灵魂的飞蛾"为了他而焚毁自己的羽翅。[1]

荣格从飞蛾逐日的艺术意象中,挖掘出一个"太阳英雄"的象征,并通过这一象征,使我们看到这一象征所显现的原型。这个太阳原型意象,来源于人类无数世代所共同经历和体验到的太阳的灿烂光芒和伟大力量,亦即来源于人类的集体无意识。这太阳的象征同时在许多方面满足和实现了人的天性。毫无疑问,象征的本质即体现在它作为艺术意象背后的原始意象(原型)这一关键之点上。

荣格的原始意象不仅涉及艺术幻觉和审美体验,而且涉及神话和艺术起源,因此是把握其文艺思想的重要之维。荣格认为:"每一个原始意象中都有着人类精神和人类命运的一块碎片,都有着在我们祖先的历史中无数次重复的悲欢的残余,而且总体上始终遁着同样的路径发展。它犹如心理上的一道深掘的河床,生命之流在其中突然奔涌成一条大江。"[2]在荣格看来,真正伟大的艺术作品必然在其艺术意象中体现出全人类的生活经验,必然回复到人类精神的那些原型。荣格不同意弗洛伊德将哈姆雷特、蒙娜·

---

[1] 《荣格文集》第5卷,英文版,第109页。
[2] 《荣格文集》第15卷,英文版,第81页。

丽莎、浮士德、卡拉马佐夫兄弟看做莎翁、达·芬奇、歌德、陀斯妥也夫斯基个人心理冲突的产物的作法,认为这种简单地将艺术形象与作家个性心理对应的作法,忽视了文艺作品同人类精神、原始意象的内在联系。荣格强调说:"要了解艺术创作与艺术效果之秘密,唯一的办法是,回复到所谓的'神秘参与'状况——回复到并非只有个人,而是那人人共同感受的经验,那是种个人之苦乐失去了重要性,只有全人类的生活经验。这就是为什么每部伟大的艺术作品都是客观的、无我的,然而其感动力却不因之而减少的原因。"①

为了进一步说明艺术创作中个人审美体验和在这审美体验深层所潜存的原始意象,荣格将艺术创作分为两种模式,一类称之为"心理"模式,其创作素材来自人类意识领域,诸如人生教训、情感的悲欢体验,以及人类普遍命运。艺术家在心理体验中同化了这类创作素材,将其从一般地位提高到诗意体验的水平并使其得到表现,以使读者更深刻地洞察人的内心世界。荣格认为,这类文学作品包括爱情小说、环境小说、家庭小说、犯罪小说、社会小说以及大部分抒情诗和悲喜剧。其根本特点就在于,这类心理模式创作的题材总是来自人类意识经验这一广阔领域,来自生动的生活前景,它所包含的所有意义,都能够为人们所理解,都未能超越心理学所能理解的范围。而另一种模式称之为"幻觉"模式,与心理模式恰恰相反,幻觉式的创作素材"是来自人类心灵深处的某种陌生东西,它仿佛来自人类史前时代的深渊,又仿佛来自光明与黑暗相对的超人世界。那是一种人类无法理解的原始经验,因人自身的软弱而有受其驱使的危险。原始经验的价值和力量在于它广大无边。它从永恒中崛起,显得陌生、阴冷、无边、超凡、怪异。它是永恒混沌中奇特荒谬的写照。它彻底粉碎了我们人类的价值标准和艺术体裁标准。……原始经验能把那画有一个秩序井然的世界帷幕彻底掀开,使我们能瞥见那尚未形成的事物的无底深渊"②。在但丁的《贺马斯的牧人》里,在歌德的《浮士德》的第二部分,在尼采的《酒神的狂欢》里,在瓦格纳的《尼伯龙根之歌》里,在威廉·布莱克的诗行里,在波墨的哲学性以及诗意的呓语中,我们到处都可以发现这类幻象。这种艺术创作中的幻觉模式,不是使我们回忆起任何与人类日常生活相关的东西,而是使我们回忆起梦、黑夜的恐惧和心灵深处的黑暗。尤其在诗歌中,文艺作品的幻觉性表

---

① 荣格:《现代灵魂的自我拯救》,黄奇铭译,工人出版社1987年版,第261页。
② 《荣格文集》第15卷,英文版,第90—91页。

现得最为鲜明。诗人常常瞥见夜色世界的幽灵、魔鬼与神祇。这表明,原始体验是其创造力的深层的源泉。原始意象是艺术意象的深层原型。

荣格认为,"象征不是比喻,不是符号,而是在很大程度上超越了意识内容的意象"①。这种超越了意识内容即已深达无意识领域的意象,已不再是对外部世界的反映,而是经由内心体验而产生的幻想。这类幻想产生的艺术作品似乎根本不涉及任何外部经验对象(如毕加索那"非客观艺术"的绘画),因而这类艺术往往难以使人明白地加以理解。然而,在荣格看来,这类不可理解的艺术品,不是没有意义,而是有不同寻常的意义,甚至表达着一种在今天不为人知的意义。这是一种象征艺术,它所象征的是不同于日常经验世界的另一个令人陌生的世界,标示出令人战栗的灵魂深渊的一个维度。这个象征的世界,只能感觉到它的无穷和无涯,却始终无法准确地把握它,正因为这样,这个象征的世界才深邃得令人神往。同时,荣格认为,"这种幻想只是间接地与对外部事物的知觉相联系,事实上,意象更多地依赖无意识的幻觉活动,并作为这一活动的结果,或多或少是突然地显现于意识之中"②。这就是说,艺术意象与外部世界审美对象只有间接的关系,艺术是一种幻想。这种"更多地依赖于无意识的幻觉活动的"意象不仅与无意识有关,而且与意识也有关系。准确地说,艺术意象是无意识与意识在瞬间情境中沟通的结晶。正因为它更多地依赖无意识,所以它成为一种象征,一种原始意象的显现。

荣格强调,这种瞬间的沟通只能在混茫的刹那感觉中完成,只有借助于幻觉、直觉、想象和梦才能实现。只有这样,作者才能超越个人意识的局限,而深潜入远古以来的集体无意识领域,以其原始意象作为其创作的深层意蕴。这时,艺术家已不仅仅是作为个人在抒发小我一己的琐屑感情,而是作为人类的灵魂对全体人类说话。这时"每位诗人都为千万人道出了心声,为其时代意识观的变化说出了预言"③。而艺术欣赏为这"心声"、为这"预言"所打动,从而瞬间感悟,忘记了自己作为个人的存在,使自己从喧嚣现实世界中退却出来,沉浸在一片宁静的冥思之中,以整个心灵纳受灵魂深处唤醒的集体性质的审美意象,以活泼的直觉指向那些未知的隐藏的事物,从而领悟到一种前所未有、深不可测的人类情感体验,聆听到一种神秘的声

---

① 见《荣格文集》第 5 卷,英文版。
② 见《荣格文集》第 6 卷,英文版,第 442 页。
③ 荣格:《现代灵魂的自我拯救》,黄奇铭译,工人出版社 1987 年版,第 253 页。

音,并进而认清现代人无家可归的精神灾难,重返故里,重返童贞,重返自己的精神家园。正是在这个意义,荣格对艺术意象背后的原始意象的象征意义十分重视,甚至认为:"伟大的诗篇都取材自广大的人生,要是我们不顾及此,仅想从作品里发觉其个人因素,我们便将全然失落该剧作的含义。一旦集体潜意识是一种活生生的经验,而且亦是该时代意识观之象征的话,那么它便可算是一部对当代人民生活有影响力的作品。……这完全是受集体无意识之影响而促成的,因为一位诗人,先知或一位领袖不知不觉间都要受到当代使命之托,他以语言或行动指出一条每个人冥冥之中所渴望、所期以达成的目标和大道。"①

荣格的艺术象征理论是对弗洛伊德的原始本能驱力转化说的扬弃,是力图将人的本能能量导向人类文化价值和精神价值中去的一种尝试。艺术象征不仅是人类集体无意识原型的表现,也是人类不断超越自我而归汇人类群体的超越性自我的表征。更为重要的是,艺术象征是人的精神的集中体现,是人的天性的各个不同侧面的投影。它不仅通过但丁、歌德、布莱克、卡夫卡、毕加索等艺术家成功地表现那种真实的然而尚未被知晓的陌生的世界,而且力图表现人类群体积淀的和个体获得的智慧,甚至还希冀能够表现个人未来注定要臻达的完美之境。正是"艺术这种特别的灵丹妙药"②,使人的个体性和社会性能重新复归到一种和谐状态。当原始意象在伟大的艺术作品中出现,我们的心灵就会突然获得一种奇妙的解脱感,甚至感到一种慑人心魄的伟力统摄着自己,在这种与集体无意识沟通的瞬间,一种最深刻的生命原动力展现在我们面前,我们终于把捉住了象征的本真含义。正是在这个意义上,我们说象征是以一种隐含深蕴的方式,传达着一种在当代人看来难以解读的意义,预示着超越人格这一终极目标指引的展望未来的全新境界。

第三节 艺术家的人格类型与创作动力

艺术家的人格类型特征和创作冲动问题,是艺术创作心理的重要问题。然而,从某种意义上说,要准确划出作家的人格类型和直接观察作家创作灵感状态具有极大的难度。这是因为作家的人格往往具有二重性,处于创作

---

① 荣格:《现代灵魂的自我拯救》,黄奇铭译,工人出版社1987年版,第251—252页。
② 见荣格:《献给分析心理学》,纽约1928年版,第361页。

激情中的作家与平时作为"常人"(dasman)的他,有时可能达到判若两人的程度。而作家的创作灵感和动力结构发生在作家个人的心灵中,是一种无形的、极复杂的个体精神活动,研究者很难直接面对其具体创作心态,更无法追踪创作活动的全过程。

正是因为上述困难,使作家人格类型与创作动力的研究往往只能是一种间接的推测。或者根据创作的产品——作品去追溯创作活动,在作品的凝定形式(时空)中去复现艺术家的鲜活的生命活动的时间进程;或者根据作家"创作经验谈"进行研究,即以作家理性化的事后追记的"经验谈"去企图重建那一次性的、不可重复的、活生生的生命沉醉的创作之境,以意识的理性之光,去烛照那迷狂的无意识审美超理性渊源;或者根据心理学原理进行观察和研究。荣格从自己的分析心理学理论出发,选择了第三条途径。然而,荣格也清醒地认识到自己这样做的危险所在。他承认在艺术范围内,心理学的探索目标是要在复杂的创作过程中,寻绎到心理事实中的因果关系,但他又感到这一目标无法真正达到。因为在其心理事实中,刺激的反应可以根据因果关系的法则去加以解释,唯独艺术审美创造活动是一种作家自我灵魂的搏斗和心灵的对话,是一种处于"酒神状态"的灵肉震荡的生命高扬活动,这与单纯对刺激的反应相比具有完全不同的地位和形态,因而作家人格心理与创作灵感冲动成为一个永远诱人而永无透彻解释之秘。荣格坦率地说:"真正的艺术是一种创造,而所有的创造总是超越于一切理论的。这也就是我为什么总是要对初学艺术的人说:'尽管你可以尽你的所能去学习理论,但要记住,当你接触到活生生的灵魂动荡的奇迹时,你应将理论抛到一边,这时除了你个人的创造力的沛然勃发外,理论是无能为力的。'"①

尽管艺术创作活动难以透彻解释,但荣格仍以"心理的"和"幻觉的"两种创作模式,界定了两种不同的创作活动心态。荣格反复申说艺术幻觉是一种深不可测的原始意象的曲折反映,伟大的艺术作品是一个人类的梦,而且他还进一步根据力比多理论,进行把人的心理类型分为各种不同形态的尝试。他甚至不无自负地说:"发现人的心理有着多么巨大的差别,这是我一生中最了不起的经验之一。"②

荣格感到,精神在与世界的联系中,是朝着两个主要倾向发展的。一是

---

① 荣格:《献给分析心理学》,英文版,第361页。
② 见《荣格文集》第10卷,英文版,第137页。

朝向个人主观世界的内部倾向,一是朝向外部环境的外部倾向。荣格把这两种倾向称为"心态"(Attitude)即内倾与外倾。内倾是一种主观的心态,通常以优柔寡断、深思熟虑、孤僻内向、不愿抛头露面为其特征。而外倾是一种客观的心态,是以开朗、正直、适应力强、善交际、喜冒险为其特征。[①] 除了这种"心态"概念外,荣格还提出四种思想"功能"(Functions of Thought)的概念,认为这种功能与个人如何观察世界、处理信息与经验有关。荣格给四种心理功能下的定义十分简练。"这四种心理功能符合于四种明显的意识方式,意识通过这些方式使经验获得某种方向。感觉告诉我们存在着某种东西;思维告诉你它是什么;情感告诉你它是否令人满意;而直觉则告诉你它来自何处和去何方。"[②]其中,思维与情感对立,感觉和直觉对立。每个人都是一种功能和一种心态占优势,其他的皆处于无意识之中。最为理想的状态应是这四种功能与两种态度共同协调地活动。按照两种态度与四种功能的组合,荣格描述了人格的八种类型,即:(一)外倾思维型,(二)内倾思维型,(三)外倾情感型,(四)内倾情感型,(五)外倾感觉型,(六)内倾感觉型,(七)外倾直觉型,(八)内倾直觉型。荣格强调指出,艺术家大都属于"内倾直觉型"和"内倾感觉型"。

在荣格看来,艺术家往往是"内倾直觉型"的典型。这些人往往不为一般人所理解,而自己又将自己看做不为人知的天才。由于他与现实和传统都不发生直接功利联系,他也就不能有效地同他人交流沟通,而退回内心进行自我独白。他禁闭在一个充满原始意象的世界里,而对那些令人颤栗的原始意象的涵义却又并不理解,只是感受到人类远古的裂缝。他想传达那不可传达者,他内心的痛苦和骚动迫使他从一个意象跳跃到另一个意象,他不断告别一切已成之局,始终在追寻着那无限新的可能性。尽管他也有常人所不能超越的界限,但他却拥有可供别人思考、整理并加以发展的瑰丽多彩和瞬间感悟的直觉。藉此,他方能有如同天启般地道出警彻的生命预言。同样,作为"内倾感觉型"的艺术家,也往往远离外部客观世界,而沉浸在自己的主观感觉之中。他的内心世界层次丰富,思接千载,意象迭出,因而他感到外部世界苍白喧嚣,了无生趣。除了艺术之外,他没有别的办法表现自己,然而还因为他完全退回内心,斩断了与世界联系的纽带,因而他创作的作品往往缺乏深宏的力度和气象,缺乏一种直面人类苦难的终极价值关怀,

---

① 见《荣格文集》第7卷,英文版,第44页。
② 荣格:《人及其象征》,1964年英文版,第61页。

他于低吟浅唱中,使自己思想情感方面愈加贫乏,从而使生命和生活也苍白起来。①

尽管某些心理学家对荣格心理类型学进行了严厉的批评,认为人不能被截然划分为八种或几十种类型,因为每个人都是独特而不可重复的。但我们认为荣格心理类型学,因其强调了使人与人彼此不同的那些性格特点,并为区别这些特点提供了一个体系而有自身价值。而且,我们认为他对艺术家人格类型的界定,有其不可忽略的价值。尽管弗洛伊德也认为:艺术家是内倾性格者,但荣格比弗洛伊德前进了一步,荣格指出,有些作家常常显示出他们的反类型(anti-type),即这些艺术家所创造的人物,常常与自己的性格类型完全相反,因此,荣格坚决反对弗洛伊德将艺术作品看做艺术家个体心灵和自身性格再现的说法,而是认为艺术家在创作活动中往往超越自己的心理个性的局限,而为千万人道出心声。

荣格进一步将内倾和外倾心态运用于审美活动,尤其是用于作家艺术创作心态的分析中。荣格十分重视德国美学家立普斯的"移情说"和法国艺术史家沃林格(W. Worringer)的"抽象说"②,他认为抽象与移情的区别,也就是内倾与外倾心态的分别。荣格认为,移情作用预先设定对象是空洞的并且企图对其灌注生命;与之相反,抽象作用却预先设定对象是有生命的、活动的,并企图从它的影响下退缩出来。抽象的态度是向心的即内倾的,而移情的心态是外倾的。具有移情心态的人发现自己置身于这样一个世界之中,这个世界需要他用自己的主观感情给予它以生命和灵魂。因而他希望自己可以使这个世界更加美好而充满生气。相反,具有抽象心态的人却在对象的神秘感面前感到空间恐惧,因而退缩到自身之中,以建造起一种用抽象构成的、具有保护性的、与之相抗衡的世界。因此,在荣格看来,抽象的目的是要把无秩序的、变化无常的事物限制在固定的范围之内。而这种本质上属巫术的操作,其全盛时期是在原始艺术之中。荣格在抽象的动因问题上,十分赞同列维—布留尔所说的"神秘参与"(Participation),即原始人共同参加的那些神秘活动,如巫术仪式等等。因为这种"神秘参与"确切地表述了原始人和对象世界的原始关系。抽象恰好具有同神秘参与的原始状态进行战斗的心理功能,其目的就在于打破对象对主体的控制。抽象一方面可以导致艺术形式的创造,另一方面可以导致对对象的认识。荣格

---

① 见荣格:《心理类型》,《荣格文集》第6卷,英文版。
② 见沃林格:《抽象与移情》。

认为,抽象型的人往往把自己转向和投入到一种抽象物之中,使自己同这一意象的持久效应打成一片,以至于这已成为他的一种重获拯救的方式。他放弃了他真实的自我,将自己全部生命置入抽象之物中,在其中他自身完全结晶化了。与此相同,移情型的人也将自身的生命移入对象中,他变成了对象,同对象化为一体而将自己客观化了。①

荣格通过对内倾与外倾、抽象与移情的分析指出,两种审美心态都是基于人的无意识自发活动。抽象与移情、内倾与外倾是人适应外部世界和自我调节的机制。就其有利于适应而言,它们给人提供保护以避开外部的危险;就其是定向功能而言,它们把人从偶然的冲动下解救出来。人可以使自己具有明显的外倾(移情)或内倾(抽象)的心理倾向,但荣格极深刻地指出,他越是把自己其他的心理功能压榨掉,而将其中一种心理功能发展到极致,那么,就越需要把力比多投入于其中,也就越要把力比多从其他心理功能中抽取出来(因为在荣格看来人的力比多基本上是一个恒量),那些被剥夺了力比多而逐渐枯竭的"功能",逐渐沉沦于意识的阈限之下,丧失了与意识的联系并最终消逝于无意识之中。这种"逆向"的发展,乃是精神返回到童年并最终向远古水平的复归。

事实上,如果任何一种心态或心理功能不见之于人的自觉意识,那么它肯定是躲藏到无意识中去了。处在无意识中的东西不可能获得个性化,因而将始终停留在不发达的未开化的原始状态。在荣格看来,艺术家往往是一些无法完全适应外部世界以至与现实社会疏离的人,他们对外部生活的自觉兴趣日渐衰减,越来越退回内心,沉醉在自己的内心世界中,其精神发展表现出"退化""逆行"的倾向,但这并非如弗洛伊德所说是回到个人的童年(个人无意识),而是回到远古即人类的童年(集体无意识)。而无意识暗中制约和影响意识,或凌驾和压倒意识。这里,荣格从内倾与外倾、从抽象与移情这两种心理类型、两种审美态度出发,最终追溯到人的无意识的自发活动,看到人的审美态度下潜藏的集体无意识。荣格强调人是一个整体,他的精神是由意识和无意识共同构成的。甚至人的自然本能、感性需要和原型都是构成集体无意识的基本内容,对人的审美活动和艺术创作心理起着不可忽视的作用。

在艺术创作动力问题上,与弗洛伊德一样,荣格也把无意识看做艺术创作的推动力,他认为艺术创作是由一种原始意象的无意识活动所组成。经

---

① 见《美学中的类型问题》,《荣格文集》第6卷,英文版。

过艺术家呕心沥血的创作,将原型意象用艺术形象表现出来,转换为一种能为人们接受的语言,这样,也就可以使人们隐约地追溯到生命起源时那最深奥的境界。基于这种看法,荣格说道:"艺术是一种天赋的动力,它抓住一个人,使他成为它的工具。艺术家不是拥有自由意志,寻求实现其个人目的的人,而是一个允许艺术通过自己实现艺术目的的人。"①荣格进一步指出,艺术创作的动力来自无意识中的"自主情结"(Autonomous Complex),而艺术创作是一种自发活动,这种活动"无情地奴役艺术家去完成自己的作品,甚至不惜牺牲其健康和普通人的幸福"②。艺术家只是艺术作品实现的工具,他必须服从艺术的调遣。

荣格这种作家受无意识操纵而成为自发创作的俘虏的理论,与柏拉图所说的诗人因"神灵凭附"产生"迷狂"而"代神立言"有内在的一致性,只不过荣格"代无意识立言"罢了。而他的"无意识命令"也类似乎康德的"绝对命令"。总之,艺术家必须消融个人的激情,而秉受无意识的冲动,并无条件地服从这一命令,因为,这种来源于无意识的创作冲动和激情,是一种超越了艺术家个人的强大力量。艺术家正是不能自已地听从它的召唤而完成艺术作品的。正如荣格所说:"诗人们深信自己是在绝对自由中进行创造,其实都不过是一种幻想:他想象他是在游泳,但实际上却是一股看不见的暗流在把他卷走。"③

需要指出的是,荣格的艺术创作动力无疑比弗洛伊德向前迈进了一步,弗洛伊德艺术创作是性欲的升华,是未能满足的欲望的"代用品",这就将艺术创作的动力归结为某种隐秘的本能的欲望。荣格不同意这种创作动力源于性欲的解释,而提出源于集体无意识的观点。然而荣格似乎过分强调"无意识命令",无视艺术家个人的苦心独运和艰辛创造;过分强调创作进程的非自觉性,而无视其自觉的、有目的深度的审美体验,甚至完全割裂作家与作品的关系,将作品与作家对立起来。荣格说:"这些作品专横地把自己强加给作家,他的手被捉住了,他的笔写的是他惊奇地沉浸于其中的事情;这些作品有着自己与生俱来的形式,他想要增加的任何一点东西都遭到拒绝,而他自己想要拒绝的东西却再次被强加给他。在他的自觉精神面对这一现象处于惊奇和闲置状态的同时,他被洪水一般涌来的思想和意象所

---

① 见《荣格文集》第 15 卷,英文版,第 101 页。
② 同上书,第 75 页。
③ 荣格:《心理学与文学》,冯川、苏克译,三联书店 1987 年版,第 113 页。

淹没,而这些思想和意象是他从未打算创造,也绝不可能由他自己的意志来加以实现的……他只能服从他自己这种置然异己的冲动,任凭它把他引向哪里。他感到他的作品大于他自己,它行使着一种不属于他,不能被他掌握的权力。在这里,艺术家并不与创作进程保持一致,他知道他从属于自己的作品,置身于作品之外,就好像是一个局外人,或者,好像是一个与己无关的人,掉进了异己意志的魔圈之中。"①荣格这种对创作自发性强调到偏激的程度的理论,使艺术家与个人无足轻重。他一方面要艺术家不去体验和观察生活,而是从生活中退回内心,回到人类族类的远古记忆、人类灵魂的家园——集体无意识,而另一方面,他又认为一旦回归人类精神原初之源,艺术家就受到无意识原型的制约而"白身异化"为一个工具。这样,就使得艺术家与社会、艺术家与作品之间的关系变得模糊不清了。这种理论上的偏颇,与其使个人与集体、意识与无意识处于尖锐对立而无法弥合的偏颇是分不开的。

荣格在作家人格类型与创作冲动方面做了可贵的探索,他对内倾与外倾、抽象与移情的审美心态的划分有重要意义。他所主张的文学作品应将创作之锚投入到人类精神之流中,以便从单纯个人心理冲突中超越出来,是值得人们重视的。然而他理论上的偏颇,也不应忽视。因为任何将艺术家与社会、艺术家与作品对立起来的做法,都无法真正打开艺术家心理的"黑箱",也无法真正窥见艺术创作的奥秘。

第四节 《分析心理学与诗歌的关系》对艺术奥秘的揭示

《分析心理学与诗歌的关系》一文,是荣格集中讨论艺术创作活动特点、揭示艺术奥秘的重要论文。荣格在这篇文章中明确地说道:艺术实践是一种心理活动,可以从心理学角度去考察,而至于艺术本身是什么的问题,则不可能由心理学家来回答,只能从美学方面去探讨。那么,是不是说,荣格只研究艺术创作的心理过程而不涉及艺术的本质呢?其实,统观全文,荣格正是通过艺术创作心理奥秘的揭示,通过对艺术作品中的象征意义的揭示,通过对艺术的社会意义的揭示而鲜明地提出了自己的艺术本质观。

艺术是一门科学吗?或者,艺术作品是作家心理疾病的记录吗?荣格

---

① 见《荣格文集》第 15 卷,英文版。

的回答是否定的。荣格认为,艺术本质上并非科学,而科学本质上也并非艺术,心灵的这两种领域各自保持着某种对它们自己说来是独特的东西。同样,艺术作品也并非疾病,这就使得从心理学角度研究艺术必须采取一种全新的不同于对待疾病的态度。在荣格看来,这是因为"一部艺术作品并不是一个人,而是某种超越个人的东西。它是某种东西而不是某种人格,因此不能用人格标准来衡量。的确,一部真正的艺术作品的特殊意义正在于:它避免了个人的局限并且超越于作者个人的考虑之外"①。

循此出发,荣格分析了两种艺术作品类型和创作方法。一种作品类型是"心理的",即完全从作者想要达到某种特殊效果的意图中创作出来。他让自己的创作素材服从于自己的鲜明主题,并对其进行精心的自由的加工。这是艺术作品表现出艺术家自身的意志和趣味,艺术家审美意识与作品相符合,他的意向和才华完全倾注在作品之中,作品成为艺术家的心灵写照。而另一种作品类型是"幻觉的",如前节所述。这类作品中,作者只是一种无意识的代言人,作者感到自己被一种令人目眩的洪水般涌来的奇异思想和幽昧意象所淹没。"这些作品或多或少完美无缺地从作者笔下涌出。它们好像是完全打扮好了才来到这个世界,就像雅典娜从宙斯的脑袋中跳出来那样。"②荣格从自身理论出发,认为两种作品类型的区别与两种创作方式——"内倾"与"外倾"有紧密关系。荣格将席勒的"感伤的"艺术称为"内倾的"艺术,而把"素朴的"艺术称为"外倾的"艺术。指出内倾态度的特征是主体对反客观要求的自觉意向和目的的主观主张。相反,外倾态度则以主体对作用于自己的客观要求的主观服从为其特征。

在对艺术作品和创作方式进行分类以后,荣格研究的重心不再停留在作为个人的诗人身上,而是转向那推动着诗人进行创造的本源。因为他发现艺术家创作仿佛是秉存了某种不得不进行创造的动力。"在诗人表面的意志自由后面,隐藏着一种更高的命令,一旦诗人自愿放弃其创造活动,它就会再一次提出它那专横的要求。……孕育在艺术家心中的作品是一种自然力,它以自然本身固有的狂暴力量和机敏狡猾去实现它的目的,而完全不考虑那作为它的载体的艺术家的个人命运。创作冲动从艺术家那里得到养育,就像一棵树从它赖以汲取养料的土壤中得到养育一样。"③在荣格看来,

---

① 《荣格文集》第15卷,英文版。
② 同上。
③ 同上。

艺术家创作作品时,表面看来是主体的目的和意志起主导作用,但实际上却是受无意识的操纵,仍然是受自发创作进程的制约。

荣格提出"自主情结"的这一概念对制作的自发性加以界定。荣格说,自主情结是心理中分裂了的一部分,在意识的统治集团之外过着自己的生活,艺术家那种在创作冲动下神圣的迷狂,他那不可自已、不吐不快的强烈精神变态,甚至那种孕育在艺术家心灵中的作品就是一种自主情结。在荣格看来,自主情结指一种维持在意识阈下,直到其能量负荷足够运载它越过并进入意识门槛的心理形式。它同意识的联系并不意味着它已被意识同化,而仅仅意味着它能够被意识觉察。它并不隶属于意识的控制之下,因而既不能被禁止,也不能自愿地再生产。而这一情结的自主性表现为:独立于自觉意志之外,按照自身固有的倾向显现或消逝。也就是说,艺术家创作作品时,并非只是听从个人心灵情感的呼唤,并非遵从灵性的真实,而是听从植根于无意识原型的"自主情结"的操纵,并使其精神表现为"逆行""下降"的退向性发展,返回远古集体无意识之中。只有遵从自主情结凌驾和压倒意识,将意识功能的低级部分推到前台:人格中本能的方面压倒了道德伦理的方面,童年的方面压倒了成熟的方面,不适应的方面压倒了适应的方面,艺术家才能从现实生活中退出来,进入一种"神秘参与"之中,成为集体无意识的代言人。因此可以说,自主情结是靠从人格自觉控制中汲取的能量而得到发展的。艺术家的存在,只不过以一种新的艺术意象符号形式,将那勾魂慑魄的远古记忆和族类体验转换成恒定的存在,使飘忽不定的梦和沉郁深邃的童年无意识灵思簇拥着新的意识进入"有"的领域。艺术家在其迷狂的灵感之中,在一种最内在的骚动、最惨痛的吁求、最自由的神思、最恬美的心境中所感悟到的是整个人类的数万年的生命进程积淀的经验,他只不过用自己的手、用艺术符号把那陌生的世界,把那尚处于无声无言的"无"引入"有",使那幽暗的闪烁之光在现有的艺术域中亮出来。

艺术家殚思竭虑、沉迷癫狂所展示出来的并非其个人的低吟浅唱,相反,那是对不可言说的言说,对所有包括感性在内的无意识想说(上升为意识)的东西的把持,对感性的每一个力图显现的意味及其深蕴的固结和持存。因此,自主情结成为艺术家生命创作的动力,使他必得要冲破现实理性的固结和箝制,排挞社会伦理所给定的现实境遇,从意识之礁退返人类无意识之海,从而以一种前所未见的艺术新形式将艺术家体验到的前语言的东西、无声无言的无意识之海的东西固定下来,使不可说的成为可说的,使混沌化为明晰,使瞬间化为永恒。

然而,自主的创作情结存在于何处呢？在荣格看来,隐藏在作品艺术意象后面的恰恰不是艺术家个人的情感,而是原始意象。自主的创作情结就存在于这种原始意象的象征主义中,因此,荣格认为,如果在作品中我们没有发现任何其所象征的价值,那么,这部作品就没有什么言外之意,甚至也无多大价值。只有那种具有象征意味,只有那种"诗在词汇中唤起对原始意向的共鸣"（霍普特曼语）的作品,才被荣格认为是有价值的。因为,艺术作品作为一种象征,不仅在诗人的个人无意识中,而且也在无意识神话学领域内有其源泉。然而,在荣格看来,作为个人无意识的心理内容和心理过程能够并且常常成为意识,但因其不受意识欢迎而被压抑并停留在意识水平之下。因而艺术从这里汲取能量时,它们的强大优势只能使艺术作品成为一种病兆,而不可能使它成为一种象征。相反,作为一种潜能的集体无意识,能以特殊形式的记忆表象,从原始时代一直传递给我们,或者以大脑的解剖学上的结构遗传给我们。在荣格看来,原型是一种形象,它在历史进程中不断发生并且显现于创造性幻想得到自由表现的任何地方。因此,它本质上是一种神话形象,同时,它们为我们祖先的无数类型的经验提供形式。如故乡即母亲的譬喻,祖国即父亲的譬喻,当这种象征一旦出现,就仿佛从心灵深处升腾起一种比我们自身强大得多的声音,仿佛有谁拨动了我们生命的心弦,仿佛那种我们从未怀疑其存在的力量得到了释放。一个在自主的创作情结驱使下的作家,一个用原始意象说话的人,是在同时用千万人的声音说话。他吸引、压倒并且与此同时提升了他正在寻找表现的观念,使这些观念超出了偶然的暂时的意义,进入永恒的王国。正是艺术家那种身不由己地对永恒和无限的渴求,使得他对神秘的陌生世界的寻找成为一种永恒的内在冲动,从而使感性的血肉之躯内聚着人类历史的连续统一性。

艺术家是具有极为特殊命运的人。他们身陷迷狂,满怀的忧患吞噬着他,激情撞击着他,在深陷于痛苦的境遇将自己最尖锐、最独特的感受铸成新的艺术语言,凝定为新的艺术形式。艺术家犹如永远流浪的浪子,生存于没有恒定模式的飞蓬漂泊状态中。他们身在物质域中挣扎,却又将诗思纯情投向符号域,他们置身于"有"却拼命追寻着"无",因而永远处于从此岸向彼岸的过渡流浪的境遇,永恒地处于焦虑、烦躁、苦闷之中。他们的人生境遇鲜明地体现了人类的真实境遇,同时也体现了人类超越自身呼唤未来新的生活的心声。康德把真正的艺术家称为天才,这是一种天生的心灵禀赋,通过它,自然将规律赋予艺术。弗洛伊德则认为,艺术家通过创作活动使原欲得到升华,因此,作家创作的动因是幻想,是受到压抑的愿望在无意识中的实现,对受创经验的回忆是创作的契机,因而,作家与作品中的人物是同一的。而荣格既不赞同天才说,也不同意原欲升华说。荣格认为艺术家是具有二重性的人,他的外表与他的灵魂、他的意识与无意识原型是没有什么关系的,甚至他的个人生活与他的作品也没有什么关联。

荣格反复申说,艺术家人格具有二重性:一方面是作为艺术家的个人对于幸福、满足和宁静生活的向往,另一方面是作为个人的艺术家残酷无情甚至践踏一切个人欲望的创作激情。作为一个艺术家,他必得听从召唤去完成较之普通人更伟大的使命。这样一来,他的特殊才能需要在特殊的方向上耗费巨大的精力,而使得个人生命必然相应枯竭痛苦。作为艺术家的人已不是一个个体的人,而是一个负荷并造就人类无意识精神的"集体的人"。在这个意义上,荣格指出:"诗人的个人生活对于他的艺术是非本质的,它至多只是帮助或阻碍他的艺术使命而已。艺术家在个人生活中也许是市侩、循规蹈矩的公民、精神病患者、傻瓜或罪犯。他的个人生活可能索然无味或十分有趣,然而这并不能解释作为诗人的人。"①毫无疑问,荣格对作为艺术家的个人和作为个人的艺术家的划分,对艺术家人格二重性和现代艺术家人格分裂的界说,是独具慧眼的。他对艺术创作不仅是艺术家心灵的表现,更是一种"自我超越"、一种人类共同命运的永恒象征的见解,是很有新意的。但他对作家个人情感、生活体验和灵思的决然否定又使艺术创作和作家人格心理蒙上一层朦胧的面纱,给神秘的东西留下了地盘。

艺术是否具有永恒的意义? 荣格的回答是肯定的。荣格在研究中发现,一个已经过时的诗人,常常突然又被人们重新发现其全新的意义和价值。这是什么原因呢? 荣格从两个方面去解答这一问题。首先,作品本身就具有某种象征意义、一种超越作品表层意义的深层意义;其次,这种深刻的象征不为作品诞生的时代所理解,而只有人类意识发展到更高水平,只有时代精神的更迭,才对我们揭示出它的意义。因此,真正的艺术作品不仅是属于它那个时代,而且也超越它那时代的局限。真正的艺术是万古常新的,艺术的魅力在于不断以新的审美体验和眼光(判断力)去重新发现,因为旧的审美趣味只能从作品中获得司空见惯的东西。艺术作为一种象征,以其朦胧多义、含蓄蕴藉,暗含着某些超越人类理解力的东西,刺激不同时代的人们不断进行新的体验、想象,以解答艺术之谜和人生之谜。因为艺术象征揭示了人类灵魂中最深邃、最广阔无垠的世界。艺术以其自身的存在使人

---

① 荣格:《心理学与文学》,冯川、苏克译,三联书店1987年版。

类不断超越自身,在瞬间感悟和体验中寻找到自己赖以立足于世的根基,从而将自己的感性生命、灵肉心性的意义亮出来。同时,将自己与族类无意识相联系的根、自己的有限历史性和无限可能性敞开来。于斯,自我的狭窄藩篱被打破了,个人融入了人类历史的大潮,个人被提升到人类的高度而达到生命的超越。

毋庸讳言,荣格的《分析心理学与诗歌的关系》一文,提出了一系列文学与心理学相联系的重要问题。并在艺术类型与创作方式、艺术创作"自主情结"、艺术的意义三个方面做了相当深入的探讨。尽管荣格的一些观点较为偏颇,但毫无疑问,他对艺术奥秘做了可贵的探索,是极富启迪意义的。荣格的结论并非问题解答的终点,而是我们重新思考的起点。

第五节 艺术与现代人灵魂的拯救

艺术是什么?艺术与人是一种什么关系?现代艺术与现代人的关系如何?如何能在现代社会心与物的尖锐分裂对立之中,达到人类灵魂的拯救?这些问题,苦恼着荣格,促使他在艺术与现代人灵魂的拯救上往深里思,往深里想。

近现代人空前惨烈地体味着科技与美学、感性与理性、意识与无意识、经验与超验、有限与无限、自由与必然的分裂。这种生活现实与理想世界的尖锐对立,使哲人慧者为寻找一条中介桥梁以达到同一而殚精竭虑。康德在理性与道德之间,以审美为中介将其沟通;费希特从无限设定有限,从绝对出发设定个别;狄尔泰将审美与道德和哲学并置;席勒和尼采以审美取代宗教,认为由必然达到自由只能走审美之路;柏格森把本质看成时间性的存在,当人在艺术中直觉到自己最内在的自我就是生命本身;而弗洛伊德则认为只要将被压抑的原欲加以宣泄和升华,就可以超越个体的焦虑,达到艺术境界。荣格没有简单地去寻找一条弥合分裂的中介,相反,从自己理论体系出发,他将现代人人格问题以及艺术的超越功能统统放入文化这一大范围中来谈。荣格尤其重视神话,因为神话"不仅代表而且确实是原始民族的心理生活。原始民族失去了它的神话遗产,就会像一个失去灵魂的人那样即刻趋于毁灭。一个民族的神话是这个民族的活的宗教,失掉了神话,无论在哪里,即使在文明社会中,也总是一场道德灾难"[①]。在荣格看来,神话作

---

① 《荣格文集》第9卷(一分册),英文版,第154页。

为现代艺术、科学、哲学、宗教的起源,是人类精神现象的原初整体表征,是原始人类的灵魂所在。而历史发展到科技发达的今天,技术至上造成了神话的退位和隐遁,人类鲜活的灵魂丧失了,现代人自身异化而成为科技的附庸,从此陷入没有终结的苦痛的精神分裂之中。要解救人类,要使人类重新寻觅到自己的魂灵,荣格吁求呼唤神话,希冀藉此补偿西方现代文明所带来的心理失调,使现代人重返自己的故乡。

在荣格看来,艺术是人生的梦。正因为现代人对现代文明的深深失望,对现实生活的"不满足",才导致人们周期性地从尘世抽身出来,远离尘嚣,返回艺术之梦中的集体无意识,并在那里寻觅到能够满足自己精神需要的东西。荣格认为,现代人把自己的人格面具极度片面发展,以致他自身已经异化为一个丧失自主性、一个几乎完全按社会舆论和传统行事的机器人。其结果是他逐渐变得沉闷乏味、心不在焉、牢骚满腹、急躁易怒、抑郁寡欢。而当他通过艺术,使他从喧嚣的尘世退却出来,沉浸在一种艺术梦幻的静谧遐思中,回归到人类集体的神话原型中,他目睹了自己本真的风貌,看到了庸俗虚伪生活的窒息性,从而卸下了自己用来逢迎社会的刻板面具,在自己的无意识深处发现了隐蔽的富藏。这样,当他重返日常生活时,他获得了新的生命活力,变得朝气蓬勃、精力充沛,成为一个富于创造力和自主性的人,不再是一个按他人意志行事的玩偶。艺术通过艺术意象所传达出的集体无意识,可以通过象征而达到阿尼玛、人格面具、阴影和其他原型的个性化,从而统一为一个和谐平衡的整体。

艺术之梦的确可以使人沉入到过去的岁月,唤醒和复活昔日的记忆。但更重要的却在于,它们是对生命灵性和真血性、真情怀的呼唤,是实现人格发展这一最终目标的蓝图。在这一点上,荣格遭到了不少研究者的误解。有人认为,荣格所说的审美超越,不是走向未来,而是回到过去,不是对自我的积极肯定(上升到人类整体的高度),而是对自我的消极否定(主体意识泯灭于蒙昧浑沌)。其实,荣格的审美超越和艺术之梦既指向过去也指向未来。它们既是传示给我们的本真生命信息,又是我们所遵循的向导。"这种展望的功能……是在无意识中对未来成就的预测和期待,是某种预演,某种蓝图,或事先匆匆拟就的计划。它的象征性内容有时会勾画出来某种冲突的解决。"①

荣格认为,现代文明社会,以其高速高效使人变成社会机器的一个零

---

① 《荣格文集》第8卷,英文版,第255页。

件，造成人身心的无限焦虑。焦虑成为世纪病，引起人的精神内部分离，而触发神经官能症。而补救的办法乃是使意识和无意识重新达到和谐。整个人类个体化过程需要人与人之间进入到一种适当的关系之中，使人们从内心中去寻找自己同他人关系的答案，因为当我们与他人相处之时，总是将自己的精神状态投射到他人身上。正唯此，通过调节个人心理和群体关系，使每个个体都能充分了解"我不仅是我自己，而且一定会与他人产生关系"。这种人我交流与人际交流，只有让个人精神能量在原始的集体人格（神话）中自由流露出来才有可能，而艺术就是这种综合治疗的强有力工具。通过艺术，人的个体性和社会性必能重新复归到一种和谐状态。因此，荣格十分重视艺术对现代人精神焦虑的"治疗"作用，认为"一种特别的灵丹妙药便是艺术，对艺术的分析表明这一看法的真实性"①。

正是因为艺术为现代的心理分裂提供了弥合的可能性，正是因为艺术成为现代人渴望返身回归的故乡，正是因为艺术成为现代人抵御人性深度沦丧的家园，因此，在荣格看来，艺术在现代生活中发挥着类似宗教的功能。

毫无疑问，现代艺术犹如当代人类灵魂苦闷和追求超越的突破口。现代派艺术的勃发，是对"技术主义的行星时代"（海德格尔语）的反抗和对人的境况的深切关注。处于文化虚无和价值虚无之中的艺术，必得在上帝不存在的世界里担当起创造的使命，必得成为一束人生意义之光，必得去寻找和持存一片人性的空间。现代艺术不仅成为一种生存的抗争，也不仅只是人生的表达和吁求，而且直接成为生存的一种方式，成为生存本身。现代艺术要力图给沉沦于科技文明造成非人化境遇中的人们带来震颤，启明在西方异化现象日趋严重的情境中吟痛的人灵，进而叩问个体的有限生命如何寻得自身的生存价值和意义？然而，更深一层看，问题似乎并没有如此简单。因为，当个体生命因超验性世界的消逝而获得此在的绝对性以后，生命本体得到了空前的肯定和张扬。这样，在艺术感性生命的呼唤中，在自由生命活力的冲撞下，生命本身活力连带其僵化的一面：丑恶、昏昧、混沌都一齐得到肯定。生命本身成为了终极价值，再也没有另一个终极价值——神性的眼睛盯视着生命本身没有涤净的原始性，于是，人们那生命中的所有力量和野性，都可以徜徉于市，都可以得到生命的沉醉和梦境。荣格正是看到了这一点而一针见血地指出："这样一来，问题就滞留在美学的水平上了——

---

① 荣格：《献给分析心理学》，纽约1928年版，第361页。

丑也是美,即便是兽性和邪恶也会在迷惑人的审美光辉中发出诱人的光芒。"①

荣格没有仅仅从表面上去理解美丑问题,相反,荣格的眼光始终落在现代人灵魂的归宿上。并从人的灵肉分裂、感性理性的对立中去看待现代艺术,去评价现代艺术的"丑"。在荣格看来,世界上存在太多的装出一副现代模样的"无根的人","他门所表现出来的空虚令人误认为是现代人的落寞,因此也就令人觉得很恶心。他们和少数的一群人带上一副假面具,躲在令人觉察不出来的人群中,他们便是一群伪现代人"②。另一方面,那些将自己天性压抑的人,可能变得十分文雅,然而他却也因此付出了高昂的代价——他削弱了自己的自然活力和创造精神,削弱了自己强烈的情感和深邃的直觉。他使自己丧失了源于本能天性的智慧,而这种智慧比任何文明所能提供的智慧更为深厚。荣格认为,具有真血性的艺术家是现代人的代表,因为艺术家是唯一具有现代感性的人,而且他是唯一发觉随波逐流的生活方式是极为无聊的人。他因"已经漫步到世界的边缘"而对当下的感性生命的悲欢体味极深。"他须把一切被人遗留下来的腐朽之物完全加以遗弃,而承认,他现在仍伫立在一片会长出万事万物的空旷原野前。"③

那么,艺术家在"世界的边缘"看到的是什么呢?他看到人类正"濒临几千年来之期望与希望的绝望边缘"④;看到"物质上的每一次'进步'阶段,总是为另一次更惊人的浩劫带来更大的威胁"⑤;看到"科学甚至于已经把内心生活的避难所都摧毁了,昔日是个避风港的地方,如今已成为恐怖之乡了"⑥;看到"人类理性已遭惨败,那挥之不去的东西却像幽灵般接踵而来。人类在物质财富方面取得了巨大的成果,然而也给自己造成了巨大的深渊,那对世界黄金时代的许诺,已为无限荒凉、无比丑陋的世界所取代"⑦。毫无疑问,现代人所受到的各种各样的心理打击是致命的,因而最后已陷入痛苦和困惑的深渊。而正是在对自身本性的困惑中,人类"已把本性一切最丑恶的部分都表现在世界上了——而当我们向内心做探求时,

---

① 《荣格文集》第6卷,英文版,第140页。
② 荣格:《现代灵魂的自我拯救》,黄奇铭译,工人出版社1987年版,第296页。
③ 同上书,第295页。
④ 同上书,第298页。
⑤ 同上书,第305页。
⑥ 同上书,第306页。
⑦ 《荣格文集》第9卷(一分册),英文版,第253页。

我们所发现的却是如此破烂不堪,如此懦弱无能"①。

荣格从文化与人的生命发展角度着重指出,正因为人类标榜理性,而无视感性;标榜精神而无视肉体,标榜意识而无视无意识,才使得人类失去了生机,失去了生命力,在"这片白茫茫的世界,一切都显得那么荒凉、陈腐"②。正因为"肉体过去一向都在精神之欺负下渡过漫长岁月",才使"肉体得到了向精神复仇的机会"。③ 这是感性向理性的挑战,是无意识向意识的冲击。艺术家是这种向旧世界和旧艺术挑战的先锋。

现代艺术家以一种陌生的眼光看待现实人生,通过荒谬古怪的物质现实和非现实来歪曲那曾被歪曲的美和意义,他在人格疯狂的毁灭中找到了艺术人格的统一性。荣格深刻指出:"靡菲斯特式的美丑倒置与有意义和无意义的相互颠倒带有非常夸张的色彩,这种方法使无意义几乎被赋予了意义,使丑具有了一种刺激血性的美。这是一个创造性的成就,它在人类文化史上从未像今天这样被推到如此极端的地步。"④荣格高度评价詹姆斯·乔伊斯的《尤利西斯》,认为这类现代艺术所具有的独特的积极创造性价值的意义就在于:在"对统领至今的那些美和意义的标准的摧毁中,完成了奇迹的创造。它侮辱了我们所有的传统情感,它野蛮地让我们对意义与内容的期待归于失望,它对一切命题都嗤之以鼻。……只有现代人才真正成功地创造出了一门反向性艺术。它不事逢迎,只径直地指出我们的错误之所在;他操着反叛的姿态,去违背常理与天伦"⑤。在荣格看来,正是在现代艺术这反向性艺术对传统理性的叛逆中,在对新的艺术形式的追求中,人类直面着整个现代人的普遍"重新积淀"(Restratification)问题。正是艺术以其惨痛的面容和无声的呼号使人类从现实原则中醒过来,重新审视自己的灵肉,走上逐渐摆脱已经陈旧的世界和旧世的桎梏的艰难之途中。

情感的萎缩是现代人的一个特征,而现代艺术就是作为对泛滥而虚伪的情感的反动而出现的。荣格认为,人类精神史的历程,是要唤醒流淌在人类血液中的记忆而达到向完整人的复归。然而,禀有鲜活生命力的"完整的人"由于当代人在他们的单向性中迷失了自身而被遗忘,但却正是这个完整的人在所有动荡、激变的时代曾经并将继续在精神世界引起震撼。而

---

① 荣格:《现代灵魂的自我拯救》,黄奇铭译,工人出版社1987年版,第322页。
② 同上书,第327页。
③ 《荣格文集》第9卷(一分册),英文版,第253页。
④ 《荣格文集》第15卷,英文版。
⑤ 同上。

处在震撼中心的现代艺术家一方面向着创始之穴沉落,另一方面摆脱了灵肉的繁杂纠纷而以超脱的意识将意象沉思凝想为造物之神,从而在轮回的盲目纷乱之后最终返回自己神圣的家园。他们的巨大的创造力源于深不可测的原始经验,使得他们的作品往往象征着通往地狱的旅程,象征着向无意识的沉沦以及对人世的辞别。因此,荣格认为毕加索的人格现代意义在于:这个人不肯转入白昼的世界而注定要被吸入黑暗;这个人不肯遵循既成的善与美的理想而着魔般地迷恋着丑和恶。在现代人心底涌起的就正是这样一些反基督的、魔鬼的力量。从这些力量中产生出了一种弥漫着一切的毁灭感,它以地狱的毒雾笼罩白日的光明世界,传染着、腐蚀着这个世界,最后像地震一样将它震塌成一片荒垣残碟、碎石断瓦。①

  荣格把握住了现代艺术的灵魂。他透过那"丑的光辉"所看到的正是现代人在重新觉醒中所产生的新的生命力及其巨大冲击力。艺术家以丑的意象去揭示人类的处境,以带血的头颅去撞击理性主义的大门,从而将人被异化这一现实撕开来。正是在这个意义上,我们说艺术成了人性觉醒的向度。因为只有在那荒诞的生活中,在彼此疏离的众生相中,在人人都丧失了自己的根、自己精神家园的异化世界里,唯有发现自己,发现人类变形的艺术家才是清醒的人,这发现荒诞、骚乱、丑陋、冷漠、死亡的艺术家是正常的人。可以说,在回归精神家园之途,艺术的深度直接成为人性的深度、人性觉醒的深度。它使人对自身灵魂和精神世界因丑陋和痛苦而吁求。

  现代艺术以丑的形式去消解美,以感性的形式去向理性的尺度挑战,其意并非要"以丑为美",恰恰相反,当艺术表现出丑时,这丑上却是凝定着艺术家对丑恶现实和丑恶的"伪现代人"的否定性体验。这对丑的昭示反过来肯定了生命的价值、肯定了艺术对人的灵性、情思、生命力的看护。毫无疑问,艺术不再是人把握的对象,它担当了人类良心的仲裁,成为人生存在意义的给予者,伟大的艺术为抵御人性深度的沦丧,为打破日常感觉因停留在生活的表面和外围而带来的平庸委琐、浅薄无聊而付出磨难的惨烈代价。它的存在,使人在价值虚无感中,感领到一线天国的白光、一缕远古的记忆。艺术的眼睛在人类遭受科技飞速发展和心理机制急遽紊乱之中,深情冷眼地睁着,它不仅仅在广漠不毛的荒原吹响一哨绿笛,也以惨烈的面容直面人自身的丑陋。

  艺术本质上是某种超越了个人、象征和代表着人类共同命运的永恒的

---

① 见《荣格文集》第15卷,英文版。

东西。艺术并非宗教，但艺术作为一束神圣的光源的投射，旨在显示、象征神圣，使人感领从未感受到的爱的目光，从而使艺术成为灵性的一种启示。艺术在拯救现代人的灵魂上，具有宗教的功能。这就是荣格透过其文艺观念向我们述说的东西，也是荣格理论的真实意图所在。

第六节　简单的结语

荣格在《回忆·梦·反思》中说："我的一生是无意识自我实现的一生。"荣格作为一个始终不懈地探索人类精神的人，其人其文其灵性留给人们一笔可贵的财富。荣格的分析心理理论被誉为人格理论中许多原始概念的摇篮。他是讨论自然实现过程的第一位理论家。他的理论首次强调了未来决定人类行为的重要性。与此相关的是，他十分注重人生的目的和意义，并在人类心灵奥秘的探索上付出了巨大的劳动。荣格对待人类命运的看法是乐观的，而不像弗洛伊德那样持悲观态度。同时，荣格不认同弗洛伊德对性冲动和早期经验的过分看重，相反，他强调自身展现是人类行为的主要动机。荣格避免了理论的狭窄性，在弗洛伊德止步的地方，大大向前迈进了一步。

荣格建立在分析心理学理论基础上的文艺观，在当代西方有较大的影响。他对艺术的象征功能、作家、作品与读者关系的揭示，他对艺术意义的阐释，对现代艺术对人的精神的"补偿调节"和拯救人的灵魂，使人重返故里、重返童贞的作用进行了令人信服的说明。赫伯特·里德在《现代艺术哲学》一书中对荣格评价很高，他认为"心理分析学的理论是荣格学派而非弗洛伊德学派潜心研究的结果。荣格向我们展示了精神上不仅存在形象一类的重要符号，也有更多抽象结构的形式。如荣格所说，无意识在整个历史中不断地呈现出它自身，他称之为曼德拉（Mandala）的正式形式，一种区分为等份的相当复杂的设计"[1]。霍尔也认为："荣格是现代思潮中最重要的变革者和推动者之一。"[2]"荣格的许多观点成为后来许多作家的指南。心理学领域以及其他与之相关的领域中的许多新趋势新潮流，都应追溯到荣格，因为正是他最先给人们指出了路径和方向。"[3]毫无疑问，荣格的理论无

---

[1] 见赫伯特·里德：《现代艺术哲学》，第二章，1955年英文版。
[2] 霍尔：《荣格心理学入门》，冯川译，三联书店1987年版，第1页。
[3] 同上书，第195—196页。

论在深度还是广度上,都把弗洛伊德所开创的精神分析运动大大地向前推进了。荣格理论的核心——集体无意识标明这样一个心理事实:现代人与原始人的心灵之间有超越历史长河的同一深层结构,而上帝、神祇、魔鬼等原始意象不断地复现在现代人的精神生活中,正说明每个人与人类远古神话是相沟通的。从荣格身上,我们能看到柏拉图、康德、弗洛伊德的影响,荣格因其学说精到深刻,日渐引起人们的重视,得到包括心理学、文学、美学、哲学、宗教等各个学科的重视。

尽管荣格提出了令人瞩目的一套理论,但应该指出的是,他的分析心理学和文艺观仍有唯心主义和神秘主义的倾向。他对神话原型、艺术幻觉的解释,对艺术创作冲动的"无意识命令"的说明,对艺术创作主体性的否定,以致将创作过程的非自觉性强调到荒谬的地步,都有其值得商榷之处。这需要我们在领略荣格理论的无限风光之时,注意那风光之中的神秘雾幛。荣格曾说:"不是歌德创造了《浮士德》,而是《浮士德》创造了歌德。"同样,他谈自己一生的理论建树时也说:"观念的诞生并非在人的短短一生中便可创造出来。我们并不创造观念,而是观念创造了我们。"①这并非荣格的谦恭之词,而是他集体无意识理论的一以贯之。

参考书目:

1. 《荣格文集》英文版。
2. 荣格:《四个原型》,伦敦,1972年英文版。
3. 荣格:《现代灵魂的自我拯救》,黄奇铭译,工人出版社1987年版。
4. 荣格:《献给分析心理学》,纽约,1928年英文版。
5. 荣格:《人及其象征》,1964年英文版。
6. 荣格:《心理学与文学》,冯川、苏奇译,三联书店1987年版。
7. 赫伯特·里德:《现代艺术哲学》,1955年英文版。
8. 霍尔:《荣格心理学入门》,冯川译,三联书店1987年版。

思考题:

1. 荣格对弗洛伊德学说有何拓展?
2. 分析原始意象与人格类型。
3. 荣格艺术观有何意义?

---

① 荣格:《现代灵魂的自我拯救》,黄奇铭译,工人出版社1987年版,第179页。

第五章 拉康的无意识理论与诗学结构

法国著名精神分析学、结构主义学家雅克·拉康(Jacques Lacan, 1901—1980),在众人纷纷背离弗洛伊德原则之时,呼唤"回到弗洛伊德"。他作为一位震撼了20世纪学术界的著名思想家,在学术思想的多方面都有所拓进。他反对英美新弗洛伊德主义从外部即社会文化方面来阐释弗洛伊德,同时,他也反对荣格那种心理化倾向和集体无意识化的神秘倾向,认为这些观点使弗洛伊德的学说平庸无奇地"精神病学化"了。

与其他法国结构主义者重视弗洛伊德的精神分析学尤其是无意识理论不同之处在于,拉康一以贯之地把精神分析学作为结构主义研究的对象,并强调要借助于结构语言学的模式,用科学的术语对"无意识"加以描述,从而将之纳入现代人文科学的领域。

拉康对心理分析学说的理论倾向性做了重大的再思考。他的一生是不断地创立学派,又不断地背离自己的学派的一生。他那种独立不羁、极富个性、喜好论战的学术风格,使他的学术生涯成为与其曾经隶属过的所有学会和团体粗暴决裂的历程。他的著作那充满了玄虚概念和极富抽象色彩的言述方式,具有一种相当晦涩的文风,藉此反抗那种把精神分析学作为一种日常语言分析的做法,并与纯粹运用于心理医疗的美国精神分析学家划清了界限。因此,拉康理论出现以后,获得了相当一部分追随者,受到了作家、电影评论家、女权论者、哲学家、人类学家、历史学家的广泛注意和重视。拉康作为一位主要的结构主义乃至后结构主义思想家,活跃于当代思想舞台。

一般认为,拉康的一生分为三个时期,即早期,主要是从精神病学逐渐走向精神分析学时期,代表作是1932年发表的博士论文《论偏执狂病态心理及其与人格的关系》,以及1936年他首次提出的"主体形成阶段"学说,即"镜像阶段"理论。中期是发表著名的讲演《罗马讲演》并形成了自己精神分析学派的时期,代表作是《言语和言语活动在精神分析学中的功能和范围》,这为其未来的思想学术方向勾画了大致轮廓。当然,他在1953年还倡导"回到弗洛伊德去"的学术意向,并向公众开放了长达二十多年的"拉康研究班"的讲演。晚期是与国际精神分析学会决裂而进入了结构主义精神分析学的时期。这一时期,他逐渐从精神分析学上升到结构主义理论,甚至最终上升到对哲学基本问题的思考,如关于人类主体的思想,关于能指的优先地位的主体观念,关于欲望需求的本质的探讨,甚至关于后启蒙运动(Post-enlightenment),从现代语言学、哲学、人类学等更广泛的思想维度,转向了结构主义的哲学,并为自己新的文化话语寻求新的语汇。

他在后期与萨特的"他者"(Other)这一概念展开论战,并与梅洛·庞蒂就"肉体"(the Body)概念展开争论。晚年,他还将海德格尔的后期著作译成法语,并十分喜爱海德格尔关于语言、诗歌和真理的观点。这些思想倾向使得他在关于文本解读和叙事抑制的意义揭示方面,具有不俗的见解,并影响了阿尔都塞、福柯、德里达的思想。

第一节 无意识话语与主体理论

"无意识"是精神分析学中一个重要的概念,无论是弗洛伊德、荣格还是拉康,都对无意识理论进行过认真的分析。当然,弗洛伊德强调的是"个体无意识",荣格强调的是"集体无意识",拉康则将语言导入无意识中,强调"无意识作为主体的语言生成和主体的生成",包括镜像阶段、主体的想象、象征和现实的三个层次。拉康在《形成"我"的功能的镜像阶段》[①]一文中,强调并不是无意识产生语言,而是语言产生无意识。人这一主体是在婴儿时期通过对外在的"他者"的接受而逐渐认识自我的。

一、镜像阶段

所谓镜像阶段,指人的心理形成过程中的主体分化阶段。拉康根据幼儿心理学的研究指出,婴儿入世时本是一个"未分化的""非主体的"存在物,此时无物无我,混沌一片。"婴儿的经验是一种混乱,是一种形状不定的一团。"[②]从他6个月到18个月期间才达到生存史上第一个重要转折点——"镜像阶段"。这一期间婴儿首次在镜中看见了自己的形象并"认出了自己",发现自己的肢体原来为一个整体。他认出了镜子中的自己,感到

[①] J. Lacan, *Ecrits: A Selection*, trans. by Alan Sheridan, New York: W. W. Norton and Company Inc. 1977, pp.1-7.

[②] J. Lacan, *The Four Fundamental Concepts of Psychoanalysis*, trans. by Alan Sheridan, London, 1977, p.177.

欢喜,紧偎着在镜子面前抱着他的大人。① 这是主体形成的开始。在此时期以前,世界好比是个母体,婴儿尚不能使自己同母体分开。拉康认为,婴儿在镜前的自我认识就是"自我"的首次出现,这个过程他称之为"首次同化",即婴儿与镜像的"合一"。"首次同化"也就是第一次的"自我异化",因为此时发生了自我与镜中之我的对立,原始的"我"似乎被分裂了。当婴儿企图触摸镜像时发现像并不存在,这种发现了作为整体的自己的像而"像"又不存在,这个内在的矛盾就是"自我"的异化。大人形象与其他婴儿具有和婴儿镜像相同的功能,婴儿可以从他们的形象中比拟出自己在世界中唯一性,并与其他存在物组成了"双边关系"。拉康把这一关系归结为"母子双边关系",因为母亲是此时婴儿世界唯一重要的"他者"。

镜像阶段虽然展开了主体形成的前景,却并未使"主体"真正出现,因为此时婴儿在镜像中看到的是与母亲在一起的形象,自己只是与镜中之我的"合一",他还不能和这个"他者"分开,或者说"意识"虽然分解为自身的"像",却未能与其保持认知上的间距,彼此之间还存在着无中介的对立。因而婴儿此时所找到的自己,还只是一个幻象或想象。

拉康将"俄狄浦斯情结时期"划分三个阶段:

第一阶段为母子双边关系期,此时父亲还未介入,孩子在这一阶段与母亲直接相对,想成为她的"一切",即成为母亲欲望的欲望,因而是想去与母同化。

在第二阶段,父亲开始介入,从此开始了三边关系,孩子遭遇了异己的父法。在镜像阶段就形成"想象界"。然而,形象既是"想象界",同时也是"象征界",因为在这里,婴儿已经开始接触外在的语言和异己的文化习惯。在"象征界"的形成中起决定作用的,是从镜像阶段向俄狄浦斯情结阶段的过渡。在这个阶段,婴儿开始服从由"父亲"带来的现实生活之"法"。父亲的真正职能是把欲望和法结合起来。"俄狄浦斯"是孩子通过意识到自己、他者和世界并逐渐使本身"人化"或"立体化"的时期。可以说,由非主体向主体的伸展,孩子开始意识到他在成长并与社会、文化、语言相协调。俄狄浦斯情结中区分为三个不同的因素:法、楷模和许诺。父亲所代表的社会言语就是"法","法"是精神的疏离性和承诺性之间的一种协调。从此,孩子完成了与父亲的"第二次同化"。

---

① J. Lacan, *The Four Fundamental Concepts of Psychoanalysis*, trans. by Alan Sheridan, London, 1977, p.2.

在第三阶段,孩子开始与父亲同化,牺牲了自己的真实欲望,而完成了建立合法主体的过程。这时候,孩子由于接受了父亲的权威而在家庭的坐标中获得了自我的名字与位置。名字与位置就是主体性的原初的"能指",于是,克服与母同化而与父同化,并开始进入语言秩序,随着自我主体的生成,就从自然状态进入到文化秩序之中。在这个意义上可以说,"主体"只有在幼儿进入社会和文化时才会逐渐实现。这一重要的转换过程是与语言的出现分不开的。社会文化结构与语言象征结构是先已存在的,当自我进入其中之后将"按该秩序的结构成型",即"主体将被俄狄浦斯情结和语言结构模塑"。

镜像期是第一次认同,而理想之我则是第二次认同,主体借以在幻觉中预想自己力量成熟的那种身体形式,这种身体形式是构成性的,人将自身外投于一个对象之上,而这又包含了将"我"与这个对象维系在一起的种种幻觉。拉康认为,镜像期的作用应该看做一种"心像"功能的一个例证,因为这种功能力图在有机体与实在之间,在内心世界与客观世界之间建立一种关系,所以这种发展被体验为一种时间的辩证法①,它使个体的形成进入历史生成过程之中,使"自我"能与社会中的复杂文化境遇结合在一起。

可以说,拉康的"镜像理论"将主体心理结构的形成与社会文化结构及语言象征结构结合起来,从而引申出主体三层结构(想象界、象征界、实在界)理论,对"后弗洛伊德"精神分析理论有重要的推进,对审美心理结构的形成、主体心理的构成及其运动方式,作家作品中的心理文化意蕴的把握都具有新的启迪。

二、想象·象征·现实

拉康的"主体理论"中,关于想象、象征和现实三个结构具有重要的意义。1960年,拉康自称结构主义者之后,对想象、象征、现实这三个术语先后排列次序同以前有些差异。在1953年的讲演中,他将三者排列为象征、想象与现实,而在1974—1975年的讲演中,却排列为现实、象征与想象。学界对此争论不已,但是就拉康理论的真实意图而言,我以为,排列为想象、象征、现实三者递进关系,可能较为合适。

"主体心理结构",是指主体的心理构成及其层次结构。"主体"是拉康

---

① J. Lacan, *Ecrits: A Selection*, trans. by Alan Sheridan, New York: W. W. Norton and Company Inc. 1977, pp.3-5.

学说中最具哲学意义而又最玄虚的概念。在他看来,自我与主体之间存在着区别:自我不是主体,自我与人、与显像、与功能的距离比意识或主体本位更近。自我位于想象界一侧,而主体则位于象征界一侧。自我是主体的想象的同化场所。拉康所说的"主体",是指个体的言语、语言的等价物。主体是在精神分析治疗中提供给精神分析学家的文本。主体的和行为的一般结构,存在于与"象征界"相联系的语言中。话语的象征功能具有一种主体间的社会文化的因素,它对心理"想象"层次所形成的人的主体性而言是重要的。

拉康不像弗洛伊德那样把心理结构分为"本我""自我""超我"三层,而是把主体心理分为三个层面,即"想象界""象征界""实在界"。"想象界"是人的个体生活、人的主观性。它是现实界的前驱行动的结果,是在主体个体史的生成基础上形成的。

"想象界"这个词包含了"映象"与"想象"双重含义,也包括与躯体、感情、动作、意志等种种直觉经验有关的幻想之物。它是一个欲望、想象与幻想的世界,是主体构成中的基本层次之一,是一种个别化与个体化的秩序,因而具有丰富性和多样性的特点。"想象界"不受现实原则的支配,作为欲望的主体,在"想象界"出现并自己创造着自己的"自我"。因此,在"想象界"水平上的个性自我设计是虚幻的。"想象界"具有的"幻想功能",使人在非现实中与幻想相整合。建立在想象基础上的"我",并未形成真正的主体,而是预先地设定它。"想象界"不受现实原则的支配,然而也不是自由无边的幻想。"想象界"与"象征界"有着紧密的联系。

拉康把"象征界"说成是一种秩序,是支配着个体的生命活动的规律,这使它很像弗洛伊德的"超我"。然而,与"超我"不同,拉康的"象征界"不实行强制,"象征界"同语言相联系,并通过语言同整个现有的文化体系相联系。语言把人的主观性注入普遍事物的领域,个体依靠象征界接触文化环境,同"他者"建立关系,在这种关系的基础上客体化,开始作为主体而存在。幼儿只有进入象征界才成为主体,才由自然人变成文化人。象征界的作用就是人的社会性与文化性的实现,以及人的性与侵略本能的规范化。

"现实界"(即"实在界")永远"在这里",永远在现在。"现实界"似可类同于弗洛伊德的"需要"范畴,具有"本我"的意味。现实界是语言对它起作用的东西,或者是"语言达到范围之外的东西"。[①] 值得注意的是,"实在

---

① J. Lacan, *The Four Fundamental Concepts of Psychoanalysis*, trans. by Alan Sheridan, London, 1977, pp.53-54.

界"不是指客观现实界,而是指主观现实界,它是"欲望"的渊薮。

拉康的"主体层次",虽然各属不同的逻辑类型,但想象界与象征界却包含于实在界之内。这三个层次具有使主体与他者和世界发生联系的功能,其中任何一层次内秩序的改变都将影响其他两个层次。经过拉康的转换,"主体"不再是弗洛伊德的所谓本我、自我、超我的心理层次叠加,不再是认知过程的基础或本源,而只不过是各种心理功能之统一,是想象界、象征界、实在界组成的系统。它并非与生俱来,也不必然存在。主体的存在取决于象征层功能的正常发挥。

因此,拉康的主体心理结构就是对主体的性质所做的结构分析。他把"能指"看做意识言语,而把"所指"看做无意识过程,进而断言无意识操纵着主体的言语表征,而且是绕过"我思"功能来操纵的。拉康纠正了弗洛伊德所认为的无意识在语言生效之前已经存在的说法,而强调无意识是与语言同时产生的,当语言与欲望配合不好时,无意识便浮现出来,并由于话语的存在而强加给主体,因为,话语主体要使主体通过"能指的狭窄之路"①。

在梳理了三者各自复杂的内涵以后,还必须了解这三者间的内在关系。简言之,这三者是从现实到想象、从想象到象征的梯级发展,是由低级到高级,由较窄的视野到更为广阔视野的视阈推进。因为,拉康自己说过,这是人类现实性的三大阶段,而现实只是作为想象与象征的前提和界限而存在,因为,"在现实面前,词语被迫终止"。可以说,正是这三者构成了人的活生生的心理结构模式。

但是,需要指出的是,真正的"主体"即无意识主体,仅仅是一种观念上的抽象,在现实中是不存在的,因此,把主体与自我的区分过分地夸大,并将之对立起来,会导致诸多纠缠不清的问题。

三、问题与争论

拉康的"无意识话语"和"主体理论",已经在弗洛伊德的个体无意识理论和荣格的集体无意识理论上推进了一步,而具有自己的文化语言的特点。但是,拉康无意识主体理论,却受到了著名精神分析学家诺曼·N.霍兰德的严厉批评。

霍兰德在《后现代精神分析》一书的《拉康理论的弊病》一文中,对拉康理论进行了清理。首先,他认为,拉康的镜像阶段说是错误的,因为在这种

---

① J. Lacan, *Ecrits: A Selection*, New York: W. W. Norton and Company Inc. 1977, pp.1-7.

镜像阶段的阐释中，拉康并没有提出任何实在的论据，而仅仅是一种假设。拉康只是在文中论述了1903年以来儿童发育方面的一种状况，提到了一位哲学家马克·鲍德温的一本书，却未提及书名。霍兰德根据自己的观察，发现婴儿从6个月到18个月的照镜行为，并非像拉康所称的那样是一个一成不变的过程。婴儿从3个月到24个月的整个阶段中，无一例外的都是对自己的镜像感兴趣并做出反应的。

霍兰德记述了布鲁克斯—根恩和米切尔·路易斯做的一项实验，他们趁一个婴儿不注意将口红涂在他的鼻尖上。当孩子照镜子并看到这处红点时，如果他摸摸自己的鼻子，那就证明他知道镜中的映像就是他自己的形象。这一研究显示，"孩子要到十五个月而不是在此之前，才开始对镜像等同于自己。那时他们才开始表现出自我意识的行为，比如在镜子面前摆了种种姿势，而不是拉康所说的喜气洋洋。简而言之，在十五个月之前，没有一个孩子能通过口红测试，而到了二十四个月时，所有正常孩子都通过了口红测试。这与拉康所描绘的图画截然不同，等到孩子能够认出镜中映像就是自己时，大部分孩子已经开始使用语言了。当孩子们辨认出自己的镜像时，他们显得紧张而局促不安，而不是像拉康所称的喜气洋洋"[①]。

在笔者看来，霍兰德对拉康的这一纠正，是具有对话意义的。但这并不能说明拉康的镜像理论毫无意义。拉康也许在医学实证上有些疏漏，但是他提出这一理论的目的并非是说是18个月的孩子还是24个月的孩子才能辨认自己，相反，他意在从理论上阐明强调一种"非主体"向"主体"的生成，而且是不断生成的活生生的主体性，时间的某些误差并不会导致理论的倾覆。就此而言，拉康的理论并没有失效。

进一步说，拉康的根本目的在于，将语言学研究引进心理分析理论。他强调，所有的自我形象，包括组成自我（ego）的那些形象基本上都是幻想性的。他通过这种镜像阶段想说明的是想象的自居作用，进而可以从中辨认出象征的自居作用。就此，他认为纽约学派把强化的"自我"作为心理分析的中心目标时，已经不可挽回地混淆了主格的"我"（I）和宾格的"我"（me），从而也就混淆了想象的自居作用与象征的自居作用。所以，不可否认的是，想象和象征的区别的确是拉康镜像阶段的一个重要区别，也是其主体学说的关键。笔者以为，从这个层面看，霍兰德的批评有些以偏概全的味道。

---

① 诺曼·N.霍兰德：《后现代精神分析》，潘国庆译，上海文艺出版社1995年版，第196页。

第二节 无意识的语言结构

拉康在1953年秋在罗马国际精神分析大会上发表了一篇题为《罗马讲演》的文章,此文发表后有两种英译,一种译为《自我的语言:精神分析中的语言的功能》,另一种译为《言语和语言在精神分析中的功能与范围》。这篇文章主要是对索绪尔的结构主义加以修正,进而提出这样一个公式,即:能指/所指(S/s)的对照。这样,能指和所指作为两种不同秩序的位置,就被一道抵制意指的屏障隔离开来。① 于是,在拉康的公式中,能指和所指不再是索绪尔所说的像一张纸的两面那样可以彼此依存,相反,能指和所指的纽带已经被切断,它们成为独立的存在。所以,能指必须以意指的名义来证明自己的存在。于是,我们就看到了"滑动的所指"和"飘浮的能指","能指"什么也不表征,它只是自由地飘浮。

那么,这种"滑动的所指"和"飘浮的能指"说明了什么呢?拉康认为,他的"能指"就是弗洛伊德理论中的意识,"所指"就是无意识,而无意识是语言的总体结构。所以,精神分析就是通过"能指"对无意识做出修辞性解释。

一、无意识具有语言的结构

拉康认为,无意识具有语言的结构,也就是说,无意识本身的探讨必须从结构语言学的层次进行,而不能简单地从生物学的层面进行,因为说到底,无意识是隐藏在意识层背后的东西,只有潜藏在人类心灵深处的无意识,才具有一种内视语言的意义结构。事实上,弗洛伊德早已发现这种内视语言的结构,他是通过"梦""玩笑"中所说的"凝缩"(condensation)和"易位"(displacement),就可以用"隐喻"(metaphor)和"换喻"(metonymy)的转移来描述。而拉康借鉴了弗洛伊德的理论,认为无意识像语言学中的隐喻和换喻一样,其形式方式应该参照"语境"(context),运用语言的规则来解读其中的含义。不妨说,"能指"是意识,"所指"是无意识;"能指"是外显的梦,"所指"是内隐的梦;"能指"是症状,"所指"是欲望。它们共同构成了具有专门意义的"能指链条"。

拉康强调自己的精神分析学与美国精神心理学不同,因为精神分析学

---

① J. Lacan, *Ecrits: A Selection*, New York: W. W. Norton and Company Inc. 1977, p. 149.

是研究能指的结合方式,研究一个句子中意指背后词义的词,并构造能指链条,而所有这些能指链条都是以无意识为基础的。只有通过能指与所指的复杂关系的分析,才可以发现语言结构与无意识之间的内在联系。就这个意义上说,无意识存在于意识话语的空白处,无意识内视于意识话语或文本,无意识是另一种文字系统,它在意识话语的空隙之间穿行,可以透过意识话语洞察无意识本身。当然,无意识除了具有语言一样的结构,它可以通过隐喻和换喻的象征来加以表达,从而对弗洛伊德有关梦的解释进行重新描述和阐释。

二、无意识作为他者的话语

拉康将无意识定义为话语,甚至看做"他者"的话语。这一命题是拉康的主体与无意识理论的关键。无意识集中在心理结构的上层(想象界、象征界),它不是生物的需要,而是某种文化性和社会化的东西。无意识并非是无序的或不可控制的,而是有序的,具有文化性质的话语结构。拉康不仅看到了无意识结构的核心内容即移位与压缩机制,而且从语言学角度重新加以描述,认为在"症状""梦""动作倒错"与"笑话"中有同态结构,在它们之间有同样的"压缩"与"移位"的结构法则在起作用。这些无意识法则与语言中形成意义的法则是相同的。所谓语言学法则即隐喻与换喻的法则。隐喻用一能指代替被抑制的另一能指,换喻则使一能指代表另一能指。这样,无意识具有语言的结构,就意味着它们彼此以"空白"隔开的诸成分是彼此相连的,这些"空白"同实际的语词一样具有同样重要的功能。无意识的工作是映射"意义链",这些意义链可能是不合现实逻辑的,是意义暂时隐在状态的存在序列。

在拉康那里,"他者"是一个独特的概念。"他者"不仅指其他的人,而且也指仿佛由主体角度体现到的语言秩序。语言秩序既创造了贯通个人的文化,又创造了主体的无意识。"他者"是一个陌生的场所,而所有语言都诞生于此。"独立的主体"是不存在的。人向"他者"屈服,人的每一行为,包括最利他的行为,最终都来自要求被"他者"承认和自我承认的愿望。拉康为了不使"主体"概念孤立,而使其与"他者"共存,甚至为了破坏传统的主体概念扩张而采用了"他者"概念,并用"主体与他者"的辩证依存来颠覆主体的同一性。拉康一反笛卡尔的命题"我思故我在",而说:"我思处我不在,我不在处我思。"

"话语"在拉康那里,只是指语言的话语的某种分词或某种结构机制,这种机制遍布于心理结构的所有层次,使一切层次的比较或从一个层次向另一个层次的过渡成为可能。话语是某种一般分解原则,它既先于语言的各种形式主义,也先于实现这些形式主义的言语功能。言语实践是语词活动和认识活动的条件,就其本原意义而言,处在前符号、前概念、前语言、前心理的层次上。拉康认为,心理、文化、语言三者密不可分,在这个意义上,话语原则、文字书写,也就是以个体心理的东西和社会文化的东西为中介的形式形成机制,是一种空间,在此空间中,思想的表达方式在本体论上植根于存在,而躯体的生命则是由原初结构而充满活力。

拉康将语言与对象割裂开来,因为,在精神分析治疗过程中,现实性完全被归结为人为的无意识结构的话语呈现。将无意识语言化,使拉康能够利用语言学中通用的专门科学方法。然而,既然无意识被说成是研究任何问题的起始原则,所以这种方法也就被绝对化了,其结果就必然走向语言中心主义。夸大无意识、无人称语言结构的意义,使拉康学说成为结构主义的哲学世界观体系和先验论成分聚集的焦点。

不难看到,拉康提出的"无意识作为他者的话语"的根本意义在于,他力求在人文知识体系中实现一场话语体系的根本变革。如今,这一理论对哲学、美学、文学的影响日益深远,并成为现代文艺"欲望分析"的重要范畴。

三、欲望的分析

拉康是把"欲望"的问题放到他思考的中心地位,尤其他后期的哲学更是如此。当然,众多后结构主义哲学家对"欲望"问题都非常关注,使得这一问题言人人殊。"欲望"是与"需求"相区别的概念,因为"需要"总是对一个特殊对象的需要,而"欲望"是与匮乏相联系的,即欲望是超越了需要层面而产生出来的。欲望只能在与他人的关系中才能产生,主体的欲望是对他人的欲望,这样,具有象征意义的欲望便成了主体和个人形成与社会发展的一个动力。"欲望具有干扰和震动的力量。"[①]虽然欲望支配一个人,但是又能自我逃避能指系统的严密逻辑。

无意识是语言赋予欲望以结构的结果,语词没有把握住能指的实质,因为被命名的只是表面上的命名,欲望能够给予能指以意义。但意义只为主

---

① J. Lacan, *The Four Fundamental Concepts of Psychoanalysis*, trans. by Alan Sheridan, London, 1977, p.68.

体所感,所以无意识是一种呈现,是对未被指认的欲望的呈现。拉康强调,婴儿对身外的母亲的认同受到了阻碍,因为,他这种母子"双边结构"注定要被一种父母子"三边结构"所取代。孩子从父亲身上的"法"认识到还存在着一种更广阔的家庭与社会的网络,他仅仅是其中的一个维度。只有当孩子承认父亲所象征的戒律或禁令时,他才抑制了自己的欲望,而这种欲望就是无意识。

拉康著作中,有一个关键的术语即菲勒斯(Phallus)就代表了父亲这种性别符号,指一种性别的含义。拉康从语言方面重写了弗洛伊德对俄狄浦斯情结的言述。正是由于父亲的介入,孩子被抛入了"后结构主义式的焦虑"之中。他无穷趋近欲望,却不能满足欲望,而这种欲望受到外在戒律的抑制,被压缩凝聚成为无意识。因此,他在接受外在语言和文化结构的同时,从想象界转入到拉康所说的象征性的秩序。于是从一个能指转向另一个能指的可能性是没有终结的欲望运动,所有的欲望都肇因于匮乏,欲望不断蠕动,以求获得匮乏的满足。

人们的语言正是依靠这种匮乏而产生作用,因为,符号所表示的恰好是真实对象的进入,而词语仅仅因为他者的进入或拒斥才具有意义张力。所以拉康说,进入语言就等于变成了欲望的牺牲品,语言被挖空而成为欲望之物,在欲望中语言遭到分裂。沉入语言就等于脱离了拉康所说的真实世界,而永远无法接近这个领域。因而,人们只能用一些替换物来代替另一些替换物,用一些隐喻来代替另一些隐喻,这样,使自我在想象和虚构中得以完成。

那么,有没有一种超验的意义或客体来支撑这种无穷尽的欲望的焦渴呢?拉康认为有,这就是菲勒斯本身,即一种超验能指。他只不过是一个空洞的指示器,是把我们分离出想象态,置于象征秩序中的那个预定的符号而已。

可以说,无意识就是那些遭受到"抑制"的欲望。其所以成为无意识,就是因为孩童时代学会了语言。拉康就此指出,学习语言就是暴力、抑制和异化的开端,而人要进入社会,领到社会通行的语言的身份证,他就必须学会自己的名字而自我命名,这就是异化的开端。因为,我认识到除去我的种种欲望之外,我也仅仅是一个符号,是众多人中的一个对象,是他们所说的"你",这样一切都成了语言的空洞的能指形式。

进一层看,"比喻"就是以一个能指代替另一个能指,"转喻"则是通过连接性来表达意义。比喻是欲望的症状,这一症状在一个比喻性的结构中取代了欲望,而转喻就是欲望的显现,因为后来所有的欲望都是对最初欲望连接性的替代,每一个欲望之间都有连接的关系。拉康就此进一步引申说,现代艺术中具有的神经分裂,恰好就是能指和所指之间的关系,比喻性或转喻性都消失了,是表意链(能指与所指)的彻底崩溃,留下的只是一连串的能指。这就是一种沉醉于现实中的感觉,把现实的一切都看成是破碎的、零散化的能指系统。这就是现代或后现代式的、当下精神分裂的欲望和欲望的坠落。

四、分析与批评

对拉康上述的无意识的语言结构,霍兰德同样做出了尖锐的批评。他认为,首先,拉康竟然毫无批判地将索绪尔的能指所指语言观作为其理论的核心范畴,而今天的语言学家已不再使用已然过时的索绪尔的模型了,这样用语言来理解无意识的过程,只能使无意识理论更加晦涩神秘。霍兰德认为,拉康唯一的重要性在于,他使法兰西意识到了精神分析。其次,他还强调拉康弊病的另一方面,即他的心理语言学。因为在拉康将索绪尔语言学"心理学化"的过程中,"犯了一个更加根本的错误",他将语言实体转化为心理实体是"能指和所指",并将能指等同于所指,而将索绪尔的所指等同于弗洛伊德的无意识。索绪尔放在能指和所指之间的那条杠杆,被拉康等同于弗洛伊德的抑制。这样,"拉康把全部心理决定论都化作单一的语言过程,能指与指称另一能指。他竟然让现代语言学怀疑其存在的这一过程扮演如此重要的角色"①。霍兰德指出,当拉康试图从心理学方面证实索绪尔的语言形式模型时,拉康是将自己的思想建立在自我经营的语言之上,那会使他思想深深陷入反心理分析的泥淖之中,所以,拉康是一个完全反心理分析者,是一个行为主义者。

应该说,霍兰德的批评有一定的道理,但是他从英美的语言分析病理学派的角度出发,对拉康所做的攻击,却并非具有完全的说服力。在这一点上,我以为杰姆逊的说法比较具有公允性。杰姆逊指出,拉康转进了一种语言学现象中,他把恋母情结指定为主体对"父亲的名字"的发现,换言之,它包含在想象关系朝一种特殊形象的转换中,这是实在的双亲转换为一种新的恶意的父亲角色,这种父亲是以母亲占有者和法律地位出现的。所以,无意识通过无非是获得语言的压抑而产生出来的东西,在作为一个整体的交

---

① 诺曼·N.霍兰德:《后现代精神分析》,潘国庆译,上海文艺出版社1995年版,第191页。

际环境中,就被拉康重新阐释过了。因此,杰姆逊说:"主体的移置和把无意识重新定义为语言,欲望的地形学和类型学及其具体化——这就是'拉康主义'的梗概。"①杰姆逊对拉康既有对其理论偏激之处不满的地方,同时也对他理论的建树做了比较中肯的评价。

当然,拉康的理论仅仅是提出了我们习焉不察的问题,他对无意识理论的全新揭示,已然超越了弗洛伊德的理论视界,它对语言的话语结构的洞悉,对欲望的深入分析,无疑是有着知识增长和学术推进功效的。

第三节 《被窃的信》与叙事抑制

文本的解读是与叙事的抑制紧密相关的。在民间故事和神话里,对"凝视"做了很好的符号学解释。凝视通过转换整个系统的官能作用来窥视。拉康认为,在视觉经验中,凝视表现在视线和无意识欲望的轨迹的交汇点上,凝视的主体恰恰就是被无意识的话语所察看的人。因此,凝视超出从一个位置到另一个位置的转换,超越替代而起作用。②

将其精神分析学理论运用于"文本"分析上,使拉康关注这样一个问题,在文本里,词语本身只存在于有意识的系统中,在这个系统中,能指和所指具有一种上下文的语境关系。③ 拉康提出"隐喻性替代"的说法,即无意识话语反过来将意识置于能指系统中,换位或位移叙述的是无意识的欲望的位移,也就是说,叙述具有位移的表层意义和深层意义,这是在文艺作品系统位移活动中确立的法则。

对文本阅读的阐释的新颖之处,可能要数拉康对爱伦·坡的《被窃的信》所做的阐释了。爱伦·坡所叙述的故事框架非常简单:王后刚收到一封密信,国王突然回来,王后匆忙之间只好把信堂而皇之地放在桌子上,希望这样反而不至引起疑心。恰好这时大臣到来,他巧妙地在王后眼皮下偷走了这封信,在原处放了另一封信。由于国王在场,王后无计可施,只好后来找警察总长去找回这封信。警察总长仔细搜查了大臣的住宅,但未能找到那封信,只好去请教业余侦探杜品(Dupin)。杜品只身造访大臣并轻而

---

① 参刘小枫、王岳川、弥维礼主编:《东西方文化评论》第三辑,北京大学出版社1991年版,第257页。

② J. Lacan, *The Four Fundamental Concepts of Psychoanalysis*, trans. by Alan Sheridan, London, 1977, p.78.

③ J. Lacan, *Ecrits : A Selection*, New York: W. W. Norton and Company Inc. 1977, p.163.

易举地拿到信。杜品分析能力超人,推论出大臣也会像王后一样,不会将信藏匿起来而只会放在明处,因为放在明处恰好是最好的隐藏方法。这样,杜品发现信随便插在壁炉架上挂着的袋里,等大臣的注意力被引开时偷走信,又在原处放了一封相似的信。

在拉康看来,这个故事揭示出一种"结构的重复"。在这种结构中,首先是发生在王宫中大臣偷窃信,而第二场发生在大臣家,杜品又偷了信,所以这是对第一场的重复。他指出,其中有两个场面,第一个他称为主要场面,引起了全部故事。① 在第一个场面有三个窥视(凝视)者。即第一位(国王)的窥察没有见到什么;第二位(王后)的窥察知道国王没有发现而自以为保住了秘密;第三位(大臣)的窥察知道国王的茫然和王后的焦急,于是大臣拿走了王后收到的信,在原处放了一封空白的信。② 那么,其中,第二场是第一场的重复,同样显示出"三种窥察(凝视)":第一种窥察是见而无所见的窥察,也就是国王的看和警长的看,他们对明处和暗处都视而不见;第二种窥察是看到第一种看所看不到的,但是自己又被隐藏的秘密欺骗的一瞥,这是王后和大臣的窥察;第三种是前两种窥察都应该是隐蔽的东西,都让这一种窥察看到了,这就是杜品。

拉康就此展开分析说,在"场景重复"中,"主体间的位移"具有一种特殊的关系,也就是说,那封信(letter)一词构成了双关语,在小说中字面义是"信",而它的隐喻义是一种结构体系中的"能指"。这是一种精神分析的寓言,被窃的信成为代替无意识的隐喻。于是,那封不知内容的信,作为一个纯粹的能指,控制了主体群的行动意向。那个纯粹的能指,在主体中构成的微妙关系促使主体间的不断"位移"。所以国王和警长视而不见,是因为他们处在"能指的极限的位置"。而王后和大臣被双边关系所迷惑,在其中他们虽能看见,但由于处身其间而又不能完全看见,所以仍然具有盲点。只有第三个视点——杜品的位置才是全知全视的位置。但是,拉康马上就进行了补充,并对弗洛伊德主义加以理论的修正,认为杜品处于一个分析者的位置,也不应该是知道一切的主体。③ 他认为,杜品也应该陷入圈套之中,因为没有留下一封与大臣相关的信,以此报复大臣。即杜品也偷了这封信,向大臣表明自己也暂时得到大臣所希望的控制王后的力量。这个故事作为主

---

① J. Lacan, "Seminar on 'The Purloined Letter'", *Yale French Studies*, 48, 1976, p. 41.
② Ibid., p. 44.
③ J. Lacan, *The Four Fundamental Concepts of Psychoanalysis*, trans. by Alan Sheridan, London, 1977, p. 230.

体的位移,使拉康感兴趣的是"欲望的结构"。这个结构要求挑出一些人,把他们置于三角形的位置上,在这种位置上不断地替换人物,表示出"结构的重复"。当人物活动的时候,信也移动到另一位置,所以,小说要说明的是:能指的传递在无意识的交换过程中所产生的效果,所以谁也不知道信的内容或发信的人。

这事实上意指存在着三类不同的文本阅读者,一是像国王和警长那样对文本一无所知的阅读者,他们只能读表面的含义;二是像大臣和王后那样可以在文本中看到他们所能够看到的部分明显和隐在的意义;三是杜品这样的最高的解读,他可以打乱篇章的限制,而使欲望在篇章中重新定向,这种无意识使语言重新具有了活力。所以无意识在其结构里会显示出创造力,他是可以发现更多的意义的"超文本阅读"。

拉康以爱伦·坡的《被窃的信》为例来说明这样一种观点:在作品中有着当事人所不知道内容的信件(能指)成为行为的原因。因此,主体不是全知表述的主体,它是被事件或话语决定的说话的主体。由此拉康得出结论:人只是会说话的主体。人的本质在于:人只是会说话。这种非主体性的"主体理论",在"后弗洛伊德"精神分析理论中具有重要影响,直接影响到现代作家和后现代作家的创作心态和人物心理结构分析。

拉康对文学解释和批评划了三层界限,即有限的阅读、两面性的阅读和全方位的阅读。他所称赞的正好是第三种——全方位的阅读。因为,对拉康式的精神分析批评家来说,这种阅读强调的不是擅用作者的意义,而是读者将作者的意义化归为己有,做全方位的阐释。因而,这第三个位置是意义分解者的位置,也是读者的最佳位置,能产生一种"革新的阅读法"。

但这种阅读法,在德里达看来却是"一种真理的供应者"。德里达说拉康把能指理想化,给了能指其本身没有的实质性,而且过分地将"信"看成是一种"性"(欲望)的主要能指,从而对文本施加暴力而犯了"性中心论"的错误。对此,霍兰德在《找回〈被窃的信〉:作为个人交流活动的阅读》中也认为,爱伦·坡的故事其实就是把信反过来,把隐秘重要的内部反出来,使它显得无关紧要。他同意德里达对拉康的批评,认为拉康所分析的最后是一种"无",但是这种"无"本身就是一种"有",因为怀疑本身就是一种对怀疑的信仰。霍兰德深不以为然地认为,拉康把视角的变动重复和变化,变成了一种信条、一种方法,被他的信徒们机械地运用,就像曾经的新批评,或拉康所谓的能指的滑动一样。

尽管对拉康的文艺思想的批评有多种意见,但是我认为,拉康强调"无意识的欲望结构"是一种"重复的结构",而且这一结构经常使能指失去意义的说法,还是颇有新意的。同时,拉康将他的精神分析阅读法施之于文学作品,推进了文艺理论的新发展。他从弗洛伊德式的"泛性主义"作品分析中走出来,而使自己的文本分析具有当代文化和语言学的色彩,并进而使自己的理论具有某些非正统的、解构主义的色彩,这无疑拓展了文艺理论的深度和广度,使文学研究的视野不但注意到社会性层面,也注意到无意识话语和深层心理学层面,这种对"边缘"意识的发掘,对微型权力运作的解读,已然成为解构主义的方法论中的重要法则。

参考书目:

1. J. Lacan, *Ecrits: A Selection*, trans. by Alan Sheridan, New York: W. W. Norton and Company Inc. 1977.
2. J. Lacan, *The Four Fundamental Concepts of Psychoanalysis*, trans. By Alan Sheridan, London, 1977.
3. J. Lacan, "Seminar on 'The Purloined Letter'", *Yale French Studies*, 48.
4. 诺曼·N.霍兰德:《后现代精神分析》,潘国庆译,上海文艺出版社1995年版。

思考题:

1. 为什么说无意识具有语言结构?
2. 镜像阶段与主体的形成有何联系?

第六章　什克洛夫斯基及其《关于散文理论》

维克托·鲍里索维奇·什克洛夫斯基（Виктор Борисович Щкловский，1893—1984）是苏联著名作家、文艺理论家、批评家。

1914年，年仅21岁的什克洛夫斯基出版了自己的一本并不起眼的小册子《词的再生》，标志着俄国形式主义思潮的开始。他在这本小册子中就已经表达出后来被称为"形式主义方法"的原则，奠定了他作为ОПОЯЗ（Общество ПзучениЯ поэтическочо языка，简称为奥波亚兹，全称为诗歌语言研究会）的精神领袖的地位。Опояз也就是彼得堡学派，它以什克洛夫斯基为首，其著名代表有埃亨巴乌姆、雅库宾斯基、鲍里瓦诺夫、梯尼亚诺夫、日尔蒙斯基、维诺格拉多夫等人。诗语研究会与罗曼·雅可布逊领导的莫斯科语言学派关系密切，未来派诗人马雅可夫斯基、赫列勃尼科夫以及著名诗人帕斯捷尔纳克和曼德尔施塔姆是这两个学派的座上客，他们经常与小组成员共磋诗艺，参与小组的各种学术活动，朗诵自己的新诗作。

1916年，什克洛夫斯基写了《作为程序的艺术》，这是俄国形式主义的著名纲领性论文，同年诗语理论研究会开始出版自己的刊物《诗学·诗歌语言理论文集》。这篇文章与什克洛夫斯基后来写的《情节分布构造程序与一般风格程序的联系》一文一起组成了《关于散文理论》的著名著作。这部著作分别于1925年和1929年两次出版，影响极大，是俄国形式主义的代表作。

什克洛夫斯基观点尖刻幽默、咄咄逼人并富于挑衅性，在他身上像有一股不可抗拒的吸引力，把拥护形式主义方法的人团结在一起。形式主义者们经常集会，热烈讨论诗学里的各种问题，尤其对现存的文学理论强烈不满，并对俄国未来派诗歌怀有浓厚兴趣，由于他们自己也进行文艺创作，从而深感建立一个新的文学研究理论基础的迫切性，他们为创建一种独树一帜的诗学联结在一起，形成了影响深远的俄国形式主义思潮。

什克洛夫斯基不仅是个能干的组织家，而且精力充沛，勤于著述，相继发表了《情节分布的拓展》《艺术的形式和材料》《第三工厂》《汉堡纪事》

《动物园,或者不是情书》《怎样写电影剧本》等著作,并与梯尼亚诺夫、埃亨巴乌姆合著《电影诗学》。

30年代,什克洛夫斯基发表文章表示放弃形式主义,标志俄国形式主义的结束。什克洛夫斯基转入历史文学研究,对过去俄罗斯文学研究的不足做了极为重要的补充。这些著作有:《马特维·科马罗夫》《楚耳科夫和廖夫申》、历史中篇小说《马可·波罗》《米宁和波扎尔斯基》《关于古代的匠师》。

50年代后,什克洛夫斯基又回到文艺理论研究和俄国古典作家的评论上:《俄国古典作家散文评论》《文艺散论:沉思与分析》《列夫·托尔斯泰》《赞成和反对:陀斯妥也夫斯基评论》《四十年内》《六十年内》《小说漫谈》等等。一生著述甚丰。

下面以《关于散文理论》为主,简要分析什克洛夫斯基的形式主义文艺理论观点。

第一节 文艺自主性

什克洛夫斯基在其《关于散文理论》的前言中开宗明义地宣称:

> 我的文学理论是研究文学的内部规律。如果用工厂的情况作比喻,那么,我感兴趣的就不是世界棉纱市场的行情,不是托拉斯的政策,而只是棉纱的支数及其纺织方法。
>
> 因此,全书整个是谈文学的形式变化问题。①

这段话不仅可看做《关于散文理论》的核心思想,而且也可视为俄国形式主义的理论原则。

众所周知,当代文艺观念的新崛起在于,文艺研究的鲜明而强烈的自主倾向,文艺作品作为自足体,作为艺术本体论的显要地位以及文艺批评的自觉意识的觉醒。这都与传统文学观念大相径庭。文艺观念的现代意识明确要求文学是一门独立、系统的科学,要求文艺研究有自己的独立根基,要求文艺有自己的研究方法,要求文艺研究的科学性、系统性。

显而易见,从这样一种新的文学观念出发,文艺研究自然不能仅仅立足于艺术家的个人经历、生平传记、逸闻趣事、政治哲学观点以及个性心理等

---

① 见什克洛夫斯基:《关于散文理论》,苏联作家出版社1984年版,第8页。

因素,更不能仅仅依据文学的社会历史背景、文学与各种历史文献材料的关系来进行说明,而是要根据文学本身的理由、依赖文学的内在规律才可能进行科学的说明。因此,文艺研究家要立足于作品本身,就是说要从作品的语气、技巧、程序、形式、结构等方面来进行研究,认为只有通过作品的构成要素和构成方式的分析,才有可能真正揭示艺术的奥秘。这不仅是什克洛夫斯基文艺观的理论出发点,而且也是俄国形式主义思潮的思想前提,并且还成为当代文艺批评理论的基础。所以,俄国形式主义运动的重要功绩之一就是揭开了当代文学研究的新的一页,掀起了当代文学理论研究的新浪潮。

传统文艺观念的重要症结之一就是没有文艺的自主意识,往往从文艺的外在因素方面入手,埋头于作品的渊源,作品与作家、作家与社会、作家与作家等等之间的相互影响或相互承继关系,使文艺研究变成了哲学、历史学、心理学、社会学、政治学甚至经济学和自然科学等方面的大杂烩,也就对文艺本身的特性漠然视之,文学被当做其他学科的温顺婢女,成为其他学科研究的工具:既可被视为一种模仿现实生活的工具,又可被视为作家个性、心理、思想情感的表达工具。在俄国形式主义者看来,这种文艺工具观不仅对文艺的艺术性视而不见,而且也把文艺变成其他学科的附庸。因此,文艺研究变成了繁琐的考证学,批评家变成了考证家、传记家或思想家,主观臆测、牵强附会以及武断之风弥漫文坛。

因此,俄国形式主义认为,文艺研究必须建立在独立自主的理论基础上,文艺也绝不是所谓"载道言志"的工具,文艺研究更不能被当做哲学、心理学、社会学、历史学等学科的大杂烩。文学是与这些学科平等相待的独立学科,具有同等的价值,享有完全一样的地位。因而在他们看来,文艺研究应该也必须成为一门系统的理论科学,它有自己独立的特殊对象和一套独特的分析方法,毫无必要去充当可有可无的次等角色。

在对文艺自主性的强调上,俄国形式主义远比英美新批评派要激进得多。尽管新批评派也难以容忍文艺理论的混乱不堪,渴求文艺研究的科学性、系统性,但他们总是被文学与其他学科、文学与生活的种种纠葛缚住了自己的手脚,而俄国形式主义是以建立一门独立的文学学科为己任的。从这种意义上说,俄国形式主义不是一种权宜之计的方法论,而是要试图创立一种独立的专门研究文学材料的文学科学,开创新的文学观念,彻底摧毁和摈弃旧的传统观念,为文艺研究提供一个新视角,开辟一条新航向。

因此,基于俄国形式主义这种激烈的反传统的革命态度,我们才能理解什克洛夫斯基所说的一句话:"艺术永远是独立于生活的,它的颜色从不反映飘扬在城堡上空的旗帜的颜色。"①什克洛夫斯基对流行的文艺观深恶痛绝,无论是模仿论还是再现论,或是表现说,他都一概嗤之以鼻。

文艺作品是否像是一扇窗户,由这个窗口又是否可以清晰明确地透视作者所居的那个世界,或者窥视作者的内心世界?

什克洛夫斯基对此明确回答道:

> 对待艺术有两种态度。
> 其一是把艺术作品看作世界的窗口。
> 这些艺术家想通过词语和形象来表达词语和形象之外的东西。这种类型的艺术家堪称翻译家。
> 其二是把艺术看作独立存在的事物的世界。
> 词语和词语之间的关系、思想和思想的反讽,它们的歧异——这些是艺术的内容。如果一定要把艺术比喻为窗口,那么,它只是一个草草地勾勒出来的窗口。②

任何比喻都有自己的不足。但什克洛夫斯基不赞成这个"艺术作品是窗口"的比喻,因为这个比喻的实质就是把文艺当做某种工具,要把人引向他物,这种把艺术当做反映他物的艺术家,被什克洛夫斯基讥为"翻译家",并不是真正的艺术家。真正的艺术家是把艺术品看做一个独立的世界,这是艺术品自身所组成的世界,它不指向他物,而是指向自身,突出自身的价值,使自己显得光彩夺目。

在什克洛夫斯基看来,艺术品是自足体,它是文学研究的内在根据。文艺批评不应围绕作家打转转,而应让作品说话。作品尽管是作家的创作结晶,尽管它也要"草草勾勒"现实生活,但它一旦创作出来就在一定程度上独立于作家和社会,它有自己的"虚构世界"。这个作品的独立世界或许与现实世界或作家的内心世界有某种相似之处,但也有某种不同之处,它是在"相似与不似之间"。因此,作品有自己的独立自主性,它要使自己成为令人神魂颠倒的审美对象。实质上,艺术品是技巧介入的产物,因为技巧才是一切创造活动的本质,各种艺术素材只有通过技巧的处理:"变形""扭曲"等艺术加工,才可能变成令人赞叹不绝、令人为之倾倒的艺术品。因此,只有通过对作品的构成元素和构成方式的分析,才可能找到文学的内部规律,

---

① 见什克洛夫斯基:《文艺散论:沉思和分析》,苏联作家出版社1961年版,第6页。
② 见什克洛夫斯基:《动物园,或者不是情书》,转引自特伦斯·霍克斯:《结构主义和符号学》,瞿铁鹏译,上海译文出版社1997年版,第148—149页。

才能发现决定文艺作品之所以会成为审美对象的审美特性,因为只有这种特性才使艺术品与人类的其他活动产品区别开来,因而也只有这种特性才应当成为文学科学研究的主要对象和核心。

由此看来,什克洛夫斯基对"艺术是形象思维"的流行观点之批判亦有几分道理。因为这种观点尽管是力图把文艺与哲学区别开来,但在什克洛夫斯基看来,它仍导致把文艺看做认识论和心理学一类的东西。持此种观点的波捷勃尼亚和奥夫夏尼科—库利科夫斯基等人就把文艺看做一种特殊的思维方法。他们认为,文艺与科学认识结果相同,只不过采用的思维方式不同罢了:文艺采用形象,而科学则采用概念,殊途同归,所以艺术即认识。波捷勃尼亚说:"诗歌和散文一样,首先并且主要是思维和认识的一定方式"①,"没有形象便没有艺术,包括诗歌"②。波捷勃尼亚把艺术看做一种用形象来思维的方式,也就把艺术作品的内容简单等同于思想。

其实,早在波捷勃尼亚之前的别林斯基就持此种观点,他说:"诗人用形象来思考;他不证明真理,却显示真理。"③并且还明确指出:

……人们看到,艺术和科学不是同一件东西,却没有看到,它们之间的差别根本不在内容,而在处理特定内容时所用的方法。哲学家以三段论法说话,诗人则以形象和图画说话,然而他们说的都是同一件事。④

这种观点导致的后果是把文艺看做认知方式和思维方式,文艺实质上又沦为认识和思维的一种工具,借助文艺——形象思维活动可由已知解释未知,从而把文艺活动这种人类特殊的创造活动简单地归结为认识活动和思维活动:"形象与被说明者的关系是:a)形象是可变主语的固定谓语,也就是吸引可变统觉的固定手段。b)形象是一种比被说明的东西更为简单更为清楚的东西……","既然形象化的目的在于使形象的意义接近于我们的理解,又因为离开这一目的,则形象化就失去了意义,所以,形象应当比它所说明的东西更为我们所了解"。⑤

文艺是一种能使人更简单更明白认识未知的方法,采用形象是由于如果

---

① 见什克洛夫斯基:《关于散文理论》,苏联作家出版社1984年版,第9页。
② 同上。
③ 复旦大学中文系理论教研组编:《形象思维问题参考资料》第2册,上海文艺出版社1979年版,第114页。
④ 同上书,第129页。
⑤ 见什克洛夫斯基:《关于散文理论》,苏联作家出版社1984年版,第9页。

没有它,思想就是苍白无力的,运用形象是为了让人更好地去理解需要解释的思想或观点。所以当波捷勃尼亚把形象性等同于文艺的艺术性、诗意性时,一点也不令人奇怪,因为这是此种观点的必然结果。例如奥夫夏尼科—库利科夫斯基说:"莎士比亚为了统觉嫉妒的观念创造了奥赛罗的形象,就像儿童由于统觉球想起了'小西瓜'一样……儿童说:'玻璃球就是小西瓜'。莎士比亚说:'嫉妒就是奥赛罗'。儿童——不管解释好坏——是给自己解释球的。莎士比亚先是给自己,而然后又给全人类出色地解释了嫉妒。"①

什克洛夫斯基对此做出了严厉批判。他认为,形象化的目的是为了更好地使我们理解未知的说法完全不对,因为丘特切夫把闪电的反光比做聋哑的恶魔、果戈理把天空比做上帝的衣饰以及莎士比亚的某些离奇古怪的比喻,都没有更好地使人去解释未知。诸如把道路和阴影、垄沟和田界等等看做诗歌的主要特征,就更是大谬不然。

在什克洛夫斯基看来,艺术是形象思维的观点显得漏洞百出,牵强附会。因为形象思维既不能用来说明艺术的一切种类,也不能说明语言艺术的一切种类。如果说绘画、雕塑、小说等艺术门类有一定的形象性,而音乐、抒情诗就很难说是用形象来思维,很难把它们划入有形象的艺术门类中去。如果说音乐、抒情诗是无形象的艺术,它们又与绘画等有形象的艺术相似:都要运用艺术媒介,都要产生审美感觉,都是具有艺术性的审美对象。当奥夫夏尼科—库利科夫斯基面对艺术分类的难题,不得不把抒情诗、音乐划入无形象艺术时,他们的"艺术是形象思维"的定义就不适用于这些艺术门类,那么这种观点的错误不是一清二楚了吗?

什克洛夫斯基还一针见血地指出:波捷勃尼亚把艺术性等同于形象性,其实质是由于没有区分两种形象、两种言语活动的结果。散文语言亦即实用语言,它是一种非艺术语言活动,它产生的形象是一种散文式形象。这种形象是一种思维或认识的方式,它是把各种事物联结为类的手段,就像我们用西瓜代替脑袋或代替圆球一样,是对事物某种性质的一种抽象,在这种抽象活动中,西瓜、脑袋都可以看做圆球,因为它们具有圆球的性质,而毫无区别。这类形象就是奥夫夏尼科—库利科夫斯基等人所说的用来思维的形象。而诗歌语言是艺术语言,它产生的是诗歌形象,这种形象是为了加强人们对事物的感受方式而产生的最强烈印象,所以它只是作为加强印象的一种有力手段,与比较、夸张、排偶、对比等艺术手段一样,都是诗歌的艺术程

---

① 转引自维戈茨基:《艺术心理学》,周新译,上海文艺出版社1985年版,第34—35页。

序,但还不能说是艺术性、诗意性,可波捷勃尼亚不仅把两种不同的形象混为一谈,而且还把形象性等同于文艺的本质。

因此,什克洛夫斯基认为,形象的目的不是使其指示的意义接近于我们的理解,而是造成一种对客体的特殊感受,创立对客体的"视象",而不是对它的认知。如果是认知,我们往往就去指向形象所代表的思想观念,指向艺术之外的他物,就会去思考"它是什么"的结论,而在艺术活动中,却是去感受它本身,我们迷醉于客体本身所产生的鲜明视象里。所以准确说来,诗的材料不是形象,也不是激情,而是词。语言艺术就是用词的艺术。诗歌语言本身就有艺术性,并非一定要由语言产生形象才具有艺术性。重要的是要去发现词的运用、配置和安排方式,怎样去组合、选择语词才能使一般语词产生艺术魅力呢?这才是解决艺术的关键问题。所以什克洛夫斯基强调要关注"棉纱的支数及其纺织方法"的原因就在于此。

可见,什克洛夫斯基坚持文艺的自主性、批判艺术是形象思维的观点,并非就是所谓为艺术而艺术,而是对文学自主意识的觉醒。诚然,在强调文艺的自主性上,什克洛夫斯基有过激的言论,但是,这是当时为了反对传统观念的一种矫枉过正。或许没有偏激就没有发展,什克洛夫斯基鲜明地突出文学的内部规律,使人们对文学外部因素的研究转入内在因素及构成方式的探索,对于文学本身的发展来说,仍然是有重要意义的。正因为如此,文艺自主性的主张才成为西方当代各文学流派的理论前提。

第二节 反常化

什克洛夫斯基有一段关于什么是艺术的名言,他说:

……那种被称为艺术的东西的存在,正是为了唤回人对生活的感受,使人感受到事物,使石头更成其为石头。艺术的目的是使你对事物的感觉如同你所见的视象那样,而不是如同你所认知的那样;艺术的程序是事物的'反常化'(остранение)程序,是复杂化形式的程序,它增加了感受的难度和时延,既然艺术中的接受过程是以自身为目的的,所以它理应延长;艺术是一种体验事物之创造的方式,而被创造物在艺术中已无足轻重。①

---

① 见什克洛夫斯基:《关于散文理论》,苏联作家出版社1984年版,第15页。

在这段话里,什克洛夫斯基谈到了艺术的目的,艺术程序以及什么是艺术等问题,反常化是解答这些问题的关键,因此理解了反常化的含义就能使艺术的其他问题迎刃而解。

什克洛夫斯基认为,在日常生活中,无论是动作还是言谈,一旦成为习惯就会带有机械性、自动化了,换言之,一切极为熟悉的动作、言谈都会沉入无意识领域,这是我们感受的一般规律而自成习惯。例如步行,由于我们每天走来走去,我们就不再意识到它,也不再去感受它,而步行就变成了一种机械性的自动化动作。我们成天走呀走,就好像机器人那样,不仅不去注意走的动作本身,而且对周围的世界也缺乏应有的感受。但是当我们跳舞时,舞蹈就是一种感觉到了的步行,更确切地说,它是一种为了被人去感受才构成的步行,它不仅使我们专注于舞蹈的步伐、姿态亦即舞蹈本身的东西,而且由此会唤起我们对自己和周围世界的新颖之感。如果说步行是一种惯常化,那么舞蹈对于步行来说就是一种反常化,因为正是舞蹈打破了步行的惯常化,破坏了步行的机械性和自动化,使我们由此而感觉到舞蹈本身的活力,并把舞蹈作为舞蹈来感受,从而带来艺术享受。

而认知却不是如此。当事物经过我们数次感受之后,就会越过我们的感受而直接进入认知,我们也就会习惯地以认知来接受它。这样一来,当事物摆在我们面前时,我们仅仅是知道它是什么东西而已,对它的各种具体特性往往会视而不见,听而不闻,变得熟视无睹。因此我们对于面前的事物会觉得无言可说,我们对之毫无感受,也就无以言说。可以想见,如果我们在日常生活中,囿于实用和各种利害关系,迫于生计,对自身及周围的世界都缺乏应有的感受能力,那么我们的感觉就会麻木不仁,处在昏昏欲睡之中,各种各样能唤起我们注意和美感的事物也会一掠而过,而具有无限感受能力的人类竟然成为人生旅途上的匆匆过客,除了机械的自动反应外,对一切都是空空如也,这将是何等的可怕、何等的可悲啊!

什克洛夫斯基指出语言也有同样的情况。在日常言谈、实用语言中,字音就是无意识发出的,不自觉地念出来的,就好像一块块巧克力从自动化机器里抛出来似的,我们的一些不完整的句子和说到一半即止的话语都是这种机械化的表现。因为实用语言仅仅只是传递消息的手段,具有的是交际功能,其目的是为了表达思想情感,传达信息,只要明白易懂就可采用任何一种表达形式。实用语经常使用那些司空见惯、呆板僵化的话语形式,仿佛在麻痹着我们的注意力。当人无事可谈又必须谈点什么时,就会借助通常的"套式用语",以便为自己言之无物的话语装点门面。听者也由于习惯,只是机械地听听,并不去注意对方所讲的意思。这在应酬、闲聊、搭讪中普遍存在。

艺术语(或称诗歌语言)却恰恰相反。它是对实用语进行阻挠、变形、扭曲、施加人为暴力的结果,就是说,是对普通语言的"反常化"。它会使普通语词在诗歌里变得分外注目,变得异乎寻常的突出。使人在欣赏诗歌时,不是跃过语词指向语词以外的他物,而是关注语词本身的各种特点。在诗歌语的语音和词汇构成,或是在措词和由词组成的表义结构的诸种特点上都可发现这种"反常化",即专门为使感受摆脱机械性而专注语词本身的艺术程序。因此艺术语言是一种建构的言语,是一种独特的表达,它重视的是表达本身,而非表达的所指。一旦当人们去感受艺术语言时,它就会使人注意到构成表达的词及其相互搭配的巧妙,令人赞叹不绝,令人拍案惊奇。

这与中国古典诗学讲究用字的锤炼和推敲,注重平仄、音调的谐和,讲究诗眼,推崇"语不惊人死不休",有异曲同工之妙。因为艺术语言是一种注重语词的选择和组合,以表达为自身目的的话语形式,犹如什克洛夫斯基所说,这是一种"以曲为贵、难以理解、使诗人变得笨嘴拙舌的诗歌语言",是由"奇奇怪怪、不同凡俗的词汇和不同凡响的词的措置"[①]所组成。这样,诗歌语与实用语的不同,不仅是因为前者可以有实用语中没有的词汇和句法,而且是因为前者可以采用异乎寻常的用词方式和各种形式手段,使我们对诗歌语本身产生了出乎意外的新颖之感,从而打破了实用语的自动化和机械性。

显而易见,"反常化"的实质就在于不断更新我们对人生和世界的陈旧感觉,把人们从那种狭隘的实用、认知、交流等关系的束缚中解放出来,摆脱习以为常的惯常化的制约,摆脱无意识性的机械化、自动化的各种控制,使人们即便是面临熟视无睹的事物时也不断有新的发现,不断地推陈出新,从而感受到对象的异乎寻常、非同一般、为之震颤、为之激奋,重新回到观察世界的原初感受之中。

反常化的重要作用在于创造出客体的可见视象,由此去仔细欣赏事物,而不是对事物的认知;由此造成一种特殊感受,使人去充分领略、感悟事物是什么样子的,迷恋沉醉于对其感受和体验之中,而非经感觉的机械性或直接跨过感受,得到关于事物是什么东西的认知结论和逻辑判断。因此,这种反常化程序就是艺术程序,是人的一种有意识的创造活动,这种反抗日常的

---

① 见什克洛夫斯基:《关于散文理论》,苏联作家出版社1984年版,第26页。

感觉方式和因循守旧的固定模式的活动,使人摆脱了平常和麻木不仁的状态,摆脱了习俗的种种陈腐偏见,抱真归朴,对世界和人生都始终怀有诗意之感,始终怀抱一种逍遥自由的审美态度,时时刻刻都感到新颖奇特,从而使人充分领悟世界和人生的丰富含蕴。

艺术的目的也就在此。它就是要唤起人对生活和世界的诗意感受,使人去感受事物和世界,体验和领悟人生的奥秘,而不是使活生生的人变成对世界和人生毫无感受和体验的机器人。艺术会使人的诸多感官人化,它要让人感受到艺术本身的价值,让人体验和感受到艺术家是如何对素材进行各种变形处置,是怎样采用反常化程序的,而不是使人去认知和推断作品中创造和表现了什么。总而言之,一句话,艺术的目的首先在于唤起人的审美感受。

所以什克洛夫斯基指出:

> 因此,作品可能有下述情形:1)作为散文被创造,而被感受为诗,2)作为诗被创造,而被感受为散文。这表明,赋予某物以诗意的艺术性,乃是我们感受方式所产生的结果;而我们所指的有艺术性的作品,就其狭义而言,乃是指那些用特殊的程序创造出来的作品,而这些程序的目的就是要使作品尽可能被感受为艺术作品。①

艺术品的内在形式结构与人的感受方式存在着一种同态对应关系。这样一来,当人们去欣赏作品时感受不到作品的艺术性,其重要原因在于两方面:或者是作品不具有艺术性,或者是读者不具有感受艺术性的能力。当原因在于作品本身的问题时,尽管作家主观愿望是想创作出感人至深的艺术品,但他的目的没有达到,他写的诗歌让人感受不到诗意性,而被人当做散文即非艺术品来感受,那么这种诗歌就很难被称做诗歌艺术品。什克洛夫斯基认为,艺术品就是要让人作为艺术品来感受,让人感受到自己所具有的艺术性,就是说诗歌让人感受为诗歌,小说让人感受为小说,这才是真正的艺术品,如果艺术品让人感受为非艺术品,那还能称之为艺术品吗?

什克洛夫斯基认为,作品的艺术性是与作品和接受者的关系紧密相连的:一方面与接受者的感受方式相关联,另一方面也与作品的构成方式相关联,换言之,一方面与接受者如何去感受有关,另一方面与作品是怎样写成的有关。只有当人们感到某种东西不合常情,异乎寻常,或偏离了某种仍有

---

① 见什克洛夫斯基:《关于散文理论》,苏联作家出版社1984年版,第11页。

效力的典范时,身心便会产生一种性质特殊的激情洋溢的印象。这对于接受者来说甚为重要。

例如,为什么我们对外民族的语言尽管做过研究,也永远无法领会其抒情诗呢?什克洛夫斯基指出,当人们去读外民族的抒情诗时,可以听得出它那和谐的音响,感受得到它的每一韵脚,体会得出它的整个韵律,理解它每个词的意义,也能把捉住它的形象和内容——所有的感性形式和物象都能捕捉得到,那么是否就能说领会了抒情诗呢?如果说还没有领会的话,那还有什么没领会到呢?什克洛夫斯基认为,这样还没有领会到的是差异印象,那就是在选择用语、词的组合、句子的搭配措置和曲折婉转中的微乎其微的不同寻常性,这一切都只有生活在语言的天籁中,由于正常的活跃的意识而对一切偏离语言规范的现象,像受到感官刺激一样感到吃惊的人,才能将其全部捕捉得到,否则只能徒劳无功。因为语言中正常的领域延伸的范围极其广阔,每种语言都有其特有的抽象和具象的度;由一定音响组合的一吟三叹和某些比喻都属正常领域,而一切对正常的背离和违反的现象,只有那些对此语言像对亲人一样亲近的人才能身受其感,才能完完全全体会得到。语言中用语、形象、词组的每一种变化或反常都会使之惊异,恰如强烈鲜明的感官印象一般。① 所以,在某种程度上,可以说抒情诗的翻译是极为困难的,简直可以说是不可能翻译,因为这种诗的差异印象和反常化效果是难以言传的。

然而差异印象和反常化效果却是能够感受到的,这就要求接受者具有一定的艺术感受能力,当他去阅读典范、研究经典作品时,这些典范就都成为活跃的级差感的起点。诗歌中的韵律体系是像几何学一样严格、凝固的。一个革新派诗人在作诗时也要尊重韵律体系,但他可以有某些细微差别和用以冲淡节拍的凝重刻板的不和谐,使韵律发生某种偏离;诗中的词都想保持自己的音节重音和时值,扩大或略微缩小在诗中分配给它的那一空间,由此产生有悖于其严格体系的印象。其次是意义与诗的对立:一行诗要求强调的主要重音应落于其上的某些音节,而意义却不知不觉中将重点转移到其他音节上;而后是每行诗与其邻行的划分;意义所要求的联系往往跳过这些间隔,并非总能让人在一行诗的末尾作一停顿,而且兴许还会把停顿移到下一行诗的中间。这样,由于其意义十分必要的重音和停顿,基本模式就总是被破坏而产生差异,这些差异则使诗句的结构产生了活力。而模式和规

---

① 见什克洛夫斯基:《关于散文理论》,苏联作家出版社1984年版,第33页。

则除了它的韵律和形式上的印象以外,还具有一种功能,那就是充当偏离的范围和级差感的基础。音乐也是如此,节奏、旋律等给人的感觉都应当提供级差感的背景,为的是在其之上使音响充满活力的洪流得以突现出来,而这一点是通过最微妙精细的差异色彩的总和来完成的。① 其他艺术亦同样如此。

一旦反常化的东西普遍化、标准化,转化为正常的东西,那么它也会成为偏离的起点和标尺,变成差异感的基础和背景。这就需要新的反常化,这时对原来正常的回归也可被体验为反常,这就是在文学发展中往往有经过几代的文学传统可能会故态复萌、死灰复燃的情况,也同样会给人焕然一新之感,所以要不断推陈出新、时时创新,文学才生生不息、充满活力。这样,接受者的能力也在不断提高,保持着新鲜、活泼的级差感,从而不断更新对艺术和世界的感觉。

文学作品时时翻新,与之相应,人的诗意感觉也不断翻新。这就是反常化的目的。

第三节 艺术程序

在什克洛夫斯基看来,作品的艺术性尽管与人的感受方式不可分离,但更重要的是与作品的构成方式紧相关联。接受者在欣赏诗时之所以体味不到作品的诗意性,不把它作为诗来感受,关键在于该作品不具有诗的形式结构,没有经过诗的艺术加工,也就是说,没有别出心裁地通过艺术技巧把素材变形为艺术作品,这就使我们无法去感受作品的诗意性、艺术性。他把对现成材料的一切旨在引起一定审美效果的艺术安排称之为艺术程序。这样,艺术程序对作品是否成为艺术品、是否具有艺术性和审美效果起着决定性作用。

由此,他说:"艺术就是程序的总和"②,"而我们所指的有艺术性的作品,就其狭义而言,乃是指那些用特殊的程序创造出来的作品,而这些程序的目的就是要使作品尽可能被感受为艺术作品"③。

因为只有艺术程序才能把各种自然材料升华为审美对象,才能使人在

---

① 见什克洛夫斯基:《关于散文理论》,苏联作家出版社1984年版,第34页。
② 同上书,第82页。
③ 同上书,第11页。

对作品的欣赏中感受到艺术性。因此只有用艺术程序创作出来的作品才是艺术性的作品,才可能被人感受为艺术品。这种观点是俄国形式主义的普遍看法。雅可布逊就说:"如果文学科学试图成为一门科学,那它就应该认为'程序'是自己的唯一主角。"①托马舍夫斯基指出,作家及其最热心的读者,首先热衷的是写作技巧,这种兴趣几乎是文学最强大的推动力。刻意追求职业上、写作上的创新、追求新的技巧,一直是文学中最进步的形式和流派的特征。② 这样,诗学的主要任务就是研究文学作品的构成方式。因而艺术程序成了诗学的直接对象。

艺术程序并非是为程序而程序,那样的艺术程序就会变成一种魔术、一种杂耍戏法。程序有自己的重要目的,它是为着艺术的目的服务并从属于自己的审美任务,它的运用是为了使人产生艺术感受,得到审美享受,因此它只有在艺术感受和艺术目的的实现中获得自己的审美根据。

艺术程序并非就是艺术技巧,它包括对语音、意象、激情等材料的合理安排,对节奏、句法、音步、韵律等的一定使用,运词手法、叙述技巧、结构配置等。它们作为艺术程序的共同目的在于使作品富于艺术性,产生反常化的效果。

当然,不是说任何布局方式,任何程序都可称为艺术程序。什克洛夫斯基告诉我们,只有反常化程序与增加感觉的难度和时延的复杂化形式的程序才是艺术程序。

反常化程序是一种广泛存在的艺术程序,可以说,凡是有形象的地方,它都几乎存在。而且作家不同,使用的反常化程序亦不同。像列夫·托尔斯泰就是使用反常化程序的典范。他不用事物的名称来指称事物,而是把它描写成好像是第一次看到的事物那样去加以描述,或者像是第一次发生的偶然事件。同时,他在描述事物时所使用的名称,不是该事物中已通用的那部分的名称,而是像称呼其他事物的相应部分时那样指称。其目的就是打破日常的观察和感知定式,把人们领回到面对事物的原初经验中去。如托尔斯泰把圣餐称为一小片白面包,把点缀称为一小块绘彩纸板等等。

斯威夫特在《格列佛游记》中,为了讽刺欧洲的社会政治制度,也大量运用反常化程序。书中主人公格列佛来到贤马国,向马主人讲述了统治人类社会的黑暗制度。这就使得对政治制度的批评这一素材,通过反常化程

---

① 见雅可布逊:《近期的俄国诗歌》,布拉格1921年版,第11页。
② 见托马舍夫斯基:《文学理论》,俄文版,第133页。

序而在文艺作品中深深地扎下了自己的根,成为《格列佛游记》艺术性的构成要素之一。

显然,反常化程序是多种多样的,即便同一作家也会使用多种反常化程序。如托尔斯泰还使用改变事物的平常比例,在画面上固定某一细节并着重加以渲染,以达到运用反常化程序的目的。托尔斯泰在描写战斗场面时,渲染了湿润嘴唇的生动细节。在《安娜·卡列尼娜》里描写安娜自杀时,着重描写了安娜的手提包。这种把注意力放在细节上的做法便创造了与众不同的变异和景观。

又如托尔斯泰在《战争与和平》中描写军事会议时,引入一个乡下小姑娘。小姑娘虽然目睹了这次会议,但她对眼前所发事件的实质并不理解,只是以孩子的眼睛观察了会议参加者的谈吐举止,并用孩子的心理给予解释,这就把常见事物通过不谙于它的主人公的心理折射,使文学外材料变成了艺术构成要素。这也是托尔斯泰的一种反常化的程序。

复杂化形式的程序也是形形色色的。例如延宕,这种俄国民歌诗学中普遍采用同义对举亦即从一个诗节到另一个诗节的转移、重复的程序就是如此。

小说中的人物向我们提叙下一篇故事,如此这般,以至无穷,这样一种系列故事的创作方法,其作用在于延宕。这种弯曲绕远的路线是艺术情节的要求。《一千零一夜》是延宕的典型,女主人公通过讲故事来延缓、推迟死刑的威胁。

中国的古典小说《西游记》,全书写唐僧师徒四人取经遇到了八十一难,包括近五十个各自独立的小故事,这就使小说的情节构成曲折复杂、波澜起伏、跌宕有致。这也属什克洛夫斯基所指的一种阻挠、延宕行为实现的叙述体小说。小说的主人公屡遭惊险变故,却又安然无恙,真是一波未平一波又起;在结构方式上是框架程序和穿连程序并举,用一难又一难来推迟、拖延唐僧的西天取经,从而使小说惊险复杂、扣人心弦、引人入胜,也是运用复杂化形式的艺术程序的结果。

无论反常化程序还是复杂化形式的程序,其目的都是为了使作品让人感受为艺术品而成为艺术程序。就艺术程序本身说,它有三方面的作用:1.它把文学外的各种素材通过艺术加工、布局和处置,变形为艺术品的构成要素,从而使人欣赏作品能获得焕然一新的艺术感受,使作品成为新鲜可感的审美对象,以此给艺术品与非艺术品划出一条界限。2.它又是艺术品内在动力发展的根据。艺术程序本身在不断演变,也有萌发、发展、衰亡的历史过程,当程序惯常化,便带有自动化、机械性了,这时就需推陈出新,打破传统规范,采用新颖的艺术程序来唤起人的新艺术感觉,产生艺术上的革命。
3. 艺术程序的使用突出了变形、艺术安排和布局本身的吸引力。它不是把人引向作品之外的东西,而是把人引向艺术自身,引向作品内部的形式结构。它引起思考的问题是作品是怎样写成的,而非作品写的是什么。

显然,在什克洛夫斯基看来,艺术程序是艺术品具有艺术性、诗意性的根本原因所在。通过它,艺术才能永葆自己之青春,保持自己的永恒魅力,不断唤起接受者的新的审美感受。

第四节 艺术形式

形式和内容这对概念在文艺中是一对流行久远而易生歧义的概念。有人把作品中的情节当作内容,有人把思想当作内容,或者把作品表达了什么等同于内容,而把作品怎么表达等同于形式。形式和内容的含混划分,容易导致两个不良结果:1. 容易把形式视为一种器皿,而内容是器皿中盛入的液体,这样形式就变成一种可有可无的外表装饰,液体是重要的,而用什么东西来盛它则无关紧要,二者也可脱离二分。2. 把内容的艺术状态与其在艺术外的客观事实相等同。也就是说,把内容当做现实性东西,等同于经验世界,导致人们去从艺术中研究社会学、历史学、政治学等。例如有些人依据文学作品写俄国知识分子的历史、社会思想史和社会运动史[①],等等。俄国形式主义严厉地批判了这种传统的形式与内容的二元论,因为在他们看来,形式与内容不能这样分割开来,而且形式并非无关紧要,内容也并非能脱离艺术品这一整体而成为艺术外的客观现实。

俄国形式主义者为了避免重蹈覆辙,以形式和材料一对概念来取代形式和内容。材料可以是词、意象、思想等,而形式就是对这些材料的组合和安排及布局。这样,形式的含义几乎包含作品中的一切:材料的组合、安排、变形,篇章的布置、各个部分的互比和联合,情绪评价甚至含义组织,作品作为意义整体的手段的复合体等等,因此艺术形式包括艺术程序,但两个概念并不完全等同,前者比后者要更为宽泛。由于作品中形式几乎就是一切,也就由形式取代了内容。所以什克洛夫斯基说:

---

① 这些人分别为奥夫夏尼科-库利科夫斯基、伊凡诺夫-拉佐姆尼克和贝平等人。

> 童话、短篇小说、长篇小说是素材的组合；诗歌是风格主题的组合；因此，情节和情节性乃是和韵脚同样的形式。从情节性的观点看，分析艺术作品的"内容"概念已毫无必要。①

既然艺术中的形式就是一切，材料是没有多大意义的，那么材料就是平等的，没有高低之分，思想并不占有至高无上的决定地位，艺术品也自然不能依据思想的好坏来决定艺术品的高低或是否具有艺术性：

> 情节安排的方法和程序相似，并同语音和选音方法基本一样。语言作品乃是语音、语能器官动作和思想的结合体。
>
> 文学作品中的思想，或者就是像词素的发音和语音成分一样的材料，或者便是一种异物。②

其实，就连强调思想情感的重要性的托尔斯泰也看到，思想在文艺作品中只具辅助作用："如果我想用文字说出我打算用长篇小说来表达的一切，我就得从头开始写出我已经写的那部长篇小说……如果批评家们现在已经懂得也可以用小品文来表达我所想说的话，我就该祝贺他们……在我所写的一切或几乎一切作品中，主宰我的是要把互相贯穿的思想纠结在一起，以便表现自身，但是，如果把用文字独特表达出来的任何一个思想，从它所处的纠合体中单独抽取出来，便会失去自己的意义，并可怕地贬值了。纠合体本身并不是由思想，而是由某种其他东西组合起来的，而用文字直接表达这一纠合体的核心则无论如何也做不到，只能用间接的方法——用文字刻画形象、动作、情景才行。"③

托尔斯泰告诉我们：用小品文来改写文艺作品，只会破坏作品的思想贯穿和文字贯穿，破坏把语言、思想等材料联结为整体的文艺作品，也破坏了艺术形式，因为正是形式把思想和文字等联结为整体，而艺术作品也只有在它既有的形式中才能发生感染力：

> 所有的艺术都是这样：绘画中——稍稍明一点，暗一点，高一点，低一点，右一点，左一点；在戏剧艺术中——音调稍稍弱一点或强一点，或说得稍稍早一点或晚一点；在诗歌中——稍稍少说一点，多说一点，或稍稍夸张一点，都会失去感染力。只有当艺术家找到艺术作品由之构

---

① 见什克洛夫斯基：《关于散文理论》，苏联作家出版社1984年版，第62页。
② 同上。
③ 托尔斯泰语，同上。

成的那些无限小的因素时,才能产生感染力。①

这些无限小的要素就是艺术的各个组成部分的组合,这就是形式的要素,而艺术正开始于此,确言之,艺术生发于形式开始的地方。

在文艺中,内容和形式实际上总是融合于审美对象之中而密不可分,你中有我,我中有你,内容总是必须表现为形式,不然就会化为乌有:当人们从作品中抽取所谓的内容时,实际上已不是艺术内容而是别的什么异物了,艺术内容只存在于艺术形式中,脱离了艺术形式就什么也不是。反之,形式总含蕴着某种内容,即便是毫无内容,它也表达了毫无内容的内容,含蕴无意义的意义,不然它也就不是艺术形式,而是别的什么东西。从这样的角度看,如果说形式成分意味着审美成分,那么艺术中的所有内容也都成为了艺术形式。所以什克洛夫斯基说:

> 文学作品是纯形式,它不是物,不是材料,而是材料的比。正如任何比一样,它也是零维比。因此作品的规模,作品的分子和分母的算术意义无关紧要,重要的是它们的比。戏谑的、悲剧的、世界的、室内的作品,世界同世界或者猫同石头的对比——彼此都是相等的。②

当然,把形式视为作品的一切,甚至把艺术形式等同于艺术品,就会走向另一极端。材料在艺术作品中尽管处于次要地位,但也并非毫无意义。因为不同的材料会需要不同的艺术形式去安排加工,如果不注意材料的各种性质,也会失去对不同艺术形式的艺术敏感力,要是同一种艺术形式套用于各种材料,那就丧失了艺术形式的独特感染力,而且材料的任何变形同时也就是形式本身的变形,每种材料都有自己最美的形式,也有自己不适合的形式,这不能不引起艺术家的极大重视,发现材料的最美形式,创造材料的最适合的形式,这难道不是艺术性的秘密吗?这是什克洛夫斯基在形式和材料关系的看法上的不足之处。

但是,我们不能因为这种不足而看不到什克洛夫斯基的巨大功绩:他除了扭转过去那种重内容轻形式的片面观点以外,还尖锐地突出了对立面,就像是把人的头脑扭到背后去认真仔细地看看过去从来没人看过的东西,那就是艺术形式的重要作用。③ 不过,与其说什克洛夫斯基是形式主义者,还

---

① 托尔斯泰语,转引自维戈茨基《艺术心理学》,周新译,上海文艺出版社1985年版,第42页。
② 什克洛夫斯基:《罗扎诺夫》,同上书,第63页。
③ 一谈到形式主义,易使人想到曾存在的海尔巴特的形式主义或其他形式主义,但我要说,什克洛夫斯基及其俄国形式主义是与上述的形式主义有根本不同的。

不如说什克洛夫斯基是形式主义的克服者,因为他已经改变了"形式"的传统涵义,并打破了形式与内容的传统二元论;因为他也看到了形式的动力作用:

> 形式为自己创造内容。①
>
> 艺术作品是在一定背景下并通过与其他艺术作品的联想的方式被领会感受的。艺术作品的形式取决于它对在其之前存在过的形式的态度。文学作品中的材料必定是着力强调的,亦即突出和"加强了的"。不光讽刺性模拟作品,而且所有的艺术作品都是作为某一样板的比较物和对照物而创作出来的。新的形式不是为了表达新的内容,而是为了取代已经丧失其艺术性的旧形式。②

形式并非是空洞无物、徒有其表的器皿,等待着某种内容注入其内,形式本身就具有内容,如果它真的没有内容,也会为自己创造它所需要的内容。形式不为内容所决定,不为材料所左右,相反,形式可创造内容,形式可强调和突出材料,它使自身也富于活力和变化。当旧的艺术形式已无新颖可感,使人的感受发生自动化,使人觉得习以为常时,就需要发现新的艺术形式来取代陈旧的艺术形式。这样对于艺术形式不仅需要共时观,也需要历时观,就是说,艺术形式是历史的、可变的、运动的,它不是静止的固定僵物,而是一个生生不息的动力源。有了这样一个生机活泼的动力源,艺术才会时时翻新。因此艺术的本质在于创新,艺术品总是新颖而独特的。

当我们说一作品是新颖而独特的艺术品,实际上我们是把这一作品与其他作品进行比较而言。这样我们的视野就不是某一作品,而是许许多多的作品,有前人的,也有同时代的,甚至有同一作家的不同作品,我们是在文学这个系统中来研究某一作品,通过作品间的相互比较、相互对立等关系来看待作品,这也比单纯地就某作品的形式与内容的关系进行分析要丰富、复杂得多,视野也要开阔得多。因此,文学史的任务不是去说明文化史、思想史的演变,重要的是要揭示艺术形式的演变。新旧形式间的冲突构成了形式演变的动力,换言之,形式本身就能产生形式演变的动力,无需形式之外的力量来改变它。这样,形式本身不仅是反常化的动因,而且形式的自足性也进一步说明了文艺的自主性。所以我们又回到了什克洛夫斯基的序言:

---

① 见什克洛夫斯基:《关于散文理论》,苏联作家出版社1984年版,第37页。
② 同上书,第31—32页。

我的文学理论是研究文学的内部规律……因此,全书整个是谈文学的形式变化问题。

第五节　简单的结语

尽管俄国形式主义者各人的理论风格和主攻方向稍有差异,各人的成就也不一样,但上述什克洛夫斯基的观点却是俄国形式主义的基本观点。因此什克洛夫斯基在俄国形式主义中的领导地位,不仅是由于他的组织才干,更重要的是由于什克洛夫斯基最早、最鲜明地表达出俄国形式主义的理论原则,较为系统、较为完整地阐述了其理论,因此俄国形式主义才可能形成一种统一的文艺理论思潮。

俄国形式主义首先影响到布拉格,产生了布拉格结构主义。穆卡洛夫斯基就曾在什克洛夫斯基的《关于散文理论》的捷译本序言中指出:"什克洛夫斯基此书及其战友们的著作充分完成了自己的开拓任务。这些著作同其他国家包括我国的文学研究一起开辟了一个新的研究领域,并且采取了认识论的立场,从而使文学研究的材料及其所面对的全部问题面目一新。"[①]布拉格结构主义是俄国形式主义的发展。它保留了后者注重文学内部规律的研究和坚持文学自主发展的立场,同时又把文学与外部世界的联系综合起来,从而把文学运动理解为结构的内部运动和外部干涉的合力。

60年代的法国结构主义的文学观点也以俄国形式主义的理论为自己的出发点。托多罗夫的《文学理论·俄国形式主义者文论》的出版,给法国结构主义以重要影响。布洛克曼指出,莫斯科和圣彼得堡、布拉格、巴黎,是结构主义思想发展路程上的三站,俄国形式主义是结构主义的真正发源地。

在苏联,尽管30年代由于政治干预等各种原因,形式主义的发展突告中断,致使庸俗社会学文论得以泛滥,但60年代后,随着结构主义运动的浪潮席卷西欧,苏联国内的文坛再度活跃,早期形式主义著作不断重版,形式主义的各种观点又在结构主义、信息论、语言学、符号学、文艺理论中不断被重新研讨、组合和扩展。

俄国形式主义还大大促进了接受理论的发展而成为接受理论的先驱。因为"俄国形式主义者提出了一个与接受理论密切相关的、全新的解释方

---

① 转引自《美学文艺学方法论》下册,文化艺术出版社1985年版,第516页。

式,他们把形式概念扩大到包括审美感知,把艺术作品解释为作品'设计'的总和,把注意力转向作品的解释过程本身。在文学史问题上,形式主义者们提出'文学演变'的概念,包括不同学派的相互竞争,亦在当时德国理论界引起巨大反响。……思想史上存在两条互相呼应的发展线索:从莫斯科到巴黎的结构主义;从形式主义者到现代德国理论家"[1]。

可见,我们可以毫不夸张地说,俄国形式主义是本世纪最有影响、最富活力的重要文学理论派别之一,当代欧洲的几乎每一个新理论派都从俄国形式主义的不同倾向出发,做出自己的新阐发和新解释,从而形成各自的新体系。

参考书目:
1. 什克洛夫斯基:《关于散文理论》,苏联作家出版社1984年版。
2. 什克洛夫斯基:《文艺散论:沉思和分析》,苏联作家出版社1961年版。

思考题:
1. 什么是反常化?
2. 什克罗夫斯基如何看待艺术形式?
3. 俄国形式主义有何基本观点?

---

[1] H.R.姚斯、R.C.霍拉勃:《接受美学与接受理论》,周宁、金元浦等译,辽宁人民出版社1987年版,第292—293页。

第七章 瑞恰兹与英美新批评

新批评(The New Criticism)作为一种独特的形式主义文学批评流派,是西方现代文学理论发展过程中的一个重要组成部分,在20世纪上半叶,它对英美文学理论的发展产生过重大而深刻的影响。在20世纪初,"新批评"一词在文学论文中已经相当流行,如1910年,美国文学批评家斯宾甘(J. E. Spingarn)发表过题为《新批评》("The New Criticism")的文章,在当时产生过不小的影响。1930年,美国批评家伯根(Edwin Berry Burgum)将自己的美学与文论论文集命名为《新批评》。但是,这些所谓的"新批评"文章和文集与后来流行于英美的"新批评派"似乎并没有直接的理论联系。作为一种批评流派,"新批评"是因为兰色姆的《新批评》一书在1941年的出版而得名的。

第一节 新批评派的背景、流变和性质

新批评派的理论活动从英到美,在文艺理论界引领风骚长达四十多年,前后经历了三个时期:

1. 萌芽期(1915—1930)。新批评的先驱理论家是英国的T. E. 休姆(T. E. Hulme,1883—1917)和美国诗人埃兹拉·庞德(Ezla Pound,1885—1972),前者对浪漫主义的批判和对"古典主义"的呼唤,给新批评派定下了思想倾向的基调。后者对诗歌语言的倾心关注,开启了新批评重视语言研究的风气。但是,一般认为,新批评的直接开拓者是T. S. 艾略特(T. S. Eliot,1888—1965),最重要的理论家是英国的艾·阿·瑞恰兹(I. A. Richards,1883—1981)和威廉·燕卜逊(William Empson),在他们的文艺理论与批评的著述中,提出了一系列后来被称为"新批评"的观点。

2. 成熟期(1930—1945)。这一时期认同并支持新批评理论的文艺理论家或批评家队伍迅速扩大。代表人物除艾略特、瑞恰兹、燕卜逊外,还有约翰·克柔·兰色姆(John Crowe Ransom,1888—1974)和艾伦·退特(Al-

len Tate,1888—1979)、克林思·布鲁克斯(Cleanth Brooks)、罗伯特·潘·沃伦(Robert Penn Warren)等人组成的所谓"南方批评学派",他们在新批评文论的发展过程中起着十分重要的作用。

3. 极盛转衰期(1945—1957)。第二次世界大战以后,新批评在美国进入极盛期,在文艺理论领域占领着无可争辩的主导地位,但同时出现了衰败的气象,50年代末,新批评的条条框框越来越复杂琐碎,并很快被新的理论所替代。代表人物是雷内·韦勒克(Rene Wellek)、奥斯丁·沃伦(Austin Warren)、威廉·K.维姆萨特(Jr. William K. Wimsatt)、克林思·布鲁克斯,这四位批评家40年代以后长期执教于耶鲁大学,被学界称为"耶鲁集团",耶鲁实际上也因此成了新批评后期的大本营。

这一时期,韦勒克和沃伦的《文学理论》(1949)以及维姆萨特和布鲁克斯的《文学批评简史》(1957),比较全面地清理和总结了新批评问世以来的一些最主要的观点,使庞杂散乱的新批评理论"系统化和体制化了",但与此同时,新批评形式主义的狭隘性已是暴露无遗,例如新批评各派的观点很不一致,大都相信自己的一套概念能够解决文学批评的全部问题,即使韦勒克和沃伦的《文学理论》这样对新批评派理论进行系统总结的著作,也几乎把文学基本理论的论述淹没在批评方法论之中。1957年,加拿大批评家弗莱的《批评的解剖》出版,对新批评的形式主义发起了攻击,提出了替代新批评的新的形式主义的方法论,此后,新批评遭到越来越多的批评和指摘,并逐渐失去了往日的繁盛景象。

在新批评之后,尽管美国文坛相继被存在主义、现象学、结构主义和后结构主义闹得沸沸扬扬,但是新批评的一些论点及其批评方法已经内化为美国文学批评传统的有机组成部分,正如伦特里齐亚(Frank Lentricchia)所说的,如果新批评已经死去,那么"它也是像一位威严而令人敬畏的父亲那样死去的"(伦特里齐亚:《在新批评之后》[*After the New Criticism*]),因为美国当代形形色色的文学批评理论都直接或间接地分享了它留下的遗产,实际上,"新批评作为文学研究的一种方法,至今在英美许多大学还有不小的影响"[①]。

一、新批评发展的历史文化背景

德国学者罗伯特·魏曼说:"对于新批评的形成及其广泛传播,都必须

[①] 张隆溪:《二十世纪西方文论述评》,三联书店1986年版,第48页。

在老式的维多利亚文学批评的危机这个背景上来进行探讨。这种老式的文学批评基本上是工业革命以后这个时期的产物,这种批评传统今天在英国仍旧相当活跃。"①传统的维多利亚文学批评方法是建立在历史之上的,从本质上说,它是一种以实证主义为哲学基础的社会—历史批评。在传统批评家看来,文学作品是作者思想感情的表现或流露,所以对作者生平和思想情感的研究,是文学批评的基本前提。提出文学的产生取决于"时代、种族、环境"三要素的泰纳,曾经形象地把文学作品比做"化石",认为研究化石的目的无非是为了再现它曾经作为"活物"时的情景,研究文本也同样是为了认识那"活人"。在这种思想的支配下,作者的身世及其社会背景的研究就变成了文学研究的中心。作品似乎只是通向这个中心的一个路标。因此,作品的渊源、作品与作家、作品与社会等方面的关系变成了文学研究的主要对象,于是,文学研究实际上与史学研究没有本质的区别。

但是,文学毕竟不是历史,特别是有着数千年传统的西方传统文艺理论,不可能就此消失在历史研究的潮流中,或蜕变成历史研究的分支。其实,自古希腊以来,就有无数的理论家认识到,文学有着与历史迥然不同的性质和特征。早在亚里士多德的《诗学》里就有诗(文学)与历史之区别的详细论述:"史学家叙述已发生的史实,诗人则叙述可能发生的事情。因此,诗较历史更理想、更为重要,因为诗偏于叙述一般,历史则偏于叙述个别。"②如果对文学的研究只能以了解作者个人的身世际遇为理解作品的前提,以作者的本来意图为阐释作品意义的唯一标准,那么,文学还有什么普遍意义可言?"诗较历史更理想、更为重要"岂不是一句笑话?

很显然,以实证主义为哲学基础的文艺批评理论无法回答这样的问题,于是,维多利亚时期盛行的历史—社会批评方法越来越多地受到新一代批评家的怀疑。与此同时,在美学和批评领域,提倡表现个人情感的克罗齐的表现论及柏格森的直觉主义,逐渐取代了实证主义的影响。表现主义文论强调作家个人情感,推崇直觉和想象,这种非理性主义的"直觉—表现"论汇同唯美主义的"为艺术而艺术"的形式主义的理论,加速了传统文艺理论和批评模式的瓦解。特别是第一次世界大战后,西方社会日益动荡不安,个人的审美观以及作为艺术评价标准的审美普遍性已不复存在。整个价值体系的动摇和崩溃,使批评家不得不抛弃个人唯美主义思想和个人审美感受

---

① 赵毅衡编:《"新批评"文集》,中国社会科学出版社1998年版,第570页。
② 见亚里士多德《诗学》第9章。

的价值判断功能,并寻求一种更为客观的研究对象和与传统不同的批评方法。

与此同时,在文学创作领域,现代主义的崛起使批判现实主义和浪漫主义的显赫地位受到了严峻挑战。现代主义打破了传统的创造规范和模式,不断地变革艺术形式和风格,广泛使用被忽略或遭禁止的题材,藐视艺术的既定方式和通行法则。在现代主义作家看来,传统的文学方法,如写实主义,已经不能传达当代人的经验。例如,艾略特在1923年评论乔伊斯的《尤利西斯》时说,传统文学作品的布局方式,是有序地组织作品的结构、模式,它往往假设了一个相对有条理和比较稳定的社会秩序,这已与当代历史中所呈现的总的绝望和无政府主义状态不相符合,艾略特在自己最著名的诗歌《荒原》中有意用支离破碎的语言代替规范流畅且富有诗意的语言,以零乱的层次结构解构传统诗歌结构的连贯性,以一种全新的文本来表现人类所感受到的社会的混乱和心灵的困扰状态。

这一时期的小说创作同样追求内容上的标新立异和形式上的别具一格,人物、事件、场景的描写往往从具体的形象上升到抽象的隐喻,直接展示人的潜意识、梦想、直觉活动;注重运用自由联想,使思想知觉化,使意识获得直观形象。至于某些"先锋派"诗歌,在修辞手法、标点符号、拼写方法、排列形式等方面所做的种种尝试,则更是与传统背道而驰。全新的文学创作实践,必然要给文学理论和文学批评提出新的要求。英美新批评在这种境况下问世,并逐渐发展成了一种声势浩大的文学批评潮流,应该说这是文学批评在特定历史文化背景下顺应时世发展的必然结果。

二、新批评派的基本特征及理论来源

有论者认为:"当代文学理论有一个起点(或两个起点),那便是俄国形式主义及新批评。"[①]新批评与俄国形式主义一样,把文学看做一个独立存在的自足体。一方面,文学作为客体是独立于创造者和欣赏者之外的,另一方面,它也是独立于政治、道德和宗教等各种意识形态及上层建筑,甚至还独立于社会生活的。什克洛夫斯基的名言是:"艺术永远是独立于生活的,它的颜色从不反映飘扬在城堡上空的旗帜的颜色。"[②]因此,研究文学应该

[①] 罗里·赖安、苏珊·范·齐尔编:《当代西方文学理论导引》,李敏儒、伍子恺等译,四川文艺出版社1986年版,第1页。

[②] 参见《俄国形式主义文论选·前言》,方珊等译,三联书店1989年版,第11页。

研究文学作品,研究作品的艺术技巧和手法,研究文学的内在规律。在这一点上,新批评与俄国形式主义几乎完全一致,此外,在对文学语言特殊性的重视、对"内容与形式"二分法的反对等方面,新批评与俄国形式主义也有惊人的相似性。事实上,新批评不过是20世纪上半叶形形色色的形式主义大家族中的一个成员而已。

新批评派作为一个文学理论流派,秉持一种独特的形式主义批评方法,在艾略特和瑞恰兹的理论和方法论的影响下,具有不同于传统文学理论和批评方法的"新"特征。科林思·布鲁克斯曾经对新批评的特征做过精辟的概括:(1)把文学批评从渊源研究分离出来,使其脱离社会背景、思想历史、政治和社会效果,寻求不考虑"外在"因素的纯文学批评,只集中注意文学客体本身;(2)集中探讨作品的结构,不考虑作者的思想或读者的反应;(3)主张一种"有机的"文学理论,不赞成形式和内容的二元论观念;它集中探讨作品中的词语与整个作品语境的关系,认为每个词对独特的语境都有其作用,并由它在语境中的地位而产生其意义;(4)强调对单个作品的细读,非常注意词的细微差别、修辞方式,以及意义的微小差异,力图具体说明语境的统一性和作品的意义;(5)把文学与宗教和道德区分开来——这主要是因为新批评的许多支持者具有确定的宗教观而又不想把它放弃,也不想以它取代道德或文学。① 作为新批评派的主将之一,布鲁克斯对新批评的观念和方法的概括和总结,具有一定的权威性。

除了瑞恰兹以外,新批评的另一个直接开拓者是艾略特(1888—1965)。他的第一本文学论文集《圣林》中的几篇文章,如《传统与个人才能》(1917)、《玄学的诗人》(1921)、《批评的功能》(1923)等,经常被人说成是新批评一些重要思想的源头。艾略特作为一个出色的文学评论家,比起那些饱读经书的大学教授更有激情和创见,他的文学批评大都文字精练、见解深刻。但是作为一个文学理论家,他的观点往往是零星的、散乱的、有时甚至是自相矛盾的。事实上他从未写过完整的理论著作,"他在文学理论上的巨大影响主要是由于他激发了新批评派潮流"②。

艾略特不满浪漫主义诗歌过分强调感情倾泻的特点,针锋相对地提出"诗歌不是放纵情感,而是逃避情感;不是表现个性,而是逃避个性的"。他

---

① 郭宏安等:《二十世纪西方文论研究》,中国社会科学出版社1997年版,第354页。
② 赵毅衡:《新批评——一种独特的形式主义文论》,中国社会科学出版社1986年版,第10页。

认为,从艺术与生活的关系看,诗歌是客观世界的象征,所以,艺术的情感只能是"非个人的"。作家从生活中获得的主观的、个人化的情感和经验,在艺术创作过程中只有转化为客观的普遍的艺术情感才能进入艺术作品。从这种意义上说,艺术创作实际上就是一种"非个人化"的过程。显然,艾略特所强调的是诗而不是诗人,他关注的是艺术客体本身,并把构成艺术作品的各部分之间的关系,变成了批评探索的重要内容。当然,这种关系是综合性的,非常复杂;因此,他认为应该把艺术作品看成一个有机体,因为作品也有自身的生命力。

传统的观点认为,诗人的主要任务是向读者传递某种确定的情感、思想或具体内容,"批评家的任务是'暴露其灵魂',亦即'领会并表达由一部名著所引起的情感',具有决定意义的不是文学作品,而是文学作品引起的文学感受"①。这些正是艾略特所坚决反对的。艾略特说:"在艺术形式里表现感情的唯一方式,就是通过找出一种'客观关联物';换言之,就是找出构成那种特定情感的一组形象、一种情境、一系列事件。"②"客观关联物"是艾略特从法国象征主义理论中派生出来的,但这一概念的影响远远超出了他的意图和期望。"客观关联物"所强调的不是作者也不是作品表现的对象,更不是作品引起的感受,它所关注的只是作品本身。"诚实的批评和敏感的鉴赏都不是针对诗人,而是针对诗。"③此外,他强调"非个人化"的艺术,首先考虑的是艺术客体的复杂性和不确定性。在这一点上,艾略特对新批评的影响与瑞恰兹的影响之间存在着本质的不同。

西方文论史家,往往把英美新批评分成艾略特和瑞恰兹两大系统。有人认为新批评派应置于艾略特门下,也有人直接把瑞恰兹称为新批评派首脑。应当说,新批评派正是早期艾略特与瑞恰兹结合的产物,前者提供了思想倾向和一部分重要论点,后者提供了基本的方法论。但新批评派对他们二人的理论是有取有舍的,无论艾略特或瑞恰兹,都只是在部分问题上与新批评派主流一致。

第二节 瑞恰兹与《文学批评原理》

艾·阿·瑞恰兹(Ivor Armstrong Richards,1893—1979)是英国文艺理

---

① 赵毅衡编:《"新批评"文集》,中国社会科学出版社1998年版,第580页。
② 见艾略特:《论文选,1917—1932》,纽约1932年英文版,第124页。
③ 同上。

论家、批评家和诗人,西方现代文学批评的创立者之一。早年在剑桥大学主修道德学,1918年获硕士学位后,继续学习心理学。1922年任剑桥大学讲师,四年后晋升为研究员。由于他并非"科班出身",所以他在语言学和文学研究方面与传统路数很不相同,并常有惊人的创新之举。正如特里·伊格尔顿所指出的,他所幸的是没有受到"纯文学教育",从而"避免了褊狭的缺点",使他在理论和实践两个方面常常另辟蹊径,独树一帜。

瑞恰兹的学术生涯是从美学开始的,他的第一部著作不是伦理学,也不是心理学,而是《美学基础》(与人合著,1921)。但是,他的美学观点明显地渗透着心理学的影响,特别是心理学学派的美学家特奥尔多·里普斯和浮农·李的移情说,几乎就是这部书最主要的理论依据。他认为美的经验是由按独特方式组织起来的冲动构成的,在冲动获得平衡时,人们就体验到了美。

在与奥格登(C. K. Ogden)合著的《意义的意义》(*The Meaning of Meaning*,1922)中,作者重点探讨了语言是如何影响思想的,尝试在语词、思想和所指事物之间的复杂关系中研究文本的意义以及文本意义的意义。在这部著作中,瑞恰兹已经清楚地注意到了作为"文明首要工具"的语言有"两种性质全然不同的功能":符号功能和情感功能。在《文学批评原理》(*Principles of Literary Criticism*,1925)中他还专门撰写了"语言的两种用法"一章,对语言的"科学用法"与"情感用法"做了更为严密的区分。瑞恰兹认为语词本身并不意味什么,只有当一个思想者对它们加以运用时才具有意义,这和维特根斯坦的著名论断"意义即用法"是一脉相通的。毫无疑问,意义理论是瑞恰兹批评理论的一个重要基础,也是新批评派文学批评理论的一个重要基础。

在《文学批评原理》中,瑞恰兹试图"重新理顺文化领域的团团乱麻",他认为,批评文献并非为数不多或者微不足道。但是综观这片园地,却发现前人尝试的工作简简单单,取得的成果零碎不全。对于要求批评来解答的一些基本问题,即使是历史上那些杰出的智者也是"空话连篇,其中有三言两语的揣测,应有尽有的忠告,许多尖锐而不连贯的意见,一些堂而皇之的臆说,大量辞藻华丽教人作诗的诗歌,没完没了莫名其妙的言论,不计其数的条条框框,无所不有的偏见和奇想怪论,滔滔不绝的玄虚之谈,些许名副其实的思辨,一鳞半爪的灵感,启发人意的点拨和浮光掠影的管见,可以毫不夸张地说,诸如此类的东西构成了现有的批评理论"[①]。批评理论为什么

---

① 瑞恰兹:《文学批评原理》,杨自伍译,百花洲文艺出版社1992年版,第2页。

会出现如此混乱的局面呢？瑞恰兹认为，人类反应中存在着"异常的多样性"是其重要原因之一。

瑞恰兹认为，我们所用的自然而然的言语措辞都是会导致误解的，尤其是我们用于探讨艺术作品的那些遣词用字。到目前为止，"语言确实成功地对我们掩盖了几乎全部我们所谈论的事物。无论我们探讨的是音乐、诗歌、绘画还是雕塑或建筑，都是言不由己，仿佛一定的有形客体就是我们正在谈论的东西。可是我们身为批评家所发表的意见并不关涉这些客体，而是涉及心态，涉及经验"。"文字机器把我们和我们实际论述的事物阻隔开来"，而我们已经习惯于简单地对待文字，如同对待我们自己的名字一样。于是，望文生义就成了家常便饭，"由此引起无数微妙的探究，就其主旨而论从头开始便注定要失败"①。在认清了文学批评的重重困难和批评语言的特性后，瑞恰兹力图表明批评意见仅仅是心理意见的一个分支，解释价值没有必要导入任何道德或形而上学的思想。

但是，这并不是说瑞恰兹不重视价值判断，相反，他始终把价值问题放在一个极为重要的位置上："批评理论所必须依据的两大支柱便是价值的记述和交流的记述。"②除了在"批评家注重的价值""价值作为终极真理""心理学价值理论"三章中讨论了价值问题外，这本书的附录还专收了一篇题为《论价值》的短文。简要地说，瑞恰兹价值理论的宗旨是试图提供一个衡量系统，并以此从价值方面来比较不同的经验。他说："在我们做出价值的最终结论时恰恰需要的是我们对人类的历史和命运的完整意识。"瑞恰兹对交流也是极为重视的。他认为，精神的大部分显著特征是由于它是交流工具而形成的。"物竞天择所强调的交流能力是压倒一切的。"③可见，对价值和交流的重视是《文学批评原理》的一大特色。

在《文学批评原理》的序言中，瑞恰兹就以攻克难关的决心试图协调"掌握思想和运用思想"之间的复杂矛盾，并宣布自己正在写一部姊妹篇《实用批评》(*Practical Criticism*, 1929)。《实用批评》是瑞恰兹总结在剑桥进行教学实践经验的理论成果。他在诗歌欣赏课堂上，给学生分发没有署名的诗篇，要求学生独立写出评论，结果令人啼笑皆非：名家的作品大都被贬得一钱不值，而一些平庸之作往往受到了意想不到的好评。诗歌评价中

---

① 瑞恰兹：《文学批评原理》，杨自伍译，百花洲文艺出版社1992年版，第16页。
② 同上书，第16页。
③ 同上书，第263页。

的矛盾和困难得到了充分的暴露。瑞恰兹认为,我们日常读诗和评价诗歌时,在很大程度上受一种先入之见的支配,仅是作品的署名,就提供了大量"与诗歌本身的价值和意义无关的"信息,如作者的声誉、时代的风尚、宗教信仰、伦理道德原则等等,这些都是影响读者读诗时做出正确评价的因素。因此,瑞恰兹建议在教学中"提高分辨能力",他的教学实验实际上可以看成新批评的一个文本,在"细读"中进行语义分析和结构分析的起点。因此,批评史家把首创"细读"方法的功劳记在瑞恰兹的账上,认为是瑞恰兹为新批评派的理论提供了依据。

在《科学与诗》(Science and Poetry,1926)中,瑞恰兹指出:"重要的不是诗之所云,而是诗之本身。"①这一说法,与兰色姆后来标榜的"本体论的文学理论"(1941)在主旨上是完全一致的。兰色姆强调说,"本体,即诗歌存在的现实"。这一颇有争议的观点在新批评形形色色的理论中,占有一席引人注目的地位。

在批评与阅读方法上,瑞恰兹运用的是心理学的和语义学的方法,对于语言的复义本质,他的分析方法不仅有助于理解诗歌,而且构成了新批评的理论的一个核心基础。《柯勒律治论想象》(Coleridge on Imagination,1930)在批评的科学基础上继承并且充分吸收了浪漫主义的诗歌理论。在《修辞哲学》(Philosophy of Rhetoric,1936)中,瑞恰兹进而从心理学转向修辞学,认为复义是"表达思想的大多数重要形式都离不开的手段",从而为他所倡导的诗歌文字分析的细读方法提供了理论依据,同时避免了偏重心理学所产生的局限性。

瑞恰兹一生笔耕不辍,著述颇丰。他的8本文学理论、美学和语言学著作,试图把现代语义学和心理学引入文学理论。尤其是《文学批评原理》《科学与诗》《实用批评》和《修辞哲学》,对英美现代批评各派,特别是新批评派,产生了根本性的影响。他提出的一系列论点,都由新批评派的研究而发展成系统的理论。虽然新批评派对瑞恰兹的心理学方法采取了一种极端的批判态度,但即使在反心理学立场上,新批评的理论也是在与瑞恰兹的辩驳中发展起来的。

的确,"瑞恰兹是20世纪开宗立派的人物,他的理论学说离经叛道,另辟蹊径,自成一家之言。在文学批评、语言学、美学这三个人文学科的领域内,不论在理论建树还是在实践运用方面,他都做出了富有独创性的突出贡

---

① 见瑞恰兹:《科学与诗》,伦敦1926年版,第34页。

献。瑞恰兹是一位伟大的人文主义者和沟通中西文化的交流使者。他的学术思想不仅对英美学术界起到举足轻重的影响,而且他的著述和学说在中国的学界也引起了两代人的重视和研究"①

第三节 瑞恰兹的语义学理论及其对新批评的影响

艾略特说,自从瑞恰兹的《文学批评原理》这部颇具影响的著作问世以来,文学批评领域已发生了很大的变化。② 其中最引人注目的变化就是新批评的崛起。当批评家们把艾略特说成现代批评鼻祖时,艾略特却将新批评的发源归之于瑞恰兹。从方法论的角度看,新批评派至少有这样两种不同的类型。一种专注于对诗进行细读的倾向,如由瑞恰兹发展而来的一脉主流,其代表是燕卜逊的《复义七型》和维姆萨特与沃伦合著的《理解诗歌》;另一种赓续了艾略特宽广的诗学胸怀,体现出试图将文学理论、文学批评与文学史融合起来的意向,其代表性著作便是韦勒克与沃伦合著的《文学理论》。

和艾略特一样,大多数批评家都认为瑞恰兹的语义分析学是新批评的重要的理论来源。他的实践批评方法对新批评的形成产生了最直接的影响。新批评方法实际上就是瑞恰兹的语义学在文学批评领域的具体应用,有时候,批评理论家干脆把新批评称为"微观的实践的语义学批评"。

一、"两种判然有别的语言用法"

瑞恰兹从语义研究出发,要求读者净化批评思考,排除一切"泛灵论"(Animism)习惯,因为这种习惯会使人们在内心感情和客观现实的性质之间进行毫无根据的联系。在《文学批评原理》第 34 章"两种语言用法"中,瑞恰兹开宗明义地指出,"存在着两种判然有别的语言用法",即"语言的科学用法"和"语言的感情用法":"可以为了一个表述所引起的或真或假的指称而运用表述,这就是语言的科学用法。但是也可以为了表述触发的指称所产生的感情的态度方面的影响而运用表述,这就是语言的感情用法。"瑞

---

① 杨自伍:《译者前言》,见瑞恰兹:《文学批评原理》,杨自伍译,百花洲文艺出版社 1992 年版。
② 王恩衷编译:《艾略特诗学文集》,国际文化出版公司 1989 年版,第 286 页。

恰兹进一步指出："就科学语言而论,指称方面的一个差异本身就是失败:没有达到目的。但是就感情语言而论,指称方面再大差异也毫不重要,只要态度和感情方面进一步的影响属于要求的一类。"①"语言的科学用法"和"语言的感情用法"的另一个重要区别是,在语言的科学用法中,不仅指称必须正确才能获得成功,而且指称相互之间的联系也必须属于我们称之为合乎逻辑的那一类。

　　瑞恰兹还就"真"在批评中的主要用法做了几点富有创见的说明,他认为这几点说明可能有助于防止误解:(1)当一个指称所指的事物客观上汇合起来的方式如同指称所指的时候,这个指称便是真的。但艺术极少包含这层意义。(2)"真"最常见的另一层意义就是可接受性。《鲁滨逊飘流记》的"真"在于小说向我们讲述的事情可以接受,其可接受性在于有利于叙述效果,而不是其符合涉及亚历山大·塞尔扣克或另一个人的真情实况。正是从这层意义来说,"真"等同于"内在必然性"或者正确性。(3)"真"可以等同于真诚。从批评家的观点来看,或许不妨十分便当地从反面给真诚下个定义,即艺术家这一方面不抱任何明显的企图而想用对自己不起作用的效果来对读者产生效果,必须避免过于简单的定义。②

　　科学的运用是指说的话可以和客观事实一一对应起来进行联想对照,不论这种联想对照是否正确,它都形成一种真正的陈述。但感情的运用却非如此。诗的语言是一种感情的运用,它形成瑞恰兹所说的"伪陈述"。也就是说,诗里的词语不与客观事实相对应。因此,在否认诗有任何参照的真实性的同时,瑞恰兹论证说,适用于艺术作品的"真实性"只能指艺术作品的"内在的必然性"或"正确性";或者说,科学的真实性在于符合现实的性质,而艺术的真实性则是一个内在的一致性问题。

　　在瑞恰兹看来,文学作品的"真实性",与现实生活的真实性毫无关系;决定作品"可接受性"的"叙述效果",实际上是一些心理效果。这也是他赞同亚里士多德"合乎情理的不可能胜于不合情理的可能"的原因。作家之所以不能为李尔王或堂吉诃德提供一个幸福的结局,是因为这样的结局与作品的其他部分难以保持一致;整个剧本或小说之所以是真实的,完全是因为它加强了适当的心理效果,或者说帮助读者调整了彼此之间的态度以及他们对世界的态度。因此瑞恰兹认为,任何作品的唯一"真实性",就是"内

---

① 瑞恰兹:《文学批评原理》,杨自伍译,百花洲文艺出版社1992年版,第244页。
② 同上书,第244—245页。

在的必然性"。在《科学与诗》中,瑞恰兹把诗定义为"非指称性伪陈述",认为诗的语言,"其真理性主要是一种态度的可接受性。发表真实的陈述不是诗人的事"①。在瑞恰兹看来,诗是情感语言的最高形式,语言和词都是情感的表现。一首诗是由一些词有组织构成的,但是,一首诗的意义不仅在词的文法结构和逻辑结构中,而且也在其情感表现中。

瑞恰兹强调文学作品在读者心理上产生的效果,也就是强调语言情感性的被唤起而产生的联想意义。一部作品其效果具有统一性,具有一种内在的必然性,使读者感觉到合乎情理,就具有艺术的真实。可以说,这是一种反历史和传统批评倾向的"内在批评"。

二、"一种稳定的平衡状态"

在《文学批评原理》中,瑞恰兹说,精神活动发生在机体需要与对刺激的反应之间。"我们之所以为人,就在于我们有身体,比较特别的是我们有神经系统;更为特别的,是它的比较高级或比较核心的相互协调的那些部分,精神乃是一个冲动系统。"②把精神归结为神经系统的活动,这实际上就否定了审美经验"自成一类"的说法。艺术家的经验,体现着冲动的调和,但精神中这些冲动常常处于一团混乱、相互束缚、彼此冲突的状态。而经验的组织、冲动的调和,正是瑞恰兹创作论的本质。

瑞恰兹的"冲动平衡论"对新批评有着不可低估的影响。瑞恰兹认为艺术是人类所有的传达信息活动中最高级的形式,而这种传达之所以成为可能,是因为人们有着相同的生理和心理结构,同时,个体的经验具有某种同一性,因而也就具有能够传达的基础。艺术的传达并不是传达一种特殊的东西,而只是两相冲突的冲动得到排除的手段。审美经验与非审美经验并没有本质区别,也只是冲动量上有差异,所以并不存在特殊的审美价值,但是,瑞恰兹并不否认诗人存在着一种特殊的审美才能,即他能够把相互干扰、相互冲突、相互独立、相互排斥的冲动,结合成一种稳定的平衡状态。在瑞恰兹看来,真正的艺术品就是多种对立的冲动得到调和的产物。当新批评派把目光集中在文学作品时,对作品结构的理解就构成其文学本体论的理论基点。他们看到文学作品本体结构的复杂性,试图找到文学作品存在的辩证结构,以解决作品中各种因素的矛盾,使其达到对立调和、辩证统一。

---

① 见瑞恰兹:《科学与诗》,伦敦1926年英文版,第67—68页。
② 瑞恰兹:《文学批评原理》,杨自伍译,百花洲文艺出版社1992年版,第73页。

瑞恰兹所说的一个冲动,是以一个刺激开始并以一个行动结束的过程。在实际的经验中单一性的冲动当然绝对不会发生。在瑞恰兹看来,即便人最简单的本能反应也是极其错综复杂的、互为依存的冲动的盘结,在任何实际的人的行为中,同时发生而且相互联系着的冲动数字无法估计。他说:"简单冲动其实是一个限制,心理学所注重的冲动都是复合性的。人们谈话往往为图简便,仿佛简单冲动成为问题,比如我们谈到饥饿的冲动,或是想笑的冲动,可是我们切切不可忘记,我们的一切活动都是多么错综复杂。"①

这种"错综复杂"主要是变化无定的态度和感情造成的。瑞恰兹说:"观点、看法、信念随着不同的心境而有很大变化,这个令人痛苦的事实造成了行为(刺激引起的)的那种片面的独立性。这样的变化证明了观点、信念或看法并不是纯粹智力的产物,不是源起于为现在或过去的刺激所支配的反应这种比较狭隘的含义上的思维,而是为了满足暂时的或持久的渴望而采取的一种态度。最严格的含义上的思维只是随着依据而变化的;可是态度和感情则由于各式各样的理由而改变。"②因此,只有优秀的诗人才能真正"把相互干扰、相互冲突、相互独立、相互排斥的冲动结合成一种稳定的平衡状态"。

从一定意义上说,是"冲动平衡论"直接启发了维姆萨特用"反讽"来概括诗歌的辩证结构。而兰色姆的"构架—肌质"论,退特的"张力论"和韦勒克、沃伦的艺术作品多层面结构说,这些关于作品辩证结构的重要理论都与"冲动平衡论"有直接或间接的联系。

三、"一组同时再现的事件"

瑞恰兹语义学研究的核心是"语境"(Context)理论,这一理论对新批评发展的影响也最为深刻。"我们来看一下'语境'是什么意思。最一般地说,'语境'是用来表示一组同时再现的事件的名称,这组事件包括我们可以选择作为原因和结果的任何事件以及那些所需要的条件。"③瑞恰兹认为,一个词往往具有多重的极为复杂的潜在意义,但是,只有在具体的语言环境中它才能获得具体的意义,而这个具体意义总是与过去曾发生的一连

---

① 瑞恰兹:《文学批评原理》,杨自伍译,百花洲文艺出版社1992年版,第75页。
② 同上书,第76页。
③ 赵毅衡编:《"新批评"文集》,中国社会科学出版社1998年版,第296页。

串复现事件密切相关的,词语的丰富表现力正是来源于这些"复现的事件"及其相互阐释和彼此印证。在具体的诗歌分析中,词义的选择是复杂的、不稳定的,因而也是严格的,新批评的细读式个体批评正是从单个语义和单个作品的结构分析入手,因而作品中的具体语境成为新批评语义分析的重要出发点,同时也形成了新批评方法的主要特色。

大体说来,瑞恰兹的语境论,对新批评的方法产生了直接影响,其基本含义可以概括为以下几点:第一,词语互相赋予活力。词语由它们于中出现的整个语境限定,同时又赋予这个语境以力量——从它们以前出现的语境中产生的力量。致力于"仔细阅读文本"的现代批评,就是要说明由语境产生的意义及其微妙丰富的复杂性。第二,意义的问题,尤其一首诗、一个剧本或一部小说的意义,不可轻下断语,不能只凭一二"陈述",便认为已抓住了主题,而把其他一切都降低为修辞手法或具体说明。"陈述"的确可以概括作品的意义,但也总会受到其他因素的种种制约和影响。第三,诗人必须按照他寻求的意义剪裁他的语言。他不会也不可能像用瓷砖镶嵌装饰图案那样来建构他的句子的意义,作者词语的意义不是像瓷砖那样固定的因素,相反,他的词语的意义是通过种种解释的相互作用所达到的综合效果。第四,读者同作者一样,必须通过一个寻求意义的过程来发现意义。"这就是推断和猜想!"瑞恰兹宣称,其他还有什么可解释的呢?除了推断和精巧的猜想之外,我们怎么能指望理解写作者或说话者的思想?第五,按照语境理论,隐喻是多种语境结合的典型实例。隐喻不只是说明某一观点的"比喻",更重要的是连接两个语境的关键;就是说,两个互相分离,至少在常规话语中互不相关的语境,通过隐喻联系在一起。通过强有力的隐喻所获得的意义,不仅是对已经陈述的意义的修饰,而且还是一种新的意义;在这种新的意义当中,想象可以进一步推进并获得新的根据。换种方式说,隐喻由语境与语境的关系决定,"它是语境间的一种交流"。

瑞恰兹作为"新批评之父",他的理论对新批评的影响是多方面的。例如,在布鲁克斯和华伦合著的《理解诗歌》中,不少关键性的术语如张力、悖论等等均来源于《文学批评原理》中的第23章,即"托尔斯泰的感染力理论"。维姆塞特和布鲁克斯的《文学批评简史》也以"瑞恰兹的张力诗学"为题,论述了他基于"内在平衡"说的诗论以及表达感情与指称事物的"语言用法"。值得注意的是,瑞恰兹的《文学批评原理》《科学与诗》《实用批评》和《修辞哲学》等,已成为西方文学批评史中的宝贵遗产,它们不仅对新批评派产生了重要的影响,而且对西方现代批评各派也都有这样或那样的影响。

第四节　新批评派对瑞恰兹的批评

瑞恰兹和艾略特把文学作品视为独立的客体,把批评的目光从作者转移到作品,试图改变从文学外在因素进行批评的方法,建立以作品为重心的内在批评。但是,他们并没有把文学作品看成一个封闭的客体,仍然注意读者对作品的阅读接受和读者的审美心理的作用。美国文论家抛弃艾略特、瑞恰兹文学研究的历史感及心理学成分,更彻底地把作品作为批评的出发点及归宿,从而建立起文学的本体论。

兰色姆在《新批评》中认为从前关于文学的道德论、感觉论、感情论、表现论等,没有真正解决诗歌与科学的分野问题,没有说明文学的特异性,他主张从本体论批评来确立文学特异性,从而树立起新批评的旗帜。兰色姆说:"心理批评派的批评家认为,诗首先是对感情和神经冲动而发的。他们时常提醒我们,和诗相反的科学如何冷淡,如何使人无动于衷,因为科学一般认为是属于纯认知领域的东西。瑞恰兹先生是以这种主义轰动一时的代表人物出现的。他给这种主义提供了最巧妙的细节。他几乎把诗的效果有赖于任何客观认识或者信念的标准这种关联完全切断。"在兰色姆看来,瑞恰兹所举的诗所能激发的种种感情和冲动,"太细微了,太繁多了,使人无以名之。他自己也从来没能确实指出这些感情和冲动到底是什么东西"。总之,这种太细微、无法确指的感性反应、神经反应的说法,使人们感到迷惑,它的对错没法证明;但这种诗学理论同一般读诗的经验没有多大关系,则是显然的。因此,"瑞恰兹自己,和他的读者,弄到后来,也感到这种主义只是一种临时权宜的说法",所以,人们"对于这种主义,早就不感兴趣了"。①

兰色姆在《新批评》一书中,评述了艾略特、瑞恰兹等人对于诗歌本质的看法,他认为瑞恰兹等所谓的"新批评家"都意识到诗与散文不同这一事实,却没有确定地指出这一差异是什么。兰色姆诗学理论的主要贡献在于,它确定地指出了这一差异,并将这一差异上升到了哲学的高度,别具匠心地提出了一种诗学的本体论。这种批评的专业化和理论化,使兰色姆在新批评派中成了继瑞恰兹之后的领头人。兰色姆也正是想在建立"本体论批评"方面超越瑞恰兹。

---

① 赵毅衡编:《"新批评"文集》,中国社会科学出版社1998年版,第86页。

如果说新批评派摒弃了瑞恰兹的心理主义,改变了新批评作为一个流派的性质,其本体论诗学显示了对于瑞恰兹理论的一种明显的转变;那么布鲁克斯等三人对于兰色姆理论的修正,则显示了新批评派理论的再一次哗变。至维姆萨特和比尔兹利,新批评派的理论发生了又一次变化,在这几次变化中,新批评派的独特性与褊狭性,渐次加强,最终达到无以复加的程度。然而,"这一系列阶段的发展,其中仍然有着一个贯通的脉络,便是对于客观主义的追求与向着文学作品内部的日益沉入"①。

值得注意的是,真正使新批评派理论在孤立文本中完成最后的自我封闭的是维姆萨特与比尔兹利的两篇文章:《意图谬见》(1946)与《感受谬见》(1948)。所谓"意图谬见",是指从作者的创造意图、写作过程来评价作品的方法。所谓意图,就是作者内心的构思或计划。所谓"感受谬见",是指将诗和诗的结果相混淆,其始是从诗的心理效果推衍出批评标准,其终则是印象主义和相对主义。强调感受,显然是将注意力移向读者一维,而读者感受各不相同,于是诗作为一个客观的批评判断的对象便会趋于消失。对这两种"谬见"的批评,使新批评派关注的文本中心变得更加孤立,于是,从文学本体论到批评方法论,都以对作品本身的理解分析为归宿,这就使得新批评从理论到实践都变得更加狭隘。"意图谬见"割断了作品与作者的联系,"感受谬见"则割断了作品与读者之间的联系,其锋芒直指各种注重读者心理反应的理论。

瑞恰兹在 20 年代一直以研究读者心理反应过程为中心任务,并坚持认为读者的心理反应对于文学判断有着重要的作用。但是兰色姆却认为,如果以读者的心理反应作为评判作品价值的根据,则会导致批评的毁灭。因为读者心理反应是千差万别的,阅读者受到个人修养、时代、环境的影响,对作品的理解会因人而异,移时有变,易地有别,可见,以读者变化无定的阅读心理为依据是荒谬不经的。虽然瑞恰兹提出"理想读者",燕卜荪提出"合适读者",企图解决感受式批评的困难,但在文学阅读和批评实践中,这种"理想读者"或"合适读者"是并不存在的。因而,新批评以反"感受谬见"说将读者问题悬搁起来,但具有"反讽"意味的是,新批评派实际上也无法摆脱他们批判的"感受谬见",更无法消除读者的阅读与作品的实际联系,因为,即使再高明的批评家,他首先也只能是一个读者。

---

① 王钟陵:《新批评派诗学理论研究》,《中国社会科学》,1998 年第 5 期。

第五节　简单的结语

科林思·布鲁克斯在1979年为新批评所写的辩论文章中,高度赞扬了韦勒克对新批评派的自我评价。他认为韦勒克下面这一段话,是对新批评的最恰当和最简明的总结:"新批评派提出了或重新肯定了许多可留诸后世的基本原理;美学交流的特定性质;艺术作品的必有规范,这种规范组成一种结构,造成一种统一,产生呼应联系,形成一个整体,这种规范不容随意摆布,它相对独立于作品的来源和最后的效果,新批评派有力地阐述了文学的功能,文学作品不提供抽象的知识或信息,不提供说教或明显的意识形态。新批评派设计出一套理解作品的方法,它常常成功地揭示了与其说是一首诗的形式,倒不如说是作者暗含着的态度和看法,揭示已经或者未曾解决的诗歌的含义和矛盾。这种方法得出了一套评价标准,这标准不会受时下流行的感情用事的简单做法的影响而遭否定。"①

新批评派从折中主义哲学立场出发,在理论上试图调和文学与现实、理性与感性的对立,试图突破旧形式主义的框架,在其复杂而曲折的发展过程中,能自觉摆脱非理性主义的滋扰,坚持以文本为中心来研究问题,为现代文论确立理性主义、建立科学的文学批评开了先河。就批评方法而言,新批评派注重文学作品的语言特征的研究,它出神入化地运用语义学方法分析文学作品语言,进而分析作品的结构,取得了令人信服的研究实绩。但是,新批评以绝对的、孤立的文本作为文学批评的出发点和归宿,排斥文学作品产生的社会历史原因,无视作者心理、读者反应、社会效果,这些无疑是新批评的最大局限。

布鲁克斯在《新批评》(1979)中说:"新批评派恰似斯纳克②,也是一种令人捉摸不透的动物。"谁都可以对新批评派品头论足,但是,"新批评派何许人也?",连提问的布鲁克斯本人也认为它没有确切的代表人物。在布鲁克斯看来,无心为新批评命名的兰色姆当然不是,布拉克默尔不是,艾略特不是,因为"这几位先生都不大能塞得进新批评的公式框框"③,瑞恰兹也不是,因为他非常重视读者而不是作品本身。那么,为什么要选择瑞恰兹作新

---

① 赵毅衡编:《"新批评"文集》,中国社会科学出版社1998年版,第558页。
② 斯纳克,英国作家路易斯·卡洛尔作品中的一种虚构的动物。
③ 赵毅衡编:《"新批评"文集》,中国社会科学出版社1998年版,第558页。

批评的代表呢?是像布鲁克斯所说的"找不到货真价实的斯纳克就权用布季姆①来充数"吗?当然不是。看来,对这个问题还得补充几点必要的说明。

通过研究瑞恰兹来谈论新批评至少有这样几条理由:第一,瑞恰兹是新批评公认的源头,避开瑞恰兹就难以弄清新批评的来龙去脉;第二,瑞恰兹对新批评有认同也有超越,便于入乎其内而又出乎其外地讨论问题,对新批评的本质特征能看得更真切、更透彻;第三,瑞恰兹对新批评的影响具有深刻而持久的决定性意义。最后,新批评成员对瑞恰兹的尊敬和热爱也是原因之一。退特在《作为知识的文学》(1941)中说:"瑞恰兹的一生,在文学批评家之中,或许是我们这个时代最具有教育意义的了。这样说也许一点也不过分。他那卓越的智力,他那渊博的学问,以及他对诗的热爱——颇受挫折但十五年来始终十分显著地热爱——这确实是在任何时代都十分罕见的一个诚实学者的难能可贵的品质。"②而这种可贵的品质正是瑞恰兹的魅力所在。

从学术史的眼光看,新批评派的成就和局限同样是明显的。新批评虽然源出于英国,却繁荣于美国。美国"新诗运动"中形成了许多诗派。1921年美国南方田纳西州梵得比尔特大学教授兰色姆领衔,与他的几个同事和一批学生出版了一本小诗刊《逃亡者》(*The Fugitives*)。1925年因为该诗派的主要人员渐渐走散,杂志停刊。在这以后,兰色姆与原《逃亡者》诗派的三个学生,即阿伦·退特、布鲁克斯和沃伦三人保持通信来往,并且都从诗歌创作转向文学批评。

从1934年到1941年,他们发表了一系列论文,例如,兰色姆的论文《诗歌:本体论笔记》("Poetry, A Note on Ontology",1934)和文集《世界的肉体》(*The World's Body*,1938);退特的论文《论诗的张力》("Tension in Poetry",1938)和文集《关于诗和思想的反动文集》(*Reactionary Essays on Poetry and Ideas*,1936)、《疯狂中的理智》(*Reasons In Madness*,1941)。其中影响最大的是布鲁克斯与沃伦合著的大学文学系课本《怎样读诗》(*Understanding Poetry*,1938)。这一系列著作实际上已形成一个特点明显的文学理论系统,当时还没有"新批评"这个名称,他们被称为"南方批评派"(The Southern Critics),但新批评派的主要观点基本上都已提出。1941年,兰色姆出版了

---

① 布季姆·卡洛尔同一书中的另一种虚构动物。
② 赵毅衡编:《"新批评"文集》,中国社会科学出版社1998年版,第151页。

《新批评》一书,评论艾略特、瑞恰兹和艾伏尔·温特斯(Ivor Winters, 1900—1968)等几个人的理论,他称这批人为"新批评家"。此书一出,"新批评"这个名称就正式流行开来。出乎兰色姆所料,此词所指的主要是兰色姆自己和他的几个学生组成的"南方批评学派"。虽然新批评派一直对这个有些自夸意味而意义不明确的称呼表示不满,但在"新批评"大行其道后,他们也就只好不太情愿地接受了这个意义含糊的名称。[①]

根据新批评产生的历史,可以说新批评企图对浪漫主义和后期浪漫主义中的某些力量进行调和,例如强调艺术作品的自主性和自足性,这一概念在浪漫主义美学中已隐约出现,在法国象征主义里得到了系统发展。按照这种自主性和自足性的理论,诗具有内在一致的真实性,与外界的现实并不对应,因此必须把它作为独立的语言结构来研究。瑞恰兹早期的批评理论,实际是着重对语言的复杂性进行详尽的分析。他迷恋语言的复杂性,认为艺术作品的价值就在于它有能力平衡或调和性质复杂而矛盾的事物。艾略特则相信艺术想象的综合力量,他认为"可接受的"隐喻问题,与诗的一致性这个普遍问题是一致的。因此他"高度重视反讽、妙语和象征的复杂含义,轻视抒情或个人思考的明确表现,因而也就会更多地注意诗的本体"[②]。

新批评派强调:文学是一种特殊的审美对象,艺术的真实是想象的真实、虚构的真实;作品是一种独立自足的存在,作品的价值和意义并不在作者的创作意图或读者的阅读活动中,而是存在于作品本身。因而注重对作品的本体论研究。它在一定程度上纠正了传统文学研究忽视文学"内部规律"的偏向。新批评对作品的艺术分析给后起的结构主义文论以重要的启示,使其对作品的研究进入更深的层次。

当然,新批评派的局限也是显而易见的:把作品看做一种绝对的偶像,企图从文本自身中获得理性与感性平衡的秩序,以摆脱战后流行的心灵焦虑和信念危机。但是这并没有给新批评带来出路,相反使其在形式主义的

[①] 在此之前,新批评派一直试图给自己寻找一个"更正确的名字":如兰色姆的"本体论批评"(Ontological Criticism);布鲁克斯的"反讽批评"(Ironical Criticism);维姆萨特的"张力诗学"(Tensional Poetics);布鲁克斯和沃伦的"结构批评"(Structural Criticism);奥康若的"分析批评"(Analytical Criticism);克雷格尔的"语境批评"(Contextual Criticism);朗勃姆的"文本批评"(Textual Criticism);斯葛特的"客观主义理论"(Objective Theory);葛兰特的"诗歌语义学批评"(Semantic Criticism of Poetry);布鲁克斯的"现代批评"(Modern Criticism);等等。参见赵毅衡:《新批评——一种独特的形式主义文论》,中国社会科学出版社1986年版,第2—3页。

[②] 郭宏安、章国锋、王逢振:《二十世纪西方文论研究》,中国社会科学出版社1997年版,第354页。

困境中越陷越深。简而言之,痴迷于文本研究,强行割断作品与作者和读者相互依存的文学命脉,无视文学与广阔的社会生活和历史文化背景的多重联系,是新批评最致命的局限。

参考书目：

1. 瑞恰兹:《文学批评原理》,杨自伍译,百花洲文艺出版社1992年版。
2. 赵毅衡编:《"新批评"文集》,中国社会科学出版社1998年版。
3. 郭宏安、章国锋、王逢振:《二十世纪西方文论研究》,中国社会科学出版社1997年版。

思考题：

1. 新批评有何基本特征?
2. 瑞恰兹是如何看待语言问题的?
3. 瑞恰兹的语义学对新批评产生了怎样的影响?

第八章 巴赫金的交往、对话主义文学理论

第一节 巴赫金的生平

米哈伊尔·米哈伊洛维奇·巴赫金（Михаил Михайлович Бахтин, 1895—1975），1895 年 11 月 17 日（新历）出生于俄罗斯奥勒尔一个走向破落的贵族家庭，父亲是一家银行的高级雇员。巴赫金幼时生活尚称优裕，但患有致命的骨髓炎。后来他在奥勒尔的维尔诺中学念书，七八年级时随父亲去敖德萨，在那里的敖德萨中学就读，随后进了诺沃罗西斯克大学。巴赫金自幼在家学习法语、德语，他平常用德语思考，德语几乎成了他的第一语言，在中学又学习了拉丁语、古拉丁语，后又掌握了丹麦语、意大利语等。

巴赫金自小聪慧过人。他迷恋文学、哲学，酷爱现代诗歌、象征派诗歌，以及普希金、波德莱尔、维亚切斯拉夫·伊凡诺夫的诗歌。对诗歌甚至散文过目成诵。少时就阅读德文原版哲学著作，12 岁至 13 岁时就阅读康德的《纯粹理性批判》。据巴赫金自己说，新康德主义马堡学派的首领赫尔曼·柯亨的著作《康德的经验理论》对他"影响巨大"，并且他是俄国最早接触丹麦思想家克尔凯郭尔的人；1915 年转到彼得堡大学历史语文系读书，深受俄国哲学与德国新康德主义的熏陶。1918 年大学未毕业，便离开了彼得堡，南去涅维尔小城，在该市中学教书，并在那里度过了饥荒的年头。1919 年 9 月，在当地出版的《艺术节》上发表短文《艺术与责任》。1920 年去了维捷布斯克市，在该市的师范学院任教，讲授文学课程，并在维捷布斯克音乐学院讲授音乐史和音乐美学。革命后的维捷布斯克，未受战争影响，所以当彼得堡发生饥荒时，这里供应仍很充裕，于是便在这里汇集了彼得堡来的许多文化界的名流，创办了音乐学院、艺术学院、交响乐队等；一时维捷布斯克文化事业大为发展，在这里巴赫金一直待到 1924 年 5 月。在 1921 年给挚友 M. 卡甘的信中说："这时期我主要地从事语言创作美学。"①这时，巴赫金

---

① 见巴赫金：《语言创作美学》，莫斯科：艺术出版社 1986 年版，第 404 页。

写了《文学作品的内容、材料与形式问题》《审美活动中的作者与主人公》《论行为哲学》等。1924年5月后,巴赫金来到了首都,其时彼得堡已更名为列宁格勒,他一直待到1929年。1929年,出版了《陀思妥耶夫斯基创作问题》一书。同年,年底不经审讯,就被判刑5年,初判流放北方最严酷的劳改营,后经原高尔基夫人彼什柯娃等人的营救,改判发配库斯塔奈。库斯塔奈气候干热,风沙时起,在这里巴赫金"选择了区消费合作社,当经济师",写财务报告,填平衡表,讲经济学课,但不能搞自己的专业,也不让去中学教书。1933年虽已"刑满",但无人管他,巴赫金觉得,到处都像库斯塔奈一样,也乐得"定居"下来。他的好友不断为他邮寄他所需要的图书资料,使他在1934年至1935年间,写完了《长篇小说话语》。1936年巴赫金应梅德维杰夫之约,跑到萨兰斯克,被邀进师范学院教书。1937年,周围又是到处抓人,9月巴赫金辞职,随后"溜走",只得来往于莫斯科与列宁格勒,借宿亲戚家里。由于当局规定,刑事犯人刑满不能再迁返莫斯科,所以巴赫金无法报上户口,只得在莫斯科附近的萨维洛沃市落脚。1938年骨髓炎大发,并于同年2月截去了一条腿。40年代初,巴赫金穷困潦倒,依靠亲友接济过活,但仍在读书写作,写成了《教育小说及其在现实主义历史中的意义》《小说的时间形式与时空体形式》《长篇小说话语的发端》《史诗与长篇小说》等。整个战争期间,巴赫金一直住在萨维洛沃,在一所中学教德语,1940年就完成了关于拉伯雷的创作的学位论文写作。战后巴赫金将它作为博士学位论文,申请学位。一些评委大为赞赏,一些人极力反对,最后只被授予了副博士学位,但这也大大改善了巴赫金的生活。同时旧友建议巴赫金去萨兰斯克教育学院任教,于是他一直在那里工作到1965年退休。1971年年底,一直和他相濡以沫的妻子叶琳娜·阿列克山大洛夫娜病逝,而到1972年7月底,巴赫金才正式在莫斯科住了下来。

　　巴赫金的被发现是在50年代后期。当时有的学术讨论会上就有人提到了巴赫金。60年代初,几位前苏联学者造访了僻居小城的巴赫金。1963年,经人一番斡旋,巴赫金的《陀思妥耶夫斯基创作问题》修订后更名为《陀思妥耶夫斯基诗学问题》再版;1965年,同样经人一番奔波,被束之高阁多年的《拉伯雷的创作和中世纪与文艺复兴时期民间文化》正式问世。这些著作引起了争论与巨大的反响,巴赫金第一次被发现了。

　　巴赫金两书的出版,引起了法国结构主义者的注意。他们发现了苏联的形式主义文论,曾把它们译成法文出版。现在看到巴赫金的著述,以为他的论述可使他们的理论得到更新,可以有力地支持结构主义文论的观点,于是将它们译成法文,介绍过去。巴赫金的著述很快地在西方文论界传播,不想苏联还有这样论述西方文化而见解独到、论述精深的著作。巴赫金有关民间文化解构中世纪专制的官方文化的"狂欢化"理论,使得西方学者大为倾倒,不少派别的学者纷纷前来攀附。这样一来,巴赫金在国外竟名声大振。60年代至70年代,巴赫金的旧作、新作时有发表。1975年,在80岁的巴赫金逝世那年,收集了不同时期的论文,结集《文学美学问题》出版;但巴赫金本人却未能见到;1978年,前苏联学者编选的《语言创作美学》出版。同时20年代的几本用友人名字发表的著作,包括《马克思主义与语言哲学》,相继译成英文,在国外刊行。至此,在前苏联围绕巴赫金关于文学理论、符号学等方面的问题进行阐释时,西方学者对其文化理论进行着相当深入的研究。这样,巴赫金的研究领域得到了扩大,成了第二次发现。

80年代,巴赫金的著作不断被整理出来,上面提到的20年代用友人姓名出版的几本著作,一时议论纷纷,不断得到考订。1986年,他的从未面世过的有关"伦理哲学"的论文,被取名为《论行为哲学》发表出来。同年,由苏联学者编辑的巴赫金的《文学批评文集》出版。1984年,美国学者克拉克与霍奎斯特合著的《米·巴赫金》出版,此书声称"在西方的人类学家、民俗学家、语言学家和文学批评家的圈子当中,他已获得举足轻重的地位",认为巴赫金的工作最接近于"哲学人类学"。① 在苏联,关于对巴赫金的方方面面的认识,不断扩大,多从各个方面去探讨,但较多的是从文学理论方面。有的认为巴赫金是东正教的宗教家,有的则认为他是革命的先锋派。90年代,巴赫金的一些论文笔记、书信不断在刊物上登载出来,同时苏联学者的一些回忆性的文章,披露了许多不为他人所知的事实,澄清了不少问题,对推动巴赫金的研究极有帮助。巴赫金终于从历史的尘封中走了出来,他的哲学思想的各个方面,在苏联不断得到展示,并得到了广泛的承认。对于巴赫金来说,他写文学理论著作似乎是不得已而为之,他写它们,为的是表达自己的哲学思想,因为环境不容许他将自己的思想,通过通常的哲学形式加以表达。这就是为什么生前他一再称自己不是文学理论家而是哲学家的原因了。在西方哲学家中间,如海德格尔、萨特、伽达默尔,也常用文艺或文论形式表达自己的哲学思想,但那是一种个人嗜好,一种欢快的写作,是哲学中语言论转向的产物。而对于巴赫金来说,文学理论多少是种隐蔽的选择,

---

① C.克拉克、M.霍奎斯特:《米哈伊尔·巴赫金》,语冰译,中国人民大学出版社1992年版,第1、10页。

一种无可奈何的形式,但由此却给当代哲学增添了一种独特的体裁,同时又提出不少新鲜命题,大大地丰富了文学理论。这是巴赫金的第三次被发现。

第二节 交往、对话哲学

巴赫金是不断地被发现的。先是文学理论家、语言学家、符号学家、美学家,继而是思想家、伦理学家、哲学家、历史文化学家、人类学家等。这些头衔加之于巴赫金身上,大致是不错的。但是必须说明,巴赫金除了《陀思妥耶夫斯基诗学问题》与《拉伯雷的创作和中世纪与文艺复兴时期民间文化》是两部完整的著作外,其他三书如《弗洛伊德主义》《文艺学中的形式主义方法》与《马克思主义与语言哲学》等,并未完全体现他自己的思想,而他的其他著作和大量论文,可以说绝大多数处于未完成状态,即它们在结构上都是不完整的。巴赫金自己解释造成这种情况的原因时说:"我常年写作,而发表作品却渺茫无期,所以,我没有那种动机,赋予我的著作以外在的完整性,使之井井有条,便于阅读,也就是说,做好那些通常只有在著作出版时才做的事。"①

70年代,当巴赫金在国外声誉鹊起,不少西方学者纷纷对他的学术面貌进行了描述。如前所说,结构主义者开始把他视为同道,以为他的学说是苏联形式主义的发展;有的学者读到沃洛希诺夫、梅德维杰夫有关马克思主义与语言学问题的著作,评述弗洛伊德主义、形式主义文学理论方法等,认为巴赫金是位马克思主义语言学家、符号学家,或是非传统的马克思主义文学理论家。② 在我国,有的学者则把巴赫金放到俄国形式主义与解构主义的范围内去论述,或认为他是位"唯美主义与形式主义文艺理论家"③,等等。这里有些情况确很特殊。对于巴赫金来说,他自称"我不是马克思主义者"④。我们从他几本署名 M. 巴赫金的著作来看,他确实不是传统意义上的马克思主义文学理论家,因为他探讨了当时马克思主义文学理论家不

---

① 给柯日诺夫的信,1961 年 5 月 3 日,《莫斯科》1992 年第 11—12 期。
② 见安纳·杰弗森等:《西方现代文学理论概述与比较》,陈昭全等译,湖南文艺出版社 1986 年版,第 204—209 页。罗里·赖安等编:《当代西方文学理论导引》,李敏儒等译,四川文艺出版社 1986 年版,第 85、86 页。特雷·伊格尔顿:《20 世纪西方文艺理论》,伍晓明译,陕西师范大学出版社 1986 年版,第 145、146 页。
③ 见毛崇杰等:《20 世纪西方美学主流》,吉林教育出版社 1993 年版,第 842—858 页。李幼蒸:《理论符号学导论》,中国社会科学出版社 1993 年版,第 615 页。
④ 见鲍恰罗夫:《关于一次谈话及其相关问题》,俄《新文学评论》1993 年第 3 期,第 76 页。

予注意的问题。但从《马克思主义与语言哲学》和对形式主义、弗洛伊德主义的评论来看，他确从马克思主义的观点来探讨语言理论、文学理论问题、精神分析问题，而且实际上比那时的一些自称马克思主义文学理论家在对这些问题的理解与把握上，要深入、准确得多，而那时苏联文艺界的不少马克思主义者，实际上受到庸俗社会学思潮的严重影响。因此，把巴赫金视为形式主义者、唯美主义者、结构主义者，或是马克思主义者，都与巴赫金的真实面貌相去甚远。

巴赫金自称为"哲学家"。贯穿于其绝大部分著作的有一种精神，这就是交往、对话的哲学精神。19世纪末、20世纪初，实证主义在哲学中的蔓延与科技发展中的机械论的影响，使得当时不少哲学家忧心忡忡。

这时的巴赫金尚在德国哲学中徜徉。他把康德的哲学视为哲学中的主流，对新康德主义者柯亨的思想，通过友人卡甘的传播获取甚多。此外，在大学生活期间，巴赫金也受到俄国哲学家以及东正教思想的影响。

在涅维尔时期，巴赫金就在试图建构一种"伦理哲学"，在《艺术与责任》中可见端倪。此文从独特的角度提出了艺术、生活与责任的关系。巴赫金指出了艺术与生活之间的不和谐情况之产生，在于两者在个人身上不能得到统一。而保证个人身上诸因素之相互联系，在于个人身上的统一的责任。"生活与艺术，不仅应该相互承担责任，还要相互承担过失。诗人必须明白，生活庸俗而平淡，是他诗之过失；而生活之人则应知道，艺术徒劳无功，过失在于他对生活课题缺乏严格的要求和认真的态度。""艺术和生活不是一回事，但应在我身上统一起来，统一于我的统一的责任中。"[①]

20年代上半期，巴赫金撰写了《论行为哲学》《审美活动中的作者与主人公》和《文学作品的内容、材料与形式问题》。这些论著有的虽然最终未完成，但从中可以看到巴赫金的思考的特征，这就是美学的伦理化、哲学化思考，哲学、伦理学的美学化倾向，以及渐渐出现了一个中心思想，这就是交往、对话的思想。在《论行为哲学》中，巴赫金曾谈到他企图建构的哲学理论的计划，一是探讨实际体验的现实世界的基本建构因素，二是探讨作为行为的审美活动，艺术创作伦理学，三是政治伦理学，四是宗教伦理学。巴赫金本质上是一位哲学家，在他的哲学建构中，似乎让人看到了新康德主义系统哲学构架的某些影子。自然，在当时的具体社会环境下，这种著述计划是

---

① 巴赫金：《艺术与责任》，《巴赫金全集》第1卷，晓河等译，河北教育出版社，1998年，第2页。

不可能实现的。

在《论行为哲学》中,巴赫金像其他哲学家一样,表达了对20世纪初欧洲文化、哲学潮流的不满。他指出当今文化世界与生活世界相互隔绝,不可逾越,行为与责任互不相关。"现代危机从根本上说就是现代行为的危机。行为动机与行为产品之间形成了一条鸿沟……金钱可能成为建构道德体系的行为的动机……全部文化财富被用来为生物行为服务。理论把行为丢到了愚钝的存在之中,从中榨取所有的理想成分,纳入了自己的独立而封闭的领域,导致了行为的贫乏。"①他以为行为必须获得统一性,从而在自己的涵义和存在中得到体现。行为应将自己的内容与存在这两方面的责任统一起来,"只有通过这一途径,才能克服文化与生活之间恼人的互不融合、互不渗透的关系"②。

巴赫金认为,文化世界与生活世界相互隔绝,行为与责任互不相关,在于文化价值解体使然。抽象理论如逻辑学、认识论、认知心理学,按其理论建构,从理论上来认识世界。而巴赫金自己在这里突出了行为,并把行为视为伦理学的对象,提出了一套伦理学的范畴,如存在、事件、责任、应分、参与性、在场、不在场等等,他实际上想以伦理学为核心,建构他的"第一哲学",价值哲学。这种哲学叫做行为—伦理哲学,或者叫做存在哲学、人的哲学,而后通向了哲学人类学。

巴赫金在这里所说的存在,不是指一种我们惯常所理解的客体存在,它实际上是个人行为的产物。与个人行为相结合是他提出了人的问题,行为证实没有笼统的人,有的是我,我眼中之我,这是一种确实的存在。他认为抽象理论从认识本身出发,把理论上认识的世界视为实际唯一的世界,并在此基础上建立了"第一哲学",结果它们排除了我的唯一而实际地参与存在的事实。"在理论世界中不可能允许我的生活有任何实际的目标,我在其中无法生活,无法负责地进行各种行动;这个理论世界不需要我,其中根本就没有我。……我并不生活在理论存在之中;假如它是唯一的存在,那就不会有我了。"③可是,我因我的行为而存在着,是一个具体化的他人:"我的的确确存在着……我以唯一而不可重复的方式参与存在,我在唯一的存在中占据着唯一的、不可重复的、不可替代的、他人无法进入的位置。""我的唯

---

① 巴赫金:《论行为哲学》,首次发表于1986年《哲学与科学技术社会学》(1984—1985年年鉴),《巴赫金全集》第1卷,晓河等译,河北教育出版社1998年版,第55页。
② 同上书,第4页。
③ 同上书,第12页。

一的位置,就是我存在之在场的基础。"①"确认自己独一无二地参与存在这一事实,意味着自己是当存在不囿于自身的情况下进入存在的,意味着自己进入了存在的事件之中。"②参与存在意味着自己的任何存在都是唯一性的。同时巴赫金将存在设置为两人,即我与他人。"整个存在同等地包容着我们两人",即"我"和你,或"我"和他人的你,你和"我",或你和他人的"我"。

存在既然是指个人的行为的结果,而人的任何行为构成事件,因此,存在就被看做事件,行为、存在即事件,这样,就出现了"我"对事件的参与性与应分的问题。由于"我"思考了事物,"我"便与它发生了事件性关系。人没有权利避开事件,他没有不在场的证明,他必须参与事件,承认其在场的参与,并把其思考纳入到存在即事件中去,才能从这思想中产生负责的行为,产生"我"之应分。"参与性思维,也就是在具体的唯一性中、在存在之在场的基础上,对存在即事件所作的感情意志方面的理解,换言之,它是一种行动着的思维。"③由于"我"确认自己在人类历史的存在中处于唯一的位置上,"由于我在这一存在中的在场,与它保持着感情意志的关系,我因此也同它们所认可的价值发生了感情意志方面的关系"。所以,任何时候"我"不能不参与到唯一的生活中去,这就是应分之事,这就是"我"的价值所在,也即文化的价值所在。这种伦理哲学,我以为可以把它视为存在主义的一个分支。它的兴起,与当时哲学中的主体论和存在本体论的转折是分不开的。巴赫金看到20世纪文化创造与生活之间的分离,他企图通过对主体的张扬,人的存在的在场的自我确证,由此而形成参与意识、应分感,确立了一种伦理价值,以此来弥合文化与生活之间的裂缝。这不失是一种积极的哲学观,虽然我们并不一定对他的观点都表示同意。

巴赫金从伦理哲学的角度,思考了人的存在,他的存在的基础,即他的行为的事件性,由此而产生人的主体的参与性、积极性,道德上的责任性与应分性。阅读巴赫金的著作,俄国人也认为十分困难,主要是他的思想受到新康德主义的一定影响,著作中不少术语借自德国哲学,思想与术语带有一定的先验性、预设性。他的后来不少著作,虽然谈的是文学理论问题,可实际上阐发的却是哲学思想。从传统的美学、文学理论的角度看,他的著作提

---

① 巴赫金:《论行为哲学》,《巴赫金全集》第1卷,晓河等译,河北教育出版社1998年版,第41页。
② 同上书,第43页。
③ 同上书,第45页。

出了许多新问题,深奥而独特,读者不易从美学、文学理论角度把握;从传统的哲学角度看,它们在探讨美学、文学理论问题,而非通常的抽象逻辑观念的演绎与阐发。我们在前面说到,20世纪的一些思想家其实都是这样来讨论哲学问题的。同时,巴赫金的交往、对话思想也受到社会学的重大影响,它们正是通过美学、文学理论问题的探讨来实现的。对话思想在古希腊哲学中早就存在,在20世纪初德国哲学中,对话思想已经逐渐流行开来,而且在后来发展起来的阐释理论中都广泛地涉及这一问题。巴赫金则对这一理论进行了独特的阐发,形成了对话主义理论,并且深入地渗入了今天的人文科学。

巴赫金早期的美学观念,贯穿了这种伦理哲学的思想。他通过对艺术世界的分析,阐释了其价值的建构。在审美观照的世界中,他认为这一世界是围绕一个具体的价值中心而展开的。"这是一个可以思考、可以观察、可以珍爱的中心。这个中心就是人,在这个世界中一切之所以具有意义和价值,只是由于它和人联系在一起,是属于人的。"可以看到,爱的价值成了审美观照的特征。"在这里,人完全不是因为漂亮才有人爱,而是因为有人爱才漂亮。"①

如果说在《论行为哲学》中,从伦理学的角度确立了人,确立自我的独一无二性及其存在中的位置,那么在后来的美学、文学理论著作中,进一步探讨了人的本质问题,并使它充满人文精神的涵义。人如何存在?人赖以存在的根据是什么?他的存在方式又是如何?这些问题,在20世纪受到一些哲学家们特别是存在主义哲学家的不断追问,巴赫金对此做出了自己的独特的回答。

在《审美活动中的作者与主人公》的长文中,巴赫金认为语言创作美学必须依靠普通哲学美学,并从这一角度探讨了审美活动中人的问题,也即实有之人,而实有之人是审美客体建构中的具体的价值中心。作者与主人公正是这种价值中心的体现。这时我们看到,巴赫金从伦理学角度设定的我与他人这一建构,转向了美学的"作者与主人公"这对著名的范畴②。这对范畴在早期与后来是存在差异的,这可以从巴赫金提出的"作者意识"与"主人公意识"的论述中看到。所谓作者意识,照此时巴赫金的说法,即意

---

① 巴赫金:《论行为哲学》,《巴赫金全集》第1卷,晓河等译,河北教育出版社1998年版,第61页。
② 俄罗斯学者鲍涅茨卡娅的论文《巴赫金的哲学》曾提及这点,见《巴赫金与俄国哲学传统》,《哲学问题》,1993年第1期。

识之意识,即"涵盖了主人公意识及其世界的意识。……原则上是外位于主人公本身的"。"作者不仅看到而且知道每一主人公、以至所有主人公所见所闻的一切,而且比他们的见闻还要多得多;不仅如此,他还能见到并且知道他们原则上不可企及的东西"。① 作者所以能够实现人物的整体性,就在于他的相当稳定的"超视超知"。这是一般传统意义上所理解的作者。至于主人公意识,巴赫金说,它"从四面八方被作者思考主人公及其世界并使之完成的意识所包容:主人公自己的话语为作者关于主人公的话语所包容、所渗透。主人公在生活(认识与伦理)中对事件的关注,也为作者的艺术兴趣所包容"②。这样的作者与主人公的关系,便形成了一种较为常见的情况,即巴赫金常用的"外位性"。所谓外位性,说的是"作者极力处于主人公一切因素的外位:空间上的、时间上的、价值上的以及涵义的外位。处于这种外位,就能够把散见于设定的认识世界、散见于开放的伦理行为事件(由主人公自己看是散见的事件)之中的主人公,整个地汇聚起来,集中他和他的生活,并用他本人所无法看到的那些因素加以充实而形成一个整体"③。在另一处他又讲道,"由于我积极地发现并意识到某种东西是已经给定的、实有的、内容确定的,我因而在我的描述行为中已经站得高出这些事物(又因为这是价值上的界定,我也就在价值上高出这些事物之上);这正是我的建构特权,即从自身出发而在行为出发点的自身之外发现世界"④。作家所特有的这种"外位性",使其能够去描绘主人公的外表形象、身后背景,作者自觉地排除在主人公的生活天地之外;他以旁观者的身份,理解并完成主人公的生活事件。在这里,外位性使作者获得了对全局的统摄力。巴赫金指出,有时作者会偏离自己的外位,这时就可能出现"主人公控制着作者";也可能会"作者控制着主人公,把完成性因素纳入主人公内部",这时作者对主人公的立场就可能成为主人公对他自己的立场。"主人公开始评判自己,作者的反应进入主人公的心灵,或者表现在他的话语之中。"最后一种方式是"主人公本人就是自己的作者,他对自己的生活以审美方式加以思考,仿佛在扮演角色"⑤。在《主人公的涵义整体》一节的最

---

① 巴赫金:《审美活动中的作者与主人公》,《巴赫金全集》第1卷,晓河等译,河北教育出版社1998年版,第108页。
② 同上书,第109页。
③ 同上书,第110页。
④ 同上。
⑤ 同上书,第117页。

后,巴赫金说道,在通常的某个具体的作品里,作者与主人公关系各异,有相互斗争的,有彼此接近的,也有分道扬镳的,"不过要充分地完成作品,必须要两者分开而由作者获胜"①。

巴赫金关于人的思想与对话思想的发展,主要表现于后一阶段的著作里,特别是1929年出版的《陀思妥耶夫斯基创作问题》《小说美学》、经修改后于1963年出版的《陀思妥耶夫斯基诗学问题》、关于陀思妥耶夫斯基一书的修订说明以及一些笔记里。如果说,过去主要是谈人的行为、存在、事件、在场、应分,现在则进一步转向了人的存在方式。在这里,人、人的存在、存在的方式,被更深入一层地提了出来,进而建立了一种对话性的相互依存的方式。在《陀思妥耶夫斯基诗学问题》一书里,他在"我"与"他人"的基础上,仍然转换为"作者与主人公"这对基本范畴,不过极大地改变了两者之间的性质,使原来的两者关系发生了重大的变化。原来的两者的多种制约关系、两个个体的相互交往关系,现今被界定为两者之间的平等关系。认为"人实际存在于我和他人两种形式之中('你''他'或者'man')。我自己是人,而人只存在于我和他人的形式中",进一步说,"我存在于他人的形式中,或他人存在于我的形式中"。"我离不开他人,离开他人我不能成其为我:我应先在自己身上找到他人,再在他人身上发现自己",即人应是相互反映,相互接受。他又说:"证明不可能是自我证明,承认不可能是自我承认。我的名字我是从别人那里获得的,它是为他人才存在的。"②个体作为存在,是以他人的存在为前提的。个人通过他人的反映而显示自己,而他人通过我的观照也才得以存在。

巴赫金在这里使用"作者与主人公"的概念,看来有两层意思,一是他把作者与主人公看做审美伦理学的基本范畴,二是赋予这对美学范畴以哲学意义。这样,巴赫金的作者,在哲学意义上说,是一个行为主体,而在美学意义上说,则为创作主体;他的主人公,在哲学意义上虽是行为主体的产物,但却是相对于我的"他人",是个独立的存在。而在美学意义上,这个主人公虽是创作主体的创造,但却是作者创造的一个有生命的东西。"主人公在思想观点上自成权威,卓然独立,他被看做是有着自己充实而独到的思想

---

① 巴赫金:《审美活动中的作者与主人公》,《巴赫金全集》第1卷,晓河等译,河北教育出版社1998年版,第284页。
② 巴赫金:《关于陀思妥耶夫斯基一书的修订》,《巴赫金全集》第5卷,白春仁、顾亚铃译,河北教育出版社1998年版,第379页。

观念的作者,却不是陀思妥耶夫斯基完满的艺术视觉中的客体。"①"陀思妥耶夫斯基恰似歌德的普罗米修斯,他创造出来的不是无声的奴隶(如宙斯的创造),而是自由的人;这自由的人能够同自己的创造者比肩而立,能够不同意创造者的意见,甚至能反抗他的意见"②。与此同时,巴赫金的作者与主人公,作为独立的存在,都是思想者,都是一种有着自主性的意识或自我意识。而主人公的意识被当做另一个意识,即他人的意识,它们不再是作者思考的客体,它们与作者的意识处在平等、对立的位置。当作者与主人公对位,当意识与意识对位,就成了人的行为、存在的事件,就形成一种交往。"存在就意味着进行对话的交往。对话结束之时也就是一切终结之日。因此,实际上对话不可能、也不应该结束。""一切都是手段,对话才是目的。单一的声音什么也结束不了,什么也解决不了。两个声音才是生命的最低条件,生存的最低条件……对话的基本公式是很简单的:表现为'我'与'他人'对立的人与人的对立。"③在有关人的学说中,我们似乎还未见到过对人的存在讲得如此深沉的。在后期,巴赫金仍然在探讨人的存在问题,如在早期就提出的著名的"自己眼中之我""他人眼中之我"与"我眼中之他人"伦理学、人类学的建构。他以为人对自己的了解是十分表面的,人对自己的深层了解,只有穿越他人的反射与反照,通过别人而为"我"所知,并提出了"我"和他人融合、"我"成为他人眼里的他人等命题。这也是他对外位的又一种阐释。

这里描述的范畴,正是当今哲学人类学不断探索的课题。巴赫金虽然没有这类专门论著,但其精深的思想,具有极大的涵盖力与深刻的当代性。

第三节 超语言学

20世纪的语言学发生了重大的转折,形成了多种语言学派以及哲学流派。巴赫金在语言学方面卓有建树,形成了独特的语言哲学,同时也成了了解他的思想的一个重要源头。1929年出版的《马克思主义与语言哲学》,从社会学观点出发,批评了当时语言学中两个派别,即"个人主义的主观主义"与"抽象的客观主义"。前者强调语言创作的个人心理因素,认为个人

---

① 巴赫金:《陀思妥耶夫斯基诗学问题》,《巴赫金全集》第5卷,白春仁、顾亚铃译,河北教育出版社1998年版,第3页。
② 巴赫金:《陀思妥耶夫斯基诗学问题》,同上书,第4页。
③ 同上书,第340、341页。

心理是语言创造的源泉,其发展的规律就是心理发展的规律,语言创造的基本动力就是个人的艺术趣味,把语言的发展力量,混同于审美的功能了。这一派强调表述,但完全局限于个人心理范围,力图从个人说话者的生活环境去解释语言现象,其主要代表人物是洪堡以及后来的福斯勒等人。福斯勒曾经说:"语言的思想本质是一种诗的思想,语言的真实是艺术的真实,是一种能领会的美。"①巴赫金指出,在福斯勒派看来,"语言的现实就是个人言语行为所实现的连续不断的创造性活动,语言的创作类似于艺术的创造"②。而克罗齐的思想,在这方面甚至与福斯勒十分相像。对于克罗齐来说,语言也是一种美学现象。他的《美学的历史》,就是一般语言学的美学的历史③。另一派感兴趣的是"符号系统本身的内部逻辑,就像代数体系那样,完全独立于充斥符号的意识形态意义",如索绪尔。在这一派看来,"语言是一个稳定的不变体系,它由规则一致的语言形式构成,先于个人意识,并独立于它而存在"。它认为语言规则存在于封闭的语言体系的语言符号之内,"与意识形态价值(艺术的、认识的及其他)没有任何共同之处"。语言体系与历史之间"不存在任何联系"④。这两个派别的共同之处,由于都不是从社会学的方法来揭示语言现象,结果前者阉割了语言社会性的交往功能,而后者则把生动的语言概念化了,使之变成了抽象的概念系统。

  巴赫金认为,研究语言要从社会学的观点出发,因此他首先要确立意识形态创造科学与文艺学、宗教学、伦理学的关系,他认为它们是相互交织在一起的。他说:"一切意识形态的东西都有意义:它代表、表现、替代着在它所在之外存在着的某种东西,也就是说,它是一个符号,哪里没有符号,哪里就没有意识形态。"⑤和意识形态紧密相关的是意识,而意识是在集体的、有组织的社会交往过程中,由创造出来的符号材料构成并实现的。"个人意识依靠符号,产生于符号,自身反映出符号的逻辑和符号的规律性。意识的

---

① 转引自巴赫金:《马克思主义与语言哲学》,《巴赫金全集》第 2 卷,李辉凡等译,河北教育出版社 1998 年版,第 393—394 页。
② 巴赫金:《言语体裁问题》,《巴赫金全集》第 4 卷,白春仁等译,河北教育出版社 1998 年版,第 142 页注③,并见第 2 卷第 390 页。
③ 转引自巴赫金:《马克思主义与语言哲学》,《巴赫金全集》第 2 卷,李辉凡等译,河北教育出版社 1998 年版,第 395 页,并见克罗齐的《作为表现的科学和一般语言学的美学的历史》一书。
④ 巴赫金:《马克思主义与语言哲学》,《巴赫金全集》第 2 卷,李辉凡等译,河北教育出版社 1998 年版,第 401、402 页。
⑤ 同上书,第 349 页。

逻辑就是意识形态交往的逻辑、集体的符号相互作用的逻辑。"①在这里,巴赫金特别强调人与人的交往,而交往的物化表现就是符号,或者说,符号就是人们交往的物化表现,意识形态的符号也不例外。话语是最能表现符号的特性的,话语不仅是一种独特的意识形态现象,而且"是最纯粹和最巧妙的社会交际手段",它是人的内部生活即意识的符号材料。话语伴随任何意识行为,话语之所以能够发展,在于它拥有这种灵活的物质材料。巴赫金概述了话语的特点,这就是"纯符号性、意识形态的普遍适应性、生活交往的参与性、成为内部话语的功能性,以及最终任何一种意识形态行为的伴随现象的必然现存性"②。同时,巴赫金指出了话语只能在交往中发生作用的问题,社会心理的形成与存在方式的问题,各种言语活动言语交际的形式和类型问题,表述和对话的关系等。在概述符号与意识形态的相互关系时,巴赫金认为,意识形态是不能与符号材料的现实性相互分离的,也不能把符号与该时代的公众的视觉观照相分离,也不能把交往及其形式与其物质基础相分离。③

巴赫金提出了符号和心理、意义、感受、内部符号相互关系等问题。他认为内部心理不是物体,而是符号。"心理感受是机体与外部环境接触的符号表现",所以内部心理只能作为符号来理解。而意义是符号的"独特的自然属性"。意义只属于符号,"意义是作为单个现实与其他的替换、反映和想象的现实之间关系的符号表现。意义是符号的功能"④。感受依靠符号材料实现,感受即内部符号,而心理符号材料即机体的活动过程的各个方面,如呼吸、内部话语、面部表情等等。创立精神科学的狄尔泰使主观心理感受跳过符号而直接诉诸意义,忽视意义与符号之间的必然联系,导致"排斥任何涵义,任何来自物质世界的意义,并且把它限制在时空之外的现存精神之中"⑤。巴赫金辩证地阐释了符号与意识形态的关系,一是划清了心理与意识形态的界限,二是解决了心理主义与反心理主义的矛盾。反对意识形态出自心理是对的,可是没有内部符号也就没有外部符号。"意识形态符号以自己的心理实现而存在,同时心理实现又以意识形态的充实而存在。

---

① 巴赫金:《马克思主义与语言哲学》,《巴赫金全集》第2卷,李辉凡等译,河北教育出版社1998年版,第353—354页。
② 同上书,第357页。
③ 同上书,第350页。
④ 同上书,第370页。
⑤ 同上书,第369—370页。

心理感受是内部的,逐渐转化成外部的;意识形态是外部的,逐渐转化成内部的。"①这样,心理在转化为意识形态时,发生转化与自我消除,而意识形态在转化为心理时,也产生了同样的转化过程,它们在社会交往的过程中相互融合。于是,"内部符号通过心理语境(作者生平)应该从自我吸收中解放出来,不再是主观的感受,从而成为意识形态符号"②。巴赫金的这种语言学、符号学观点,大大地改变了语言科学的面貌,他的符号学说也独树一帜。巴赫金的符号学观点提出于20年代,而我们知道,符号学作为一个热门话题则是在50年代至60年代。所以维亚切斯拉夫·伊凡诺夫在70年代初说:"提出于20年代、而仅仅在今天才成为研究者们注意中心的符号和文本系统的思想的功劳,是属于巴赫金的。"③

不过,这仅仅是巴赫金的语言学贡献的一个方面,还有一个重要的方面,这就是他的"超语言学"理论,这种理论使语言科学、文艺科学发生了重大的变革,至今发生着不可估量的影响。巴赫金建立的"超语言学",实际上改造了语言学的范围与对象。他在《陀思妥耶夫斯基诗学问题》一书中说,文学研究的是言语整体,即被传统语言学所排除的那些活生生的言语,"但对我们的研究目的来说,恰好具有头等的意义"。"我们的分析,可以归之于超语言学:这里的超语言学,研究的是活的语言中超出语言学范围的那些方面(说它超出了语言学范围,是完全恰当的),而这种研究尚未形成特定的独立学科。"④超语言学使用的基本概念就是"表述"⑤。人的语言活动的真正中心,在巴赫金看来,不是语言体系,而是话语活动中的"表述"。表述这一术语,并非巴赫金的独创,早在20年代,不少苏联语言学学者就使用了这一术语,但所表示的涵义各不相同。这一术语之所以成了巴赫金的中

---

① 巴赫金:《马克思主义与语言哲学》,《巴赫金全集》第2卷,李辉凡等译,河北教育出版社1998年版,第384页。
② 同上。
③ 见维亚切斯拉夫·伊凡诺夫:《巴赫金关于符号、表述和对话对于当代符号学的思想的意义》,《符号体系论集》,塔尔图,1993年版,第5页。
④ 巴赫金:《陀思妥耶夫斯基诗学问题》,《巴赫金全集》第5卷,白春仁、顾亚铃译,河北教育出版社1998年版,第239—240页。
⑤ 原文为высказывание,可译作话语、表述,本书统译为"表述"。理由是:一、此词从动词высказываться 衍化而来,采用表述,保持了词源所有的表达、表示意思的原有意义。二、在本书中,常有在一个句子里слово 与высказывание 并用的情况,在翻译上对两者的意义不能不做区别,而这里的 слово 在超语言学意义上只能译作"话语"。высказывание 显然不能同时译作话语。三、与высказывание 相对应,常有самовысказывание 出现,后者显然只能译作"自我表述",而不能译为"自我话语"等。

心概念,在于他用它支撑起了超语言学的理论大厦。

巴赫金所批评的几个语言流派的弱点,主要是它们非历史地、非社会地解释语言现象,但是最根本的是在非交往中来理解语言。语言的本质在于交往,是说话者"社会的相互作用的产物"。人进入交往,就有说话人与对话人出现。"语言是针对对话者的",就是说话语生存于两个人中间,它既出于说话人,同时又连接对话人,即他人,并回应他人对答的言语。巴赫金指出,"实际上话语是一个两面性的行为。它在同等程度上由两面所决定,即无论它是谁,还是它为了谁,它作为一个话语,正是说话者与听话者相互关系的产物。任何话语都是在对'他人'的关系中来表现一个意义的。在话中,我是相对于他人形成自我的……话语是连结我和别人之间的桥梁。……话语是说话者与对话者之间共同的领地"①。在言语的交流中,话语是具体的,是一种具有指向性的个人的言语行为,即表述。这种表述既可以是口头的,也可以是书面的,它广泛地涉及人类交往活动的不同领域。表述的范围,小到一个词语、一个句子,大到一篇文章、一部艺术创作、一部论著。巴赫金认为,表述是语言活动的真正中心,而非语言体系。语言通过表述而进入生活,生活通过表述而进入语言。但是并非任何词语、句子都能成为表述。巴赫金在50年代初《言语体裁问题》一文的相关笔记中,指出了表述的一系列特征,即"言语主体的转换";表述的"指向性""意愿性";表述的完成性;"对现实、对真理的态度";"表述的事件性(历史性)";"表述的表现性";"表述的创新力";"涵义与完成的区分"。在同一材料里,巴赫金又做了补充,指出"表述即言语交流单位",它不同于语言的单位——词语与句子;表述的完成性即整体性不同于词语、句子的完整性,前者具有引起回答的能力;表述对他人表述的关系(前面的与期待的),它的"对话的泛音";"表述的意识形态性,实质上它的评价能力(从真、善、审美价值等观点)"。② 语言学中的词语、句子基本上是中性状态的,它们不对谁说,它们与他人的表述、话语没有关系,它们不具上述特征,所以难以成为表述。单个词语只有在它们处于交往的语境中,在富有表现力的语调中才能获得主体色彩,具有事件性、指向性、意愿性、评价性,从而渗透着对话的泛音,才能成为表述。任何具体的表述,是说话者的积极立场的表现,它是以一定的对

---

① 巴赫金:《马克思主义与语言哲学》,《巴赫金全集》第2卷,李辉凡等译,河北教育出版社1998年版,第436页。
② 巴赫金:《准备材料》,见《言语体裁问题相关笔记存稿》,《巴赫金全集》第4卷,白春仁等译,河北教育出版社1998年版,第253页。

象意义内容为特征的。

关于表述的上述特征,应当说是符合言语交际的实际情况的。这种超语言学强调指出了言语交往中表述的事件性、主体的个体性、交往性、指向性、价值评价与对话性。"我们的言语,即我们的全部表述(包括创作的作品),充斥着他人的话语;只是这些他人话语的他性程度深浅、我们掌握程度的深浅、我们意识到和区分出来的程度深浅有所不同。这些他人话语还带来了自己的情态、自己的评价语调,我们对这一语调则要加以把握、改造、转换。"①每一表述充满了他人的话语,注入了另一个表述的回声,和对他人的回答。"我所理解的他人话语(表述、言语作品),是指任何他人的任何话语……我生活在他人话语世界里。我自己的全部生活,都是在这一世界里定位,都是对他人话语的反应……以掌握他人话语始……以掌握人类文化终。""不可能存在孤立的表述。它总是要求有先于它和后于它的表述。没有一个表述能成为第一个或最后一个表述。"所以在巴赫金看来,他人言语就是言语中的言语,表述中的表述或言语之言语,表述之表述。② 在《文本问题》一文中,巴赫金指出,"在没有表述、没有语言的地方,不可能有对话关系"③。这样,我们看到,语言的对话关系实际上深深地潜藏在表述之中,表述的指向性就表现了这种对话的潜在意向。表述参与对话,引起对话。不同表述的涵义本身,就要求对话。表述要求表达,让他人理解,得到应答,然后再就应答做出回答,来回往返,以至无穷。这里还涉及理解的问题,我们在后面再谈。

在写于 50 年代初的关于对话的笔记、文章里,巴赫金提出了对话与独白关系的相对性,这一问题一般在其著作中是很少涉及的④。他说:"独白与对话的区别是相对的。每个对话在一定程度上都具有独白性(因为是一个主体的表述),而每个独白在某种程度上都是一个对话,因为它处于讨论或者问题的语境中,要求有听者,随后会引起论争等等。"⑤在 60 年代初的笔记里,他甚至说道,在深刻的独白性的言语作品之间,也总存在着对话关

---

① 巴赫金:《言语体裁问题》,《巴赫金全集》第 4 卷,白春仁等译,河北教育出版社 1998 年版,第 174—175 页。
② 巴赫金:《1970—1971 年笔记》,同上书,第 379 页。
③ 巴赫金:《文本问题》,同上书,第 321 页。
④ 俄国学者在对巴赫金笔记所做的注释中已提及此点。
⑤ 巴赫金:《对话 1》,《巴赫金全集》第 4 卷,白春仁等译,河北教育出版社 1998 年版,第 191 页。

系。而且两个表述即使在时间、空间上相距很远，只要从涵义上加以对比，也会显露出对话关系的。

巴赫金通过他的伦理哲学、哲学人类学肯定了人的存在。人的存在意味着建立相互关系，"我"为他人而存在，这意味着"我"被他人看到、听到，而他人亦进入"我"的视野，因"我"而实现其自身，进而形成交往。而交往则通过言语的交往被实现，在相互的表述中被实现。这种言语的交往与表述，与生俱来就是一种对话的关系，"人类生活本身的对话性"①，在言语的交往中显现了出来。从而言语、话语与表述，确证了人的具体的存在方式，确证了人是一种言语交往中的存在、对话的存在。可以这样说，巴赫金的对话哲学也即超语言学是他的交往哲学的进一步实现。

第四节　交往美学、复调、狂欢化

20 年代上半期，巴赫金的哲学美学大体可分为两个方面：一是他力图通过对审美活动的阐释，建立语言创作美学；二是通过对当时的形式主义流派、弗洛伊德主义的评析，确立了文学理论中的社会学原则。

语言创作美学把审美活动视为研究的主要范围。如果说在行为哲学中，巴赫金在阐释人的存在的时候提出了我与他人以及他们的相互依存关系；那么，我们在前面已经提及，现在在审美活动中提出了作者与主人公这对范畴。在巴赫金那里，审美活动自然是人的审美行为，一个审美事件。但审美事件，如果只有一个独一无二的参与者时，那是不可能形成自身的。一个审美事件总得有两个相互独立的参与者，道理在于一个意识不具外位于自己的对象，是不可能被审美化的。"审美事件只能在两个参与者的情况下才能实现，它要求有两个各不相同的意识。"而在审美活动中，这两者就是作者与主人公。审美活动要求两者各自独立，两者一旦重合，审美事件就会解体，成为伦理事件，如宣言、内省自白等；而当失去了主人公，则其时就变为认识事件。"而当另一个意识是包容一切的上帝意识的时候，便出现了宗教事件（祈祷、祭祀、仪式）。"②

在审美活动中，巴赫金提出了"超视"说与"外位"说。巴赫金认为，审

---

① 巴赫金：《插入第 2 号笔记本的内容提纲》，《巴赫金全集》第 4 卷，白春仁等译，河北教育出版社 1998 年版，第 341 页。

② 巴赫金：《审美活动中的作者与主人公》，《巴赫金全集》第 1 卷，晓河译，河北教育出版社 1998 年版，第 119 页。

美活动的第一个因素便是移情,即"我"应该去体验他人所体验的东西,站到他人的位置上。"我"由此深入到他人内心,渗入到他人内心,似乎同他人融为一体。移情说正是这样来阐释审美活动的。但巴赫金认为,移情只是开头,不是总结。对于审美活动来说,"不论在任何情况下,在移情之后都必须回归到自我,回到自己的外位于痛苦者的位置上;只有从这一位置出发,移情的材料方能从伦理上、认识上或审美上加以把握"。如果不返回自我,那仅能体验他人的痛苦而已。所以,"审美活动真正开始,是在我们回归自身并占据了外位于痛苦者的自己位置之时,在组织并完成移情材料之时。"①但到此还未结束,还得用自己的意识对移情所得的材料进行丰富。超视说的是"我"作为"自己眼中之我",是一个积极性的主体,"是视觉、听觉、触觉、思维、情感等积极性的主体"。"我所看到的、了解到的、掌握到的,总有一部分是超过任何他人的,这是由我在世界上唯一而不可替代的位置所决定的"②。在这个特定的世界上,此时此刻唯有我处在这个位置上,所有其他人都在"我"的身外,这就是"我"的具体的"外位性"。但是这个外位性,不是孤立地使自己超越于别人之外,而是总与他人发生联系。"外位性",即"我在自身之外看自己"③,而这又必须依赖于他人。这一外位性决定了"我"能在他人身上优先看到某种东西。同样,于他人来说,他人也能在"我"身上优先看到"我"自己难以见到的某种东西,即超视,从而成为审美活动的特征。超视导致产生审美的观照行为,"超视犹如蓓蕾,其中酝酿着形式,从蓓蕾中会绽开花朵,这就是形式"。在审美活动中,"我"和他人的关系是绝对必须的。"一个人在审美上绝对地需要一个他人,需要他人的观照、记忆、集中和整合的功能性"④。"我"与他人在价值上是不相等同的,"我"感受自己的"我",不同于感受他人的"他人"。在这一思想基础上,巴赫金批评了表现主义美学,批评了它的移情说,其中包括"李普斯的纯粹移情,柯亨的强化移情,格罗塞的好感模仿,沃尔凯尔特的完美移情"等。在这里,我们看到这时的巴赫金既受到新康德主义的影响,但又在批评

---

① 巴赫金:《审美活动中的作者与主人公》,《巴赫金全集》第 1 卷,晓河译,河北教育出版社 1998 年版,第 123 页。
② 同上书,第 119、120、135 页。
③ 巴赫金:《自我意识与自我评价问题……》,《巴赫金全集》第 4 卷,白春仁等译,河北教育出版社 1998 年版,第 87 页。
④ 巴赫金:《审美活动中的作者与主人公》,《巴赫金全集》第 1 卷,晓河译,河北教育出版社 1998 年版,第 133 页。

新康德主义的美学思想。由于表现主义单纯地陷于移情,巴赫金认为,它就不能阐释作品的整体性,不能解释形式。以悲剧为例,悲剧主人公在内心实际体验的痛苦,就本人来说,并不是悲剧。"生活不可能从自身内部把自己表现为悲剧,形成为悲剧。"而如果一旦我们与悲剧主人公在内心感受上重合,失去外位于主人公的地位,则就会失去"悲剧性","立即就会失去纯粹审美性质的悲剧范畴"。"只有在他人的世界里,才可能出现审美的、情节的、自成价值的运动。"①

巴赫金关于艺术与游戏的分析是十分精彩的。在他之前与在他之后,把艺术等同于游戏者不乏其人,说法很多,但是实际上两者是不同的。在巴赫金看来,"游戏从根本上不同于艺术之处,就在于原则上不存在观众和作者。从游戏者本人的角度来看,这种游戏不要求游戏之外有观众在场"②。游戏不是描绘,而类似于自我幻想,它没有进入"我"与他人的关系,所以它不构成事件。要使游戏转向艺术,接近戏剧演出,则一个无关利害的参与者也即观众的加入是必须的。他观照游戏、欣赏游戏,还参与了创造,从而形成审美事件。但这时的游戏就已不成其为游戏,而类似简陋的演出了。如果观赏者迷恋于游戏,放弃了外位于游戏者的审美立场,不能使事件构成审美事件,其时游戏仍然还原为游戏了。这样,审美活动中的"我"与他人,就形成了一种内在的、任何一方不可或缺的对应、潜在的对位、对话关系。

社会学文学理论或是社会学诗学是巴赫金的交往美学的又一个方面。巴赫金的这方面的著作都是用朋友的姓名出版的,学术倾向上显然与前一倾向有所不同。但一个重要的共同之处是都强调交往、人与人的交往而至社会交往。尽管巴赫金自称不是马克思主义者,但马克思主义的影响却是十分明显的。本世纪初开始,学术中的科学主义思想方法流行开来,文学理论的研究强调文学的自主性,转向内在研究,这一方面自然也是学科自身建设的需要。20年代初前后,俄国文艺学中的形式主义大为流行。

巴赫金指出,形式方法的研究,由来已久,但是形式方法一旦转为形式主义,便成为一种"形式主义世界观",就超越自己的学术权限了。研究艺术作品本体,这本来是研究的应有之义,是完全需要的,但用这种研究企图

---

① 巴赫金:《审美活动中的作者与主人公》,《巴赫金全集》第1卷,晓河译,河北教育出版社1998年版,第170页。
② 同上书,第173页。

替代整个文学研究,结果形成了"对作品本体的盲目崇拜",却把创作者、观赏者排斥于研究之外。艺术是创作者、观赏者的相互关系固定在作品中的一种特殊形式,是一种审美交往。"审美交往的特点是,完全凭艺术作品创造和在观赏共同创造中的作品经常在创造中得以完成。"①巴赫金认为,意识形态的创作只有在社会交往中才能被实现,其中"参加者的一切个人行为都是不可分割的交往因素"。诗人的听众、长篇小说的读者,形成了特殊的接受环境与团体,并相互形成交往,而交往的形成决定了文学的各个方面,决定了创作与接受过程的形成。在这一接受、交往之外,就不会有诗歌、长篇小说存在。巴赫金指出:"不了解社会的联系,亦即不了解人们对特定符号的反应的联合和相互协调,就不存在意义。交流——这是意识形态现象首次在其中获得自己的特殊存在、自己的意识形态意义、自己符号性的环境。所有意识形态的事物都是社会交流的客体。"②只有在各自特殊的艺术交往中才存在各种艺术形式的这一思想,实际上后来被各种文艺思想流派从不同的角度所接受。关于文学现象是为文学自身内部规律所决定,还是为外部规律所决定,这一问题在 20 年代前后就提了出来,后来的新批评学派实际上只是完善了形式主义学派的观点。而在巴赫金看来,"每一种文学现象……同时既是从外部也是从内部被决定的。从内部——由文学本身所决定;从外部——由社会生活的其他领域所决定",而内部与外部又是可以相互转化的,"任何影响文学的外在因素都会在文学中产生纯文学的影响,而且这种影响逐渐地变成文学的下一步发展的决定性的内在因素"。③这样的论述应当说比之那些单一的、片面的学说,更有道理与说服力,更符合文学实际、文学自身在其存在过程中所展现的实际面貌。

　　巴赫金用朋友的名义发表的著作、论文,主要是从马克思主义的社会学观点来探讨文艺学中的问题的。十分有意思的是,这些写于 20 年代的有关语言学、有关形式主义、弗洛伊德主义思想的评析,虽然带有当时主导意识形态的行文气息,有的术语的使用也未必确切,但其质量之高,却是至今公认的。原因是,这些著作不以霸气压人,却能突出社会学的思想原则,吸收新的学科的成就,进行学理性的探讨,使原则问题通过一系列绝对不可缺少的中介因素的过渡,从宏观到微观,深入到文艺问题的本质面,提出了新思

---

① 巴赫金:《生活话语与艺术话语》,《巴赫金全集》第 2 卷,李辉凡等译,河北教育出版社 1998 年版,第 83 页。
② 巴赫金:《文艺学中的形式主义方法》,同上书,第 116 页。
③ 同上书,第 146 页。

想、新观点,以至直到今天,仍然使人信服。

我们在上面分析了巴赫金的哲学、超语言学、美学思想。这些思想的主导精神是交往与对话,这自然不能不影响到巴赫金对文学艺术的探讨。

30年代中期至40年代初期,巴赫金写了《长篇小说的话语》《小说的时间形式和时空体形式》《长篇小说话语的发端》和《史诗与小说》等著作,形成了他的小说理论。

这些著作,第一,讨论了长篇小说研究的"方法论"。第二,在探讨长篇小说话语的基础上,阐释了长篇小说作为一种艺术体裁的修辞学。第三,在对欧洲小说不同体裁发展的研究中,巴赫金又探讨了长篇小说的时间形式与时空体形式,建构了他的小说的历史诗学的一个方面。

在《陀思妥耶夫斯基创作问题》(后修订改名为《陀思妥耶夫斯基诗学问题》)一书中,复调、复调小说的提出,则是上述学说与思想在艺术中进一步的具体化与实现。

人与人是相互依存的,人类生活本身就是充满对话性的,人的意识、思想无不带有这种相关而又独立的特征。但在巴赫金看来,千百年来的文学创作与作品的主要方面,被一种独白思想所占据了。独白的艺术思维的最主要特征是,它把人物化了,把人客体化了。作者君临一切,统摄一切,人物不过是他创作的沉默无声的奴隶。人物在作者独白思维的控制下,一般失去了自主性、主体性,他变为被描写的纯粹的客体:他不是自由的人,他的思想被作者替代了,作者可以直截了当地代他思索;他的话语被作者打断了,作者代他说了,作者可以随意结束他的命运,在他背后做出结论,但却不能深入到"人身上的人"当中去。巴赫金在陀思妥耶夫斯基的小说中发现,这位俄国作家的艺术思维方式,完全是一种对话的思维方式,因此他创作出了一种新颖的复调小说。巴赫金认为,陀思妥耶夫斯基的小说创新,无疑是一次哥白尼式的发现。在我们看来,交往的、对话的哲学、语言学思想,使巴赫金发现了陀思妥耶夫斯基小说的复调特征,而这种复调小说又深化了巴赫金的交往、对话理论。过去的文学理论习惯于分析巴赫金所说的独白小说,巴赫金则就复调小说建立了一种新的文学理论。

如果过去的小说理论主要是探讨人物形象和生活的关系,小说在何等程度上反映了生活,人物形象的真实性如何,建构人物形象的艺术性如何,那么我们发现,巴赫金在论说复调小说时,使用的是另一套术语。巴赫金自己说,他是从"形式领域"或是"艺术形式"的角度来探讨陀思妥耶夫斯基的小说的。艺术观、方法论上的更新,扩大了我们的视野,疏忽了这点,是不易理解巴赫金的术语与观点的。

在提出陀思妥耶夫斯基的小说是一种复调小说时,巴赫金说:"有着众多的各自独立而不相融合的声音和意识,由具有充分价值的不同声音组成真正的复调——这确实是陀思妥耶夫斯基长篇小说的基本特点。"①在关于《陀思妥耶夫斯基诗学问题》一书的修订一文中,巴赫金说,这位俄国作家有三大发现。一是"创造着(确切地说是再造)独立于自身之外的有生命的东西,他与这些再造的东西处于平等的地位。作者无力完成它们"。二是"发现如何描绘(确切说是再现)自我发展的思想(与个人不可分割的思想)。思想成为艺术描绘的对象。思想不是从体系方面(哲学体系、科学体系),而是从人间事件方面揭示出来"。三是"在地位平等、价值相当的不同意识之间,对话性是它们相互作用的一种特殊形式"②。复调与多声部性,揭示了小说艺术的开放性、未完成性的特征。巴赫金希望这种小说能够成为未来小说的主导。

巴赫金的"狂欢化"理论,引起了人文科学各方面的学者的强烈兴趣。"狂欢化"理论在《陀思妥耶夫斯基诗学问题》中已有论述,而在《弗朗索瓦·拉伯雷的创作和中世纪与文艺复兴时期的民间文化》一书中做了全面的阐释。巴赫金认为,拉伯雷的创作是个十分奇特的现象,它不被人们理解,主要是人们已习惯于文艺复兴以后的占主导地位的思维模式、艺术形式。如几百年来,人们强调了理性以至唯理性、理想以至乌托邦,高扬精神、提倡狭义的人民性、高雅、规范、标准语言等等,并极大地发展了这些方面。但是这样一来,就把中世纪、文艺复兴时期的另一方面的现实生活、世界感受和文化遗产遗忘了;而这些方面,恰恰深深地蕴藏于拉伯雷的创作之中。二是现代文学理论中的问题。"现代文学理论的一个主要不足,在于它企图把包括文艺复兴时期在内的整个文学纳入到官方文化的框架内。"③

巴赫金指出,要了解拉伯雷的创作,必须了解中世纪、文艺复兴时期的民间的笑文化。民间的笑文化,已有几千年的历史,而拉伯雷则是这种民间笑文化在文学领域的代表,拉伯雷的创作深深地扎根于民间。但是要做到了解中世纪、文艺复兴时期的笑文化,则要"重建艺术和意识形态的把握方

---

① 巴赫金:《陀思妥耶夫斯基诗学问题》,《巴赫金全集》第5卷,白春仁、顾亚铃译,河北教育出版社1998年版,第4页。
② 巴赫金:《关于陀思妥耶夫斯基一书的修订》,同上书,第374页。
③ 巴赫金:《拉伯雷与果戈理》,《巴赫金全集》第4卷,白春仁等译,河北教育出版社1998年版,第6页。

式,抛弃旧的趣味要求"。"这些笑文化的形式和表现——狂欢节类型的广场节庆活动,各种可笑的仪式和祭祀活动。小丑和傻瓜,巨人、侏儒和畸形人,各式各样的江湖艺人,种类和数量繁多的戏剧仿体文学等等,都有一种共同的风格,都是统一而完整的民间诙谐文化、狂欢节文化的一部分和一分子。"①在他看来,笑文化的形式主要表现于各种仪式和演出形式,如狂欢节类型的节庆活动、玩乐的广场表演。有各种笑的语言作品,包括口头、书面的语言作品。有各种体裁的不拘形式的广场语言,如骂人话、顺口溜、神咒等。

那么这种狂欢的笑文化有些什么特征呢?首先,狂欢节是没有边界的,不受限制,全民都可参加,统治者也在其中,所有的人都参与其中。狂欢节使人摆脱了一切等级关系、特权、禁令,它使人们不是从封建国家、官方世界看问题,而采取了非官方的、非教会的角度与立场,所有的人都暂时超越官方的思想观念,置身于原有的生活制度之外。同时,"狂欢节是平民按照笑的原则组织的第二生活,是平民的节日生活",是生活的实际存在,是生活本身的形式。"是生活在狂欢节上的表现,而表现暂时又成了生活。"这样,它就创造了一个特殊的世界,"第二世界与第二生活",类似于游戏方式,但形成了一种特殊的"双重世界的关系"。其次,由于它采取了超教会、超宗教的处世方式,由于它摆脱了特权、禁令,所以在生活展现自身的同时,人们也就展现了自己自身存在的自由形式。人这时回到自身,解去了种种束缚,异化消失,乌托邦的理想与现实暂时融为一体,这就是人与人的不分彼此,相互平等,不拘形迹,自由来往,从而形成了一种人的存在形态,一种"狂欢节的世界感受"。再次,在街头、广场上的狂欢表现中所体现出来的"这种狂欢节的世界感受",显示了对人的生活、生存的一种复杂的观念,如生死相依,生生不息,"死亡、再生、交替更新的关系始终是节日世界感受的主导因素"。这种节日的感受,显示着不断更新与更替,不断的死亡与新生,衰颓与生成。在这里,"庆节活动(任何庆节)都是人类文化极其重要的第一性形式"②,它总是面向未来。而官方的节日,则是要人们庆祝它的制度的天长地久,万世永恒,无例外地面向它的过去。巴赫金指出了狂欢节的笑的本身特征,这是全民的笑,"普天同庆"的笑,它包罗万象,以万事万物取笑;

---

① 巴赫金:《拉伯雷的创作和中世纪与文艺复兴时期的民间文化》,《巴赫金全集》第6卷,李兆林、夏忠宪等译,河北教育出版社1998年版,第4—5页。

② 同上书,第10页。

它是正反同体的笑,是狂喜的、又是冷嘲热讽的笑,既肯定又否定、既埋葬又再生的笑。在这种笑的里面,"存在着远古玩乐性仪式对神灵的嘲笑。在这里,一切祭祀性的成分和限定性的成分都消失了,但全民性、包罗万象性和乌托邦的成分却保留下来",它追求着一种"最高目标的精神"①。

在拉伯雷的小说里,物质、肉体因素,如奇怪的身体本身、饮食、排泄、性生活有着大量的描写,并且"占了绝对压倒的地位",对此历来解释不一。巴赫金认为,这些不同看法都未能与笑文化联系起来考察,未能把它视为一种特殊的审美观念,即"怪诞现实主义"。这种怪诞现实主义源于几千年的笑文化,是笑文化审视现实的最基本观念。它表现为宇宙万物,包括社会、人的肉身,浑然一体。巴赫金认为,这里的身体和肉体,不能从现代的意义上去了解,那时他们还未"个体化",还未脱离开外界。"在这里,物质和肉体因素是作为包罗万象的全民的东西被看待,……同一切脱离世界物质和肉体本源的东西相对立,同一切自我隔离和封闭相对立,同一切抽象的理想相对立,同一切与人世和肉体分家独立的价值追求相对立。"②这样的描写,必然导致描写的夸张,而且是极端的夸张,所以我们见到的是一个巨人的家族,而这个巨人,就是"人民大众"自身。在小说里,拉伯雷大量地描写了巨人的种种世俗的需求、本相,使用了"贬低化"的艺术手段。贬低化就是"把一切崇高的、精神性的、理想的和抽象的东西转移到不可分割的物质和肉体层次,即大地(人世)和身体的层次"。"笑就是贬低化与物质化",就是世俗化。由于这一原则,所以在语言方面使用了"逆向""反向""颠倒"的逻辑,即上下不断换位,"各种戏仿和滑稽改编、戏弄、贬低、亵渎、打诨式的加冕和废黜"③。这里充满了广场语言,亲昵的骂人字眼,脏话。它们具有双向性,既贬低,又显示出再生性。狂欢化式的活动,显示了中世纪民间生活、文化的活力。

巴赫金关于拉伯雷的论述,把文学作品的研究与文化历史方法结合起来。在具体探讨中世纪与文艺复兴时期民间文化中所确立的"狂欢化"的理论的意义,在于通过这一理论,复现了被人们淡忘、模糊了的一个人类文化发展阶段的生动景象。巴赫金通过拉伯雷小说的分析,从一个侧面再现了中世纪、文艺复兴时期的生活情状以及它们的文化风貌。中世纪的狂欢

---

① 巴赫金:《拉伯雷的创作和中世纪与文艺复兴时期的民间文化》,《巴赫金全集》第 6 卷,李兆林、夏忠宪等译,河北教育出版社 1998 年版,第 10 页。
② 同上书,第 23 页。
③ 同上书,第 13 页。

节,一年大约占了四分之一时间。"在一定程度上说,民间文化的第二生活、第二世界就是作为对日常生活、亦即非狂欢节生活的戏仿而建立的,就是作为颠倒的世界而建立的。"①而这一人类生活的漫长阶段及其文化,在现代理性主义的流行中,在对中世纪教会统治的黑暗一面的批判中,被人们淡忘了,几乎湮没无闻了。人们依照在文艺复兴之后确立了新的哲学、文化、审美原则,对曾经有过的文化现象缺乏理解。巴赫金恢复了这一文化现象的原貌,指出了它在后来文化中的曲折发展。他看到,颠倒原有的封建、教会统治的世界,就是那种使用了逆向、反向、颠倒、亵渎、嘲弄、贬低、讽模、戏仿的语言,由这类语言构成的彻底通俗化的、不乏粗俗的民间的、大众的、通俗的文化,扫荡了封建权威,撕开了它的伪装,揭示了存在的一种曾经有过的自由的生活方式。这是文化史上的一个重大发现,它扩大了文化史研究的范围,并提供了一种方法,建立了文学与文化之间的牢固联系。在笔者看来,这就是为什么巴赫金的这一学说,引起了那么多西欧学者的强烈兴趣的原因。不少学者把它与解构主义相提并论,事实上,巴赫金靠的不是预设的逻辑推理,而是以丰厚的历史文化材料为基础的历史分析。解构主义的颠倒、反向、逆向的方式,不可能恢复一个历史时期的文化面貌,这就是两者之间的同与不同。同时,由这一学说引导出来的荒诞现实主义,对于我们去探讨文艺复兴时期以后的类似的文学思潮,也是极有帮助的。荒诞现实主义的传统,在陀思妥耶夫斯基的创作中以及20世纪的现实主义、现代主义以及荒诞派的文学中,都有不同程度的表现。

当然,还要看到,"狂欢化"这一理论,对于程式化、教条化的思维方式,是一付十分有益的清热解毒剂。这里重要的是狂欢化式的"世界感受"。在某种程度上,巴赫金向往着这种自由的感受、交往与对话。这时的人具有了自己的独立自主的思维,享受到一种自由的感觉。巴赫金说:"一切有文化之人莫不有一种向往:接近人群,打入群众,与之结合,融合于其间;不单是同人们,是同民众人群,同广场上的人群进入特别的亲昵交往之中,不要有任何距离、等级和规范,这是进入巨大的躯体。"②自然,狂欢式的交往与对话是不拘形迹的、任意的,是一种自由的交往、一种理想的人际关系。但要看到,当狂欢化摆脱官方、教会的约束时,它实际上已改变了一般交往与

---

① 巴赫金:《拉伯雷的创作和中世纪与文艺复兴时期的民间文化》,《巴赫金全集》第6卷,李兆林、夏忠宪等译,河北教育出版社1998年版,第13页。
② 巴赫金:《论人文科学的哲学基础》,《巴赫金全集》第4卷,白春仁等译,河北教育出版社1998年版,第5页。

对话的意义,变成了交往与对话的一种极端形式,一种变体。我想这是否就是它的两面特性呢?实际上,缺乏欢愉、自由的现实的境遇,往往会促使人们向往乌托邦的理想,可是人们又不得不置身其间,看来两者注定是要结伴而行的。

第五节 人文科学方法论问题

巴赫金晚年,写了不少笔记、短文,它们涉及人文科学方法论的多个方面,例如人类思维的形式与分野、文本问题(它自身又涉及很多方面)、理解、阐释与解释问题、涵义与意义问题、文艺学与文化史的关系问题、长远时间问题,以及对结构主义的评价等。

巴赫金提出人文科学思维与自然科学思维的不同处在于,人文科学是"研究人及其特性的科学,而不是研究无声之物和自然现象的科学。人带着他做人的特性,总是在表现自己(在说话),亦即创造文本(哪怕是潜在的文本)。如果在文本之外,不依赖文本而研究人,那么这已不是人文科学……"这样,巴赫金把文本界定为人文思维的根本对象,即"第一性实体……唯一出发点的直接现实(思想和感觉的现实),没有文本,也就没有了研究和思维的对象"[①]。如果宽泛地理解文本,那么文本就是"对感受的感受,是关于说话的说话,是论文本的文本"。文本在人文思想领域,具体表现为"表述",这是某个人的不可重复的思想的表达。表达的个人性、意向性、应答性、对话性,等等,都显示了文本的特性,这在前面我们已有论及。因此,人文思想总是指向他人的,指向他人的思想、他人涵义、他人意义。这样人文思想实际上总是显示了两个方面的双重特性,两个主体,一个说话人,一个应答者;出现两者相互之间的动态的复杂关系,评价、应答、反驳。"这是两个文本的交锋,一个是现成的文本,另一个则是创作出来的应答性的文本,因而也是两个主体、两个作者的交锋。""文本的生活事件,即它的真正本质,总是在两个意识、两个主体的交界线上展开。"[②]文本作为表述,就显示了其潜在的双声性。

文本作为表述,其双声性、应答性、对话性都产生于交往之中。表述的

[①] 巴赫金:《文本问题》,《巴赫金全集》第4卷,白春仁等译,河北教育出版社1998年版,第300页。

[②] 同上书,第305页。

根本目的在于理解与阐释。理解包含有两个意识、两个主体,两个意识、主体各自独立而处于相互对话地位,因此理解任何时候都具有应答性,它孕育着对话,理解作品、理解作者,意味着看到他人,听到他人声音,在交往中使他人成为说者。与理解不同,解释则具有另一种意义。解释只有一个意识、一个主体,它的对象则完全是一个客体,它不能演化成为另一个意识,另一个主体;它是一种独白,它不具对话因素,故而也不能成为对话。在文学作品研究中,理解的目的在于增殖。巴赫金说:"理解不是重复说者,不是复制说者,理解要建立自己的想法、自己的内容。"他又说:"作品在理解中获得意义之充实,显示出多种涵义。于是理解能充实文本,因为理解是能动的,带有创造性质。创造性理解在继续创造,从而丰富了人类艺术宝库。理解者参与共同的创造。"[1]就是说,理解完全不是一种被动的消极现象,重复他人说话的现象。在对话中,在意识的交往中,包括斗争、冲突中,对话的主体在相互的表述中,一面各自建立自身,同时又使事物获得新的意义,并使具有价值的意义部分转向涵义,从而通过意义的充实,扩大了涵义。理解在对话中给涵义带来新因素。意义来自对话过程,是从对话中截取出来的,"是假定性的抽象"。由于对话是普遍的存在,因此意义是不断生成的。"意义具有成为涵义的潜能",由于它的不断生成,所以"涵义就其潜能来说是无尽的",但是涵义是什么呢?"我把问题的回答称作涵义。不能回答任何问题的东西对我们来说就没有涵义。"但至此也只是无尽的潜能而已。涵义要实现自己,则必须与别的他人涵义相联系。在意义的转化中,"涵义每次都应与别的涵义相接触,才能在自己的无尽性中揭示出新的因素"[2]。处于潜在状态的涵义是极为丰富的,巴赫金认为,大量涵义只有在后世有利的文化条件下,才会不断被揭示出来。因此,巴赫金说别林斯基就已认识到,每个时代,都会从过去的伟大作品中揭示出某种永远新鲜的东西。每个涵义只能与其他涵义一起共存。同时根本"不可能有唯一的涵义。因而也不可能有第一个和最后一个涵义"。最终的涵义是该结束的涵义,最终的真理也是要走向终结的真理。当然,完全否定真理也是错误的。这也就是理解的应有之义。那么解释呢?照巴赫金看来解释只是认识已经熟悉的东西,只是揭示了可以重复的东西,解释者的个性这时荡然无存,他"没有任

---

[1] 巴赫金:《1970—1971年笔记》,《巴赫金全集》第4卷,白春仁等译,河北教育出版社1998年版,第405页。

[2] 同上书,第411页。

何东西可以丰富自己,他在他身上只能认出自己"。在我看来这就是巴赫金的阐释学理论,这对于人们理解、区别什么是创新,什么是重复老话,很有帮助。创新与重复老话,在人文科学中是个相当突出的问题,其方法论意义也就在这里。人文科学如果只有解释,将会使自身走向绝境。

  巴赫金提出的文学理论研究要与文化史研究相结合的主张,其理论意义是同样不容忽视的。文学作为文化的组成部分,如果被置于文化语境之外,那将是不可理解的。"不应该把文学与其余的文化割裂开来,也不应该像通常所做的那样,越过文化把文学直接与社会经济联系起来。这些因素作用于整个文化,只是通过文化并与文化一起作用于文学。"一个时期对文学特征的注意,导致长期忽略了文化的富于成效的生活,而它们正好处于这些文化领域的交界处,而不是它们的封闭的特性中。巴赫金说:"所谓一个时代的文学过程,由于脱离了对文化的深刻分析,不过是归结为文学诸流派的表面斗争;对现代(特别是 19 世纪)来说,实际上是归结为报刊上的喧闹,而后者对时代的真正的宏伟文学并无重大影响。那些真正决定作家创作的强大而深刻的文化潮流(特别是底层的民间的潮流)却未得到揭示,有时研究者竟一无所知。"[①]这种不用力气的学风,不仅在 70 年代初的苏联文艺界存在,而且在 90 年代末的我国文艺界流行开来。报刊上的几句浅薄的争论与几句不用力气的话,竟成了一些文艺思想史的组成成分了。

  巴赫金提出了"长远时间"的概念,这是与对他文学遗产的评价分不开的。他看到一些人在评价作品时,只是囿于作品的同一时代。但他认为,仅仅这样做是不够的。因为真正伟大的作品,都是经过若干世纪的文化的酝酿才造就的。如果只是从近期实利出发,那么不易洞悉现象的深层涵义。"文学作品要打破自己时代的界限而生活到世世代代之中。即生活在长远时间里,而且往往是(伟大的作品则永远是)比在自己当代更活跃更充实。"[②]但要做到这点,则作品必须植根于伟大传统之中,分离于传统之外,不吸收过去的东西,它就不能生存于未来。普希金的创作活动只是几十年,但他是为千百年的文化所准备了的。伟大作品之所以能够留传千百年,获得生命,就在于它不仅生长于原有文化的土壤之中,它为当时写作,也为未来写作,即它既包含、融合了过去的营养,同时还包含着未来的因素。这些

---

① 巴赫金:《答〈新世界〉编辑部问》,《巴赫金全集》第 4 卷,白春仁等译,河北教育出版社 1998 年版,第 365 页。

② 同上。

因素在后代不断被发掘出来,被赋予新的意义,充实新的涵义。"在长远时间里,任何东西不会失去其踪迹,一切面向新生活而复苏。在新时代来临的时候,过去所发生的一切,人类所感受过的一切,会进行总结,并以新的涵义进行充实。"①因此,巴赫金批评了施本格勒的文化封闭思想。施本格勒"把一个时代的文化看成是一个封闭的圆圈。然而特定的文化的统一体,乃是开放的统一体"②。其实,在人类每个文化的统一体中,都蕴藏着巨大的涵义潜能,后代在其中将会不断给予发掘,而更新其涵义、充实其涵义。"即使是过去的涵义,即已往世纪的对话中所产生的涵义,也从来不是固定的(一劳永逸完成了的、终结了的),它们总是在随着对话进一步发展的过程中不断变化着(得到更新)。在对话发展的任何时刻,都存在着无穷数量的被遗忘的涵义,但在对话进一步发展的特定时刻里,它们随着对话的发展会重新被人忆起,并以更新了的面貌(在新语境中)获得新生。"③

巴赫金在理解他人文化时又提出了"外位性"问题。在文化界流行着了解他人文化就要融入他人文化之中的观点。事实上,了解他人文化用他人的眼睛、视角看问题,只是了解工作的第一步。但是创造性的理解决不能排斥自身,排斥自身的文化,同时也要吸收他人文化。"理解者针对他想创造性地加以理解的东西而保持外位性,对理解来说是件了不起的事。……在文化领域中,外位性是理解的最强大的动力。"④因为他人的文化,只有在他人文化的眼中即处于外位的"我"或更有其他的人的眼中,才能较为深刻地得到揭示,看到他人文化自身看不到的新问题,提出新问题,产生应答。于是在各种文化涵义之间就出现了对话,各自渐渐展现出自己的深层底蕴。"即使两种文化出现了这种对话的交锋,它们也不会相互融合,不会彼此混淆;每一文化仍保持着自己的统一性和开放的完整性。然而它们却相互得到了丰富和充实。"⑤这就是文化对话中的所谓"增补性"原则了。这里所说的文化的不相融合,我想是指不同文化的自身的独立性。不同文化的某些方面、部分,应是可以融合的,但是如果都是有价值、有传统的文化,那么它们还会长期保留下去,保持其原有的文化本体特征,而在交往中又不断更

---

① 巴赫金:《在长远时间里》,《巴赫金全集》第4卷,白春仁等译,河北教育出版社1998年版,第373页。
② 巴赫金:《答〈新世界〉编辑部问》,同上书,第369页。
③ 巴赫金:《关于人文科学方法论》,同上书,第391—392页。
④ 巴赫金:《答〈新世界〉编辑部问》,同上书,第370页。
⑤ 同上书,第371页。

新,变成新的文化。那种只要求"全球化"、一体化的文化观,大概是没有悠久文化传统、或是对自身文化传统缺乏了解以至罔无所知的人的主张。因为除了电脑、电视、汽车、科技的应用等等可以同一、一体化外,还有难以同一、各具特征的精神文化以及它们之间的对话呢!

巴赫金说,他高度评价结构主义,但他本人对结构主义似乎并不感到兴趣。十分明显,结构主义是在封闭的文本中探讨问题,而巴赫金的文本却是开放的。他对结构主义的态度是"反对封闭于文本之中"。对于巴赫金来说,人、人的存在、文化、过去、现在、将来以及语言、文本、话语、表述、理解、涵义,都无不处在交往、开放的对话之中。现代的文学与过去的文学,现代的作家与过去的作家,作家、读者与人物,都无不生存于对话之中。而"在结构主义中,只有一个主体——研究者本人的主体"。他说,当代结构主义文学理论一般都把作品的潜在听者,确定为全能理解的、理想的听者,这实际上不过是作者心目中的心理表象,"这是一种抽象的理想构成物。与他相对应的也是同样抽象的理想的作者。……理想的听众实际上只是复现作者的一种镜子里的映像"。这样的听众与作者处于同一时间、空间,未能成为他人,未能形成自己的声音,所以不能提供自己的东西、任何新的东西。他谈到他的思想,与苏联结构主义者是不一样的,如在对普希金的《叶甫盖尼·奥涅金》的评价上,指出结构主义者"把《叶甫盖尼·奥涅金》的多语体性(参见洛特曼),理解为一种重新编码(从浪漫主义变为现实主义,诸如此类),其结果是最重要的对话因素消失了,不同语体的对话变成一个东西的不同说法同一共存"[①]。对结构主义文论的评论,从其对话的观点来说,可能如此,但总体上说,可能未免绝对了些。洛特曼的结构主义,后来趋向于文化学方法的探索。

第六节 简单的结语

巴赫金的学术思想博大精深,他未立体系,却自成体系。这是关于人的生存、存在、思想、意识的交往、对话、开放的体系,是灌注了平等、平民意识的交往、对话、开放的体系。巴赫金确立了一种对话主义,如今这一思想风靡于各个人文科学领域。巴赫金的交往理论、对话主义,使他发现了自成一

[①] 巴赫金:《人文科学方法论》,《巴赫金全集》第4卷,白春仁等译,河北教育出版社1998年版,第391页。

说的人和社会自身应有的存在形态。这种思想应用于文学艺术研究，促成他建立了复调小说理论、一种新型的历史文化学思想，为文学、文化研究开辟了新的领域。读他的著作，对其观点不必都表示同意，且它们也并非都尽善尽美，尽可与作者对话。他原本就没有想到这些著述有朝一日会被公之于世。但是令人称佩的是，他几乎每一著作都提出了人文科学中的新问题、新思想、新观点，他的每一著作都把读者领入一个新的学科，走进一个新的境地。

巴赫金丰富了20世纪的哲学人类学、语言学、符号学、历史文化学、美学与诗学。阅读巴赫金，你会得到启迪，感到充实，会使自己的思想活跃起来。你会感到，在学术上，主义也好，创造也好，可不是随意大呼几声，标新立异一下，就自成大师了。阅读巴赫金，你会深深感到，知识真是一种力量，一种伟力。可是这一切，又都是巴赫金在流放中、在生存的流窜中、在恐怖的不断袭击中、在默默无声的病痛缠身中做出来的，这真是令人不可思议，令人深长思之。俄国的另一位与巴赫金差不多同时代的著名哲学家弗洛林斯基说过一句话，我已记不真切，大意是说，一个有独立人格的思想家，他会忍受时代给予的一切苦难与折磨，超越它们，坚持把自己认为有价值的思想说出来。我想，巴赫金就是这样的思想家了。他的种种独创的思想，都是和着生存的痛苦与屈辱，一起呈现在我们面前的。他实现了他的存在、责任、应分，部分地实现了与同时代人的对话，看来他将进入"长远时间里"，和后人继续对话，丰富人类的思维。真的，只要世界上还有健全的理性存在，那么有什么东西能够阻挡思想的力量呢！那些被人哄抬起来的、标榜绝对正确、万世永存的各种理性，如今不是黯然失色而悄然隐退了么！

参考书目：

《巴赫金全集》，白春仁等译，河北教育出版社1998年版。

思考题：

1. 巴赫金为何强调交往和对话？
2. 巴赫金在语言学上有何贡献？
3. 何谓复调和狂欢化？对文学研究有何意义？
4. 巴赫金对西方文论有何影响？

第九章　海德格尔的《艺术作品的本源》

第一节　海德格尔的哲学思想

哲学史家本来更应该像雅典娜的猫头鹰,只在夜色中飞叫,但有的哲学史家却犯了过于性急的毛病。例如,他们一提起海德格尔哲学就只讲《存在与时间》,仿佛《存在与时间》被他们钦定为海德格尔哲学的"纪念馆"了。

其实,就在《存在与时间》中,海德格尔已意识到它不过是自己哲学的"准备",即由 Dasein 进入 Sein 的"准备性分析"。① 后来又反复说,《存在与时间》不是供人休憩的"房屋"(Haus),甚至也不是一条"路"(Weg)。它是什么,这正是海德格尔要寻求的。所以,《存在与时间》可看做海德格尔早期思想的边缘状态。这种边缘状态首先表现在"存在与此在"的关系上。问题是这样提出来的:"什么是存在?"

而进入问题的最初回答却是:"存在是人的存在即此在。"也就是说,人对存在意义的追问受着时间地平线的限定,一切存在物的存在意义都必须从人的时间性的此在领悟这一中心出发去阐释。结果,问的是"存在",答的却是"此在"。尽管此在较一切在者都优先地亲近存在,但毕竟不是存在本身;尽管存在的可能性高于时间中的现实性因而将此抛入更新过去与未来的筹划中,但作为本体的存在较之此在的现象仍然忍受着被揭示被释义的期待之苦;尽管此在于悬置中所直观的意识行为乃是现象的自身表现,有其先验的客观性,但如何确定隐藏于在者之后自行无蔽的那个存在而不是囿于此在之意向性构成及其阐释;总之,凡此在中的立论都难免有一点可疑之处,比如,一切在者(即他在)必须由此在(即我在)来揭示阐释并赋予意义,是否能保证他在的地位与安全? 其中虽然一反"人的遗忘",但是否

---

① 参阅海德格尔《存在与时间》第 83 节"生存论时间性上的此在分析与基础存在论上的一般存在意义问题"(三联书店 1999 年版,第 492 页以下)。亦参阅《形而上学的巴比伦塔》下篇:重审形而上学的语言之维"(华中理工大学出版社 1994 年版,第 224—225 页)中的有关分析。

反过了头以至反到"人类中心主义"的地步(其实是"此在中心主义",除了学名上的"基本存在论",俗名上则是"个人存在论")？尼采说"上帝死了",要"超人"取上帝而代之,人类是否就摆脱了虚无主义的命运？

稍事反省,便达于此在之边缘,亟待进一步由此在对存在的释义现象学转向直接思入存在的自行无蔽、自行发生。先有存在的自行发生,此在自然转入谛听、汲取、承纳、奉献而怀着归根的澄明,须对一切他在小心看护。

随着这一本体论上的转向,下面三种边缘状态便不难踏上自然之途。一、从世界的时间性转向大地的空间性而广袤他性与无时间性;二、从人以为"上手"而实被控制的技术转向人的诗意的栖居,技术正是此在之畏不得不筹划的安全假象中的不安全根源;三、此在之畏是此在外在于存在的基本情绪,以致逃避到技术的安全假象中而最终在技术中丧失了人与物。这是畏的敞开也是畏的遮蔽,那遮蔽处正好是畏的无化,即此在在存在中如同一切在者,从在世界中唯我是在回到在存在中一切都在,此在之畏才无化即自然化为还乡的喜悦与诗意居住的欢乐。

海德格尔在《形而上学导论》中重新阐释巴门尼德与赫拉克利特的哲学时,似有一个于他不应有的疏忽。巴门尼德身处存在之中,赫拉克利特身处存在之外,虽然二者都是存在的最初思者,但对存在的把握处身的基本情绪显然是不一样的。赫拉克利特的躁动不安如"火""爱""战争""对立统一",可说与海德格尔哲学早期中的畏同源,即作为人的此在处身于存在之外的情绪体现。相反,后期海德格尔的"还乡"与巴门尼德的唯在是在,一切皆在同根。海德格尔大谈基本情绪的处身性,由早期的"畏"转向后期的"喜悦",而未曾注意到它的古希腊原型,这对有希腊癖的海德格尔是很奇怪的。事实上,在笔者看来,哲学史上真正的分野是从巴门尼德与赫拉克利特开始的,即人的存在究竟是在存在之中还是在存在之外,这种开端不仅天真而惊讶地直观着存在本体论,而且还包含着后来占据统治地位的哲学认识所忽视的认识的前语言体验,即逻辑背后的始终为逻辑提供潜在本源的无限可能性领域。它们的转换,即无限向有限,不可说向可说的生成转换,才是世界哲学史的真正难题。海德格尔哲学不过是接近它的一种尝试。①

---

① 这是就此在与存在的亲近(本源之依傍与漂泊)而言分内外,若就此在与存在的存在状态而言分内外,似应相反:赫拉克利特的"存在即变",表明"存在在此内",存在随此在而变;巴门尼德的"存在即一",表明"存在在此外",可静观此在为一整体。前者着眼于存在之"俗"或"随俗",后者着眼存在之"神",所以,巴门尼德骂赫拉克利特为"群氓"。两种视角,仅供参考。为保持当时写作的完整性,笔者此次修订多做技术的调整,未做内容的改动。

当然,海德格尔要完成跨越上述边缘,须历经哲学史上罕见的生存冒险。依笔者所见,海德格尔自 1929 年始,探寻了三条冒险的途径。首先是追寻希腊语源和希腊式思维的原始魅力,一个词语就是一个生成着的事件,那里"存在—此在—诗思"本是同根的;其次是重新解释西方哲学史,其中尤以尼采批判宏旨精微,相忘相知,为哲学史所罕见;最后是阐发荷尔德林与里尔克的诗而将在与思的诗化由"路"伸展为"风",伸展为一种弥漫大地与苍穹之间扫荡一切目的手段的无蔽无形的会唱歌的风。

"家"—"路"—"风",这就是海德格尔哲学追寻存在意义的踪迹。1935年至 1936 年的关于《艺术作品的本源》的几次讲演,可说是这种追寻中的一个至关重要的转换环节。

存在如果不是通过此在在世(即在时间中)的揭示而显现出来,那么,存在是怎样自己站出来的?此在不过是倾听它的召唤,换句话说,存在的**存在性即发生性**成为海德格尔首先要解决的本体论难题。

海德格尔是个存在哲学家,他不能不面对整个哲学史,不能不面对生存所福所祸的技术世界以及支撑它的以语言为中心的分析哲学和消解它的同样以语言为中心的艺术哲学。所以他在语源学、哲学史和诗学的全部维向上独立地探寻久已失踪的存在的真理。

在海德格尔看来,一部哲学史,除了巴门尼德与赫拉克特对存在有过最初的洞见,自柏拉图和亚里士多德始,存在就分解为"理论"与"现实"两大"在者"系列而延误至今。存的展现也就是存在的遗忘,本体论的历史也就是愈来愈执迷于在者中而遗忘存在的历史,其中虽不乏大哲学家如笛卡尔、康德、黑格尔直到尼采,都曾尝试过对存在的剥离,但均以流产而告终,哲学史作一反证,可见存在的遗忘何其深久。

海德格尔借助导师胡塞尔的现象学还原,发觉存在问题本身就处在发生中,它不仅要从时间表象上去追根溯源,而且尤应在当下的深层空间里,从发生中去探寻发生。

海德格尔对存在(sein)的希腊语源——涌现、成形、结集——的著名解析,曾引起许多人的非议,认为日耳曼语源与希腊语源之间的联系是海德格尔的"独创",即使帕普编的《德希字典》(柏林,1877)早已指出过这种联系,人们还是要指责海德格尔"走得太远"。例如 R. 阿勒尔斯认为海德格尔对 aletheia 的解释——存在性、发生性即解蔽的无遮蔽状态、真理的生成等——纯系牵强武断,至多也是派生性的微妙含义,完全不能予以确定。αληθεια,指的是真理即已经显露出的、没有遮蔽的东西。这种形象也可用来描述"发现"(disco-very,decouvrir,entdecken)。阿勒尔斯举了"哥伦布发现美洲""化学家发现或找到合成某种复合物的方法"的例子,他分明是说αλ ηθεια即发现、找到,连"揭去面纱,除去掩盖"这样的迹象都没有,哪里有海德格尔的存在性即真理的发生的意义,那岂不是无中生有了!

这样的哲学头脑提供了新的证据:哲学家执迷于"在者"即执迷于"有"的形而上学传统(尼采把它叫做"虚无主义")多么根深蒂固,凡是现存的都是原有的,任何生成、发生都不可思议。对于这种哲学头脑,现代的物理学只能看做魔术。假如中子撞击 a 粒子产生出 b 粒子,那一定是 b 粒子古已有之。至少它在 a 粒子内已"原型先蕴",说它是无中生存,当下生成,绝对违反同一律,不能容许。可惜,不幸得很,现代物理学成立了,从来没有过的粒子在一次偶然的撞击中当即生成了。这是事实,或者说,这是一次"事件",一次证实胡塞尔的"切中"和海德格尔的"生成"的哲学事件。

顺便提一下,国内有的学者竭力主张将 Sein 译成"是"以取代"在",理由是很充分的。事实上,Sein 一词中含有"是"义。不过,笔者以为,系词"是"的逻辑判断味太浓。所谓系词,顾名思义,它是"有"的集合,是"现存"的集合。在句式中,主词的诸属性因"是"而集合起来归附于(判断)主词的名下。因此,系词"是",正如阿勒尔斯理解的,与"发现""找到"同格,均以本有为前提。然而,海德格尔的语言怪癖却看重 Sein 的动词性语源①,即强调的是本无的涌现、成形、解蔽、自己发生,即便要"是"来系、判断、集合,那也必须先生成了、发生了、显露了,你才能系、判断、集合。所以,笔者倾向于译 Sein 为"在",取**在起来的生成**之义,本无。当然,这并不排斥在译文中根据上下文取"是"之义。事实上,海德格尔对 Sein 的使用并不十分严格。维也纳学派的语言分析哲学家们趁机在 Sein 的多义性上大做文章,嬉笑怒骂,其实是不得要领,无非是"各引一端,崇其所善"而已。

第二节 艺术作品的本源分析

《艺术作品的本源》分为五节,除了相当于引言和结语的两部分外,其他三部分海德格尔依次标题为:《物与作品》《作品与真理》《真理与艺术》。

《物与作品》是海德格尔于 1935 年 11 月在弗莱堡艺术科学会上做的讲

---

① 见张志扬:《论无蔽的瞬息》第一节《禁止与引诱》,上海三联书店 1999 年版,第 170—171 页。

演。《作品与真理》《真理与艺术》是海德格尔于1936年11月在法兰克福自由德意志高等学校做的讲演。尽管这几次讲演在当时"到处激起狂热的兴趣",成为"轰动一时的哲学事件",但海德格尔并没有把公众的情绪当做事情本身,他反而沉默下来,直到1950年收入论文集《林中路》才算第一次正式发表。相距十五年,历经第二次世界大战,日耳曼精神在这个世界上恰恰是不适于狂热,而只能静静地反思的!

林中有许多路,这些路多半突然断绝在人迹不到之处。即使人迹所至,也多有歧途。路,人不走不在,人走也未必在哩,要不,更多的人怎么会迷失在他们的常路之中?每人各奔前程,但都在同一林中。常常看来仿佛一个人的情形和另一个人的情形一样,然而只不过是看来仿佛如此而已。

狂热的公众之间,伽达默尔与海德格尔之间,甚至海德格尔与海德格尔之间,或许都难免"看来仿佛如此而已"。"我"误入林中,找寻的只是"我"能够找寻的去路,不管它是常路、歧路、绝路,"我"的存在都是他人的存在。①

1934年至1935年的冬季学期,海德格尔开始讲荷尔德林。《艺术作品的本源》的讲演,自然笼罩在荷尔德林诗的光辉中。

    Schwer verlabt
    Was nahe dem Ursprung wohnet, den Ort.
  (终难离开
   那依畔于本源近旁的地方。)

海德格尔用荷尔德林《漫游》中的这句诗作为自己讲演的结束语,恰好表明了讲演的初衷。正是荷尔德林使海德格尔看到,"在世界上诗享有最崇高的居住权",因为诗独倚本源,守护"真理的生成和发生"。但是,阳光逝去,暮色深沉,人们离开了本源故土,在世界上漂泊久矣,像无根的转蓬,不知所终。

诗或艺术,并不是到海德格尔才开始论及的课题,它存在得太久了。自古希腊以后——海德格尔视野的界限——西方形而上学传统的确立,艺术就一直由它出发来思考自身的本质,并定名为美学。所以在美学的眼中,艺术及其本质都是作为对象来研究的,像人体成为医学及解剖学研究的对象一样,完全遗忘了艺术的原始生成性,即艺术应是攸关人生的一个创造性本

---

① 此处系笔者读《林中路》前言时的独白。译文引自熊伟先生。

源。其中,最具代表性的有三种:

第一种是美区别于真、善。即便**美是"真—善"的统一**,其前提还是承认着美与真、善的分离和差别。自苏格拉底以来,总有一股社会力量推动美趋向于善因而落入有用性中,其道德化、政治化、神学化以及现代的心理化、结构化、逻辑化种种,便是其有用性的不同表现。这一美学类型首先为鲍姆嘉通赋予独立形态,后为康德所完善,其影响至今不衰。

第二种是**美为真理的感性显现**。黑格尔当然是它的完成者。虽然美不再是自处于真理的独立个性,而是真理自身的形式显现,但黑格尔却判定,"艺术不再是真理创造自己存在的最高形式","它的〈感性〉①形式已使它无法成为精神的最高需求",因而,"就艺术的最高使命这一方面看,艺术之于我们已成为过去"。其所以如此,原因在于黑格尔的真理即理念本来就是先验的永恒的绝对性,感性形式不过是它向自身回复的一个过渡环节。虽然黑格尔的真理有着"发展"的历史外观,但它却不是真正的向未来无限开放着的发生。因而,归根结底,美与真是分离的,不过不是空间上展示的并列的分离,而是时间上更迭转换着的分离,即美只是作为绝对真理的自身形式存在于次级的感性阶段上。我们很快就会看到,海德格尔是怎样从这里剥下黑格尔真理的绝对躯壳,还它一个无限可能的发生性。

第三种是当时乃至今天都广为流传的**体验美学**。体验美学尽管在广义上以感受为根据,因而从艺术欣赏到艺术创作都渗透着感受性的体验之源,但体验所体验的终究是一个对象的存在。其中隐含着移情或对象化的原则,造成对象的假象,其实不过是主体的感受性,或者更确切地说,主体感受性本身就已经是一个对象或准对象的此在了,仍然隔离着存在自行发生的本源。总之,无论在艺术作品中,在艺术欣赏中,在艺术创作中,体验与被体验均作为"在者"相对存在着,其展示着的丰富性实为消逝着的环节,因而对艺术的本质即真理的发生是一个敞开着的遮蔽:"到处是光怪陆离的景色,一个消逝,另一个立即代之而起。"海德格尔忧虑地说,人们以为这种体验艺术的方式似乎对艺术的本质给出了一个结论,然而,"体验也许不过是置艺术于死地的因素",只是"这种死亡出现得极慢,以至需要好几个世纪"。

对体验的批判,隐含着自我批判,因为体验不管是对象性的,还是反身性的,事实上它总是以此在的自我领悟为极限经验。也就是说,此在的自我

---

① 引文中的尖括号中的文字系笔者所加,下同。

领悟,与黑格尔理念的绝对自知不同,他不是自我确定的筹划,不能成为他的自我和他个人的"此在"的主宰,而是自身于"在者"中间承受着被抛入的筹划,由"此在"在世的时间性与有限性构成"此在"的历史性生存的极限经验。所以,从这样处身于世的情绪体验与阐释出发,充其量达于"此在"的边界,只能是"存在"的敞开着的遮蔽。换句话说,作为真理的存在的存在性即发生性,在世界化中硬结为一种尺度,一种规范。今天的体验不也就成了艺术欣赏甚至艺术创作的标准之源吗?到处是"我觉得……",人们深信着瞬间的体验直面着存在的永恒,因而把体验当做存在的启示甚至存在本身而志得意满,即便体验是一种敞开,也只是存在的发生的一次切中而不是存在的发生本身,因而体验所敞开的时间中的有限性必然同时使敞开形成遮蔽。意识到这一点,也便意识到体验中介性质而超出体验。但是,如果意识不到这一点,体验的敞开反倒成为双重遮蔽而硬结为对象性的技术手段,即把体验当做艺术欣赏或艺术创作的技术手段。它的双重性造成了更深的自我欺瞒。所以,海德格尔像忧虑技术本身一样地忧虑着体验,因为这个置艺术于死地的因素以它的双重性迷惑着体验者,使它感到现实的虚幻满足。只要人们的心理官能需求着,死亡的现实性似乎也放慢了脚步,使最后的判决来得缓慢,拖得疲软。

海德格尔对美的体验论、显现论、合一论所做的批判在书的"结语"中几乎是一笔带过。这倒不是有意的轻慢,而是艺术作为真理的发生一经照面,它们的形而上学之根自然落入大地的幽暗之处,时间上的"后"往往占逻辑上的"先",现在我们可以一心一意地看看海德格尔是怎样进入艺术的本质寻找其真理的发生的。

艺术,既不能靠把艺术品和艺术家的特性**归纳**起来加以总和,这是一个永不能完成的无穷过程;也不能靠从一个更高的概念那里**演绎**出来,因为无论是那更高的概念还是演绎本身都需要进一步的规定或证明,这同样也是一个永不能完成的无穷过程。当然,你可以设定一个自明的前提作为逻辑的起点,那也不过是设定而已。前提的不完备性自古希腊怀疑论到现代的哥德尔定律,一再打破泛逻辑主义的乐观结论,从未间断地提醒着无的召回。

艺术不是固有的东西,不是"总和"也不是"单一",更不是作为工具或符号指引到别处的"譬喻"或"象征"。总之,你不能设想它的外在性或为他性,也不能设想它的内在性或实体性,任何这种努力都是徒劳的,因为它们归根结底是要把艺术定型为某物即"在者"化。按照康德的意见,整个世界甚至上帝都是一个物,即自己不显现的自在之物。在哲学语言中,自在之物和显现之物乃至死亡和审判这最终的物,凡非无的东西即一切在者,统统叫做物。所以,**证明**上帝存在其实就是将上帝物化或作为在场意义上的在者之存在。

海德格尔一进入艺术作品本源的讲演,就这样堵死了任何艺术物化的道路。

但是,艺术又必然"物化"为艺术品,人们也只能从艺术的发生中去追寻艺术的发生,即从艺术物化的艺术品中去觉察艺术的发生过程以及这过程中的物的变化或艺术化,这是现象学的还原之路。

因此,必须十分小心。艺术物化为艺术品而非艺术自身的物化,正如显现物而非显现自身,生成物而非生成自身,但显现又不能离开显现物而显现,显现也绝非是从一种潜在物向显现物的转换。① 形而上学的传统总是迫使我们在"有"即"在者"中寻找稳定的立足点,而不知道这种害怕流失恰恰是一种不可避免的流失,因为那"有"即"在者"仍在生成中,我们又得无穷地追溯下去。黑格尔的"狡计"在于找到了"纯存在即无"作为逻辑起点,它本来是"本体论差异"式的悖论开端,然而黑格尔用纯粹思辨的无规定的规定把两者同一为最初因的设定,最终逃不掉一个"在者"的命运——聪明反被聪明误。要知道被设定者总是暗含着更高的设定者,例如设定"上帝"为"最高存在者"的设定本身已是对"上帝"的主宰(可给予者即可剥夺者——"谋杀"的一种形式)。所以,"上帝"是不可设定的,或者说,"上帝"乃无形之在。

那么,艺术与物究竟是怎样的关系呢?并不是随便一个物都是艺术显现的显现物啊,在这儿,我们可以看到海德格尔奇特的入思之路。

既然艺术离不开艺术品,艺术品离不开物或物性,而物又不直接是艺术品,甚至也不是物加艺术构成艺术品,只有物自身的艺术化成为艺术发生的显现物才是艺术品,那么,弄清物及其物性乃是进入艺术本质的现象学还原所指示的唯一途径。

深谙哲学史的海德格尔立即发觉关于物的三种规定形态:A. 物是特性

---

① 海德格尔援引古希腊人把物分为"内核"与"表征",二者是随时随地一起出现、一起产生的东西。海氏认为:"这就是古希腊人对在场意义上的在者的存在的基本经验。"笔者认为,海氏有把"内核"与"表征"拿来类比"存在"与"在者"的倾向。我们看到他仍拖着形而上学的尾巴。或许,笔者应该把这看做一个新思想在形成过程中寻找表达时难免的纠缠与摇摆。凡此种情况,笔者在本章中均不做清算。

的载体;B.物是感性的复合;C.物是形式化的质料。

A命题是从物的概念出发,而且它表达在主语与谓语的陈述结构中。主语是物的名称,谓语则陈述出物的特性。每一个特性都是带着偶性的概念,由此组成物的"具体概念"。句子的结构就这样跨入了物的结构,仿佛是物的结构的镜象。其实倒不如说,人们用自己经验物的概念方式即句子结构作为框架来设计出物的结构。这是理性的控制。它支配着物,唯理性是用,但不能触及物的本然的、独立自居和立足于自身的状态,只是用概念的条理化在其表达中将特性遮蔽。所以,海德格尔指出,它恰恰是理性对物的斫杀。

B命题是从物的感觉出发。如果说A命题从概念出发对物的解释使物与我们的躯体保持一般距离,并将物推之甚远,那么B命题从感觉出发对物的解释则使物对我们躯体的压迫又过于紧密沉重,以至使我们的肉体在与物的非中介化相遇中被一大堆杂多的感觉所淹没。于是,又不得不求助于杂多的统一而走上抽象的老路。例如,为了听到纯粹的声音,我们就必须使自己不去听事物而把耳朵从事物那里抽回来即抽象地听。结果,丝毫也没有改变这种物的概念的标准化特性。

为什么总要先把物看做对象然后再设法让我们最大限度地介入物呢?为什么不思考这样一种情况,必须保持物立足于自身的状态,即便在我们接纳物时也应使物处于其本己的自足性中,C命题能否达此要求?

第三节 作品的形式与质料

说到质料与形式,它的包罗万象引起了海德格尔的怀疑,而且它还把传统形而上学的一套范畴分理得井井有条:

形式——理性、逻辑性、主体性……
质料——非理性、亚逻辑性、客体性……

海德格尔惊呼这是一架概念机器,任何事物都在劫难逃。

于是,自然之物、使用之物与艺术品都被质料与形式绞成一团,血肉模糊,面目难分。人们以为接近的是谁呢?

一块峭然自在的花岗岩石,其形状无非是物质的空间分布所呈现的轮廓,或者说,"形式"就是质料自在的样式,就是质料自身的特征,就是物质的独立自处,既不为何,也不因何,反正**这样**浑然一体地存在着。

一口水缸,一把斧子,一双鞋,情形就完全不同了,它们首先是形式与质料分离,然后形式才规范质料,其所以如此,盖因形式服从于使用。换句话说,原料的选择与形式的制定都取决于使用性。使用性成为形式选择以形式统一质料的根据,由此,使用性进入器具之在正好缩影般地再现出人进入在者之在。人就是这样通过器具的存在(形式与质料的结构)去把握一切在者的存在。

读到这里,笔者想,海德格尔在反省。《存在与时间》中,在世的此在较一切在者处于存在状态上的优越而中心的地位,与此相仿,其角度都是由人的领悟、创造、使用即"上手"而进入在者之在的。

这一倾向在《圣经》的信仰中也得到支持。上帝创造一切,也就是说,一切在者都是上帝的创造物,因而都被规定为形式与质料的结构。从古希腊的"隐而不显的在场状态"经拉丁语的翻译被中世纪神学改造为"形式与质料的统一",由此奠定了近代形而上学,并在康德哲学的"经验—先验—超验"的模式中流行开来。所以,海德格尔认为,形式与质料在任何情况下都不是物之为物的原初规定。它与 A、B 两命题一样,也是对物的物之存在的一种侵害。

可见,人们习以为常的思维方式始终未能启示物。传统形而上学的先入之见已形成启示物的障碍,我们必须将它搁置一旁。重要的不是由此在去思考在者,而是从在者的存在去思考在者本身,并通过这种思考使在者保持原样即让物在它的物之存在中不受干扰地憩息于自身。

这种在自身中憩息而归于无的性质使物的物性几乎成为不可言说者。但是,人的命运恰恰在于说不可说者。我们在物的器具存在中多少得到了一点暗示,器具既然是人**使用**的,必然是人**制作**的。就器具**用物**制作的而言,器具是半截子物;就器具**为人**制作而言,器具是半截子作品。所以,器具介入物与作品之间。它隐含着这样一个思在的路径:去掉器具的使用性,剩下的应是物的独立自处,但如果去掉了使用性,又保持着人的制作在于使物独立自处,这岂不是艺术品之为艺术品了?人如何制作而不伤害物的独立自处呢?

海德格尔以农鞋为例。鞋匠制作这双农鞋是为了使用的,所以这双农鞋的存在全在于它的使用性中。它不是一个摆在那儿供观赏的对象。它必须穿在脚上,走在田野中。穿者对它想得越少,它的存在就越真。而且穿得越多,磨损得越多,它的存在也就越有意义。一直到穿破了,不能再穿了,非得丢弃了,它也就不存在了。所以,农鞋的存在仅仅是使用的存在,尽管作为农鞋的物的存在在使用过程中不断消耗着,越来越趋向无。恰正如此,农鞋作为农鞋,或器具作为器具,才真正显现出来。推而广之,我们只能在器具的**使用过程**中实际地遇上器具的器具因素,甚至器具的物的因素在使用过程中消逝着,反而是理所当然的。"显现着"建立在"消逝着"上,这真是愉快而危险的游戏。然而它是在者、此在与存在的最真实的关系。

由此引申出神话或童话。在神话或童话中器具就是器具因素,一个单纯而全的使用性。其器具的物的因素是不予存在的,舍此而显现其神。神乃是非物而纯全的使用性。不过,这神是按其属性派生的人神,不是以天地自然为其本位的神神。神神系万物的根据。器具的物的因素在使用过程中的消逝性,海德格尔把它叫做"可靠性"。一方面显现出器具的器具因素即使用性的存在,另一方面也显现出物憩息于自身而归于无的物性的召唤——使用之得意忘物的界限。物不存在,使用性亦不复存在。然而在使用过程中存在的消逝性促成使用性即显现性反遮蔽其自身正趋向于无而不自知,愈上手好用,愈忘情于用——敞开即遮蔽。"当量被看做无足轻重的界限时,它就是使存在着的某物(被规定着的使用性、财富等)遭受意外袭击和毁灭的那一个方面。"①

这种敞开即归闭所显示出的物扭身而去的召唤之奇怪姿态,简直使寻找中的海德格尔入迷。那么,使用性即世界性,世界在使用过程中敞开为世界。使用的尺度尺度化了,世界世界化了,到处建立起使用的规范原则。以至人与物都落入使用的规范原则中消逝着,从而敞开了原来在使用的快意中忘情的无——由物的消逝带起使用自身的消逝。它的迅速更迭,一切都在膨胀起来的世界化中趋向无。这时,忘情于使用的世界才听见大地回声——"勿忘我"!

这奇妙的声音在梵·高的《农鞋》画中变成了绝唱,它勾起了海德格尔无限的乡土之恋:

> 在这双鞋具里,回响着大地无声的召唤……这双器具属于大地,大地在农妇的**世界**里得到守护。从这种守护的归属关系出发,器具才自行重建于它的安宁中。②

海德格尔写得太动情了,像一块明亮的色斑跳出了它的画面,反而打断了笔

---

① 参阅黑格尔:《逻辑学》第1卷,杨一之译,商务印书馆1976年版。
② 见海德格尔:《艺术作品的本源》德文版,第28页。

者阅读的连贯性,甚至引起笔者的怀疑,拉开了笔者的距离,本来笔者是应该更深地沉入的。

能够对一幅画作这样无限的引申吗？后印象派大师的画要求如此丰富的意义干嘛？画家的抽象形式感总是给予爱玄思的哲学家足够广阔的天地。不,问题不在这儿,不在解释学的限度,不在天才的艺术本身和珍巧的商品艺术的差别,也不在即使天才的艺术也难免自身的遮蔽性。海德格尔似乎说的不是或不完全是专门创作艺术品的艺术活动,而是说的人应该怎样去寻找同自然的非使用性的守护关系,因而这种非使用性的艺术生成(守护、还原)应该成为人的生存方式或实践方式。

物在器具的器具性即使用性的显现中消逝着。相反,物在艺术品的艺术性即真理性的发生中还原着。艺术既是一个世界的敞开同时又是这世界对大地的守护,因而艺术是对世界世界化的消解而向大地的回归,使守护大地的世界成为可居住的,人与物不再丧失而是重新建立自身于它的安宁中。

第四节 作品与真理

艺术不单是艺术家的行为,也不单是显现于艺术品的本质,艺术即是真理的自行发生,或者说,海德格尔通过艺术品看到艺术的本质即存在之真理是如何自行发生的。而艺术品中真理的自行发生,又是通过物的器具性使用的消逝性,同物的艺术性生成的还原性或对大地的守护性二者之间的现象学比较所揭示的存在本源。

《作品与真理》是海德格尔讲演的中心环节。我的整个解释都是为它准备的。不过,只要读者完成了这个准备,剩下的便是自然之途,反而不是本文的兴趣所在。所以,对《艺术作品的本源》的结构分析,是在本文的背后进行的。

前面已经说过,在《存在与时间》中,存在总是被时间中的有限存在即此在所领悟阐释才能敞开其存在的意义。这种敞开性,或者说,此在的显现性,总是同自身的消逝性、虚无性即向存在的沉没纠缠着,因而这敞开同时也是对存在的发生性的遮蔽。

现在,海德格尔通过"物—器具—艺术品"的现象学分析,发觉艺术品作为艺术本质的真理的自行建立,应该是存在的自行发生的直接观照。艺术品也是人的一种创作生活,艺术品中物与人的关系同样观照着人居住于其中的世界和大地的关系。那么,艺术品中的真理的自行建立,怎么不能启示着人生存于其中的存在的自行发生呢?

一座建筑物,如一座希腊神殿,既不描绘什么,也不反映什么。它只是静静地立于山谷里、嶙峋的山岩间。原来在风化中沉睡的顽石突然在神殿的支撑中迸发出无穷的威力,抵御着向它袭来的风暴,也显示着风暴的力量。阳光下,殿顶的拱石闪耀着白昼的光芒,开扩出一片人们从未见过的天空。黑夜不再迷蒙,星光格外亲近。大海的呼啸、拍岸的波涛以此颂扬巍峨尊严与肃穆宁静。翠木青草、鹰和牛、还有蛇与螽,于是有大有小,有快有慢,有远有近……世界豁然开朗,乃神殿迎迓的神性之扩展与延伸。正是这神殿作品的兀立首先沟通进而聚集着某种**统一性**,即环绕自身的通路与关联的统一性。在其中,诞生与死亡、灾难与祝福、凯旋与耻辱、坚韧与崩溃便给予人的族类存在赢得它的历史命运的形象。

世界就是这样因神性即统一性的到场——在诸如神殿的形式中——从大地上建立起来同时又守护着大地。它不是我们静观的对象,它从来就是诞生与死亡、祝福与亵渎而使我们丧魂落魄地执迷着的生存之路。由此,我们决断、采纳、误解、抛弃、重新追问,为了颂扬世界的建立——大地的馈赠;为了奉献神圣的召唤而皈依——大地是一切展开着的东西重又消失的神性之域。

所以,一件艺术作品按其本性就是建立世界以引入大地。作品的建立不像器具那样在其器具的使用中消耗掉它的物性。相反,作品赖以建立的质料,如神殿中的石头,恰恰在作品的艺术生成中首先昭揭出物性,使石头单纯坠落的沉重感在神殿的支撑上显示出拔地而起的升腾力量,然而这种在作品的建立中昭揭出的物性,一方面把大地引入世界的敞开,使大地成其为大地,另一方面同时也是向大地蕴含的无穷无尽的不可穿透的物性的回归。换句话说,即使作品把大地携入世界的敞开也仍然不失其大地的自我隐匿:大地用而不失,反昭示其无限的可能之途。

当然,这是海德格尔企求的世界,即在艺术作品中敞开的世界。这个世界作为人的制品把人引回自然之性,而不是我们正生活于其中的现实世界,那里到处响彻理性的声音:石头在重量中,颜色在波长中,声音在频率中,思维在逻辑中,道德在利益中,神祇在教会中……总之,理性的计算成为普遍的尺度,而设计的目的在于合理的使用,于是,任何目的即便上帝都逃不脱沦为手段的命运。理性确立了一个"手段的王国",一切都是手段,唯有手段才是目的。

究竟如何看待技术?科学技术或工具理性的终极目标是否一定要把人

类居住的这个世界变成宇宙中一个巨大的"行星工厂",我以为这个问题科学技术自身会带来批判性的反省,事实上已经带来,用不着哲学家的空头许诺。但是,从现存的世界来看,海德格尔指出,艺术化不同于技术化,它们代表了两种不同的人与自然(包括人与人、人与自身等)的关系——人在自然之中/人在自然之外——无疑对人的生存状况是一个极深刻的启示。

意识到这一点的人,既不停留于世界的敞开中,他知道敞开不是一次性的结果,而是无限的过程,因而大地是不可以被世界的敞开所穿透的,相反,敞开必须是还乡式的看护;也不迷失于大地的隐蔽中,他知道隐蔽是显现于敞开运动中的最内在的宁静因而始终保持着运动生成的根据——空隙。

海德格尔正是在此基础上提出了艺术的真理:

(在者)世界—敞开—动

〉冲撞—空隙—形象—真理

(存在)大地—遮蔽—静　　(反常规)(形成)

笔者不想逐一解析海德格尔的思路,它的略带体系化的结构恰恰是我不太喜欢的,但有两个要点不能不给予特别的关注。

第五节　生成与开端

世界与大地的冲撞如何造成了空隙,空隙又如何是真理的生成之源,或者明确地说,在世界与大地的冲撞中,真理是如何发生的呢?

世界使大地敞开,大地使世界归闭。此归闭并非特指某一过程的终了,使生成物代谢如斯,而更一般地是强调就在世界的敞开本身也仍不失大地的遮蔽相随,甚至敞开就是遮蔽,正如虚空之于原子,渗透其内外,才是原子生成的永不安息的根源。

由此冲突,世界已不复是传统形而上学眼中固有的存在,而是一个不断敞开去蔽的展现过程。所以,固守主客相符的传统真理观,要想认知与实在符合一致,而实在首先必须在去蔽中显露出来方有可能。实在是生成着的,并非僵死而恒久地自在着。显然,海德格尔的真理观与传统形而上学的真理观有两大区别:(1)没有一个固定不变的东西自在着,等着你去同它符合一致,真理是在去蔽中生成着的。(2)不是从先验自明的本体出发,使真理运动处在一个绝对的界限之内,认识也只能被动地相符,而是从经验的现象出发,在瞬间的界面断裂处由表象时间转向深层空间达到去蔽中的生成,这是一个真正进入无的无限过程,生成的有不过是其间更深入的环节。

海德格尔借助希腊语词αληθεια,做现象学解释,便获得了关于真理的新理解。真理即是"存在者的去蔽",而"存在者的去蔽"所显示的正是存在自身的生成性,即涌现、解蔽、综合。仿佛"板块说"描述的地壳运动,未成形的岩浆总是从板块的内在断裂处、边缘或界面下涌现出来以成形。此成形的敞开即是遮蔽。比喻到此为止,海德格尔的去蔽是基于他的本无论。

世界是一个敞开的在者的总体,但我们不能控制的在者太多,而可以认知的在者太少。即便每一个在者都很牢固地坚持自身的差异,然而在在者之间,在它们的边缘地带,却总是透射出光亮来。不是在者环抱着此透射的光亮,相反,是透射的光亮环抱着所有的在者。在者立于存在之中。正是凭借这光,在者才以种种明确而变通的尺度去蔽,不过,也只有在这光的缝隙里,在者得以自行藏匿起来。光使在者内在地具有"显—隐"的对立性,正如在纯粹的光明或纯粹的黑暗中什么也看不见一样。

所以,当我们对在者只能言说其所是的状态时,在者就拒绝向我们展露。它的肤浅而单一的外观与其说是一种显示,不如说是一种掩饰。只有在者之间的光透射出来,既使我们看见被它所环抱的在者,又使我们看见一个在者对另一个在者的遮蔽,这时在者就在拒斥与掩饰中显现自身,并带给我们极大的迷惑与牵引,仿佛那掩饰着的黑暗的空隙于拒斥中收摄着一切奔赴解蔽的魅力,使发放的生成同灌注的解蔽构成内循环的中心。可见,在者的真理绝不是解脱了任何遮蔽的空洞虚假的无蔽,恰恰相反,只有以双重遮蔽方式的这种拒斥(即在拒斥中牵引)才称得上作为无蔽的真理的本质。

简言之,在海德格尔的真理中,既包含着古希腊哲学的虚空思想,又包含着现代科学哲学的否证思想,从而使真理不是从先验自明的本体出发以演绎自身,而是从现象的不断否证、解蔽以接近、启迪无的无限可能的生成性。世界的敞开其实是担当起引导作用的通路之光,借助于它的遮蔽、缺陷、拒斥、掩饰即黑洞式的牵引,才能做出决断。此决断正是奠基于尚未驾驭、尚不明晰、甚为迷茫的事物之上,如柏拉图所说,"给不确定者以限定"。

同《存在与时间》比较起来,占据《艺术作品的本源》之中心位置的是空间概念。在这里,真理的生成不是依据世界中的时间性或历史性,而是转向扬弃时间的无时间性的深层空间领域——大地。它是展现在时间中的世界的生成之源。

如前所述,世界的敞开与大地的归闭造成反常规化的冲撞、突破而揭示出更大的生成空隙;或者,存在之光环抱着一切在者,并从它们的内在断裂处或边缘界面下透射出来,在此光的环抱中,遮蔽、掩饰所显示的拒斥内涵着巨大的牵引,那是作为光源的黑洞式的虚无趋动返静的召唤,等等,都是海德格尔所描述的空间性。如果说,"此在"是时间性的,那么"存在"则是空间性的。空间乃时间的生成之源,凡是时间中显现为超越的即超越时间自身的有限性与差异性,都是空间穿透的结果。空间,无论是宏观或微观都弥漫着同一性即吞吐一切的无。

但真正使笔者着迷的是"有—无"的转换过程,以及这过程如何体现在思维中而获得它的语言形式——说不可说者。

笔者曾在《论无蔽的瞬息》中对不可说向可说转换的四种形式做过粗浅的尝试。现在笔者愿趁此机会将其中相关之点再做一番表述。

瞬息当然是一个时间概念,它是人的生命的实在形式。"我"不能生活在过去中,也不能生活在将来中,只要生命作为生命活着,它就只能生活于当下瞬息之中,阻塞瞬息,生命也就停止了。

这个瞬息,不仅是在不朽的相对意义上说的,"人生几何?譬如朝露",更根本的是警戒着生命的脆弱性,即相对死的绝对可能性而说的,瞬息的活着才是真实的生命。个体生命尤其如此。生命如果不是像生物的"种"那样缓慢地在自然的顺应中延续着自身,而是作为精神的个体必须以非连续的独创性显现于瞬息的生命之中并直观着自身的差异为"类"的发展提供特殊形态,那么这瞬息就在两个方面直接关联着虚无:否定世界历史追求自身的永恒,不致使瞬息被历史传统所吞噬,打破不死的死是为了有死的生,瞬息只属于自己所开创的来自虚无的无限可能性。所以,瞬息恰恰又是时间的历史连续性的中断,即超出时间向空间的沉入。在这个意义上,可以说,瞬息是空间性的,透射着虚无的生成之光,或它本身就是这透射。正是生成性使瞬息成为时间的开端。或者说,瞬息不是历史连续性的延伸,而是从深层空间脱颖而出的非历史连续性的重建,因而瞬息意味着空间成为时间的开端。

生成与开端,应是瞬息的生命形象。我们日常生活中的大量"瞬息"做不到生成与开端,生命照样延续着,也仅止于延续,这就是沉沦中的生命的不真实性与遮蔽性。时间像流水逝去不舍昼夜。历史传统裹挟在流水中,像泥沙沉积在平缓处。瞬息湮灭,生命虽在延续,人却退居物质之下。漫长的历史,荒凉的土地。"念天地之悠悠,独怆然而涕下"。

生命应该凿通自己的瞬息,透出生成之光。永恒的不是时间的长久,而是空间的深阔,没有空间,何以生成,没有生成,何以时间!寻找生存的空间吧,就在瞬息的下面,历史的遮蔽处。

既然艺术作品的艺术本质是真理的自行设立,即敞开世界,引入大地,那么,在形式上,创作艺术品的艺术家,其使命自然是带领——倾听、吸取、承纳、奉献——把自己和读者带入世界与大地的冲撞所造成的空隙中,从而中断、扭转共同在世时习以为常的秩序、行为、评价、认识和观察,在失落的颤栗中经受一次性的突袭,以便把孤独即独步虚无的领悟确立为触目的形象。冲撞要不带暴力也不虚张声势,而是要平淡含蓄又虔诚痴迷地潜入敞开者的空隙之中,越简洁越能惊世骇俗。这里有一个理解的要点。在转变中的海德格尔看来,艺术品不是艺术家随心所欲的产物或者像激进的艺术理论所认为的,是艺术家天才的流溢。这种主体中心主义或人类中心主义已为海德格尔所不取。

转变中的海德格尔力图寻找进入存在自身的途径,一旦他发现了存在的真理即是存在的自行发生,他就不再迟疑,召唤作为此在的人整个投入存在之中,即投入存在的自行发生的空隙之中,经历一番存在的非存在化——非存在的存在化的生成过程。

因而,作为此在的人丝毫没有固守自身此在的权利。他已无责任能力向世界大喊:"我就是世界,世界就是我,我创造……"

吞吐一切的大地沉默无语,它那不可穿透的无穷魅力像黑洞那样使天才的目光发生弯曲,坍缩。不要凌驾于大地之上像一个死去的主宰奢望要什么,不要什么。你两手空空,一无所有。你目空一切的眼神隐含着空虚的惶惑与期待,放弃你脆弱的骄淫吧……

世界上本没有房屋,没有路,只有风儿在歌唱。现在似乎什么都有了,但你别忘记,"奠基之根本,馈赠之真理,开端之首创",永远是房屋、道路、世界之上,苍穹与大地之间,扫荡一切手段和目的的无蔽无形的风的歌。

参考书目:
1. 海德格尔:《存在与时间》,陈嘉映、王庆节译,三联书店1999年版。
2. 海德格尔:《艺术作品的本源》,德文版。

思考题:
1. 海德格尔是如何看待艺术本源问题的?
2. 海德格尔对艺术与真理的关系有何看法?

第十章 萨特的《什么是文学》

萨特(Jean-Paul Sartre,1905—1980)是法国著名的存在主义哲学家、文学家和文艺理论家。1924年就读于巴黎高等师范学校,1933年曾留学于德国柏林的法兰西学院,深受德国哲学家胡塞尔和海德格尔的影响,并逐步确立了自己的存在主义哲学体系。萨特一生著述颇丰,文学创作主要有《恶心》《苍蝇》《自由之路》等,理论著作主要有:《存在与虚无》(1943)、《辩证理性批判》(1960)、《想象心理学》(1940)、《什么是文学?》(1947)等。此外,在文艺批评方面,还有关于福楼拜、波德莱尔和加缪等作家的一系列评论文章。

第一节 现象学存在论与人的生存

萨特的文学理论基本上是其哲学思想的派生物,尽管他不乏作家的敏感,因此了解他的哲学是进入其文学理论的方便门径。

萨特将其哲学概之为"现象学存在论",并以之为其巨著《存在与虚无》的副标题。显然,萨特想将现象学和存在论合二为一。自笛卡尔以来,心物二分成了西方近代哲学的传统和难以摆脱的思想困境。其间有康德弥合二者的努力,但他仍留下现象和自在之物的沟壑。胡塞尔的现象学将笛卡尔的主体性原则贯彻到底,悬置了自在之物,将真实的存在还原为意识的构成物——现象。"现象即存在",在萨特看来是胡塞尔的现象学最富革命性的成果,全部萨特哲学即以此为起点。不过,萨特并不像胡塞尔那样迷恋纯粹意识,而是从海德格尔那里受到启发更关注实践性意识,以及在这种意识中构成的存在(现象)。此外,萨特还从马克思主义那里吸取历史唯物主义来强调这种实践性,但他又借助于克尔凯戈尔的个体性学说来修正其空洞的阶级决定论。博采众家而独创之,形成了萨特式的存在主义哲学。

为了阐述"存在"的复杂性并进入他所关注的"人的生存",萨特在胡塞尔现象学的框架内借用了黑格尔的一对概念:自在的存在(Beings-in-themselves）和自为的存在（Beings-for-themselves）。自在的存在指意识之外的、无意识的存在，自为的存在指意识之中的、有意识的存在。人是自为的存在，他既是被意识的对象（自我意识）又是意识主体，他在被意识和去意识中存在，在意识之外且自身无意识的纯粹躯体不具有"人"的真实意义，它只是一种物，一种自在的存在物。由于人生存于意识之中，所以人并不直接与自在的存在打交道，他总是直接面对他意识中的显现物。值得注意的是，在萨特那里，自在的存在物和意识中的显现物可以是同一物的两种状态，它们都真实却又根本不同。不能设想在意识中的存在（现象）背后是自在的存在，并将后者等同于什么本体或本质，现象背后一无所有，但现象并不是空洞的观念性幻象，它就是在意识中显现出来的事物，一种人可以与之发生实质性关系的事物。正是这种意识中的显现物构成了他生存于其中的世界，而意识之外的自在存在只是他的世界的混沌背景。

人生存即生存于意识（以及由之派生的行为）所建构的现象世界之中，尽管这个世界的背后有一个巨大而神秘的背景。就此，萨特从哲学层面提出了他的"介入"（To Be Engaged）学说。在萨特看来，人生存就意味着人意识，人意识就意味着人介入了自己生存于其中的现象世界的建构，人经由意识的介入又或多或少地引发改变现实的实际行为。因此，生存即介入。

生存的介入性提示了人不同于物的特殊存在方式，人凭借自己的意识和行为建立了人居住于其间的世界，并开创了自己的人生，这意味着人的存在是人自己造就的而不是由某种外部力量所注定的，不管这种力量被称为"上帝""社会"还是"历史"。萨特将人与物的这一根本区别表述为存在主义的第一原理：存在先于本质。如果说物的本质是先行给定的，人的本质则是人自己在一生的过程中自己选择的，尽管人的选择受到这样那样的制约，这些制约也是人选择的结果。由于没有上帝，由于人被抛入了虚无，人被迫是自由的。

就此而言，介入和自由在萨特那里就不单是一种呼吁，而是人之为人的基本存在方式，那种不介入、不自由的生存偏离了人的本真生存，在严格的意义上只是人的生存的异化样式。积极的介入和生存的自由作为人的道路召唤每一个人，缘此，萨特称他的存在主义为人道主义。

介入和自由作为人的生存方式表现在人类行为的方方面面，写作也不例外。萨特文学理论的基本理据由此而来。不过，萨特并非刻板的经院哲学家，他更是一位天才的文学家，因此他的文学理论不能完全还原到一些哲学教条上去。

第二节　画、音乐与诗:物与义的二位一体

1945年,萨特在他主编的《现代》杂志创刊号上发表了《争取倾向性文学》的社论,主张文学应当介入社会生活,对当前的社会政治事件表态,从而保卫日常生活的自由。萨特的主张召来不少责难,因为自19世纪以来,纯艺术、纯文学的观念已成为普遍的信念,人们已很难接受萨特这种公然的文学介入论。为了回应流俗的责难,并进一步阐明自己的观点,萨特写了《什么是文学?》。该书在1947年分6期连载于《现代》杂志,后收入《境况》文集第2卷,1964年出单行本。

《什么是文学?》全面阐述了萨特的文学观,尽管萨特晚期对该书的某些观念做了修正,但其整体思路和基本观点却贯穿了他的一生。

在《什么是文学?》中,萨特首先区分了诗与散文,进而将他所谓的文学严格限定在散文的范围之内,并经由这一区分来展开其思想。

自19世纪下半叶象征主义始,尤其是自20世纪初的俄国形式主义以来,从语用区分的角度区分诗与非诗已然成了新的传统,萨特也是从这一传统出发来区分诗与散文的。因此,从区分诗与散文的基本思路和话语推论方式看,萨特并无什么创见。不过,值得注意的是,萨特以其特殊的艺术敏感和哲学沉思对这一问题展开的方式,尤其是他借助于对绘画、音乐等艺术样式的考察来对诗歌语言的分析。

萨特指出同为艺术的绘画、音乐和文学因媒介使用的不同而有质的分别。"用颜色和声音工作是一回事,用文字来表达是另一回事。音符、色彩、形式不是符号,它们不引向它们自身之外的东西。"①俗常之见恰恰把音符、色彩和形式看成符号,即看成指涉它之外的某物的符号,比如以白玫瑰表示"忠贞不渝",以痛苦的喊声表示"痛苦"。不过,萨特说俗常之见只是"一种"看法,它并不等于、也不能取代艺术之见。在艺术家眼中,白玫瑰"似烟如雾地茂密盛开",有"滞留不散的甜香",决非抽象的"忠贞不渝",一句话,它是物,实实在在的物。"对于艺术家来说,颜色、花束、匙子磕碰托盘的叮当声,都是最高程度上的物;他停下来打量声音或形式的性质,他流连再三,满心喜悦;他要把这个颜色—客体搬到画布上去,他让它受到的

---

① 萨特:《什么是文学?》,《萨特文论选》,施康强译,人民文学出版社1991年版,第91页。

唯一改变是把它变成想象的客体。"①

萨特的意思是,对颜色、声音、形式至少有两种看法和使用方式,一种是将其作为符号使用,即日常使用;一种是将其作为物本身而给予想象性的呈现,即艺术表现。萨特进一步分析道,对颜色、声音的艺术感受和表达并非完全与意义无关,即并非与其符号性功能无关,因为最洗练的品质或感觉也没有不带意义的。"但是附在它们身上的那个小小的意义,不管是轻盈的快乐还是淡淡的哀愁,都是它们内在的,或者像一片热雾在它们周围颤动;这个意义就是颜色或者声音。谁能把苹果绿色从它带酸味的快乐中区别出来呢?"②

以萨特之见,一般符号与其指义之间的关系是外在的、任意的、可替代的,比如"Yellow"与"黄"可以相互替代,它们都指向同一个概念(意义)。而在艺术家眼中或艺术作品中,事物及其意义是不可分割的,它们之间的联系是内在的、独一无二的,比如丁托列托画中"各各他上空中那道黄色的裂痕":

> 丁托列托选用它不是为了表示忧虑,也不是为了激起忧虑;它本身就是忧虑,同时也是黄色的天空。不是满布忧虑的天空,也不是带忧虑情绪的天空;它整个儿就是物化了的忧虑,它在变成天上一道黄色裂痕的同时又被万物特有的属性,它们的不容渗透性,它们的延伸性、盲目的恒久性、外在性以及它们与其他物保持的无穷联系所淹没,掩埋;也就是它再也不能被辨认,它好像是一个巨大但又徒劳的努力,始终虚悬在天空和大地的半途,无从表达它们的本性禁止它们表达的内容。同样地,一个旋律的意义——如果人们在这里还能谈论意义——离开旋律本身也就荡然无存了。③

正是基于这一看法,萨特顺便批判了流俗的典型论。在萨特看来,艺术形象其物其义之独一无二的内在关联拒绝成为典型,它只能是"这一个",它没有代表性,它只呈现其个体存在,它是独一无二的。

关于艺术形象之物与义在纯然个体存在上的浑然一体性,萨特有一段精彩的分析:"毕加索画的细高个子意大利喜剧丑角老有一种暧昧、永恒的神情,他们身上附着一个猜不透的意思,而这个意思是与他们瘦削、前倾的

---

① 萨特:《什么是文学?》,《萨特文论选》,施康强译,人民文学出版社1991年版,第92页。
② 同上书,第91页。
③ 同上书,第92—93页。

身材和他们穿的洗褪了颜色的紧身百衲衣分不开的;他们是一种化成血肉之躯的激情,肉体像吸墨水纸吸收墨水一样吸收这一激情,使它变得无法辨认,迷失方向,成为某种对它自己也是陌生的东西被肢解在宇宙四隅却又无处不在。"①

与画家和音乐家相比,作家似乎更关注意义而非物本身,因为他们使用语言,而语言似乎就是天然的符号,它指示意义并可以与意义分离。不过,萨特指出,对作家我们也要做进一步区分,因为诗人和散文家对语言的态度迥然不同,如果说散文家像常人那样看待和使用语言,即把语言作为纯粹指义的符号来使用的话,诗人则像画家和音乐家那样把语言看做一种特殊的物。

在此,萨特谈到了语言符号的两可性。他说人们既可以自由自在地像穿过玻璃一样穿过符号去追逐它所指的物,也可以把目光转向符号这一事实本身,把它看做物。诗人选择了后者,他一了百了地从语言、工具脱身而出,一劳永逸地把词看做物而非符号。

不过,在诗人那里,词之为物也并非无意义的物,恰恰是意义使词成了词而不是别的什么物,没有意义,词就会变成声音或笔画,四处飘散。然而,关键的是,词与义的关系在诗人和散文家那里是不一样的。在散文家那里,词与义是可分离的,词只是表达义的工具或迅速通向义的通道,散文家的目标是让读者"得意忘言";诗人与之不同,诗人的目标不是抽象的词义表达,而是让语词及其一体不可分的语义完整地呈现给读者。在诗中"它(意义——笔者注)成了每个词的属性,类似脸部的表情、声音和色彩的或喜或忧的微小意思。意义浇铸在词里,被词的声响或外观吸收了,变厚、变质,它也成为物,与物一样不是被创造出来的,与物同寿"②。

但萨特与一般形式主义者不同。后者在词与义二元分离的框架内强调诗性言述指向语言结构形式的自指功能,所谓"得言忘意",以之与日常表达相区别,萨特则在词与义二位一体的设想下思考诗性言述的特殊性。此外,萨特还提出了一种多少有些新奇而玄奥的看法,萨特认为日常的说话者(包括散文家)位于语言内部,语词是他感官的延长,他生活在语言之中,只要他说话,他就已然在一个巨大的语言世界中。萨特据此而认为散文家的"介入"首先是一个已然的事实。萨特的说法太不清楚,如果把这里的"语

---

① 萨特:《什么是文学?》,《萨特文论选》,施康强译,人民文学出版社1991年版,第94页。
② 同上书,第96页。

言"换成"意义",他的意思似乎更明白些。事实上,他要说的是,日常的说话者(包括散文家)位于意义内部,意义表达与交流是他们说话的目的,由于世界是一种意义构成,因此,他们的言述介入了这一构成。与之相反,诗人似乎处于语言(意义)的外部,因为词与义一体的语言言述对于诗人就像一个外在于他的物,或者进一步说,在诗性言述中的意义变成了物,一种外在于诗人的物。萨特以这两句诗为例:

啊,四季,啊,城堡!
谁的灵魂没有缺陷?

萨特说这首诗并无询问的具体语境,事实上谁也没有受到询问,谁也没有提问,诗人不在其中,询问不要求回答或者说它本身就是回答。在此没有具体询问,只有绝对询问,诗人把一种询问性的存在赋予灵魂这个美丽的词。"于是询问变成了物,犹如丁托列托的焦虑变成了黄色的天空。"[①]意义物化了,成了一种外在于诗人的物。正因为如此,萨特问:我们怎能要求诗人像散文家那样介入呢?诗人站在世界之外,其如他站在物化的询问和焦虑之外一样,一旦"询问"物化为诗中的灵魂(词),"询问"就不属于他了,一旦诗人把读者从具体处境中牵引出来像他那样"用上帝的目光从反面看待语言时,人们怎么能指望引起读者的义愤或政治热情呢"[②]?

第三节 散文:词与义的剥离及其文学"介入"

萨特最关注的是散文,谈得最多的也是散文,因为散文是一种"介入"的写作。在《什么是文学?》中,萨特之谈论绘画、音乐和诗歌乃是为谈论散文做准备,但却是十分重要和必要的准备,因为非此不能在严格的意义上谈文学的介入。经由仔细的区分,萨特将文学介入限定在散文的范围之内,并将其论说置于对诸艺术门类之特点的详细考察和区分之上。

显然,萨特散文介入论的理论前提是19世纪以来的语用论。这种理论认为散文和诗不一样,它在本质上是对语言符号的工具性使用,其目的是意义的表达与交流。不过,萨特以自己特有的方式突出和强调了这种语言使用的功利性和实践性,从而建构了他的文学(散文)介入理论。

[①] 萨特:《什么是文学?》,《萨特文论选》,施康强译,人民文学出版社1991年版,第99页。
[②] 同上书,第100页。

萨特认为散文家与诗人不同,在诗人那里,意义最终外化成了物,一种与语词不可剥离的物,因此它是外在于诗人和读者的东西。诗之歧义丛生,意义之不确定乃是意义之为身外物的表征。诗人和读者站在意义(语言)之外,犹如站在世界之外一样(显然,萨特是认同语言和生存世界一体之说法的),因此,要求诗人和诗之读者介入现实世界就很荒唐。

与之相反,散文家和散文读者则处于意义(语言)内部。散文家尽可能清楚明显地用语言表达意义,散文读者尽可能准确无误地抓住语言表达的意义,意义(语言)对他们来说不是外在的陌生的某物,而是他们内部的血液和身体。"我们处在语言内部就像处在自己身体内部一样,我们在为抵达别的目的而超越语言的同时自发地感到它,就像我们感到自己的手和脚一样;当别人使用语言的时候,我们对它有感知,就像我们感知别人的四肢一样。"①萨特的比喻是要说,对散文家(或常人)来说,语言不过是类似于四肢的工具,我们自然而然地使用它,关注的是用手抓住了什么,怎样才能抓住什么,而不注意手本身,即使在抓中偶尔感到手的存在,这种存在也是被忽略的、不重要的。

在对语言的工具性使用中,言与意的关系是可分离的,意义作为先在的存在物可以这样表达,也可以那样表达,只要能把那个先在的意义表达清楚即可,因此我们经常"换句话说"。同一个意思可以有几种说法,这便是散文言述。诗歌言述与之不同,言与意之间是独一无二的一体性关系,换一种说法则面目全非,在诗中不存在与说法分离的先在意义,故而在严格意义上,诗是不可译的。

说散文写作和散文阅读是"介入",就是说从根本上看这种活动是个体焦注于意义的意识活动。在意义表达和意义领会的意识活动中,散文写作和散文阅读介入了意义世界的建构。与之相反,诗歌写作和诗歌阅读并不着意关注意义问题,它站在物化的意义之外,故而不介入意义世界的建构(萨特这一看法或许大成问题,因为即使是物化的意义和含混的意义也是意义世界之不可分割的一部分,诗人以较为隐蔽的方式介入了意义世界的建构)。就此而言,萨特的文学(散文)介入论首先是在存在论上讲的。

萨特将建构意义世界的介入称为总体介入或深层次的介入。在谈到福楼拜的时候,萨特说从表面上看,福楼拜的作品是"整体解脱"的,即它采取了一种不介入现实和远离现实的独立姿态,但从深层次上看,他的作品又是

---

① 萨特:《什么是文学?》,《萨特文论选》,施康强译,人民文学出版社1991年版,第101页。

整体介入的,因为他企图以拯救自己的方式拯救世界,他介入了世界的意义建构。"文学介入,这归根到底就是承担全世界、承担整体。"①

散文介入论的第二层意义是从实践论的角度讲的。依萨特之见,追求意义且以意义为表达交流对象的散文言述是一种实践性言述,它导致行动。这种实践性言述"指定、证明、命令、拒绝、质问、请求、辱骂、说服、暗示"。"说话就是行动:任何东西一旦被人叫出名字,它就不再是原来的东西,它失去了自己的无邪性质。"②散文在揭露事物意义的同时引发行动,因为当一个人的行为被人道破,被众人所知,这以后,他怎么能按照原来的方式行动呢?或者出于固执,明知故犯,或者放弃原来的行动。因此,萨特断言,散文作者是选择了某种特殊行为方式的人,他通过揭露而行动,通过揭露而改变世界。"介入"这个词意味着卷进我们的实际境遇之中。③

据此,萨特反对那种自欺的中立态度,既然散文言述的本质就是意义揭示并导致行动,既然"人是这样一种生灵,面对他任何生灵都不能保持不偏不倚的态度,甚至上帝也做不到"。既然词是"上了子弹的手枪",那么,散文写作就应该自觉地选择介入的立场与方式,自觉地瞄准目标,而不是像小孩那样闭上眼睛乱开枪,满足于听响声取乐。就此,萨特反驳了唯美主义和艺术至上论者对他的指责,他说纯艺术就是空虚的艺术,美学纯洁主义不过是上个世纪资产者们漂亮的防卫措施。在萨特看来,散文写作的介入是注定的,任何要求散文写作放弃介入的企图都是一种自欺或对这种写作的无知。"纯粹的文学只是一种幻想。"④

当然,萨特也承认散文写作的实践功能是以特定的说话方式来实现的,这便是艺术审美的方式,正是这种方式使散文言述区别于别的言述。不过,萨特指出散文中的审美品质是隐蔽的,因为审美品质并不是散文要突出的对象,而只是它借以表达意义和交流意义的工具。"在一幅画上美是最引人注目的东西,在一本书里它却隐藏起来,它像一个人的声音或一张脸的魅力,以情动人,它不强制,它在人们不知不觉中改变人们的意向。"⑤只有当审美成为意义表达与领悟的辅助性工具时,它才是散文所必需的。正是对

---

① 萨特:《关于〈家庭的白痴〉》,《萨特文论选》,施康强译,人民文学出版社1991年版,第348页。
② 萨特:《什么是文学?》,同上书,第102页。
③ 赫伯特·施皮格伯格:《现象学运动》,王炳文、张金言译,商务印书馆1995年版,第703页。
④ 萨特:《萨特自述》,黄忠晶、田锡富、黄巍译,河南人民出版社2000年版,第170页。
⑤ 萨特:《什么是文学?》,《萨特文论选》,施康强译,人民文学出版社1991年版,第104页。

散文中审美品质与审美接受的工具性理解标划了萨特与唯美主义者之间的界线。在后者看来,审美表现和审美欣赏是写作与阅读的唯一目的。

散文介入论的第三层意义是在作品存在方式上说的。在萨特看来,"为自己写作"是一种典型的艺术至上论者的自欺,因为作品的存在方式注定了"为自己写作"是不可能的。

萨特分析说,任何作品对作家来说都是未定型的,在严格意义上,不存在最终完成的作品,因为作家可以不断地改变它,作品永远处于作家的主观性之中。只是相对于读者,作品才是一个定型的客体,它存在在那里。萨特问,作者是否可以成为自己作品的读者呢?回答是否定的。原因在于"阅读过程是一个预测和期待的过程"。人们预测他们正在读的那句话的结尾,预测下一句话和下一页,人们期待他读到的东西能证实或推翻自己的预测。组成阅读过程的是一系列假设、一系列梦想和紧跟在梦想之后的觉醒,以及一系列希望和失望;没有期待,没有未来,没有无知状态,就不会有客观性。当然,从表面上看,作者也可以边写作边阅读自己的作品,但萨特说,这只是一种准阅读,而"正是这个准阅读过程使真正的阅读成为不可能的"。因为"作家既不预测也不臆断;他在作谋划……对他来说,未来是一页白纸,而对于读者来说,未来则是结局以前那二百页印满了字的书。因此,作家到处遇到的只有他的知识,他的意志,他的谋划,总而言之他只遇到他自己;他能触及的始终只是他自己的主观性,他够不着自己创造的对象,他不是为他自己创造这个对象的。设若他重读自己的作品,那也为时已晚了;在他自己眼中,他写下的句子永远不能完全成为一件东西。他走到主观性的边缘但是没有超过这个边缘……如果说有朝一日作品对于作者本人也具有某种客观性的外表,那是因为岁月流逝,作者已忘掉自己的作品,他不再进入作品内部,而且很可能不再有能力写出这部作品"[①]。

在萨特这里,作者的阅读是一回事,读者的阅读是另一回事,两者间的界线是不能被表面相似所抹掉的。更重要的,作者的作品要成为现实的客体,就必须有读者的阅读。"精神产品这个既是具体的又是想象出来的客体只有在作者和读者的联合努力之下才能出现。"因此,"只有为了别人,才有艺术;只有通过别人,才有艺术"。

作家作品的现实存在对他人(读者)的依赖使作家的孤傲离群成为一

---

① 萨特:《什么是文学?》,《萨特文论选》,施康强译,人民文学出版社1991年版,第117—118页。

个神话。在此,介入就不是一种意愿而是一种不以人的意志为转移的要求,这种要求便是写作对阅读(他人)的吁请,便是作者与他人共同创造作品的意义世界。就此,晚年的萨特认为即使是那些十分重视超然的作家与诗人实际上也是介入的,比如福楼拜与马拉美。

一般来说,50年代左右的萨特明确主张文学的政治性介入,要求文学成为自由的"战斗",60年代以后的萨特淡化了介入理论上的政治色彩,而是在更宽泛的意义上阐述他的介入理论。萨特认为人是社会整体的"汇总者"和"被汇总者",他对社会现实的介入乃是一种总体上的介入,是一种担当全世界、担当整体的介入,因而,所有的"显示、证明、表现"都是介入。在此意义上,政治上的直接介入只是一种浅层次的介入,而深层次的介入则是一种无形的间接介入,它包括了原先被确定为非介入性的诗。这样一来,介入作为文学的本质具有了更普遍的意义。

第四节 写作与阅读:境况中的自由

在作者与读者的关系之间来研究文学问题,且将读者问题突出出来是萨特文论最有启示性的方面,尤其是考虑到他这些想法出现在20世纪40年代,远在接受美学和读者反应批评兴起之前。

萨特说:"既然创造只能在阅读中得到完成,既然艺术家必须委托另一个人来完成他开始做的事情,既然他只有通过读者的意识才能体会到他对于自己的作品而言是最主要的,因此任何文学作品都是一项召唤。写作,这是为了召唤读者以便读者把我借助语言着手进行的揭示转化为客观存在。"①

萨特接受了海德格尔在《艺术作品的本源》中的说法,作品的现实存在是一个读者参与的事件,它不能还原为一堆字码或摆在文本中的语言结构。作品的现实存在表现为死气沉沉的字码在读者的阅读中生气灌注、涌现出与读者的历史性生存相关的意义。萨特说阅读是知觉和创造的综合,作家的创作对读者的阅读只是一个引导性的开端和留有巨大虚空的路标,读者必须自己穿越和填充这些虚空(类似英伽登的"不定点"),才能走过这些路标并超越这些路标,因此,写作为阅读留下了充分自由的空间,它是对读者自由的召唤。

---

① 萨特:《什么是文学?》,《萨特文论选》,施康强译,人民文学出版社1991年版,第121页。

萨特的阅读理论在艺术原则上并未超过海德格尔和英伽登,但他对此的存在主义发挥却颇有特色。萨特认为将康德"没有明确目的而却又符合目的性"这一说法用在艺术品身上是不合适的。艺术品不是自然物,艺术品不仅没有明确目的,也没有潜在的符合目的性,艺术品本身就是目的,它的目的就是要实现自身。康德认为艺术品首先在事实上存在,然后才被看到。萨特说康德错了,艺术品只是当人们看着它的时候才存在,它首先是纯粹的召唤,是纯粹的存在要求,一种有待完成的要求。

萨特说一旦作者对读者发出呼唤,要求他把自己开了头的业举很好的进行下去,就意味着作者承认了读者的自由。读者以自由的方式"看着"作品,使作品在读者的自由"看着"中获得自由的生命。萨特说如果审美对象是动人的,它只能通过我们的眼泪显现它自己;如果它是好笑的,它将得到笑声的承认。在阅读中诞生的活生生的审美对象是一种非现实的客体,即在读者的想象中生成的客体,它绝不同于作品中的原本。因此,萨特说了这样一段令人费解又十分关键的话:"出于作为想象客体的特性的一种逆转过程,并非他(作品中的人物——笔者注)的行为引起我的愤怒或敬意,相反是我的敬意或我的愤怒赋予他的行为以坚定性和客观性。"[①]就此,萨特以极端的言述方式突出了读者的自由。在萨特看来,阅读不仅是一场自由的梦,而且只有自由的阅读才能让作者的写作在阅读中得到充分的发挥和富有生气的实现。因此,作家为诉诸读者的自由而写作,只有得到这个自由他的作品才能存在,任何奴役其读者的企图都威胁着作家的艺术本身。

萨特举例说一些作家在战前衷心盼望法西斯主义来临,然而当纳粹让他们备享尊荣的时候,他们却写不出作品来了。因为在他们握有话语权后,他们申斥、责备、教训他们的读者,使读者失去了回答的自由,他们的声音不再有自由的回应,写作也便失去了存在的意义。"最后他闭嘴了,是其他人的沉默堵住了他的嘴。……正是这个时候,另一些人——幸亏他们是大多数——才懂得写作的自由包含着公民的自由,人们不能为奴隶写作。散文艺术与民主制度休戚相关,只有在民主制度下散文才有一个意义。"[②]

萨特这一段话很重要,可以说是他的自由哲学在散文理论上的精彩发挥。由于读者的自由是写作得以有意义地实现的必要条件,所以写作就是某种要求自由的方式,写作就是保卫自由。不过,萨特很清楚,自由的读者

---

① 萨特:《什么是文学?》,《萨特文论选》,施康强译,人民文学出版社1991年版,第124页。
② 同上书,第135—136页。

是一种理想状态,现实的读者往往是不自由的。"没有现成的自由;必须克服情欲、种族、阶级、民族的羁绊去争得自由。"因此,写作便是与这些羁绊的斗争,反过来这些羁绊也限制了写作的自由。

在对写作与阅读的关系所做的历史性考察中,萨特的见解也是富有启发性的。萨特认为真正的写作召唤自由和变革从而与保守的统治阶级背道而驰,写作与统治阶级这种原始冲突规定了作者与真实读者的关系。萨特指出,在大多数历史条件下,"被压迫阶级既无闲暇也无兴趣读书",所以,真实的读者就是统治阶级,作者与统治阶级的冲突显示为作者与真实读者的冲突。不过,在另一些历史条件下,单一读者群的状态被打破,出现了"潜在的读者群",这个群体拥护变革,从而与作者的立场一致,因此,作者与真实读者的冲突又演变为真实读者群与潜在读者群的冲突。

值得注意的是,作者与真实读者群(统治阶级)的冲突在历史上是长期被取消和被淡化的,因为在相当长的历史时期内,潜在的读者群实际上并不存在,作家也不是处于统治阶级的外部,他们被统治阶级所吸收而与之一体化了。在这种历史条件下,真实的读者群是唯一的读者群并就是统治阶级本身,作者也只为他们而写作,只听命于他们而写作,"在这种情况下,文学便与统治者的意识形态一致",冲突没有发生,"争议只涉及细枝末节"。比如在中世纪教士时代和17世纪古典主义时代,写作与阅读高度统一在统治阶级的意识形态中,写作与统治阶级(现实、真实读者)之间应有的原始冲突以及写作的否定性并未出现。

写作的自由本性——现实否定性和非意识形态性——只是当读者群出现了分化,有了潜在读者群,从而使写作可以在两大读者群之间进行自由选择并超越二者而独立时,才显露出来并成为现实。这已是18世纪以后的事了。

在18世纪,随着资产阶级在经济上的强大,他们拥有了金钱、文化和闲暇。"于是,破天荒第一次,一个被压迫阶级作为真正的读者群向作家显现。"作家也首次被抛入了两大读者群之间,一面是没落的统治阶级读者——贵族,一面是上升的被压迫阶级读者——资产者。作家既从贵族那里领取年金,也在对资产者的书籍销售中获益;他虽然还要从贵族那里得到名誉地位的肯定,又不再认同贵族的意识形态;他倾向于资产者的意识形态,又不愿轻易认同这一阶级,他游移在两者之间,被迫做出自由的决断。"他从外部,用资产者的眼光审视贵族,也从外部,用贵族的眼光审视资产者,同时他又与两者保持足够的同谋关系,以便他同样可以从内部理解他们。于是文学前此只在一个一体化社会中起保存和净化作用,现在却在作家身上并通过作家意识到自身的独立。"独立的文学不再是某一集团意识形态的鼓吹者,而是与自由的精神融为一体,"这一新的精神性不再与任何一种意识形态相混同,它作为永恒超越一切既成事实的力量显示自身"①。

不过,萨特指出,18世纪的文学在摆脱对某一阶级意识形态的依附而独立自主的同时,还付出了抽象化的代价。作家自称在普遍人性的高度对读者说话,从而设定了普遍的读者。"他向他的同时代人的自由提出的要求,是割断他们的历史联系以便与他共登普遍性的境界。他用抽象的自由对抗具体的压迫,用理性对抗历史。"18世纪出现的抽象自由及其抽象的否定性到19世纪末20世纪初变成了绝对的否定性。到此为止,文学切断了它与社会的全部联系,不再有读者群而成为小圈子内部的活动,即作者间的写作。

在萨特看来,18世纪的现实条件唤醒了文学自由自主的本质,文学本可以自由自主地介入现实历史,从而成为真资格的文学,可惜的是在其后的发展中文学将这种自由自主变成了一种脱离具体现实历史的行动,变成了一种抽象的乌托邦,所谓为艺术而艺术的艺术至上论和反文学的现代主义实验都是这种乌托邦的极端样式。在下面这段话中,萨特表述了他对19世纪后文学发展之另一种可能性的展望,此一展望集中阐述了他自己的文学观。

> 他(作家)本可以出力使文学从抽象否定性过渡到具体的建设性;在为文学保留十八世纪为它争得的,而且现在再也不能从它那里夺走的自主性的同时,他本可以重新使文学纳入社会整体,通过说明和支持无产阶级的要求,他本可以深化写作艺术的本质并且懂得,不仅思想的形式自由与政治民主是重合的,选择人作为永久思考主题的物质义务与社会民主也是重合的;他的风格本可以重新得到某种内在张力,因为他本应该对一个分裂成两部分的读者群说话。他面对资产者作证,在指出他们的不公正的同时力图唤醒工人阶级的意识,这样他的作品就能反映整个世界;他本可以学会区分豪情与挥霍,豪情是艺术的本源与对读者的不受制约的召唤,而挥霍却是豪情的漫画形式;他本可以放弃用分析方法和心理学方法解释"人性",转而用综合方法评价各种状

---

① 萨特:《什么是文学?》,《萨特文论选》,施康强译,人民文学出版社1991年版,第163页。

况。这样做当然很难,可能办不到;但是他做得很笨。他不应该为摆脱任何阶级决定性而徒劳地故作高傲,也不应该去"关心"无产者,而是相反,应该把自己看做不见容于本阶级的资产者,由于共同利益与被压迫大众结成一体。他发现的表现手段的华美不应该使我们因此忘记他背叛了文学。①

在萨特的"本可以"中,我们可以看到他对自由与现实介入之张力关系的辩证理解,这正是萨特文论中最有特色和最富启示性的部分。而对读者群的历史考察以及缘此而对写作之处境的分析使萨特的文学自由论充满了历史性。正如施皮格伯格指出的那样,虽然"这种自由最初在他看来是无限的,以致他毫不犹豫地把它说成是绝对的。然而不应忽略的一点是他在描述自由时总是把自由置于一种特定情境之中。萨特从来没有给予自由以完全脱离情境本身的能力,而只是给予自由以改变其在自由选择的各种谋划中的意义的能力"②。正是这一历史性使萨特将文学的历史展示为异化的历史。在萨特看来,只要社会上还存在着阶级,还存在着不同的读者群,文学的本质就不可能真正实现。在此历史境况中,作者的自由和读者的自由都是不真实的,他们都或多或少地受到阶级偏见和集团偏见的制约,只有到了无阶级的社会,只有当作者和读者都有了真实的自由,文学的本质才可能真正实现。不过,萨特说这种无阶级的社会是否可能尚是一个问题,"但是它毕竟让我们隐约看到,文学观念在什么条件下能得到最完整、最纯粹的体现"③。

总的来看,萨特文论是其哲学思想的派生物,"自由""介入"这些概念首先是哲学的,然后才是文学的。不过,萨特文论又不能完全还原到他的哲学中去,由于萨特独特的艺术敏感和他对文学终其一生的爱好(他对文学的喜爱先于哲学,且更为紧密地与他的个体生存相关),使他对文学的论述具有强烈的个人直觉和体验色彩,且常常超出其哲学的边界。不过,值得注意的是恰恰是贯穿在萨特一生中的文学激情,一种常常走向极端的浪漫激情。正是这种激情使萨特文论有更多的文学想象和道德鼓动性,而缺乏思想的静默和细密的推论。因此,我们最好将萨特的文学理论作为一种文学

---

① 萨特:《什么是文学?》,《萨特文论选》,施康强译,人民文学出版社1991年版,第194—195页。
② 赫伯特·施皮格伯格:《现象学运动》,王炳文、张金言译,商务印书馆1995年版,第697—698页。
③ 萨特:《什么是文学?》,《萨特文论选》,施康强译,人民文学出版社1991年版,第203页。

性的启示录来读,而不要将其看做一种严密的思想性论述。不过,重要的是,文学启示录也自有它的价值。

参考书目:

1. 萨特:《萨特文论选》,施康强译,人民文学出版社1991年版。
2. 萨特:《萨特自述》,黄忠晶、田锡富、黄巍译,河南人民出版社2000年版。
3. 赫伯特·施皮格伯格:《现象学运动》,王炳文、张金言译,商务印书馆1995年版。

思考题:

1. 萨特的艺术观有怎样的哲学基础?
2. 何谓文学"介入"?有何意义?

第十一章　杜夫海纳与其《审美经验现象学》

以胡塞尔开其端的、兴起于19世纪末20世纪初的现象学运动,以其"科学化""内在化""精神化""肉体化"和"历史化"甚至"责任化"的趋向[①],不仅形成了各种哲学流派,而且还渗透到了几乎所有人文学科和部分自然科学之中,深刻地改写了20世纪以来的人类精神图景。在这一持续的现象学运动的大潮中,法国思想家米盖尔·杜夫海纳(Mikel Dufrenne,1910—1995),以其精确化、本源化的理论诉求,"面向实事本身",一生在现象学文学和美学领域辛勤耕耘,取得了令人瞩目的成就。他的《审美经验现象学》(1953)因其"在现象学美学中写得最为有趣和值得研读"[②]而成为当代美学巨著。

第一节　现象学运动与现象学还原

众所周知,胡塞尔的现象学几乎就没有介入有关审美经验或现象学美学的领域,胡塞尔本人对精确性的要求也很容易被误解为一种反艺术的态度;而在杜夫海纳开始着手研究现象学美学的年代里,现象学美学方面的活动大都时断时续,且带有探索性质(罗曼·英伽登除外),那么,杜夫海纳是如何发现胡塞尔所描述和规定的现象学还原以某种方式体现了一种与审美经验的基本特征相类似的倾向呢?看来,在进入《审美经验现象学》的讨论之前,我们应该对早期现象学运动与杜夫海纳的内在关联有一个大致的了解。

在埃得蒙德·胡塞尔(Edmund Husserl,1859—1938)看来,"自最初的开端起,哲学便要求成为严格的科学"[③],这种严格科学一方面可以满足最

---

① 倪梁康:《现象学及其效应》,三联书店1994年版,第6—7页。
② 见哈罗德·奥斯本:《美学》,牛津大学出版社1972年版,第1页。
③ 胡塞尔:《哲学作为严格的科学》,倪梁康译,商务印书馆1999年版,第1页。

高的理论需求,一方面可以使一种受纯粹理性规范支配的生活成为可能。但"哲学在其发展的任何一个时期都没有能力满足这个成为严格科学的要求"。之所以如此,乃是因为哲学领域普遍的心理主义、自然主义和历史主义使然。这些不同的思潮要么以其彻底的经验主义连同其相对主义、怀疑主义的结论,被许多人视为一种令人沮丧的、不能被接受的、并且事实上会给我们的文化带来毁灭的立场;要么就是先验主义的独断论,它实际上无法论证自身,并且最终仍然是一个随意性的决定。因此,胡塞尔给自己定下了一个哲学家的理想:把哲学建立成一门严格的科学。而这一门科学就是他所说的现象学。

哲学要成为严格的科学,这意味着,不但哲学的起点必须是自明的,而且哲学所前进的每一步也都应是自明的。为此,胡塞尔喊出了他的著名口号:面向事情本身! 但自明的哲学起点在哪里呢? 自明的哲学步伐又是一种什么样的步伐呢? 通过对心理主义的著名批判,胡塞尔认为,哲学的自明的起点只能在意识里。为什么? 因为意识总是意向性的:意识不是空的,意识总是关于某物的意识。也就是说,意识总是指向某个对象,总是有关某个对象的意识,而对象也只能是意识所意识到的对象,只能是被意识到的客体。因此,意向性是意识的本质所在,它构成了主客体之间的桥梁和媒介,因而也就是哲学的自明性起点之所在。

哲学如何通达这一自明性的起点呢? 通过对自然主义和历史主义的批判,胡塞尔提出了著名的"现象学还原"。现象学还原理论晦涩复杂,胡塞尔的基本要义是:要认识真实的世界,就必须排除一切直接经验到的东西,将外在事物"还原"为我们的意识内容即被当成纯粹意识对象的现象来理解。这样,就必须对外在事物"终止判断"。所谓终止判断,有两方面的内涵,一方面是指对"存在的悬置",即排除客观世界,把现实世界是否客观存在的问题搁置起来不予考虑;另一方面是对"历史的悬置",即将思维的历史教给我们的对世界的种种观念、思想、理解抛在一边,不以它们为前提和出发点。经过这样的悬置,现象学在立场上的独立性和方法上的自由性便形成了。

如何进行还原呢? 在胡塞尔看来,有三个步骤。第一步是现象的还原,通过还原,一切已知之物就变成感观中的现象,这现象存在于意识之中并通过意识被直觉认识到。这种强调直觉、想象、回忆作用的还原,使人们习惯的视野方向得以倒转,从面向客体转而面向主体、意识本身。第二步是本质的还原,即通过本质直观,以从变化多样的意识中直觉到其不变的本质及其结构,在诸种现象中直觉到保持不变的同一的东西。第三步是先验的还原,在本质还原之后,最后留下的部分是现象学剩余——纯粹意识,它包括自我(Ego)、我思(Cogito)、和我思对象(Cogitota)三方面。所谓自我,即先验的自我,这是一切意义的基础和意识构成性的基础;所谓我思,即意向性活动,包括意向主体、意向行为、意向对象以及意向方式;所谓我思对象,即指先验自我通过我思活动所构成的对象。胡塞尔声称,前两步还原是使人们从事实的经验普遍性向本质的普遍性的推移,而先验性还原则是从现象中根本排除事实性,从而返回到作为一切意义的基础和意识构成性基础的先验自我。

返回到先验自我的现象学是否就找到了哲学的自明性起点了呢?这要看先验自我能否"构成"作为他人的主体和主体与主体之间相互交往的生活世界。为此,胡塞尔在他哲学研究的晚期便集中精力来解决主体间性的问题和生活世界的现象学。胡塞尔没有完成这一课题,也就是说,胡塞尔没有完全实现他作为一个哲学家的宏愿。但胡塞尔无疑开辟了一条道路,体现了一种精神,这条道路和这种精神被他的学生马克斯·舍勒和海德格尔继承下来,分别创立了价值现象学和本体论现象学。

1938年,随着胡塞尔的去世,而海德格尔在整个大战时期又与世隔绝,现象学运动的中心便由德国转移到了法国,形成了所谓"现象学的法国时期"。

现象学运动的法国阶段以到柏林和弗来堡跟随胡塞尔学习现象学的萨特学成归国为开端。但这并不意味着,杜夫海纳是在此之后才开始接触现象学的。早在读大学的时候,杜夫海纳就与好友保罗·利科尔一起讨论过胡塞尔的现象学和柏格森的直观哲学,并为胡塞尔的"我们才是真正的柏格森派"的说法而振奋不已。当时的杜夫海纳深受柏格森的影响。柏格森认为,人的生命是一种过程,人的身体不过是精神之寓所,人通过直觉所体验的时间才是真正的实在,而体验"绵延"实在的方法不是理智而是直觉。如果我们能精细地注意自身的体验,就能意识到存在于我们内心的那种绵延的律动。唯有依赖人的生命本能而非理智,我们才与实在合一;唯有依靠本能的直觉才能体验到世界的本质。因此,读了胡塞尔,杜夫海纳发现了两位哲学家在内在精神方面的相通相契。后来,胡塞尔到巴黎大学演讲,这促使杜夫海纳对现象学发生了更加浓厚的兴趣。

杜夫海纳几乎研读了胡塞尔已发表的所有重要著作和论文,深深地认同了胡塞尔所提出的"面向事情本身"的口号,认为这才是哲学家应该追求的回到认识过程的起点和客观性、回到真实开端的方法。因为,只有在认识的始源处才能有"真实的实在性"。这样,杜夫海纳就奠定了他后来的美学研究的现象学基础,也树立起了他作为一个哲学家的理想。

说杜夫海纳早在现象学运动的"法国阶段"之前就对胡塞尔有了深入的研读,并不是说他就没有受到"法国阶段"的诸位现象学家的影响。相反,杜夫海纳所接受的现象学完全可以称得上是已经"法国化"了的现象学。正是同时代的诸位现象学同行的影响,杜夫海纳才找到了他的独特研究领域。

法国现象学运动的"黄金时代"以1943年萨特的《存在与虚无》出版为开端,此后涌现的知名人物有梅洛-庞蒂、保罗·利科尔等。他们的共同特点是,一方面领受了胡塞尔"面向实事本身"的思想,一方面又接续了柏格森所开辟的道路,对身体方面的具体经验非常重视。这给了杜夫海纳以很大的启发。它使杜夫海纳意识到,迄今为止的法国现象学,尽管硕果累累,但大多都集中在人类的如下经验——身体、意志、情绪等方面,而人生中最为重要的经验——审美经验,却成了被现象学家遗忘和尚未开拓的领域。无论如何,这与法国巴黎作为现代艺术的摇篮的地位是不相称的。因此,必须把审美经验也纳入现象学研究的领域。

但是,自康德以来,"审美"首先意味着一种本质,对这种本质的追寻使得美学研究越来越脱离了感觉经验的领域。在这种情况下,从现象学的角度来研究人类审美经验如何可能呢?经过深入批判,杜夫海纳发现,如果把审美经验回溯到古希腊人称之为"感觉经验"的那种基本的和具体的人类原初经验上去,现象学还原与审美经验是非常一致的。现象学还原的整个过程,十分类似于对艺术作品进行审美时所经验到的过程。因为,当欣赏者全身心地投入审美欣赏中时,他对正在发生的审美经验内容本能地抱着信任的态度而"自愿中止怀疑"。因而可以认为,得到一次审美经验就是完成一次现象学还原。这让我们想起了弗里茨·考夫曼(Fritz Kaufman)的一句话:艺术即意识的现象学重塑。艺术与现象学是情趣一致的。因为艺术把个人对于经验世界所抱的自然态度转变为审美沉思态度,即为在纯粹意识中直观审美对象而暂时中断了自己对外部时空世界所抱的信念。这种专心注视直接呈现的审美客体的审美经验,就是一种确实可靠的知识,一种自我顿悟。

这样,在批判和吸收前人成果的基础上,杜夫海纳独辟蹊径,自立新说,通过对审美经验和审美对象的深入研究,建立起了他的现象学美学的宏伟体系,并以《审美经验现象学》这部具有"极大的清晰性、洞察力和独创性"的著作终结了法国现象学沸沸扬扬的十年。

第二节 杜夫海纳《审美经验现象学》

《审美经验现象学》卷帙浩繁。全书共五部分,除引言外,正文四编。引言《审美经验与审美对象》确定了全书研究的范围和方法并指出了其所面临的难题。正文则分编讨论了审美对象、艺术作品、审美知觉和审美经验等问题。引言一开头,杜夫海纳便明确指出:"我说的审美经验指的是欣赏者的而不是艺术家本人的审美经验。我想对这种经验首先加以描述,随后进行先验的分析,并尽力从中引出形而上学的意义。"[1]这表明,杜夫海纳的研究一开始就站在了20世纪文艺美学研究的第二次重心转移——即由作品重心向读者重心的转移——的关键环节上;而促使他完成这一转移的方法则为现象学分析法。

为什么把欣赏者的审美经验作为研究的重点呢? 杜夫海纳解释说,这倒不是因为研究创作者的审美经验无法"进入美学的大门",也不是因为这样做就完全可以避免陷入从创作者的审美经验角度入手进行研究所常陷入的那种心理主义。而是因为,就审美经验来说,有许多领域是无法从创作者的审美经验角度来加以研究的,也就是说,欣赏者的审美经验是有其自身的独立性的,不能把它与创作者的审美经验混为一谈。更为重要的是,就作品需要读者来确认并加以维护这一事实而言,欣赏作品比创作作品有时更需要审美鉴赏力。因此,"美学"若想在人类世界立足,就既要研究创作者的审美经验,也要研究欣赏者的审美经验。

但这样也带来了一系列的困难。首先是该怎样界定(欣赏者的)审美经验呢?"当然应该用审美经验所经验的对象即下文所说的审美对象来界定审美经验。"[2]然而,为了识别这个对象,我们又不能求助于艺术作品(就它作为一种只能以艺术家的活动来辨识的东西的意义而言),而"只能作为审美经验的关联物而界定自己"。

"用审美经验来界定审美对象,又用审美对象来界定审美经验"[3],这样

---

[1] 杜夫海纳:《审美经验现象学》,韩树站译,文化艺术出版社1996年版,第1页。
[2] 同上书,第3页。
[3] 同上书,第4页。

一来,杜夫海纳不是走入一个循环里去了吗?杜夫海纳却回答说,"这个循环集中了主体—客体关系的全部问题"①。因为,正是在这里,杜夫海纳找到了他美学研究的现象学起点,即通过描述意识活动和意识对象的相互关联来界定意识的意向性的理论起点。

不过,杜夫海纳并不是单纯从胡塞尔的立场上来理解审美经验与审美对象的"意向性"关联的,他紧接着指出了这一关联的人类学意义和本体论内涵。这表明杜夫海纳不仅想把胡塞尔加以悬置的"存在"和"历史"重新纳入他的现象学视野,而且还要对它们(之间的关系)加以本体化的裁决。这样一来,杜夫海纳就遇上了理论上和方法论上的双重难题。

之所以是理论上的是因为始终需要追问:由于同自己在其中呈现的知觉相关,审美对象是归结为这种呈现呢,还是包涵有一种自在之物。在这里,为了防止滑入心理主义,我们必须对对象与知觉加以区分,承认它们的各自的独立性,并分别加以单独分析。可是,审美对象与审美知觉的区分何以可能呢?首先,发现意识对象与意识活动关系的思考同样也发现这种关系已经先于意识发生了。这表明,这个意识是有根据的,而它本身同时又是根据。只要有一个给定物,它就会赋予意义。其次,我们存在在世界中,这意味着意识是世界之本,任何对象都依照意识采取态度并在意识的经验中得到展示与表达。但这也意味着这种意识是在一个已经秩序井然的世界中觉醒的。"在这个世界中,意识是传统的继承人,是历史的获益者,而它自己又开创着新的历史。"②因此我们一方面可以描述意识的出现和发生,另一方面也可以以其对象为前提条件并先于意识加以研究,尽管没有意识便没有对象。当然,能够这样做还因为"主体间性"使然。

如果审美对象和审美知觉是可以区分的,那么怎样给审美对象下定义呢?怎样制定这两项研究的先后顺序呢?这就提出了方法问题。如果从审美知觉出发,那就会诱使我们将审美对象从属于审美知觉,并使审美对象的意义宽泛化,比如,把自然界的审美对象也纳入进来,这就有悖定义的精确性和典型性。如何克服这一困难?适当的方法就是"把经验从属于对象,就是通过艺术作品来界定对象自身"。因为直接来自艺术作品的审美经验肯定是最纯粹的,或许也是历史上最早的审美经验。当然,艺术作品并不等于就是审美对象,而且对同一个艺术作品,不同的人态度也千差万别,但当

---

① 杜夫海纳:《审美经验现象学》,韩树站译,文化艺术出版社1996年版,第4页。
② 同上书,第5页。

艺术作品被当做艺术作品来恰当地感知时,就成了审美对象了。这样,无疑我们就找到了分析审美经验的正确的知觉前提:把艺术作品当做艺术作品来恰当地知觉,审美地观照,一丝不苟地观照。这就走出了审美对象和审美知觉的相互关联把我们圈进去的循环。

走出了这一循环并不意味着论题的终结,相反,这仅仅意味着问题的开端。因为,有一个无法回避的问题是:如何看待(人类学意义上的)经验与历史? 也就是说,审美经验的本质和审美经验的历史究竟是一种什么关系?"审美经验是在一个展示出艺术作品的并教我们如何识别和鉴赏艺术作品的文化世界里完成的",这是否意味着,审美经验是一种历史的相对主义的东西呢? 马克斯·舍勒的说法对我们很有教益。他说,道德的本质可以历史地揭示出来,但未必是相对于历史的东西。"审美经验的本质不也是如此吗"? 无论如何,我们只能遵照历史强加给我们的规章行事,分享我们自己这个时代的审美意识。但我们在历史中发现的东西,甚至产生于历史的东西,并非都是历史的。艺术就使我们相信这一点。它或许是一种比历史更具普遍性的语言,它力图否定那个各个文明在其中毁灭的时间。

这样,杜夫海纳的研究就走向艺术本体论了。因为他追问说,如果说历史是本质出现的场所,难道它不也是本质完全实现的场所吗? 因此,历史不是相对性的深渊,而是"绝对"的使女! 不过杜夫海纳很谦逊,他紧接着就宣称他没有那么大的雄心。他之所以参照经验的东西,主要是从中为现象学的研究找到一个起点。而审美对象和审美知觉的关系问题——即由艺术引起的审美经验,才是《审美经验现象学》讨论的真正重心。这些问题包括:如何确定什么是艺术作品? 如何界定审美对象的本质? 所谓美究竟是一种本质观念还是一种活生生的、带有本真性的充实的感知? 审美知觉应该采取一种什么态度才可能不带任何成见地接近审美对象,即面向"美"的实事本身? 审美经验究竟有什么现实意义?

第三节　艺术作品与审美对象

究竟什么是审美对象呢? "审美对象即使不仅仅是,至少首先是审美经验所把握的艺术作品。"①但是审美对象又如何区别于艺术作品呢?

首先,什么是艺术作品? 初看起来好像没有比这再简单的问题了。然

---

① 杜夫海纳:《审美经验现象学》,韩树站译,文化艺术出版社1996年版,第27页。

而,除了举出一些实例外,人们并不能说清什么是艺术作品。作品是什么呢?是物的存在?是那些符号?是又不是。因为,当瓦格纳在手稿上写下最后一个和声时,作品是完成了,但尚未上演,尚未呈现。因此,音乐作品只有演奏时才是音乐作品:它就是这样呈现的。通过演奏给它增添了些什么呢?什么都没有,但又什么都有:它有了被欣赏者听到的可能,即以它特有的方式呈现在意识中,并成为这个意识的一个审美对象的可能。这样一来,参照审美对象,我们就可以辨识什么是作品。

但审美对象又是如何出现的呢?作品要呈现为审美对象需要欣赏者的参与,但作品又是独立于欣赏者的,欣赏者的参与只是给了作品以呈现的机会。那么,在欣赏者的参与这一事件的现实当中,什么东西真正属于审美对象?"我指向的作为审美对象的东西又是什么"?在这里,知觉处于支配地位,是它决定什么东西才是呈现的组成部分,并让我们识别什么对象才是"真正"审美的。

"我"的目光朝向作品,可是,"我"看见些什么呢?首先是作品的形式。但作品的形式和审美对象的关系多少有点像画布和画的关系。画布可以由于某种原因如上胶的好坏使色彩失真或给色彩增添光彩,但不是色彩本身。其次是作品的内容。它又是什么呢?它既不是实在,又不是非实在,而是被中性化了,是些不完全非实的非实在。作品在演出中或被欣赏的过程中,实在与非实在彼此平衡,互相抵消,仿佛中性化不是出自于"我",而是出自对象本身。这样,"我"所感知的就既不是形式,也不是内容,而是使形式和内容同时得以呈现的"歌唱"或整体。"这整体对我来说,就是实在的东西,就是它构成审美对象。"①

作品所涉及的所有实在的和非实在的东西,都是审美对象的构成要素。但它们却不是真正使"我"感兴趣的东西,真正给予"我"的东西。真正使"我"感兴趣的,是那些"无法替代的东西,也就是成为作品的实质本身的东西,就是只有在其呈现时才能给予的感性,就是我试图沉浸在其中的这种音乐的漫溢,就是我试图把握其细微差别并跟随其展开的这种色彩、歌唱与乐队伴奏的结合"②。这就是我观看或欣赏作品的目的。"我来的目的是把我自己向作品开放,是领略在造型、图画和几乎是舞蹈的一致配合下的这种音

---

① 杜夫海纳:《审美经验现象学》,韩树站译,文化艺术出版社1996年版,第35页。
② 同上书,第36页。

响的激扬,领略这种感性的最高峰。"①

感性是什么?感性是一种秩序。为什么?因为假如感性杂乱无章,比如,声音只是噪音,对白只是叫嚷,演员和布景只是奇形怪状的阴影和斑点,那么感性就无法把握了。因此感性是有秩序的,这秩序就是一种意识可以感到满足的意义。这个意义内在于感性,它就是感性的秩序本身。当然感性是首先给予的,它使意义井然有序。

那么意义究竟是什么呢?"它既是众多的又是单一的。"说它是众多的,意思是指,意义是通过每一次欣赏过程的展开而传达给我的再现物;而所谓单一的,则是因为整个作品有更深的统一性,这种统一性把呈现于我的感性的各方面都集合在一起。比如,把演员们的某句诗,某个婉转的唱腔,某个舞台动作以及灯光对布景色调的某种变化,都牢固地联合起来。这样,只要"我"一面对审美对象,"我"就属于审美对象。"我"全身心地投入到与审美对象的活生生的关系当中,为的就是能够感受呈现于"我"的那种东西的感性。这感性,就是高度展开的真理。

经过上述分析,杜夫海纳说,基本上我们就可以区分开审美对象和艺术作品了:艺术作品就是审美对象未被感知时留存下来的东西——在显现以前处于可能状态的审美对象。它作为感觉的一种永久可能性而存在着,既是一种观念,又是一种时间性的存在。纵使人们必要时可以把它当做一种非时间性的存在,但作品的内在观念仍深深介入感性之中,如同黑格尔的理念介入世界和历史之中,以致在感性显示之外它便不能存在。因此我们说:作品只有一种潜在的或抽象的存在,一种充满感性、可供下次阅读的符号系统的存在。它存在于纸上,听候召唤。只有当它被阅读或表演并产生出审美对象时,它们才真正问世。

这样,我们从艺术作品出发,又回到了审美对象。这表明,艺术作品和审美对象只有互相参照、互相依赖才能被理解。进一步说,从艺术作品到审美对象可能便包含了审美经验不说是全部但至少是绝大部分的现象学美学内涵。只是,这些内涵在哪里?为了对这些问题有个清晰深入的回答,杜夫海纳几乎花去了全书篇幅的二分之一。

首先,杜夫海纳分析了作品与表演、作品与公众的关系。因为作品必须经过表演才可能从潜在存在过渡到显势存在。有了表演者,作品就通过人呈现给"我",向"我"说话。作品在表演中完成,同时又对它在其中完成的

---

① 杜夫海纳:《审美经验现象学》,韩树站译,文化艺术出版社1996年版,第36页。

表演加以判断。表演给作品带来客观性、真实性和无穷无尽性。表演者包括专门表演者、作者和观众。不过观众不仅参与表演,而且还充当作品的见证者。也就是说,他不仅参与欣赏,而且还介入作品本身。作品期待于欣赏者的东西就是它给欣赏者安排的东西。因此作品具有主动性,"作品在鼓励人去充当见证人时,它在人的身上发展了人"①。众多的观众介入作品中,就形成一个实在的共同体,在这一共同体中,每个人直接与其他人汇聚,每个人群都走向人类。

如果说,作品经过表演成为审美对象,那么审美对象与生命对象、自然之物、实用对象和能指对象有什么联系和差别?通过比较分析,杜夫海纳认为,审美对象和其他对象最大的不同就在于它具有表现性。在材料方面,审美对象具有感性的本质;在意义方面,它具有观念的本质;当它进行表演时,它就具有情感的本质。审美对象虽然外在于物,但内在于形式,它有一种自在的自为,在这个意义上,审美对象是一个准主体。

如果说审美对象与其他对象不尽相同,那么能否说它是和其他对象在一起?审美对象到底处于一个什么样的位置?如果审美对象是一个世界的本源,它怎能又同时存在于世界之中呢?

首先,什么是世界?世界"是各种被感知到的对象的总体","是作为一切境域的境域给予一切被感知到的对象的境域的那个总体"。② 世界是一切形体清晰显现的背景。世界不仅是景象并超出景象,而且还是我们行动或计划的场地,一切我们所能把握的东西都与它息息相关。因此,审美对象总出现在世界这一背景之上,它逃不脱世界。但是,与其他对象不同,审美对象又如同一件不属于世界的东西那样出现于世界。它是一种有意指作用的存在:符号存在于世界并在那里向我示意。在这种情况下,符号并不显意义,它就是意义。"具有这种意义的符号要求有一个特殊的地位:它存在于世界,但又似乎不承认世界,似乎不能完全满足于这种偶然的和短暂的存在。"③这就是审美对象的悖论。无论是审美对象所再现的世界,还是它所表现的世界,都处在这一悖论之中:一方面它强烈地要求独立,另一方面,它又只能来到世界和历史中并通过世界和历史才存在。这一悖论该如何裁决呢?这一悖论来自哪里?这一悖论来自于审美知觉。因此,这一悖论的裁

---

① 杜夫海纳:《审美经验现象学》,韩树站译,文化艺术出版社1996年版,第88页。
② 同上书,第180页。
③ 同上书,第181页。

决必须求助于对审美知觉的分析。这是本书第三编和第四编的内容,不过,在这里,通过对知觉理论的批判,杜夫海纳提前做出了解决:知觉不是像通常理解的那样纯属主观的经验,相反,知觉"是主体和客体结成的、客体在一种原始真实性的不可还原的经验——这种经验不能比做意识判断所作的综合——中直接被主体感受的这种关系的表现"①。"知觉经验确是一切思维的开端和一切真实性的根本。"②正是由于知觉的这种特性,保证了作为知觉对象的审美对象是一种自在的存在。

不过,审美对象的自在,其根源还应该在作品中去寻找。因此,在系统地描述了审美对象之后,杜夫海纳就回到了作品,对作品做了简略分析。他从作品作为一种"材料"、作品有一个它的材料与之相配合的主题、作品还有一种表现力等方面入手,分别分析了音乐和绘画的形式构架,批判了传统的所谓"时间艺术"和"空间艺术"的二分法的错误。他认为,在所有艺术中,都同时存在着时间因素和空间因素。每一种艺术都以某种特定方式据有空间,正如每一种艺术内在地也总是时间的一样。时间和空间变得相互关联甚至是连续的东西,因而每个审美对象的空间都时间化了,它的时间都空间化了。这种时间的空间化和空间的时间化的直接结果是把审美对象变成了一个"准主体",即一个能把内部的时空关系蕴藏于自身的存在。这些关系反过来构成审美对象的"世界"。这个世界像是一种氛围,在这种氛围中,客观宇宙中的那种实体与事件的对立完全消失。

作为准主体,审美对象可被视为一种据有自己独特存在方式的存在,即自为的存在,它在自己被表现的世界内部开辟了一个时空领域。这个领域在审美经验的开展中不断地得到充实,然后又变成空无。因此,时空构架创造了一个具有表现力的世界,给审美对象保证了一个自我超越的地位。同时,由于这些构架仍是在感性的形式并且仅仅在感性内部发生作用,而感性又是审美对象的自在基础,因此,审美对象包括了一个感性基础和一个内在世界,从而体现了自在与自为的真正结合。

第四节 审美知觉与审美对象

由于审美对象只是对真正的主体——即进行感知的欣赏者来说才是一

---

① 杜夫海纳:《审美经验现象学》,韩树站译,文化艺术出版社1996年版,第256页。
② 同上书,第258页。

个准主体,因此,接下来,《审美经验现象学》讨论的重点就自然转到了审美知觉。审美知觉自身有什么特征呢?在杜夫海纳看来,这就必须要和普通知觉进行比较才能说得清。

按一般的知觉理论——当然指的是梅洛-庞蒂的知觉现象学,任何完整的感知都要把握一种意义。正因为这样,感知使我们进行思考或者采取行动,并与我们的一生结合在一起。但感知从哪里开始呢?从呈现开始。呈现是什么意思?呈现意味着:事物与我们之间没有屏障,它们和我们同属一体,用一句中国话来说,即物我不分。在这种物我不分之中,意义在肉体与世界的串通中由肉体来感受,一方面一切都是给予的,一方面又尚未唤醒能感受世界的心灵的肉身的另一种智力。

既然一般知觉如是开始,那么,对于审美知觉来说,由于审美对象首先是感性的高度发展,它的全部意义都是在感性中给定的,因此,感性就必须全部由肉体来接受。在这种接受中,审美对象首先呈现于肉体,非常迫切地要求肉体立刻同它结合在一起;而为了认识审美对象,肉体也非常纯真地与这种给定物处于亲密神态。

但是,无论如何,呈现仅只是知觉的前思考阶段,而知觉是不只限于前思考阶段的,因此,杜夫海纳说,我们必须从经验走向思维,从呈现走向再现。呈现如何过渡到再现呢?是想象使然。因为只有想象才使形象出现,而形象使对象作为再现物呈现。想象如何使形象出现呢?因为想象具有超验和经验两个方面的内涵。在超验方面,想象意味着一种观看的可能性,这种可能性让"我"脱离使"我"迷失于事物之中的现在,不再由于呈现而与对象合而为一。于是,想象使空间和时间出现,而这为形象的出现提供了先验的条件。在经验方面,想象调动知识,进一步延长先验的步伐,把先验的给予物转变成对象。因此,"就其超验性一面而言,想象预先设定了一种既定的存在;就其经验性一面而言,想象又确定了这种既定的存在,并赋予它以丰富的可能性和意义"①。

"先验的想象预示着经验的想象,使经验的想象成为可能。先验的想象表示再现的可能性,而经验的想象则说明某种再现有可能是意指的,有可能纳入一个世界的再现之中。"②这表明,想象的两个方面是有无相生、相互

---

① 此处译文转引自王岳川:《二十世纪西方哲性诗学》,北京大学出版社1999年版,第176页。引文与中译本有差异,中译本请参第385页。
② 杜夫海纳:《审美经验现象学》,韩树站译,文化艺术出版社1996年版,第384—385页。

生成,并转向现实的:"想象力是世界的创造者,理解力思考自然而想象力则开拓一个世界。"①尽管如此,在审美经验中,想象并不是最关键的。因为,再现的对象是自身所是地给予的,并非真是想象出来的。再现的对象构成一个世界,这个世界存在于它的内部之中,想象在其中所起的作用,只是回到给定物、消失在给定物中,如其所是地"想象"。因此,"真正的艺术作品免除我们想象的劳累",真正的审美对象将凭空神思的想象遏制下来,使我们澎湃的情感归于纯洁。

再现随着空间和时间的出现而出现,由非现实走向现实,这是否意味着,审美知觉便抵达了感觉的最高阀限呢?没有。因为再现只是使给定物对象化,还没有使它转变成可理解物,这表明,对于知觉来说,再现之后,还需要理解。但是,理解停留在外观,只对外观进行整理和解释,它无法把握对象自身的表现。"外观使人认识的是一个物,表现使人认识的是一个主体或一个准主体。前者是符号,而后者制造符号。"②如何把握表现呢?靠感觉。"感觉是纯洁的,因为它是接受力,是对某个世界的感受,是感知这个世界的能力。"③感觉揭示一个世界。感觉具有一种思维功能,它在超越外观行使思维功能时,就把握住了表现。

表现属于一个主体,是发出符号和自我外化的能力,因此,表现肯定具有一种表现自己和传达的意志。感觉能把握住这种意志吗?需要进一步反思。有两种反思,一种是隔离对象的反思,一种是依附对象的反思。审美反思属于依附对象的反思。通过依附性的反思,"我服从作品,不是作品服从我,我听任作品把它的意义放置在我的身上"④。这时,"我"不再把作品完全看成一个应该通过外观去认识的物,而是相反,"我"直接看到了它自发地和直接地具有的意义。通过参与,也就是说,通过与审美对象相当的同一,"我"在"我"身上重新找到了对象据以成为对象的那种自发的运动,"我"在"我"身上遭遇了"我"与对象的同谋。这也就是所谓的交感反思,在这种反思中,感觉的顶峰就将降临。

然而,由于审美对象具有无穷性,它不是像那种一览无遗的物那样存在着,而是像一种深不可测的意识那样存在着,感觉如何抵达这种深不可测呢?在这里,杜夫海纳回答说,"测量审美对象的深度的是审美对象邀请我

---

① 杜夫海纳:《审美经验现象学》,韩树站译,文化艺术出版社1996年版,第394页。
② 同上书,第418页。
③ 同上。
④ 同上书,第432页。

们参与的存在深度,它的深度与我们自己的深度相关联"①。我们的深度存在何处?存在于我们对过去的使用之中,存在于成为自我的能力,即过一种其节奏不受外界偶然事件影响的内心生活的能力之中。"这就是真正的深度"!

如此,我们就看到了审美经验与其他经验不可同日而语的独特性。这种独特性尤其表现在它在最高和最有意义的时刻——即感觉对表现的读解时刻——所运用的情感先验之中。这样,杜夫海纳就转入了对审美经验的批判。审美经验中情感的"先验"意指什么?通过对"先验"这一观念的批判,杜夫海纳认为,作为宇宙论现象和存在现象的先验,它贯穿于审美知觉的三个阶段中,既是构成活生生的具体生命主体不可或缺的因素,又是从本体存在基础产生的,并直接构成对象。因此,杜夫海纳说,"先验性既是主体的确定性,又是客体的确定性。先验性具有存在的特征,它先于主体和客体而存在,并将主客体谐调统合为一"②。这样,杜夫海纳对先验的批判就过渡到了本体论。因为,按杜夫海纳的理解,"对人来说,只有人和现实之间存在某种密切关系时才有人在世界上的存在。只有现实具有的相异性不是基本的相异性,只有各种先验为人和现实所共有,因而具有本体论的崇高地位时,人才能与现实保持这种由呈现、再现和感觉建立的关系"③。

如果说,人类与世界的存在统一是本体论的最高境界,那么,这是否意味着,作为审美知觉的审美对象应该具备真实性呢?如果审美对象是真实的话,那么它是否又要求具有现实性?当然是要的。因为,超越了表达自身个别存在意义的审美对象,其意指活动的最后归宿只能是现实世界,艺术和存在的真实只能取决于现实的真实。在杜夫海纳看来,审美对象的真实至少表现在下述三个方面:(1)作品自身存在的独特完美之真;(2)作品与艺术家的关系之真——审美体验之真;(3)审美对象与现实之间的关系之真。而最后一个方面是杜夫海纳考察的中心。他反复强调说,艺术存在和现实本身只不过是那个无所不在、无所不包的根本存在的不同表征。艺术表现现实,因为艺术和现实都归汇于存在;艺术不能脱离现实生活,而是对现实意义的阐释,它通过主体的情思揭示现实的"情感本质"。因此,艺术作品的真实不仅在于它再现或模仿了现实世界,而更在于它真切地表达了情思。

---

① 杜夫海纳:《审美经验现象学》,韩树站译,文化艺术出版社1996年版,第437页。
② 此处译文转引自王岳川:《二十世纪西方哲性诗学》,北京大学出版社1999年版,第178页。引文与中译本有差别,中译本请参第495页。
③ 杜夫海纳:《审美经验现象学》,韩树站译,文化艺术出版社1996年版,第501—502页。

现实是取之不尽的意义之核,然而它却没有自身的意义。只有主体才会发现世界和存在的意义,只有生命存在才驱使人表达存在的意蕴,只有人才能在自身和现实中发现意义,并使意义通过艺术作品表达出来。因此,现实存在这一意义的负载体,需要审美世界这一意义的表征体。审美对象展示了人类深度生存的意义,艺术家成为真理的敞开者,"艺术家感到存在在召唤他,并对存在负责"。在这个意义上说,不是艺术模仿现实,而是现实模仿艺术,因为艺术启迪现实去重新发现被遮蔽的真理,发现人自身存在的根基。

总之,在杜夫海纳看来,艺术同存在的关系是人类的永恒之谜。艺术审美现象同本体论现象——即艺术与存在,在人类经验中紧密相契,相生相发。通过艺术,人不仅同现实世界恢复了本真的联系,而且,他还可以在艺术中超越现实,预感全新的存在。

第五节　现象学美学与诗学思想

《审美经验现象学》的发表,轰动了法国哲学界。它开辟了一条从审美对象和审美知觉的相互关联中研究艺术所引起的审美经验的"现象学美学之路",使杜夫海纳成为法国现象学美学的真正创始人。但《审美经验现象学》也留下了不少问题,这些问题耗费了杜夫海纳余下的全部精力。

首先是关于"自然审美化"的难题,这一难题在《审美经验现象学》中是因为它"可能会给审美经验现象学提出一些既是心理学的又是宇宙论的问题,这些问题有超出审美经验现象学的危险"而被搁置一旁的,但杜夫海纳紧接着又补充说,"我们把这项研究工作保留到以后再做"[①]。果然,在两年后的《自然界的审美经验》(1955)一文中他便开始着手加以解决。在该文中,杜夫海纳认为,艺术审美经验与自然审美经验的区别在于,艺术审美经验比自然审美经验更纯粹。同时,当主体同自然(自然物)与艺术(人工品)打交道时也会有完全不同的风格。但这并不意味着自然审美经验比艺术审美经验要低。因为真正的艺术永远带有自然的外表,甚至突出自然运动本身的必然性,并从人的身体深处觅其源泉。另一方面,自然也可以成为审美对象,自然美不过就是人的审美意向性投射的自我观照。自然物与人工物相对立,但自然与艺术却相谐调。

---

① 杜夫海纳:《审美经验现象学》,韩树站译,文化艺术出版社1996年版,第7页。

不仅如此,杜夫海纳还认为,不管自然是否"人化",只要它具有表现力又具有自然的必然性,它就会成为审美对象。落日的余晖并不服从画家用于调色板上的规律,林间的风鸣鸟啼也不服从旋律和声的规律。自然与艺术的差距就存在于自然的必然性与艺术的必然性之中,必然性自己表现自己。自然尽管千变万化,但它永远处在现在,它没有历史,它是与其自身的同一,而不是与自身的决裂或对自身的扬弃。面对自然时,我们感到我们所处身的世界的永恒和无限。自然不仅给我们带来它的现在,而且它还教导我们说,我们正出现在这个现在之中。自然所激起的审美经验给我们上了一堂在世界之中存在的课。自然审美经验尽管不如艺术审美经验纯粹,但它在使我们与事物浑然一体而使知觉向世界敞开方面有自身不可取代的价值。它表明:自然与人有一种共同的天性,人愈深刻地与事物在一起,他的存在就愈深刻。

50年代后期,杜夫海纳在继续思考自然与生命的关系的同时,又将《审美经验现象学》中尚未完全展开的关于"先验"的问题作为自己的研究重点。为此他写了《先验的概念》(1959)。该书把人类主体放到广阔的自然和历史中,将其与世界置于同等地位,这一方面与杜夫海纳审美对象和知觉主体谐调统一的思想一脉相承,但同时也标明了杜夫海纳向后期思想的转折。此后,杜夫海纳的另外一部重要著作《诗学》(1963)发表,引起很大反响。《诗学》不仅深化了"自然审美化"命题的探讨,而且还在两个方面突破了《审美经验现象学》的格局,开拓了新的研究空间。首先,《诗学》不再将自己局限于欣赏者对自我封闭的审美对象的审美经验的研究,而是涉及艺术家的审美经验和意向性活动,这使杜夫海纳对"审美经验"的现象学描述更加切实和全面。其次,《诗学》"完成了从先验到本体论的跃进",使现象学美学的探讨从人类与世界的平衡基点返身回到这一基点的本源——自然(大全)。正是在这个意义上,杜夫海纳明确指出:自然是人类和世界永不枯竭的源泉,也是艺术永难穷尽的本源。

此后,杜夫海纳还出版了《里程碑》(1966)、《为了人类》(1968)两部著作和一部论文集《美学与哲学》(1967—1976)。《美学与哲学》是杜夫海纳晚期美学思想的重要体现,其主题内容包括美的本质、审美价值、现代艺术、现象学文学批评、艺术的消亡等,对艺术领域的突出重视是其鲜明特征。

杜夫海纳认为,虽然美学的主要任务是研究审美经验,但这并不意味着美的本质和审美价值问题在当代美学中已遭到消解和摒弃,相反,我们无法回避,必须重新追问。在分析了康德和黑格尔的美学理论以后,杜夫海纳指出,那种认为美这个词已经消失了的看法,是一种虚伪的或懒惰的态度。因为事实上,艺术本身并没有抛弃美,艺术的目的仍是追求美。"美不是一个观念,也不是一种模式,而是存在于某些让我们感知的对象中的一种特质,这些对象永远是特殊的。美是被感知的存在在被感知时直接被感受到的完满。"①

对现代艺术的命运和意义的关注,集中显示了这位主张静观的现象学美学家在晚年对当代审美精神的忧心和对未来审美精神的信心。在《美学与哲学》一书中,杜夫海纳认为,当代世界笼罩着一种形式化的气氛,人变得空虚并被异化了,印刷品泛滥,使人们不再思考而把思的任务交给了科学家和政治哲学家。对整体性、普遍性的追求导致形式化思想的充分膨胀,现代艺术表现了形式化思想对人的异化,艺术家从来没有如此强烈地感受过正投身于一种空前的精神冒险之中。"艺术被思考,直至成了自省的艺术。"当代艺术变成了不断求新的过程,作品也成为一种没有尽头的尝试,于是艺术家渴望着一种不可能的纯粹,一种令人窒息的深刻。结果,自然对象的诗意被瓦解了,世界沦为散文。现代艺术广泛地成为非对象的艺术,成为走极端的形式。

那么,艺术真的走到了它的尽头吗?艺术会消亡吗?杜夫海纳并不那么悲观。他认为,艺术与现代文明面临着同一个困境。如果说艺术失去自我,那是因为它在不断寻找新的自我;如果它应该死亡,那是因为它的生命力太旺盛。杜夫海纳坚信,艺术还将在世界上存在下去,将重返世界的本源。"艺术永远是人对自然的第一声回答。像这样经过挣扎和痛苦,躁动在即将临盆的世界的腹中,艺术可能仍然是幸运的,而且有着美好的未来。"②

总之,作为整个现象学运动的重要一环,杜夫海纳禀承着现象学的基本精神,在人的灵魂普遍分裂的现实中,对重新谐调人与世界的关系发出了殷切的呼唤。可以说,作为一位现象学美学家,杜夫海纳以其对审美经验的卓越研究,一方面亲身参与并推动了20世纪西方哲学诗学的转向,另一方面又因其对精确性和本源性的求索,为我们留下了许多可资借鉴的应对当代思想现状的思想资源。这一本源性的思想就是:审美意义产生于人与世界相遇的时刻,世界只有在人的目光或人的实践的自然之光中才能得到阐明。

---

① 杜夫海纳:《美学与哲学》,孙非译,中国社会科学出版社1985年版,第19页。
② 同上书,第202页。

参考书目：

1. 杜夫海纳：《审美经验现象学》，韩树站译，文化艺术出版社1996年版。
2. 杜夫海纳：《美学与哲学》，孙非译，中国社会科学出版社1985年版。
3. 胡塞尔：《哲学作为严格的科学》，倪梁康译，商务印书馆1999年版。

思考题：

1. 审美对象与艺术作品、审美知觉有何联系与区别？
2. 杜夫海纳的诗学思想有着怎样的意义？

第十二章 梅洛-庞蒂的知觉现象学文论

在现象学思潮中,有一个从德国阶段向法国阶段转向的过程。在这阶段中,可以说法国现象学阶段的重要代表人物是让-保罗·萨特、保罗·利科尔、梅洛 庞蒂(Maurice Merlen-Ponty,1908—1961)。

梅洛-庞蒂的学术思想复杂而深邃,大致可分为三个时期:早期主要从事格式塔心理学的研究,也可以称之为"心理学现象学"研究阶段;中期是"知觉现象学"研究阶段,有多部著作问世;而晚期则转向了人的解放、发展和关于"艺术问题"的研究。梅洛-庞蒂的主要著作几乎全部被译为英文而为英语世界所接受,代表作有:《行为的结构》[1](1942)、《知觉现象学》[2](1945)、《人道主义和恐怖》[3](1947)、《意义和无意义》[4](1948)、《哲学赞词》(1953)、《辩证法的历险》[5](1955)、《符号》[6](1960)、《可见的和不可见的》(1964),以及《梅洛-庞蒂的主要著作》[7](1969)、《意识和语言的获得》[8](1973)、《现象学、语言和社会学》[9](1974)等。

---

[1] Maurice Merleau-Ponty, *The Structure of Behavior*, 1963.

[2] Maurice Merleau-Ponty, *Phenomenology of Perception*, Evanston, Ill.: Northwestern University Press, 1962.

[3] Maurice Merleau-Ponty, *Humanism and Terror*, Boston: Beacon Press, 1969.

[4] Maurice Merleau-Ponty, *Sense and Non-Sense*, Evanston, Ill.: Northwestern University Press, 1964.

[5] Maurice Merleau-Ponty, *Adventures of the Dialectic*, Evanston, Ill.: Northwestern University Press, 1973.

[6] Maurice Merleau-Ponty, *Signs*, Evanston, Ill.: Northwestern University Press, 1964.

[7] Maurice Merleau-Ponty, *The Essential Writings of Merleau-Ponty*, 1969.

[8] Maurice Merleau-Ponty, *Consciousness and the Acquisition of Language*, 1973.

[9] Maurice Merleau-Ponty, *Phenomenology, Language, and Sociology: Selected Essays*, 1974.

第一节　从心理学到知觉现象学

如果说,梅洛-庞蒂早期是从"格式塔心理学"出发,通过对心理反射学说、行为主义心理学的分析和批判,进而抵达"格式塔现象学"的话,那么,在他的第一部著作《行为的结构》(1938年完稿,1942年出版)中,他就已经展开他主要的工作平台——《知觉现象学》的某些方面的研究。他在这本书中不仅讨论了格式塔心理学的基本概念和观点,而且扩展了格式塔心理学的应用范围,并进入格式塔现象学阶段。

梅洛-庞蒂反对行为主义心理学把心理活动仅仅归结于人的生理器官的活动,否认这种因果律或量的分析能够证明人的心理活动,但却从中注意并吸收了关于"躯体"作为人的"存在"的本体论依据。他在批判条件反射学说的基础上,划分出物理层次、生命层次和人的存在三层次的关系,并进一步讨论了"身心问题"。他认为身体作为一种基础性研究对象,只有在一定的限度内才可能使身体视阈获得体认,如果离开了身体和心灵的统一,身体也就失去了意义,而心灵也就无所依附。

格式塔现象学的研究,是梅洛-庞蒂的知觉现象学研究的初阶。而当他推进到知觉现象学阶段的时候,他受到了现象学创建人胡塞尔的很大影响。在诸多关键性观念方面,他都接受了胡塞尔的理论意向,当然,他仍然与胡塞尔的现象学的观念有着一些差距。尽管他像胡塞尔那样,把哲学的主题解释为意义或意思(Sens),然而,二者之间的差异在于,梅洛-庞蒂扬弃了胡塞尔形而上学的唯心论观点,而坚持将现象学的意义和人的存在尤其是人的躯体存在联系起来。所以,在他看来,"意义"总是与"缺少意义或无意义"现象交织在一起的,理性的观点也只有同非理性观点相依存,形而上的观点不能忽视形而下的存在。

梅洛-庞蒂并不打算做一个书斋哲学家,相反,他充分地关心现实问题。他给"知觉"以特殊的地位,并把"意象"和"存在"这两个概念,重新解释为本体论意义上的"身体或肉体",从而设定自己的"新本体论"[1]。既从现象学逻辑层面探讨存在问题,也从现实层面探讨身体问题,这使他的知觉现象学少了一些德国学派的形而上学的抽象推理,而更多了一些法国式的肉体

---

[1] Cf. H. Spiegelberg, *The Phenomenological Movement: A Historical Introduction*, The Hague, Martinus Nijhoff, 1960. p.557.

存在性研究的意味。

当然,他与胡塞尔另一个根本性的区别在于,胡塞尔的现象学态度的核心是"现象学还原",这一点正是梅洛-庞蒂所不能同意的。他认为,没有"自在之物",只有被人的意识所接受之物,任何知觉概念都与超越的意识世界有一种本质的联系。这种本质联系能够使自身成为反思的对象,而就成为"为意识的存在"。但是,这种现象学还原并不是还原到"纯粹意识"或纯粹意识的"剩余物"上去,或还原到那种"纯粹的主观性"上去。梅洛-庞蒂并不希望去构造这种完全独立于世的"现象世界",相反,他将"现象学还原"或"本质直观"的观点,成功地运用于他的"知觉分析"上,因为他相信,思想和世界不仅是受到那种纯粹的逻辑还原的影响,而且也受到知觉者存在本身的影响。梅洛-庞蒂强调"知觉因素"的重要性,因为一个人的知觉是接受世界、社会、现实和自己的一种基本模式,知觉与超越于意识之外的世界有着无可分离的内在联系。这正是梅洛-庞蒂的知觉现象学研究的关键之处。

严格地说,知觉现象学是一种人类存在的本体论研究。它以知觉为对象,透过知觉去发现本能、自我与他人的联系,以及自我意识、气质、语言等存在的根基。梅洛-庞蒂在《知觉现象学》"序"中认为,现象学并非仅仅是一种逻辑的本质直观,它还包括试图回忆起我们科学认识建立其上的前科学的"体验",而这种体验或经验,常常被那种错误的、把科学知识绝对化的观念所忽略,因此,他拒绝遵循胡塞尔的唯心论的现象学方向,而是认为,"现象学反思"不是把自我认识理解为以某种方式与世界相脱离的"先验意识",而是理解为"我们存在于世界之中",并在其中"去知觉和反思自己的活生生的生命经验"。就此,他要重新为感觉、知觉、联想、投射等加以定位。

在梅洛-庞蒂看来,"知觉"并非是一种孤立的、外部刺激的结果,而是知觉者所经历的内在状态的总和。感觉是我们通向外部世界的一个窗口,而知觉是一种内在体验,具有意向性、体验方向性和超越性。"联想"和"记忆"不是一种盲目的感觉,而是在感觉知觉之上的一种判断力。感觉和知觉是"反思"的前奏,是用理性构筑世界和自我的真实联系的链条。知觉现象学的"基本任务",就是讨论人体(肉体)这一关键性的论域[①]。

---

① M. Merleau-Ponty, *Phenomenology of Perception*, Evanston, Ill.: Northwestern University Press, 1962. Charp. 1-2.

中世纪以来,"人体"在世界中仅仅作为一种物质客体存在而被严重歪曲,今天应重申人体或躯体的重要意义,因为人体的概念是从具体的活生生的人体中抽象出来的,它是人存在的本体论基础。梅洛-庞蒂反对把人体的存在完全看做一种物质对象的客体,这一看法仅仅是一种机械的、对人体非本体论研究的主观性误见。人体是意识自我投射的实际环境,是"在世界之中"的存在,是我们精神地、具体地把握世界的"身心统一体"。人体不是单纯的物,它是一种"人体—主体",是我们的体验、经验、语境、心境向世界敞开的载体。人的感觉和知觉是人向世界开放的第一个器官,也是世界向人进入的第一道关口。人的精神和生命的勃发,很大程度上是人的感性的勃发和知觉的敏锐。如果是否弃了人的躯体的生命力和精神的能量,把人仅仅看成是单纯的物,将是人的窒息和人的死亡。

梅洛-庞蒂讨论过人的本能,就此而言,他触及对弗洛伊德的反思。他指出,不能像弗洛伊德那样将性解释成一种普遍性的人生存在结构,甚至用它来解释一切文化现象。但是,也不能完全排斥性的内在结构的意义,因为它既不仅是单纯的生理学问题,也不仅是心理学问题,而是我们知觉感知世界和自我的一种存在方式,一种基本生命行为。

在分析了知觉世界的结构以后,梅洛-庞蒂阐述了我们感觉到的外部世界的性质、空间位置、深度和运动的具体经验,以及展开我们所有经验的最终范围的外部世界。在此问题上,他既批判了经验主义那种纯粹的讲求经验的局限,也批判了理性主义的误区,因为这二者都设想了一种完全确定的客观世界。梅洛-庞蒂没有把人作为单纯的存在物或自然物来研究,而是把人纳入到社会文化语境中进行现象学分析。他强调,人的最基本的自然对象是他的躯体,而躯体是在社会文化中进化而成的,是文化世界的一部分。把主体仅仅作为自为的、纯粹的自我意识和精神进行考察,可能会丧失人的丰满的精神性,而把人变成一种本能的存在。在此,梅洛-庞蒂又一次显示出他的哲学中性、辩证融合的"暧昧"色彩,他认为,人不是一个纯粹的自为体,也不是一个所谓的客观自足的本能存在,而是一个具体的、知觉着的、活动着的主体,而这个主体对他人而言不是物,他人对"我"来说也不是物,自我和他人既是意识和意识之间的把握,也是躯体和躯体语言之间的交流,所以我们才可能与他人在一种知觉的世界中,达到一种完美的、超语言的交流。

当然,仅仅有躯体和"躯体姿态"是远远不够的,存在的躯体之所以具有一种知觉超越性,最重要的是"语言"。语言和对话在人的交流中起着非此不可的重要作用,因为思想毕竟是在活生生的语言中被编织、被传达、被理解和被塑形的。人只有身临其境地去知觉他人,并从语言中去判断他人,交流才成为可能。梅洛-庞蒂甚至认为,他人简单的"凝视"会使人难以忍受,因为这种凝视将是一种非语言的、剥离了精神层面的注视。只有有语言性的、精神性的交流,保持在这种凝视中,凝视才具有一种温情和人性。因而,语言之意的交流与躯体之态的交流是分不开的。

知觉现象学的另一个重要维度,是研究"自为存在"在世界中的存在。主体不是一个纯粹的自我显现的非现世的自我,而是一个属于世界的存在物。知觉是知识和思想的根基,而思想与语言是不可分的,纯粹的思想是没有的,思维的主体依赖于存在的主体,就这个意义上说,观念和事物是从一种原初的世界中通过知觉显现出来的。

世界是一个巨大无比的个体,它是一个开放的整体,是无穷多的个人的肉体与这个整体结合在一起,在世界上达成一种"生命本原的契约",每个人都是时间的显现和见证。世界与主体是不可分的,但这个与之不可分的主体,只不过是世界存在的投影。同时,主体与世界也不是可分的,这个与之不可分的世界只是通过语言投射出的主体世界。所以,人在语言中构造世界,世界也因为语言而成为一个不断地、向着世界终极目标迈进的过程。

梅洛-庞蒂认为,笛卡尔所谓的"我思",只是当它被表现出来的时候才是我思,而作为肉体的"主体",是作为世界的投影而存在于世界之中的,是作为一种世界的存在而思考着的。世界单一而开放,而主体开放又单一,它们相互间具有一种"主体间性"。只有二者统一起来,即世界和躯体联系起来,这个世界才是完整的。

不妨说,梅洛-庞蒂的知觉现象学是将知觉作为人的反省的基础,而将肉体升华为世界中存在并生成为世界的一部分,这样,就把那种唯理性的、唯心论的、唯精神性的东西撕裂开来,而将人的存在变成肉体的、知觉性的存在。同时,他又把萨特的"自我"和"他人"分裂为二的东西合为一体,因为,他认为,自我和他人都是作为人类的语境而存在,都是知觉之间的联系——"非思想"是思想中所固有的,"我思"是从非反省或潜反省出发的。因此,他把"我思"与存在等同起来,维护作为根本思想存在的实在性和作为观察与认识世界手段的非概念化知觉的重要性。他这样说:"真正的哲学知识就是知觉。"

无论如何,知觉现象学回到了一种简单的要素去思考人类存在的奥秘,并通过知觉反射出外部世界和内部世界的根本性奥秘。《知觉现象学》认为，哲学的第一个行动，应该是深入到先在客观世界的生动世界，去重新发现现象，重新唤醒知觉，并私下使他自身作为一种事实和一种知觉而被遗忘的假面具。这样，肉体就不仅仅是肉体，而是一种既在知觉中又被知觉到的主体，即知觉的中心。而"我思"和"我在"这一超验的运动结合在一起，即意识把存在重新结合在一起。因而，肉体就是一种对世界开放并与世界联系的结构，它存在于世界之中，是我们在世界上的支撑点，也是我们和世界之间的中介。它们具有一种不断地相互渗透的关系。

在我看来，《知觉现象学》主要由三个部分组成，即"身体""被感知的世界""自为的存在"存在于世界上。尽管梅洛-庞蒂想为知觉、为躯体、为肉体证明其合法性，而避免胡塞尔纯粹的先验还原和现象学还原逻辑性，但是，他把人等同于人体甚至更广泛意义上的"肉体"，这种做法，说明他想打破心灵和肉体间传统的界限而证明人的具体的存在，但是，他的研究仍然是欠明晰的，缺乏最终的说服力。他探讨了思想对语言，语言对主体的依赖性的问题，探讨了"绝对反思""人体主体"，以及"反思""我思"，但是总体上看，他的哲学思想或多或少具有含糊难懂的性质，甚至具有"暧昧哲学"的性质，使其影响力大大消减。

第二节 《知觉现象学》与理性批判

在清楚了梅洛-庞蒂"知觉现象学"理路以后，我们可以转向他的"理性批判"理论的考察。

梅洛-庞蒂的哲学是以"知觉"为其研究中心的，他的知觉研究意味着知觉构成了一切知识的基本层次，对知觉的研究必须先于所有其他层次的研究（如文化领域等）。知觉研究与语言研究紧密相关，当知觉运用于社会领域，即言语和语言的时候，凝视和言说就必得面对整个社会形式的关联结构。换言之，在交往以及交往的变态关联中进行考察，这种关联就势必包含着不可忽略的文化现象，尤其是"言语和语言"的文化现象。

一、语言问题

文化现象中最重要的是"语言"。梅洛-庞蒂将语言看做与躯体或肉体同样重要的现象学问题。他在《知觉现象学》中认为，语言首先产生在对话形式中，在这个语境中，个体的思想与他者的思想嵌入共同的社会结构和思维网络中，因为，在一种恰当的文化交流中，个体与他者双方是交流的合作者,我们的视阈彼此向对方滑入,通过同一个世界而共同存在。在当下的直接"对话"中,个体从自身解放出来,并把握了他者的思想,或预见到了他者思想的存在和自我思想的诞生。如果"我"提供给他一些思想,他也会反过来使"我"思考。

到了梅洛-庞蒂的晚期思想的代表作《看得见与看不见》一书的结尾,又重新出现了这一主题,甚至以"语言"作为自己"哲学的宗旨"。他认为,在某种意义上,正如胡塞尔所说的那样,整个哲学就在于重新创造出一种揭示事物意义的力量,一种使意义略见端倪的曙光,或者一种尚未探明的意义,或通过经验这一阐明语言特殊领域对经验的表达,所以,或许语言就是一切。也就是说,语言和世界之间并没有一种绝对的界限。语言是哲学探索的工具,哲学是对意义的揭示,这种揭示就是对存在的一种透视感悟。在这种感悟中,人所进行的文化力量的运作,必得把语言作为揭示的中介。甚至可以说,没有语言的介入,哲学思考和意义揭示几乎是不可能的。

梅洛-庞蒂在《看得见与看不见》追问道:最充满哲学意味的那些言语,并不一定包括在哲人所说的话语中。因为,哲学作为一种对不可测量的存在的发现,究竟是用逻辑语言表达最合适呢?还是适于用日常语言或非逻辑作为传达直接的中介意义的手段呢?梅洛-庞蒂不仅强调语言是产生在对话中的形式,而且指明全新意义的揭示或原意的传达的确定性、完整性,是不可能的。因此,语言不应仅仅是作为一种交流的等价中介物,还应该通过语言去进行一种意义的创造,语言不仅仅是交流的工具,更是创造的工具。在这个意义上,梅洛-庞蒂在他的《论语言现象学》(1951)一文中说:"当我说话或当我理解时,我体验到他者在我之中出现,和我在他者之中出现,这种出现是主体间性理论的基石。"

将语言等同于思想的对应物,因为说话是对思想的表达。思想不是内心的自语,思想不在世界语词之外,而在世界语词之内。所以,无论我们是在说话,还是默不作声,在内心生活都有一种内在语言的潜流。说话具有"意向性",是一个真实的意义的运作。言说包含着意义,而且又赋予一种新的意义。语言自己描绘出意义,而说话的意思操纵着这个语言世界的方式,它能够像一个动作那样把意思表达在一个共同的心理根基上。梅洛-庞蒂从知觉、肉体的现实状态,强调关于母语的重要性,认为只有"母语"源于我们的生命之根,揭示出一个表现灵魂的话语体系,其他的语言只能作为母语表达思想的补充。一种语言的充分意义永远不可能在另一种语言中得到翻译,人们可以用几种语言说话,但其中只有一种是其永远生活于其中并能完全领会的语言。人必须安于这种语言所表达的世界,因为他永远不会同时属于两个世界。

这里触及两个重要问题,一个是"语言交流"问题,它属于深层文化内核,触及文化的魂;一个是"语言传统"问题,即这种传统赋予人的表达的意义,及其意义的转移准确地衡量着这种语言的表达能力。人掌握语言,同时,语言也以它独特的结构方式使人处于文化的掌握之中。语言的明晰是建立在语言义幽暗的意义背景中的,所以语言不说任何外在之物,只说它自己的本体状态,语言的意义与它本身不可分离。

语言是一种症候,它表达思想,传达身体话语,传达生命内在的骚动。在这个意义上梅洛-庞蒂认为,语言是人的身体的衍生运用,是思想和文化精神世界的呈现物。丧失了这种文化的把握和言说能力,人就只能处于"失语症"之中。人把握了语言,人就把握了这个世界,操纵语言就是操纵人。梅洛-庞蒂认为,一切语言操作都以理解意义为前提,然而这个意义无论是在此还是在彼,都要特殊指明。所以,"语言的本质"在于说话的意向性只能在一种开放的经验中获得,意向性的出现使得语言成为生存的显示和宣泄,也使人与世界整合在同一个意义体系之中。

梅洛-庞蒂还在《符号》一书中,分析了符号的语言问题。语言活动使"符号"成为能指,意义就只能交叉地出现,并似乎只能在词的间隙当中出现。如果"符号"只有在其他符号上面呈现出某种东西,那么它的意思就进入到语言之中。言语永远作用于言语的底蕴,它只是说话中的一个浪花,为了理解它,人无需向某种内在语汇求教,只要我们顺从它的内在逻辑,就可以揭示语言的晦暗不明的意思。同样,我们分析思想问题,在找到表达的词语之前,思想就已经成型了,我们只需要找到词语把它"翻译"出来。但是困难在于,一个思想者很难找到一种语言将他所思完全表达出来,而只能通过有限的语言慢慢引导思想的生成。因而,意义是语言的全面运动,人的思想永远游荡在言语活动中,思想透过言语活动,就如同动作越过它的运动轨迹的原因。

就现象学意义而言,言语活动是自我显示意义。显示它的晦暗不明,它对自身顽固地参与,它的重复和重叠,它自己揭示出自己的秘密,并把它变成一种精神的参照物。语言具有一种"自我还原"功能,它让事物赤裸裸地呈现在语言当中,而这种"呈现"所呈现的是它难以言传的意义。哲人和艺术家是为意义的传达而设定自己的存在价值的,他与世界相遇只有通过语言,因为他只能通过文这扇大门,才能通向另一个世界。他看到了那个世界,他用自己说的语言去呈现那个世界,从而在语言与世界相遇之时,把自己解放出来。这就是梅洛-庞蒂的关于现象学视阈下的"语言呈现论"。

我以为,梅洛-庞蒂对语言的把握,对语言的重视,确实是精深而有独到见解的。

二、"我思"与"反思"

在梅洛-庞蒂的现象学理论中,"我思"是一种不同于笛卡尔意义的全新的"我思",它存在于世界之中。他对笛卡尔主义的批判是深刻的,他反对当代的唯心主义,因为他们把认识的对象归结为概念,从而把世界变成了思想的一种思维状态,并把它等同于思维着的人脑。因此,唯心主义给予人提供了一个空想的巨型空间,但却未能使人达到世界以及个人以外的他人。梅洛-庞蒂的知觉现象学或他的整个哲学也可以被看做对"我思"进行重新反思的哲学。

梅洛-庞蒂对笛卡尔的"我思"进行了批判,他认为一旦弄清楚被感知的东西是幻觉,我们就得承认我们并没有真正在感知,因为感知和被感知是不可分的。我们所假定的怀疑也不总是真正的怀疑,因为我们没有正当的理由赋予"我思"活动比超越的"被思"之物具有更大的确定性。因而,梅洛-庞蒂放弃了这种笛卡尔式的"我思",而去寻找"真正的我思"。

"真正的我思"是"我"存在于世界当中,可以揭示出"我"与世界的一种深刻的联系,即主体在感知世界的时候,他可以怀疑投入的情感,但不可怀疑的是"投入的意识"本身,因为投入的意识构成其实际存在的意义。知觉作为一种重要的不可怀疑的对象,使感知成为"我"与世界之间的中介。

笛卡尔的我思,预先假定存在着同作为沉默的我思的自我之间的"前反思"的接触,他在《看得见和看不见》中说:"我所谓的沉默的我思是不可能的,为了认识思维这一观念,词语是必不可少之物。"在人的感知中出现的语言可以使自己在怀疑自我存在的那种心态中,由不知不觉的状态过渡到明了和认识的理性状态,从而消解那种"我思"的先验怀疑论。梅洛-庞蒂还强调心灵不是纯粹的自为,"我思"并没有包括绝对的自我意识,所以与笛卡尔相反,他认为自己不能断定"我看"本身比"我"看到的事物更可靠,因为"我"不具有关于"我"的意义和感觉的绝对自我意识。人总是通过自己在世界中的行动,甚至通过身体的感知而获得确定性的认识的。

"我思"本来是由暂时性的知觉决定的,"我思"以"我在"为基础,而思想又以语言为基础,所以对外部世界真理的把握,只能是相对的、暂时的。

当然,梅洛-庞蒂也没有完全否认"我思",因为自我的显现先于并决定着我们对自身和世界的明确认识,所以最终的主体并非是一种"我思"的纯粹逻辑推导的主体,相反,是一个属于世界的存在物,而这一存在物有感知自由的想象和反思的能力。

然而,我思的问题是否已经真正解决呢?我以为问题仍然是存在的。这一问题又可以与梅洛-庞蒂的另一重要概念——"反思"联系起来加以把握。

三、主体性和自由

在《知觉现象学》的结尾部分,梅洛-庞蒂已经提出了关于"人的解放"和人在历史行动中"发展"等一系列的思想。这一思想到了他的中后期,尤其是他的《辩证法的历险》中得到了进一步的扩展。他认为,人的解放和自由隐藏在人类意识的能力中,个人建立起来的意义领域是自由世界不可缺少的前提条件,自由与主体性密不可分。

梅洛-庞蒂的"主体性"观念是与"时间性"紧密相联的。主体具有一种"出神性质",而时间的出神性质和禀有时间性的主体的出神性质具有内在同质性,因而主体不仅是在时间中,而且承受着时间并经历着时间,它被时间所渗透,它也是时间的意义过程本身。世界与主体构成相关的语境,主客体相互依赖,使人可以走出现代性困境。梅洛-庞蒂强调主体的存在是在世界中的存在,那种所谓世界中的"纯粹主体"和"观念主体"是不可能存在的,也是作为"我思"的个体难以承担的。要建立关于现世社会和时间性中的主体,只有去阐明主体和身体,同时阐明主体之间的性质,因为,主体只有在主体之间才能具有自己的完满性和现实合法性。

对"身体"的重视,梅洛-庞蒂尤其关注在现世中人体成为主体与主体之间的一种中介性质,也就是说,在现实世界当中,人总是通过躯体,通过触摸或凝视,通过姿态,通过言说等多种方式从事文化的交流活动,使人由客体成为主体,并由主体成为主体之间的"真正主体"。人是可以获得自由的,然而这个自由是有条件的,是主体与世界彼此互相规定后的结果。也就是说,不仅是我们选择世界,世界也选择我们。自由是在这种独特的意义领域背景中凸显出来的。人不可能获取完全的自由,因此,人的行动不可能用宗教式的因果律来加以说明,同样,也不能将人看成绝对自由的,人好像是只要有了自由就可以决定自己,决定世界的某种进程(萨特)。梅洛-庞蒂反对这两种看法,认为自由总是具体的、有条件的自由,是在某一历史阶段和在一定的社会语境的的自由。自由有两个限制的因素,一方面,它是从自我存在的形式开始的,而自我对这种形式却难以控制;另一方面,自我的选择实际上并不是自觉的选择,而是潜自觉的或实际已存在的选择。或许是,一切选择都是被选择。

人类主体是通过不断的辩证秩序过程在一个主体间世界中确立自己的位置的。物质作为联系人和世界的纽带,进入了人类的生活,同时把人引向了自由。① 也就是说,在梅洛-庞蒂看来,人既非是生而自由的,也不是具有绝对自由的,相反,人存在于一个既定的社会思想结构和社会经济实践活动中,是一定经济活动实践的产物,遭受到意识形态和历史总体结构的制约。所以,科学、艺术、宗教、哲学观念都是这种经济方式的延伸,人只可能通过这种文化客体的传播和理解,去获取自由和对自由的理解。对现象学而言,这些文化客体是通过主体与经验世界相互作用而构成的,人的自由只能从其中产生。

梅洛-庞蒂强调现实的主体间性,认为人类主体在一个通过它才存在的自然和历史的世界中发现了自我,它自己也被抛到这个世界上来了。梅洛-庞蒂在《人道主义与恐怖》以及《符号》这两本书中,对自由和自由的王国加以阐释。他的阐释已经脱离了纯粹现象学的观念阐释,而进入到民主制度、现实环境、意识形态和专政机构等社会政治的分析中。他认为,"一种名义上自由的政权,实际上可能是压制自由的政权"②。他通过人的自由已经看到了人的不自由,甚至是对人的威胁和暴力的状况。因此,他不再像萨特那样去追求纯粹绝对的自由,而是强调在社会中只有有限的自由,而不可能将自由永恒标准化和空洞抽象化。他对自由的呼唤,对自由标准的厘定,使他总是把憎恶暴力、拒绝混乱、呼唤博爱自由和维护人类的尊严作为自己的政治哲学。③只是他认为,处于当今世界,这种自由博爱和人类的尊严似乎尚未找到自己依托的理论依据和现实土壤,所以,它是一种漂泊不定的、有限的、待定的自由。

从以上对主体观和自由观的分析可以看出,梅洛-庞蒂不是一种狭隘意

---

① Maurice Merleau-Ponty, *Sense and Non-Sense*, Evanston, Ill.: Northwestern University Press, 1964. p. 133.

② Maurice Merleau-Ponty, *Humanism and Terror*, Boston: Beacon Press, 1969. p. 15.

③ Maurice Merleau-Ponty, *Adventures of the Dialectic*, Evanston, Ill.: Northwestern University Press, 1973, p. 233.

义上的现象学家,而是走出了现象学的逻辑思辨而进入社会文化领域的现实存在的理论家。他的著作呼唤着一种哲学,这种哲学吁求人道与自由、贫穷与饥饿、博爱与自由、尊严与正义,要求人类在现实可能性的世界中去实现人的自由。①梅洛-庞蒂呼唤过人类的自由和人类的理想,他对社会现实中的不自由和丑恶现象加以揭露,实现了他"呈现事情本来的面目"的承诺。

梅洛-庞蒂对现代社会寄予希望,相信社会改造很大程度上是人的感性或知觉的改造。这一点,使他进入了关于现代美学和艺术话语的论述,因为只有美学和艺术才可以重新煅打人的知觉,而使人以新的方式去看待世界和自我。

第三节 美学:《意义与非意义》与《眼睛与心灵》

梅洛-庞蒂反对任何永恒的、绝对的真理,拒斥任何超越我们的、现成的真理。在他看来,在现实中,人最迫切地感觉到的真实状况,是人总是要死的。解决这个问题的一个重要方法,是通过艺术,通过表达人的逻各斯的语言,来完成人生的超越性。同时,通过艺术使人升华到哲学和自我反思的高度,从而可以面对真理问题本身。

对意识和知觉化的解释,使梅洛-庞蒂终于走向了超越的审美问题,甚至是集中去分析诗的魅力、艺术形态、人生实现等问题。他对于文艺表现出相当的激情,认为哲学可以被看成是一种深刻的艺术,而文学和艺术是对各种事物真相的有深度的揭示。只有通过知觉感觉到的,才能体验到,而只有知觉到的,才能被把握到。如果人处于知觉、感觉和体验之外,那么他就与真理和真理的认识无缘。事物的真相或者是现象的本质直观,永远是因其隐蔽而葆有其神圣的状态,只有人的知觉才能赋予人的灵魂以光辉。肉体不是观念,也不是事物,而是二者兼而有之的,围绕着它的各种事物的度量,形成新阐释话语。观念不是虚无,是一种不可见的东西,而正是它使观念成为可见的东西的世界,因为它是存在之物的存在。在做了这样的关于艺术和审美的本体论的界定以后,梅洛-庞蒂在他的最后的一部书《眼睛和心灵》中全面阐释了"自由"的艺术观念。因此,这部书又被称为

---

① Cf. Laurie Spurling, *Phenomenology and the Social World: The Philosophy of Merleau-Ponty*, London: Rourledge and Kegen Paul, 1977.

他的"哲学遗言"。

事实上,梅洛-庞蒂关于艺术,关于审美的思想,在他的《意义与非意义》一书中已经较深刻地触及了。他通过论述画家塞尚而得出了自己的现象学美学的观念。在他看来,画家是用画笔进行创造的人,他总是对世界增添一些新意义和新形象。艺术家透过现实对象所揭示的事物,重新获得并恰到好处地将一些"不可见之物"转化为"可见之物"。艺术家永远处于抒情和感觉的再造中,因为,没有艺术家,人类将脱离意识的生命摇篮,而对很多不可见之物难以把握。

艺术家是这样的人,他决定场景,让场景能为大家所理解。在真正的艺术家那里,并不存在所谓"消遣的艺术",甚至真正的艺术家不满足做一个"文化动物",他在文化中承担着文化的创建和文化的重建的重任。他在言说,就像第一次对世界加以言说,他画画,好像世界上从来没有画过,即以全新的生命、感觉和知觉去画心灵中的那个新我,而为世界增添一些新的艺术和对艺术的理解①,在这个意义上,艺术家的感觉并不能够先于他的画笔,他在表现以前,这一切都不存在,只有当他作品完成并被理解的时候,他才找到了某种神秘之物,这就是"艺术真理"。一切艺术文化和思想交流,就建立在这种全新的创造之中。艺术家面临的最大困难是说出全新的话语的困难,他不是上帝,却妄图创造世界,并要通过世界的改变来感动我们。一个艺术家或哲学家应该不仅创造和表现一种思想,还要唤醒那些把思想植根于他人意识的体验,而艺术品就是将那些散开的生命结合起来,而不是存在于这些生命中的一个。换言之,作品只与真实的心灵共存。

艺术家创造,他总是赋予艺术材料以一种有形的意义,并使我们透视到生命的含义。而作品使得生命变成了一种"审美历险"。它只针对我们的感觉和知觉并包容我们,使艺术品像实际经验那样充盈着我们的心灵。艺术家用感官来接近世界,并用独特的语言来谈论这个时代,揭示那个不可言的世界,所以,每个时代都通过自己的艺术幻想,为自己寻找自己的历史之根,寻找自己家园的原始意象。

梅洛-庞蒂对"现代艺术"提出了自己的独特看法。在他看来,一切文化都延续着过去,现代作品不会使传统作品成为无用之物,新作品并不明显地拒斥着老作品,而只是与其竞争市场。现代绘画等现代作品断然否定过去,以致自己不能够真正从过去解放出来。现代绘画、现代艺术只能在享用

---

① Maurice Merleau-Ponty, *Sense and Non-Sense*, p. 17.

历史中遗忘历史,它狂热地追求新奇,其带来的后果是它之前的艺术像是一种失败过时的图景。而这种追新的艺术,又将使今日的新奇变成一种明日失败的状况。

就真正意义上而言,文学的写作和艺术的创作,需要向我们展示其最持久的意义和永恒的魅力。独立不倚的写作者,敢于破坏板滞的公共语言而以自己独特的语言击穿了这个世界的真相,语言在向我们提供真实的同时,并不满足于让自己置身世界之中去改塑日常语言的含义。而绘画则将它的魅力置于梦幻之中,它所产生出来的持续的时间感悟给人一种直接的冲击。在这个意义上可以说,文学是说出来的语言,而绘画是沉默的声音。艺术正在于它以有限之物(形象和画面)去表现那种无限之物,它所抵达的意义,不是意义的顶点,而是意义的起源。因此,语言并不以符号的意蕴为终点,而是以呈现"事情本身"为旨归。当然,这种呈现是暧昧的,如果把一个事情说穿而达到语言的直接性,则是整个艺术符号的破灭。我们永远是对一种历史感受的澄清,永远只能通过我们的躯体、我们的知觉去言说我们的有限以呈现无限。只有那种通过自然、清新和独创性的语言进行创作的人,才会获得真正的自由,才会获得真实的思想的艺术价值。

梅洛-庞蒂的《眼睛与心灵》一书,尽管只有几万字,然而却是他一生哲学的浓缩,是他美学思想的总结。他在开篇说:"思想就是常识、作用与变形,但唯一的条件是进行一种实验性的控制,而各类飘忽不定的意志和愿望就从这里开始。"身体世界是艺术奥秘的谜底,因为身体既是能见的,又是所见的。"我"的身体之眼注视着一切事物,它也能注视自己,并在它当时所见之中,认出它的表现的另一面。所以,身体在看的时候能自视,在触摸的时候能自触,是自为的"见"与"感"。躯体领会自身,构成自身并把自身它改造为思想的形式,这也许就是"躯体的悖论"。

艺术也同样如此。当艺术家作画的时候,他是在实践一种视觉的独特理论。画家让事物从他身体里面走进去,灵魂又从眼睛中飘出来,到那些事物上面去游荡,因为他要在那上面不断验证他那超人的内在视力。真正的艺术家,就是通过形形色色的艺术方法去表那不可表现者,去把人们所忽略的自明之理,揭示为一种可见的、以一种几乎荒诞的方式去表现现实,而完整地呈现这个被人们见惯不惊的世界。所以,阴影的作用是隐藏自己,而隐藏正是为了显示事物的物体。隐藏与显示是艺术的辨证法中最为精妙之处。艺术家的"凝视"是一个生命的诞生和延续的过程,人们在创作的同时,就在寻找一种形象化的视觉哲学。这种具有人类普遍意义的"凝视",

成为艺术家凝视世界的象征和自我生命的升华。

艺术的"变形",是艺术家肉身的确定和他们对外在世界把握的统一。只有通过这种变形,才能把握世界变化的瞬间,并把这种瞬间投向自己的心灵。我们通过这种变形,可以直观到物质本身的无声意蕴和那梦幻般深沉的宇宙精神。绘画中的"透视"被梅洛-庞蒂拿来说明一个重要的道理,即艺术家在一个二维平面上,做了一个虚假的三维深度。梅洛-庞蒂就此展开论述,认为:"我"看见了深度,而它并不是真实可见的,因为深度是从我们身体开始,到物体的距离来计算的。这个奥秘是一个虚假的奥秘,"我"并不是真正看见了深度,即使"我"看见了它,也是另外一种深度,是人的视觉本身遮隐了一些东西,而又向我们敞开了一些东西。是否可以这样说,这里的本体论已经把存在的特点上升为存在的本体结构,于是本体论便既伪又真,真在他所否定的东西中,而伪在他所肯定的东西中。

不难看到,梅洛-庞蒂通过这种艺术的感性知觉的对象化,说明了透过这个对象背后的极深沉的本体论依据。那么,就画家而言,他对深度的体验和在二维平面上对深度的表示,其实是对存在自我深度的表现,尽管这种表现是一种虚拟的方式。正因为这种"表现的虚拟性",所以在我们面对艺术品时需要凝视,没有思想的凝视只是为了看,而只有了思考还不够,凝视是一种有条件的思想,他直观到精神从身体中诞生,他通过身体引发思考。"凝视"既不选择存在,也不选择不存在,更不思考这个存在或者不存在,它只在凝视之所见所想的一切中去表达他的思想。

物体是思想的蔓延,是思想向事情本身的伸展。身体空间是思想居住的空间,思想所支配的身体,对思想而言并非对象中的一个,思想并不从中提取空间的全部剩余作为附带的前提。进一步说,思想并不依附自我,而是依据身体来思考,即把思想统一于身体的自然法则中。肉体对于灵魂,是灵魂诞生的空间和所有其他现有空间的模式。

通过艺术,梅洛-庞蒂进一步论证了自己的知觉论,即肉体穿透我们,囊括我们,使我们在艺术维度中去思考。艺术的深度是一个全新的课题,是新的灵感,是新的艺术思想的生长点。正是因为肉体和艺术具有一种不解之缘,所以艺术总是一个有关光线、色彩、质感的逻各斯,一个超概念的普遍存在的表现,一个通过表现肉体而传达不可言说思想的话语谱系。

艺术中没有自在可见的"线条",线条总是一种对事物的指明和强调,线条并非事物本身,它是人对物体边缘界限抽象结果。线条创造着潜在的思想,创造想象的空间位移,它使得人们的创作逐渐脱离了具象,而具有着启示性、抽象性、深化性。于是,在线条中,肉体和精神完美地"面对事物",而使整个生命呈现出新的层面。

不妨说,梅洛-庞蒂的艺术观在现象学美学家中是独具个性的,他使我们关注知觉的重要性,知觉与意义的感性遭遇。同时,他使我们注视身体的意义,因为"我从我的整个存在一种总体的方法中知觉到,我把握住事物的一种独特的结构,存在这种独特的方式就在瞬间向我呈现出来"①。肉体通过感觉的综合活动去把握世界,并把世界明确地表达为一种意义。

知觉是创造的,知觉是艺术创造的关键,因为它将"可见的"转换为"不可见的",同时又把不可见的转换为可见的,它实现了两个世界的"双重转换"。正因为知觉和肉体的重要性,梅洛-庞蒂进一步强调了艺术作品具有的语义性质。作品通过人工的塑造而与其他的人工品相区别,艺术品及其视觉是自身的暗喻的逻辑,通过知觉以后,所塑造的全新的、有血有肉的活生生的生命,而一般的人工制品则是获取了一些存在的轮廓而已,却无法表现它的真实存在。这种语义性质使得艺术总是通过书写而表达一些超越物体本身的东西。知觉转换了精神,精神又转化为精神,这就是艺术的双重奥妙之所在。

艺术品要求我们对其主题加以解释或评价,因此,知觉总是要提供一种感性的解释,在艺术中我们可能会直观到一些不可见之物,以此赋予世界以更丰富的内蕴。梅洛-庞蒂说,没有人比普鲁斯特更深入地去确定可见和不可见之间的关系,描写与感觉并不相悖,知觉是描写具有深度的关键②。艺术作品表现现实世界中已有之物和将有之物,它传达的是艺术家和人们所拥有的世界整体与个人的关系;艺术作品在知觉和反思之间占据一个独特的中介地位,艺术总是要显示传统哲学试图言说的东西,所以,在艺术中,总是有一种"准诗性"的性质,总是要传达出人与存在的一种本体论的关系。在《眼睛与心灵》中,梅洛-庞蒂断言:"艺术给予那种世俗眼光视而不见的东西以存在的可能性。"

第四节 简单的结语

在对哲学和艺术的现象学探讨中,梅洛-庞蒂表现出一种大的理论勇

---

① Maurice Merleau-Ponty, *Sense and Non-Sense*, p.50.
② Ibid., p.149.

气,他不仅批评了萨特的理论、海德格尔的理论,而且对胡塞尔的理论也进行扬弃,从而使他在学术的严谨上和文思的深邃度上超过了萨特,而成为法国现象学和存在主义的重要理论家。梅洛-庞蒂不仅对格式塔现象学、知觉现象学和"新的本体论"(身体本体论)做出了自己的阐释,而且也对现实的政治哲学、意识形态、语言哲学提出了自己的理论和看法[1]。他的问题是敞开的,他邀请我们共同面对这个世界和人生,来思考曾经苦恼过他的问题,因为他相信语言、意识形态、艺术和审美、现实和知觉,是人与世界一种非常本真的体现。艺术总是传达了不可传达者,而且不可传达者正是哲学和思想的界限。

梅洛 庞蒂是真正的诗性哲人,他将艺术与哲学紧密相连,因为艺术可以揭示哲学中最为深邃的东西,同时,它又将艺术看做人的存在完满性的体现,因为艺术在知觉形式中肯定了躯体的优先地位。

参考书目:

1. Maurice Merleau-Ponty, *Phenomenology of Perception*, Evanston, Ill.: Northwestern University Press, 1962.
2. Maurice Merleau-Ponty, *Sense and Non-Sense*, Evanston, Ill.: Northwestern University Press, 1964.
3. Maurice Merleau-Ponty, *Humanism and Terror*, Boston: Beacon Press, 1969.

思考题:

1. "知觉"在梅洛-庞蒂现象学中有何意义?
2. 梅洛-庞蒂是如何看待语言问题的?有何创见?
3. 艺术和知觉有怎样的关系?

---

[1] Cf. Albert Rabil, *Merleau-Ponty, Existentialist of the Social World*, New York: Columbia University Press, 1967.; Laurie Spurling, *Phenomenology and the Social World: The Philosophy of Maerleau-Ponty*, London: Routledge and Kegen Paul, 1977.

第十三章 伽达默尔的《美的现实性》

当代解释美学家汉斯·乔治·伽达默尔(Hans-Georg Gadamer,1900—2000)曾经以《作为游戏、像征和节日的艺术》为题,在萨尔茨堡大学周做过系列演讲,后来修订成书,取名《美的现实性》。① 书的篇幅不大,但解释的视野十分宽阔,而归结的中心又十分沉郁,使人产生一个愿望:也想按解释学的原则来解释伽达默尔的解释,以便领略一番这不同历史和地域中的共时性的欢乐!

第一节 艺术的文化哲学阐释

每当某一时代的艺术与过去的艺术传统发生了偏离,那么,"艺术的合理性"问题,就要被提到哲学的法庭前,重申自己存在的权利。所以,在艺术史乃至整个文化史上,历史继承性与现实创造性的冲突,成了永远在断也永远断不完的公案。解释学,特别是伽达默尔的现代解释美学,正是在这桩两难的公案上,做了一个颇具启示性的决断。

现代艺术,"在20世纪,从19世纪的历史束缚中大胆地自我解放出来,变成了一种真正敢于冒险的意识,使所有的迄今为止的艺术都被看做过去了的东西"②。

黑格尔早就预示到"艺术的消逝性质",但他所指的是"艺术不再像在希腊世界及其神性的显现中那样以自己的方式不言而喻地得到理解",也就是说,"艺术作品不再是我们膜拜的神性的东西本身"。③ 因为,宇宙的绝对理念在艺术中的发展经由象征型艺术和这里以古希腊雕塑为范本的古典

---

① 伽达默尔:《美的现实性——作为游戏象征和节日的艺术》,慕尼黑:德国袖珍书籍公司1975年版。中译本见《美的现实性》,张志扬、邓晓芒等译,三联书店1991年版。下引此书,只注页码(德文/中文)。
② 第6—7页 / 第6页。
③ 第7页 / 第6—7页。

型艺术,到基督教世界的浪漫型艺术这"超越艺术的艺术"而向宗教、哲学过渡了。浪漫型艺术同它周围的基督教世界处在一种广泛的论证上的联系中。首先,立足于一个团体中的艺术家对他所处社会的政治、宗教、道德等等早已实行着合理性、合目的的综合,因而他的艺术自然从这种广泛的社会综合中获得自己的非艺术性或超艺术性的内容意义,即艺术不是艺术自身而是不言而喻的社会共同性的传达工具。

但是,从19世纪开始的自我解放使艺术家不是立足于一个团体之中,而是为自己造出一个团体,甚至他本身就是一个团体,由此带来一切与这种状况相适合的多样性。前一个时期还视为传统的"不言而喻性连同一种兼收并蓄的不证自明的共同性已不复存在了。"①例如,看一眼画面就有天真的自明性显然是根本破坏了,"人们不再能够仅仅凭一目了然的直观,即不再用一种完全接受性的眼光来看一幅立体派的绘画或者无对象的绘画"②。现代的诗人也把对意义的理解推到极限而宁愿去描述不能言说的悲剧性的沉默。总之,人们站在曾被传统视为神圣的意义面前的那种完全被动的接受性,有了一种无可挽回的奇特的减退。

可见,现代艺术不仅是和过去的艺术传统发生了偏离,它简直是一种从内容到形式的全面对抗和决裂。那么,这种艺术是合理的吗?任何艺术的合理性真的能够完全摆脱传统而自行证明吗?

伽达默尔的回答是否定的。他认为这种现代艺术并不只是与传统艺术相对抗,"而且也从中引出了它自己的力量和冲动。第一个共同的前提是两者作为艺术都必须被理解并且同属一个整体。不仅如此,今天没有这样的艺术家,不仰仗传统的语言就想从根本上发挥出自己的独特的大胆突破",即使是接受者也总是要同时从过去和现在受到影响的。③ 因为,"我们的日常生活就是由过去和将来的同时性而造成的一个持续不断的进步,能够这样携带着向将来开放的视野和不可重复的过去而前进,这正是我们称为'精神'的东西的本质"。例如,记忆,这种"把过去艺术和我们艺术的传统照本来样子接受下来的记忆活动与运用闻所未闻的反形式的形式来进行新的试验的勇敢精神都是同一个精神的活动"④。哲学解释学的任务,就是要把现代艺术的破碎形式和传统艺术的语言形式"联结在一种更深刻的延

---

① 第7页／第8页。
② 第10页／第10页。
③ 第11页／第12页。
④ 第12页／第13页。

续性中"。为此,我们必须"向更基本的人的感受的回复",即向艺术现象或艺术感受的人类学基础回复,而"游戏""象征"和"节日"三个概念在这个回复中扮演着"主导角色"。

这是伽达默尔在《美的现实性》中陈述的动机或开场白。在即将进入"游戏""象征"和"节日"的返回旅行中,伽达默尔像一个细心的导游者,把"艺术"这个概念自身的历史向我们做了三点简要而明晰的提示。他的目的,也仍然是想在历史的记忆中找到融合现实的内在意向性。

第一个提示,"艺术"这个词的原始意义在古希腊是和"制作的技艺"同一的。亚里士多德称"艺术"为"制作的知识和技能"。柏拉图更早规定它"服从于使用的知识和目的"。那么,"艺术"这个概念究竟是怎样在"制作的知识"这个总概念中与"机械性的技艺"区别开来的呢?

古代对这个问题的回答是:艺术概念与仿制活动即与模仿有关。"在这里,模仿就是在物理学的总水平上与自然界相关联,由于自然在它的构成活动中还留下了可以塑造的东西,留下一个**造型的空的空间**让人的精神去充实,艺术才是'可能的'。"①

"模仿",并非实际的制造,后者完全受制于一个有效的用途和目的,它的形状也因而就是这合目的的有用性的物化,不可能留下非功利的精神插足的空间。但是,"模仿",它好像是在制作,而实际上是在模仿自然造型的那种可以注入精神的空的空间,从而把瞬间的感受转化为永恒的形式。所以,它开始从合目的的制造活动中游离出来,多了点什么,就像制造的产品从自己的实际用途中剩余出来而进入交换获得了多出使用价值的交换价值即价值本身一样。尽管价值一开始也有着谜的性质,所不同的是,价值不能离开合目的的使用性而存在,而使艺术成为艺术的模仿,恰恰在于使艺术同合目的的有用性相分离。于是,模仿的形状相对于有用的形状而言,是个"假象的东西"。换句话说,产品成为艺术品,它所表现的恰好不是它所是的,而是别的什么,以便在假象的可观察的凝视中注进了奇妙的自我。正是这种精神性东西的注入使亚里士多德在《诗学》中提炼出一句名言:"比起历史知识来,诗是更哲理化的。"历史知识只是述说已经发生过的事实是怎样的,而诗却向我们述说事情总是可能或应该怎样发生。这就使人类在**自己的活动与忍受中**超越自身的局限而指向更普通的东西。

第二个提示,把"艺术"看做"美的艺术"还是近两百年来的事,但什么

---

① 第16页/第19页。重点系引者所加。

是美呢?

伽达默尔又是从古希腊的语言中找到了"美"和"美德"的联系,不过做了这样的解释:"美德"不是指"美的德行",而是指"它表达了共同生活的一切形式并体现为井然有序的整体,而且以这种方式人在他自己的世界里总是自己和自己遇合","没有任何目的关系,没有任何预期的利益,美自身充满了一种自确定的特性而且洋溢着对自明性的喜悦与欢乐"。[1]

这是一种被传统叫做"神"的境界。伽达默尔讲述了柏拉图《斐德诺篇》中的一个神话。奥林帕斯的诸神每天驾着马车驶向苍穹的顶端,而人的灵魂尾随其后,只有到了天顶的高处,眼睛才向真实的世界打开,他们看到的不再是变幻无常的欲念和尘世苦难中的沉沦,而是存在固有的构造和永恒的秩序。可惜,这只是瞬间的、飞速的一瞥,随后他们就坠落在大地上而同真理分离,仅仅保留着对这分离的真理的模糊的记忆。但是,"对于那些据说失落了自己的羽毛而被贬革到尘世的重压下以至于不能再展翅飞升到真理的高峰的灵魂,有一种这样的经验,即羽毛重又开始生长出来并重新飞入高地,这是爱和美的经验,为了美而爱的经验"[2]。柏拉图想用复苏的爱同美的心灵的感知和世界的真实秩序结合起来,三位一体,而美是最多形象和最富魅力的东西。它是使一切真实的东西显现的光照。

伽达默尔要我们从中汲取美的本质,那就是,美并不与现实性相对立,即使在现实中人们同美只能不期而遇地邂逅,"那也好像是一种保证,要在现实的一切无秩序中,在所有的不完满、噩运、偏激、片面、灾难性的迷误中归根到底地保障着真实不是遥远得不可企及的,而是可以相遇的。这是美的本体论的功能,它填充着理想和现实之间的鸿沟"[3]。

第三个提示,有了"艺术",有了"美的艺术",现在可以要求从哲学上反思美本身了,这就是美学。

17、18世纪自然科学和数学的发展把"客观规律"这个唯理主义决定论的根基深深置于人的头脑中,相形之下,美和艺术成了极端主观随意的领域。但是,对古希腊的回忆又使人怀着几乎是维护自我生存的期待相信在美和艺术中一定有某种超越一切理性概念之上的深层意义。美学的奠基人亚历山大·鲍姆嘉通说美是一种"感性认识"。按照传统的理解,"感性认

---

[1] 第18页 / 第20—21页。
[2] 第19页 / 第22页。
[3] 第20页 / 第23页。

识"本身就是一个悖论。感性总是被主观所接受的个别性,而"认识"恰恰是要把主观感性的局限性消灭掉,以便在个别的事物中把握住一般性的东西。如果要"感性认识"这个范畴还有什么意义的话,那就必须设想,主观的个别感受本身有着普遍的真理性,只不过,它不是像自然科学和数学所提供的或规范的自然法则那样精确的普遍性,而是有了它就会突然攫住我们,并迫使我们在个别地显现出来的东西面前留连忘返的普遍可传达的或可意谓的"共通感"。

当然,这样明确而尖锐地提出问题并给予哲学的解答的第一个人,不是鲍姆嘉通,而是康德。在伽达默尔看来,康德至少做了这样三个划时代的贡献:

(1)美感是**无概念**、**无目的**、**无利害**的愉悦,因而它是这样一种趣味,即理解力和想象力的自由游戏;

(2)这种自由游戏在人的心理意识中造成一种适于在其中收摄或投射视觉形象的心象,它既可以从某事物中恰好**看出**某种图像,也可以把某种图像**想象到事物**中去,从而使审美活动能在一切对象面前**判定方向**,所谓判定方向,其实是美感的"三无"否定性中蕴含的自我肯定,即自我期待、自我投射的意向作用;

(3)不管表现为趣味的理解力和想象力的自由游戏或形成"心象"的自我期待、自我投射的意向作用多么飘忽不定,它仍然是以某种或多或少沉入我们心灵的"**共通感**"为其基础的,因而也或多或少反映出趣味的水平尺度。

那么,进一步的问题就是,究竟是什么沉入了心灵?通过什么方式沉入的?伽达默尔用现象学的方法描述了他的回答。

请到"游戏""象征"和"节日"的原始生命活动中去吧。

第二节 "游戏"

游戏是人类生活的一种基本职能,以至于人类文化没有游戏机因是完全不可想象的,人类祭祀中的宗教仪式就包含着某种游戏因素。①

游戏的特征首先是**无目的性**,它是一种不束缚于运动目的的运动。

其次是**自动性**,即是一种不谋求外在目的的自我生命力的过剩表现。

---

① 第29页/第37—38页。

其三是**自律性**,能把理性这种人所特有的标志包含于自身之内,使这个游戏的运动受到所谓自律规则的约束,好像其中有目的似的,又能巧妙地超越自己设立的目的而回复自身。

其四是**同一性**,同一性包含两个方面,一个是游戏被看做绝对自身等同的重复现象,另一个是"我"对待"我"自己像旁观者,或者游戏始终要求与别人同戏,因而即使是旁观者也不单单是眼前活动的看客,而是作为参与了游戏的游戏活动的自身表现,换句话说,游戏所表现的仅仅是游戏本身。

伽达默尔从游戏的这四种属性中引申出解释美学的一个基本原则:游戏与旁观者、本文与解释者、创作与欣赏、写与读等等,这是一个关系的不同表达,它们二者之间的"解释学身份"不仅是平等的,而且是互渗的,双方都在不断展开的对话中超出各方原初的视界而进入一个探索的历程。它既能使对话人在对话中共生出可交流的语言,又不使这可交流的语言穷尽一个理念的目的。因为在对话的每一瞬间,对话人聚集了已经言说的东西,同时又向对方递去"无限多未言说的东西",解释者正是要介入这无限多未说出的东西之内,而使每次谈话都包含了一种内在的无限性。①

伽达默尔认为这个对话原则对于现代艺术有着预想不到的启示作用。现代艺术的基本动力之一是,艺术想在破坏、取消欣赏者群与艺术作品之间对立的距离,旁观者的距离变成同戏者的邂逅,即变成自己与自己相遇合。

前述同一性所包含的两个方面,具体到"文本"上,一个说的是本文的同一性,即文本的结构形式具有文本所以为该本文的基质。某物就是某物而不是他物。另一个说的是解释的同一性,即使一部作品只引起了稍纵即逝的、一次性的感受,只要它是作为审美感受的融合性表现出来或被评价,那也是应被看做自我同一的。文本的同一性造成解释的同一性,因为文本的同一性需要理解者的解释证明其同一。理解者如何判断,就如何理解;如何理解,就如何解释;如何解释,就如何同一。只有这个互渗的同一性决定着本文的意义。决定者被决定。在今天,"大概没有一件遗留的作品是在保持古典主义的意义上存在着"②。尽管如此,尽管解释的同一性本身就是无限的,但也仍然在文本同一性的极限之内,因为这种解释活动像游戏活动一样遵守着自律原则。它不是任意的行为,而是被文本的同一性所引导,使一切可能解释出来即实现出来的方面都被纳入本文的结构形式之中。解释

---

① 杜任之主编:《现代西方著名哲学家述评》续集,三联书店1983年版,第454—455页。
② 第33页/第40页。

者的解释无非是按照本文的意向性,像它所期待着兑现自己的要求那样,把自己的生活积累灌注到本文的基本构架中,从而使解释变成再认识,再创造。所以,真正的解释,不是为了找到一个原始的既成问题,其目的在于由本文内容触发解释者沿着它暗示的方向去继续提问,在此过程中我们不断超越本文的历史视界,并使之与我们自己的现实视界相融合。① 因此,本文的结构和这结构所吸收的体验、解释之间原则上是不可分离的,即同一的。有人对此做出批判,笔者愿意把对批判的批判留在结语中。

那么,本文的吸收和解释的渗入是通过什么中介结合起来的呢?根据同一性自身的规定来看,它必须和变化、区别紧密相连。换句话说,任何本文几乎都为每一个接受它的人让出一个他必须去充满的游戏空间。空间性与同一性像虚空和原子一样,虚空不单纯是原子外部活动的空间,而且更是原子内部自己运动、自己生成的永不安息的泉源。空间性同样是同一性中的内在无限性和超越性的泉源。

康德提出形式是美的天生的承担者。如果美是心灵的自由游戏,那么形式就是它的游戏空间。因为形式本身就是对它所蕴含的内容的转化即否定。真正的形式或纯形式,就是以绝对的否定性或虚无性显示着内容的无限系列,使它趋向但不能穷尽自身的极限——纯形式。应该提醒一下,这个极限,不能囿于数轴上的单向线性的直观影响,它不仅内向地规定着或收摄着自身的无限内容,同时还外向地开拓着或投射着自身的无限关联,二者反向加强。所以,内在的空无性与外在的超越性的同一,才是纯形式的本质。

对于本文来说,这种具有空的空间的纯形式究竟如何造成呢?伽达默尔说了纯白大理石用于雕塑时所突出的线和形,说了绘画的色彩构图,最后说到语言,并举了一个著名的例子。在《卡拉玛佐夫兄弟》中,陀思妥耶夫斯基用某种方式描述了斯梅尔雅可夫从上面摔下来的那个楼梯。伽达默尔说他能够完全精确地看到这个楼梯是什么样子,如何走向,简直了如指掌。但是他说,没有任何人会像我这样看那个楼梯,因为,事实上,每个人都将从他的角度按照他自己的方式去看那个楼梯,并且也深信他看见的就像它本身的那样。结论是,"这就是文学的语言在这种情况下(对一个故事的活灵活现的描写——笔者注)让我们去充实的自由的空间,我们在其中紧跟着小说家的语言的引导"②。

---

① 参见杜任之主编:《现代西方著名哲学家述评》续集,三联书店1983年版,第453页。
② 第36页/第43页。

可惜,这是一个肤浅得像一层表皮那样的例子。最末流的作品也有这种能力的,那里写满了活灵活现的存在,就是没有无,没有空的空间。问题在于,是什么东西在引诱着"我",使"我"非这样去想一个楼梯的走向不可,这里甚至有某种笼罩在人物和读者头上的命运感——"共通感"。

真正造成一种本文的空的空间的,当然有多种多样的方式,但有两种最基本的因素,在这里必须给予扼要的提示。那就是,"意义"与"语言"。

"意义",我们的小说家,似乎只知道意义的肯定方面,所以在小说中写满了存在和存在的意义,使读者的脑子里拥挤着一大堆"是什么""是什么意义"之类的死标本。却不知,真正的意义来自存在本身的虚无性,只有虚无性才能扬弃现存中的过去时间而把未来时间作为主导意向纳入进来,从而使虚无化的现存获得对自身的超越性,所以,那把存在化为虚无或在巨大的存在面前显示其虚无的力量,才是意义生成的泉源或根据。同时,也不可让僵硬的存在破坏或堵塞了环绕着时代的幻觉视野,没有这个视野,对文化生命来说必不可少的创造性就无法产生。

至于"语言",它表现为双重方向的运动,它既以达到思想的客观性为目标,但它也从思想出发,表现为一切对象化向语词的隐蔽威力的回复。[①]隐蔽是语言的深层空间,对于主动接受者,它是同一性中无限超越的泉源;对于被动承受者,它却成了蒙蔽无知的黑暗领域,成了海德格尔说的"迷津"。所以,在只习惯于把语言当做传达和交流思想的工具的人那里,如果语言仅仅被使用为传达和交流的工具,那么,它同时也被使用为蒙蔽和歪曲的工具,变成一堵墙、一副面具,就是自然的逻辑补足了。听一听我们的生活用语,看一看我们的理论文章,多少语言在死去,因为这一套语言已经程式化到这样的程度,连说着它或写着他的人,仿佛都在说着或写着一个遥远的回声而不是把它看做从自身内部向我们发话来应答本真的在的要求,应答存在自身的虚无性和超越性的要求。所以,在海德格尔和伽达默尔看来,"语言是存在的寓所""语言是被理解着的存在","我"的语言就是"我"的存在,"我"的世界。它的意义是通过对象在此词语中引起的东西来确定的,是仅仅在表达每一刚在该词语中触及的东西时被具体化和被显示的。这种发自存在的虚无性之中的词语的周围都有一个"未被表示出来的东西的灵圈",所以,它不只是说出了已经言说的东西,更重要的是,它同时向对

---

① 伽达默尔:《黑格尔〈逻辑学〉思想》,见中国社会科学院哲学研究所西方哲学史研究室编:《国外黑格尔哲学新论》,中国社会科学出版社1982年版,第131页。

象默许"无限多未言说的东西"。①

语言本来有诗的本质,谁知道它竟在理性中沉沦了。

第三节 "象征"

古代有一种习俗,主人和客人分别时,把一块陶片破成两半,各人当做信物保存,几十年后,他们的后代可以凭此相信,视为知己。这片信物,就是象征,人们凭借它来重新相信,像自己同自己遇合一样。

柏拉图在《会饮篇》中借阿里斯多芬之口讲了关于爱的本质的美丽的故事。据说,人类本来是球形的生物,后来它因自己的力量强大想反叛宙斯而被宙斯劈成两半。每个人都几乎是分开的半个,但人与人彼此相爱的情感与期求也就种植在人心里了。因为每个人都渴望恢复完整,而爱就是期待在机遇中实现与补全的另一半相愈合,以便医治分裂的伤痛。

伽达默尔以解释学的眼光,在这个沉郁而深思的隐喻中看到了某种并非直接存在于一目了然和明白易懂的艺术现象本身的深刻含义。每当这种情况出现,都使我陷入双重的惊讶之中。首先古希腊,特别是苏格拉底和柏拉图,怎么造成了那么多空的空间,它几乎具有无限收摄的能力;其次,后人的解释那么富有创造性,并没有把解释者淹没、消融到被解释的经典里。这大概与解释者的主体性有关。②

在古典主义的用语中,"象征"也可以说是"比喻",例如亚里士多德就认为,象征是用一种东西去说明另一种东西。太阳象征永恒的威严与恩德。人们本来可以直接说出"威严与恩德"而无须借助"太阳"的比喻意义或象征意义。这种修辞学的外在需要包含着某种似是而非的虚情假义,因为它的指代关系早为人知,大家习以为常,人云亦云,以至连最初奇特的联想也掩饰不了它那不相干、冷冰冰的非艺术性之陌生面孔。然而,真正的象征并非如此,"对象征性的东西的感受,指的是这如半片信物一样的个别的、特殊的东西显示出同它的对应物相愈合而补全为整体的希望,甚至是,这为了

---

① 杜任之主编:《现代西方著名哲学家述评》续集,三联书店1983年版,第454页。

② 需要提醒读者注意的是,解释学至少可分类为三:还原或延续绝对开端的"古典解释学";可以设置解释者的解释为开端因而向将来无限开放的"现代解释学";在传统与现代、启示与理性、人与人、文本与解释之间建立交互性的"偶在解释学"。古典政治哲学家列奥·施特劳斯认为,伽达默尔的"现代解释学"有历史相对主义倾向,归根结底属"虚无主义"家族。这个批评是不能随便忽视的。

整体而补全的是始终被寻找的作为它的生命片断的另一部分",因而美的感受,特别是在艺术意义上的美的感受,"是对一种可能恢复的永恒的秩序的呼唤"。①

所以,决定美和艺术的深义正是作品中要求重新认识、重新愈合的信息。

理想主义者如黑格尔不是把象征和信息看成作品本身,相反,他只是把作品当做绝对理念向我们传达信息的媒介。因此,这就不可避免地要以**概念**来补充艺术品向我们传达或要求的那种**意义**,从而把艺术逼上"自我消亡"的绝路。

但这是一个误解。艺术作品是不可替代的,它既代替不了他物,也不可能被他物所替代。也就是说,艺术作品不是一个单纯意义的承担者和媒介,只要他一经产生出来,它就是一个永恒的"在",一个把瞬间的感受铸成永恒的"在",因而作品的意义宁可说是建立在**它所是**的那个东西上。那种把艺术的象征性看做显露和隐藏的分离与对立的观点,所忽略的正是象征的这个**本体论特征**。

伽达默尔作为一个新教徒,对此特别敏感。他确信耶稣的话:"这**是**我的血,这**是**我的肉",并非指"面包和葡萄酒"**所显示**的这样的意义(表达式为:"这**像**我的血,这**像**我的肉。")。别以为伽达默尔说的是一件离我们遥远的事,"文革"中就有一个类似的实例,说"毛主席**像**太阳"会被打成反革命的,必须说"毛主席**是**太阳"才能真正表达出"最深厚的无产阶级感情"。

同样道理,在艺术感受中,艺术作品不单纯是指示出某种隐含的意义,它本身就意味着一种**存在的扩展**。换句话说,"构成艺术的结构特性应向我们传达一种真正总括的共同性"或"共通感"②,使它在本质上成为"一个问题",成为"一句向起反应的心弦说的话,一种向情感和思想所发出的呼吁"③。因此,每个阅读它的人,内心恰好也有着它的应答,仿佛共振板。

有一个现代舞,叫《跟随》,没有背景,没有声音,没有表情,一个人机械地走进了一片空地,后面跟随着一个人,模仿着他,接着第三个人、第四个人,依次跟随着,都模仿着自己的前者。第一个人不自在了,扭曲,脱衣。当他脱下左袖时,第二个人把左手伸了进去。当他脱下右袖时,第三个人把右

---

① 第43页／第52页。
② 第50页／第62页。
③ 黑格尔:《美学》第1卷,朱光潜译,商务印书馆1979年版,第89页。

手伸了进去。当他翻转前襟时,第四个人整个儿地钻了进去。于是,四个人混作一团,分不清彼此。完。

你说它是象征吗?是。但它不是指引着另外的一个什么东西,或显示着另外的一个什么意义。它就是存在本身,是现实生活中普遍发生着的跟随运动。这种跟随像黑夜一样,所有的牛都是黑的。

不要问它"表现的是什么",而要在反思的直观中做出回答:"我"是或不是这样的存在。这是对自己的重新认识。"我",一个读者,一个观众,本身就是作品存在的扩展,而且还是唯一的,不可替代的扩展。"我"或者在变化中重复着别人的发言,"说出了**我们的心里话**";"我"或者写着"第三者"的爱情小说;"我"或者在一部转抄了 X 次的《典型论》的著者栏内签署着我的大名;"我"或者在私下里做着从自我欺瞒到伪装转移的自我二重性分析——但这已不是跟随的跟随。

象征的本质,并不涉及用概念或理性弥补的或趋向的目的意义,而是它的意义就永驻在象征本身。①

第四节 "节日"

"节日就是共同性,并且是共同性本身在它的完满形式中的表现。"②它拒绝任何人与人之间的隔离状态。

什么叫庆祝一个节日?就是把一切各自忙碌的人群结合到一个突然静止了的时间中去。

如果在游戏的考察中我们注意到空的空间性,那么在节日里最重要的是时间性,或时间的结构性。

节日的时间性质是"被巡视遍的",而不是分解为互相脱节的时刻的延续。

在我们的经验中,时间有两种基本经验形式。一个是正常的、实际的时间经验,可以用某物去填充,因此可以使人感觉得到了或没有得到。对于没有得到即无以填充的时间,在我们面前呈现为一个空的时间结构,它的极端情形是无聊。站在无聊的空虚对面的是繁忙的空虚。从在时间的重压下不知道干什么到时间的匮乏引起永远不断的企图,都表现出时间是作为必须

---

① 第49页 / 第61页。

② 第52页 / 第65页。

"被排遣的"或"已排遣的"事物经验到的,而不是作为时间本身来经历的。①

另一个是与节日和艺术有着最深刻的亲缘关系的时间,伽达默尔把它叫做"实现了的时间或特有时间"(die erfuellte zeit oder auch die Eigenzeit)。它不是由任何个人用某物填充或丧失某物的空的时间,恰恰相反,特有时间是节日地生成的。如果节日来到了,它的特有时间从整体到瞬间都和节日庆祝的特性直接同一着,就是在日常生活中,每个人都有自己的特有时间,其基本形式是:童年、青年、成年、老年和死亡。在这里没有什么可以计算的,没有可以用钟表计算的均匀的时间片刻拼凑起来的整体时间的循序渐进的时间序列。人们总是突然地发现某人"已经不是小孩子了"。你可以总是把他看成小孩,尽管他一天天地长着,但你根本没有办法在这个小时和下个小时、今天和明天之间,找到他从童年长成青年的界限,正像你无法弄清楚究竟拔去哪一根头发他才会变成秃头一样。变化的界限不是用钟表计算的均匀的时速所能确定的,它几乎把自己的变易消失在不知不觉的中介过程中而以突然的中断被感觉惊呼出来。幸福的沉醉是没有时间的,直到乐极生悲了,当事人才被时间的无情打得伤感人生的无常。连黑格尔都惊叹这种特有时间的"量"不可计数的危险性:"当量被看做无足轻重的界限时,它就是使存在着的某物遭到意外袭击和毁灭的那一个方面。"②

节日的时间就是这种不可计数的特有时间,它仅仅作为一个时间整体而存在,任何其中的部分都没有单独存在或被计数的可能。尼采从精神的方面同样描述了酒神节上一切的一切,个人和时间,都在神秘而混浊的太一面前如残叶似地飘零。

在节日里,时间仿佛"停住和逗留",处于一种完全静止的状态。这是一种巨大时间流的沉积物,在它上面被经受过的东西特别强调地保存下来了。

艺术就是为了庆祝的,它也有自己的特有时间。"艺术品同样也不是通过其时间上延伸着的可计数的持续性,而是通过它自己的时间结构来规定。"③

作曲家用一种模糊的速度符号来标示一个音乐作品的个别乐句。它所

---

① 第55页/第69页。
② 黑格尔:《逻辑学》上卷,杨一之译,商务印书馆1982年版,第365页。
③ 第57页/第72页。

指示的是某种既确定又极不确定的东西。它顶多是为了使参与它的歌唱家或演奏家在作品整体上做正确的调整而提供的暗示,到底如何"处理"它,这完全是歌唱家和演奏家们的自由。你企图用数学家精确的计时器来测量规定艺术家们表演时的节奏,实在是枉费心机。这里根本没有可计数的时间,根本没有标准化的音乐处理,有的只是作品的特有时间和表演的特有时间这二者微妙差异的不可重复的同一性。

真正的艺术感受恰恰就存在于这种不可重复的同一性里。例如,在听伟大的歌唱家卡拉丝(Callas)演唱时,只有在我们还能用自己内心的耳朵听出与我们实际感官中所发生的完全不同的东西时,才传达出或领略到对作品本身的某种真实的艺术感受,特别是在这种内心耳朵的想象力中所涌现的东西,才是作品的特有时间结构中不可缺少的构成部分。①

所以,对于一个欣赏者来说,要在反思中发现那隐藏着的再认识、再创造的精神工作,要意识到真正的节奏是我们的听觉和领悟活动本身的一种形式。② 欣赏的天职,不是听出了节奏,而是听进了节奏,即那不同于感官感觉的内心的节奏,才是"我"的艺术节日的特有时间。只有在由"我"内心出发而建构的特色时间中,"我"的欣赏才像节日一样沉醉于时间的逗留之中而不至于成为无聊。

很久以前,在无意中我有过一次这样的艺术感受。我在厨房里盛饭,突然听到室内传出后来我才知道的《吐鲁番的葡萄熟了》的歌声。当时我愣住了,直到听完,心中有一缕淡淡哀怨的惆怅之情。我并没有听清歌词,其中仿佛有两句是:"吐鲁番的葡萄熟了,阿拉尔汗的心儿碎了。"不知道是整个曲调,或是那位女中音歌唱家含蓄而矜持的音色,还是我朦胧听得的这两句唱词,使我顽强地建立起一种节律并留在我内心中,以至到了后来,我听到其他女中音歌唱家唱同一首歌,听清了歌词,破坏了情绪,我仍然在回忆中不时唤起那一缕淡淡的哀婉,仿佛它本来就应该是这个样子的!

事情就是如此,我们参与在艺术品上的逗留越多,这个艺术品就越显得富于魅力。"这或许就是我们所期望的与被称做永恒性的那种东西的有限的符合吧。"③

我在伽达默尔的引导下,巡视了"游戏、象征和节日"。现在又回到提

---

① 第58页／第73页。
② 第59页／第74页。
③ 第60页／第76页。

出问题的出发点上来:处于尖锐对立的历史继承性和现实创造性能够结合起来吗?这个问题归根结底也就是过去与现在的时间性问题。艺术作为艺术究竟根据什么战胜了时间性而把传统艺术和现代艺术这样巨大的差异统摄在自己的名下?

为此,伽达默尔力求找到艺术作为艺术的人类共同性即人类学基础。

第一步,游戏基于人的存在的有限性和精神的超越性。存在的有限性不可避免地造成人的活动的有目的地重复,而精神的超越性正在于扬弃它的目的性而把重复活动形式化。只有形式化的造型活动才是从一次性的时间流逝中得以保存下来的、积淀下来的给予持续(Dauer zu verleihen)的人类学基础。

第二步,如果游戏是形式化的造型活动本身,那么象征就是扬弃了内容或把内容转化为形式的形式本身的更深刻、更普遍的意义。这是因为象征就是对形式化了的内容的重新认识,而重新认识的目的和意义恰恰在于把先行接受的知识再译解并提升到当下的精神高度上来,以便从流失的东西里面汲取固存的东西。① 因此,艺术的天职可以说是必须从历史的形式中给现实提供重新认识的无限可能性。

第三步,游戏构造形式,象征体现意义,其目的是要形成节日的特有时间,把一切人联合起来,融成一个整体。伟大的希腊悲剧,至今对于最有文化素养的读者也是一道难题,甚至宁可说,你越是敏感,它越是谜。索福克勒斯和埃斯库罗斯的某些合唱,其赞美诗的词句,既丰富又单纯,简直使人感到是一种深不可测的奥秘。这是历史地累积起来的现实带入的。在当时,祭祀和游戏的一体化使雅典戏剧获得了今天难以置信的大众化成就。不要避简就繁。繁,是历史的堆积物,现实必须清扫它,返回到单纯简洁中去。因为只有简单明快,才能在现实中把一切人融成新的联合的格局。

现代年轻人唱流行歌曲,听"三毛钱歌剧",他们在某种高深规范的形成过程中,先行展现广泛的集体经验,那就是借助纯音乐或抽象艺术的往往是毫不掩饰、不言而喻地起作用的那些形式,轻松地、直截了当表现着自己。

当然,这种自发的表现会产生许多消极的因素,甚至还有意想不到的危险,但正是在这里,人道的要求,即要求教导和通过自己的活动来学习,向每一个人,既向吸引和教育的年长者,也向被吸引和被教育的年轻人提了出来,那就是,面对艺术,正如面对着一切被扩散到"群众介质"中去的东西一

---

① 第62页/第79页。

样,要"投入我们自己的知识要求和选择能力的主动性"①。因为,真正的艺术,"只有在必须通过学习词汇、形式和内容来自己建造起结构以使交往得以实现的时候才存在"②。更准确地说,通过学习和重新认识,把尚处于初期流溢之中的东西,转化为一种固定持续性的构成,使我们生长到这个构成里面去也就同时意味着生长得超出我们之上——这就是今天、明天和自古以来的艺术。③

第五节 解释的职能:解释、辩护、批判

在伽达默尔的解释美学面前,具体地说,在他的"游戏、象征和节日"的人类学解释面前,任何一个它的解释者都注定了这样的三重职能:解释、辩护、批判。

我已经解释过了。但愿它能把读者一起带入,其中没有电灯的照明,单凭天然的外光,不知能否显露这座建筑自得的谐趣。

我还得辩护几句。伽达默尔的解释学的同一性是否是主观唯心主义和相对主义哲学的最新形式,反映了现代西方社会的精神危机?"只有在期待下的东西才能被理解",是否就和贝克莱主教的"存在就是被感知"一模一样?

现代西方社会,的确存在着普遍的精神危机。例如,广大的读者群都陷入了精神上无法满足的空虚感。历来的作者主动给予,读者被动接受的单向格局几乎整个失落在这种渴望的空虚之中。在解释面前人人平等,就是从这种空虚的精神和精神的空虚中发出的呼吁。

如果一个人不能超越物质世界而使自己成长为带普遍性的**精神个体**,他就不可能感到精神的饥渴和空虚而力求把一切提升到精神的高度。这当然不是一个幻想,对于饿极的人,不管把空着的碗提升到怎样的精神高度,也止不住饥肠辘辘,所以物质匮乏,精神倒显得"充实",因为还轮不到它来空虚。在这个意义上,精神空虚或精神危机并不是可怕的生命绝症,相反,它可说是个体成熟到超越自身有限性的标志。

人的个体不是生来具有的,它有一个历史的形成过程。最初,人作为原

---

① 第68页/第87页。
② 第69页/第87页。
③ 第71页/第89页。

始共同体的成员而存在,血亲、氏族、集体意象是他的生存方式:**只有普遍的才是个别的**。后来,分化演变成阶级社会的特殊种性、等级和宗教信仰,直到资产阶级的兴起,开始把人自身的劳动作为价值实体而不是把自身以外的任何神化物当做行动和追求的目标,个人才成为独立的社会实存,尽管这个人还在现实生活中经历着物化的过程。但随着物化的普遍到精神从而精神在自己的对象化中意识到自身的局限而超越自身,那时,这个物化的个体就成为**精神个体**,对于它,**只有个别的才是普遍的**。

这就是现代西方社会为什么读者群上升到与作者群在精神上平等的本体论前提。事实上,也只有这种作为精神个体的读者才能把阅读、欣赏看做再认识、再创造,才能把被动接受变成主动生产。不管怎么说,比起"一人给予,万人充实"那样传统的写读关系来,这种"精神危机"好像更多一点人们爱说的历史主动性。

记得马克思曾经讲过这样的故事:有一个人把人变成帽子,又有一个人把帽子变成观念,于是,第三个人就把观念变成人。但是,当把帽子变成观念的时候,这观念的"帽子"就获得了双重的职能,它既能显现又能隐藏,所以,第三个人想把观念变成人,须得小心,不要把本该显现的东西隐藏起来了。

马克思的这个提醒,对于今天的人们,已不是虚构的故事,而是亲历的事实。

只有在期待下的东西才能被理解,这一命题以不断变化的形式贯穿着自巴门尼德以来的整个西方哲学史。轻易地说它是主观唯心主义,倒也痛快淋漓,但反省一下它的后果,你会发现:于它无损,于己有失。这就不能说是一个"以不变应万变"的万全之策吧?

批判的尺度是"客观性",或"客观实在性、客观规律性"这样的唯物论。但是这样对"客观性"的要求还停留在包括费尔巴哈在内的旧唯物主义的直观意义上,或不如说静观意义上,没有像马克思要求的"从主体方面去理解"并"把人的活动本身理解为客观的[gegenstaendliche]活动"。也就是说,所谓"客观性",只能从主观方面即从人的感性活动的客观性、对象性中去理解。

绝对的自然物当然是客观存在的。在人类还只能钻木取火的时代,石油就存在不知多少万年了,但对于原始的人类来说,石油的存在难道不是无?绝对的、抽象的与人分离的自然,对于人就是无。只有在人的实践活动中把绝对的自然物变成了人的对象,这相对于人的自然即相对自然,才对于人具有"客观性"。所谓"客观性"分明是与"主观性"相对应的概念。它们相对成立而归属于人类学本体论的认识论范畴。列宁对此有一个绝妙的注释:"**人给自己构成世界的客观图画**[重点引者加],他的活动[引者按:理论与实践二者]改变外部现实,消灭它的规定性(= 变更它的这些或那些方面、质),这样,也就去掉了它的假象、外在性和虚无性的特点,使它成为自在自为地存在着的(= **客观真实的**)现实[重点引者加]。"①

客观性,不仅要从人的主观方面去理解——互相依存、互相渗透、互相转化,不仅要从人的感性活动的客观性、对象性中去理解,这里还有更深一层的意思。

作为主体的人本身,就连感性本身,当然说的是人类学意义上的感性,难道只具有片面意义上的"主观性"吗?如果是,那么"主观性"等同于"唯心主义"就是理所当然、天经地义的了。如果不是,情况将会怎么样呢?

下面我想把对解释美学的辩护和对它的批判结合起来做。

从我对伽达默尔的解释美学的解释中可以看出这样一个问题:伽达默尔往往从古希腊时期的思想资料开始自己的解释,或不如说,开始自己的现象学描述,持续至今,引出"游戏、象征、节日"三位一体的方式,作为概括人类精神生活的历史与现实、继承与创新的共同基础即人类学基础。但是,"游戏、象征、节日",还仅仅是人类精神生活的现象,即便这现象是本质的,那也还是表现为共同的精神生活的活动,仍然是精神的外在形式。它的起源、本体并不因为这些直接的外在形式和表现而得到自身的规定。

例如,在游戏中,人的精神对存在的有限性的超越的根源是什么?游戏的形式化即造型活动,不管是游戏者和同戏者的无意识行为或有意识行为,它总归是二者关系层的时空中的横向表层结构。但凡属"关系"则定有关系的"中介"存在,即把握关系各方面为自身环节的"第三者",它存在于关系之中又超出关系之外,形成时空中横向关系层的超时空的纵向深层结构。只有它才是游戏的同一性和超越性的本体论根源。它是什么?无论是解释学还是现象学,都不曾回答。就是说,它超出了伽达默尔的历史与现实的"融合视界"之外了。

在这些最重要的现代美学终止的地方,理所当然地应是人类学美学开始的地方。

任何思想,不管是哲学的、美学的,还是别的什么,都有两个来源。一个

---

① 列宁:《哲学笔记》,人民出版社1986年版,第235页。

来源是该思想的思想史前提和出发点。所谓思想史,无非是前人类文化生活史转化的永恒形式,一切继续发展都是从这里取得自己的形式依据。另一个来源是该思想的现实内容,它向形式转化推动着历史形式的变革与发展。前者保证了思想的历史继承性,后者保证了思想的现实创造性。后者和前者的关系,在思想领域内,是解释学关系,因为,给任何一种思想做出解释,都是改变现实的推动力,所以,苏格拉底的崇高要求,就是解释①,也就是接生②。

这里扼要陈述的思想,即人类学美学的本体论所根据的思想史前提之一,是马克思的"人的本质并不是单个人所固有的抽象物,在其现实性上,它是一切社会关系的总和",不过需要重新解释。

人是一切社会关系的总和,只是描述了人的本质的外部社会的表层结构。然而,它本身却包含着突破自身表层而向内部纵深的动力趋势。这就是,一切社会关系的基础是生产关系,生产关系是由生产力决定的,而生产力尽管需要一定的社会形式,但归根结底它是能够而且必须超出社会形式的自然形式,因为生产力就是解决人和自然的形式变换,劳动就是赋予自然物质以形式。

请再深入一步。人的劳动所赋予自然物质的形式是从哪里来的?对这个问题的回答可以沿着两条道路前进。一条是简单的"反映论",即人所赋予自然的形式是从自然本身模仿而来的。在这种同义反复中,人被抽象掉了,因为"反映"决定了人的被动地位。

另一条是"先验论",即人所赋予自然的形式是人与生俱来的,即使它不是上帝的恩赐这样"粗鲁的迷信",那也是人的生理机理或心理—意识的先天属性这样"精致的迷信"。可见,先验论的智慧就在于把本该论证的结论隐藏到论证的前提中去,当做一个绝非强制的事实要人们接受下来。

殊途而同归,简单的反映和先验论都是对这个问题的循环论证式的逃避。一个逃向外部世界,一个逃向内部世界,其结果都是同义反复,和循环论证差不了多少。

但是,这种人类心智的迷误中仍然包含着某种天然的合理性,它原是应该成为我们解除循环论证的两个组合因素。

---

① 参见伽达默尔:《黑格尔的〈逻辑学〉思想》,中国社会科学哲学研究所西方哲学史研究室编:《国外黑格尔哲学新论》,中国社会科学出版社1982年版,第115页。

② "接生术"长期遭到人们的嘲笑,其实,它的深刻意义正在于形象地说明,现实的发展就是对历史的不断绵绎。

当反映论**向外**寻求依据时,它恰恰揭示了一个**内化**过程,即把外部世界的物质形式和运动形式,自然的和人造的、孤立的和关联的,经过知、情、意的绅绎和编排,统统收摄到内心中来,贮存、积淀为心理—意识的表层结构,开始还是被动的结构成立。但是,人也是自然(社会是人的自然),而且是比自然更高的实体,它理应有自己的实体性,那就是原欲(性欲、爱欲、死欲)和生理与文化的遗传因素,它们构成无意识的深层结构。二者虽然处在相互渗透和转换的不断调整中,但深层结构毕竟是人的内在能源部分,表层结构却是被无意识推动的记忆和想象进行自我调整的产物而显示出形式化与意向性的主动功能。**形式化功能**主要是指大于原接受部分之总和的结构整体具有了更大的空灵性,把开掘的意义转化为象征的形式或符号。**意向性功能**主要是指有限意识引导下的无限无意识的关联域,它产生非理性、非逻辑的想象、直觉、顿悟的期待。正是这种期待以非线性的超越形式极大地提高着人类认识与实践的主动选择和创造的自由。自由不单纯是对必然的认识和运用,更主要的是对必然的抗争和超越,这就是改变外部世界的直接发源地,也是人类学美学的本体论之所在。所谓"只有在期待下的东西才能被理解",理应是对这种作为本体的心灵结构功能的现象描述。只要从内化的意义上把握它,知道主动性是从被动性转化而来的并超出了被动性,这不但以否定的形式肯定了客观的外部根源,而且也就在这种否定中确定了本体的实体地位。

当先验论**向内**寻求依据时,又恰恰揭示了另一个**外化**过程。所谓先验论,其实是对心灵结构内化生成的一种无由的预感,无因之因,这大概是人类智慧的奇特的直觉和平淡的策略体系。

相反而相成。人的心灵结构就是这样成为内化和外化的中介,它和外部世界的宏观结构即包括意识形式在内的一切社会关系的总和相对应而处在吞吐万物之中心点上。

由此,我们看到了两种不同的方向,一个是在外部时空中横向展现的世界历史,一个是这历史的主体的内部超时空的纵向深入的心灵现实。所谓超时空,不仅在时空的相对性,而且还在于它对未来时间的纳入,或者准确地说,未来时间才是心灵的结构中心。所谓心灵现实,是指外部世界的一切形态,对于把未来时间作为结构中心的心灵来说,都是历史的。

所以现实的个体,愈是在外部世界的主动创造中具有向内收摄、沉入而开掘心灵的更深层次的反思能力,就愈是具有向外开放、扩展而包含丰富的超越性趋势。

这就是,作为内在虚无性和外在超越性的中介即本体的心灵结构,我们努力寻求的出发点和归宿。

参考书目:

1. 伽达默尔:《美的现实性——作为游戏象征和节日的艺术》,慕尼黑:德国袖珍书籍公司1975年版。
2. 伽达默尔:《美的现实性》,张志扬、邓晓芝等译,三联书店1991年版。
3. 杜任之主编:《现代西方著名哲学家述评》续集,三联书店1983年版。

思考题:

1. 伽达默尔是如何推进解释学的发展的?
2. 伽达默尔是如何用解释学探讨艺术的?有何意义?
3. 解释有怎样的职能?

第十四章 姚斯的接受美学理论

在一片榛莽中开山辟路,寻找通达美学和文学完美之境的理论道路,需要勇气、力量、智慧和韧性,他是真正的开拓者。汉斯·罗伯特·姚斯(Hans Robert Jauss,1921—)是德国康斯坦茨大学罗曼语教授,文学理论家、批评家,接受美学的创始人。姚斯早年在海德堡学习,师从海德格尔。1953年获博士学位。曾先后在海德堡、门斯特和吉森大学任教,1961年晋升为教授。1966年起任康斯坦茨大学教授。主要著作有《走向接受美学》(*Toward an Aesthetic of Reception*)、《审美经验与文学解释学》(*Aesthetic Experience and Literary Hermeneutics*)。作为接受美学的杰出代表,姚斯以自己独特新颖的思想和坚忍不拔的努力,为20世纪人类思想划出了一道亮色。

第一节 挑战:接受美学的宣言

60年代中期,联邦德国南部风景秀丽的博登湖畔,一群年轻的学者活跃在康斯坦茨大学校园内。他们思维敏捷,善于思考,具有强烈的创新意识,属于战后成熟的一代青年。1967年,青年学者汉斯·罗伯特·姚斯受到校方的聘任,荣任该校罗曼语文学教授一职。在就职仪式上,他发表了一篇演说:《研究文学史的意图是什么?为什么?》,语惊四座,引起了一片轰动。在一潭死水的德国文坛,掀起了一阵阵巨浪。

这是一个醒目的论题,本身就有独特的语境。178年前的1789年,德国历史上名噪世界的著名美学家、批评家弗莱德里希·席勒在耶拿大学就任历史学教授。也是在就职仪式上,他发表了震动历史界的重要演说:《研究世界史的意图是什么?为什么?》。两个论题只差两个字:"文学""世界"。显然,姚斯的选择绝不是一种历史的巧合,也不是巧意师法以哗众取宠,而是怀着深刻的理论追求。

席勒所处的时代是一个动荡的、充满火药味、酝酿着历史性巨变的阵痛的时刻,是法国大革命即将爆发的前夜。席勒敏感于一场翻天覆地的巨变的到来,举起了他的时代的号筒,向历史郑重地发问:我们研究世界史的意图是什么? 然而他只能做出古典主义的回答。

178年后,青年教授姚斯追步先哲,袭用了"历史"这一重要的命意,向久已疲软、躁动的德国文坛宣战。他清楚地认识到,美学与文学批评中的一场革命已迫在眉睫,势在必行了。

在这篇著名的讲演中,姚斯深刻地指出,迄今为止的文学研究一直把文学事实局限在文学的创作与作品的表现的封闭圈子里,使文学丧失了一个极其重要的维面,这就是文学的接受之维。在以往的文学史家和理论家们看来,作家和作品是整个文学进程中的核心与客观的认识对象,而读者则被置于无足轻重的地位。其实,"在作者、作品与读者的三角关系中,读者绝不仅仅是被动的部分,或者仅仅做出一种反应,相反,它自身就是历史的一个能动的构成。一部文学作品的历史生命如果没有接受者的积极参与是不可思议的。因为只有通过读者的传递过程,作品才进入一种连续性变化的经验视野之中"。也就是说,只有通过读者,作品才能在一代一代的接受之链上被丰富和充实,永葆其价值和生命,这正是文学的历史本质。姚斯认为,面对以往文学在作者作品的封闭圆圈中运动的方法论,必须建立一种崭新的方法论,这就是接受美学。① 姚斯对此从七个方面予以论述。

(1)历史客观主义的传统偏见将文学作品看成一个永不变更的客观的认识对象,作家的历史地位与作品的艺术思想价值是超越时间与空间的,是被给定的客观存在。文学的所有研究、批评,只是为了发掘出这些客观存在的事实。因此文学的历史性也只能是一种对文学事实(作家与作品)依照某一顺序的编组(如编年史)。然而这恰恰忽视了文学的基本特点,忽视了它的特殊的历史性。"一部文学作品,并不是一个自身独立,向每一时代的每一读者均提供同样观点的客体。它不是一尊纪念碑,形而上学地展示其超时代的本质。它更多地像一部管弦乐谱,在其演奏中不断获得读者新的反响,使本文从词的物质形态中解放出来,成为一种当代的存在。"② 一部乐谱并不是音乐,只有演奏活动才能使它成为美妙的音乐,读者的作用有如演奏者,能够把死的文字材料变成活生生的艺术形象。作品的价值只有通过读者才能体现出来。传统的文学史将文学的"事实"归类与总和视为其历

---

① H. R. 姚斯:《走向接受美学》,见 H. R. 姚斯、R. C. 霍拉勃:《接受美学与接受理论》,周宁、金元浦译,辽宁人民出版社1987年版,第24页。

② H. R. 姚斯:《文学史作为向文学理论的挑战》,同上书,第26页。

史性是大错特错的。文学的历史性不是一个"事实",能够被解释为由一系列环境的先决条件和动机所造成,或解释为可以重现的某一历史活动的意图以及这种活动所带来的必然的与派生的结果。那种产生文学作品的历史背景不是一种与观察者隔绝的独立自在的事件。文学的历史性恰恰在于读者对作品的先在经验。也就是说,正是由于有历史上不同时代的读者对不同作品的阅读、体验、阐释,才有文学的历史性。正是读者的先在经验,将文学联结为一条永远割不断的历史之链。

(2) 任何一个读者,在其阅读任何一部具体的文学作品之前,都已处在一种先在理解或先在知识的状态。没有这种先在理解与先在知识,任何新东西都不可能为经验所接受。这种先在理解就是文学的期待视野。它是在作者、作品、读者的历史之链中形成的。没有这种先在理解,任何文学的阅读都将不可能进行。同时,从作品来看,在每一阅读展开的历史瞬间,任何一部文学作品,"即使它以崭新的面目出现,它也不可能在信息真空中以绝对新的姿态展示自身"①。它总是要通过预告、信号、暗示等为读者揭示一种特定的接受。唤醒读者以往阅读的记忆,将读者带入一种特定的情感态度中,一开始便唤起一种期待。读者带着这种期待进入阅读过程,以在阅读中改变、修正或实现这些期待。

这样,文学的接受过程也就成了一个不断建立、改变、修正、再建立期待视野的过程。新的文本唤起读者先前的期待视野,并在阅读过程中修正或改变它,以构成新的审美感觉的经验语境。这就与批评中的那种心理主义划清了界限。西方批评中的心理主义无视文本的规定性,主张一种对作品的绝对任意的主观理解,具有极大的随意性。接受美学则提出期待视野是历史形成的理解和阅读及其实现的条件,读者的主体性发挥逃不脱历史的规定性,还要以文本为前提条件,这就避免了心理主义的可怕陷阱。

(3) 人们的既定期待视野与新的作品之间具有一种审美距离。读者对每一新作品的接受,总是通过对先前熟悉的经验的否定完成"视野间的变化",把新经验提高到意识水平,从而进入新视野的。"一部文学作品在其出现的历史时刻,对它的第一读者的期待视野是满足、超越、失望或反驳,这种方法明显地提供了一个决定其审美价值变化的尺度。"②期待视野与作品

---

① H. R. 姚斯:《文学史作为向文学理论的挑战》,见 H. R. 姚斯、R. C. 霍拉勃:《接受美学与接受理论》,周宁、金元浦译,辽宁人民出版社 1987 年版,第 29 页。
② 同上书,第 31 页。

间的距离,熟识的先在经验与新作品接受所需求的"视野的变化"之间的距离,决定着文学作品的艺术性。距离越小,读者就越容易接受。比如像通俗艺术或娱乐艺术就不需要什么"视野的变化"。而有些作品在其诞生之初还没有赢得专门的读者,它们彻底打破了读者原有的期待视野。读者只有在逐渐发展后才能适应作品。而当先前成功作品的读者经验已经过时,失去了可欣赏性时,这就说明新的期待已达到某种更为普遍的水准。也是到这个时候,它才具备了改变审美标准的力量。

（4）文学的接受包括文本与读者相互关系的历时性方面和同一时期的文学参照构架的共时性方面,两个方面相辅相成构成了接受美学主张的文学的历史性。对于历史上同一作家、同一作品的理解、判断、评价,不同时代的读者往往不尽相同,甚至存在较大的差异性。造成这种差异的原因,一方面是读者期待视野的变化,另一方面是由于作品本身在效果史的背景上会呈现丰富的"语义潜能"。[①] 一部作品的意义潜能不会也不可能为某一时代读者或某一个别读者所穷尽,只有在不断延伸的接受链条中才能逐渐由读者展开。任何一个接受者都不可能具有一个外在于历史的立足点,不能够超越前人和历史上的接受中的一切"错误",也无法逃脱效果史中历史意识自身的制约作用。古典作品在其产生之初只是开辟了观察事物、形成新经验的崭新方法,但是历史距离上的新经验,随着历史推移,读者、批评家、观察者以及教授们对它的看法逐渐积累下来,进入读者的视野,成为传统。这时不同的视野之间发生"视野交融"。这就是调节历史与现实的效果史原则。文学接受的历史性就是在这一历时性与共时性的交叉点上显示出来的。

（5）文学作品接受的历时性方面有其独特性。俄国形式主义曾提出"文学演变"的原则:其中每一新作品的崛起必以先前的或已完成的作品为背景,它作为一种成功的形式达到此一文学时期的高潮,然后这种形式被迅速地模仿、大量再生产,终于变成人人习见的惯例。最后,全新的形式脱颖而出时,前一个曾经成功的形式便寿终正寝了。姚斯认为,这一文学演变的理论是文学史革新中最有意义的尝试。但它把形式的创新看成文学的一切,无法解释其包括了内容的全面的发展,因而必须将之放进接受美学,把包括现时文学史家的历史基点在内的历史经验的范围纳入研究之中。

[①] H. R. 姚斯:《文学史作为向文学理论的挑战》,见 H. R. 姚斯、R. C. 霍拉勃:《接受美学与接受理论》,周宁、金元浦译,辽宁人民出版社 1987 年版,第 37 页。

把"文学演变"建立在接受美学上,"这样就不仅重建了文学史家失去的作为立足点的历史发展方向,而且还拓展了文学经验的时间深度,使人们能够看清一部文学作品的现实意义与实质意义之间有一个可变的距离"①。这就意味着,一部作品的艺术特点在其初次遇到的视野中往往不能被立即感知到。新作品与其第一个读者之间的距离有时是如此之大,以至它需要一个很长的接受过程,在第一视野中不断消化那些没有预料到的、出乎寻常的东西。因而,作品的本质意义就要经过很长一段时间,直到"文学演变"通过更新形式的出现,实现视野的融合与提高,才使人们得以理解先前曾被误解的过去的形式。这就是为什么文学史上某个曾经默默无闻的作家或一部当初影响甚微的作品在若干年后会被"突然发现",为读者所欢迎、所喜爱,甚至掀起一股热潮的原因。这是由于新的接受视野恢复了原先作品与读者间的现实联系,变化了的审美态度愿意转回去对过去的作品再予欣赏。

(6)从文学发展的共时性的横切面看,文学的每一共时系统具有着不可分割的结构因素,因为文学也是一种语法或句法,自身具有相对稳定的关系,传统的和非规范化的类型,以及表达方式、风格类型和修辞格安排等。另外还有更加千变万化的语义学领域,如文学的主题、基型、象征和隐喻等。但文学的每一共时系统必然同时包括着它的过去和它的未来。在时间中历史某一点的文学生产,其共时性横断面必然暗示着进一步的历时性,暗示着此前或以后的横断面。而正是在这一历时性与共时性的交汇点上,某一特定历史时刻的文学视野才能得以理解。②

(7)文学的功能是建筑在作品的社会效果之上的。所有时代的文学都不可能斩断文学与社会的联系,只有在读者进入他的生活实践和期待视野,形成他对世界的理解,并因而对其社会行为有所影响之时,文学才真正有可能实现自身的功能。姚斯认为,接受美学对文学的社会功能的构成特点的回答大大超过传统美学的能力,因而我们运用接受美学方法来填补文学的历史性研究与社会学研究之间的鸿沟就比较容易了,文学在社会存在中的特殊作用并不局限于艺术的再现功能,它能打破社会中根深蒂固的道德禁忌,改变陈旧的社会习俗,为新的道德准则的确立开辟道路,并逐渐为包括

---

① H.R.姚斯:《文学史作为向文学理论的挑战》,见 H.R.姚斯、R.C.霍拉勃:《接受美学与接受理论》,周宁、金元浦译,辽宁人民出版社1987年版,第43页。

② 同上书,第47页。

所有读者的社会舆论所认可。① 这就是文学的社会功能，它将与其他艺术及社会力量一起，同心协力将人类从自然、宗教和社会的束缚中解放出来，只有这样我们才能真正跨越文学与历史之间、美学知识与历史知识之间的鸿沟。

这篇著名的讲演立论新奇，切中时弊，横扫传统，大有挟雷携电之势，被公认为是接受美学的诞生宣言。它是文学理论与批评领域内一场深刻革命的序幕，宣告了一场历史性的转折的开始。这篇演讲后来发表时更名为《文学史作为向文学理论的挑战》。

第二节 突破口：文学史悖论

姚斯创立接受美学是从解决"文学史悖论"入手，从而将读者研究提升到文学研究的中心地位的。姚斯对接受问题的兴趣导源于他对文学与历史之间关系的关注。在他早期的论著中，他多次集中论述了当代文学史日益衰落甚至声名狼藉的状况。而战后至60年代的二十年间，德国学术界在文学的内涵阐释批评的影响下，转向了形形色色的语义学、风格学、修辞学、心理分析、格式塔心理学或形式韵律分析，而越加无视文学的历史本质，并放逐了作为一门艺术的文学所必需的审美判断。所以1967年姚斯在作为接受美学宣言的《挑战》一文中，开宗明义便宣称要恢复历史作为文学研究中心的地位，要恢复过去的作品与现代人兴趣之间富于生命力的联系环节。

在当时德国所关注的文学史效果史的方法论中，以接受角度出发便有三种方式。其一是伽达默尔的"效果史意识"，它注重分析个人的历史经验，是"问与答的逻辑"，而其中的社会因素则隐而不显。站在另一个角度的魏曼，从历史的文学教养对力争实现的社会主义社会究竟能有什么贡献这一问题出发，试图把历史原则当成现代社会的一个社会职能确定下来，其中的历史因素似有还无。采取另一种方式的姚斯不同于前二者（尽管姚斯深受伽氏的影响），他努力在形式主义与马克思主义历史观之间寻找视野融合的道路，他的方法既包含了个人的历史经验，又蕴涵文学的社会性特征，而此二者都必须在文学形式的历史演变中展现开来。

在当时欧陆的文学史危机中，一种实证主义的文学史应运而生。实证

---

① H.R.姚斯：《文学史作为向文学理论的挑战》，见 H.R.姚斯、R.C.霍拉勃：《接受美学与接受理论》，周宁、金元浦译，辽宁人民出版社1987年版，第55页。

主义文学史认为,只要借助精确的自然科学的方法,便能达到一种纯客观的文学史。结果,文学把纯粹的因果解释原则用于文学史,文学的内在的、诗的、艺术的精神被弃之不顾,而一些外在的因素则成了决定的因素,致使根源研究过度膨胀,文学成了可被任意增加的"各种影响"的汇集。不同于实证主义文学史,另一种精神史的文学史诞生了。这种文学史反对实证主义的历史因果解释,主张一种非理性创造的美学,它力图在非时间性的思路和主题中,寻找真正属于文学和艺术的内聚力。显然,文学的历史思考与美学思考之间的裂隙日益增大。而这一分裂在马克思主义文学理论与形式主义的对峙中,展开了更高层次上的演变。

在姚斯看来,当代马克思主义文学理论与形式主义学派都正在更高层次上超越了这两种文学史方法论。它们都离开了实证主义的盲目的经验主义,也都摈弃了精神史的形而上的审美观。它们也都在对立的方法中寻找解决问题的途径:如何将分离的文学事实、独立的艺术作品,纳入文学的历史连续性之中,以证明社会的进步与文学的演进。然而姚斯认为,尽管以十分客观的方式看待这两种尝试,它们仍然不可能产生伟大的文学史,而只能造就原有文学史的翻版。

姚斯认为,马克思主义文学理论与形式主义文学理论各有所长,又各具其短。因而要寻求一个互补的结论就不能单出一门,如果一方面文学演变能在历史系统的演变中得以理解,而另一方面,历史又可以在与社会条件的过程性联系中理解,那么我们就可以把"文学系列"和"非文学系列"置入一种相互关系之中,来理解文学与历史间的关系,而又不牺牲文学作为艺术的特点,仅仅赋予文学以模仿评价的功能。姚斯宣称:"在马克思主义方法和形式主义方法的论争中,文学史问题仍然没有得到解决。我尝试着沟通文学与历史之间、历史方法与美学方法之间的裂隙,从两个学派停止的地方起步。他们的方法,是把文学事实局限在生产美学和再现美学的封闭圈子内,这样做便使文学丧失了一个维面,这个维面同它的美学特征与社会功能同样不可分割,这就是文学的接受和影响之维。"①

姚斯将西方马克思主义者的理论探讨看成马克思主义的当代发展。他反对将艺术局限于反映论,主张重新认识文学形式的历史性。他同意考西卡按一种艺术特性的定义历史地调节艺术作品的本质和影响,以解决形

---

① H. R. 姚斯:《文学史作为向文学理论的挑战》,见 H. R. 姚斯、R. C. 霍拉勃:《接受美学与接受理论》,周宁、金元浦等译,辽宁人民出版社 1987 年版,第 23 页。

与历史、本质和影响的二难困境:"作品只要有影响,就能生存。包含在一部作品的影响之中的是在作品的消费中以及在作品自身中完成的东西。"也就是说,艺术作品的历史本质不仅在于它的再现或表现功能,而且在于它的影响之中。这样,马克思的生产与消费的论述就具有了重要意义。先前的作品与作品的关系,作品自身中含有的历史连续性就必须放到生产与接受的相互关系、作品和人的相互关系中来看。只有当作品的连续性不仅通过生产方法,而且通过消费主体,即通过作者与读者之间的相互作用来调节时,文学艺术才能获得具有过程性特征的历史。同时,由此文学的现实不仅是新事物的生产,也是一种对过去的再生产。那么,艺术形式的特殊成就就不再被定义为模仿,相反被辩证地视为一种能形成和改变感觉的媒介。简言之,艺术造就了感觉。

对于俄国形式主义,姚斯也分析并肯定了其对文学理论的巨大贡献。形式主义方法论捍卫文学的艺术特性,将文学视为独立的研究对象。它将艺术的感知过程本身视做文学艺术的目的,将"形式的质感"视为艺术的特征,将"设计(技巧)"的发现视做其理论的基本原则。姚斯看到这种理论有意识地放弃了历史知识,使艺术批评成为一种理性的方法,从而获得了具有永久学术价值的批评成就。

与这种早期的主导倾向不同,姚斯认为形式主义的另一个巨大成就亦不容忽视。

为了以接受美学为基础建立一种可能的文学史,他首先从形式主义的文学演变论中借用了历时性,并在新的文学史范式中加上共时性研究,弥补历时性的不足。姚斯指出:文学的历史性在历时性与共时性的交叉点上显示出来,因而它也就能使某一特定历史时刻的文学视野得以理解。在共时性问题上,他提出,文学史家考察文学生命的"横切面",从而确定哪些作品在某一特殊时期从视野中脱颖而出,一朝轰动,哪些作品仍然默默无闻。在这一过程中,人们可以创造出在一个既定历史时刻起作用的不同的结构,通过比较共时性横切面和前后相继的结构,来确定文学结构中的演变在各个时期是如何相接的。对此姚斯借鉴了西尔弗莱德·克拉考尔(Kracauer)的观点:任何历史时期中同时性(glchzeitiy)和非同时性(ungleichzeitig)都是共存或交融的。这就是强调在共时性横断面上文学现象的历史尺度的必要性和可能性。共时性系统能在非同时性的联系中获得历时性的接受,作品也因流行与否,诸如时髦的、过时的或经久不衰的、成功早的或滞后的,而被人接受。同时出现的作品会落入一种非同时性的接受视野中。

同时，姚斯又借鉴了结构语言学，尤其是雅各布逊与迪尼亚诺夫的理论，将文学看成一种语言系统："文学也是一种语法或句法，自身具有相对稳定的关系：传统的和非规范化的类型，以及表达方式、风格类型和修辞格的安排。相对于这种安排的是更加千变万化的语义学领域：文学主题、基型、象征和隐喻等。"①显然，这是一种共时性方法，使用这种方法是十分必要的，但实际上它却只能在历时性中运作，纯粹的共时性描述根本就不可能。

在此历时性和共时性交汇点上建立的文学史还必须将文学生产与一般历史相联系。这需要区别文学事件与历史事件的不同之处，进而区分文学作品与纯历史文献之间的不同。以前的生产美学与描述美学力图使文学从属于历史，从而确定文学与历史间的关系，文学或沦为历史的被动的反映，或只成了一般社会生活趋势的例证。姚斯不同意此种文学历史观，而强调"文学的社会构成功能"，绞尽脑汁地调和两个长期对立的概念：

"文学史不只是描述某一时期的作品反映出的一般历史过程；而是在'文学演变'过程中发现准确的唯属文学的社会构成功能，发现文学与其他艺术和社会力量同心协力，解放人类于自然、宗教和社会束缚中产生的功能；只有这样，我们才能跨越文学与历史之间、美学与历史知识之间的鸿沟。"②

这样，姚斯就通过对接受之维的发现与张扬打破了艺术与历史、现实与历史、历史观点与美学观点的二难困境。而接受之维的凸现，必然带来接受主体的凸现。他指出："在这个作者、作品和大众的三角形之中，大众并不是被动的部分，并不仅仅作为一种反应，相反，它自身就是历史的一个能动的构成。一部文学作品的历史生命如果没有接受者的积极参与是不可思议的。因为只有通过读者的传递过程，作品才进入一种连续性变化的经验视野之中。"③在阅读过程中，从简单接受到批评性的理解，从被动接受到主动接受，从认识的审美标准到超越以往的新的生产的转换，这一过程一直在发生，从未停息过。因为文学的历史性及其传达特点预先假定了一种对话，并随之假定了在作品、读者和新作品间的过程性联系，以便从信息与接受者、疑问与回答、问题与解决之间的相互关系出发设想新的作品。

---

① H. R. 姚斯：《文学史作为向文学理论的挑战》，见 H. R. 姚斯、R. C. 霍拉勃：《接受美学与接受理论》，周宁、金元浦等译，辽宁人民出版社 1987 年版，第 47 页。
② 同上书，第 56 页。
③ 同上书，第 24 页。

正是在接受这一基点上,姚斯找到了调节美学与历史的最好方式:"美学蕴涵存在于这一事实之中:一部作品被读者首次接受,包括同已经阅读过的作品进行比较,比较中就包含着对作品审美价值的一种检验。其中明显的历史蕴涵是:第一个读者的理解将在一代又一代的接受之链上被充实和丰富,一部作品的历史意义就在这一过程中得到确定,它的审美价值也在这一过程中得以证实。"①显然,正是在接受中,美学的就是历史的,而历史的过程也是美学的过程。人们总会回头去欣赏历史留给我们的作品,而它就是将过去艺术与现代艺术、传统评价与当前尝试串连,从而调节融合的根本性艺术实践。这就是接受美学,而奠基于其上的新的文学史观念,就在这样一代一代的接受之链上展开,它一方面在有意识地建立标准,另一方面又在接受之链上不断地修正以至打破原有的标准。

第三节　方法论问题:期待视野

期待视野是姚斯基本理论中最重要的概念。如他自己所说,是他最重要文章的"方法论顶梁柱"。姚斯的期待视野来自于德国哲学从现象学到当代哲学解释学的传统。胡塞尔与海德格尔均使用过"视野"这一概念,伽达默尔则将它作为一个重要概念频繁使用。"视野"(Horizen)在哲学解释学中被用以描述理解的形成过程,它的含义十分广泛。它借用了一个很形象的词汇"地平线",喻指理解的起点,形成理解的视野或角度,理解向未知开放的可能前景,以及理解的起点背后的历史与传统文化背景。这一切构成了理解的必需条件。在海德格尔那里,它被称做"先有"(Vorhabe)、"先见"(Vorsicht)、"先识"(Vorgriffe),它们构成了人在历史中的存在。而伽达默尔等哲学解释学理论家则往往也将之称做"前理解"或"前识",表明人与历史发生的最直接的存在上的联系。科学哲学家卡尔·波普尔和社会学家卡尔·曼海姆在姚斯之前也曾将视野与"期待"复合使用,表明与文化事务的一种先在的联系,艺术史家 E. H. 冈布里奇在波普尔影响下,在《艺术与幻觉》一书中把期待视野定义为一种"思维定向,记录过分感受性的偏离与变异"②。

---

① H. R. 姚斯:《文学史作为向文学理论的挑战》,见 H. R. 姚斯、R. C. 霍拉勃:《接受美学与接受理论》,周宁、金元浦等译,辽宁人民出版社 1987 年版,第 25 页。

② E. H. Gombrich, *Art and Illuion*, Princton, Princeton University Press, 1960, p. 66.

姚斯以当代解释学为哲学基础,接过"视野"这一概念并进行了创造性重构。除提出期待视野之外,还提出了"经验视野""生命经验视野""视野结构""视野改变"和"物质条件视野"等不同概念。作为接受美学基本概念的期待视野秉承了解释学的基本思路,主要指由接受主体或主体间的先在理解形成的、指向文本及文本创造的预期结构。它的最重要的意义和用途是将文学放在一个文本(作者)与读者在历史中不断相互作用的过程中来运作。它包括这样几层意义:其一,对于任何一部从未目睹的新作品,读者对之进行的文学体验必须先行具备一种知识框架或理解结构。没有这一结构,就不可能接受新东西,不存在"零"度的纯中立的清明无染的"白板"状态,有了前理解即先在视野,才可能对"新"做出理解,并建立新的理解视野。其二,所谓的新作品,从来不可能在信息真空中以绝对的新的姿态展示自身。它总是处在作品与接受者的历史之链中。这样,处在这一历史之链上的接受者总是处于从已有的状态预期更新状态的变化之中。而一部新作品也通过预告、发布各种公开或隐蔽的信息、暗示,展示已有的风格、特征,预先为读者提示一种特殊的接受,这样来唤起读者对以往阅读的记忆,使之进入一种特定的情感态度中,并产生对作品的期待态度。它是一种感知定向,是审美经验过程中的一种特殊指令。其三,期待视野不是固定不变的,它处在不断建立和改变的过程中,而这一过程也决定着某一文本与形成流派的后继诸文本间的关系。一部新的文本唤起了读者的期待视野,也唤起了由先前的文本所形成的准则。而后这一期待视野和准则则在同新文本的交流中不断变化、修正、改变乃至再生产,在新的结点上产生新的期待视野与新的评判准则。

那么对于那些并不直接唤起期待的作品,怎样建立视野呢?姚斯提出了三条普遍途径:第一,通过熟悉的标准或类型的内在诗学;第二,通过文学史背景中熟悉的作品之间的隐在的关系;第三,通过虚构和真实之间,语言的诗歌功能与实践功能之间的对立运动来实现。第三种途径对于那些把阅读作为比较的反思性读者尤为适宜。① 其实,期待视野在有心的读者中总是不知不觉就建立起来了,毕竟每一个(群)读者都有他下一个最想读的好小说,尽管每个(群)人的"下一个"大不相同。

期待视野与新作品怎样相互作用呢?姚斯认为在人们既定的期待视野

---

① H. R. 姚斯:《文学史作为向文学理论的挑战》,见 H. R. 姚斯、R. C. 霍拉勃:《接受美学与接受理论》,周宁、金元浦译,辽宁人民出版社1987年版,第31页。

与文学新作品之间存在着一个审美距离。每一次对创新作品的接受都会否定先前的接受经验,由新经验产生新的接受意识,这就造成了"视野的变化"。然后,这种审美距离又可以根据读者反应与批评家的判断历史性的对象化,产生出新的距离。姚斯指出:

> 一部文学作品在其出现的历史时刻,对它的第一读者的期待视野是满足、超越、失望或反驳,这种方法明显地提供了一个决定其审美价值的尺度。期待视野与作品间的距离,熟识的先在审美经验与新作品的接受所需求的"视野的变化"之间的距离,决定着文学作品的艺术特性。①

姚斯的论述似乎有机械专断之虞,且显得时有不周。在他那里视野与作品间的距离似乎成了决定文学价值的标准。其实在现实的接受中,不同的读者有不同期待,不同人对同一部作品可能满足也可能"失望"。甚至有的作品大大超出或打破读者的期待,也可能造成读者很大的失望,这种情形却在姚斯的视野之外,他并未给出合理的回答。

但姚斯仍然从过程和交流角度对视野的运作做了深入论述。他指出,一部作品的艺术特征是以它与第一位读者的审美期待之间的审美距离决定的。第一位读者因这种疏离和新颖而惊奇和愉快。但对于后来的读者,这种独创性已变得不证自明,并直接进入了他们审美经验的未来视野,成为一种熟悉的期待。那些经典名著的精美形式和永恒意义都变得不证自明了。而今天重新阅读经典名著,就需要一种特殊的努力,反对已成为惯性经验的本质,再次抓住其艺术特性,达成第二视野的改变。

同时,作品也在"决定"着接受者。当一种新的期待视野已经达到了更为普遍的交流时,先前的审美标准才能发生变化。因为作品在其诞生之初,并不是指向任何一位特定的读者的,总是欲彻底打破文学期待的熟悉视野,读者只有逐渐发展去适应作品。而当先前成功作品的读者经验已经过时,失去了可欣赏性,新的期待视野已成为普遍的共识时,原有的审美标准才会发生变革。

姚斯受到俄国形式主义的"陌生化"和文学演变论影响,一直将新颖性看做文学评价的重要标准。尽管他一直想把"新"看成一个历史及审美的

---

① H. R. 姚斯:《文学史作为向文学理论的挑战》,见 H. R. 姚斯、R. C. 霍拉勃:《接受美学与接受理论》,周宁、金元浦等译,辽宁人民出版社 1987 年版,第 31 页。

范畴,但一到进行审美价值判断时,就把"新"普遍化为总体价值了。由这一基本点出发,姚斯对现代主义作品给予了很高评价。为此甚至对老师伽达默尔也表示不满。他说:"在我看来,似乎可以商讨的是伽达默尔靠古典作品'拯救过去'的观点。"①他不同意伽达默尔偏重于古典主义的传统美学观,认为伽氏所认定的"古典作品"的"杰出文本"里自然地生长着一种"起源的优势"和"创始的自由"的看法,无法与文本意义演进中的现实化原理相吻合。特别是今天,市场机制渗透进美学领域,强调创新成了当今的时代特征。而姚斯也身处文学范式变革的历史转折时期,正在范式的危机时代,所有的范式已失去了存在的合理性,文学批评也迫切需要新的理论范式,所以新颖性成为文学批评的重要甚至唯一标准是有一定的现实原因的。它构成了期待视野的基本内涵。期待视野的提出具有重要意义,但他的许多论述失于空洞粗疏。

为了避免姚斯期待视野的简单化,冈·格里姆又提出了作品与期待视野的四种可能性:

(1)期待视野:中性—更新—突破期待,视野向上建立;

(2)期待视野:中性—静止—期待无突破,视野形成,延续;

(3)期待视野:正—更新—希望突破原水准的期待得到满足,新视野形式;

(4)期待视野:正—静止—希望突破原水准的期待未得到满足,失望,新视野受挫。②

这里不仅存在着一条稳定在某一状态下的期待视野,而且也存在着一条正在期待更新的读者视野。也就是说,一个不再提供任何更新因素的作品形不成新的视野,反倒是引起失望。在上表第一种情形中,读者的期待视野按照现有文学作品的美学状况确定。一个包含更新要素的作品突破这一既定视野,即打破了原有的期望水准,使之获得提升。在第二种情形中,作品没有带来任何创新,于是一个维持原状的期待视野水平延续。第三种情形是一位作者的第一部作品因其成功使期待视野正面突破,读者期待着这位作者创作出包含更新要素的作品,结果他又创作出这样的新作品,于是,读者的新期待视野便再次形成。如果他只是在原作品水平上滑动,那就造

---

① Hans Robers Jauss,*Aesthetic Experience and Literary Hermeneutics*,Minneapolis,University of Minnesota Press,1982, p. XXXVI

② 冈·格里姆:《接受史:基本原理》,刘小枫编:《接受美学译文集》,三联书店1989年版,第154页。

成读者期待视野的失望;如果每况愈下,便会呈现负二级失望。其实这一思考还可以向上和向下延伸,它补充丰富了姚斯的期待视野理论,给我们良多启示。遗憾的是姚斯本人后来却极少再涉及期待视野这一概念及论题,他的理论兴趣转移到了审美经验上。

第四节 走向文学解释学

接受美学不仅在哲学基础上诉诸当代解释学,而且在提问与回答的基本方向与实践操作方式上也是解释学的。说到底接受美学即是文学解释学。所以姚斯后来说:"今天摆在我们面前的任务,是创立文学解释学并发展它的方法论。"①文学解释学有着源远流长的古老传统。这一传统从对《荷马史诗》的解释发端,后来诉诸《圣经》作品的阐释和古希腊作家作品的校勘评释。文艺复兴以后,这一传统继续对一切过去的本文进行阐释,获得了丰硕的成果。19世纪以来,这一传统坚持客观知识和"科学"知识的思想,而语言阐释则与神学的、法律的、哲学的和历史的阐释混合为一,很难分离。

解释学包含三个基本范畴,这就是理解(understanding)、阐释(interpretation)和应用(application)。传统解释学将它们划分为三个相对独立的研究范围。在西方历史上启蒙主义运动时期,它曾作为三种辅助性理解,得到虔信教派解释学家的阐述。此后被称为"解释学的康德"的施莱尔马赫对之进行了明确的论述,第一次开始把解释学变成一门研究理解的一般原则的学问,成为理解的艺术,并提出理解的方法是语法解释与心理解释并举。其后,被称为"人文科学的牛顿"的狄尔泰将理解与人生紧密联系起来,认为理解自身即是人生,他把理解与阐释区分开来,提出自然科学与人文科学对立的主张,人文科学需要理解,而自然科学需要阐释、解说。而当代解释学家伽达默尔则提出,理解、阐释和应用同是理解过程中的必要成分,理解同时就是解释和应用,所有的解释都是理解的解释,解释又是理解的应用,应用即是理解的行为本身。伽达默尔从本体论角度强调三者结合的统一体的重要意义,却忽略了三者在方法论上的区别。在当代哲学解释学的理论

---

① H. R. 姚斯:《文学与解释学》,英译见 P. 赫纳迪编:《什么是批评》,印第安纳大学出版社 1981 年版。中译文见胡经之编:《西方二十世纪文论选》(三),中国社会科学出版社 1989 年版,第 358 页。

影响下,姚斯与彼得·桑迪等人致力于建设新的文学解释学。他们不同于伽达默尔仅从本体论上统贯三者,而是同时从美学及文学批评的方法论角度,以理解、阐释与应用三个范畴为基础,来探讨在文学意义的建构中的不同层次、不同阶段和不同方式的阅读。

文学阐释学建构中,姚斯首先试图澄清两个问题:第一,从文学阐释学的审美对象中,我们能够对理解的基本作用获得什么识见?第二,在什么程度上,审美态度(即审美识别和审美判断)中的理解,可以超越纯粹的审美愉悦和诉诸应用的思考性解释。姚斯认为,文学解释学必须对理解、阐释和应用三个解释程序加以区别,从方法论上考虑究竟是什么更有助于保持与解释的语言学实践相一致。①

姚斯把文学解释活动分为三个层次或三个阶段:第一是审美感觉的理解视野,属于初级阅读的阐释重建,与阐释学三要素中的理解相对应。它是审美感觉范围内的直接理解阶段。这一阶段的审美感知是其他阶段阅读的基础。姚斯指出,如果我们想要认识文学本文由于其审美特点而使我们感觉并理解什么东西的话,就不能从分析已获整体形式的文本意义问题入手,而必须从最初的感知过程入手。在这里,文本犹如一个"内核",指引着读者。② 这种文学文本的审美特征研究,与神学、法学甚至哲学文本的研究不同,它必须遵循文本构成过程的审美感觉韵律的暗示,及其形式的渐次完成。尤其是对于那些与今天尚有历史距离的文本(如抒情诗),必须通过细致阅读把握其形态上的特征及意义,而不能借助于寓言把文本意义"翻译"得面目全非,要尊重文本的意向性。文学文本的解释学总是首先设定美学感知为其预先的理解,而阐释只能在这一阅读视野的基础上使意义进一步具体化。

第二阶段是意义的反思性视野,它与解释学三要素中的阐释相对应。伽达默尔曾说过:"理解意味着将某种东西作为答案去理解。"姚斯认为,伽达默尔这句名言用于文学文本必须加以限定。也就是说,在文学文本中它不适应于初级感性理解视野的基本活动,而在第二阶段的范围内,它将一种

---

① H. R. 姚斯:《文学与解释学》,英译见 P. 赫纳迪编:《什么是批评》,印第安纳大学出版社1981年版。中译文见胡经之编:《西方二十世纪文论选》(三),中国社会科学出版社1989年版,第361页。

② H. R. 姚斯:《阅读视野嬗变中的诗歌本文:以彼德莱尔的诗〈烦厌(Ⅱ)〉为例》,见 H. R. 姚斯、R. C. 霍拉勃:《接受美学与接受理论》,周宁、金元浦等译,辽宁人民出版社1987年版,第178页。

特殊的意义具体化,以之作为对某些提问的一种回答。① 的确,在一级视野的审美感知中,理解也始终在起作用,但它不是那种将意义作为某种问题的答案去理解的理解,而是在审美感知中对文学文本的审美完形(Gestalt)的感知。这种感知作为美觉能够复活认识的想象力,或者读者想象性地认识美觉。然而达到这种包含着意义理解的愉悦,已经无需阐释,因此,它也就无需具备对朦胧或清晰的问题给予回答的特征。按照伽达默尔依据胡塞尔所做的系统阐述,"本相还原法是在审美经验中自发获得的",那么,审美感觉活动之内的理解就不能归之于阐释。原因是,我们一旦把它理解为一种回答,文学文本的意义就变成了一种有多种可能的表达(表现)。而在审美经验的本相还原中,反思性阐释会被搁置一旁,这样,理解就允许读者尽其所能地去体会语言,并因而体验世界的全部意义。

反思性阐释视野是读者在再阅读过程中重温一首诗本身展示的经验时,对意义展开的反思与确证。其过程表现为:读者在第一种阅读中,怀着对文本形式和意义的潜在整体进行联结的期望,逐行完成了文本的"总谱"。这时他渐渐明确的是某篇文本的完成形式,而不是与其相应的方面实现的意义(意味),更不用说是其"完整意义"了。在当代解释学看来,文学作品的完整意义,不再作为一种本体的、无时间限制而预先给定的意义来理解,而是作为一种被提问的意义来理解,那么,他也就期望某种源于读者的见识。这种读者在阐释性理解活动中,只能在某首诗的所有可能的意义中使其中之一具体化,只能使对他来说无需排除指向其他意义的开放性注意(openmindedness)的特定关系而具体化。从第一阅读后的完成形式出发,读者接着再从结尾至开头,从整体至局部进行新的阅读,回顾性地寻找和建立尚未完成的意义(意味)。理解中最初出现的障碍,这时作为第一阅读尚未解决的问题出现。对这些问题的回答,要求阐释工作把意义的某些特定因素(在许多方面尚不明确的因素),转变成可与第一种阅读中所呈现的完成了的形式整体相比较的完成了的意义整体。这个意义整体只能通过有选择地采纳诸种观点才能发现,而不能通过表面的客观描述达到。在这里,姚斯一方面强调,第一阅读视野(审美感知的理解)与第二阅读视野(反思性阐释)是相互区别的:第一阅读是逐行完成总谱的"本相还原",在审美经验中有自发性特点;第二阅读是对于提问的反思性回答,是开放性思维中

---

① H. R. 姚斯:《文学与解释学》,胡经之编:《西方二十世纪文论选》(三),中国社会科学出版社1989年版,第362—363页。

的特定关系的具体化,获得完整的意义整体。另一方面姚斯又强调了二者的联系:审美感知的理解是反思性阐释的前提,而第一阅读中所接受的一切,只有进入第二阅读的阐释反思视野,才更清晰地表达出来。而第二阅读又只是第三阅读的基础,应用又在阐释的基础上展开。

　　第三级阅读是历史阅读或历史视野。① 它最接近于历史哲学解释学了。它涉及从作品诞生的时间和生成前提上对作品进行阐释,因而关注构成作品的生成和效果的条件,由此,它也将再次打破读者阐释的局限。在解释学中,它与应用概念相对应。在文学解释传统中,历史重建性阅读是第一级阅读。历史循环主义就为历史重建性阅读做了一个强行规定,阐释者必须消除自身(成见)及自身所处的位置,站在一个清明中立的位置,才能掌握文本更纯粹的"客观意义"。在这一学术理想的符咒下,明显造成了一种"客观主义"的幻觉:即将历史理解置于审美欣赏之上。姚斯认为,历史循环主义的误区在于,不是历史理解使审美理解成为可能,而是文本的审美特征首先跨越时间的距离,使艺术的历史理解成为可能。因此,审美感知必须作为一个解释学前提进入阐释活动。但是,反过来,审美的理解与阐释也须参照历史性阅读重建的功能进行。这样就不会使过去的文本屈就于某些偏见和当时意义的期待。而通过区别过去的文本与现时的文本,在阅读中发现文本的变化。这种特殊的距离需要一种历史重建式阅读。这种阅读总是从寻找文本在其时代所要回答的问题(它们常常不明确)开始。在这里,文学文本的历史阐释者应认识到,文本"回答"的是其出现之前文学传统所描绘的对于意义的规范的期待,以及在文本的最初读者的历史生活领域意义问题本身已能够提出的问题。如果历史的阐释最终不能用来把"文本说了什么"的问题,转化成"文本对我说了什么和我对文本说了什么"这样的问题②,那么,对最初视野的重建就依然会陷入历史循环论。如同神学解释学和法律解释学一样,文学阐释学应经由阐释的理解向应用移动,即使这一应用没有导致实践活动,它仍然满足了这样一个衡量和拓宽个人经验视野的合理兴趣,而这种个人经验是通过过去文学交流中的个人经验而形成的。

　　文学解释学不再把发现文本中隐含的唯一真理的解释当作唯一任务了。但罗兰·巴特的"复数文本"及其"互文性"(文本间性)的提出,则产

---

　　① H. R. 姚斯:《文学与解释学》,胡经之编:《西方二十世纪文论选》(三),中国社会科学出版社 1989 年版,第 365 页。

　　② 同上书,第 366 页。

生了意义的随意的、无限制的任意的生产状况,文学解释学与此相反,提出了这样一种理论假设:文学作品意义的具体化是一个历史进程,它遵循着沉淀在审美原则的形成与变化中的特定"逻辑"。这样,在阐释视野的变化中,人们就可以清楚区分任意的阐释与含有一致性的阐释之间的不同,以及最初的阐释与共同使用某些规范的阐释之间的不同。支持这一假设的基础只能存在于文本的审美特性中。正是审美特征作为一条有规律的原则,使得对一部文学文本的解释在其阐释方面有所区别,并仍然与具体化了的意义相一致。在姚斯看来,不同读者对一部文本的阐释由于选择不同的距离,的确会产生不同的审美感受,而且意义的每一种特殊的具体化也排斥其他具体化,自成一体,但这些不同的个人阐释并不相互矛盾。姚斯惊异地发现,即使是"复数文本"本身,也能为第一阅读视野范围内的审美感觉的理解提供一个统一的审美方向。它既不能在细节上任意专断,也不背离文本结构所提供的基本要求。①

文学解释学的三级视野不是一种绝对的分割或对立,而是相互包容、相互转换的。在理解、阐释、应用的三重组合中,审美感知的优先权要求的是其视野的优先,而不是第一种阅读在时间上的绝对优先。审美感知的理解视野在重读文本或在历史理解的帮助下也能获得。审美感觉不是无时间有效性的普遍的密码,而是像所有的审美经验一样,交融着历史经验。它本身以历史变化为条件,又在审美理解之外拓宽了历史认识的可能。

在建立了有关文学解释学的基本理论之后姚斯又以文本解释的具体批评实践对理论做了深入阐发。他通过对歌德的《浮士德》与瓦莱里的《浮士德》的比较,通过对波德莱尔的诗《烦厌(Ⅱ)》的阐释,对文学解释学的一系列具体理论进行了应用性诠释。

第五节　向导:穿越荆棘与荒野

在接受美学乃至当代美学与批评史上,姚斯无疑是一颗耀眼的明星。他以自己创造性的理论贡献,为20世纪后半叶抹下一道耀眼的亮色,从而跻身20世纪思想家的行列。沃莱德·高德里奇这样评说他对于我们的意义:"姚斯的工作能帮助我们找回失去的文化批评的空间……他的历史探

---

① H. R. 姚斯:《文学与解释学》,胡经之编:《西方二十世纪文论选》(三),中国社会科学出版社1989年版,第367页。

询的勃勃生机,应能帮助我们回归,从特里林的'超越'回到文化的领地。在这次穿越荒野的长征中,姚斯能做我们的向导。"① 因而姚斯的意义,不再仅仅对文学理论领域里的专家们具有意义,作为一个思想家,他的眼界早已超越了专业的范畴,对于那些艰苦跋涉于人类思想文化之野的一般漫游者们也具有了思想和文化向导的意义。

作为一个理论探索者,姚斯具有独树一帜、重开新宇的学术胆略,学术气魄和理论智慧。他决不因循前人,做所谓填补学术空白之类的稗补罅漏的工作,而是以大手笔为当代文学设计新的理论范式。60年代,他在一潭死水的德国文坛掀起重重波澜,登高一呼,应者云集,其影响至今焕然如新。作为一个革新者,他的学术风格属于那种大刀阔斧、披荆斩棘的开拓型,因而在他的理论中,新颖性一直是一个十分重要的概念。

与创建范式的宏大努力相应,姚斯始终保持了一种整体把握的宏观视野。他的文学史研究力图探索一条以文学接受为核心的全新的文学理论;他的审美经验研究关注人、人的感官、人的审美需要,欲从文化人类学的高度开拓文学与美学发展的新道路;他提出文学解释学,既欲从本体论上解决文学的意义生成,又欲从方法论上找出文学批评的方法与程式。姚斯视野开阔,高屋建瓴,纵览全局,总体勾勒,始终充满理论的自信与创造的激情。

同时,姚斯的特点还在于不断地转换理论的视角,修正先前理论的不足,开创新的理论视阈,保持一种开放的文化姿态。他从文学史悖论进入文学交流理论,从审美经验转向文学解释学,在总体的联系中不断拓宽理论的广度,在保持中心线索的前提下,开掘新的深度。这种再开放的学术品格贯穿其学术生涯的全过程。

姚斯的成就在于他为我们找回了失去的文化批评的空间。他从读者的期待视野和前理解入手,进入文学审美经验的文化实践之域,他从大部分艺术的接受首先是从"娱乐"开始这一最简单的事实出发,恢复了愉悦作为审美经验本质的基本前提,从而坚持维护审美经验在美学与艺术中的核心地位。这是一条由审美经验进入文化批评的人类学通道。姚斯的文化概念摆动于一种历史观念与一种主体间性模式之间,他诉诸人类学模式,始终在探寻视野融合的新质。无疑这既是他的成果之所在,又是他的局限之所在。

作为对文本中心论范式的反拨,姚斯理论最显著的特点及成就是其在新的理论发展层次上对历史意识的重张和对文学社会性的再建构。长期以

---

① Wlad, Godzich, *Introduction*, in *Aesthetic Experience and Literary Hermeneutics*, p. XX.

来,风行于西方世界的文本中心论范式下的各种批评话语,否弃文学中的历史意识,排拒社会批评,将文学局囿于形式、技巧、符号、语义、结构、韵律的封闭圈子之中,切断了文学与历史、文学与人、文学与社会现实的密切关系,因而使文学理论与文学批评日益失去鲜活的生命力。姚斯就是在这种历史关头竖起大旗,来"寻找潜藏于批评之中备遭压抑之苦的历史意识乃至显现着历史之起伏的审美反应的普遍性"。姚斯的历史性不是回归于19世纪社会历史批评对社会环境、时代特点、种族、阶级、现实的关注,而是从文学史的接受和影响入手,在历时性与共时性的交叉点上来展示文学的无比丰富的历史性。接受美学的历史性,既包括文本与读者相互关系的历时性方面,又包括同一时期的文学参照构架的共时性方面。两个方面交互作用,相辅相成。历时性方面具体起来又交织着形式的发展演变史、接受的作品阐释史和读者的视野变革史的矛盾与同一,共时性方面又交织着个体读者的视野和社会效应、文学的效应和社会文化效应史之间的矛盾与同一。姚斯的历史意识达到了一个新的理论高度。

姚斯的深刻性在于他还看到了文学的历史性与社会性之间的巨大裂隙,姚斯的文学效应史从社会效果角度重新审视文学与历史、文学与社会以及文学的社会性与历史性之间的关系,选择读者的文学实践这一结点,使他大大超越传统美学对文学的社会功能的观念,从而弥合文学的历史性与社会性之间的鸿沟。正是从文学效应史出发,文学才能打破根深蒂固的道德禁忌,改变陈旧的社会生活,为新的道德准则的确定开辟道路。

一个如此深情地眷顾历史的人,历史亦将深情地回报他。

参考书目:

1. H. R. 姚斯:《文学史作为向文学理论的挑战》《走向接受美学》,见 H. R. 姚斯、R. C. 霍拉勃:《接受美学与接受理论》,辽宁人民出版社 1987 年版。

2. H. R. 姚斯:《文学解释学》,胡经之编:《西方二十世纪文论选》(三),中国社会科学出版社 1989 年版。

思考题:

1. 姚斯是如何推进接受美学的?
2. 如何理解期待视野作为姚斯接受美学的方法论?
3. 姚斯接受美学对我们有何思想启示?

第十五章 伊泽尔的审美响应理论

沃尔夫冈·伊泽尔(Wolfgang Iser,1926—　)与接受美学的创始人汉斯·罗伯特·姚斯(Hans Robert Jauss,1921—　)一起,被研究者合称为接受美学的双璧。他们两人在理论上双峰并峙、相互补充,共同营造了接受美学在20世纪60年代的繁荣局面,使接受美学在世界范围内造成了巨大的声势,形成了广泛的影响。但当研究者将目光探入接受美学内部,试图考察两人各自独特的理论建树的时候,就可以看到,两人的工作各有侧重,并各自在独特的美学维度上做出了重要的学术推进。

第一节　从现象学美学到文学交流现象学

众所周知,在接受美学领域中,姚斯属于开拓新维度的宏观论者,而伊泽尔则专注于深刻推演的微观研究,长于在一方有限的领地中精雕细琢。对自己与姚斯理论性格的不同,伊泽尔具有相当的自觉,并在一切可能的场合反复申述。在专门为其著作《阅读行为》的中文版所撰的序中,伊泽尔开门见山地指出:"今天的所谓接受美学,其内部并不像这一名称本身所显示的那样一致。原则上说来,这一概念掩盖了两种不同的研究方向,虽然两者有着紧密的联系,但差异却是显而易见的。"①1989年,伊泽尔在韩国汉阳大学五十年校庆发表主题演说的时候,再次表达了类似的观点。② 在伊泽尔看来,他与姚斯虽然同属于重视读者的新阐释学派,挣脱了传统阐释学探究

---

① 伊泽尔:《接受美学的新发展》,载《文艺报》1988年6月11日。《阅读行为》即伊泽尔的代表著作 The Act of Reading: A Theory of Aesthetic Response 的中译本,金惠敏、张云鹏等四人译,湖南文艺出版社1991年版。这部著作至少有三个中译本,最早的一本为《审美过程研究——阅读活动:审美响应理论》,霍桂桓、李宝彦译,杨照明校,中国人民大学出版社1988年版。另外一个译本为《阅读活动——审美反应理论》,金元浦、周宁译,中国社会科学出版社1991年版。本文主要根据中国人民大学出版社译本。

② 伊泽尔:《读者反应批评的回顾》,载《上海文论》1992年第2期。

作者本来意图的梦魇,但他们的侧重点各不相同。姚斯着重作品的接受,考察的是历史与现实的理解差异和互为问答,而他则强调文本对读者的作用,关切的是文本与读者相互作用的过程。接受和作用构成了接受美学的两大核心课题,也分别概括了姚斯和伊泽尔的研究方向。研究方向的不同,也决定了各自所运用的方法的差异。具体地说,前者强调历史学—社会学的方法,而后者则突出文本分析的方法。在此区分的基础上。伊泽尔将自己的接受美学研究称作用美学或效应美学。

其实,伊泽尔与姚斯理论分野的根子早在他们各自的哲学基础中就已经埋下。如果说,姚斯创建文学史哲学更多地借重哲学阐释学的基本原则的话,那么,伊泽尔的作用美学则处处体现了现象学的方法和精神。而作为"精密科学"的现象学哲学之所以与美学发生联系,波兰著名的美学家罗曼·英伽登(Roman Ingarden,1893—1970)功不可没。

英伽登曾是现象学哲学的创始人胡塞尔(Edmund Husserl,1859—1938)的及门弟子。假如英伽登对其师胡塞尔亦步亦趋的话,也许现象学美学界就少了一位卓有建树的大师,因为胡塞尔的先验现象学尽管以"意向性"概念为核心,强调意识主体与被意识客体之间的关系结构的意向方式问题,但对于被意识意指的客体对象,胡塞尔却主张通过"悬搁"的方式将其变相否认。在这一点上,英伽登与他的老师发生了分歧,他坚持认为世界的实在性不可回避,而物质客体独立于认识主体之外仍然存在。由此,英伽登确立了自己不同于胡塞尔的研究路向:运用现象学的方法,对意向性对象保持持续的关注。

在英伽登看来,存在着两种意向性对象:一种为认知行为的意向性对象,包括客观实在的物质对象和数学等观念性对象,这种意向性对象与人的认知意向相对应,具有一种独立于认识主体的"自足性";另一种为纯意向性对象,主要指艺术品,它们与人的鉴赏、审美意向相对应,有一部分基本属性是客观存在的,但有一些属性需要由鉴赏主体来补充,因而是不自足的。英伽登的本意是想把文学的艺术作品这一纯意向性对象作为解剖的标本,借以究明意向性对象的存在方式和基本结构,但不意就此成就了现象学美学的艺术本体论。

1931年,英伽登在《文学的艺术作品》一书中分析了文学作品的四个基本层次,并提出了文学作品的"形而上质"问题。1937年,英伽登又推出了《文学艺术作品的认识》一书,集中展示文学作品这一"不自足"的纯意向性对象是如何被欣赏主体具体化和认识的。

英伽登在这两部著作中所提出的一些核心概念如"图式化结构""未定点"和"具体化"等等，都深刻影响了伊泽尔的接受美学理论。

但伊泽尔的独特之处在于，他接受英伽登的影响时借助了交流的模式。在伊泽尔之前，很早就曾有人表达过类似于英伽登区分文学作品和作品的具体化的思想。结构主义者穆卡洛夫斯基认为，作者的产品只是以物质形式摆在读者面前的文物标记，只有转变成接受者意识中举足轻重的文物，作品才转化为审美客体。但只有伊泽尔在作品和审美客体之间套用了交流的模式，从而系统地发展了他的作用美学理论。伊泽尔是这样概括他的交流模式的：文学作品有艺术和审美两极，艺术一极是作者的文本，审美一极则通过读者的阅读而实现。作品本身既有别于文本，又不同于文本的具体化，而处于两者之间的某一点，是两者在交流的过程中相互作用的结果。

这是反复出现在伊泽尔著作中的主题旋律，再加上作用美学的立场，就显露了伊泽尔文本理论的大致轮廓。伊泽尔将之概括为文学研究必须关注的三个基本问题：一、驾驭接受活动的文本结构是什么？二、作品的文本是如何被接受的？三、文学作品的文本在其与现实世界的关联中具有何种功能？这三个问题具有很强的辐射性，它们涵盖了自文本表现作者观照的产生过程始，经读者体验文本的实现过程，直至文本赋予接受主体以发现功能，接受主体获得更新提高为止这样一个完整的动力过程。考察这一过程的交流实质，追索这一过程的现象显现，是伊泽尔不遗余力而为之的事情。

第二节　追索文本的动力全程

在《审美过程研究——阅读活动：审美响应理论》中，伊泽尔为了统摄文本与读者交流活动的全程，特意创造了一个概念——"隐含的读者"，将其作为理论的核心和灵魂。这个概念具有两方面基本的、相互联系的含义：作为一种文本结构的读者角色和作为一种构造活动的读者角色。就前者而言，每一部作品都表现了作者收集起来的世界观点，作者在将这些观点构筑成独特的艺术世界的过程中，体现了自己的意向视野，而这个意向视野对于读者来说必然具有一定的陌生性。因此，文本必须给读者造成一个立场和优势点，使他从这点出发能够观察文本世界，进行陌生东西的具体化。这个优势点只能由文本所组成的各种各样的视野——叙述者视野、人物视野、情节视野、虚构的读者视野等等提供。这些视野为读者提供各不相同的出发点，它们持续不断地相互作用，就造成了读者在阅读过程中不断占据变幻的优势点,从而把多种多样的视野填充到一个不断展开的模式之中。这样,多种视野就在一个普通相遇处汇聚到一起,这个普通相遇处即文本意义。由此可见,文本结构的读者角色由三种基本内容组成:在文本中表现出来的不同视野、读者综合这些视野所由之出发的优势点,以及这些视野汇聚到一起的相遇处。

但是,文本给定视野的汇聚及最后相遇并没有通过文本语言系统表现出来,它只能靠读者来想象。在这里,构造活动的读者角色开始发挥作用。文本的指令激发出读者的心理意象,这些心理意象又把生命赋予文本通过语言暗示的、没有明确表达的东西。这样,读者在阅读过程中必然会形成一个心理意象系列。因为文本持续不断地提供新的指令,这不仅引起读者已经构成的意象被取代,而且也产生了一种不断变换位置的优势点。因此,读者的优势点和视野的相遇处在他的观念化的过程中相互联系起来,所以读者必然会被吸引到文本的世界中去。

文本结构与构造活动的读者角色共同构成了一个由文本引起、读者响应的结构组成的网络,两者之间的关系和意向与实现的关系大致相同。正如霍拉勃(Robert C. Holub)所指出的那样,隐含的读者既被解释成一种文本条件,又被解释成一种意义产生的过程,"称其为'读者'如果不是错误,也毫无意义"。它更像"一种'超验范型',也可叫做'现象学的读者',体现着所有那些文学作品实现自己的作用所必不可少的先决条件"①。伊泽尔就是以这样一个概念的两个含义表明一个文学交流的基本立场:文本预设了读者的实现活动,而读者能动的活动促使文本的完成。用萨特(Jean Paul Sartre,1905—1980)的话说就是:"所有事情都由读者来做,然而所有的事情都已经由作品做好了。"②

隐含读者的"意向"部分体现在文学交流的艺术极亦即文本之中。文本在伊泽尔的理论中是作为一套引起并预设文学交流活动的指令而存在的,它的功能依靠"剧目"和"策略"共同完成。剧目即存在于文本之中的所有为读者所熟悉的成分,具体地说,包括"社会规范"和"文学引喻"。剧目的确定性为文本和读者之间提供了一个相遇点;但交流总是要承担传达某种新东西的任务,人们熟悉的领域之所以引人入胜,仅仅是因为它将把读者

---

① R. C. 霍拉勃:《接受理论》,见 H. R. 姚斯、R. C. 霍拉勃:《接受美学与接受理论》,周宁、金元浦等译,辽宁人民出版社 1987 年版,第 369、368 页。

② 伊泽尔:《审美过程研究——阅读活动:审美响应理论》,霍桂桓、李宝彦译,中国人民大学出版社 1988 年版,第 166 页。

引入一个不熟悉的方面之中。为了表现新东西,剧目在一种悬置现存规范有效性的状态中表现这些规范,这样就把文学文本转化为一种介于过去和未来之间的中间点。这种悬置就是重新整理。通过整理,文学剧目往往勾勒出现实的缺陷,从而将人们的注意力吸引到文学对现实的反作用的历史效果上。概而言之,剧目具有双重功能:"它重整众所熟悉的图式,以形成交流过程的背景;它提供一个普遍的构架,文本的信息和意义从中得到组织。"①

这种组织工作的完成则有待于策略。策略就是隐藏在文本技巧下面的深层结构,它的任务是组织文本的具体化,为文本和读者提供相遇点。策略的基本结构是由剧目选择的组成部分产生。规范一旦被搬出最初语境移植到文本中,新意义就突出出来,但与此同时,它后面还拖着它的最初语境。这样,被选择的规范与其最初的语境就构成了"前景—背景"关系。前景对照着背景,方能显现出它的新形式。但这种选择原则只构成了作品的外在参照网络,策略的主要任务是将文本选择出来的成分联合起来,给读者组织预先决定将由读者实现的审美客体形态的内参照网络。伊泽尔借用"主题"和"视界"这对术语来描述这个过程。被策略联合起来的是视野(前文中的四个视野)的整个系统。由于读者在任何时刻都只能接受一个视野,这个视野就构成了这一时刻的主题,但这个主题总是处在由此之前为读者提供过主题的视野片段组成的视界面前,当主题提供关于预期客体的具体见解的时候,它同时也展示了其他视野的观点。主题和视界这个基本联合法则持续不断地交织、转变,就导致了审美客体的最终实现。在文本中,"前景—背景"的选择功能和"主题—视界"的综合作用决定了文本与现实的关系。前者借助选择行为解构现实的既定秩序,对现实进行干预,而后者则通过综合重组现实,对现实实行超越。因此之故,文本既来自现实,又独立自足。

文本为审美客体的建立提供了可能,但审美客体的最后实现还有赖于读者对文本进行处理。读者的阅读即相当于隐含读者的"实现"。由于文本不能像雕塑一样被读者一次感知,读者只能依靠"游移视点"在必需理解的文本之内移动。游移视点的基本结构就是连续的句子相互作用的现象学过程。在现象学看来,每一个句子都是意向性物体,它总是向外指向一个关

---

① R.C.霍拉勃:《接受理论》,见 H.R.姚斯、R.C.霍拉勃:《接受美学与接受理论》,周宁、金元浦等译,辽宁人民出版社 1987 年版,第 371 页。

联物,而个别句子的语义指示物总是意味着某种期待(或叫绵延),并且这种结构为所有意向性句子相关物内在固有,所以,句子之间相互作用会导致期望连续不断地互相修改,这就是游移视点的基本结构。在这样做的过程中,它们对已经读过的句子自然而然地产生一种回溯影响,使后者看起来和以前完全不同。不仅如此,已经被读者压缩为一种背景的东西也不断地被唤起、修改,这就导致了读者对过去综合的重新建构,这个过程又展示了阅读的基本解释学结构:每一个语句相关物都包含了一个人们称之为"空壳"的部分,它期待着下一个句子相关物的到来;还包含了一个回溯部分,它回答前一个句子(现在这个句子已经变成读者记忆背景中的一部分)的期望。这样,阅读的每一时刻都是保持与绵延的辩证统一。

但上述的情况是最理想的。在实际阅读中,句子组成的系列无论如何也形不成保持和绵延之间顺利的相互作用,存在着"脱漏",因此需要文本调节。就文本调节这个过程的角度看,脱漏具有一种非常重要的功能,它可以使句子相关物发动起来,形成相互对立,这在阅读过程中发生,是许多聚焦和重新聚焦过程中的典型。由于绵延和回溯其实又涉及时间流中的双向影响问题,因此,在读者阅读过程的时间流中,过去和未来连续不断地汇集到现在的阅读时刻中。游移视点的综合过程使文本能够作为一个永远可供读者消费的联系网络,自始至终通过读者心灵,这也为阅读的时间尺度增加了空间尺度。因为观点的积累和联合给我们提供了有关深度和广度的幻相,因此我们得到了这样一种印象——我们实际上处在一个真实的世界中。

此外,游移视点还有一个重要特征,即回溯活动不仅直接唤起它的前者,而且还常常唤起已经深深地沉到过去之中的其他视野方面。当读者沉入这种状态的时候,他不是孤零零地把它从记忆的深处唤起来,而是把它嵌到一种特定的语境中和语境一起回忆起来,即是一种超越了文本的统觉。它同样也给文本视野提供刺激,使文本视野具体化。由于这个统觉是严格地取决于具体读者的主观因素:记忆、兴趣、注意力以及心理接受能力,因此,刺激性视野与被刺激视野由于互相观察而组成的潜在网络就给读者的多种选择提供了基础。

需要说明的是,游移视点的活动并不是在译解字母或者解释语词,因为根据心理语言学的实验,人们理解文本必须取决于完形集合体。游移视点通过识破文本符号中某种潜在的相互联系,在对应的读者心灵中建立连贯性。建立连贯性的第一个阶段是建立文本的"感性内容"。感性内容把文本的语言符号、它们的含义、它们的相互影响,以及读者的识别活动都联系在一起。文本通过感性内容才开始在读者的意识中作为一个完形而存在,但这只是最初的、开放的完形。第二个阶段是读者选择一个完形以封闭第一个完形。换言之,第一阶段是情节的完形,但情节本身不是结果,它总是为意义服务,因而第二阶段是意味的完形。在情节层次上存在一种高层次的、能为多数人理解的交感,但是,读者在意味的层次上却必须做出有选择的决定。这种选择将取决于读者的个人倾向和经验,但这种选择并不是主观任意的,它之所以是主观的,是由于他只有选择一种可能性而排斥其他可能性,完形才能得到封闭。由于两个层次上的完形类型相互依赖,各种封闭的选择仍然保持着有效的能为大多数人理解的结构。

建构连贯性把所有不能纳入当下阅读时刻的完形中去的那些成分拖在后面,但是,留在边缘地带的可能性并没有消失,它们永远存在并将它们的影子投射到曾经驱逐过它们的完形上。在这里,前景—背景关系再次发挥作用。在建构完形中,我们实际上被卷入到我们造成的事件中去,而同时,被排斥的可能性又造成一种张力,将我们悬置在完全介入与潜在超脱之间的一种状态之中。读者正是在这种卷入文本和观赏文本之间持续不断的犹豫不决中把文本作为一个活生生的事件来体验,从而把文本意义作为一种现实而赋予生命,因为事件体现了现实的本质——发生。

卷入是读者体验的条件。当读者出现在自己造成的事件中时,事件必然对读者产生影响。对我们来说,文本越"现在",我们的习惯本身就越向"过去"消退,但读者旧有的经验仍然存在,它通过被迫面对新的情况而得到重新构造,读者新、旧经验之间的相互作用造成了读者对文本的接受。

与此同时,在我们的意识下还进行着意象的建构活动。如果说,游移视点是将文本分解开来的话,那么意象的建构就是将分解开来的东西重新综合起来,因为这种综合是前意识的观念化,所以又称"被动的综合"。建构意象从文本图式开始,它是一种辩证的否定过程。读者先在图式中读出文本通过文字暗示的一系列未经表述的方面,将之集结起来,然后超越它,让它充分显现出这些方面的意味。起否定作用的即剧目潜在的具有破坏性的不规则组合。因此,意象的组成有两个要素:"主题"和"意味",主题是当文本剧目引起的知识变得可疑时,通过唤起读者的注意力建立起来的。由于这种主题是关于另一种东西的符号,读者填补其中的空洞就显现出了意味。在这种过程中,想象性客体的建立呈现空间化的特点,但意象的建构是复合的活动,它在很大程度上也依赖于阅读过程中的时间轴。由意象建立起来的想象性客体构成了一个系列,这个系列延伸不断地揭示沿着这条时间轴而来的各种想象性客体之间的矛盾和悬殊差别,我们被迫对其调和、综合,这种滚雪球效应就构成了文本意义。

文本的意义只有在阅读主体那里才能得到实现,在建构意义的过程中,读者自己也得到建构,"被动综合"的全部意味正在于此。那么,对于读者究竟发生了什么呢?由于读者在阅读作品时所思考的显然是不完全属于他自己的思想,所以读者内心必然有一个与之对应的客体。这样,对于所有认识和感知来说都不可缺少的主—客体区分消失了。读者被作者的思想征服了,将他自己固有的个人经验驱逐到过去中去。但是这些思想仍然在读者自身中起背景作用,策略的"前景—背景"关系又一次在这里发生作用,作者的思想相对于读者与之相应的倾向性侧面而呈现出作品的主题。由此可见,当我们吸收异己思想时,它们必然对我们的经验具有反作用;从另一侧面看,当主体将自己的经验放逐以后,他就不得不重新经历一个事件,在一种体验转化的感觉中,主体与他自身分裂。这种分裂形成的张力就标志着读者感动的程度,这种感动激发了主体重新获得它在被迫与自身分开的过程中失去的追求连贯性的愿望。但这并不意味着单纯对过去倾向性的唤醒,而是激发主体的多种自发性,这种自发性代表着阅读主体的多种阅读态度,它们能够调和目前文本经验与他固有的过去经验储备,这就揭示出了一直隐藏在阴影中的读者人格的一个层次,即文学活动激活了他心灵中的一个内在世界。因此,文本意义的构成不仅意味着读者从相互作用的文本视野中创造逐渐显现出来的意义整体,而且还意味着系统表述我们自己,从而发现一个内在的、我们迄今为止一直没有发现的世界。

伊泽尔是把文本和读者视做交流过程中分立的两极,那么,引发交流发生并对交流过程实行控制的动力和机制何在呢?伊泽尔是在文学交流与人际交流的类比中寻求答案的。现代交流理论认为,人际交流起源于人们之间体验的相互不可见性。任何人无法体验他人对自己的体验,这一事实产生了对诠释的基本要求,从而引起交流。这一促发交流的原始动力无法用任何介于两者之间的名称来命名,它只能被称作"非物"(no-thing)。伊泽尔发现,与人际交流的体验鸿沟相似,文学交流亦存在着不对称性。它具体表现在两个方面:首先,文学阅读不具有面对面的情形,文本不可能调整自己,去适应所有它所接触的读者,读者亦不可能向文本发问以核对自己对它的理解是否准确。其次,文本与读者不像人际交流的双方具有共同的服务目的,因而也缺少由这一目的而带来的共有情境和参照系作为调节。同样,正如"非物"构成了人际交流的基础一样,不对称性也成了文学交流的基本诱因。伊泽尔将这一诱因叫做空白(blank)。之所以如此命名,是因为它酷似非物,亦具有不易捉摸的秉性:它通过文本得以实施作用,然而并不存在在文本之中。

在伊泽尔的文本理论中,空白出现在文本的各个层次,具有多种表现形式。它可以表现为情节线索的突然中断,情节朝着始料未及的方向发展以后,留下缺失的环节就形成了空白;它亦可以表现为各图景片段间的"脱漏",脱漏可以引起纷乱的聚焦与重新聚焦的过程,其中那些退处背景的片段就形成了空白的另一种变体"空缺"。无论是空白亦或空缺,都是文本对读者发出的具体化的无言邀请。空白的第三种表现形式即否定,它既包括文本通过重整剧目否定现存的秩序和规范,也包括读者唤起熟悉的主题和形式,然后对之加以否定。

"空白""空缺"和"否定"合称否定性,它们共同组成文本的召唤结构,引导交流的动力过程。在此当中,隐与显、表露与掩盖之间表现出一种既互相控制又互相扩展的辩证法:"隐含东西引发读者的思维行动,这一行动又受显露部分的控制。隐含部分揭示以后,外显部分也随之得到改造。一旦读者弥合了空隙,交流便即刻发生。空隙的功能就像一个枢轴,整个文本——读者关系都围绕着它转动。"①伊泽尔的隐显辩证法实际上已经比它的先驱英伽登的具体化理论进步了,倒是俄狄卡很早就窥出了这一辩证法的端倪:当读者的积极参与使图式化结构显示出具体形象的时候,作品的原有结构也已经获得了一种全新的特性。

第三节 审美响应理论的特点与缺失

综览伊泽尔的审美响应理论,稍加留意,就会发现伊泽尔的体系具有很强的向心性。无论是文本极的剧目选择和策略组织,还是读者极的游移视点的分解和意象的综合,抑或是交流条件部分的空白和否定,最终无一不指向一个目的:审美客体在读者心灵中的建立。也就是说,审美客体也分别是各个二分部分的共同旨归。如果我们再将文本和读者分别逆接在隐含的读

---

① 伊泽尔:《文本与读者的相互作用》,见张廷琛编:《接受理论》,四川文艺出版社1989年版,第50—51页。

者这一概念的两方面含义之下,再在这两方面含义的同一层次平行虚接上交流条件,将这一部分也附属于隐含读者的麾下,我们就会依稀窥见黑格尔庞大的三段论体系的影子。尤其让人惊奇的是,与黑格尔的"绝对理念"一样,作为三段论体系的基石"隐含的读者"也是虚设的,因此审美响应理论从之出发以后,就再也没有回头,仅仅从字面上赋义,"隐含的读者"并不是非此不可的。但它与黑格尔的绝对理念以信念为基石不同,隐含的读者实际上就是对整个交流过程现象地描述和整体的把握,因而,它的虚设最后还是落在了实处。伊泽尔的高明之处在于赋予一个概念以流动不居的内涵,从而使概念多了一份灵动。这同样也体现在空白这个概念上。在伊泽尔手下,空白既存在于情节层次上,也存在于主题与视野层次上;既可以形成张力,也可以因空白得到填补而张力消失。在这里,传统的对概念的严格界定不见了,代之以概念的分身法。针对特殊的对象,在一个有限的范围内,这种分身法未尝不是一种创新,但创新在构成了伊泽尔理论之树的亭亭华盖的同时,也难免成为最招风之处。

伊泽尔理论的第二个特点体现在研究视野的转移上。伊泽尔的审美响应理论是针对传统解释规范的失效而提出来的。传统解释规范将艺术品作为体现真实的完美形式,常常试图挖掘出作品背后的意义,以期找到蕴含文本真实意义的"次文本",这种做法犹如将作品吸干以后,再将文本当做"空壳"扔掉,从某种程度上说是对作品的损害。在伊泽尔看来,现代生活的多样性已经使艺术对真实的表现显得力不从心,而现代艺术则从实践上否定了"译解作品"的可能,如果将传统解释规范用于解释非古典作品,非古典作品就会无一幸免地成为颓废的产物。在有效地解释艺术作品这一功能方面,传统的解释规范已经日暮途穷,出现了深刻的理论断层,而伊泽尔的理论正是努力跨越这一断层。如果说伊泽尔的理论生发点有什么新奇之处的话,那就是研究视野的转移。传统解释学关注以"艺术是什么"为核心的艺术本体,因此着重点是文本,而伊泽尔则主张以功能论取代本体论,因此将注意点转移到了读者,揭示文本与读者的交流过程,在此当中,尤其着重考察通过读者的阅读,文本对读者产生了怎么样的影响和效应,而这种转移显然突出体现了接受美学的原则。

伊泽尔的理论还突出体现了现象学的精神。响应理论并不是对解释的彻底摒弃,而是在解释背后再追问为什么,寻找海德格尔所谓的"更源初"的解释。伊泽尔自己这样宣称:"审美响应理论的任务之一,是使对文本的各种解释更容易为大多数人所理解。"①这一任务的出色完成是以现象学的描述方法为保证的。现象学的方法强调的就是回溯本源,将复杂纷纭的现象放在括弧里悬搁起来,让最纯粹的东西显现出来,所以它的解释都是发生学意义上的,因而也是最源初的。伊泽尔的论述过程典型地体现了现象学描述的特点:以描述始,以解释终。描述本身是为了解释,而解释就存在于描述之中。如果说,游移视点的结构还是描述,但到它的特征已明显地变成了解释具体的读者多种实现文本的基础;如果说建构连贯性的两个阶段本身是较纯粹的描述,但它同时也对读者实现文本的主观性和合理性做了进一步解释;脱漏的论述是描述,文本给读者带来的真实幻觉又是解释了,而建构连贯性对读者的悬置则完全是对幻觉真实形成的再次解释。对整个文学活动中的一系列现象进行再度解释,也许构成了伊泽尔审美响应理论的最精彩的一部分。同时,游移视点的论述还体现了响应理论的另一特点:对同一现象,如真实的幻觉、多种实现文本的基础等,响应理论往往从不同的角度分别切入描述,最后殊途同归,理论的多解趋一性增强了解释的确证性。

以描述来完成解释,是人类智慧发展到一定阶段的产物。文学自产生之日起,就变成了一个打乱的魔方,人类对自己的这个神奇的创造物迷惑不解。人们给它做了种种界说,借用它与外界事物的关系试图触摸它,虽然有几次撼动了一下铁门,但文学这个千古黑匣依然沉默着。审美响应理论引来现象学之光来朗照这一黑匣,使文学整个过程的运行机制历历在目,这无疑增加了几分条分缕析的透彻感。

正如伊泽尔自我宣称的那样,他所谓的再度解释其中还包括另一项题中应有之义,那就是对非古典艺术也即现代艺术做出合理的解释,这也是他的理论试图超越传统解释规范的地方。伊泽尔对庞杂深奥的现代文学作品进行读解的最经典范例,是他对乔伊斯的《尤利西斯》所做的分析。伊泽尔认为,《尤利西斯》充满了无休止的文学引喻(剧目),把从我们的现代工业社会之中抽取的多方面社会规范和文化规范包含在作品之中,而各章节之间风格又不断变换。读者出于理解的惯性在阅读过程中不断建立连贯性,但为了实现这一目的,他总得忽略许多东西,这些被忽略的部分又不断地对读者建立起来的连贯性进行轰炸。这样,文本与读者之间的交流本身成了

---

① 伊泽尔:《审美过程研究——阅读活动:审美响应理论》,霍桂桓、李宝彦译,中国人民大学出版社1988年版,第3页。

作品的主题。乔伊斯的目的就是要使读者体验现代生活的不确定节律,因为生活本身就是由一系列不断变化的模式组成。

作为一家之言的个案分析,伊泽尔的解读在某种程度上称得上精彩,但总的来说,这一个案经验并没有像伊泽尔若隐若现地暗示的那样可以依此类推,因为如果现代派的文本绞尽脑汁只是让人体验一下现代生活的不确定性,那么文学就失去了独特的价值;如果所有的现代作品只有一个共同的主题,那么它们汗牛充栋的存在就不会不引起人的怀疑。汉内格雷·林克以理论家的敏锐,一眼就洞悉了这种分析方法的弊病所在:伊泽尔错误地将能指指认为所指。林克认为,现代作品中所表现的不确定性,仅仅是作者的策略,它本身需要读者解释来确定,而伊泽尔却将它当成作者的所指。这并不是无足轻重的倒置,两者之间的毫厘差别稍作演绎就可失之千里。作为能指的不确定性经读者不同的解释仍然可以保持开放的自由特性,而不确定性充当所指就成了众多解释九九归一的终极,这一终极不仅如前所示是不堪重负和虚假的,而且还与伊泽尔最原初的理论出发点相背。特里·伊格尔顿最先觉出了其中的不对。他公正地指出,伊泽尔的接受理论是建立在自由的人道主义思想信念之上的,这一出发点比他的先驱英伽登要宽厚得多。形象地说,英伽登要求读者按照儿童画本涂颜料的方法,将作品图式结构中固有的空白处"正确"地具体化,实际上读者只拥有相当有限的自由,大致接近于文学勤杂工一类的角色,而伊泽尔则俨然像一位大度的雇主,允许读者与文本建立更大程度的合伙关系;不同的读者可以自由地按照不同方式将作品具体化,没有一种可以用尽它在语义方面的潜力的独一无二的正确解释。至此为止,这位雇主一直都是一副和善的样子,但转眼之间,他就拉长了脸,下了一条严格的指令:读者必须将文本理顺,使它内部保持一致。在这条指令的监督限制之下,于是就有了游移视点完形的二部曲,于是就表现出了将连贯性之外的不确定因素制服、冲淡,使之正常化的企图。一位标榜"多元论"出场的批评家竟然以如此独断的姿态收场,这是十分令人奇怪的。伊格尔顿将之归咎于格式塔心理学的机能主义偏见:部分必须与整体协调一致。① 但伊格尔顿恰恰忽视了格式塔观点在伊泽尔的理论中仅仅处于宾从的地位,它有足够的威力将文本理论导入歧途吗?况且,完形理论本身有它的心理学依据,它之于伊泽尔,裨益多于损害。伊泽尔的困境有着远为深远的理论渊源。众所周知,阅读过程,也就是意义的生成过

---

① 特里·伊格尔顿:《文学原理引论》,刘峰译,文化艺术出版社1987年版,第98—99页。

程。关于意义的产生,历来有两种针锋相对的论点:客观主义坚持,每一部作品只有唯一正确并确定的意义,该意义往往与作者的意图吻合;而主观主义则认为,意义全然是个体读者头脑的产物。对主客双方各执一端的对立,接受美学的理论基础——伽达默尔的解释学和英伽登的现象学已经基本上成功地将之消泯了,因而接受美学大师也准备一如既往地走中间道路。姚斯是这样做的,但马上就面临着难题:于主张意义在历史中生成的开放性和没有穷尽的同时,如何有效地防止陷入相对论的陷阱呢?他的对策是提出在现实中汲取动力的问答逻辑的弹性调节。伊泽尔与姚斯殊途同归,他认为,文本的空白引导着意义的建立,但空白的排列和运作是有一定顺序的,因而它限制了意义的主观随意性。除去姚斯与伊泽尔两人理论的侧重点不同这一点不计,他们两人对意义生成问题的回答几乎是同质的,其实都有点含糊其辞:在不确定性外限以适度的确定性,那个要害的问题被延搁了但依然未得以解决:在意义的生成中,如何掌握不确定性与确定性的精确比例?理想中的黄金分割点存在吗? 这大概就是伊泽尔喜怒无常的真正原因:自由主义的本性决定了他对意义的生成信马由缰,失控的潜在恐惧又迫使他未临悬崖而勒马。这也从另一个角度说明了伊泽尔被人与姚斯合称接受美学双璧的原因:除了在奉行和贯彻接受美学的基本原则方面两人惊人地相似以外,连遭人诟病的缺陷也是先天孪生的。也正因为如此,他们理论的共同缺陷在某种程度上也成了对后进理论家填补缺陷的某种"无言的邀请"。

第四节 伊泽尔的其他理论建树

研究者有个共同的感觉,那就是除了建构审美响应理论以外,伊泽尔其他的理论活动在基本框架上大同小异,具体观点也多有重复。1972 年,伊泽尔出版了论文集《隐含的读者:从班扬到贝克特的小说中的交流模式》(*The Implied Reader: Patterns of Communication in Prose Fiction from Bunyan to Beckett*)。从文集题目就可以看出,这是伊泽尔将审美响应理论运用于具体的文学史研究,因为"隐含的读者"只是伊泽尔创造的一个现象学的"超验范型",内涵囊括了文本与读者交流的全程。从抽象理论的构造走向具体的批评实践,固然是文学理论发展的自然趋势,同时,它也见证了伊泽尔对"文学史"这一接受美学的理论"发祥地"的一次虔诚朝拜。

伊泽尔另一篇被文论界熟悉的理论文章为《走向文学人类学》。① 严格地说,这篇文章不足于成为推测伊泽尔本人研究方向演变的依据,因为它不是从伊泽尔的研究工作中自然生长出来的一篇文章,而是伊泽尔为美国学者拉尔夫·科恩(Ralph Cohen)主编的一部名为《文学理论的未来》的专题论文集而撰写的一篇命题作文。科恩邀集了当时欧美文论界近二十位顶尖代表人物,共同对20世纪90年代和21世纪欧美文论的框架、体系和功能的发展走向做出预测。这实际上成了欧美各主要文论派别的代表人物从各自独特的视角出发,对时代向文学理论提出的挑战做出的回应,从中当然可见每一位理论家面对危机和挑战时的独特姿态,以及他们一以贯之的理论倾向。在我看来,这篇文章只是又一次确证了伊泽尔现象学的方法和基本精神而已。

伊泽尔发现,文艺理论在20世纪最后20年里表现出了一个"极重大的变化倾向",这就是"把得益于文学艺术的深刻见解扩展到整个宣传媒介"。面对这一似乎难以阻挡的潮流,当时身为理论先锋的伊泽尔毋宁采取了一种相对保守的姿态,对文学理论的越位持谨慎的不赞同态度。他认为,这种越位肯定会涉及"作为文化范例的文学文本假定的有效性"问题,而文学文本作为文化范例所提供的理论有效性并不能"包容大众媒介所表现的异质性"。面对这一超越文学文本的倾向,伊泽尔主张回到文学媒介本身,探索文学文本的人类学内含。所谓文学的人类学内含,是来自于这样一种基本事实:"既然文学作为一种媒介差不多从有记录的时代伊始就伴随着我们,那么它的存在无疑符合某种人类学的需求。"基于这一基本事实,伊泽尔进一步追问:"这些需求是些什么,对于我们本身的人类学构成,这些媒介又将向我们揭示出什么?"伊泽尔认为,对这些问题的追问,"将导致一种文学人类学的产生"。随着这种文学人类学的产生,文学理论将起到一种不同于以往的新作用。相对于以前文学理论主要为文学作品提供阐释的模式这一传统作用,以文学这一媒介为出发点的文学人类学将提出甚至领悟到这样一个问题:"我们为什么拥有这一媒介,我们为什么一直对其更新?"这种方式将最终使我们能够回答这类问题:"我们为什么需要虚构作品?"

在伊泽尔以创建文学人类学来回应超越文学文本这一似乎与时俱进的文艺理论新趋向的独特姿态中,至少有两点为我们所熟悉。伊泽尔的一系

---

① 伊泽尔:《走向文学人类学》,见拉尔夫·科恩主编:《文学理论的未来》,程锡麟等译,中国社会科学出版社1993年版,第275—300页。

列追问一言以蔽之,实际上就是追问文学媒介的人类学功能。伊泽尔认为,当时的结构主义仍然在苦苦纠缠的"文学性""诗学性"这一类"不实用"的概念,只是对艺术在难以继续自我确证时代的持续性本质的一种掩饰,因为文学本来就"不是自足的东西",它"难以自我繁衍","它的本质是自身功能的结果"。这一点与我们所看到的伊泽尔研究视野从本体论向功能论的转变相契合。而伊泽尔进行这一系列追问的前提基础是,在大众传媒于文化领域内四处扩张的同时,回到文学媒介本身,这又简直是现象学"面向事物本身"这一核心原则的变体。

显然,伊泽尔认同于将文学作品的本质特征界定为"虚构"这一文学理论的基本观念。在功能论视角的审视之下,伊泽尔论述了在文学文本中起作用的三种虚构性的潜在类型,它们分别由三种基本行为的相互作用构成。这三种行为包括:选择、合并以及自我揭示。伊泽尔对"选择"的论述极容易使人联想起审美响应理论中剧目的"前景—背景"结构对社会规范和文学隐喻的重新整理,而"合并"也非常类似于策略的"主题—视界"对审美客体的内在参照网络的联合功能,至于"自我揭示",则来自于"选择"与"合并"所带来的以旧显新的效果。

伊泽尔所谓的文学人类学的一个基本主题就是探索虚构与想象之间的相互作用方式。这也是文学人类学比较出人意表的一个特征。因为在一般人看来,文学的虚构性即在于想象,虚构与想象几乎是一种含义的两种不同表述,但伊泽尔却坚持把它们看做两种不同的性质。通过对文学理论中有关想象的观念史的细致考察,伊泽尔反复论证了这样一种观点:想象难以独立存在,"只有通过想象的功能并因而涉及它与周围的联系时",才能把握到它。"想象依循其不同背景中的不同功能具有不同的形式",而在文学背景中,正是虚构"为想象提供了一种呈确切的完形形式的媒介"。

文学人类学探索虚构与想象的关系,是因为这种关系直接关涉到文学人类学的目标问题。从一开始,即便是标榜模仿再现的文学艺术,其"再现所固有的倾向就是使不存在的事物得以出现"。伊泽尔指出,"为什么这一模式在我们整个历史进程中始终伴随着我们? 答案无疑是我们渴望接近以其他方式难以拥有的事物,而不是再现所存在的事物"。虚构与想象的相互作用显然为满足人类的这一渴望提供了必要的方式。伊泽尔这样论述:"可以超越界限的虚构性首先是人类的一种扩展,这犹如意识的所有作用一样,这种扩展不过是一个指向除其本身之外的事物的指针。从根本上说,它缺乏内含,因而迫切需要加以充实,想象的潜能正是注入这种只有结构的真空之中,因为认知与知觉二者均难以形成的事物只能通过构思才能显示出来。没有想象,虚构就是空洞的,而没有虚构,想象就是散乱的。我们难以把握的事物正是从这二者的相互作用中得以显示的。"在伊泽尔那里,虚构和想象或许类似于意向性与意向对象的关系?

  从功能论的角度,维护文学媒介研究的合法性,这或许就是伊泽尔倡导文学人类学的初衷,而伊泽尔对文学人类学的初步勾勒,却自始至终体现着现象学的基本方法,是对现象学精神的又一确证。

参考书目:

1. 伊泽尔:《审美过程研究——阅读活动:审美响应理论》,霍桂桓、李宝彦译,中国人民大学出版社1988年版。
2. 伊泽尔:《走向文学人类学》,见拉尔夫·科恩主编:《文学理论的未来》,程锡麟等译,中国社会科学出版社1993年版。
3. R. C. 霍拉勃:《接受理论》,见 H. R. 姚斯、R. C. 霍拉勃:《接受美学与接受理论》,周宁、金元浦等译,辽宁人民出版社1987年版。

思考题:

1. 伊泽尔文本理论有怎样的基本内涵?
2. 审美响应理论的特点有哪些?
3. 文学人类学有怎样的意义?

第十六章 马尔库塞的文艺观

人类历史的真正进步应该是人的社会性(属人的)生成和自然的向人生成的双向进展。在历史进程中,任何一方的丧失,都是历史的异化状态。近代以来,东西方的历史恰好都丧失了一维。似乎历史的发展真的有不可避免的二律背反,在历史发展过程中,把捉住这一维就会丧失另一维的阶段,是历史辩证法的必然表现。但人类真的无法摆脱这一命运吗?

在20世纪科技革命所开创的新纪元和中国传统精神的历史性转换的新时代,历史的二律背反能否有希望解决呢?回答当然不敢肯定,但这种可能性至少是值得而且是应该思考的。

西方新马克思主义的重要表述人H.马尔库塞想循着马克思的思路,结合当今晚期资本主义形态的具体历史表现去探讨这种可能性。他甚至出人意料地提出,这种历史的二律背反的历史解决离开了美学就不可设想。审美的力量成了拯救世界的最后的力量。美学从哲学和心理学的从属地位一跃成为哲学的引鹄和终结栖息地,成为历史之谜的最后解答。艺术的解放功能被异常地突现出来。他的美学观是否成立和合理呢?简单的肯定或否定的回答必须让位于具体的分析批判。

在西方近代历史进入"成于物、溺于德"的历史困境的同时,也出现了一股强大的哲学思潮——浪漫哲学。它直接与以数学为基础的近代唯理主义相对抗,在历史的沉沦中拼命奋求,力图拯救被物化世界所淹没了的人的内在灵性,拯救被数学性思维浸漫了的人的完整的思的方式。与笛卡尔的计算理性的逻辑相对立,帕斯卡尔提出了心灵的逻辑,接着卢梭发出拯救人的自然情感的呼喊。以后,浪漫哲学在18世纪末和19世纪的德国得到长足的发展。席勒提出以审美的艺术游戏活动最终解决感性与理性的对立,把审美状态设定为人类从奴役般的自然状态过渡到自由的必然状态的绝对中介;谢林把艺术直接看做同一哲学的发展顶峰;浪漫派思想家则直接提出人生的诗化问题,渴望人生向诗的转化。即使是在浪漫哲学的消极悲观的发展阶段,艺术对痛苦人生的拯救作用也是最后的、唯一有效的。在叔本华那里,艺术使人于刹那间忘却人生苦难,因而它对人生是一位救世主。浪漫哲学堪称一种泛美学化的哲学思潮,这种哲学就是美学。

浪漫哲学和浪漫美学的势头至今不衰。相反,随着西方科技要求的进一步推进,技术革命的爆发,以及技术主义的进一步精细化和实证化(科学实证主义、逻辑经验主义、操作主义、结构主义、控制论哲学的兴盛),浪漫哲学也竭尽全力与之对抗。海德格尔的存在哲学和解释学哲学以及马尔库塞、阿多尔诺的社会批判哲学都与现代技术主义竭力抗争。同时,传统浪漫美学在他们那里也得到进一步的推进。由于马尔库塞的美学思想力图以马克思的思路为前提,在西方反抗资本主义的晚期形态的新左派斗争中有巨大影响,因此更值得加以分析研究。

第一节 科技理性与一维社会

马尔库塞的美学思想以他对发达资本主义工业社会的分析和批判为前提。据他的分析,发达资本主义工业社会给西方世界带来了物质文明,人们的物质生活享受程度提高了,但人的非人化生存状态却日趋严重,以致到了不能忍受的程度。整个社会的高度的技术、文化、政治总体管理的一体化控制,使感性个体的血肉灵性泯灭了。个体难以维系住自己内在固有的激情、想象、灵悟。人与人之间丧失了有血有肉的富有感情的关系,成了一架机器内相互配合的零件与零件之间的关系。每一个体的自我内容都由一体化社会为了某种特殊社会利益的需要从外部灌输和强加于个人。因此,当今发达工业社会的特征是一维的社会,这是科技意志的必然后果。

马尔库塞指出,决定早期工业社会生死的前提是自由,但如今自由已屈从于工业社会的技术效率。统治的权威不再凭借压制人的需要来维持自己的统治,而是仰仗制造需要去更新压抑。工业社会的人因此而失去了真正的自由。因为,衡量人类自由程度的关键不是可供个人选择的范围,而是他能选择什么和实际上选择了什么。现存技术结构已吞没了社会的一切领域,甚至成为政治控制的工具。由于物质需求的满足,人们也就放弃了反抗的意愿,从而成为统治制度的驯服工具。资本主义发达社会的生活水准的提高削弱了自由的价值。生活既然如此舒适,又何必要管它是不是被控制的呢?私人拥有的汽车、高级音响设备、漂亮的住宅、现代化的家用电器和厨房设备所构成的消费社会的生活方式预先规定了个人的思想、感情和想象。从而,一维的社会制造出一维的文化、思想和思维方式,也就是制造出了一维的意识形态。

据马尔库塞在他的重要著作《一维的人》中分析,在现有资本主义制度下,意识形态的一切方面都变成了纯粹压抑的管理机器的一部分,个体的文化感受方式、语言、思维方式都丧失了创造性、超越性。工业一体化社会使文化艺术变了质,使它们变为意识形态性的文化,参与一体化社会对人的压抑。本来,艺术是最具有超越功能的,但在一体化社会中,艺术也丧失了它的传统功能。技术合理性的进展正在消灭传统文化中的反抗和超越的因素,千篇一律的意识形态性文化成为把人的活的灵性变成文化机器中的零件的工具。因此,马尔库塞极力赞同现代派艺术对传统艺术形式的颠覆和造反,认为它们是对现代一体化社会的否定和超越;极力赞赏托马斯·曼提出的"收回贝多芬第九交响乐"的口号,把属于人民的艺术品从一体化意识形态中夺取回来。

由于社会交往是凭借语言实现的,社会的一维化带来语言的一维化。语言的内容反映社会的内容,一维的社会通过一维的语言表达自身。广告性的语言构成了表达一维行为的语言,它促进了实证的思维和行为,使理解事实从而超越事实的概念正在失去其本真的语言表征。例如,缩略语标志着固定化的东西,它使超越内涵成为不可能。语言缩略了思想随之缩略。马尔库塞因此认为,"伤风败俗之词"在晚期资本主义一维社会的当权者的说话和文字中是禁用的,那么,使用这样的词语就会打破虚假的意识形态的语言,宣告这种语言的意义无效。对资本主义一维社会的彻底否定和新意识的交流取决于一种专门的语言,这种颠覆性的语言才能使社会交往从一体化社会的垄断中解放出来。

一维的社会造成了一维的思维方式和思想。理性被改造成技术合理性,逻辑演化为统治的逻辑。社会进步把人身依附变成人依附于物。科学技术合理性同操纵携手并进,组成社会控制的新形式。英、美流行的语言分析哲学代表了顺从的和非批判性的一维思想,它使心灵活动和社会现实中的活动得到协调,它具有一种内在的意识形态的特征;而以实证主义和操作主义为中心特征的科学哲学只不过是反过来奴役人的一维科学的哲学表现。据此,马尔库塞坚决反对哲学与既定社会状况相脱离,要求哲学在人类的困境中分析和阐发超验的意识,坚定而公开地为社会变革承担义务。

一维的社会和一维的思维(文化、语言、哲学)是由科技合理性一手造成的,现存技术结构已吞没了社会的一切领域。马克思的生产力是社会发展的动力的原理,在马尔库塞那里,成为资本主义现代困境的根源。在他看来,自然的量化—数学化,使真与善、科学与伦理相脱离。本来,作为观察和测量点的主体不能代替伦理、审美和政治的主体,但自柏拉图以来,逻各斯与爱欲之间不稳定的平衡被打破了,科学合理性作为本质上中立的东西应运而生。自然科学在技术至上论的指导下发展,它把自然当做潜在的工具和需要加以控制利用的原料。技术成了生产的普遍形式时,它就给整个文化规定了界限,规划出一个历史总体。科学事业变成适合于一切目的的工具,成为工具本身。科学的量化转移到人类社会中,人类的行为也量化了。科学对自然的空前统治推进到对人的统治。技术提供了扩张政治权力的合法依据,技术的逻辑变成了奴隶状况的逻辑。技术的解放力量(使物工具化)转变为社会解放的桎梏——人的工具化。科学地理解和控制自然再现为生产技术机构,它改善了人们的生活同时又使人屈服于机构的控制。

马尔库塞与德国现代浪漫哲学的代表人物狄尔泰、海德格尔的出发点相一致,即把技术科学视为造成现代社会困境的关键,但他的解决方式和企望达到的目的却与他们不同。狄尔泰深感自然科学对人的价值追求的侵害性以及对人性探究的不良影响,因此,他竭力划定自然科学的权限,把自然科学与精神科学严格区分开来。海德格尔则走得更远。他认为,技术科学把人类带入无保护状态,使人成为无家可归的浪子,引导人们去征服大地,而征服大地不过是无限掠夺的第一步。他还认为,技术科学的冒险是由于受了自苏格拉底以后整个西方形而上学传统的怂恿。正是西方哲学传统的形而上学把人类引入歧途,忘却了自己本真的生活方式和思的方式,存在被遗忘了,这才引起科技的无限扩张。"哲学的发展进入了独立的科学(控制论),是哲学的合理完成。哲学在当代正趋于终结。它在社会活动的人的科学态度中找到了自己的地盘。这种科学态度的基本特征就是控制论"。①由此,在海德格尔看来,拯救的道路在于使西方哲学重新回到对存在的思上去,回到生存本体论,结束西方历史的存在之被遗忘的命运。"哲学不是从神话中产生的,它只是出于思入于思。但这种思是存在之思。"②海德格尔的拯救方式显然过于偏执,似乎仅通过思的变革,就可以改变整个历史的命运,这是缺乏足够的根据的。同样,把哲学思想的历史性迷误视为整个西方社会历史迷误的根源,这在人类学上来说并不是很充分的。最重要的还在于,海德格尔所提倡的存在之思实际上是指向源初存在的思,一种所谓的源

---

① 见《海德格尔基本著作集》,1978 年英文版,第 377 页。
② 见海德格尔:《林中路》,1957 年德文版,第 325 页。

初之思。"源初之思是对存在的恩宠的反响,在此反响中,个体恬然澄明了,并使自己动起来,成为一个存在者。此一反响是人对存在的无声的声音的语词性回答。"①这种思在未来的历史中到底能起什么作用是很难设定的。他的学生伽达默尔在这一点上对他的批评不是没有道理的:"海德格尔远不能在这里发出文化评论的声音。倒不如说,他在我们所解释的他的笔记里明确把这一点称为'人在他的生存场所的定居'。因为这种定居使存在物成为对象,所以,从基本意义说,它当然就是'存在物的剥夺'。这本身是不妥当的,因为这完完全全堵塞了我们。"②

马尔库塞的浪漫哲学所提出的拯救方法是想直接改革技术结构本身。科技合理性是病根,医治的处方必然针对它。马尔库塞并不全盘否定技术科学在人类历史进步中的意义。"我认为这是非常重要之点,随着我们的科学、技术、物质等方面的资源与能力的发展,随着我们在对人与自然界的科学控制方面的进步,这种历史可能性的事先证明就日益成为合理的了。今天,自由的可能性与内容越来越在人的控制之下:它们越来越成为可计算的。而且随着有效的控制与可计算性的进展,暴力与暴力、牺牲与牺牲之间的严酷区别成为越来越合理的了。"③另一方面,科技合理性又的确是人类现实灾难的祸根,人的生命力降解的压抑性工具。科技合理性的进步性,有益性是与它的破坏性、毁灭性不可分解地纠缠在一起的。"富裕社会的福利是实在的,技术进步是实在的,国民生产总值的增长是实在的,但是,同一个现实所造成的失败、损耗、压迫和苦难,也是实在的。"④所以,历史的抉择就不是彻底摈弃技术科学,而且改变技术科学的性质和结构。

正是在这一点上,马尔库塞比起其他浪漫哲学家来说,具有更多的历史态度和现实精神。而事实上,要完全否弃科技合理性是违反历史意愿的,也是不可能的。制造、使用、更新技术的中介实践活动是人类扩展自身的历史性活动。它必然向前发展,不断完善、不断丰富。中介实践活动的超历史、超个人的性质才是不以人的意志为转移的人类发展的内在要求,这种超历史、超个人的性质来源于人类历史的、个人的人类学意义上的本能冲动。正

---

① 海德格尔:《什么是形而上学》后记,1981年德文版,第49页。
② 伽达默尔:《黑格尔的〈逻辑学〉的思想》,中国社会科学院哲学所西方哲学史研究室编:《国外黑格尔哲学新论》,中国社会科学出版社1982年版,第134页。
③ 马尔库塞:《伦理与革命》,江天骥编:《法兰克福学派》,上海人民出版社1981年版,第134页。
④ 马尔库塞:《哲学与现实的关联》,同上书,第153页。

因为如此,中介实践活动才具有超历史的生命力。即使在我国,由于多种历史原因和民族性格对科技要求的遏制,中介实践活动长期停滞不前,仍然不能勾销它的现实合理根据。人类的实践能力(技术生产力)必然向前发展,科技合理性必然会获得自己的历史合理性。而且这种合理性中所包含着的非人的属性,也必然会得到历史的解决。马尔库塞对这一前景是充满信心的,"人类对于物资缺乏和对自然所进行的盲目征服,提供了一定的物质的、历史的基础,使得人类能够在世界范围内把理性和自由转化为现实,哲学所探求的抽象的、普遍的终极目标,现在可以转化为历史的真正主体……"①

就上述方面来看,我们可以承认,马尔库塞主观上是力图循着马克思的思路去思索的。尽管他强调了科技合理性带来的现实罪恶,他仍旧捍卫了科技合理性的历史根据。他明确提出要反对那种违反历史发展方向的非历史的态度。"自然界是历史的一部分,是历史的客体,因此,'自然界的解放'并不能意味着倒退到前工业技术阶段去,而是进而利用技术方面的成就,把人与自然界从为剥削服务的破坏地滥用技术科学中解放出来。"②解放将是利用技术科学的成果为前提,改变技术科学的现有性质,使它不再为剥削服务,而是被用来消除全人类的贫困,这就要迫使资本主义世界在意识和物质生产领域进行革命。

但是,紧接着,在进一步的推导和设想时,马尔库塞声称马克思主义的药方已失去了理论意义。工业社会的高度发达,生活高级舒适的一维社会消磨掉了工人阶级的革命意愿和斗志。马克思设想的以工人阶级为主体的革命失去了现实的历史前提,因此马克思的理论范畴就丧失了批判的内容并倾向于变成为描述的、图解式的术语。他转而求助于弗洛伊德的本能革命和所谓新的被压迫主体的大拒绝运动。在他看来,弗洛伊德的压抑本能学说才是真实的。由于经济上的贫困和克服贫困所必需的劳动,要创造文化就必须要有一定的基本抑制和禁欲主义。但是,资源的分配形式和劳动的组织形式总是强加于人们的,为了维持它们而采取的种种抑制形式代表着一种超出于文化所必需的剩余压抑。如今,随着工业技术的高度发展,技术的物质的进步已经克服了贫困在文化发展道路上所设置的障碍,对维持

---

① 马尔库塞:《哲学与现实的关联》,江天骥编:《法兰克福学派》,上海人民出版社1981年版,第147页。
② 马尔库塞:《自然与革命》,见复旦大学哲学系编:《西方学者论〈一八四四年经济学—哲学手稿〉》,复旦大学出版社1983年版,第145页。

文化说来,抑制越来越成为多余的了,并越来越成为维持特殊的应该去除的社会统治形式的工具。因此,拯救西方社会的出路似乎就在于发展一种新技术,改变原有技术的破坏性,导致新的理性观念的出现,这种新的理性的功能在于促进生命的爱欲本能,建立一个非压抑性的社会文明。

马尔库塞在这里几乎是全盘接受了尼采、弗洛伊德等人的生命原欲本体论的观点,把人类解放的终极目的规定为生命本体的彻底解放。在此,他在背离马克思的道路上越走越远了。他追随弗洛伊德,认为死亡本能的破坏性派生本能在现代技术中发生着作用,要消除科学技术的破坏性就得诉诸本能革命,而技术科学的属人的发展就是,在探索形式和物质的潜力时,合理地发现和应用事物与人的潜力,以达到保护和享受生命的目的。

背弃马克思,求助于弗洛伊德,放弃现实社会革命和生产力领域的革命,转向本能革命,马尔库塞提出了美学的终极解放功能,艺术成为他解放技术科学的绝对中介。这种由外在现实向本能领域的转变,反映了他走向美学具有相当的强迫性和绝望情调。他感觉到,爱欲的普遍满足的完美社会不可能在可望的历史时期内实现,它仅仅只能在梦幻中捕捉到。他曾断言,人类对快乐原则的效忠是保存在幻想之中的,保存在游戏、梦境以及空想之中的,人类只是在想象力的作用中看到被压抑者的回复,预见到人类生活的新形式。而审美活动、艺术是超验的想象,只有它们能切实把握住想象王国中的一切。在《论解放》中①,他说:"审美之维可以作为一种自由社会的尺度。一个人与人之间的关系不再通过市场来体现的社会,一个不再建立在竞争剥削或恐怖之上的世界,要求一种摆脱了不自由社会的压抑性满足的感性,一种易于接受真实的形式及特性的感性,这些形式和特性迄今为止只能借助于审美的幻想来描述。"因此,与其说马尔库塞是走向美学,不如说他是流亡到美学更为恰当。他自己曾经吐露过这种逃向虚幻世界中去的心境:"在悲惨的现实只有通过激进的政治实践才能加以变革的情况下,对美学的关心就是很正当的了。在这种关心中有一种内在的绝望的因素,即退缩到一个虚构的世界中去,在想象的领域内去克服和变革现存的状况。"②著名新马克思主义研究学者安德森也指出,新马克思主义者的研究课题之所以从经济领域转到哲学和美学领域,是因为西方革命的失败。③

---

① 见马尔库塞:《论解放》,1980年德文版,第46页。
② 见马尔库塞:《审美之维》,1980年英文版,第1页。
③ 佩里·安德森:《西方马克思主义探讨》,高铦、文贯中、魏章玲译,人民出版社1981年版,第65—66页。

马尔库塞这种逃向美学的无可奈何的心境与18世纪末19世纪初的德国浪漫派美学家的心境是有些相通的。当时的浪漫派诗人们对法国大革命深感失望,对现实社会的改革无能为力。在席勒看来,法国大革命并没有展现出人类解放的曙光,恰恰暴露出人性的粗劣。只有通过以审美活动为中介,彻底改造人的本性,人类进入真正的自由状态才是可能的。马尔库塞实际上是在席勒的审美革命之中注入了大量弗洛伊德的生命本能解放的内容。而他对席勒也是极为推崇的。德国早期浪漫派的代表弗·施勒格尔、诺瓦利斯等对德国的庸俗社会现实极为不满,但他们又找不到改造社会现实的出路,便提出以艺术——诗来拯救社会的口号,要求人生向诗转化。同时他们又认为,艺术是幻想之邦,艺术是绝对超验的、超现世的,只有凭借想象才能达到。因此想象在浪漫美学那里得到充分重视和详尽的探讨。早期浪漫派的"人生诗化"的美学观可以在马尔库塞的"现实形式的艺术化"的思想中找到当代的继承形式。幻想性、流亡性是浪漫美学的一大特征,它给浪漫美学蒙上了一层忧悒、悲戚的色彩。

马尔库塞浪漫美学的幻想性质还与他的现实性与可能性、必然与自由的矛盾永远无法调解的哲学见解有关。这一见解使他的美学的悲观情调极为深沉,而不是一般肤浅的悲观主义。在他看来,"真实的可能性与现实性之间、理性与实在之间的广阔裂缝从来没有弥合过"[①]。这是两种历史权利的抵触和冲突,一方面是现实世界的权利,个人生活甚至个人幸福所依赖的既定历史条件的权利,另一方面是可能实现也许甚至应当实现的世界的权利,对可能设想的减少劳苦、不幸与不义的未来的权利。这种黑格尔式的悲剧冲突在马尔库塞的体会中是永远不可缓解的,尽管他一直在力求解决"是"与"应该"的分离、实体性存在与价值存在的分离、逻各斯与爱欲的分离、真与善、科学与伦理的分离。正是由此永恒的二重对立产生了审美(艺术)的永恒的需求性。显然,这一思路是康德的思路[②]。康德认识到,必然与自由之间的鸿沟分离了审美的中介是无法克服的,只有审美才能把这两大领域沟通起来,在有限中表现、象征着无限。但是,在康德那里,审美的中介作用的提出具有乐观的充满信心的性质,它是未来人类学的基础。在马

[①] 马尔库塞:《伦理与革命》,江天骥编:《法兰克福学派》,上海人民出版社1981年版,第129页。

[②] 在马尔库塞最富创造性的后期的开山著作《爱欲与文明》中,他就突出强调:"对康德来说,审美之维是感性与知性沟通的中介。这一中介由第三精神机能——想象来完成。更进一步说,审美之维也是自然与自由沟通的中介。"《爱欲与文明》,1955年英文版,第163页。

尔库塞那里,却染上了悲观的情绪。艺术的幻想性和拯救性的复杂统一恰是这种悲观情绪的表现。他从这一点出发去论证艺术的永恒生命力:"即使到了完全自由的社会,彻底消除了一切异化的社会,艺术也不会消亡,悲剧不会被克服,酒神精神与日神精神仍不会和解。它们是自由与满足的固有局限范围的作证人,是人类根植于自然这一事实的作证人。艺术以自己全部的理想性质证明了辩证唯物主义的一个真理——主体与客体之间和个体与个体之间的永久的差异性。"①

　　马尔库塞的迷误并不在于他寻求解决历史的二律背反时抓住了美学。恰恰相反,抓住美学是历史的合理途径。感性与智性(理性)的对立,必然与自然的对立,历史具体地说,科技要求与伦理、审美的价值超越的对立,很大程度上得由美的哲学去解决。由康德的第三批判所开启的二律背反的审美解决之路,不但暗示了走出历史迷宫的门径,而且也把握住了美学的意义和本质功能。美学不只是艺术本体论,更不是文艺理论;美学也不应该是经院式的纯艺术经验的研究,它是人之感性的审美的价值超越如何可能的科学,是自然和对真的必然的现实把握向人生成如何可能的科学,是人的超越性的审美生成的科学。美学的历史使命和真正的本体论是,人的感觉、感性何以内在地具有普遍必然的超验价值质素,如何生成为类似神性的感性。马尔库塞强调康德学说肯定是有意义的,他说:"的确,在康德学说的基础上,一旦审美的功能成了文化哲学的中心,就会用来证明一个非压抑性文明的诸原则,在这种文明中,理性即感性或理性的感性。"②但马尔库塞的逃向美学与康德开启的走向美学之路到底是有区别的。这种由对现实境遇的绝望而遁往想象的诗的王国,恰恰表明他放弃了对必然、对真的改塑的决心和信念,他曾明确表示:通过属人的占有来解放自然界这一思想有着明显的内在局限性。美的力量固然将废除侵犯性、暴戾性,将成为自由社会的本质特性。但存在着某些残忍的事实,它们是没有改变或根本无法改变的。这些事实促使人产生怀疑主义思想。可见,他提出的审美的终极解决也只是一种主观意志的愿望陈述。

　　以对历史困境的价值关怀为基础的人类学美学,坚持以价值的形式去改塑自然,它当然以对必然、真的历史把握和改塑为必不可少的前提。美必须是真(必然)与善(价值)的统一,放弃了对真(必然)的现实的历史实践

---

① 见马尔库塞:《审美之维》,1980 年英文版,第 29 页。
② 见马尔库塞:《爱欲与文明》,1955 年英文版,第 164 页。

的改塑,审美的终极解决是不可能的。脱离了具体的、历史的实践活动,真(必然)与善(价值)无法沟通。美学必将成为对历史困境的价值关怀的哲学,是马克思的巴黎手稿所启明的道路。这是康德的美学所远不能及的,只有把历史价值作为审美、解放的绝对中介,走向审美的历史之谜的终极解决之路才具有历史的根据,可能性才具有转变为现实性的落脚点。对这条审美之路,我们不能因为马尔库塞对它做了弗洛伊德的心理分析式的发挥和歪曲,就把这条道路堵塞了。我们所要反对的是马尔库塞从价值关怀出发,走到了弗洛伊德的败途,而不应否定马尔库塞的价值关怀出发点。也就是说,在把握着循审美的解决之路去解决历史的一系列二难对立时,我们必须坚持马克思主义的历史实践的理论。如果抽空了这条道路的价值基质的话,这条路也就不是一条路了。

第二节　新感性与人的审美解放

马尔库塞的浪漫美学的着眼点首先在于人的本能的解放。他意识到,主体意识的解放是科技的属人的解放的前提,一种新的感性将体现出未来革命的新型的历史形式。拯救沉沦于物化世界、沦陷于工具理性之中的历史困境,迫切的任务就在于挽救人的爱欲、灵性、激情、想象这一感性之维。人的审美解放成为人的历史使命,本能革命是审美解放的必由之路。

本能结构的审美变革乃是把冥想、意象、诗意、激情重新引入人的感觉,以发展出一个新的"需要系统",即从剥削的统治下解放出来的新的感性。"在原欲转化为爱欲的过程中,生命本能发展了它们的使人产生美的享受的秩序,同时,理性也变成能使人产生美的享受的了,以致它能在保持和丰富生命本能的名义下包括和组织需要。审美经验的根源重新出现——不只出现在艺术文化中,而且出现在为存在本身进行的斗争中。这就出现了一个新的理性形式。"[①]因此,新的需要系统、新的感性实际上就是新的理性。反过来说也许更重要,应该发展的一种新的超验的理性将是一种新的感性。

马尔库塞自称他的这一出发点是马克思在《1844 年经济学哲学手稿》(以下简称《手稿》)中表述的思想。人的感性具有破坏旧世界的潜力,因而,人的感性自然也是解放的领域,这是马克思《手稿》的中心论题。在他看来,尽管人们反复阅读和再三解释《手稿》,却在很大程度上忽视了这一

---

① 见马尔库塞:《爱欲与文明》,1955 年英文版,第 204 页。

论题。他据此进一步发挥:"'感觉的解放'就是指,感觉成了一种对重建社会'有实际作用'的东西,就是指感觉造就了新型的社会主义的人与人、人与物、人与自然的关系。然而,与此同时,感觉又成了一种新型的(社会主义的)合理性的'源泉',它完全摆脱了剥削的合理性,而当这些解放了的感觉保护和发展这种新型的社会主义合理性的成果时,它们将把作为工具的资本主义合理性驱逐掉。"①新感性将在变革现实的斗争中起决定性的作用。它决不仅仅是一种在群体或个人之中的心理现象,而是使社会变革成为个人需要的一种媒介物,是变革世界的政治实践和追求个人解放之间的调节者。"新感性正是因此而成为实践,它与强权和剥削相对立,在为崭新的生活方式和形式而奋斗的斗争中诞生。它包括对整个统治阶层的否定,对其道德和文化的否定,包括主张有权建立一个真正消灭了穷困的社会,建立一个感性、游戏、闲暇成为生存形式进而成为社会形式本身的社会。"②

马尔库塞实际上是借马克思的框架来装弗洛伊德、尼采的货。与其说他是在发挥马克思,还不如说他在发展弗洛伊德。弗洛伊德的原欲本能学说几乎成了他的新感性说的实质性核心内涵。他的表述是很明确的:自由植根于男人和女人的原始冲动之中,自由是为增强人们的生存本能而极其重要的需求,其先决条件是感觉有助于改善生活的那些特性的能力。属人的自然在社会主义条件下应是有所不同的,在这时,男人和女人将第一次在相互交往中发展和满足他们自己的需要和才能。因为审美的需求有着自己的社会成分。它们是人体组织即精神和肉体的要求满足的需求。审美的道德是清教主义的对头,它除了容忍保护和改善生活的压抑之外,任何其他压抑都不能容忍。艺术的肯定特性就来源于艺术对爱欲的尊奉,来源于生命本能在反抗本能压迫与社会压迫的斗争中所具有的深刻的肯定性。"人作为'类存在物'的出现是无阶级社会的主体基础,男人和女人们都能生活在自由的社会中,而自由社会正是类的潜能。它的实现预示了个体的内驱力和需要的根本转化:一个在社会历史中行进的有机的发展。如果团结不是植根于个体的本能结构之中,就会建立在脆弱的基础上。在这一维中,男人和女人们面对的是心理—肉体力量,他们不需要克服这些力量的自然性就可以把这些力量变成自己的力量。这里是原始内驱力的领域;是原欲(Libi-

---

① 马尔库塞:《自然与革命》,见复旦大学哲学系编:《西方学者论〈一八四四年经济学—哲学手稿〉》,复旦大学出版社1983年版,第149页。
② 见马尔库塞:《论解放》,1980年德文版,第45页。

do)能量和破坏性能量的领域。"①"艺术不能变革世界,但它可以变革那可能变革世界的男人和女人们的内驱力。"②

本能结构的审美革命似乎成了生物革命,马尔库塞退回到费尔巴哈、弗洛伊德的出发点。但事实上,当马尔库塞把弗洛伊德的生物学原则接过来后,大大更改了其批判理论的马克思主义原则。把快乐的追求看做人的主要目标,甚至当做本体论的命题,是对历史唯物主义的改造。历史唯物主义要求把人的需要放在特定的历史阶段中去考察,对历史的人来说,只有历史的需要,没有恒定的需要。这就等于说,人并没有人之为人的本能需要,这样一来,人的本能需要就变成异己的历史性目的和表现形式。况且,认真说来,历史唯物主义并不关注人的本能需要。真正的审美的新感性应该是,需要欲能不再以享受和表现为目的,而是以自身以外的超验价值为目的,也就是把改造、更新人的实践生活活动方式这一中介作为目的。生物机能在此并不是被否弃(超生物不是非生物),而是得到更高层次的整合。超生物的需要欲能(或需要欲能的超越性)促使机体把自身奉献给机体以外的另一个至爱的对象,这一对象必须是被机体认定在价值等级上高于自身的。生物机体的审美的生成是价值的奉献,是融入至善,献身至爱,这才是人的感性的极乐。它使个体超越自身的有限性,与整个临爱人类的绝对存在联系起来。个体的价值应伸展到整个人类历史的领域,超功利、超时空(历史—社会)、超生死的至爱才是真正的审美感性的生成终极目的。马尔库塞固守于快乐原则,原欲的审美升华,最终是一种审美感性的物性回复,大大限制了他的超越概念。

固然,马尔库塞强调本能结构革命的生物基础,是有历史依据的。这就是由于发达资本主义所实行的社会控制已到了史无前例的程度,它已深入到存在的本能的和生理的层次。资本主义的晚期形式的控制采取了新的形式,即对人的需要系统的侵犯。因此,解放必须从这里开始。在这一意义上,马尔库塞仍然是正当的,而且是从人的需要的历史困境出发的。他的失误并不在此,而在于他把人的求乐的需要作为恒定的需要和历史性需要的参照系,提出历史地遭到压抑和控制的需要的审美解放应该回复到追求快乐的本能需要的非压抑状态。正是这一点,他也与历史唯物主义的原则相

---

① 见马尔库塞:《审美之维》,1980年英文版,第16页。
② 同上书,第32页。

背离。马克思认为:"由于作用于外部世界并改变它,人就改变他自己的本性。"①整个历史在马克思看来不过是人性的不断改变而已。人的需要当然也是应该改变的,但这只能是它的超生物的价值生成。而在马尔库塞那里,人的需要的质是恒定的,只有历史的异化和回复的过程。

马尔库塞的审美的新感性除了他从弗洛伊德那里接受过来的生物性外,还有他自己异常突出地强调的否定性和超越性。这一点十分值得注意。

马尔库塞认为,新感性意味着生命本能战胜侵略和罪过,并将在社会尺度中鼓励要消灭不合理和穷困这一富有活力的需求,并带来生活水准的继续发展。新感性反对压抑性的理性的禁令,召唤想象的感性力量。因此,这种感性不是取决于资本主义社会中的统治者的理性,并为之所渗透,而是受知性能力和感性需求之间的中介者想象的左右。新感性登上了历史政治舞台,表明了造反的深度和与压抑连续性决裂的深度。如今,资本主义的一维社会迫使它所有的成员都接受同一种感知中介,不顾不同人和不同阶层的前途、眼界和背景的差别,提供相同的普遍经验世界。与侵略和剥削的连续体的决裂,也将是与按照这个世界调整的感性的决裂。新感性因此而成为实践的力量,它使自由的观念去掉升华的成分而不去掉它的超越的内容。"感觉不仅仅是在认识论上构造现实的基础,而且也是为了解放而对现实加以改革和颠覆的基础。"②

新感性的否定性和超越性最集中地体现在其感知方式上,也正是在这一点上,新感性作为审美之维的解放功能的表现,突出地展示出来。否定性要求个体否弃技术管理、生产过程、道德良心、本能结构中的一切异己的因素,使人的本质和存在达到同一性;超越性则要求个体在现有社会中超出现实给定的领域,超越现存社会关系。否定性和超越性使个体具有艺术的、审美的思维方式,能够打破一维社会中的异己性质的经验,粉碎既定社会关系的物化了的现实性。因为,否定性和超越性正是艺术的本质特性。"艺术把精神和心灵的世界看做是一种具有独立性的价值领域,并把它从文明中解放出来,凌驾于文明之上。它的决定性的一着就是宣告了一个普遍地承担责任、无条件地予以肯定和无止境地趋向完善的充满价值的世界的存在。这一世界与日常生活的生存斗争的现实世界有本质上的不同,它并不改变

---

① 马克思:《资本论》,人民出版社 1963 年版,第 171 页。
② 马尔库塞:《自然与革命》,见复旦大学哲学系编:《西方学者论〈一八四四年经济学—哲学手稿〉》,复旦大学出版社 1983 年版,第 156 页。

日常现实,却能从'内在出发'去实现每一个个体。"①在马尔库塞看来,艺术就是另一种生活,另一种现实,是与现存社会相对立的具有否定性和超越性的另一维。它控诉陈旧的阻挡历史发展的社会生活,呼唤解放的审美意象,否定非人的社会的合理性,从而超越了这一社会的规定性,保护了人的灵性和爱欲的自由。新感性以艺术感的形式作为自己感知的形式构架,因此,新感性的感知方式就具有了否定性和超越性的审美功能。

马尔库塞指出,西方出现的反抗资本主义一体化社会的新左派是想要以新的感知方式去看、听和感受所出现的新事物,他们把解放与废除习惯的、有规则的感知方法结合起来。据此他认为:"革命必须同时也是感知的革命,感知的革命伴随着社会的物质和精神改造,将产生新的环境。意识到感知方式和新的知觉器官的革命的必然性,也许是'幻想性'探索中的核心真理。"②人们渴望感知方式的艺术化,以此来打破一维社会中的直接性,因为这种直接性实际上是历史的产物。经验的宣传工具通过现存社会强加给人们,凝固成一种自足的、封闭的自动化系统。于是,生活消失了,变成了一无所有,自动化吞噬了物品、服装、家具、妻子以及对战争的恐怖。

感知方式的审美革命在现代派艺术中突出地表现出来。非具体的、抽象的绘画和雕塑,意识流和形式主义文学,十二音系列作曲法,美国黑人民歌和爵士音乐在马尔库塞看来,都是感知方式的革命,都是为了打破一体化社会的意识形态。它们力图扭转旧的感知方式,加强新的感知方式,彻底瓦解旧的感知结构。

马尔库塞所强调的新感性的否定性和超越性功能,对资本主义的晚期社会形态具有相当强烈的批判性。对这种社会形态的否定和超越无可否认地是马尔库塞学说的积极因素。他的社会批判理论的批判精神一直到他晚期转向美学后,仍然保持充分的活力,其浪漫美学是批判的浪漫美学。

由此看来,马尔库塞所提出的审美的革命应该以人的感性的审美解放为前提和目的的理论是无可非议的。他要求社会的彻底变革包含着新的感性和新的理性的联盟。自由的实现应将不光体现在生产方式和生产关系中,而且也体现在人与人之间的关系中,体现在他们的语言和沉默中、他们的神情和目光中、他们的感受性、爱、恨、悲哀与欢乐中。对世界的理性地改造有可能导致一种由人的审美感觉来形成的现实,这样的世界将包罗并容

---

① 见马尔库塞:《文化与社会》,1980年德文版,第63页。
② 见马尔库塞:《论解放》,1980年德文版,第64页。

纳人类的能力和愿望,以致这些能力和愿望作为自然的客观规定性的一部分。"可以认为,个人的感觉的解放是普遍解放的起点,甚至是基础,自由社会植根于新的本能需求。"①

事实上,马尔库塞在这一点上是循着为马克思自己后来所放弃了的人类学思想的思路和构想去发挥的,虽然他在其中注入了原欲生命本体论的观点。青年马克思曾在《巴黎手稿》中以价值关怀的基本原则来考察人的感性,揭开了人类学上人的感性的历史生成的秘密,并暗示出人的感性的审美解放的途径。《巴黎手稿》以人的历史的异化现象为质料,以人的历史的审美解放为目的,以实践论和历史感为形式因,以人的全面发展的完满现实的未来为终极因,为新型的人类学美学奠定了坚实的哲学人类学基础。

在青年马克思看来,人的感性是一个历史的生成过程,而不是非历史的观念性的生物概念。整个人类历史又是人的社会实践的历史,人的感性正是在这一漫长的历史实践中吃力地伸展自身。自然人向社会人的生成,社会人向审美人的生成,对青年马克思来说,不只是一个理论问题,更主要的是一个实践问题。他从人类历史实践进程的角度,考察人的感性的生成,分析人的感性的未然形式、异化形式和审美解放的未来形式,得出"五种感官的形成是从古到今的全部世界史的工作成果"这一重要命题。

人的感性的未然形式,首先是人的实践生活活动的未然方式和状态,制造、使用、更新工具的初级阶段,与此阶段相应,是人的感觉的单纯浑然形式。不同的实践生活活动方式决定着感性的存在样态,实践生活活动的深化、扩展,才将促进人的感性的深化和扩展。但历史的悲剧性在于,这一进程必然要经历苦痛的磨难。劳动分工促使实践活动多样化,人的感性也随之多样性片面发展。分工的精细,在个体那里带来感性的抽象和片面。这是人的感性的非人化的形式,它所换来的是实践生活活动的彻底社会化和对象化。人的感性以分裂的样态丰富、深化着。在这一阶段,人的实践生活方式分裂为物质生产和精神生产两大类,人的感性也分别在这两方面得到片面的深化。高度发达的工业和饱含辛酸的文学艺术,历史地客观地标识出人的感性质素所达到的历史高度和所忍受的历史痛苦的深度。马克思进而提出,人的感性从历史的非人化形式向未来的属人的形式的生成,就是共产主义的历史进程,是人的感性的属人的超越性复归(不是回复到未然状

---

① 马尔库塞:《自然与革命》,见复旦大学哲学系编:《西方学者论〈一八四四年经济学—哲学手稿〉》,复旦大学出版社1983年版,第157页。

态)。其客观的标志就是人的感性的全面、丰富、深刻的审美解放。马克思曾写道:"人的依赖关系(起初完全是自然发生的),是最初的社会形态,在这种形态下,人的生产能力只是在狭窄的范围内和孤立的地点上发展着。以物的依赖性为基础的人的独立性,是第二大形态,在这种形态下,才形成普遍的社会物质变换,全面的关系,多方面的需求以及全面的能力的体系。建立在个人全面发展和他们共同的社会生产能力成为他们的社会财富这一基础上的自由个性,是第三个阶段。"[①]这就是马克思的感性发展学说的历史依据。

为什么人的感性的全面、丰富、深刻的历史解放的使命会落在美学身上呢? 在人的感性的未然历史状态,人的感性是完整浑一的,并没有感性、知性、理性之分,也没有美学、逻辑学、伦理学的区别。在人的感性发展的第二阶段,科技意志的得势,劳动分工的出现,使感性分裂了。本来知性、理性并不是分裂的一维,它们不过是感性整体结构中的子结构。为了满足科技意志的欲求,准确地把握自然对象,知性、理性这一感性中的子结构被异常突出出来,进而遮蔽了人的感性。唯理主义抬高知性,偏重逻辑学、几何式的伦理学,这正是人的感性的非人化历史形态的哲学表现。美学是研究感性整体的科学,它在18世纪中期的德国诞生,不是偶然的。它本身就是对唯理主义的反抗,尽管它最先由一位唯理主义者表达出来。美学在18世纪中期的德国正式出现,是要历史地肩负起拯救感性于危难之中的命运。有如海德格尔喜爱的荷尔德林的一句诗所说:哪里有危险,哪里就有救。美学在德国的长足发展,与德国自席勒同时和以后的哲学十分强调感性是分不开的。沉沦从哪里起,救渡也应从哪里始。感性的沉沦就得由感性的科学去拯救。

根据青年马克思的人类学思想,人的感性包括两方面,一是人的实践的诸感觉,再就是人的历史具体的劳动实践活动。唯心主义哲学家们往往只注意第一个方面。人的感性既不能理解为与理性相对的低级能力,或直观的认识能力,也不能理解为脱离实践活动的单纯的诸感觉。唯理主义及其对立面浪漫哲学都是片面的。感性作为人类学本体论意义上的概念,包括人的机体、诸感觉(其中包孕着知性、理性诸功能)和实践活动本身,是实践的诸感觉(马克思定义为视、听、嗅、味、触、思维、观照、情感、意志、爱等)与实践活动的共生态。

[①] 《马克思恩格斯全集》第46卷(上),人民出版社1979年版,第103页。

如果说,人的感性从未然形式进到异化形式所历史地生成起来的感性质素是社会性,是从自然人向社会人的生成,在此,感性中的知性、理性片面地超常发展,那么,人的感性从非人化形式进到扬弃异化的未来形式所历史地生成起来的感性质素就是审美性,它是从社会人向审美人的历史生成,在此,是感性的灵性、激情、想象、回忆之维的回复,是感性的全面、丰富、深刻的发展。

马尔库塞所强调的审美之维的历史意义也在于此。审美之维实际上就是被历史地遗忘和抛弃了的人的感性的另一维,它是人的自由、幸福、激情、理性和谐统一的真实存在的保证,这一维历史地保护着感性的爱欲、灵性、激情、想象等本质力量。当它们被历史遗忘和抛弃时,艺术便行使自己的肯定功能,"艺术作品讲起解放的语言,召唤那些使死亡与毁灭服从生的意志的意象。这是审美肯定中的解放因素"①。艺术作品的美都在一定程度上以它自己的秩序对抗现实的秩序。在它的非压抑的秩序中,甚至连诅咒也仍在爱欲的名义下发出。它出现在短暂的满足和安宁之中,出现在抑制了持续不断的原动力和混乱秩序的"美的瞬间"之中,出现在去做那些所有为了继续生存而已经做过的事情的永恒需要之中。因而,"艺术的义务是通过感觉洞察那个把个体从其机能性的存在和社会行为中异化出来的世界,它的义务是献身于在主体和客体的所有范围内解放感性、想象和理性。……由于人类和自然是由非自由的社会所构成的,它们被压抑和被歪曲的潜能就只能以疏远的形式表现出来"②。审美形式的专制目的是,让压抑社会把自我、本我、直觉、情绪等从社会化中解救出来,让它们奋力走向自治。

因此,马尔库塞提出的新感性作为普遍解放的起点,是有其历史根据的。"根本变革的需要必须植根于个体的主体性,植根于个体的主体性的智力、激情、内驱力和目的之中。"③历史是人创造的,正如科技要求占上风的时代,人的感性中知性、理性的片面强调,出现的是一个逻辑的社会(或如马尔库塞所分析的一维的社会);新感性的解放和诞生,也将形成一个全面发展的社会。依照青年马克思的观点,人的感性和对象世界是互相塑形的。

---

① 见马尔库塞:《审美之维》,1980年英文版,第62页。
② 同上书,第9页。
③ 同上书,第1页。

马尔库塞所提出的新感性的解放命题具有历史的根据,并不等于说他为新感性的历史具体的实践找到了历史的根据。恰恰相反,由于他的趋向是逃向美学,过分强调想象的绝对中介作用(这在下面还要着重分析),他反而忽略了现实的历史根据。在他看来,"显然,审美之维不会承认现实原则。想象是这一维的基本的精神官能。与想象一样,审美的领域在本质上是非现实的"[①]。这样一来,似乎就完全没有必要去为新感性的现实性寻求符合历史条件的根据了。

事实上,新感性的现实性的历史根据已经出现,这就是教育学。马尔库塞恰恰忽视了这一点。随着科学技术的控制功能的无限扩展,人的感性的生成也越来越受到控制。教育的功能也在实施这种控制。目前的教育实际上是在培养一维的人。教育学的发达有效地制约着人的塑形,从而制约着社会的塑形。西方发达资本主义社会的高度发展是与教育的发达分不开的。但与科学技术有中立性一样,教育学也具有中立的性质。利用科技的中立性去消除贫困,同样可以利用教育学的功能去消除人的一维状态。如今,教育的发展越来越成为科学技术发展的前奏和潜在动力,要改变科学技术的破坏性,首先得从教育学的改造入手。审美教育被推到历史的前台。未来的实践生活活动方式的拓展,越来越依赖于教育学的审美革命的帮助。正是通过它,人的新的历史感性的诞生将成为可能,而不是只停留在现代派艺术的形式造反的艺术领域。教育学的现状无疑也有一维的性质,但并不能因此就否弃它。教育学还有另一面,即人类更加自由、全面地发展自身的可能性。它是人类更加充分自由地更新自身,实现自身超生物性历史生成的历史中介。因而,教育的审美改造成为人的新感性历史地生成的前提。教育的功能可以通过最快和最好的方式把人类一切有益的实践经验,摸索到的客观规律转换给主体感性,它也应该使人类历史的审美之维成为主体感性的内在质素,帮助主体发展自己全面的感性,帮助主体恢复诗意的思维,去统摄新的规律,培养出能自由运用规律去创造新的生活方式的人。

另一方面,浪漫美学对人的感性中被历史遗忘和抛弃的那一维的超验探讨,仍然是有效的。因为这一维的确被贬损得太严重。浪漫美学对灵性、激情、直觉、想象、回忆的研究,是值得肯定的。

例如,回忆这一人的感性的人类学意义上的重要质素长期被排斥在论域之外。浪漫美学把它从被遗弃的地方拾回。尼采写道:"一切艺术有健

[①] 见马尔库塞:《爱欲与文明》,1953年英文版,第157页。

身作用,可以增添力量,燃起欲火(力量感),激起对沉醉感的全部微妙的回忆,——一种独特的忆想潜入这种心境,一种遥远的难以把捉的感觉世界回来了。"①在尼采那里,回忆是对潜藏着的生命激情的召唤,它使人又回到机体力量亢奋的极乐之境,因此受到特别的赞美。

狄尔泰从他的体验哲学出发,把回忆作为新的时间观的关键要素。在他看来,时间概念并不只是可由钟表测定的外在的瞬间进行,它更多的是由主体体验的心理实在。时间是主体心理体验中不停流逝的流,在这流中,未来成为现在,现在成为过去。我们的瞬间体验总是由对过去的回忆和对未来的期待所充实。因而,回忆和想象成为人的最为主要的两种机能。他由此把想象与回忆结合起来,认为,想象中包孕着回忆,并且必须以回忆为基础。②

海德格尔更是极力高扬回忆的功能。在他的现象学解释学的观点来看,回忆是诗的源和根的保证。回忆在古希腊神话中是宙斯的新娘,九夜之中成为九个缪斯之母。"回忆不仅仅是心理学上证明的那种把过去的事件'复现'在脑海中的能力。回忆回过头来思已思过的东西。但作为缪斯之母,'回忆'并不是去思能够被思的随便什么思的东西。回忆是对处处都要求思的那种东西的思的聚合。回忆是回忆到的、回过头来思的聚合。"③诗作为各时代可以追溯的源头之水,是回过头来思的去思,是回忆。"诗仅从回过头来思,回忆之思的这样一种专一之思中涌出。"④他甚至断言,只要我们坚持逻辑才使我们洞悉被思的东西,我们就绝不能思到以回过头来思,以回忆为基础的诗所达到的深度,就绝不如诗思得多。因而,回忆成了思(诗)的纯洁和深度的守护神。从而海德格尔把回忆看做使现代世界的人们被计算逻辑思维污染了的思得到救渡的天使。"回忆只是彻底使我们从意愿性和意愿的对象返身回到心灵空间的最幽隐的不可见上去。……世界内在空间的内心向我们打开了敞开的柴扉。只要我们把握住内心的东西,我们也就知道外在的东西。在这内心中,我们是自由的,我们超脱了与我们四周林立的从表面看来是保护我们的种种对象的关系。……回忆就是告别尘嚣,回归到敞开的广阔之域。"⑤这样,思就从计算的逻辑意识回归到心灵

---

① 见尼采:《权力意志》,1952年德文版,第808节。
② 见狄尔泰:《体验与诗》,1929年德文版,第190页。
③ 见海德格尔:《什么召唤思》,《讲演与论文集》,1959年德文版,第139页。
④ 同上。
⑤ 见海德格尔:《诗人何为》,《林中路》,1957年德文版,第285页。

的内在空间,心灵的内在空间才是人的内在的深隐之维。于是,无保护状态就有救了。

马尔库塞似乎是在综合狄尔泰和海德格尔。他认为,回忆的材料已成为想象的领域,它在艺术中被压抑的社会所认可,以"诗的真理"出现的这种回忆式的想象是一种"内在观念",因为在压抑的社会中流行的那种直接经验是不可能产生这种想象的。"因此,回忆并不是一种对昔日的黄金时代(实际上这种时代从未存在过)、对天真烂漫的儿童时期、对原始人等等的记忆。倒不如说,回忆作为一种认识论上的功能,是一种综合,即把在被歪曲的人性和自然中所能找到的片断残迹加以收集汇总的一种综合。"[①]看得出来,在这里他努力想为回忆的功能加入一些对历史困境的价值关怀的成分,努力想使回忆成为人类历史的审美解放中重要的精神机能。"死亡是内在于社会和历史中的否定,它是过去事物的最后的回忆——是被抛弃的所有可能发生的事情的回忆,是所有可能说过或未说过的东西的最后的回忆,是每一个未显示出现的意味和每一个未成熟的感觉的最后的回忆。"[②]因而,"伟大艺术的乌托邦从来不是现实原则的简单否定,而是它的超越的持存,在这种持存中,过去和现实都把它们的影子投射到满足之中:真正的乌托邦建立在回忆往事的基础上"[③]。

无可否认,回忆是人类的极为重要的价值器官。它的功能的意义并不亚于灵性、想象、激情。很难设想,如果没有回忆,人类会成什么样子。个人要是没有建立在自己价值根据、自己的独特的遭遇、命运之上的回忆,没有对自己的激情、欢乐、悲哀、憧憬、本源等体验的特殊把握的回忆,心灵就会成为一片荒漠,因缺乏泉水而死亡。人类要是没有对超验价值本源的回忆,不同的民族要是没有对自己民族的道德或神性的本源的回忆,也就不可能有价值超越。艺术作品的永恒魅力的源泉之一不就是它保存了我们的渴慕、祷求等超验性价值感受的幸福和忧伤的梦境吗?柏拉图艺术论的回忆说在这一意义上去解释,才是富有启发性的。回忆是值得进一步研究的,例如,它与人的超验性价值根据有非同小可的关系,但其中的结构和机制如何呢?这仍然是当今人类学美学的一项重要课题。

[①] 马尔库塞:《自然与革命》,见复旦大学哲学系编:《西方学者论〈一八四四年经济学—哲学手稿〉》,复旦大学出版社1983年版,第155页。
[②] 见马尔库塞:《审美之维》,1980年英文版,第69页。
[③] 同上书,第70页。

第三节　艺术应成为现实的形式

马尔库塞浪漫美学的另一个重要命题是:艺术应成为现实的形式。这一命题固然应归属于早期浪漫派的人生诗化的思想传统,但马尔库塞对这一命题的阐发,也是努力想从青年马克思启示的思路去探讨这一命题的可能性。但同时,在其中又夹杂着康德和海德格尔的成分。

在青年马克思那里,人的感性的审美解放是与自然界的审美解放同步和一致的。通过实践来创造一个对象世界,即对无机自然界进行加工改造,就证实了人是一种有意识的物种存在。审美的人必然将会通过自然界的艺术化来证实自身的解放。因此,人自身的解放是与人的对象世界——现实社会的解放不可分割的。

马尔库塞从对资本主义的发达工业社会的批判出发,企图依赖超验想象去设定一个自由的审美的乌托邦。这一乌托邦的轮廓就由他受青年马克思的启发而提出的人的感性的审美解放和现实社会的审美解放这两条线勾勒出来。艺术的以超验想象为中介的否定性、超越性就成为勾勒这一乌托邦的笔触。

在马尔库塞的浪漫美学中,与新感性相对应的是"活的艺术""艺术的现实"。这是一个自由的、消除了压抑的社会,是只能发生在性质上完全不同的另一个社会中的事情。在他看来,"在这个社会中,将出现新型的男人和女人,他们不再是剥削者或被剥削者,在他们的生活和工作中可以将在人和物那里被压抑了的审美可能性的幻想解放出来。这种审美性不是关于一定的客体(一定的艺术品)的特殊性质,而是关于与诸自由个体的理性和感性相一致的存在的形式的模式,即马克思所说的'对世界的感性的占有'。艺术的现实,即'新型的艺术',只有作为建造一个自由社会的人类世界的过程才是可信的——换句话说,艺术是现实的形式"[①]。他明确提出,使艺术成为现实的形式这一概念的本意不是要美化给定的现实,而是要建造一个完全不同的与给定的现实相对抗的现实。

但是,在马尔库塞那里,艺术与现实完全是对立的概念,前者代表可能性、理想、自由,后者代表现实性、谎言、恐怖、剥削、压抑。他甚至认为,艺术

[①] 见马尔库塞:《艺术作为现实的形式》,《新左派评论》1972年7—8期合刊,英文版,第57页。

总要使自己与人们可能面对的日常现实相区别和相分离,它必然是超越性的。不管社会多么自由,它也要承受需要的担子,如劳动的需要、同死亡、疾病以及匮乏做斗争的需要。艺术始终将是一个独立自足的整体,一种明显地与现实的事物相分离、相区别的精神的或升华感觉的物体。那么,艺术与现实这两个决然对立的概念如何可能结合在一起呢?艺术成为现实的形式如何可能呢?这种可能性是历史地可以实现的呢,还是仅仅是一种超验想象的愿望性的可能性呢?事实上,这两种因素在马尔库塞那里是矛盾地统一在一起的。

一方面,他似乎充满信心:"艺术与现实分离的裂口,艺术在本质上作为'它物的性质以及它的'幻想'性质等,只有在现实本身逐渐使艺术成为现实自身的形式时,才能缩小和消除。也就是说,只有在革命过程中和随之而来的自由社会中才能缩小和消除。"①另一方面,他又声言艺术与现实的对立是永恒的,是可能性与现实性、必然与自由的永恒对立的表现。后一点对他的理论来说是致命的,因为实际上正是这一思想使他在寻求现实的艺术化时,最终只得乞助于超验想象,使艺术与现实的趋同的可能性成为虚幻的设想、地道的乌托邦。这是他的浪漫情调和悲观情绪的又一突出表现。

艺术的否定性和超越性(超验性)是马尔库塞浪漫美学的核心命题之一。它的否定性就是对既定社会的控诉,超越性就是对未来社会的许诺。艺术所服从的不是既定现实原则的主题,而是它的否定。人的本质是自由的,艺术应成为人的自由的形式和表现。如果被剥削阶级屈从既定现实,艺术也会疏远它。因为艺术只有遵循它自己的规律并同时反抗现实的规律,才能使变革的必然性成为自觉的意识。由此看出,艺术否定性更是对既定现实的批判性距离,对要把个性吞没掉的世俗社会的拒斥。

日常现实是非真理的虚幻,艺术世界才是真理的显现。艺术所包含的真理比日常现实所包含的真理更多。因为,"日常现实的组织和关系被神秘化了,使必然性成为抉择,使异化成为自我实现。只有在幻想世界中,事物才显出它们本来的面目和它们能够成为的样子。凭借这种'幻想世界'的真理(只有艺术能以使人产生美的享受的表现来表达它),就使世界颠倒了——现有的世界、平常的世界显得不真实和虚假,看起来像是骗人的现

---

① 见马尔库塞:《艺术作为现实的形式》,《新左派评论》1972年7—8期合刊,英文版,第56页。

实"①。可见,马尔库塞的所谓艺术的超越性,不过是超逾现实的想象性满足。

艺术的否定性和超越性得以确立的关键在于艺术的审美形式。"审美形式是艺术作品的社会功能的本质所在。形式的性质否定压抑社会的性质——否定压抑社会的生活、劳动和爱情。""审美形式给熟悉的内容和经验以疏远力——它导致了新的意识与新感觉的诞生。"②没有艺术的审美形式,艺术的幻想世界就无法确立。审美形式就在于艺术地使用语言,自由地依照解放的意象去重新组织事件,根据审美构成的规则去将现实审美风格化。

艺术成为现实的形式就并不只是把艺术的审美形式变成现实的存在形式,毋宁说是,使艺术的世界成为现实的内容,使现实变成另一种生活世界,这一生活世界与艺术有同样的组织结构,和完整的物质与理智的文化、完整的非道德的寓意,与艺术有同样的功能和乐趣。

马尔库塞认识到,仅仅使艺术保持超验性质是不够的,它必须成为经验的现实。他极力想使艺术与现实、自由与必然达到历史的同一。马尔库塞为这种同一性所寻找到的根据是什么呢?在他看来就是科学技术的高度发展及其为建立一个自由社会的可利用性。他认为,当代的降解艺术和反艺术(即诸种对传统艺术形式加以否弃的现代艺术),在其否定性中预言了一个阶段,在这个阶段,生产社会的生产能力与生产艺术的创造性能力达到同一,建造艺术世界与建造现实世界相一致,解放的艺术与解放的技术结成联盟。通过艺术去解放人的意识,解放了的意识就会加速科学技术的发展。而科学技术的属人的发展就在于消除其破坏性、毁灭性功能,使它成为保护人的生命力及其享受的工具。"这样,技术就趋于变为艺术了,而艺术也趋于现实的形式化:想象力与知性、高级的和低级的能力、诗意的思维与科学的思考之间的对立已不复存在了。一种新的现实原则出现了,在这个原则下一种新的感性和非升华的科学智力统一成为一种审美伦理。"③因为技术吸收了艺术的特点,就可将主观的感性变为客观形式,变为现实。这种现实将超出交换关系和交换价值的罗网,退出资产阶级社会的现实,进入另一个存在之维。它将彻底贬黜如今实际上占优势的资产阶级价值,使个体实现

---

① 见马尔库塞:《审美之维》,1980 年英文版,第 54 页。
② 同上书,第 53、41 页。
③ 见马尔库塞:《论解放》,1980 年德文版,第 44 页。

的核心重点由"履行原则"和利润动机的领域转移到人的内在源泉的领域。

马尔库塞坚持认为,只有科学技术的审美改造,才使艺术与现实的趋同成为历史的可能。审美活动作为一个自由社会的可能形式只会出现在科学技术的发展已克服了匮乏的智力和物质资源的历史阶段,以前的逐渐加深的为了社会发达而履行的压抑才会因此而变成逐渐消退的压抑,审美才会由超验的功能转变成一种社会生产力、一种生产技术中的因素,才会使创造出大工业社会成就的压抑性的理性变得萎缩,这种理性实际上正在逐渐成为阻止解放的力量。

艺术的形式就是艺术的独特现实,就是"物自体"。而"形式就是否定,对无秩序、暴力、苦难的驾驭,即使当它表现无秩序、暴力和苦难的时候也是如此。艺术的这一得意之举是通过使内容屈从于要求自律的审美规律而取得的。艺术作品的制定有它自己的界限和目的,它按照自己的法则把基本原理与具体形式联系起来"①。因而,现实要成为艺术,也就要否定无秩序、暴力、苦难的现实根据,驱逐现实本身的令人恐惧的必然性,盲目的灾难和自然界的残酷,使现实本身成为非暴力的、有组织的、充满爱欲的社会。这当然只有通过具体的历史实践才能实现。马尔库塞认识到现实向艺术的转化所必须依赖的历史唯物主义基础,所以他才指出,审美变成社会生产力(这将导致艺术的"终结")所依赖的条件的历史可能性,今天只出现在先进的工业社会的否定性中。然而,生产力被束缚于社会的经济基础,它与这个向前发展的否定性相对立。科学技术的解放可能性在资本主义的范围内受到很大的限制,人的创造活动受到计算的规则的控制,劣等商品和奢侈品的草率发明、对耐牢性能和损坏极限的反复试验,正是为着剥削利益而掌握必然的标志。尽管如此,在这些迹象中仍然显示出把握必然的进步。一旦免于服务于剥削,幻想依靠科学成果就能将其生产力用于彻底改造经验和经验世界。这样一来,审美的历史性公式将发生转变:它将体现在把生活世界——社会改造为艺术作品之中。马尔库塞甚至十分明确地提出:"创造一个美的环境的可能性依赖于对现存社会的总体的改造,依赖于一个新的生产模式和新的生产目标,依赖于一种作为生产者的新型的人,依赖于人不再在既定社会劳动分工中,在劳动与享乐的分工中扮演固定角色。"②

---

① 见马尔库塞:《论解放》,1980年德文版,第69页。
② 见马尔库塞:《艺术作为现实的形式》,《新左派评论》1972年7—8期合刊,英文版,第58页。

总起来看,马尔库塞的现实的艺术形式化学说,就是现实通过科学技术的属人的解放向艺术转化,审美通过把艺术变成社会生产力使自己从超验性变为现实性,从而,必然与自由、艺术与现实的历史的二重对立得到解决。具体地说,就是主体的科技意志与主体的伦理、审美的价值超越的二重对立和历史分裂的解决。他自己有一段话实际上是对他的整个审美超验论的致命的否定。他说:"审美的宇宙是生活的世界。要自由的需求和获得自由的能力就取决于这个生活的世界;审美的宇宙需要这种需求和能力,正是为了解放这种需求和能力。这种需求和能力不可能在充满侵略冲动的环境中发展,也不可能想象为社会公共机构的一种新制度的单纯效果。它只能在集体的社会生产实践中产生:即产生于物质和精神的环境生产。在这个环境中,人的非侵略的、爱欲的和接受能力强的素质与自由的意识一致努力求得人和自然的安宁。在以此为目的的重新建造社会的过程中,整个现实将呈现一种表达这一新目的的形式。这种形式的根本审美本质将把这一形式变成一件艺术品;不过既然这个形式产生于社会生产过程,艺术也就改变了它在社会中的传统的安身之处和社会作用:艺术变成了物质和文化变革的生产力。艺术作为这种力量在构造事物的现实、生活形式、'现象'和本质时,将是一个综合的因素。这将意味着扬弃艺术;美与真的分离的终结,同时也是劳作与美、剥削与快乐的商业性结合的终结。"①

可以说,审美的超验性是马尔库塞整个浪漫美学的根基,艺术的否定性、超越性,新感性的批判性、超越性,都以审美的超验性为前提,但他同时又设定了审美超验性的历史终结。其中的内在矛盾是显而易见的。论证上的逻辑非同一性正是马尔库塞的浪漫思维的表现。他的美学思想不重在追求论说的严密,而在于发人深思。这也许是他企图对抗分析哲学而有意为之。②但实际上这是浪漫哲学和浪漫美学的传统思维方式。席勒就已经为诗与哲学思维的融合而受到歌德的指责;叔本华的哲学表述等于是抒情散文,尼采压根儿在哲学思维方式和表述方式上都是诗的。海德格尔比较高明,他的哲学之思极富有诗的气质,其哲学表述的语言是准表现主义诗歌式的语言,但他的思想却具有异常严密的内在逻辑性。浪漫哲学(美学)的这种思维方式是很值得注意的问题。因为,思维方式是生活方法和人生态度

---

① 见马尔库塞:《论解放》,1980年德文版,第53—54页。
② 马尔库塞在论证上的这种矛盾之处是不少的,在关于想象、关于艺术的审美功能的历史性和永恒性、关于利用科技改造自然的可能性等问题上,都表现出来。

的根,有什么样的思维方式就有什么样的生活方式。庄子的思维方式具有审美的超验性,他的生活方式也风神潇洒,不滞于物,"居无思,行无虑;不藏是非美恶;四海之内共利之为悦,共给之为安;怊乎若婴儿之失其母也,傥乎若行而失其道也;财用有余而不知其所自来,饮食取足而不知其所从"(《庄子·天地》)。现代控制论继以数学为基础的物理学进一步浸染人的思维方式,思维成了技术工具,计算、推演、操作、程序、模式代替了想象、灵悟、激情、神思。人们行动得太多,思得太少,有些哲学甚至反对思(如分析哲学、实用哲学)。科技意志使思维一个劲儿地去盘剥自然,思因此而忘却了自己应该思的东西。持这种生活方式的人是社会的人,不是审美的人。审美的人的思维方式是不把思的主体与自然对立起来,划一界沟,去计算、测度。这种思是超功利、超计算的。

审美的思维方式是自由的设定,在当今逻辑化的世界中,处处充满规则。情感体验破碎了,灵悟、回忆、预感、懊悔流亡到山间小径、湖畔草坪、抒情小唱中。真正的思在技术工具理性的迫逐下,流亡到诗中去了。这就是为什么自上世纪末以来哲学的抒情诗人增多的原因。

马尔库塞在设定了艺术的历史终结的可能性的同时,又设定了艺术的历史永恒性。前者的依据似乎是因为艺术是爱欲的神祇。当爱欲进入历史的压抑阶段时,艺术必然成为超验的,以便使对爱欲的肯定和尊奉成为可能。一旦历史的现实发展(科技的解放)消除了历史的压抑,爱欲进入历史的现实领域,艺术的超验性的历史依据就消失了。后者的依据则似乎是因为艺术是命运的神祇。人到底植根于自然,在肉体和环境上都是如此。人与自然的关系的不同一性本质是永恒的。这种不同一性就是命运。只要人是自然的,就不可能摆脱命运。艺术的历史永恒性似乎就在于揶揄命运的使命。他说:"显然,有种种人民不再相信神谕的社会,也可能有一种不再有乱伦禁忌的社会,但是却很难想象会有一种消除了所谓机遇或命运的社会,比如十字路口的偶然相遇,情人的邂逅,以及特别是偶然跌入苦境等等。甚至在技术上几乎是绝对精确的极权主义制度里,也只是命运的形式有所改变而已。"①不难看出,马尔库塞的这一见解不过是海德格尔信奉的"命运大于知识"的思想的进一步发挥而已。

不承认马尔库塞的现实的艺术化的思想所依据的马克思的出发点,是没有意义的。问题在于指出他在坚持青年马克思的出发点时的不彻底性,

---

① 见马尔库塞:《审美之维》,1980年英文版,第24页。

指出他最后如何以浪漫的悲观主义造成他的马克思青年思想的出发点半途而废。

青年马克思的哲学也要解决德国古典哲学的传统命题:必然与自由的同一性问题。马克思的伟大的哲学变革的意义就在于,他不仅把这一问题的解决视为历史的进程,而且指出了解决它的历史具体的绝对中介:生产力的发展及其与生产关系的联系,从而为同一性问题的解决找到了历史唯物主义的基础。

在青年马克思看来,人的活动需要对象,人的本能、潜力的发挥同样需要对象,人的活动始终是对象性的活动。就肉体方面来说,人只有靠自然界的产品才能过活,在实践方面,自然界既是人的直接生活手段,又是人的生活活动的材料、对象和工具。因而,人的自由的实现,只有通过对现实社会(人化了的自然)的实践改造,才有可能。人类改造社会自然的决定性力量就是生产力,工具是人类延长了的手臂,科学技术成为人的超生物肢体。科学技术作为人类生产力的发展高峰,必然将为人类进入自由社会提供历史的可靠根据。马尔库塞认识到自由王国的实现必须是一个历史的进程,是生产力的不断改造、更新的革命过程的必然成果。

然而,在他进一步设定科学技术的审美改造时,却背离了青年马克思的路线,转而求助于康德的第三批判所提出的想象力的功能,并靠向了海德格尔暗示的阻止科学技术再向自然进发的思想。

想象在马尔库塞心目中原是至高无上的,这与他的浪漫美学的虚幻性和悲观色彩是一致的。从马尔库塞的思路来看,由于他的立论的基点是自由的非压抑性的乌托邦,是想象的王国,所以,他强调想象力的现实中介作用,想象力的社会历史的生产力一般的可能性,不过是竭力想使自己的想象世界有更为实在的历史依据。反过来,这恰好证明了他企图靠想象力去促成科学技术的审美化不过是满足他的想象王国的需要,不可避免地使他陷入想象王国与想象力的循环论证。历史唯物主义的基础也就因此而葬送了。这也是他的浪漫美学难以给当今的科技意志审美改造提供哲学养分的原因。

马尔库塞的学说是马克思、弗洛伊德、海德格尔、康德、席勒思想的精巧融合。他不是在马克思的框架中盛弗洛伊德的货,就是从马克思走到康德、海德格尔。这位海德格尔的学生不被海德格尔接受恐怕就因为他信奉马克思主义。而当他进入马克思的论域,又努力回到海德格尔。海德格尔似乎也并不对他另眼看待。但最终帮助他并使之站立起来的,还是弗洛伊德。

同时,他又始终站在马克思对资本主义社会的批判基点上。要说他自己的特点,就是现实批判与浪漫的自由幻想的矛盾统一。

参考书目:

1. 马尔库塞:《哲学与现实的关联》,见江天骥编:《法兰克福学派》,上海人民出版社1981年版。
2. 马尔库塞:《审美之维》,1980年英文版。
3. 马尔库塞:《论解放》,1980年德文版。
4. 马尔库塞:《艺术作为现实的形式》,见《新左派评论》1972年7—8期合刊,英文版。

思考题:

1. 马尔库塞是如何批判科技理性的?
2. 马尔库塞为何要张扬新感性?
3. 马尔库塞艺术论有怎样的意义?

第十七章　阿多尔诺的《美学理论》

西奥多·威森格朗德·阿多尔诺(Theodre Wisengrund Adorno,1903—1969)是法兰克福学派重要的代表人物,也是当代德国著名的哲学家、美学家和音乐理论家。法兰克福学派能够成为战后恢复西欧马克思主义活力的主要力量,阿多尔诺无疑做出了很大的贡献,也因此他被称做"法兰克福学派的一代宗师"。阿多尔诺一生勤于笔耕,著述颇丰,其全集达23卷。他始终强调将哲学、美学和社会学融为一体。在他的社会批判理论和美学著作中有着深邃的哲学沉思和独特的行文风格,同样,在其哲学和社会学著作中也不乏对现代美学与艺术多方位的审视与探讨。而且由于他从小酷爱音乐,一生都沉浸于音乐之中,"使其能够把富有活力的哲学心灵和更多的是审美而非科学的敏感结合起来",在音乐的深邃幽冥中去领悟哲学和美学的真谛。[①]

第一节　阿多尔诺生平及其辩证法思想

阿多尔诺1903年出生于德国法兰克福的一个富有的酒商家庭。他的父亲是犹太人,这使他同法兰克福学派的大部分成员一样一生中都无法摆脱犹太人的心理情结。他从出生起就沉浸于高超的音乐境界中并受到很好的音乐教育,即使在其后从事哲学、美学、社会学、心理学研究时也没有放弃对音乐的永不衰竭的兴趣。其后,他进入法兰克福大学学习哲学、心理学和音乐。出于对音乐的偏爱,1925年他来到维也纳跟随现代音乐大师奥尔本·柏格学习作曲,并且得到另一位音乐大师斯托尔曼在钢琴技术上的指导。其间他还不断为当地的音乐杂志撰稿并担任该杂志社的编辑,对音乐表现手法、古典音乐作品、先锋音乐、现代音乐的复制、接受和创作心理等问题进行了研究。在《现代音乐的哲学》《音乐社会学导论》等著作中,他从社

[①] 马丁·杰伊:《法兰克福学派史》,单世联译,广东人民出版社1996年版。第29页。

会学角度,将音乐放在社会和历史环境中加以考察,一方面对现代音乐,尤其是勋伯格的音乐给予极高的评价,另一方面对通俗音乐的生产和消费做了社会—心理学的剖析,批判地揭示出它的异化和欺骗性质。

1933 年他以《克尔凯戈尔:美的构造》一书获得了在大学授课的资格,并于次年正式在法兰克福大学任教。这部著作反映出他早期学术研究的哲学冥思,其中关于基尔凯郭尔对主体性的推崇中所包含的同一论等观点的批判已经体现出他后来的批判理论的特征。

1938 年他应法兰克福研究所所长霍克海默(Max Horheimer, 1895—1973)的邀请,在美国加入研究所并成为其核心成员。二战结束后,研究所又迁回法兰克福城,他们共同主持研究所的工作。1959 年阿多尔诺成为该研究所所长。在 1941—1947 年流美期间他与霍克海默合著《启蒙辩证法》一书。这部由哲学片断组成的论文集围绕"启蒙"这一命题展开论述。与 18 世纪欧洲资产阶级思想家用自由、平等、博爱的思想去照亮被宗教和封建专制蒙蔽的黑暗不同,阿多尔诺所说的启蒙是指与自然相对立的人类理性文明,在人类文明进程中,一切主观之于客观的活动都谓之启蒙。启蒙的两面性在于:它在把人从外在自然的束缚下解放出来的同时,又使人受到理性、科学设置和组织管理的影响,从而限制了人的内在自然的发展。

阿多尔诺把启蒙的概念看做资产阶级的意识形态。他探讨了西方资产阶级文明的最早代表作之一《奥德赛》中的神话与启蒙的辩证法,认为这是人类最初摆脱神话,力求理性、自由地把握自然的记载。从这个意义上可以说,奥德修斯这个《荷马史诗》中的英雄就是"资产阶级的原型"[①],在他身上体现了启蒙观念的要素:处于自我保护的需要,他一次次地控制内心的自然,牺牲自我的热情来摆脱自然的诱惑,由此他在逃离神话的同时也分裂了自己,失去了自我的自然。启蒙要求人强制自己忘掉生命,而由启蒙发展来的艺术也必然是同人的真实生命无关的,在人与自然分离之后的幻想。在阿多尔诺看来,艺术和科学都是启蒙的产物,艺术作为人类精神性的追求和表达,反映出启蒙的正面效应,但是在启蒙的进展过程中艺术与科学渐次分离,成为启蒙中相互对立的因素。由技术和理性结合而成的工具理性已经控制了社会生活的各个层面,成为必须把肉体束缚在机械劳动中,而精神被分配在纯粹的娱乐消遣之中的东西。阿多尔诺认为,这代表了异化的自然的当今文化工业的起源。以大规模的生产、复制、传播文化产品为显著标志

---

① 霍克海默、阿多尔诺:《启蒙辩证法》,洪佩郁、蔺月峰译,重庆出版社 1990 年版,第 43 页。

的文化工业的出现,与现代科学技术的发展是紧密相连的。在一个理性、精神、情感、主观性和自然本身被形式逻辑、数字和交换所充塞的社会里,实现了对人进行全面统治、控制和奴役的目的。在劳动者被交换价值所压抑、摧残和取代的社会里,艺术再也无法负载人类精神栖居的神圣使命,最终消失在这个被理性所蒙蔽的世界中。

1966年,阿多尔诺完成《否定的辩证法》一书。第二次世界大战犹太人的惨痛经历使他意识到追求一种高度同一性的理论,会导致集权主义对个人生命的践踏和残害,所以在对黑格尔的"总体性""同一性"辩证法进行了批判性审视之后,他提出了"非同一性原则"。在该书的序言中,他阐释自己的否定的辩证法是反体系的,"要用非同一性思想代替同一性原则",以使"辩证法摆脱肯定的特征",成为否定的,"辩证法就是对非同一性的前后一贯的意识"①,否定的辩证法的要旨就是力图赋予概念"一个面向非同一性的转机"②。所谓"非同一性",即指知识或概念与对象的非等同性。阿多尔诺认为,"概念不能穷尽所认识的事物",从而"完全认识了的客体是没有的"③,任何概念与判断,对于对象的概括都是不充分的。其不充分性表现在他们仅是在已知同类事物的基础上做出的概括,从外延上并不能覆盖未知的同类事物。而且,从内涵上讲,任何对已知事物的概括总是对普遍属性的概括,而撇开了它们非本质的、外在的差异与个性。也就是说,只把握了类的本质统一,而丢弃了非同一的现象。正是由于知识和概念的这种不完备性,它们与事物之间的差异和非同一,才推动它们不断地修正与发展。不仅知识与概念是非同一的,而且物质与精神、客体与主体、一般与特殊、理论与实践等也是非同一的。他认为,在今天传统意义上的寻找同一性、追求本原的哲学不仅是错误的,而且在我们的文化中促进了总体性和统一的倾向。所以阿多尔诺断言:哲学是不可能的,只有永恒的否定才是可能的。"否定性"成为阿多尔诺辩证法的根本特性。

阿多尔诺"否定的辩证法"的哲学思想运用到分析当代社会现象中,就成为"社会批判理论"的思考模式与方法。在这一转变过程中,辩证法起着关键的作用,而且只有否定的辩证法才能充分发挥批判社会的功能。辩证法是同那种以资本主义社会商品价值原则为典型的抽象化意识形态相对立

---

① 阿多尔诺:《否定的辩证法》,张峰译,重庆出版社1993年版,第5页。
② 同上书,第12页。
③ 同上书,第14页。

的。他认为,当今资本主义世界比地狱更坏,是一个普遍社会压制的时代。社会强制性地消除了人们的个体性与差异性,人从劳动到需要、享受、乃至思维,都被现代工业文明整齐划一了。因此,阿多尔诺对现代资本主义社会是持彻底批判和否定态度的。正是在总体的社会批判理论中,他开始了对美学和艺术的思考。

但是他的非同一性思想使得他的理论与实践、思想和行动相脱离。所以,当他的批判理论在60年代被造反运动的学生付诸实施时,阿多尔诺悲叹道:"当我建立我的理论模式时,万万没有想到人们会用燃烧弹来实现它。"①他发表声明反对学生的运动,并要求警方对付激进的学生来保护社会研究所,一时他的名声扫地,于1969年8月6日抑郁而死。1970年,阿多尔诺建立在否定的辩证法哲学基础上的遗作《美学理论》一书出版。他的美学理论是他的否定的辩证法思想在美学领域的拓展和运用,在这部长达50万字的著作中,阿多尔诺以非同一性的哲学观批判了传统的同一性的美学思想。依据自己一贯的文化批判主义的方法,对资本主义社会出现的形形色色的文化工业现象做了深入的剖析,并阐释了现代艺术的审美特征及其救赎功能。在此基础上他建立起一种独特的否定性的文化美学。

第二节 对传统美学的诘难

阿多尔诺的美学建立在对"传统美学"的批判基础上。传统美学在今天之所以成为过时的,一个原因是来自美学学科本身。美学的发展总是受到自身以外的其他因素,诸如哲学、科学和文化的影响。无论是从形而上和规范的角度考察美学,或以经验的和描述的方式探讨美学,还是从艺术家的观点出发来思索美学,抑或从读者的观点出发来对待美学,都没有真正解决美学所面临的问题。同时,促使传统美学必然要向现代美学转换的另一个原因是传统美学与现代艺术的不相容性。这种不相容性表现在:在今天,"艺术一方面与其基本概念背道而驰,但与此同时没有这些概念又无法让人理解。美学就像一般的理论学说那样,如果没有一种共像或普遍性因素是无法理解的。这对美学构成一种诱惑:它所要强调突出的恰恰是那些一直遭到真正的现代艺术攻击的变量。"同样,"艺术概念也不适用于那些据

---

① 阿多尔诺:《否定的辩证法》,张峰译,重庆出版社1993年版,第3页。

说是先验固定下来而且永久不变的艺术样式"①。诸如古典美学中用以区分悲剧与喜剧的二分法在现代戏剧面前是失效的,贝克特的《等待戈多》就既非悲剧也非喜剧,更不是悲喜剧,而是一部给予作为一种艺术样式的喜剧命运以悲剧描写的剧作。因此,在现代艺术与传统美学发生冲突的时代里,迫切需要一种新的美学形式来对现代艺术的无止境性做出深层次的反思。而这种摆脱陈旧规范并能引发反思的现代美学,必须对传统美学范畴实行合理的和具体的消解,并从中释放出一种新的真理性内容。

关于"自然美"问题。阿多尔诺认为,在今天,自然作为人类的一种威胁力量已经不复存在,人对自然的恐惧感也大大地削弱甚至可以说已经消失。但是在人类征服自然的同时也使自然界在现代社会的工业、技术和科学面前受到蹂躏和破坏。"鉴于自然与更为重要的商品交换原则在继续扩展,自然美愈加具有一种完全对比性的功能,期间,自然美容易被其对立的具体化世界所吸收和同化。如果说人们对自然表现了兴趣、向往和赞赏,那也是出于享乐、自我炫耀,或者是某种特权感和商业利益。""感受自然,尤其是感受自然的沉寂,已经成为一种稀奇罕见的、但为商业所利用的特权了。"②而从谢林开始的美学几乎只关心艺术作品,中断了对自然美的系统研究,自然美的概念完全受到压制。自然美之所以从美学中消失,是由于"人类自由与尊严观念至上的不断扩展所致"③。但是人与自然作为一对对立范畴存在的同时也是互相依赖的,人为的艺术作品也并非与自然截然对立,艺术有赖于自然,因此对自然美的思考是所有艺术学说不可分割的组成部分。据此,他认为有必要对自然美重新解释,重新阐明自然界与艺术以及一般的与人类的关系以确立其在美学中的地位。在阿多尔诺那里,自然美已经从单纯的美学问题上升到人与自然、人与社会的关系问题的高度。自然美被看做一个独特的、与艺术美相联系而不为艺术美所取代的领域,被看做不同于科学与技术对象的对象。对自然美的认识被规定为一般的和特殊的美的经验,而与人的其他官能和行为方式区别开来。

对自然、自然美及其与艺术美的不同理解使他与席勒、谢林、黑格尔的美学发生分歧并成为他们的批判者,尤其表现在对黑格尔的自然美学观的批判上。他反对黑格尔把理念形而上地赋予自然美,把自然美理解为只是

---

① 阿多尔诺:《美学理论》,王柯平译,四川人民出版社1998年版,第570—571页。
② 同上书,第122页。
③ 同上书,第110页。

为对象而美,为理解美的心灵而美,认为在黑格尔的《美学》中,"客观唯心主义流露出一种有利于主观精神的、赤裸裸的、几乎缺乏考虑的偏见"①。黑格尔直接把自然美的直接性与主观性等同起来,把自然美看做存在于观赏者的观念中的"次要的美",显然这偏离了自然美的本质,因为自然美恰恰是独立于主体及其创造力而存在的。自然美在一个非随意的过程中转达给人并在连续感知中才突然呈现,反之对自然美的有意观看和赞赏却很少能把握自然美,甚至还会破坏它。黑格尔为了主观精神而牺牲了自然美,同时又使主观精神服从于外在的并且与其不相一致的古典主义。他没有理解美的事物,"无论在什么地方,黑格尔都未把对非同一物的体验界定为审美主体的目的或审美主体的解放,因此先进的辩证法美学必然要对黑格尔等人的哲学提出批判"②。

确立"形式"在美学中的地位。在阿多尔诺看来,艺术上的任何变革都是通过形式进行的,因此有必要在现代美学中为形式正名。他把形式概念看做美学的中心,确立形式为艺术作品的尺度,是艺术作品固有的逻辑性,是使艺术作品有别于单纯经验事物的东西,也是使艺术之为艺术而不是一般存在物的条件。形式在阿多尔诺的美学中具有重要的地位,他甚至认为,"艺术作品能否继续生存下去的问题,有赖于一种新的美学形式的出现"③。他首先对古典主义美学中的"内容的美学"(黑格尔和克尔凯戈尔)和"纯形式论美学"(康德和瓦勒里)进行了批判。内容的美学把形式仅仅作为内容的附庸,没有看到形式的独立存在价值;而形式的美学则没有看到形式中"历史地积淀的内容"④。在驳斥对艺术中形式和内容实行庸俗的二分法的同时,阿多尔诺坚持两者的整一性。他认为,形式应当视为与内容连贯在一起的东西,"显现在艺术作品中的一切,在潜在意义上既是内容又是形式;但确切说来,形式是现象性通过它得以规定的东西,而内容则是规定自身的东西"⑤。这说明,其一,阿多尔诺不是按照内容与形式相对应的传统的模式去界定形式,而是从审美角度去界定;其二,他在强调内容与形式的统一过程中更看重形式,更着重艺术本身。认为"形式的概念往往是包括一切

---

① 阿多尔诺:《美学理论》,王柯平译,四川人民出版社1998年版,第134页。
② 同上书,第137页。
③ 同上书,第247页。
④ 同上书,第244页。
⑤ 同上书,第253—254页。

的"①。形式会给艺术作品一种客观的有机结构,使在艺术作品中显现的东西具有一致性,把分散的、多样性的东西,把质料的东西统一起来,最终使艺术作品和经验实在区分开来。而现代艺术就是以形式作为体验外物的载体来抵抗异化,从而疏离和超脱日常经验事物的现实性,以此达到批判的效果。

艺术的"社会性"问题。阿多尔诺对艺术社会性的重视,是基于对"为艺术而艺术"的唯美主义艺术观以及社会主义现实主义艺术观的批判的基础上的。他认为,"'为艺术而艺术'的意识形态本性,并非取决于它在艺术与经验现实生活间设定的那种断然对立关系,而是取决于这种对立关系的抽象性和柔顺性"②。这种"为艺术而艺术"的纯艺术观,主张艺术是自成体系的,与政治、社会生活和道德无关,表面看来它是对美的真正追求,相信美有其独立的价值,但同时也潜藏着装腔作势、矫揉造作、虚幻的理想主义的东西。"'为艺术而艺术'思潮中美的概念,是异常空洞和累赘的"③,它的致命弱点是没有了批判的锐气,很可能会成为统治阶级实行社会控制的工具。在他看来,艺术作为一种精神性的社会劳动产品,始终是一种社会事实。"发生和融入艺术作品的那一过程,应该与作品周围的社会过程等同视之";"艺术作品中诸要素的外形整体化,遵循的是类似于外部社会法则的那些内在法则。社会生产力与生产关系之所以出现在艺术中,原因在于艺术劳动是社会劳动,艺术产品是社会产品。艺术生产力在本质上与社会生产力并无差别。就前者而论,差别在于它从根本上厌恶现实社会"。④ 真正的艺术是来自社会而又对社会加以否定的,通过这种否定给被现实所同化了的心灵以直面现实真相的震惊和理性思考。否定性美学就是对人的美学活动与现实生活的矛盾关系的把握和阐明。

因此,他不赞同卢卡契以个体和个体的命运去展示整个人类社会的现实主义艺术观,认为艺术不应该成为现实的复本和政治宣传的工具。"倘若艺术真有什么社会影响的话,那它并不是通过声嘶力竭的宣讲,而是以微妙曲折的方式改变意识来实现的"⑤。在现代社会条件下,艺术只应被看做现实本身的作用因素,看做一种社会力量,一种与现实斗争的实践方式。丢

---

① 阿多尔诺:《美学理论》,王柯平译,四川人民出版社1998年版,第247页。
② 同上书,第405页。
③ 同上。
④ 同上书,第404页。
⑤ 同上书,第415页。

弃艺术的真正的社会性必将陷入同一性的泥淖,阿多尔诺对文化工业模式的批判也正在于此。文化工业产品是艺术接近社会并被商品化的产物。它认同社会的同一而忘掉了真正的现象背后的真实存在,成为丧失了真实的虚假的社会性。而现代主义艺术通过主体的经验反思在艺术形式中否定社会,从而揭示出真实的存在。因此阿多尔诺认为,只有现代主义艺术才具有真正的社会性。

论"主客体"的辩证法。阿多尔诺对主体和客体的论述是在对康德的客观性概念的批判的基础上进行的。他认为康德把美建立在主观的鉴赏判断上的观点是想把审美客观性建立在主体基础上,并以理性作为客体和主体相统一的契机,他突出强调的是主体在艺术审美过程中的作用。但是在阿多尔诺看来,艺术作品以及美学中的主体与客体同样都是契机。诸如艺术作品中素材、表现、形式等等要素就既可以是主观的也可以是客观的,其主观性表现在它们都需要通过作者的主观输入并生产出来。客观性表现在就表现这个显然是最主观的成分而言,它最终会转化为一种带有客观性印记的主观行为模式。艺术作品中的主体与客体是一种不稳定的平衡关系。"当一件艺术作品完全是人为的,那就是客观的了;也就是说,当作品的所有契机得到某一主体的传达,其客观性便油然而生。"[1]而且就对艺术作品的认知而言,观众越是凝神静观,就越能深入到作品中去,意识到作品的客观性。同时他在体味到作品的客观性时也使作品充满了主观的活力。"异常的主观性可能会完全迷失艺术作品的本质,但是若无这种异常性,客观性可能仍然讳莫如深,难以辨认。"[2]所以他认为:"一种辩证的美学既批判主观主义,同时也批判客观主义:批判前者,是因为它只考虑个体的鉴赏力而不顾这个个体是否是以超验的方式或偶然的方式构想出来;批判后者是因为它毫不在意主体对艺术的思索。"[3]

第三节 文化工业与艺术的蜕变

阿多尔诺对现代文化工业的批判是他的社会学美学思路的集中体现。在他看来,表达启蒙精神的正面效应的艺术在当今的资本主义社会已经面

---

[1] 阿多尔诺:《美学理论》,王柯平译,四川人民出版社1998年版,第291页。
[2] 同上书,第302页。
[3] 同上书,第287页。

临绝境，甚至可以说已经死亡，而以艺术之名出现的东西不过是一种文化工业。他认识到文化工业并不是人们真正需要的文化，相反，它是商业社会操纵的产物，是同人的生命的真实要求相违背的，它造成了艺术的衰颓和现代人的全面异化。

从生产者方面来看，艺术家由艺术审美创造者变成了职业劳动者。阿多尔诺一直努力捍卫艺术的自律性，认为只有自律的艺术才是真正的艺术。"这种具有对立性的艺术只有在它成为自律性的东西时才会出现。通过凝结成一个自为的实体，而不是服从于现存的社会规范并由此显示其'社会效用'，艺术凭借其本身对社会展开批判。"①但是在今天，就艺术迎合社会现存需求的程度而言，它在很大程度上已经成为一种追求利润的商业。作为商业，艺术只要能够获利，只要其优雅平和的功能可以骗人相信艺术仍然存在，它便可以在最广大的范围之内成为一个为利益操纵的行业。艺术作品所蕴含的独特的审美意蕴、强烈的思想感情，以及作家的个性、气质、创造力等均已丧失殆尽。商业时代已使人们不得不像流浪汉一样，只能从有什么用这个角度去考虑一切。一切东西，并不是因为它们是什么东西，而是因为人们可以用它去交换东西，所以才有价值。就连他一再推崇的伟大艺术家贝多芬也概莫能外。贝多芬的音乐，最深刻地反映了对金钱的忿怒，他把必须出卖艺术品的做法看做世界对艺术的强制，并谴责瓦尔特·斯科特的写作就是为了赚钱。但是贝多芬也"不得不用艺术作品赚钱去支付家庭主妇所要的每月的生活费用"②。"文化产品吞噬了所有的艺术作品，甚至包括那些优秀产品，因此，艺术家在社会上无人问津也是在情理之中的事。"③商品和交换原则，使艺术家失去了独立的人格和创作的自主性。在今天，他们仅是供人娱乐的专门家。

阿多尔诺指出，风格不应该是外部强加于艺术的东西，而是使艺术作品充满某种特定性的精神的东西。例如，就贝多芬的主体艺术而言，富于独创性的东西是奏鸣曲这样高度动态性的形式，同时还有维也纳古典主义后期绝对论的风格，这在贝多芬的音乐艺术中达到了高峰。但是在今天再也不会出现这样的作品了，因为风格已经被废除了。他指出，"19 世纪的主要美学现象就是风格上的翻版或复制模仿，风格复制确切的说是资产阶级的产

---

① 阿多尔诺:《美学理论》，王柯平译，四川人民出版社 1998 年版，第 386 页。
② 麦克莱伦:《马克思以后的马克思》，余其铨、赵常林译，中国社会科学出版社，1986 年版，第 390 页。
③ 阿多尔诺:《美学理论》，王柯平译，四川人民出版社 1998 年版，第 416 页。

物,它在允许自由的同时又剥夺了自由"。因为在今天"个体自由创作真正艺术的可能性是相当不现实的,因为个体受到其务必适应的市场的支配"①。独创性与所谓的个人风格不再有任何关系,艺术家的独创性开始让位于类型的创造。

  从文化产品方面来看,艺术品已由艺术审美形态变成了文化消费读物。阿多尔诺始终认为艺术是一种精神性的产品,在此点上艺术是对资产阶级占有化和商业化的反动,所以从本质上说艺术是不能消费的。但是文化工业产品一开始就是为了交换或者为了在市场上销售而生产出来的,所以它不是艺术品,不是为了满足真正的精神需要。它已完全堕入商品世界里,为市场而生产,以市场为目标。"批量生产在产业主义的庇护下正在成为艺术的内在形式"②,一件文化产品和另一件往往没有什么明显差别。以流行音乐为例,阿多尔诺指出,美国流行音乐在内容上,只是重复熟知的主题的有限范围,"赞美母爱或家庭欢乐的歌曲,胡闹或追求新奇的歌曲,佯装的儿童歌曲或对失去女友的悲伤"③。另一方面,流行音乐的节奏的结构也被严格地加以标准的编制,而不允许有什么变化,即使有点小变化,其目的也不过是为了隐瞒实质上的千篇一律。因此,阿多尔诺认为通俗音乐是被标准化所限定的,而这种标准化作为音乐的物化,是由它赤裸裸的商品特征决定的。文化工业在这里表征出一种极度的陈腐性。不仅如此,文化工业的所有产品都采用了把严肃的文艺作品改变成讽刺体裁这种似乎矛盾的作法,来使它符合今天的需要。例如把莫扎特音乐的非和谐音未加分析地改变成爵士音乐中的一种怪音,把贝多芬的极为朴素的小步舞曲任意地进行省略,并且武断地加进了滑稽可笑的节奏。文化工业扼杀了真正的艺术。"当今社会已经不需要艺术,对艺术的反应是病态的或反常的。在此社会中,艺术是作为具体化的文化遗产和作为票房顾客的快感之源得以幸存的,但却不再作为一客体或对象存在。"④

  从文化消费者方面来看,艺术商品化的结果导致消费者审美趣味的肤浅化,以及主体反思与批判意识的匮乏。文化工业的运作者和支持者们"沉湎于一种玩世不恭的、令人难堪的态度,仅为了达到愚弄消费者的目的而纵容生产文化垃圾,视艺术为一种唾手可得的、不负责任的娱乐活动",

---

① 阿多尔诺:《美学理论》,王柯平译,四川人民出版社1998年版,第353页。
② 同上书,第372页。
③ 霍克海默、阿多尔诺:《启蒙辩证法》,洪佩郁、蔺月峰译,重庆出版社1990年版,第123页。
④ 阿多尔诺:《美学理论》,王柯平译,四川人民出版社1998年版,第27页。

并把"愿者上钩"视为"艺术消费者的绝对原则"。① 文化工业的全面控制，已使人们习惯于顺从大众文化所传达出来的社会意志和艺术旨趣，人们永远追随在时尚的潮流中，缺乏主见，缺乏个性的审美能力，选择的只是被指定的选择，接受的趣味永远是被制造的，而不是自发的。人们也不再去追问艺术的意义，不再怀念那些在自己的著作中，把文艺风格作为反对混乱的表现痛苦的坚强武器的伟大艺术家，而是去崇拜那些矫揉造作的明星和那些毫无意义的感官快乐。阿多尔诺特别指出，文化工业产品本身，其中最有代表性的有声电影，抑制了观众的主观创造能力。因为像电影这类文艺作品虽然能使观众迅速理解它的真实内容，能吸引观众的注意力，也能使观众熟悉他们，但是这样一来，在那些一眼便能看出其意义的事物面前，人的主观创造力和能动的思维也受到抑制和约束。电影的逼真画面和音响效果掩盖了幻想与现实的差异，特别是好莱坞的产品中，生活苦难永远像湖面上的几朵浪花，而各种类似情节中的类似巧遇、良机，一成不变的团圆结局，一举消除了现实中的所有矛盾。人们在听轻音乐时也是如此，从听到的流行歌曲的第一个音节，就可以猜出后来的续曲。而人们也因为乐曲往往与自己所猜想的相符也就自得其乐。欣赏音乐的目的只是为了得到一种虚假的满足。个体在这种虚假的安全感中丧失了任何清醒的批判的理智。唐老鸭则是另外一种类型的实例：在这种廉价的卡通喜剧里，现实生活中的不幸和荒谬被简单化、轻松化了，唐老鸭使人们在笑声中把真实的痛苦一次次地忍受和忘掉。这样，文化工业用玩笑促使人们默认现实，剥夺了他们任何抵抗的欲望。

现代文化工业是一种庸俗艺术，甚至可以说是一种纯粹的娱乐活动，它促成了文化的衰败。娱乐工业的效果就是把人的意识物化成人格化的机器。在这种不断同义反复的文化产品笼罩下，个性无处安身。这种娱乐的欺诈性是显而易见的。它一方面在表层上用快乐的装饰、各种引人入胜的花样提供给消费者，另一方面，它却在深层上通过使他们在幻想中的无意识升华忘却自己真实的自然要求而陶醉于虚假的满足之中，用隐含着的、陈腐的、永远同一的形式来规范它的接受者，操纵他的意识。这种娱乐已经丧失了人本有的丰富的内在性，只是一种机械反应，它只能被看做劳动时间的另一种形态的延续。娱乐作为文化工业的产物，渗透了工业主义的冷酷的组织化、标准化原则；它使人像在劳动过程中一样被异化、丧失自身的自然。

————————
① 阿多尔诺：《美学理论》，王柯平译，四川人民出版社1998年版，第403页。

在娱乐的掩盖下,文化工业施与人的是奴化的意识。在文化工业面前,个体的积极性是被压制的,表面看来人们可以自由地选择暴力影片、爱情歌曲或侦探故事,然而这无一不陷入文化工业事先设置的标准化圈套中。个体在观、听、读的过程中使自身同化于娱乐艺术之中,而忘掉了自我的真实存在。

第四节 现代艺术与审美救赎

在对当今艺术的异化现象,即现代文化工业进行批判后,阿多尔诺试图指出艺术在当代社会发展的可能形态。他把希望寄托在现代艺术身上。尤其是在今天整个社会都陷入焦虑、颓废、喧哗、丑恶之中,人类要想救赎自己,必须发展一种真理性的质素。这种积极的因素不会寄予在美化现实的艺术之中,而只能从对现实进行批判和否定的现代艺术中寻找。

反艺术是现代艺术的美学原则。反艺术,即否定的艺术,是"否定的辩证法"在艺术中的呈现。阿多尔诺认为,在技术理性化和生产商品化的社会里,哲学的真理只能是否定的辩证法,而美学的真理只能通过艺术否定现实的特征而获得。所以在现代社会唯一可能的艺术就是反叛现实、否定现实的现代主义艺术。现代艺术为了保住自己的生存权利,与现代社会仿佛在进行一场生死斗争,它把自己变为非艺术或反艺术,以表示对社会的抗议。"现代艺术是对艺术的变态反应或反感,其明确的否定是自我否定。"[①]否定的美学在宣告艺术死亡的同时用反艺术来宣告虚假现实的死亡。

把现代艺术看做反艺术,主要是因为它表现出一种与当今世界背道而驰的倾向。即它不再有意地美化现实,而是直接呈现人的生存状态和揭露社会的种种弊端。现代主义艺术通过畸形的人体、分裂的性格、变态的心理以及不和谐的音像、机械性的律动等,真正揭示出现代社会的不和谐与冲突,表现出人性扭曲、精神创伤的非人化的具体途径。在阿多尔诺看来,贝克特、卡夫卡、毕加索、勋伯格等现代艺术家的作品就真正体现了艺术的批判和否定精神。毕加索的绘画《格尔尼卡》,通过非人性的构图展现的是一个变形的、丑陋的、疯狂的、破碎的世界,而"由作品中所激发起来的公众的呐喊就是社会弊端的一种反应"[②]。《格尔尼卡》中的世界也是卡夫卡小说、贝克特的戏剧和勋伯格的音乐中的世界。卡夫卡小说中的人物都是卑弱

---

① 阿多尔诺:《美学理论》,王柯平译,四川人民出版社1998年版,第64页。
② 同上书,第406页。

的、萎缩的、迷惘的、变态的、孤独的;在贝克特的那些反戏剧作品里形式是荒诞的,没有完整连贯的剧情,人物的语言语无伦次,动作毫无逻辑可循;而勋伯格无调性音乐中的十二音乐制以组织化的不协和音响与社会的外在组织化相抗衡。唯此,阿多尔诺指出,"激进的现代艺术维护着艺术的内在本质"①。

现代主义艺术家作品中的畸形形象,无疑是对传统美学中美的观念的挑战。阿多尔诺指出,现代艺术中表现出的丑在本质意义上已经不同于传统美学并具有新的功能。罗森克兰次的《丑的美学》只是对传统艺术中被视为丑的题材的描述,而现代艺术是要用形式上的丑来否认这个丑的世界表面的美。现代戏剧中的"丑学美学倾向",就不同于17世纪荷兰绘画中的乡村式的粗俗。其实,艺术原本是没有丑的东西的,美学始终是关于美的学说,艺术中丑的事物只是一个历史的和中介的概念。原始艺术中的面具和画脸中体现出来的古代丑,是对自然界的恐惧的实体性模仿,而现代绘画中的丑则是来自于现代工业社会对自然的疯狂破坏。在今天,"艺术务必利用丑的东西,借以痛斥这个世界,也就是在这个自身形象中创造和再造了丑的世界"②。于是,我们在现代艺术作家那里发现了荒原、焦石、枯树、甲壳虫、断垣残壁等,现代艺术在丑的形象中传达出美的精神。

现代艺术的精神化特征。阿多尔诺认为真正的艺术在本质上是一种精神活动,而不可能是纯粹直观的东西,艺术的感性化存在必须是一种精神化存在,艺术作品只有通过把作品的感性要素化为某种精神载体才会获得成功。"精神将作品转化为某种不仅仅是物质性的东西,同时仅凭借保持其物性的方式,使艺术作品成为精神产品","精神乃艺术的以太"③,而艺术的物似性只能说明物是艺术的载体而已。诸如就戏剧而言,重要的不是印好的文本,而是实际的演出,这如同音乐一样,活生生的音像比乐谱更能说明问题。如果不显现出精神,或者说没有精神,艺术作品就不复存在。同时精神作为艺术的攸关要素,与艺术的真理性内容相关,它是照亮现象的光源,没有精神的光照,现象也就失之为现象。

阿多尔诺如此标举精神,是想使艺术抛开外在的制约因素,尽量保持自身的社会批判维度。因为在他看来,艺术作品的精神性是囿于对现实的断

---

① 阿多尔诺:《美学理论》,王柯平译,四川人民出版社1998年版,第262页。
② 同上书,第87页。
③ 同上书,第155页。

然否定的范围之中的,艺术的批判和否定要素内在于艺术的精神之中,它使艺术与经验现实相对立。而真正的现代艺术就是一种充分精神化了的艺术。现代艺术的精神形式寄予在失控的混乱无序状态中,精神化的作品拒绝那些闪亮的、令人鼓舞的、炫耀的外观,用无序和杂多表明现实秩序也正是如此混乱。毕加索的绘画《亚威农的少女们》《哭泣的妇女》和勋伯格早期的钢琴曲塑造的是一种变形的、丑的、穷困枯竭的形象,但是凝定在这些作品中的艺术精神却体现出一种超强的艺术能力,"可将资本主义阶级社会宣布为非法的种种现象混合成艺术的形式语言,在这些现象中表现出另一种自然而然的东西,对其压制确实是一种罪恶的勾当"①。如果对现代艺术的形式丑陋表现出惊慌失措或嗤之以鼻、抑或不置可否的举动,那是出于对现代艺术的丑的过于肤浅的理解,现代艺术中的丑是一种精神化力量的证据,是强化作品中的精神化力量的挑战性密码。

现代艺术形式的建构。在阿多尔诺看来,真正揭示了现实中本质冲动的是现代艺术的形式。艺术对社会的批判永远不会出现在对社会内容明显的揭露中,而只能通过变革形式来颠覆现存的意识形态。当内容被掩盖而完全纳入形式中时,对社会的批判就更加强烈了。于是,形式就变为本来意义上的内容。"使艺术作品具有社会意义的东西正是以形式结构来说明自身的内容","形式是理解社会内容的钥匙"。② 卡夫卡的作品并没有直接谈到垄断资本主义,但却比任何一部现实主义作品都更加有力地将批判的矛头指向这个行政管理或受人支配的世界上所存在的糟粕,并充分揭示出压抑性社会整体的非人性。而正是"描写那种如此这般而毫无区别之物的语言学图式,使卡夫卡把社会魅力翻译成艺术表象的媒介"。卡夫卡的语言是"表现复杂难解的实证主义和神话之构造的工具",卡夫卡用畸形的艺术语言,把一切复杂的社会关联清晰透明地表现出来。他的那种看似稀奇古怪的言说,折射出的正是这个社会的非同一的本质困境。

零散化原则是现代艺术的形式法则。现代主义艺术通过不完整性和零散化,通过断裂和碎片来反映客体世界的破碎形象,"形式是分散细节的非压制性综合物;它将这些东西保留在它们那分散的、歧义的和矛盾的状态之中。因此,形式是真理的展露"③。这就是说,现代艺术通过相应的形式来

---

① 阿多尔诺:《美学理论》,王柯平译,四川人民出版社1998年版,第166页。
② 同上书,第394页。
③ 同上书,第250页。

揭示客观世界的零散破碎的状态,从而直面社会本真。魏本的音乐就是摧毁了传统音乐作品中不断展开的标准形式,而把乐曲的展开过程切割为无调性联系的音响断片,这些断片体现了不同的强度和色彩,音乐的发展恰恰在于这些破碎的、独特的、排他的音像组合关系中。此外,现代主义大师,如勋伯格、乔伊斯、普鲁斯特、艾略特、康丁斯基等的作品无不体现了这一原则。

不和谐性是现代艺术形式的重要特性。现代艺术用不和谐的形式将现实中虚假的感官享受转化为痛苦的感受。"不和谐因素对现代艺术有着巨大而深远的影响,不和谐几乎成为现代艺术中的常数。之所以如此,是因为自律艺术作品的内在动力和主体的外在现实的不断增长的力量全部汇聚于不和谐之中。"①自律的艺术作品面对强有力的现实艺术只能聚集起所有的不和谐,来批判和否定虚假的幸福的和谐。现代艺术必然存在于永恒冲突的艺术形式中,并不断地去表现这种冲突。勋伯格的无调性音乐,打破了音乐中主音所占的统治地位,各音无主次之分,并且每个音的节奏长短、音色选择、配器等都是随意的。乐曲的发展也是不可预期的,而是有多种变化的可能性。无调性音乐的这种不和谐的形式表达的正是现实社会整体的不和谐,从形式本身来讲就有一种颠覆能力。

现代艺术具有双重性:自律性与社会性。艺术的自律性与社会性的关系也是阿多尔诺否定性美学的一个重要命题。在他看来,必须从两个方面来考虑艺术的社会本质:一方面是艺术的自为存在,另一方面是艺术与社会的联系②;一方面艺术是自律实体,另一方面也是一种社会事实。艺术的自为存在即艺术的自律性,是指艺术有其自身存在和发展的规律,而不是由社会所决定或政治的附庸。艺术与社会的联系即艺术的社会性包含两方面的内容:一是艺术本身具有社会性,自律性作为另一部分,原本也是社会性的;二是指艺术应该与社会保持一定的距离,艺术只有在拒绝与社会同一并否定社会总体的控制,维护自身独立性的前提下,才具有批判社会的社会性。

艺术是高度自主的,它不会为自身以外的任何东西而存在。"艺术的社会性并不在于其政治态度,而是它与社会相对立时所蕴含的固有的原动力。它的历史地位排斥经验现实,虽然艺术作为事物是那一现实的组成部分。如果说艺术具有什么功能的话,那就是不具有功能的功能。艺术与世俗的现实不同,它否定性地体现了一种事物秩序,其中的经验存在将会获得

---

① 阿多尔诺:《美学理论》,王柯平译,四川人民出版社1998年版,第26页。
② 同上书,第388页。

应有的地位。"①艺术的社会性在于艺术的内在运动逆社会而行,而不是对社会的如实表现。它用不把任何东西都当做它的内容的办法来抵制经验社会。正是艺术作品脱离了经验现实的存在,摒弃了外在经验的、抑制性的体察世界的模式,才使艺术可依据自身的需要来调整与社会的关系并发挥自己否定和批判社会的功能。但是艺术的这种功能是间接的。艺术只能通过自身的物化达到对社会物化的否定,通过把自己变为反艺术来批判社会的整体异化。

第五节 人文美学与人间情怀

阿多尔诺的人文美学是一种"奥斯威辛之后的诗学",是基于对人类灾难和暴力的恐惧和反思而建构成的一种人文主义美学。目睹斯大林主义者在苏联进行的清洗、第二次世界大战的爆发、纳粹德国对犹太人的凌辱和杀戮,以及逃往美国的经历,原来向往一个合理的社会变革的阿多尔诺逐渐产生了一种悲观主义情绪,在他看来,西方文明的发展正处于衰退和崩溃中,他认为"面对绝望能够令人信赖地加以实施的唯一哲学,是从救赎的立场出发,尝试对所有事物按照其自身所呈现出来的那样进行沉思。只有通过救赎知识才具有照射世界的灵光;任何其他的东西都是复制,纯粹的技巧"②。救赎意识成为他理论活动的内在冲动。二战中犹太人的惨痛经历,使他强烈意识到高度同一性理论对个体生命的践踏,所以,救赎的渴望只有在不止息的否定中才可获得恰当的表达。"奥斯维辛之后写诗是野蛮的",阿多尔诺极为痛苦地写到。审美和写作只有在保持其批判的、否定的冲动的情况下,才是可容忍的。只有拒绝赞美现状,才有可能保存一个未来;在那时,写诗将不再是野蛮的。

阿多尔诺曾把救赎的希望寄托在现代艺术的身上,认为现代艺术内在地具有乌托邦式的功能。但同时他的美学乌托邦的真正意义也受到其非同一性理论的限制。在阿多尔诺那里,乌托邦是事物的目前状态的反面,所以他的所谓乌托邦也仅是脱离现实的审美幻想而已。现代主义的反叛能够维持多久?在多大的层面上可发挥功能?阿多尔诺本人对此也表示担忧:"完全非意识形态的艺术很可能是完全行不通的。艺术的确不能仅凭与经

---

① 阿多尔诺:《美学理论》,王柯平译,四川人民出版社1998年版,第388页。
② 见阿多尔诺:《最低限度的道德》,伦敦1974年英文版,第247页。

验现实的对立而成为非意识形态的。"①尤其是在一个以交换价值为基础的商品社会,艺术要拒绝他律、洁身自好是很难的。现代艺术作品远离大众的需要,失去了任何具体的影响,其否定性也只具有抽象的形式上的意义。得出这一结论是痛苦的,但却是现实的。

面对出现的越来越多的大众文化现象,阿多尔诺曾经痛苦的追问:"为什么人类不是进入到真正合乎人性的状况,而是堕落到一种新的野蛮状态?"②他对现代文化工业深表忧虑,对文化工业的敌视和批判是彻底的,但同时也是片面的、偏激的。尤其是在21世纪末出现的流行音乐、摄影、电视等文化形式,已经呈现出一种新的多样性和创新性,不能再笼统地把它们归于阿多尔诺在30年代提出的"文化工业"之下。所以,文化工业虽然是贯穿他整个人文美学思想的一个重要论题,但是在人类社会的文明进程中"已经僵化为一个笼统的自圆其说的语言,僵化为仅仅是关于某些千篇一律的事物的毫无特征的延续的一个镜像"③。

但不可忽略的是,面对现代艺术和现代社会的一大堆难题,阿多尔诺始终在进行着非常痛苦的思考。在资本主义高唱凯歌的时候,他始终如一地保持着批判知识分子的道义和良知;面对整个社会为同一性所控制,他从未放弃批判的立场;面对救赎的无望,他抱着一种绝望的希望,坚守着自由理想和理性观念。所以,阿多尔诺对文化的意识形态批判和对现代艺术经验的反思,就不能仅理解为某种纯文学的理论探讨,更应被看做有良知的知识分子的独立的人文姿态和人道情怀。

参考书目:

1. 马丁·杰伊:《法兰克福学派史》,单世联译,广东人民出版社1996年版。
2. 霍克海默、阿多尔诺:《否定的辩证法》,张峰译,重庆出版社1993年版。
3. 阿多尔诺:《美学理论》,王柯平译,四川人民出版社1998年版。

思考题:

1. 阿多尔诺认为传统美学有何问题?
2. 阿多尔诺为什么强调审美救赎?

---

① 阿多尔诺:《美学理论》,王柯平译,四川人民出版社1998年版,第405页。
② 霍克海默、阿多尔诺:《启蒙辩证法》,洪佩郁、蔺月峰译,重庆出版社1990年版,第1页。
③ 理查德·沃林:《文化批评的观念》,张国清译,商务印书馆2001年版,第128页。

第十八章　女权主义文艺理论话语

　　女权主义文论(Feminist Literary Theory)是兴起于20世纪60年代末欧美知识界的新型话语,它致力于突破传统的话语意识,例如"男性为理性,女性为感性"之类。在经历了一系列的激进行动和思潮之后,它不再以"女性价值"为单一鹄的,而是力图展现一种作为存在方式和话语方式的,既非男性化的,也不是纯粹女性化的"第三态"思维。它的产生既有社会历史的原因,也是因为受到了精神分析、解构主义和新马克思主义的影响和激发。这也就使得作为文艺理论和文学批评的女权主义不可避免地沾染上了浓重的政治倾向性,表现出强烈的意识形态色彩和实践的特征。它是全球范围内依然处于进行时中的女性解放运动的理论操作,与女性争取政治权力和经济权利的要求密切相关。① 时至今日,女权主义文论的两大分支,英美学派和法国学派,虽然在研究方法和关注对象上有所不同,但共通之处仍然是对社会性的格外强调。前者特重社会历史研究,着力揭示潜藏在文本内部的两性对立和女性被压迫的真实状况;后者则视写作为革命,以语言的构合组织来抗拒并颠覆旧有社会秩序。所以,二者之间的不同是源自知识系统和理论背景的不同,并不是简单的地域区划就可以涵盖的。

---

①　这也就是为什么本文采用"女权主义"一词而不是"女性主义"的原因,因为即使是以文学阅读和批评为主业的女权主义文论,其根本目的还是要在男性化的学界搏出女性话语的一席之地,仍然十分关注现实生活中的女性生存以及这一状况在文学中的反映方式和表达功效。当然,目前国内通行的译法多以张京媛先生在《当代女性主义文学批评·序言》中的说明为基准,本文在尊敬并借助张本译著的前提下,依旧沿用更具有"feminism"本意和现实针对性的译法。事实上,女权理论和女权运动也一直是互为促进的。早在18世纪末,就有《女权宣言》(*Feminism Proclamation*)和《为妇女的权利而辩》("A Vindication of the Rights of Women")一文出现,为妇女能够享受同等的参政权和受教育权呼号奔走;之后的政治经济学家斯图亚特·穆勒也曾经撰文揭露妇女受歧视的社会根源在于制度;而马克思和恩格斯都给予男女平等以相当的重视,在《神圣家族》和《家庭、私有制和国家的起源》中把女性解放和全人类的解放联系起来进行阐述。在女作家乔治·艾略特、勃朗特三姊妹,社会活动家弗洛伦斯·南丁格尔,评论家刘易斯等的作品中都可以见到对女权主义文论的早期表述。

第一节 从权利、性别到整体的人

虽然上文把女权主义文论分做两支,但它的构成一直难以清晰界定,它的分类方法还可以有以下三种:其一,以时间为序列的前中后三期;其二,以功能为评判的区分,如侧重阅读和写作的创作式理论和以批评为职的批判理论;其三,以阶级和种族为界限的白人妇女主流文化、发现自我的黑人批评以及与之相仿的后殖民语境中的第三世界女权理论,还有倡扬姐妹之情的同性关爱理论。然而诸多分类不免交叉,第二类的蔓延贯穿始终,而第三类的出现则是时间序列走入后现代以后的多样化表征。因而就不妨采用融和串联的视角,将种种区划整合为时间为经、地域作纬的网形结构,结合不断新变的主题研究,勾勒出女权主义文论在发展变化过程中的原初样态。

开创时期的人物比如19、20世纪之交的英国作家弗吉尼亚·伍尔夫(Virginia Woolf,1882—1941)和法国作家西蒙娜·德·波伏娃(Simone de Beauvoir,1908—1986),在女权思想尚未达到独立自觉阶段时,独具慧眼地首先洞视男性文学中对女性形象的臆想、歪曲和性别歧视,开启了对女性文学创作传统的找寻。而60年代之后的美国女权主义者凯特·米勒特(Kate Millet,1934—)则是将女权文论学科化的关键人物,另外有美国的诗人、作家艾德里安娜·里奇(Adrienne Rich,1929—)、玛丽·艾尔曼(Mary Ellmann)、美国的学院教授桑德拉·吉尔伯特(Sandra Gilbert,1936—)、苏珊·格巴(Susan Gubar,1944—)和伊莱恩·肖瓦尔特(Elaine Showalter,1941—),法国作家埃莱娜·西苏(Hélène Cixous,1938—)和英国心理分析学家朱丽叶·米切尔(Juliet Mitchell,1940—),这一阶段的女权运动与美国的公民权运动、反战运动和法国的学生造反运动同期发生,这一时期的著作集中清算了男权社会对女性的全面压抑和再造,完成了从颂扬女性文化的"女性美学"(Female Aesthetic)到学院派与社会联手同创"性别批评"(Gynocritics)的转型,包括《女性的奥秘》(Feminine Mystique,1963)、《想念女人》(Thinking About Women,1968)、《性政治》(Sexual Politics,1970)、《关于谎言、秘密和沉默》(On Lies、Secrets and Silence,1979)以及《妇女:最漫长的革命》(Women:the Longest Revolution,1966)的出版、轰动以及一批妇女杂志和出版社的出现,如《记号》《妇女研究》《女权主义研究》等。80年代以后,女权主义也有所转向,从前期的强调女性针对男性而言的专有权到中期的突出两性差异再到后期的反本质主义规定,女权主义文论的运行轨迹表现出强劲的自我找寻、自我确证的趋势。一些理论界的新锐,如法国语言学教授朱莉亚·克里斯蒂娃(Julia Kristeva,1941—)和以翻译德里达的《论文字学》而声名鹊起的美国文化研究教授佳娅特丽·C.斯皮瓦克(Gayatri Chakravorty Spivak,1942—),采用结构主义、解构主义、后殖民理论和文化研究的方法来推进一度陷入"平权"或"特质"认识误区的女权主义文论,使之发展成为探讨意识形态的印记以及性(sex)与性别(gender)系统的效果的性别理论(Gender Theory),在讨论性别差异方面用社会形成的分析取代原有的生物决定论,在具体命题讨论中建立性别比较前提,把性别升格为范畴而非旧式的某种范例。值得格外关注的是,当后现代主义思潮席卷了欧美知识界之时,女权主义文论也未能幸免于外,在出现了跨学科的趋向中也显示出了越来越明显的否定性、流动性的症候,使原本就没有一定之规的女权主义益发显出波澜起伏、纵横不拘的气势来。①

早在1928年,伍尔夫就为女性批评家提出了可资努力的目标——为了莎士比亚妹妹的到来并脱离贫困和无名状态而奋斗。在她的名篇《一间自己的屋子》("A Room of One's Own")中,伍尔夫假设莎士比亚有一个妹妹,虽然和兄长一样天赋聪颖,却因为父权制对才华的压抑、对自由的压制、对女性的压迫,而沦落、而自弃、而自杀身亡。在此,父权制的残酷性犹如冰山之一角,缓缓进入人们的视线,一度被隐而不彰的菲勒斯中心主义在伍尔夫的虚构描写中显出了真实的丑恶和狰狞。所谓菲勒斯中心主义(Phallus Centrism),或称菲勒斯中心论,是在精神分析风靡一时之后对于创造力起源的归根和膜拜。弗洛伊德将文艺的创造归因为只有成年男性才具备的生命利比多(Libido)的压抑(oppression)和升华(sublimation)。而女性的成长历程最初被菲勒斯崇拜(penis-envy)控制,然后陷入由于身体的虚空感而导致的去势恐惧(be castrated),因而只有在和男性的结合中才可能重新获得对世界的完整印象。与此相反的是,男性一旦意识到了自我的生命力,就立刻进入了创作作品、拯救女性的崇高幻想之中,所以,"自我爱慕、自我刺

---

① 关于女权主义文论的分期有多种说法,比较常见的是两分法、三分法和四分法。朱莉亚·克里斯蒂娃持"早期/现在"的分法,即前面是要求"经济、政治、职业和性别平等",现在转向强调"差异和独特性";其中潜隐的脉络是"女权—女性—女人"的三分法。肖瓦尔特则较为细致地将之分为初期的"双性同体"、60年代的"女性美学"、70年代的"妇女批评"和80年代的"性别理论"。本文的划分融合上述说法中的合理因素,并加上了后现代以来的发散型变化。

激、自鸣得意"就成为了菲勒斯中心主义的主要特征。① 此处的菲勒斯概念已然超出了生理学语境,意指由此代表的观念和价值。而另一方面,在整个社会系统的运行规范中,相较于女性那种局限在家庭和宗教礼拜中的活动而言,男性的权利往往表现在法律、戒律和规则的制定方面,在经济生产、财产占有、子女姓氏等方面,都是父权和夫权占据着主导地位,所以在这个意义上,父权制、男权中心和男性霸权都在不同程度上成为了菲勒斯中心主义的代名词。在这个文化认知系统中,父亲是社会结构中的家长,女性的定义依靠丈夫的身份,丈夫做出理性和意志的决策,女性的自信和尊严来自母亲身份的获得,并且必须保持一种具有男性特征的文化成就。② 女性被看做菲勒斯的崇拜者,如同弗洛伊德所说的,是因为嫉妒而丧失自我的精神病患者。而这种逻辑分明出自无知的推论,"对于弗洛伊德来说,女性的欲望一直是一块黑暗的、从未被探测过的陆地"③,不甘被遮蔽、被歪曲、被误解和丑化的女权主义者们因此开始了她们的反抗,而反抗的起点就开始于承载了深刻隐喻的书写,尤其是那支被男权操纵了太久的笔。

然而,在自觉的妇女解放运动出现之前,女性写作和评论对于女性独有意识的认知还十分有限,不是先发现自己的切实存在,而是忙于鼓励妇女达到普遍性的衡量标准,不是在沉淀下来的历史中的女性形象系列里见出自我的对应关系,而是从男权叙事或是父系系谱上寻找被圈定了的姓名。与此相关的一个重要概念就是双性同体(androgyny),即认为"在我们之中每个人都有两个力量支配一切,一个男性的力量,一个女性的力量。……最正常、最适宜的情况就是在这两个力量在一起和谐地生活的时候"④。在生物学上它指的是体型构造和生理特征的两性混合,在心理学上则指人格中同时兼备强悍/温情、果敢/细致等跨性别特征,以此说明女性与男性的相似所在。⑤ 由此引起的争议也就在所难免。双性同体中的一个争议性命题是想象力是否有性别之分,多数人认为想象力终究无法逃脱性别特征的潜意识结构的先行建构。因为几乎所有的女性想象力最先都是受到这样的吸引:

---

① 埃莱娜·西苏:《美杜莎的笑声》,张京媛编:《当代女性主义文学批评》,北京大学出版社1992年版,第193页。
② E. M. 温德尔:《女性主义神学景观》,刁承俊译,三联书店1995年版,第29页。
③ 参见米歇丽·蒙特雷:《女性本质的研究》,张京媛编:《当代女性主义文学批评》,北京大学出版社1992年版,第419页。
④ 伍尔夫:《一间自己的屋子》,王还译,三联书店1989年版,第120页。
⑤ 参见陶丽·莫伊:《性与文本的政治》,林建法等译,时代文艺出版社1992年版,绪论第2页。

纯文学写作、编织语言、激情勃发和歌舞的类模仿,而这些都和女性的生命经验紧密相连。

对于女性经验的肯定预示着女权主义者们和双性同体观的决裂,她们反对将女性创作引向所谓"中性"的普遍美学,在她们看来,这无非是男权话语的另一种表述。而女性的经验却决定着女性对待和把握世界的方式,她们处身的语境使她们的文本具有异于男性心理的文化价值和意义。波伏娃对于女性经验的质疑从反面突出了建构女性主体性的必要,"一个人之为女人,与其说是'天生的',不如说是'形成'的。人类文化的整体,产生出这居间于男性和无性中的所谓'女性'"①。法语中的名词一律分作阴、阳、中二性,"人类"(humain)是以"男人"作词根的阳性名词,只有到了表示"仁慈、人性"的(humanité)一词中,才又变成阴性,这说明文化系统已经先验地规定了"女性气质",女人被降格成为男性的对象物,是不具有自主选择权和自我设计、自我塑造能力的被动"第二性"。处于劣势的女性往往在社会中得不到与自己的能力和抱负相匹配的职责角色,但是真才实干的形成一定得在能力的极限以外才可能显露,冒险、探索和发明,常常和女性无缘,所以女性的一般从业者地位就很难擢升为卓越者。不能担当集体责任的女性容易转入私人化的写作行为,但是波伏娃却悲叹:"没有别的事干而从事写作的妇女是不可能成为一个作家的",因为真正伟大的作品是那些和整个世界抗辩的作品,妇女可能会批评、驳斥某些细节,却不会像伟大的艺术家那样为这个世界承担责任,因为"和整个世界抗辩就需要对世界有一种深切的责任感。这是一个男人的世界",在这个世界上,女人是不负责任的,这也就是为什么人类历史上从来就没有由妇女建立起来的什么宗教体系或思想框架。妇女的写作被当做她们的"手工刺绣",而大多数人之所以提笔,也只是为了消磨难捱的寂寞时光。② 同样因为不满女性身份的对象性存在而清算男权中心压迫的凯特·米勒特在其畅销世界的博士论文《性政治》中为女权主义铺垫起了通向文学批评的道路,"性政治"浓缩了性别之间权利争夺的张力关系,反思了四位男作者笔下潜在的厌女情结和恐女症,打破了男子作者权威/女子被动接受的流行模式,击中了父权制的阿喀琉斯之踵,对已经占据统治地位的性别为了维护和巩固自身权威,并将权

---

① 西蒙娜·德·波伏娃:《第二性》,桑竹影等译,湖南文艺出版社1986年版,第23页。
② 西蒙娜·德·波伏娃:《妇女与创造力》,张京媛编:《当代女性主义文学批评》,北京大学出版社1992年版,第150、156页。

威横加在从属性别之上的历史事实大加挞伐,明确无疑地彰显了女权主义文论的政治性旨意,完成了自发性的民间文论与学院派批评的携手,为此后批评理论的发展方向做出了定位。

女权主义文论进入中期以后,英美批评和法国学派按照各自的知识传统和风格类型推进着女权主义的发展,英伦和北美哲学的唯物性也体现在女权批评对社会历史和制度现实的关心上,唯理的思辨和洋溢的激情又造就了法国女权主义者们对于抽象女性概念的思考和对于女性主体性的质疑,她们的睿智和机锋在宏大的话语流动中散发出情感的热度和女性的气息。

第二节 身体书写的语言主体

就像美国的理论家们定期到欧陆汲取思想营养一样,法国的女权主义文本也在美国的女性读者群中有着广阔的接受面。法国女权主义在解构主义的背景下已经跳出了二元对立式的哲学思维,转而提倡介乎中间位置的女性言说方式,而这种言说的来源就是女性唯一不可取代的自我资源——身体。法国女权主义者在面对妇女文本中的文体问题时,借用了先锋文学写作理论中的断裂说和颠覆说,她们的纲领建立在对女性躯体的描写上,大胆地冒犯父权制的言语禁忌,恣意谈论身体器官,在符号学和结构、解构的理论矩阵中,触怒菲勒斯话语的权威感。德里达曾经将传统哲学比做由隐形墨水书写而成的白色神话,埃莱娜·西苏,一位出生在阿尔及利亚的犹太妇女,后来成为巴黎第八大学著名教授,她创建了全法国第一个女性理论研究小组,也最早通过强调女人通过"白色墨水"来进行抗争性的写作而奠定了法国女权主义本质论的基石。她的不懈努力使"女性写作(écriture feminine)问题得以占据70年代法国的政治与文化讨论的中心位置"[①]。她一边质疑女性生理与这种"墨水"产生的写作之间的必要性,一边坚信这种写作必须由女性来完成。在《美杜莎的笑声》中,西苏热切地鼓励甚至是鼓动着那些踟蹰在纸笔之前的同性们,"妇女参加写作,必须写妇女,就如同被驱离她们自己的身体那样,妇女一直被暴虐地驱逐出写作领域,这是由于同样的原因,依据同样的法律,出于同样致命的目的。妇女必须把自己写进本

---

① 陶丽·莫伊:《性与文本的政治》,林建法等译,时代文艺出版社1992年版,第133页。

文——就像通过自己的奋斗嵌入世界和历史一样"①。

之所以会假定存在基于躯体的女性言说,是因为法国的女权主义者们认定语言系统中的不同机制可以产生别样的价值,一种非线性的单数叙述就可以在规范之外发展出另外一种专意适用于女性讲述的性别语言。失落在男权话语中的讲述只能是变形的、"倾斜的讲述真理的方法"(Tell all the truth but tell it slant.,艾米莉·狄金森语),决裂之后的语言将开启新的反叛式的行为写作,女性的真实和本质将毫无遮拦地被自由言说。写作作为心脑手并用的脑力和体力劳动,不仅能够解除现存压抑的象征秩序,而且在语言的创造中赋予女性以新生,使她愈加接近生命的本原力量。因为女人可以依靠的只是自己,而承载"自己"的就是既忍受苦痛又尽享欢愉的身体。"男人们受引诱去追求世俗功名,妇女们则只有身体。……长期以来,妇女们都是用身体来回答迫害、亲姻组织的驯化和一次次阉割她们的企图的。"在父权控制一切的社会里,女性行为甚至是命运都已经被安置被注定了,一度作为唯一的声音出现的男权话语按照臆测和潜意识中的意愿用文字塑造出如其所愿的女性形象,并且形成了巨大的知识积累,其中的无意谬识和有意变形阻碍着真实的妇女认识,而妇女在写作的起点上发现她们不仅没有可资依凭的知识资源,甚至时时都有再次滑落男性话语圈套的危险,所以她们势必重新找寻立足点,一块从来都不曾被男性话语占领的、纯然属于女性的停泊地,合乎这一条件的似乎只有身体,因为女性的感受还没有得到倾听,有关于此的认知也大多只是推测,身体内部的天翻地覆是女性独有的生命体验,就像沦陷区里的孤岛,为写作提供勉强容身的庇护。所以,"妇女必须通过她们的身体来写作,她们必须创造无法攻破的语言,这语言将摧毁隔阂、等级、花言巧语和清规戒律"②。与身体相关的语言具有本体的处身性,消除了男性经验的烙印,在逃离菲勒斯中心的路途上进入愉悦的天国,其实质是以前俄狄浦斯想象界取代男权世界的象征秩序。

然而,开始于身体的写作并不是囿于身体之内的写作,那些滞留在细枝末节上的体征描写和纯粹的感官刺激传达还远远不足以满足追求超越价值与灵性光辉的向往,女性写作在以经验语言颠覆了男权语言,以至于

---

① 埃莱娜·西苏:《美杜莎的笑声》,张京媛编:《当代女性主义文学批评》,北京大学出版社1992年版,第188页。

② 同上书,第201、202页。

颠覆了父系权威之后,仍然要义无反顾地承担起人类的救赎使命,"写作乃是一个生命与拯救的问题。写作像影子一样追随着生命,延伸着生命,倾听着生命,铭记着生命。写作是一个终人之一生也不放弃对生命的观照的问题,是一项无边无际的工作……写作永远意味着以特定的方式获得拯救"①。在此,写作成为肉身和性灵的双重铭刻活动,去除藻饰的本真叙述穿透被蒙蔽的事实,将个体的本体体验嵌入行将弥合的历史裂隙之中,写作将原本淡出历史场景的女性角色安放在明亮的聚光灯下,洞烛幽微难测的女性世界,把她们从虚无的边缘挽救回来,使历史的缺席变成生存的在场。

负载着如此厚重的寄托的写作行为就不再单纯是个人体验的宣泄,而是艰难的求真求善的追索,"写作在真理栖居的黑暗国度摸索前行。我合起双眼,追寻我的感受,感受从不引人误入歧途"②。这样的写作既是生命力在解除压抑和禁锢之后的喷薄,也是直面人类生命有限性的不无悲情的抗争,必死性(mortality)的剑锋也同样逼近着女性的眉宇,写作中的人超越了性别的二分,只是爱本能的激情澎湃和死本能的濒临绝境,在摆脱日常经验的滞重之后,飞翔的姿势就成为女性的运动写照,语词的双翼托浮起女性的思想,作者在飞越个体边界的同时也飞越了生命的规约,"人从死亡那里开始写作,通向生命中的死亡。人也在地狱与天国之间写作,因为写作时而是地狱,时而是天堂"。人们在写作中赢得自身的认证,在交付自我认证的时候又得到他者的回应,语词修筑了一条通向奇异世界的道路,言语之思的智慧为自己和别人把前路照亮,女性的自言自语最终转向和他人、和世界、和自我之中的陌生人的对话,最初那种"出于征服、需要赢得爱而开始"的写作在收获了播撒下了的成果后,便进入了自我提纯的新境界,于是,西苏说,"一切皆逝,唯余词语。词语是我们通向世界的大门"。

然而值得怀疑的是,女性书写所采用的词语在何种程度上属于女性自身?语言的差别和性属的差别是在同一方向上展开的吗?两者间的关系是自然的一一对应呢,还是有意而为之的特殊标举?法国女权主义者们在回答诸种疑问时不断借助哲学和语言学资源。露丝·依利格瑞(Luce Irigaray),一位参加过拉康主持的弗洛伊德学派的巴黎女博士,希望通过"女性

---

① 埃莱娜·西苏:《从潜意识场景到历史场景》,张京媛编:《当代女性主义文学批评》,北京大学出版社1992年版,第220、223页。

② 同上书,第212页。

口吻"(le parler femme)①建立独特的女性语言。她认为女子之间的对话是自然流露的"女性口吻",一旦男子介入就立刻改弦更张,女性的全体存在保证了单个女子的自由。为了对抗男权中心的话语,就要反对那种被视为理所应当的语言风格,诸如清晰、明确和确定性。"女性口吻"必须回避准确性,可以是非理性、无逻辑、反思维的散漫表达,宁可使听者无从理解,不得要领,也不要落入旧有的叙事圈套中去。这些看似是缺陷的特征事实上是依利格瑞反抗男性价值的有力武器,她认为这是和女性的生理结构相一致的,是对女性躯体的戏拟和模仿。因为女性的生理形态属于中心扩散型,女性的愉悦是多元构成的非线性时间序列,由此引申出来的不可界定的女性特质就可以充任对抗菲勒斯中心的工具,"她的语言恣意发挥,杂乱无章,使他无法在其语言中看清任何连贯的意义,……她只是在把自己同唠叨、感叹、半截秘密,或故弄玄虚的语句分开。当她回到原题时,又从另一个快乐或痛苦的角度重新开始"②。在倾听"女性口吻"的讲述时,就不得不从不同的,甚或是截然相反的方面去思考和领会其中可能蕴蓄的意义,那些显豁简明的推理规则根本不可能和它匹配。

不断给性属差异敷上浓墨重彩的做法其实早已引起了研究者的警觉,即便是依利格瑞自己也开始反思差异问题,并把从理智上拯救这个时代的关键归结到对性属差异的研究上。她所不满的是,"女性总是被当作空间来对待,而且常常意味着沉沉黑夜,反过来男性却总是被当作时间来考虑"③。依利格瑞在此批评了那种认为女人只是一个"不完整的男人"的成见,拒绝被视为对象性的客体,并且注意不让这种拒绝成为两性对立的加固剂。因为二元对立的模式在压迫/反抗的关系中只会得到加强,真正应该做的是游离到对立关系之外,建立新型的母女继承系列,找回失落已久的"女性系谱"(genealogy of women),实现女性自我身份的认知和归属,重新铸造女性概念的"内在性"和"超验性",将两性差异化作完美合作,在停止战争和对抗的地方走向真诚情感的旅程。

必须承认,女性往往面临双重难题,比如历史沉淀而成的本体和记忆连

---

① "le parler femme"在陶丽·莫伊《性与文本的政治》中被译做"女人腔",在康正果《女权主义与文学》中被译做"妇女特有的说话方式",在张京媛《当代女性主义文学批评》中被译做"女人的表达"。

② 陶丽·莫伊:《性与文本的政治》,林建法等译,时代文艺出版社1992年版,第188、189页。

③ 露丝·依利格瑞:《性别差异》,张京媛编:《当代女性主义文学批评》,北京大学出版社1992年版,第374页。

结中的本体,比如现行的时间和永恒的时间,都纠结缠绕着女性的主体位置,洞察了上述困难的朱莉亚·克里斯蒂娃不像她的同行那样乐观地相信身体和书写能够一了百了地治愈历史留给妇女的遗憾和创伤,这或许和她本人的他者身份不无关联。1966年她从保加利亚移居法国,成为任教巴黎七大的语言学教授和心理分析学家,初露锋芒的批评文章一度引起巴尔特的青睐,写给她的评论文章就冠之以"女移民"(L'étrangère)的标题。独特的身份影响了克里斯蒂娃的学术兴趣,使她关注那些发达国家的女权主义者们忘却了的问题,比如她的《中国妇女》(*About Chinese Women*,1974)、《诗学语言的革命》(*Revolution in Poetic Language*,1974)、《语言里的欲望》(*Desire in Language*,1977)、《爱情故事》(*Love Story*,1987)等,就是在常见的语言感情化、经验私人化的理论写作之外进行的语言学研究。她认为构成文学文本的话语是普遍文本构架的一小部分,追求统一的或同质的答案终将徒劳无功。在无宗教的现代社会里面,母性可以作为菲勒斯的替代而发挥作用,但是在和母亲再识的路途中有太多的障碍,女性只有通过成为母亲才能认出母亲形象,同样,语言只有被主动性的主体占有和使用才能够产生意义,才能够完成女权主义者们寄托其上的颠覆功能。被广泛借用的术语"文本间性"(或称"互文本性",Intertextuality)也表现了她从符号学的知识立场上对于女性问题的思考。把女性文本已然显示出来的确定意义放置到其他尚未显形的文本之间进行参照考较,由此见出受到语言控制的主体是如何在权力网络中被建构的。在此意义上,克里斯蒂娃质疑"女性语言"的存在,因为"这种语言(至少,句法)的存在很成问题,而且它的显而易见的词法独特性比之性别/象征差异,也许更是社会约定俗成的产物"①。克里斯蒂娃始终担心女性主义变成狭隘的性别主义,并不赞成妇女摆出与社会对峙的姿态。在前代女性完成了的进步的基础上,克里斯蒂娃不是以定论性的慷慨陈辞,而是以疑问的形式提出她的思考,她不知道女权主义的审美特质是否有利于自身发展,不知道妇女运动的颠覆力量是否与国际恐怖主义同构,不知道推进到个人层面的妇女问题会遭遇怎样的诘难和攻击。她甚至怀疑地问自己:"提出问题是否就是已经回答了问题呢?"

克里斯蒂娃的忧虑和犹疑也折射出了法国女权主义者们的尴尬和焦

---

① 朱莉亚·克里斯蒂娃:《妇女的时间》,张京媛编:《当代女性主义文学批评》,北京大学出版社1992年版,第358页。

虑;沉迷于语言结构和言说行为的习惯使得她们有意无意地忽视社会历史因素的重要性;过分倚重先锋派文学的创造力量造成对妇女创作特殊性的隐而不彰;解构主义的狂潮裹挟着她们,甚至使她们偏离理应保留的女性立场,消解一切对立的冲动带来了横扫逻各斯中心主义的冲撞,却并没有带来期望中的政治实践。法国的女权主义文论与其说是革命的理论,不如说是智性的思维,被优先考虑的永远是概念化了的"女性",而不是血色丰盈的"女人",与之形成鲜明对照的是英美学派,她们给书斋里的玄想赋予了行动的实践。

第三节 创造力传统和阅读经验

严格说来,英国和美国的女权主义者们并没有形成什么严密的组织和统一的纲领,习惯上称呼为英美学派主要是因为二者不约而同地对女性问题中的社会历史因素给予格外关注,另一个原因就是,同为英语国家,女权主义批评者致力找寻的文学传统和艺术形象都集中在相仿的经典之中,后一个特征在美国的女权文论中表现得尤其突出。关于英美女权文论的分期也存在着不尽一致的意见,一种是划为两个阶段,六七十年代的女性美学和80年代以后的性别理论[①];另一种则分之为60年代末的女权批判和女性诗学、70年代中期的女性批评、70年代末期的女权行为批评和80年代的性别理论。[②] 而且,美国女权批评在发轫期一直以英国文学为批评对象,进入七八十年代以后逐渐意识到了北美大陆的独特价值,开始关心黑人妇女创作,有意识地筹建美国自身的女权理论、完备批评传统,因此关于英美学派的论述仍然需要分别进行。

20世纪六七十年代之交,妇女运动进入了第二次高潮,其中的纲领性文献除了1963年贝蒂·弗里丹(Betty Friedan,1912—　)的《女性的奥秘》之外,还有英国女权主义思想家朱丽叶·米切尔的《妇女:最漫长的革命》。这本书从社会主义社会制度对待妇女的态度谈起,分析了马克思、恩格斯、波伏娃等人的妇女观,将压迫妇女的社会机制分为四类:生产、生育、性属和儿童的社会化。她认为妇女的境遇有别于其他任何社会群体的境遇,"在

[①] 有关此分法的具体论述参见《当代女性主义文学批评·前言》。
[②] 参见肖瓦尔特:《我们自己的批评》,拉尔夫·科恩编:《文学理论的未来》,程锡麟等译,中国社会科学出版社1993年版,第259页。

男性世界里,她们的境地可与受压迫的少数民族相提并论。但同时,她们又存在于男性世界之外"①。她指明了生产结构中体力和女性受压迫的事实之间的关系,生育链条上孕育和生产的关联,性属机制中东西方观念的差异以及在儿童成长的社会化过程里女性又是如何被家庭模式同化成男性社会的工具的,女性的解放有待于身份的彻底改变,而身份的改变又有待于父权制中亲属规则的重新制定。女性的从属地位直接导致了在男性交际行为中的示意符号化,米切尔认为不是家庭而是家庭之间的结构关系组成了人类社会的基本形式,交换行为,尤其是交换妇女的行为维持着这个形式的运作②,要想改变妇女的卑下地位,实现解放的理想,就不仅要在社会文化的维度上与"父母子"的生物循环决裂,引入受到父系社会认可的母系角色,而且要改变生产、生育、性属和儿童成长四者间的结合方式,唯其如此,女性解放才可能在经历了漫长的革命之后取得历史的成就。

美国的女权主义批评开始于对文学作品中女性形象的再识,试图消除形式主义造成的与现实离异的幻觉。《阁楼上的疯女人:女性作家与19世纪文学想象》(*The Madwoman in the Attic: the Woman Writer and the Nineteenth Century Literary Imagination*)就是任教于普林斯顿大学的吉尔伯特和印第安纳大学的英语系教授格巴对19世纪重要的英语女作家们做出的整体研究。她们发现,由于创造力被定义为阳性,女性的主导文学形象因此也成了男性想象力的产物,女人创造自己女性形象的权利横遭剥夺,而且必须与父权制标准保持一致。19世纪的"永恒女性"都是被臆造出来的,符合所谓内向、无私、温顺的男性向往,潜伏在理想化反面的则是出于恐惧而创造出来的恶魔般的、根据自我内心来行动的女人,最突出的例子莫过于《简·爱》中的疯女人形象。夏洛蒂·勃朗特笔下的伯莎·梅森其实是一个微妙复杂的文学策略,在看似对立的天使/恶魔,甜美的女主角/咆哮的疯女人之间实现了人物角色和作者自我的复本叠合,用这个隐藏在父权制表象背后的真实女性来拆穿男权叙述的诡计。疯女人的意义还表现在她对女性创造力问题的解答上,因为传统创造模式的隐喻是男性器官在女性身体上通过

---

① 李银河编:《妇女:最漫长的革命》,三联书店1997年版,第9页。
② 朱丽叶·米切尔:《父权制、亲属关系与作为交换物品的妇女》,张京媛编:《当代女性主义文学批评》,北京大学出版社1992年版,第430—435页。

运动留下印痕,所以女性往往被比做被动的、被创制的文本。① 那么,女性创造力(female creativity)究竟是女人身上天赋的自然气质(female nature)呢,还是由社会文化建构而成的女人气质(femininity)? 格巴认为是受到焦虑催促的女人在愤怒中挣脱被创意象而转向了身体再造。美国女诗人艾德里安娜·里奇也持有相似观点,她认为许多妇女的作品都表现出了愤怒,一种值得全面考察的愤怒,"妇女所经历的痛苦和愤怒都是真实的,有真实的根源,它们分布在周围的每个角落,融会在社会、语言及我们的思想结构之中"②,女性的自我意识,尤其是身体提供的在场感和生命力在濒临疯狂的爆发中赋予诗歌以女性的、韵律的力量。格巴又通过细读伊萨克·迪尼森的《空白之页》,具体说明了妇女是如何利用身体进行艺术创作的。不过,与法国学派谈到的"白色墨水"不同的是,格巴把"血"作为触犯禁忌的介质大做文章,由于长期以来女性被定义成"一片混沌、一个缺位、一个否定、一块空白",女性不得已要通过极端的书写方式获得震惊的效应,殷红的血迹包含女性走向成熟的经验,表达失去自身的痛楚,表现完成孕育的欣喜,交融了献祭的迷狂、痛苦的涌流和愉悦的晕眩,在书写之笔缺失的情况下,完成灵感和创造的准备,完成写作中以笔为根本到以纸为根本的隐喻转变。③

并非所有的美国女权批评都像格巴这样充满激情,肖瓦尔特就更习惯于面向历史,不是解读文本,而是归纳和分类。她把被拒斥在正统文学史之外的妇女创作称为女性亚文化(Female Subculture),不同于男性的相通体验把她们结合在一起,形成不自觉的文化联系。她在《她们自己的文学》(*A Literature of Their Own: British Novelists from Brónte to Lessing*)中把19世纪以来的女性创作分为"女人气—女权—女性"(Feminine-Feminist-Female)三个阶段,重新发现了曾经风行一时后来却销声匿迹的作家群体,在文化的层面上树立起女性传统的独特性。但是这本书在为肖瓦尔特赢得声誉的同时也给她招来了非议,书中忽略了广泛存在的黑人妇女写作,更不曾注意到同性关爱主题,一位从历史方法出发的批评家却奇怪地违背了历史性。事实

---

① 莎士比亚借奥赛罗之口把苔丝德蒙娜比做"皎洁的白纸""美丽的书册",亨利·詹姆斯在《一位女士的画像》中非常老套地把理想的年轻女孩描写成"光滑干净的纸",而在《到灯塔去》中,自私的丈夫一边张望妻子的背影一边把它想象成一幅恰恰吻合于个人需要的插图。前现代主义文本中的类似比喻比比皆是。

② 艾德里安娜·里奇:《当我们彻底觉醒的时候:回顾之作》,张京媛编:《当代女性主义文学批评》,北京大学出版社1992年版,第140页。

③ 见苏珊·格巴:《〈空白之页〉和女性创造力问题》,同上。

上,不包括黑人文学的文学史不能算做美国的文学史,同样,不涉及黑人女性作品和批评的女权文论也不足以被称为完全的女权主义。

曾经有一位自诩为女性主义者的白人评论家在权威的《纽约时报书评》上为杰出的黑人女作家托妮·莫里森感到惋惜,"如果她想赢得并保持她应该拥有的众多严肃读者,她应该写更具有冒险性的现实生活而不是那些优美遥远的东西"。其实也就是在建议莫里森不要只写黑人,特别是不要只写黑人妇女,而是将笔触转向白人、转向男性,即所谓主流、所谓现实。评论者的思维未能摆脱男性中心的控制倒也不足为奇,她所激起的愤怒更多的是在同性之间的因种族歧视而导致的偏见竟还能如此振振有辞。当问题不被视做问题的时候才是真正的问题所在。艾丽斯·沃克在其名篇《寻找母亲的花园》中指出,黑人女性长期以来无权掌握知识,无权获得同等的生活条件,大批黑人妇女的创造力都被不合理的社会制度,被种族歧视造成的政治、经济制约扼杀殆尽,而最原初的被压制创造力可以一直上溯到无语的艺术样式中。

位居主流的女权主义者们一度对黑人妇女的存在视若无睹,尽管肖瓦尔特一再声称女性主义是世界性的,可她本人早期的文章中却只字不提有色人种的女性和第三世界妇女运动。直到 80 年代中期以后她才意识到这是一个多么巨大的、不应该的疏漏,而这一意识的产生又是在男权的蔑视下因为惺惺相惜得来的。事情缘起于一场学术会议上男性理论家们对于现场一位女性同声哑语翻译的视而不见,一直到第二天才有一位男性发言者有意与之进行了友好的合作,而这位先生是黑人。① 肖瓦尔特诧异地惊觉,原来黑人和女性主义者们如此相似地站在他者的立场上,并由此意识到对于黑人妇女文学和黑人妇女文学批评的长期忽视的确有违女性主义的初衷,从而对一边打着种族一体化诗学旗号一边又以白人有产阶级的文学传统覆盖并替代黑人特有文学经验的做法提出了批驳。出版于 1991 年的《姐妹们的选择:美国妇女写作的传统与变化》(*Sister's Choice: Tradition and Change in America Women's Writing*)在书名中就借用了黑人妇女用布头儿拼被子的民俗,并从文化的角度研究了诸多文本在文化史上的地位,承认女性亚文化还可以继续划分成不同的文化群体,而这些群体的组合构成了美国"自己的文学","我们的新文学史开始了"。

---

① 肖瓦尔特:《我们自己的批评:美国黑人和女权主义文学理论的自治与同化》,拉尔夫·科恩编:《文学理论的未来》,程锡麟等译,中国社会科学出版社 1993 年版,第 242 页。

另外一种被讳莫如深的是同性之间的特殊情谊在女权意义上的要求和表述。这种姊妹情谊常常被称作女同性恋主义文学批评(Lesbianist Criticism)①,她们的策略是通过共同的情爱取向,超越种族和阶级的分割,结成牢固的反异性恋同盟。她们把异性恋视做维系父权制的基石,把它作为一种制度来反对,这种初看起来颇显急进的做法其实是女权主义一贯趋向极端的后果。对此,肖瓦尔特已经敏感地意识到了,在《她们自己的文学》中,她赞许了这种不隐瞒差别的勇气和自我非中心化的明智,并且预期着她们可能取得的成效。

美国女权文论界中不容忽视的还有一位中坚人物,从印度移民到美国的斯皮瓦克,现任匹兹堡大学英语系和文化研究系教授,她提出用"策略上的本质论"(Strategic Essentialism)来反对父权制。解构主义的视点使她坚持拒绝本质先于实在的教条式的心理性别和种族阶级概念。在德里达解构理论的影响下,斯皮瓦克一直警惕本质论的陷阱,她很早就开始关注第三世界劳动妇女的现实处境以及这种处境和整个女权主义运动的关联,她尖锐地批判了跨国资本主义的殖民式输出,指出其中隐藏着的政治统治和经济压迫的事实原来就是被粉饰了的虚假意识形态,因此她反对那些仅仅存在于"大师的本文和沉思之中"的女性主义②,希望另外一些有效的概念,如人口种族、地域宗教和民族国家,都能被纳入解放妇女的思考和行动中来。

与法国女权文论相较而言,英美学派的写作显得不够思辨,缺少睿智,但是她们对于现实世界的真诚关切却自有意义,"女权主义者们对任何批评话语的政治性的坚持,以及她们把历史和社会因素考虑在内的意愿照例必须是令人激动和耳目一新的"③,难道这不是今天的女权主义批评家们仍要努力保持的品质吗?

第四节　女性文论的两难处境

时至今日,女权主义文论已经走完了近半个世纪的旅程,从最初的试探到后来的激烈抗争,从两难歧路的彷徨再到深切的反思,女权主义文论犹如

---

① 得名于希腊女诗人萨福居住的岛屿名——Lesbos,以区别于男同性恋文学(Gay and Gay Literature)。

② 佳·C.斯皮瓦克:《女性主义与批评理论》,张京媛编:《当代女性主义文学批评》,北京大学出版社1992年版,第326页。

③ 陶丽·莫伊:《性与文本的政治》,林建法等译,时代文艺出版社1992年版,第63页。

洞喻哲学中那个最早看到被火光映在穴壁上的倒影的发现者,获悉了一个被隐瞒已久的真实,但是,由于所要讲述的内容从来都没有摹本,她们的尝试也因此显得分外艰难。这也就使得女权主义批评的文本往往充斥着作者的个人经验,句法不是逻辑推理式的层层递进,而是一泻千里、不加删削的情绪化表达。这种新变、峻急、不合规范、不讲程式的文体风格原本是为了增强和男权话语的对抗强度而有意为之的,但同时又招致诟病,她们的对立面因此拒绝在理论的层面上做出回应,充其量不过予以貌似宽容的首肯,在稳居霸权的高位上降尊纡贵地保持缄默。女权主义者们的声嘶力竭在了无回音的一片寂静中落入虚空,她们的勇气在无物之阵中还能坚持多久?

凭心而论,女权主义文论的两难处境首先来源于她们遭遇到的语言障碍。整个人文话语的基本构架就是由"语言、世界和意识"三个关键词组成的,"我们所知道的世界无一不是组成为语言,我们所运用的意识也无一不像语言一样构成。我们不能占有语言,因为我们同样被语言操纵",所以"写作倒是一种更为有效的手段,因为在写作中生产者和接受者的缺席是理所当然的"①。原本寄希望于经由语言书写来塑造自身形象、反抗异性压抑的女性作者在开始选择自己的语言时突然发现处境的艰难:父权制牢牢掌握着由语言建构而成的权力象征系统,什么样的语言能够反抗这一语言的根源呢? 面对需要批判的、已经烙上性别印痕的语言,妇女只有两个选择,其一,拒绝规范用语,拒绝被言说的尴尬;其二,接受并改造有缺陷的语言。所以,"一个女性理论家已经是个流亡者;她被驱逐出自己的母语而操着父系语言;她擅自利用欺诈的权利"②。正如玛丽·埃尔曼所说,男人传统地选择了肯定的、权力主义的语气来写作,而女人则被禁锢在感受性的语言中。这一先在规定直接导致了女权主义文论的处身性特征,女性经验的带入造成了女权理论的肉身化。一些女性作家不断强化性属身份,着意使用叙述人称单数第一格,沿袭理论中的叙事风格,并且有意不对事件做出概括,刻意保持毛坯状的感觉方式,这样做的依据就是,"作为女人,我们有自己的事情要做"(艾德里安娜·里奇语)。

女权主义文学理论不加节制的感性特征使它的整体风格捉摸不定、含混不清,描述性的语言和理性的评析杂糅交错,个人化叙事和关于历史的重

---

① 斯皮瓦克:《女性主义与批评理论》,张京媛编:《当代女性主义文学批评》,北京大学出版社1992年版,第304页。

② 简·卡洛普:《女儿的诱奸:女性主义与心理分析学》,同上书,第240页。

读扭结在一起,带来的阅读效果也是情感的激荡和智性的启蒙裹挟而下,虽然一片混沌,却明显是有力量、有内涵、有价值的混沌。可是,这股含义丰沛、奔突无定的话语洪流又将去向何方,哪里有容纳它的河道,使它从容有度地稳步前行呢?或许女权主义文论的命运同仍旧处于压抑状态的女性创造力和女性真实生态一样,只能在平面上无限延展,而无法建构什么,当然,也许女权主义文论本来就无意于建构什么。所以在英美学派和法国学派里,都很少见到有组织、有意识的集体课题研究,更像是分散作战的游击队员,四处出击,不成体系。女权主义文论惧怕形式化的体系建构和学院体制束缚,担心在安享权威话语馈赠的一席之地的同时丧失最可宝贵的独立精神,两害相权,她们宁可停留在茅茨不剪的边缘位置,借此维持女权主义的发展命脉。

然而,这样就可以把悖论中的女权主义文论挽救出两难困境了吗?女性阅读理论开启了女权文论的初始运动,对象性存在的客体化女性在重新解读经典的过程中达到经验认同和身份认同,在消解反历史的神话的同时获取阐释循环之外的新知,可是一旦惯性控制了阅读活动,期待视野的形成就又落入了"看与被看"的对流。至于写作理论,就更难逃脱潜在接受群体的暗示。女性经验似乎被认为是最适宜于表现痛苦的,一旦女性文本中出现优雅的欢欣或平衡的安宁,就容易被讥嘲为驯化了的安详,女性言说在阅读预期中呈现出奇观式的被看局面,满足窥视癖和好奇心,在对抗象征秩序的同时落入对象征秩序的反面模仿。现在唯一可以寄予希望的就是女权主义批评了,英美的镜式批评主张理性与经验的资料分析,通过解释文本来分析和改变社会,将实体化了的著者和广泛的历史结构变革联系起来,在意识形态论争中做出代表女性的回应;法国的妖女批评家则具有进攻性并能够愉悦身体,仿佛一个极具媚惑力的佻达舞娘,施展浑身解数,演出叛逆的、诱惑的剧目,不仅反抗了父权制的摧残,也吸引着同性加入这场叛逆。女权主义批评并不试图修建完满的理论架构,它的发展前景是"把来自各方面和各层次的妇女经验纳入理论化的过程,以多中心消除中心与边缘的对峙"①。不过仅有女性是不够的,如果女权主义文论仍然在意男性学界的反馈,就不妨更多地吸收男性评论的参与,美国的解构主义大师,乔纳森·卡勒(Jonathan Culler)关于"女性读者如何在接受、质疑女性经验之后发展成男性共谋"的研究就曾经为很多女权主义者提供立论依据。不过,还要当

---

① 康正果:《女权主义与文学》,中国社会科学出版社1994年版,第129页。

心反向的危险,即防止某些男性学者盗用女权主义的名目,篡夺女权主义者的研究地位,肖瓦尔特对于澳大利亚文评家 K. K. 鲁斯文(K. K. Ruthven)的嘲弄就由此而来。

  以上种种境况印证了女权主义举步维艰的现状,可以说女权主义文论充满了内在矛盾,见不出未来的明确走向。不过,在后现代的文化背景下,女权主义文论逐渐意识到了内部差异的价值,它从怀疑"真理"出发,所以就从不以"真理"自居,"纵横交错的不固定性、流动性和局限性"是它承认并接受的自身特征①,而且承认差异、接受差异将更有利于女权主义的发展。新一代女权主义者的最尖锐处就在于她们不仅要发现作为整体的女性的存在,而且将认识推进到个别妇女的独特性上。克里斯蒂娃也期望出现一种自身带有革命性的特殊写作实践(a specific practice of writing),使传统社会的象征秩序在内部发生性别与政治的转换。因此,对过去时代妇女写作及妇女处境的研究只是理解文学文本的补充,当下所要关心的还是拆毁把妇女都归纳到单一特征和边缘位置的象征秩序。也许女权主义文论的纸上谈兵永远只能是无法抵达彼岸的徒劳追寻,但是贯穿始终的提问却可能正是答案本身。

参考书目:
1. 张京媛编:《当代女性主义文学批评》,北京大学出版社 1992 年版。
2. 陶丽·莫伊:《性与文本的政治》,林建法等译,时代文艺出版社 1992 年版。
3. 西蒙娜·德·波伏娃:《第二性》,桑竹影等译,湖南文艺出版社 1986 年版。

思考题:
1. 女权主义有怎样的思想发展脉络?
2. 女权主义如何实现自己的理论诉求?有何局限性?

---

① 柏棣:《平等与差异:西方后现代主义女性主义理论》,鲍晓兰编:《西方女性主义研究评介》,三联书店 1995 年版,第 14 页。

第十九章　罗兰·巴特的零度写作与批评观

巴特在结构主义和解构主义文论发展史上有着重要的地位。他的符号与结构的研究方法,在科学主义的基础上,广泛关注文化现象。除了文学以外,他的研究对象还涉及音乐、摄影、绘画和服装等方面,从法国当时的社会大背景中关注、审视和支持当时的先锋文化,对后世文论的文化视角有着积极的影响。

第一节　巴特的生平及主要著述

罗兰·巴特(Roland Barthes,1915—1980),是20世纪法国著名的文论家和批评家,结构主义向解构主义过渡的重要人物。他1915年11月12日出生于一位海军中尉家庭,父亲在他出生后的第二年就阵亡。1924年到巴黎读书。巴特自幼受母亲影响很大,这也导致了他成年后的独身和同性恋倾向。他先后在蒙田中学和路易大帝中学读书,虽腼腆、内向、沉默寡言,学业则一直很优秀,多次获得奖励。在1934年中学毕业考试前夕,巴特得了当时很致命的肺结核病,使得他不得不一度中断学业,在疗养院疗养,断断续续,长达10年之久,当然其间他也读了很多书,直到1946年离开疗养院重返社会。

从1947年开始,在加缪的介绍下,《战斗报》的纳多向巴特约稿。于是,巴特在8月1日的《战斗报》上发表了他的首次见诸报端的文字,学术生涯从此开始。后来在勒贝罗尔的帮助下,先后做过布加勒斯特法语学院的图书馆员兼做法国驻罗马尼亚大使馆的文化专员、在埃及的亚历山大担任法语辅导老师、在法国外交部文化关系处负责对外教学工作、参加一些词典的编写、为纳多新创办的杂志《新文学》写神话方面的系列文章,并于1953年在色伊出版社出版了他的第一部著作《文字的零度》。11月,他获得了国家社会科学研究中心的助学金,潜心研究词汇学,还恢复了对青年时代就喜好的戏剧的兴趣。1954年,他写完并出版了从1942年疗养时就着手准备的、酝酿已久的《米什莱自述》。1955年,瓦赞聘请他为芳舟出版社的顾问,与纳多一起主持《人民戏剧》杂志。这时,他抨击了萨特的剧本《涅克拉索夫》,与加缪论战,宣布自己是马克思主义者。1857年出版《神话集》。从1960年开始,他被任命为高等研究实验学院第六系经济与社会科学专业的研究负责人,两年后成为"符号、象征与表象社会学"专业的研究导师。1963年,色伊出版社出版了巴特关于拉辛的论文集《论拉辛》,其中收入了三篇相关论文,引起了学界的批评和讨论。接着,他又在1966年出版《批评与真实》一书作为对批评的答复。1967年,他出版了巨著《时装系统》。从1968年到1969年,他在巴黎开设关于巴尔扎克小说《萨拉辛》的研讨课,于1970年整理成《S/Z》出版。同时还润色出版了关于日本的著作《符号帝国》。他曾多次试图申请博士学位,但均未成功。尽管如此,他还是于1976年在福柯的推荐下,以学士学位申请到了法国最高学府——法兰西学院的教授资格,于1977年1月7日发表就职演讲。1980年2月25日,巴特在他工作的法兰西学院附近,被一辆小卡车撞倒,3月26日去世。他的主要著作有《文字的零度》(1953)、《神话集》(1957)、《论拉辛》(1963)、《符号学原理》(1964)、《批评与真实》(1966)、《S/Z》(1970)、《批评论文选》(1972)、《文本的快乐》(1973)、《恋人絮语》(1977)等。

在1975年出版的《罗兰·巴特谈罗兰·巴特》一书中,巴特曾将自己的学术研究分为四个阶段:第一阶段是"社会神学"阶段,代表作主要包括《文字的零度》和《神话集》,这个时期,他的思想主要受到法国哲学家巴什拉和德国剧作家布莱希特的影响,在文学和社会学的研究中,主要立足于文本的生成研究。第二阶段主要是"符号学"阶段,代表作是《符号学原理》和《时装系统》,巴特开始转向符号学,试图赋予现实生活的材料以符号的意义,并且以符号学为基础,用科学主义的态度,将传统的文学批评改造为"文学的科学"。他以索绪尔的结构语言学为基础,参与了结构主义理论的形成、发展和传播。第三阶段是"文本阶段",代表作主要有《符号帝国》和《S/Z》,从科学的角度,对文本的深层结构进行分析。第四阶段是所谓"道德阶段",代表作主要有《文本的快乐》《恋人絮语》和《转绘仪——关于摄影的笔记》等,主要是在联系话语和文本来探讨享乐、快感、欲望等问题,从科学方法的角度,抒发个人的人文见解。

巴特的主要文论著作内容:

(1)《文字的零度》。《文字的零度》一书,是巴特的成名作。所谓"文字的零度",在巴特的眼里,是以存在主义大师加缪为代表的那种文字表达方式,即"中性的","非感情化",回避感情色彩和主观意向性的写作方式。这与结构主义所倡导的无作者思想、无主体知识的知识的认识,即以超越个人的结构凌驾于个人之上的主张相一致。但同时,巴特在论述过程中,又对其加以批判。巴特分析了法国 1848 年革命失败的影响,指出资产阶级革命失败的标志是人们"对自由幻想的破灭"。在文学上突出表现为作家对文学反映生活真实的怀疑。他们意识到文学只是表现符号意义的相互联系,而无法表现作家所要表现的现实世界。因而,巴特认为,从那时候起,文学要么追求语言形式方面的实验,如象征主义,超现实主义,要么试图达到一种自然明晰的风格。如福楼拜、左拉、莫泊桑的作品,他们在小说中试图"掩饰人为创作的痕迹"。然而实际上,他们的创作仍然不过是形式追求的一种,最终成了自己所创作的神话的奴隶。因此,巴特最终实际上否定了写作的零度。

(2)《神话集》。《神话集》是运用符号学的方法进行文化研究的代表性著作,是他每月一篇、连续两年以法国时事为主题的随笔,内容涉及报纸专栏、周刊图片、电影、展览等日常文化,以此对 50 年代大量出现的大众文化作一理论解读,并探究其中意义与意识形态部分。该书的副标题是"流行文化诠释",是作者对以现代大众传播媒介的大众文化进行批判的著作。目的是要弄清在流行文化文本和实践中那些含蓄的和未被注意的极大量的东西是什么,审问"虚假的显而易见"和"表里不一的东西"。内容包括"流行神话"和"现代神话"两部分。第一部分"流行神话"以符号学为基本的方法论,采用了公式"能指/所指=符号",通过对许多在法国流行的具体的大众文化现象进行评论,将大众文化的语言工具作为意识形态的批判;第二部分"现代神话"从语义学上来分析大众文化语言的结构,阐释出他的观点。这里的"神话"是指"冒牌事实",即他认为大众媒介创造的大众文化就是一种冒牌事实。这种大众文化被理解为意识和习惯的意识形态,主要是在隐含的层次上发挥作用,常常不被意识到。它捍卫着资产阶级规范的现状,并有力地支持着一个社会中统治阶级的利益和价值标准,力图将事实上部分的和特殊的东西弄成普遍的和全面的,将文化的弄成自然的,被认为是理所当然的。他认为,大众文化实质上是布尔乔亚阶级(资产阶级)利用伪意识对社会和普罗阶级(下层阶级)进行控制的手段。在具体分析过程中,他还将词义分为"初级词义"和"隐含之义"两个层次。在词义的第二层次,"神话"被生产和消费。

（3）《论拉辛》。在《论拉辛》一书中，巴特采用结构的阅读分析方法，即从作品的内部结构分析作品。他运用心理分析学、社会学、语言学等所提供的种种方法来观察、剖析文学作品，并用符号、代号、标记加以综合归纳。巴特将结构主义和精神分析理论结合起来，借鉴列维－斯特劳斯研究神话的方法研究拉辛戏剧，对拉辛的剧本进行分割和打碎，按类型将情节集中起来，形成一束束的戏剧情节素，再通过对这些戏剧情节素的关系进行分析，以发现拉辛剧本的整体结构。他认为拉辛的剧本是拉辛式的人类学的基础，这种人类学的关于复杂而高度模式化的主题"对立"系统，产生了各种各样的闻所未闻的（或被压抑了的）心理结构。拉辛把这种对立系统概括为一个公式："A 对 B 拥有全权。A 爱 B，却不为 B 所爱。"他认为这个公式既揭示了人物之间的二元对立，也揭示了人的心理结构的二元对立。在人物之间的关系中，人都生活在使自己受到限制的总体结构中，这个总体结构使人必然保持联系，又使人物之间相互对立，具体表现为占有和被占有、爱和被爱的斗争。在心理结构上，语言和人物之间的关系完全是相同的，都与人的心理有着相同的关系，都是人的心理结构的外化。因此，正是人的心理结构的二元对立，尤其是人的情欲的二元对立，决定着人物关系的二元对立结构，也决定着世界的二元对立结构。这与音位的二元对立有着相同的结构。巴特以此说明拉辛剧本中人物的差异，并揭示出拉辛戏剧的本质：拉辛的戏剧不是爱的戏剧，而是暴力的戏剧；不是道德的戏剧，而是情欲的戏剧；不是充满着澄明的一片和谐，而是神秘的黑暗与惨淡的光明的伟大斗争。

（4）《符号学原理》。《符号学原理》是一本入门性的著作，它本身并无多大成就，但它对于符号学基本概念的梳理，和符号学方法对于巴特文论思想的影响，使得该书在巴特的思想系统中变得重要。在书中，巴特把符号学看成是语言学的一部分，具体负责话语中的意义。意义是符号的核心，符号学研究所选择的相关性，从本质上讲涉及所分析对象的意指活动，我们只从这些对象具有意义这一角度去考察它们。同时，巴特在书中指出了每一个在人类学范围值得进行进一步探讨的符号学问题，无疑为符号学的研究指了一条路。巴特梳理出了符号学的四对概念：语言与言语、能指与所指、组合与系统、内涵与外延。巴特认为这四种类型体现出语言结构的二元对立形式，需要通过揭示符号的内涵、破译符号的所指。该书让我们感到，巴特虽然以随感笔调写作文论著作，而他的思维却是经过严密的逻辑训练的，有严密的思想体系。

（5）《批评与真实》。1963 年，巴特同索莱尔相识，接近《泰凯尔》杂志，发表了《论拉辛》。接着,他就此同皮卡尔展开激烈争论,并于1966年发表《批评与真实》。《批评与真实》是法国当代文学批评史上新旧两派一次论战的产品,是巴特对皮卡尔攻击他的那篇《新批评还是新骗术》的文章的反击。全书分为两个部分,第一部分对皮卡尔所提出的客观性、品味和明晰性予以驳斥,认为这些准则是过时的、含混不清的、半美学半理性的,最终只是政治的、为意识形态服务的。他对这三点做出了自己的阐释,并从语言符码的角度看待批评的拟真性,强调了批评对符号及其象征的理解和分析。第二部分论述了文学作为科学、批评作为文学的特殊功能及其与阅读的特殊关系。他认为文学科学研究的不是文本的内容,而是由文本内容所产生的意义,并且寻求产生文本的各种方法。而批评则应与文本保持距离,积极地为文本创造意义,而不只是被动地读解作品。在排除了作者的意图之后,作品的意义必然是多重性的,而这正是优秀作品的价值所在。读者的阅读则是批评无可取代的,读者通过自己的感情和观点与作品保持一种欲望关系。虽然该书篇幅短小,未能全面展开,但这种对传统批评的猛烈抨击,使巴特声名大震,并在结构主义文论的发展中有着重要意义。

(6)《叙事作品结构分析导论》。作为20世纪60年代影响最大的叙事学家,巴特是结构主义叙事学理论的集大成者。在《叙事作品结构分析导论》中,巴特在总结前人思想的基础上,提出了自己关于叙事作品结构分析的理论。他主张要通过演绎的方法建立起叙事理论,从而对无穷无尽的作品加以描述和分类。他将叙事看成是一个由众多零件和各种动力系统构成的复杂结构,并借鉴结构语言学的理论,将叙事作品分为三个描述层,即:功能层、行动层、叙述层,每一个层次均包含了各种成分的互相作用。同时,这些成分的意义不断地从一个层次过渡到另一个更高的层次。对于叙事作品的体系,巴特认为叙事作品的形式具有扩展能力和畸变能力。悬念是畸变的一种特殊或夸张形式,是耍弄结构的手法,也使叙述受到逻辑混乱的威胁;它使结构承担风险,也使结构增加光彩;它抓住了人的思想,是心智上的颤动。叙事的序列起源于需要。叙事中的语境,乃是叙事作品完成其表达的全部规定。

(7)《符号帝国》。《符号帝国》是巴特以法国和西方文化系统为参照,将日本文化作为一种文化符号进行研究的著作。其中,他抛开了西方文化中心论的思想,去观照日本文化的优越性,并从中显示了作者的反传统意识。他常常深入到日常生活的各个方面,从平凡的细节中,发掘其中的深层文化意蕴和日本人的心理特征和人生观。尽管由于巴特在日本的时间很短暂,他对日本的理解有一些误解,给人以似是而非的隔膜的感觉,但其独特的符号学方法和视野开阔、充满睿智的精辟见解,以及散文的笔调,给人以知性的满足和感性的愉悦,从而集学者的气质与文学家的风采于一书,充分体现了巴特欲将他的文学研究成果同时表现为文学文本的追求。他还将写作本身看成是一种感悟,藉以创造出一种无言之境。

(8)《S/Z》。《S/Z》是巴特由结构主义到解构主义转折时期的标志性著作,也是他的代表作之一。全书通过对巴尔扎克中篇小说《萨拉辛》的解读,揭示了小说意义的多元性。在书中,巴特通过直觉感悟解构了自己过去的概念模式,借鉴了巴赫金和克里斯蒂娃的互文性理论将文学文本看成文本自身内部的多声部,并用差异和多元性的解构主义框架思考问题。他在其中明显地受到了《泰凯尔》杂志作者团体的影响。他说他的《S/Z》受到了拉康、克里斯蒂娃、索勒尔、德里达、德勒兹和赛勒斯等人的影响,甚至暗示说它是未加注的引文。其中尤其受到了来自保加利亚的女学生克莉斯特娃的影响。克莉斯特娃于1965年到巴黎,参加了巴特的研讨课。在结构主义批评中,克莉斯特娃大量运用了巴赫金的理论,于1969年在色伊出版社出版了她的处女作《语义分析研究》,其中提到了巴赫金的"互文性"理论。巴特深受启发,把它运用到《S/Z》中。他为此特地用了赌博中的"跟进"这个词,认为自己对《萨拉辛》的研究是"跟进"别人的研究。他将作者匿名化,切断作者与文本的联系,把文本看做通过派生、变形乃至戏拟和抄袭等方式,对过去的文本进行投射。同时他又追踪"意义的细脉",用科学化的方式,把文本切成连续的片段,分成长短不等的阅读单位。在巴特这里,互文性使作者无名,使文本无限延展。从《S/Z》开始,巴特开始转向享乐、欲望、身体和"文本的快感"。《S/Z》通常被视为颇具灵感的精彩的解构主义文本分析作品。同时,巴特用建构代替结构,即克里斯蒂娃的"生产活动"。巴特将这种生产活动看成写作/阅读的开放性,这是一种无限永久的开放性。巴尔扎克的文本在当代语言和符码中的消解证明,只有无限的写作,而不存在向单一或众多原因的体系的还原,不存在对文本的封闭性解释或限定性阐释。

第二节 零度写作与语言符号

从第一部文论著作《文字的零度》开始,巴特就借助于索绪尔等人的语言学模式,从符号学角度对文学进行系统研究。他所谓的零度写作,乃是

"创造一种白色的、摆脱了语言秩序中一切束缚的写作"。他借鉴语言学家在两极之间寻求中性的、零度状态的做法,来界定写作的零度状态:"某些语言学家在某一对极关系(单数与多数,过去时和现在时)的两项之间建立了一个第三项,即一中性项或零项。这样,在虚拟式和命令式之间似乎存在着一个像是非语式形式的直陈式。""零度写作根本上是一种直陈式的写作。或者说,非语式的写作。"这是一种新闻式的写作。"这种中性的新写作存在于各种呼声和判决的汪洋大海之中而又毫不介入,它正好是由后者的'不在'所构成。"[1]这是一种完全的"不在","是一种毫不动心的纯洁的写作"[2],以消除语言的社会性或神话性给写作带来的向度。"语言结构像是一种'自然',它全面贯穿于作家的言语表达之中,然而却并不赋予后者以任何形式,甚至也不包含形式。"[3]巴特对语言结构进行了区分,认为文学作品是作家的言语,是由语言生化出来的。语言像自然界一样整个地贯穿了作家的言语,它不仅为作家构筑文学作品提供了规则和惯例,而且也为文学作品所涉及的范围划定了疆域。

针对文论传统中如法国布封的"风格即人"的思想,和浪漫主义文学思潮对文学个性的高度强调,巴特在书中提出了他的零度风格的思想,主张作家写作时,应回避感情色彩和主观意向性的写作方式,做到零度介入,即以中性的非感情化的态度,将作家自己的主体性遮蔽起来。这种观点,反映了结构主义关于超越个人结构的无作者思想。他认为左拉的自然主义作品,加缪、海明威等人的作品都是无风格的、透明的。他们的作品通过语言的编码系统反映出来。"所有的写作痕迹,像一种最初为透明、单纯和中性的化学成分似地突然显现,在这种成分中,简单的延续性逐渐使处于中止态的全部过去和越来越浓密的密码体系显现出来。"[4]有时候,他甚至认为风格是个性化的,处于文学之外的东西。他说:"语言结构在文学以内,而风格则几乎在文学以外。"[5]

巴特同时认为,言语和文体风格从经纬两度制约了作者的创作。语言的纬线和文体风格的经线共同为作家勾勒出作品的自然属性,作家不能只

---

[1] 罗兰·巴特:《符号学原理:结构主义文学理论文选》,李幼蒸译,三联书店1988年版,第102页。
[2] 同上书,第103页。
[3] 同上书,第67页。
[4] 同上书,第72页。
[5] 同上书,第68页。

是选择这一个或者那一个。语言作为消极的条件可能在初始状态中发挥作用,文体风格中则体现了作家的气质和语言的必然性。在前者中,作家发现了与历史之间的密切联系,而在后者中,作家则发现了与自己过去的密切联系。相比之下,言语是组合的、句段的和历时性的向度,具有转喻的功能;文体风格则是选择的、联想的和共时性的向度,具有隐喻的功能。作品不是一种交流的工具,而是提供说话的渠道。在这里,语言被自由地生产着。文学的文本要求有一种"可写性"。

但他认为零度的风格本身也是一种风格。他通过对政治式写作与文学写作等不同方式的写作的比较,以及对写作方式与语言结构、与历史的联系等方面的辨析,通过对法国古典作家风格的探讨,提出风格本身是在特定的历史时间状态下发展起来的写作方式,写作即风格。纯粹的写作是不存在的,一个作家各种可能的写作,是在历史和传统的压力下被确定的。"写作绝不是交流的工具,它也不是一条只有语言的意图性在其上来来去去的敞开大道。……写作是一种硬化的语言,从来也未想赋予它自己的延存以一系列的变动的近似态,而是通过其记号的统一性和阴影部分,强行表现出一种在被说出以前已被构成的言语形象。"①

与言语相比,写作既通过言语来表现,又有其与言语相对立的地方。写作"永远显得是象征性的,内向性的,显然发自语言的隐秘方面的";而言语则"仅是一种空的记号之流,只有其运动才具有意义"。② 在与语言的关系中,"言语只存在于语言显然起着吞没作用之处,这种吞没作用只卷去了字词的变动部分。反之,写作永远植根于语言之外的地方","表现出一种隐秘力量的威胁,它是一种反交流","因此在一切写作中我们都发现一种既是语言又是强制性的对象的含混性"。他认为在写作深处有一种语言之外的环境,像是有意图的目光存在者。这种目光可能是"一种语言的激情",也可能是"一种惩罚的威胁","于是写作企图把行为的现实性和目的的理想性结合进单一的性质中去"③。

巴特的文论思想虽然经历了三个阶段,并且从结构主义转向了解构主义,但他运用符号学的原理对文学的研究,则是一以贯之的。从早期的《文字的零度》,到中期的《符号学原理》,再到晚期的《S/Z》,都贯穿着符号学

---

① 罗兰·巴特:《符号学原理:结构主义文学理论文选》,李幼蒸译,三联书店1988年版,第72页。
② 同上。
③ 同上书,第73页。

的精神,将普通的语言符号原理,推进到文化符号的研究。

在《符号学原理》中,巴特把符号学看成是语言学的一个部分,重视文学作为语言符号的特征,"文学中的自由力量并不取决于作家的儒雅风度,也不取决于他的政治承诺(因为他毕竟只是众人中的一员),甚至也不取决于他的作品的思想内容,而是取决于他对语言所做的改变"[1]。文学作品对语言的选择,是出于内容表达的需要。他认为但丁在写《新生》时,"他选择民间语言,既非出于政治理由,也非出于论战需要,而是考虑某种语言与他主题的适应性"[2]。文学具有乌托邦的功能,是"语言的乌托邦"。他还说"文学的第三种力量,它的严格的符号学力量,在于玩弄记号"[3]。

巴特通过对语言与言语、能指与所指、组合与系统、内涵与外延这四对符号学概念的分析,揭示出语言结构的二元对立的特征,以此来分析话语及其意义系统。首先,他将语言、言语这对概念扩展到符号学领域,认为它们不能再遵循语言学模式,而必须对之加以调整。对此,巴特是从生成学的角度来论述的。"语言"不是由"说话的大众"约定俗成的而是人为制定的。符号的"任意性"是由决策集团单方面决定的。这个决策集团既可以是技术专家,也可以是更分散更隐蔽的集团,如时装和汽车系统、日常家具系统等。语言的产生的基础是"物质",而不是言语。在符号学的系统中存在着三个层面:物质、语言、实用。

其次,巴特把符号的构成作为能指与所指的统一体来看,认为符号是在"环境"中体现出价值的。从功能性上看,能指与所指是符号的两个相关物。能指、所指、意指这三个范畴从功能性这一角度出发,在语言学的基础上又得到了阐发。符号学的符号与它的语言学原形一样,也由能指与所指组成。功能符号(源于实用,并兼具功能性的符号学符号),其过程可表示为:词—(实用)→符号—(吸收意义)→实用物品。能指及其性质是一种纯相关物,与所指的区别在于它是一中介体,物质于它是必需的。所指,在语言学中,所指是"事物"的心理再现,是符号的使用者通过符号所指的"某物"。意指,可理解为一个过程,是将所指与能指结成一体的行为,该行为的产物便是符号。巴特认为,语义只有经过意与价值的双重制约才可真正确定。对于意义与价值这一双重现象,巴特引用了索绪尔的一页纸的比

---

[1] 罗兰·巴特:《法兰西学院文学符号学讲座就职讲演》,《符号学原理:结构主义文学理论文选》,李幼蒸译,三联书店1988年版,第4页。
[2] 同上书,第10页。
[3] 同上书,第12页。

喻:把纸切分为几份时,我们一方面得到了不同的纸片(A,B,C),每一片相对于其他都有一个价值;另一方面,每张纸片都有正面与反面,二者被同时切分(A-A′,B′-B′,C-C′),这便是意义。

受索绪尔和雅各布森的影响,巴特阐释了组合与系统这对范畴,他认为组合与系统是符号学分析的双轴。组合根本上就是由"可加以切分的实体"构成的。而系统则是一种聚合关系。在服装中,组合就是同一套服装中不同部分的并列:如裙子、衬衫、外套;而系统则是同一部位的不同款式,如无边女帽、窄边帽、宽边女帽等。

巴特对内涵与外延的论述,是通过分析意指过程的两个系统而建立的。意指系统首先会延伸出第二个系统,从而使前者变成了一个简单要素,这样就有两个既相互包含又彼此分离的意指系统。如果把 E 作为能指,R 作为意指行为,C 作为所指,则第一系统就为 ERC。第一系统的 ERC 产生第二系统,它有两个切入点,即第二系统的 E 或 C。如果从 E 切入,则第一系统 ERC 就构成外延,第二系统就构成内涵。如果从 C 切入,则第二系统就成为元语言。作者梳理了瑞士索绪尔符号学的基本概念,确定了符号学的研究对象及发展方向,并说明我们生活在一个充满意义的世界中。

在《符号学原理》中,巴特关注符号化过程和意义的产生过程,指出了符号学的两个发展方向,一是组合范畴的、对叙事信息的结构分析,二是聚合范畴的、对内涵单位的分类,巴特把它们运用到具体的文学研究中。

到了第三阶段,巴特在《S/Z》中将《萨拉辛》按符码分成一个个的阅读单位。巴特通过五种符码将这篇中篇小说分成 561 个阅读的意义单元,将作品的意义系统看成能指碎片的统合。这五种符码分别是:①阐释符码,包括各种提出和回答问题及对各种事件的说明的意义单位。这是真相的声音。②意素符码,体现着人物在作品中的独特性,是一种个人的声音。③象征符码,在文本中有规律地重复,形成具有特定文化含义的意象模式,是象征的声音。④情节符码和行为符码,合称为布局符码,是在文本中表现行动及其因果关系的情节的序列。这是经验的声音。⑤文化符码,是在文化系统中形成、用以论证公理。这是对科学和智慧符码的运用,是一种科学的声音。由于文化符码的概念较为宽泛,故招致了更多的争议。巴特认为这五种符码构成文本的网络或局域,故将阅读作品视为符码解构体系,以这五种符码解构文本。重复阅读文本,可以看到文本的不同侧面。他将阅读视为符码的来回移动。"在话语之流中,阐释符码必须设置拖延(障碍,中断,歧途);阐释符码的结构在本质上具反动性,因为它以中断这一分段进行的手法,妨碍群体语言的不可阻止的进展。"①巴特的贡献在于开拓了新的理解、阐释的视野,但他自己的分析,牵强附会之处也不少,特别是文本的脉络被肢解了。而且这种解码方式只是读解作品的组合特点,不能反映出作品的是非优劣。

第三节　叙事作品的三层次

巴特是在肯定叙事作品存在普遍共同模式的前提下,对作品的叙事层次结构进行分析的。他认为叙事作品是超越国家、历史和文化而存在的具有普遍意义的文学样式,人们对它不能满足于描述几个十分个别的叙事种类,应该建立区分和辨别的法则,依据一个共同的模式对叙事作品进行研究。"这个共同的模式存在于一切言语的最具体、最历史的叙述形式里。"②而结构主义正是通过成功地描述语言来驾驭无穷无尽的言语的。因此,他提出应该以语言学来作为叙事作品结构模式分析的基础。

巴特借用语言学的描述概念,从作品的普遍结构上,划分和分析叙事作品的功能、行动和叙述三个描述层次。"这三层是按逐步结合的方式互相连接起来的:一种功能只有当它在一个行动者的全部行动中占有地位才具有意义,行动者的全部行动也由于被叙述并成为话语的一部分才获得最后的意义,而话语则有自己的代码。"③

叙事作品的第一个描述层是功能层。在功能层中,巴特把意义作为衡量的标准,因为它们具有功能的特征。功能层中看似漫不经心的描写,其实可能包含着某种意义。巴特从结构的角度看待作品的意义功能,认为它们在语言学角度上是内容单位,而不是纯粹的语言单位。他把叙事单位看成是语言单位内涵的意义,在功能单位上属于可以小于句子的话语。这是作品的最小叙述单位,构成叙事的最基本的层次。他还将功能单位分属于分布类和结合类。分布类相当于功能,使人想到一个能指,其断定是在后面,是横向组合断定;结合类则包括所有的标志,而标志使人想到一个所指,其断定是在"上面",甚至是潜在的,是纵向聚合断定。功能包含换喻关系,与行为的功能性相符;标志包含隐喻关系,与存在的功能性相符。在叙事性作

---

① 罗兰·巴特:《S/Z》,屠友祥译,上海人民出版社2000年版,第158页。
② 罗兰·巴特:《叙事作品结构分析导论》,《符号学美学》,董学文、王葵译,辽宁人民出版社1987年版,第109页。
③ 罗兰·巴特:《叙事作品结构分析导论》,同上书,第115页。

品中,民间故事一类功能性强,而心理小说一类则标志性强。功能中的单位又被分为关键的铰链功能和起催化作用的填补功能,后者与核心也有联系。在叙事作品中,功能在一定的逻辑关系中联系在一起,形成一个个序列,最终完成一个接一个的相互联系的叙事过程。序列有始有终,可以作为一个更大叙事系列的子项。巴特认为,功能是通过人物发挥作用,显示意义的。

  巴特所说的第二个描述层是行动层。行动层准确说来是人物层,人物是通过行动来表现性格的,这种行动,主要不是指琐屑的细节,而是细节的总和,是欲望、交际、斗争这样一些抽象意义上的行为方面。行动层主要是处理人物关系的结构。巴特继承亚里士多德的看法,重视对行动进行结构分析,而反对把人物当做心理本质,以心理性质来分析人物。"结构分析从诞生的那天起最讨厌把人物当做心理本质,哪怕是为了分类。"[①]阅读作品是通过人物的行动及其关系来把握人物,而不是通过他的心理。在叙事作品中,人物是叙述的必要部分,但众多的行动主体不能通过人物来分类。这些人物无论是主角还是陪衬者,都是基本人物,都是事件的参与者,都是自己序列的主人,他们通过系列中的行动显示自己的特征。于是,他主张用行动法则来描述主要人物关系在故事中的变化,即根据人物"做什么"来描述和划分人物,因为人物是交际、欲望(或追求)和考验三大语义轴的组成部分。"人物作为三大语义轴的组成部分是成双成对安排的,所以无穷无尽的人物世界也服从与一种投射在整个故事中的纵向聚合结构(主体/客体,施惠者/受惠者,辅助/反对)。"[②]巴特在分析格雷马斯等人的人物类型理论的基础上,借助语言学理论,从非心理学语法范畴,即通过"我""你""他"三种人称形式对人称进行分类。其中"你""我"之间是个体直接对话的,既相互联系,也相互转换。"我"是主体人称,"你"是非主体人称。"他"则可能指许多人或指任何人,是非人称的行动主体。巴特认为,这种由语法范畴划定的主体,只有与描述的第三层叙述层结合起来时才具有意义。

  在描述层的第三个层次叙述层中,巴特认为叙事作品作为客体也是交际的对象。叙事作品有授予者和接受者。他批评文学理论著作很少提及读者问题,但是由于对接受的符号尚缺乏研究,他决定先论述叙述符号。他反对将作者与叙述者简单等同,也反对叙述者是全知全能的上帝,或是作品中

---

  ① 罗兰·巴特:《叙事作品结构分析导论》,《符号学美学》,董学文、王葵译,辽宁人民出版社1987年版,第128页。
  ② 同上书,第130页。

角色视野的总和。他将作者与作品具体情境中的叙述者分离开来,认为在叙事作品中,"说话的人不是(在生活中)写作的人,写作的人也不是存在的人"①。叙述者和作品中的人物,都是纸上的生命,是作品分析的对象,而不是分析的出发点。因此,在叙述层,巴特考察的是叙述人、作者和读者的关系。他以语言学的分析方法,将叙述者的代码分为人称体系和非人称体系。无人称是叙事作品的传统形式,因为语言本身有一套旨在排除说话人的现在的时态体系。由于事件就发生在当场和即刻,人称主体常以改头换面的形式涌入叙事作品。叙述的传统形式通常是无人称,而混合使用人称体系,是一种娴熟的技巧。在叙述层中,叙述符号把"功能"和"行动"纳入作为叙述交际的作品,同时把读者带入作品的世界。特定的叙述符号沟通了叙述者和读者的联系,使叙述具有一种模棱两可的作用,既打开了叙述通向外界的大门,又封上了叙事作品的大门,使之成为一种语言的言语。

第四节　读者与批评

巴特在《S/Z》中对读者给予了重视,强调了读者在阅读文本过程中的能动性,从中显示出他对结构主义的突破。"数世纪以来,我们对作者感兴趣太甚,对读者则一点儿也不注意。大多数批评理论依照冲动、压抑、无法遏制之类,来尽力解释作者为什么写作品。""人们力求确立作者所意谓者,毫不顾及读者所理解者。"②文学的目的不只是让读者做消极的选择者,更要做作品积极的生产者。读者的阅读规则"出自古老的叙事逻辑,出自某种甚至我们出生之前就将我们构织了的象征形式,一句话,出自广阔的文化空间,我们个人(无论作者或读者),身处其中,只不过是一个通道而已"③。受克莉斯特娃等人的影响,巴特认为作品要满足读者的音乐性要求,并着重强调了小说的复调。"能引人阅读之文是一种调性的文。"④他还把读者分为一般的读者和富有创造力的读者。阅读同样是一种创造性的活动。"阅读是一种语言的劳作。阅读即发现意义,发现意义即命名意义……它是一

---

① 罗兰·巴特:《叙事作品结构分析导论》,《符号学美学》,董学文、王葵译,辽宁人民出版社1987年版,第134页。
② 罗兰·巴特:《S/Z》,屠友祥译,上海人民出版社2000年版,第51页。
③ 同上书,第53页。
④ 同上书,第97页。

种处于生成过程中的命名,是孜孜不倦的逼近,换喻的劳作。"①他认为阅读是一种游戏,阅读中只有游戏的真理。在《作者之死》等文章中,巴特认为,读者的诞生,必须以作者的死亡为代价。

同时,巴特要使文学批评成为一种真正的写作,一种与文学创作等值的活动。他毕生追求使文学批评成为文学的一部分。在《批评与真实》的第一部分,巴特强调了批评的拟真性,这种"批评的拟真通常是选择字面上的符码的"②。这种符码语言与实物是不同的。他对当时关于批评的拟真性的客观性、品味和明晰性这三方面的实证主义要求和古典的要求,做出了自己的阐释。他认为批评的客观性不是基于作品字面上的意义,而是要从语言的象征本质出发,看作品如何将选择的模式运用到作品的分析上去。因此,批评的客观性从一个角度看,是象征的客观性及其运用。批评的具体性不是实物,也不是抽象,而是习惯,习惯控制着批评的拟真的品味。因此,批评既不以实物,也不以抽象的思想为对象,"而只应以单一的价值为对象"③。对于明晰性,他反对那种教条地固守已故作家的语言,而拒绝新词新义的做法。他从接受的角度出发,主张"语言也只能在可接受的范围之内才可谓之明晰"④。他认为作家要对言语及其自身的真实负责。他还强调:"文学的特性问题,只能在普遍符号理论之内提出:要维护作品内在的阅读,就非了解逻辑、历史和精神分析不可。总之,要把作品归还文学,就要走出文学,并向一种人类学的文化求助。"⑤文学批评的基础在于其理解符号和象征的能力,"象征的功能是一种能使人建立思想、形象和作品的非常普遍的能力,一旦超越语言狭隘的理性运用,这种功能就受到纷扰、限制和审查"⑥。

在书的第二部分,巴特着重讨论了建立文学的科学、文学批评和阅读这三个方面,并且以言语为核心,将它们看成是有机的整体,其中特别强调了语言与文学的关系。他认为作家"只应以某种言语的自觉性为特征",要体验到"语言的深度"⑦。作家和批评家共同面对的对象是语言。评论的危机

---

① 罗兰·巴特:《S/Z》,屠友祥译,上海人民出版社2000年版,第70页。
② 罗兰·巴特:《批评与真实》,温晋仪译,上海人民出版社1999年版,第12页。
③ 同上书,第16页。
④ 同上书,第23页。
⑤ 同上书,第29页。
⑥ 同上书,第32页。
⑦ 同上书,第45页。

是由语言的象征性引起的。这种象征性使得作品的结构包含多元的意义。"象征是稳定的,只有社会意识,和社会赋予象征的权利可以变动。""人经历了多元的时间,但永远说着同一的象征性语言。"① 为了体现出模糊性特点,诗人很早就开始采用"提示"或"引发"的方法。作家将模糊性构成符码,用符码使之形式化。因此,"文学著作所依附的象征语言在结构上来说,是一种多元的语言。其符码的构成致使由它产生的整个言语(整个作品)都具有多元意义"②。这些作品不受语境的环绕、提示保护和操纵,任何现实的人生都不能告诉我们作品的应有意义。象征性语言的不确定性是绝对纯粹的。作品的言语符合第一符码,允许多层次的阐释,但多层次的阐释不能改变作品自身。而作品的第二符码则受到一定的限制。巴特从语言学角度出发,主张:"在作者与读者前,作品变成一个语言问题,人们感受到它的本质,从而接触到它的限制。作品成了广泛的无休止的词语调查的信托者。人们总希望象征只有想象的性质,其实象征本身也具有批评的功能,而批评的对象就是语言本身。"③

巴特主张,一方面应该建立文学的科学,另一方面文学批评则可以公开、冒险地给作品以特殊的意义。尽管人们阅读和评论作品都同样面对作品,但批评乃是通过语言的中介进行批评的书写,而阅读,则直接面对作品。于是,巴特又直接从文学的科学化、批评和阅读三个方面系统探讨了文学作品,从而"环绕作品编织一个语言的冠冕"④。对于文学的科学化问题,巴特认为,过去只有文学史,而没有文学科学,这是因为还没有认识到文学作为书写对象的本质。"文学的科学模式,显然是属于语言学类型的。"⑤ 在文学科学的对象上,作家与作品是分析的起点,而其终极目的则应该是语言。因此,文学应该是一种"话语的科学"。作为文学的科学,对作品所感兴趣的,是作品产生的生成意义的变异。它不是诠释象征,而是指出象征的多方面功能。文学的客观性是一种象征的客观性,是建立在可理解性上的。这就不是作品字面的实义,而是虚义。批评家应该把语言学的"假设的描写模式"运用到文学作品的分析中,语言学可以把一个"生成的模式"给予文学。他甚至认为文学科学是一种话语语言学。他反对等待作家去世以后才能客

---

① 罗兰·巴特:《批评与真实》,温晋仪译,上海人民出版社1999年版,第50页。
② 同上书,第52页。
③ 同上书,第53页。
④ 同上书,第54页。
⑤ 同上书,第55页。

观地处理作品的说法,认为这是荒谬的,"用轶事的真实去印证象征的真实是徒劳无功的"①。

对于文学批评,巴特认为批评不是科学,"科学是探索意义的,批评则是产生意义的"。"批评所能做的,是在通过形式——即作品,演绎意义时'孕育'出某种意义。"②批评者要将多重意义重叠起来,让第二重意义即演绎的意义飘荡在第一义即本义之上。批评的三大限制在于,要把作品中的一切都看成有意义的,作品并非纯粹的对对象的反射;作品的变形影像屈从于视角的限制转换;一切反省过的内容,必须遵循某些规律,永远向着同一方向转化。这种限制使得批评家不能信口雌黄,意义在结构上是由区别所产生的。文学作品乃是主体与语言的融合。对于象征的讨论,要探究揭示象征锁链的模式。要通过象征去寻求象征,而不是去解剖象征。批评作为一种有深度的、定型的阅读,目的是成为对作品作诠释的解码。它只是对作品有所发现,而并不能改变作品自身。批评话语本身就是要恰切,读者的阅读不能为批评家的批评所代替。为了增加作品的可理解性,批评家的评论在做着拆解和重建工作。

巴特的著作,用他自己在《法兰西学院文学符号学讲座就职讲演》中的话说,大都只是各种性质含混的随笔文体,这样做虽然有些随意,有时显得不够严谨,但同时也不受理论体系的束缚,在矛盾的表述中透露出智慧的火花。巴特还常常采用结构的解读方法,从作品的内部结构分析作品。他运用心理分析学、社会学、语言学等所提供的种种方法来观察、剖析文学作品,并通过符号、代号、标记加以综合归纳,开拓了人们的视野,让人耳目一新。不过,文学文本毕竟是绚丽多彩的,有着丰富的文化意蕴,把它们纳入一种普遍固定的知性模式中,就未免显得简单化、教条化了。对于许多优秀的文学作品来说,这种文本解析方法,会让人感到是方枘圆凿、削足适履。尽管如此,他的文论思想,对于后代的文论研究,尤其在方法上能给人们以很多的启示。

参考书目:

1. 罗兰·巴特:《符号学原理:结构主义文学理论文选》,李幼燕译,三联书店1988年版。
2. 罗兰·巴特:《S/Z》,屠友祥译,上海人民出版社2000年版。

---

① 罗兰·巴特:《批评与真实》,温晋仪译,上海人民出版社1999年版,第58页。
② 同上书,第62页。

3. 罗兰·巴特:《叙事作品结构分析导论》,见《符号学美学》,董学文、王葵译,辽宁人民出版社1987年版。
4. 罗兰·巴特:《批评与真实》,温晋仪译,上海人民出版社1999年版。

思考题:

1. 巴特提出零度写作的目的是什么?
2. 巴特的叙事理论有何特色?

第二十章 德里达的解构主义文论

20世纪60年代是欧美文化界发生剧烈动荡的时期,也是思想新潮迭起的时代。巴黎街头的学生运动踏破了结构主义孜孜寻求的稳定性,白宫草坪前的反战横幅宣布了同一性的退场。一度如日中天的思潮迅速剥落光彩,取而代之的正是在词义、主旨、思维方向上都跟它大唱反调的解构主义。

第一节 解构主义的兴起

解构主义中的"解构"最初来自海德格尔在《存在与时间》中提出的"destruktion"一词,原意是"破坏",被用来意指揭示、分解和消解。解构主义是对盛行一时的结构主义的反拨,它的主要代表人物,如雅克·拉康（Jacques Lacan,1901—1981）、罗兰·巴特（Roland Barthes, 1915—1980）、米歇尔·福柯（Michel Foucault,1926—1984）和雅克·德里达（Jacques Derrida,1930—2004）,都在不同程度上接受过结构主义的影响,但又出于对结构主义先行设定意义和世界模式的共时态分析方式不满而发生转向,转而拆除具有中心指涉性的整体与同一结构,挑战形而上学,破除语音中心,反对逻各斯中心主义。

一、拉康的思想和影响

解构主义原本就不是一个组织严密、纲领明晰的有意识建构,更多的是后人在论述中的排列和归位。这也就是为什么在谈论文学与哲学的论题时却首当其冲地提起了拉康,一位就读于巴黎医学院,后来成为临床医师的精神分析学家。1936年拉康正式加入国际精神分析大会,同时进入了他的理论的"镜像阶段"（mirror phase）,开始探究言语行为的发生模式。他发现个体在6个月到18个月之间虽然尚且无力自控身体,但是已经自我构筑起了内在和谐认知,通过镜子反射出来的映像使孩童"作为主体存在的'我'初现雏形,在积累语言以前,在与他人的认同和区分得到对象化以前",突然被抛入世上。①

站在弗氏肩头的拉康同样把无意识当做核心理论来探究,弗氏对语言学的偏爱也为拉康所继承。他惊喜地发现可以通过串连若干个语言概念达到重构无意识系统的目标。他最著名的论断之一就是"无意识以类似语言的方式建构而成",反之亦然。拉康这个比喻式洞见体现出了语言和无意识之间的双向流转和互相作用。在主体人格的形成方面,弗氏的"自我"概念作为张力场中的节点,承接并对应着潜意识的"本我"和受到社会普遍压抑原则同化的"超我"。拉康则用"主体"代替了自我的位置,而主体的多层复合结构也与意指链相互依存。尽管主体被先在的生物性和后发的社会习得规定,但能指的作用也渗透在每一个行为中,不断地重新建构意义和主体,连成"符号—想象—现实"秩序体系。所谓符号秩序指的是差异和断裂;想象则源于孩童对镜像的记忆,在单个主体内部、多个主体之间以及主体与外界之间产生认同和区分;至于现实秩序,它既可以被当做客观的物理实存,又可以被看成是历时中的心理经验,而主体在这个复合体系中是按照"去中心"的走向建构起自身人格的。因为主体的建构是一种反复不停的实际行为,发生在与他者的每次接触中,"正是从他者那里,主体接收到了哪怕是由他自己所发出的信息"。他者与主体的联系在彼此投射的欲望中实现并确立意义,所以拉康坚持认为主体在自身内部承受着他者的存在和由此而来的压力,无意识也就成为他者显身的场所,倒置着主体意识,以适应这个共存的事实。

1964年,拉康在巴黎筹建弗洛伊德学派,他的思考、写作和论著所造成的影响波及文学艺术、哲学理论、批评创作、心理分析等诸多领域,他对稳定的永恒价值的颠覆,对划定了的分界,对万有大全式的体系的否定和拆解,都深刻而长久地影响着后来的实践,他在创作中的解构和自我解构较早地确立起了不完整的解构之图。

二、罗兰·巴特的文本理论

罗兰·巴特毕业于法国索邦大学的古典文学系,以批评为主业却从不侧身文学教授之列。置身边缘性的巴黎高等研究实验学院,在充斥正统观念的批评界中独辟蹊径,他以细致入微的精神,自由而兴奋地探索着专业研究与实际写作之间的关系,不遗余力地拆解着为众人所固守的种种成见。

---

① 雅克·拉康:《精神分析的语言》,参见《拉康选集》,褚孝泉译,上海三联书店2001年版。

他出版的第一本著作《写作的零度》(1953),追踪并展示了布尔乔亚写作史的形成和最终分裂,之后的《论拉辛》(1963)、《神话学》(1957)、《批评文集》(1964)、《符号学原理》(1965)、《S/Z》(1970)、《符号帝国》(1970)、《文本的欢欣》(1973)以及《罗兰·巴特论罗兰·巴特》(1975)、《恋人絮语》(1977)等著作都延续着独特的批评路径。巴特对意义一词有着不同寻常的关注和理解,他反对将意义分类分级,而是主张文本意义的丰富性,认为意义在文本中无处不在,只有在阅读终了时才可能完成意义的呈现。巴特在这一点上完成了批评角度的转换:关注作品的产生过程而非它本身,瞩目意义的指向而非意义的内涵。不再追问文本的本意,而是改问:这个文本是怎样产生意义的。他在批评实践中还对法国某些传统的思想价值观进行了颠覆性的考察,并对我们置身于内的社会文化表象加以解魅式的分析,对那些表面上很纯粹、不含意识形态明示或暗示的日常生活场景进行读解,明确甚至不无尖刻地揭示出那些暗藏其中的神秘化策略和非确定性内涵,希望人们从言听计从的角色转向释义和解读的位置。

在谈到文学生产过程时,巴特放弃了作者和作家的对立概念①,认为真正的作家同时兼任作者,或是表达预设意义或是跟从语言的引导,发现它能够产生的意义,所以,把他们叫做"语言劳动者"显得更贴切。他们的工作目的不是生产意义而是使文本指向意义,作家要逃离受到语言系统支配的规定性情境,逃离心理学的简单决定,回归到劳动的本位上,借助语言的物质性和能指来进行真实的、唯物的写作。与此相配的是巴特对于身体的格外重视,视之为决定作家语言的至关重要的因素,以此来打破将作者视为封闭自我的传统批评观。与此同时,他把文本从创生者的怀抱中褫夺出来,将种种假设和可能性附加其上,称做"语言学意义上的狂欢",使构成语言的言语脱离日常功能,重组语言学图景,在能指的协调与所指的自持中满足浮想联翩的享乐,在失却终极意义的同时摆脱任何固定性的规约和成见。一组对应关系在区分作家/作者、文本/作品、可写/可读、享乐/快乐时得以建立,作家所产生的是可写的文本,读者在阅读中无异于重新经历了一次写作过程,由此获得虽然紧张不安、却又难以言表的欣喜如狂的快感;作者产生作品,读者阅读时只能按照已然设定的模式接受而没有任何新创的读解余地,所得到的尽管也有舒服与惬意,但是终究像端着温吞水坐在屋内,身边

---

① 这两个在别处具有相近意旨的词语在此却被巴尔特加以明确划分,作家(writer)产生出来的是文本(text),作者(author)产生出的是作品(work),这是值得特别注意的。

的满室生春也无法满足内在于阅读之中的无端饥渴与冲动。这一洞见的提出表现了巴特对传统原则中完整性与同一性的撼动，他希望用垂直的动态阅读取代水平的静止接受，推翻本质主义者们把作者和作品当做具有完整人格和固定整体的实体观，用细致入微的读解重新组织和编写文本。这在他对《萨拉辛》的摧枯拉朽式的消解中可见一斑。在把全文分解成561个"读解单位"之后，他又归纳出五个功能符码，解释与行为符码规定文本中的事件，语义和象征符码叙述并容纳事件的情境和意义，最后由指示符码一边编码一边指涉文本外的牵连。

巴特在解构主义还不曾清晰显影之前就开始了抽取文本的本源意义和作者创生地位的消解活动，一方面承认语言的系统规定挤占了书写者的自我个性，另一方面又通过开诚布公地提倡享乐主义而重新将行为的意义带入，他的智慧与新见是开启解构批评的发端。

三、福柯的话语权力理论

出生于1926年的米歇尔·福柯20岁那年进入巴黎高师，毕业时获得了哲学和精神病理学两个学位，一度因心伤而离法，游历瑞典、波兰和德国。1960年回国，在克莱蒙—费朗大学教授哲学，1970年以后成为法兰西学院的思想体系史教授。福柯跻身学界精英之列却又以反叛的姿态闻名，他的著述也以视角独特、材料淹博、辞锋犀利、陈述精密而不失激情著称于世。出版于1960年的博士论文《精神病和精神病史》开辟了对特殊人类群落的研究，悬搁并质疑了人类文明史。之后的《疯癫与文明》(1961)和《诊所的诞生：医学知觉的考古学》(1963)，先后考察了癫狂、病态等所谓非常态在文明社会中被分割、被建构的历史以及此中显示出来的相关机构产生的可能条件和不同展示方式。此外，《词与物：人文科学考古学》(1966)、《知识考古学》(1969)、《话语的秩序》(1971)、《纪律与惩罚：监狱的诞生》(1975)以及天鹅之歌一般的《性史》《快感的享用》和《自我的关切》(1984)，几乎没有哪一本不是一版再版，屡被选译。然而，概括福柯著作的要义是困难的，这困难不但在于它们卷帙浩繁、涉猎广泛，而且与福柯独具的修辞风格有关。习惯上那种选摘引文、圈定关键词、转述主要观点的方法在此都不免失效。面对繁复的长句，频频出现的插入语、转喻、反语和生造词汇，面对交叠着神话与抒情的科学分析，一切明晰表述的企图都不得不退却。福柯的哲学立场使他有意抗拒对起源和超验本体的探寻，为了消除权力所造成的表面和深度之间的区别，福柯坚持通过平面化的论述达到去除中心的写作目的。在他看来,权力运作方式的最佳隐身所是话语,而话语同时也是文化构成的基础,涵括社会生活中的所有形式和现象。因此,将他自己的论著同样视做话语应当是进入福柯著作的有效路径。

福柯思想往往被称做出位之思,既选择逸出常规的独特对象,又采用脱离常规的分析原则,同时使用连篇累牍的否定式启示录,告诉读者他对陈旧的问题有多么不屑一顾。他希望他的话语能够使思想史摆脱对超验因素的屈从;使它从寻找业已丧失起源的恶性循环中解脱出来,能够"指出被界限在行为和策略之中,产生社会的理论并造成彼此干涉和相互转换的话语实践和革命知识是怎样产生的"①。他的话语是一种去中心的操作,"使任何中心都丧失它的特权……它不打算恢复起源或对真理的记忆。恰恰相反,它的任务是创造差异。它不断地产生区分,实际上它是一种诊断"。从这些表述中不难见到,福柯习惯以悖论开场,再用否定句从容启示。他对被众人信奉已久的权威叙事深感不满,反对讲究条分缕析的西方主导思想,渴望制造完全自由的话语,既抗拒外在的权威,也消解自身的权威,任何秩序或追求同一性的企图都在它面前败北。

话语一方面隐藏了权力的运作方式,另一方面也暗含着欲望的语言。二者借助话语实现自身,但又必须在实现目的的过程中掩盖自身的实际存在。《词与物》中反复阐明的就是这样一个主题:能指与所指间的假想匹配使得话语的地位被等同于事件,话语的奠基被归结到主体的原创性活动经验,这样的约定必须被全然抛弃,那些标榜着真理的话语形态需要得到解剖,昭示深藏其中的晦暗。于是,皇皇巨著《纪律与惩罚》和《性史》开始研究"对权力的欲望"和"欲望的权力",通过展示历代社会对于可能危及其权威统治的"犯罪"和"性越轨"采取的"监禁"和"排除"的做法,说明了为确保权力而产生的话语类型是如何在话语中进行争斗的,更为重要的是,福柯在分析中从不隐瞒自己的立场,他公开站在弱势群体一边,同情牺牲品的不幸,反对打着堂皇的旗号滥用权力的权威。他的武器就是他的话语,是能够促使话语本身瓦解的"有关话语的话语"。

《疯癫与文明》发现西方自中世纪末叶至今有关疯癫的话语历经了四次嬗变。16世纪时被当做蕴涵神圣智慧的"智愚";17—18世纪成为理性的对立,与健全的差异造成了对疯人的边缘处置,最初的医院完成着监禁的功能,疯狂与疾病、与罪愆相提并论;不过,19世纪时却分离了疯人的机体,

---

① 米歇尔·福柯:《知识考古学》,谢强、马月译,三联书店1998年版。

将他们看做既需要惩罚也需要治疗的特殊常人；直到20世纪的精神分析出现,健全与疯狂的差异才被强有力地削弱,倾听疯人的讲述构筑起新的研究空间,判定和处置疯狂的权威结构不再生效。与此相仿的是,《话语的秩序》也通过四种差别迥异的认识逻辑分期分析了人文科学中权威的运用和滥用问题。福柯依然采用纵向的考古式方法,着眼于某一时期内的文本和文本章节,所要见出的是同一阶段中主要文本同时具有的话语模式,亦即在著述者浑然不觉中支配着话语成型的权力机制。权力实际上无所不在,福柯精辟地洞察了这一事实。即使是最私人化的行为和场所也浸透了权力的隐形控制。就像《性史》中揭示的那样,知识与科学以理性和健康为名,成功地制造并推行了整套的压抑系统,将规范过了的"生命本性"内化到个体头脑中,从而能够用社会的纪律控制个体的身体。

福柯的论述反复阐明的只是话语的恣肆横行和操纵话语的权力无所不在,然而福柯本人为了防止落入同样的话语陷阱,从来不对这样一种语言理论做系统的说明,也从不回答它的合法性来源。这样的写作在拆解旧有意识规则的同时也消解着本身的权威建构。就此而言,福柯仍应归入解构思想家的行列之中。

第二节　作为事件的德里达

1992年5月的伦敦报界笼罩在一片反对声中,这场争论的缘起是剑桥大学准备授予法国哲学家雅克·德里达荣誉博士学位,可是为此进行的公开投票却惊动了国际学界,对德里达是否具有此资格大加质疑。许多知名学者直截了当地表示不满,他们的理由主要是：德氏作品不符合清晰严谨的公认准则；身为哲学家的他,著作的影响却主要发生在非哲学领域,比如文学甚至是电影评论；除了通过精致的玩笑诋毁传统哲学以外他似乎别无所成。虽然在一个多月的唇枪舌剑以后,德里达依然被授予了这一荣誉,但是他和他的著作的争议性却并没有因此而消失。其实,学者们的不满恰恰表现了以德里达为代表的解构主义与传统哲学的差异。

雅克·德里达1930年出生在法属阿尔及利亚地区的一个犹太家庭里,出世前十个月兄长夭折,十岁时又失去了弟弟,刻骨铭心的孤独和恐惧笼罩着他的童年,直到现在仍然会产生莫名的畏惧。德里达1949年回到法国,就读于赫赫有名的巴黎高等师范学院,后来又去哈佛大学深造。回国后一度是《太凯尔》杂志的核心人物。此后,他一直在巴黎高师哲学史专业任教,并曾经担任哲学系主任,是美国数所大学的访问教授,并多次获得诸如荣誉博士之类的授予。他的第一本著作是出版于1962年的《几何学的起源》,是一篇有关胡塞尔关于几何学的起源的一篇论文的导言,在这本书里,一些后来成为研究对象的词语和命题已经出现,比如事件与结构、经验与观念、声音与书写。

1967年,德里达同时出版了三本书,《论文字学》《书写和差异》以及《声音和现象》。《书写与差异》是一部论文集,论及当代理论家,如列维-施特劳斯、福柯、乔治·巴塔耶的学术主张。《声音与现象》系统分析了胡塞尔关于声音和在场这两个现象学概念,对胡塞尔实施解构,证明他在推论中将自己的见解推入了悖论。其实,此前一年的霍普金斯国际学会上,德里达提交的论文《人文科学话语中的结构、符号和游戏》已经引起了关注。在这篇论文里德里达质疑了结构主义所表现出来的二元对立和中心化倾向,初步显露了他反对结构控制、拆解二元对立的理论方向。而《论文字学》一书是使德里达声名鹊起的代表作,往往被看做他最主要的著作,其中表现出对结构主义语言学的反驳,即颠倒声音与书写的等级秩序。1972年,德里达再次同时推出三本书,《哲学的边缘》《播撒》和《立场》。《哲学的边缘》是包括十篇文章的论文集,《播撒》则只是一篇序言加上三篇百页论文,《立场》包括三篇访谈录,既阐释解构学说,又评论其他问题。1974年,他出版了《丧钟》,以分格对照的表达方式分析了互文本性的问题。此外,还有《绘画中的真实》(1978)、《多义的记忆》(1988)、《人的目的》《马克思的幽灵》(1993)。其中,《多义的记忆》是德里达为纪念挚友保罗·德曼而作,以"记忆和责任"为论题,叙述和分析了德曼在解构主义方面的工作,谈及美国的解构发展,并用他一以贯之的含混隐喻将世人关于德曼生前死后的争论比做"贝壳深处的波涛声"①,辩护了德曼在比利时主持亲德报纸的行为,捍卫了他的理论贡献。

二战后盛行起来的存在主义将哲学玄想还原到人生内部,把人的主体存在和主体意识作为价值的中心,而此后的结构主义则以对模型的共时态分析取代了对价值的历时性考察,从表象中搜寻隐含的结构,在生命里找到符号化的模式,由此从对人的本质把握转向对世界结构的分析。宣告了主体性的历史性衰落,张扬了结构的无所不在和普遍控制。但是,在德里达看来,结构所具有的整体性和显而易见的目的论色彩又是西方哲学形而上学

---

① 参见德里达:《多义的记忆》,蒋梓骅译,中央编译出版社1999年版。

传统中追求恒定意义和稳固结构的重现。结构主义不断强调的中心性、同一性和整体性遮蔽了事物间的差异、矛盾和局部特性,它把丰富多变的世界化简成为一目了然的矩阵图式,像一个"音乐总谱"(列维-斯特劳斯)、一个符号阵列(拉康)。一味求本溯源,确立中心。这其实是用先行设定的意义替代了原本多样的意蕴,对意义的追踪和求解已经在不经意间成为对预定结构生成的模拟运动,于是,每次阅读都只是"提取",既不是像解释学期望的那样把捉作者的原意旨,也不是像接受美学那样肯定变化中的读者所赋予文本的变化中的意义,而是在貌似科学的解读中再次复述已然放置在文本内部的规定性意义。一个循环就此完成:设定意义——构造结构——破解谜底——重现先验真理。对此,德里达深为不满,视之为自柏拉图以来的哲学中普遍存在的形而上学的二元对立,所谓中心决定结构,内/外、初/终、本/末、中心/边缘,被一一区别对待,解构主义要打破的正是这一认识论上的强大束缚,因而,它的挑战就针对西方哲学中的"在场的形而上学"(metaphysics of presence)和"逻各斯中心主义"(logocentrism)来展开。

所谓在场的形而上学其实就是在整体意义上把存在确定为在场,就像许多与基础、原则或中心密切相关的专有名词,常常被用来确认在场的连续性:如理念、起源、目的、潜能、实在(本质、存在、实体、主体)、真实、超验性、意识或良知、上帝、人,等等。当笛卡尔把"我思"的概念确立为真实的前提;当过去和未来的存在只能借助"现在"这一观念获得各自的实在;当"意义"在面向言说时经由记号表达出它的物质形式,又被认做是言说者的内心所想。在场的形而上学因此构筑起了一个承诺:亦即人最终可以与作为实体性存在的现实世界相遇而不需要任何介质,有关此世界的总体知识完全可以被获得。然而,在解构主义的视野中,这种对于"在场"的确信正是人们达到真正理解的阻隔。那种认为在特定的场界里存在特定的、高于一切的能够疗治、救赎人类整体的本质规定的信念其实已不能被信服。世界本身的分裂事实已经足以说明固定意义模式的不复存在。面对这样的难题,德里达采用的方法是从语言入手,打破在场,以差异性挑战同一性,在符号不能生效的"裂隙"中追摄意义"分延"之后的"踪迹",以此来凸显事物间的差异以及客观实在的缺席。

拆解在场不仅是为了消弭形而上学价值承诺的虚幻性,而且是针对笼罩西方传统哲学上千年之久的整个逻各斯中心主义进行的一次挑战。所谓"逻各斯",意思是关于每件事物的规定性的本真说明。它的词根是希腊语中的 logos,意思是"语言"或"定义"。在两千年前的希腊哲人那里,逻各斯被看做世界万物生成和相互交换的定则,"是位于一切运动、变化和对立背后的规律,是一切事物中的理性"①。从那时起,逻各斯不断被张显为名目各异的理论表达,比如赫拉克利特的万物为火的逻各斯表述、柏拉图的理式、亚里士多德的实体、经院哲学家们的上帝以及《约翰福音》中的"太初有言",还有康德的物自体和黑格尔的绝对理念,都是以逻各斯为中心和源起,丰富和发展了形而上学史。他们的共同地基就是对逻各斯的坚信不移,主张的确存在着一种关于世界的客观真理的观念,这一观念的内核就是对中心性的渴求,对本源的期待与追溯,对终极真理的希冀、设定和假想中的直面与抵达。

然而,历史前进的方式往往不是直线般的平坦,后来者的异议也总是朝着最坚固部分开始。德里达之所以把解构的利器指向逻各斯,也正是因为见出了它对古典哲学的覆盖之广、影响之深。由于逻各斯中心主义在本质上认定了在认知真理的方法上一定会有此方法优于彼途径,因而就人为地制造出了无数的二元对立,比如:灵/肉、有/无、精神/物质、实体/虚构、真理/谬误、言说/书写等等。值得注意的是,在这些二元对立项中总是有一方位居强势,支配甚至决定着另一方。"举例来说,如果对亚里士多德来说,'口头语是心灵经验的表现符号……而书面用语是口头语的表现符号'的话,那是由于声音与心灵具有实质性的、更直接的近似关联。"②其实,这种一定要证明此优于彼的等级秩序无非是力图确认前一项的绝对首位,使之成为中心、本源和本质,从而将后者推至边缘、衍生和次要位置。因此,在这样一种理想化的先在设定方式的指导下,只有统一与同一、确定与直接能够得到肯定,而真正存在着的差异性、不确定性和矛盾性却遭到贬抑,不得伸张自身。德里达坚决反对的正是这种等级序列。他看到了二元之间平行并置的不可能,见出了潜隐其中的统治与反抗的紧张关系,所以,要解构这一组对立关系,就要在特定情况下将这种等级关系加以颠覆。颠覆的着力点首先落在了现代主义遗留下来的最后一个深度模式——结构主义语言学的语音中心主义倾向上。

逻各斯中心主义之所以和语音中心主义有关是和它的拉丁词源分不开的。logos 兼有"ratio"与"oratio"两层意义,前者指的是内在思考,后者指思想的外化表达。这也就意味着,逻各斯同时具有"思"与"言"的双重涵义。

---

① 梯利:《西方哲学史》,葛力译,商务印书馆1995年增补修订版,第22页。
② 德里达:《论文字学》,汪堂家译,上海译文出版社1999年版,第16页。

它虽然被译为"理性"或者"思考",但它的原初意义就是"语言"。思想与言说共同构成了逻各斯。在为某一事物下判断的时候,逻各斯可以是一种言说,以陈述中的词语出现。但是在哲学思想中,逻各斯又代表着理性自身。如此一来就把语音的地位抬高了许多。因为传统形而上学特重人的"说话",认为人在说话时能够保持自身思想和自我言谈的统一,亦即声音与思想的一致,由此避免意义的含混,免得思想被掩盖、被扭曲、被误解。思想被在场的言谈通过具有物质特性的声音直接呈现出来,并且通过问答继续深化。而书写则不然,它不能够与言说者的思想同在。一方面是作者的缺席,另一方面是书写符号自身的固定性弱化了赋予语言以生命的意义,使它可以被反复阐释却又因作者的隐匿而无从辩解。在失去了言说的直接性和明晰性之后,意义就滞留在达到理解的前一阶段。书写成为边缘,语音占据中心,它们构成的二元对立为德里达树起了醒目的靶标。于是,颠倒主次顺序,切换中心与边缘的位置,解构声音/文字,言说/书写的二元对立模式就成为德里达的首要工作。

在《声音与现象》一书中,德里达把声音作为在确立自我在场时所必须区分开来的缺席和差异的唯一谜底。因为"作为意识的在场的特权只能够……特别地通过声音被建立,这正是从来没有在现象学中占据过主要地位的自明性所在"①。事实也正如德里达所揭示的那样,结构主义语言学主张"语言符号连接的不是事物和名称,而是概念(concept)和音响形象(sound image)"②。由于语言符号是任意的,是约定俗成的,是建立在差异的基础上而不是真的具有什么内在的规定性,所以可能有独立于文字之外的语言。语言和文字分属不同的符号系统,在索绪尔看来,值得研究的只是后者,因为文字之所以存在的唯一理由正在于它对语言的表现,它只是再现声音的形式,是一种技术手段,一种外在的补充。正如千年以前的斐德若曾经说过的那样:"哲人的文章既有生命,又有灵魂,而文字不过是它的影像。"③真正的语言学研究不必考察书写形式而只需要以语言为对象,如果换做了文字就仿佛是在认识一个人时经由了他的照片而不是他的本人。如此一来,逻各斯中心主义就改头换面地植根在了语言学中,这一次的名字叫做"语音中心主义"(phonocentrism)。

---

① 德里达:《声音与现象》,杜小真译,商务印书馆1999年版,第19页。
② 索绪尔:《普通语言学教程》,高名凯译,商务印书馆1980年版,第101页。
③ 《柏拉图文艺对话集》,朱光潜译,人民文学出版社1963年版,第171页。

面对板结在语音与文字之间的又一个逻各斯中心论,德里达采用了釜底抽薪的方法来加以解构。难道言说就不具有不确定性了吗?他首先这样发问。答案当然是肯定的。说话同样具有书写的种种含混可能,也同样可以一次次地被重复。另外,说话所依赖的是它自身的符号,而这些符号也有其本质的规定,也可以脱离原生语境而被反复使用。在某些时候,书写的内容会被言说复述,写作的被谈及使得思想先于语言、文字早于声音,原有的等级秩序不再是铁板一块。除此以外,书写还有胜过言说的一面。文字的织体组成固定的铭文,阻断在场的重新介入,符号间的关系是既在内部发生连接和联系,又因为和外界的阻隔断裂而各自规定成形,意义产生于前者,歧异却被后者避免。而言说也完全可以在说者不在场的情形下被再次重复,在这个意义上,它与书写之间的差异就被填平,谁也不比谁更优越。这个二元对立模式由此失去了合法性。

不过,需要特别注意的是,拆解此二元对立决不意味着要用另外一种来取而代之,那样的结果有悖解构主义的初衷。德里达无意于使书写高踞于言说之上,他之所以打破中心与边缘的目的不是建立新的形而上学秩序,而是要从根本上解除任何中心的存在。无论是历史上承认的语音言说,还是他力图为之张目的文字书写,都无权占据。因而就不难看出,这一系列的解构行为其实不仅仅是为了颠覆中心,更是为了消除中心本身的存在。与之同时到来的结果是差异的被抹平和价值的不确定性。原来的等级序列被置换为平等的互补关系:书写是对言说的记录和存档,而言说则是对书写的增补和替代,同为思想的外化形式,它们相依共存,缺一不可。

与此相应的还有解构主义的阅读策略和写作主张。德里达所倡导的阅读是新式的双重阅读,既不去把捉作者原意,也不去追溯文本来由,甚至不去求解读者的所思所想,而是着力找寻文本中的内在矛盾,在裂隙中读出与作者初衷的悖离。这样的阅读是为了求异而非求同,所以,解构的理解就相当于误解,每一次解码其实都是在重新编码,而写作又出现在能指和所指间的断裂之处。写作中同样存在着对逻辑和体系的规避,语义在出现伊始就呈现多义的蔓延。于是小说消失在叙事中,诗歌融化在情感里,哲学被理性淹没,而普遍意义上的文学又难以和哲学截然划分。德里达不肯在写作中恢复秩序或等级,他更愿意发掘出潜隐着的相连根系以证明多元之间的互相作用,正如他在柏拉图的洞喻哲学中见出了隐喻在哲学中的实际情况,由此消弭哲学与文学之间的人为鸿沟,恢复它们的早先形态,即原始书写。① 而且,德里达本人的写作就是对板结后的哲学文本的拆解实践。他把旧有的哲学写作看成表现了欧洲中心主义的人种优越,只是一种"白色神话",而他所要进行的写作是体现了福柯的"作者死亡"的思想的意义自身的内部指涉。这种写作犹如一场独自完成的嬉戏,文本的展示在作者的藏身之所得以显露。大量的双偕用语、隐喻和反语既使德里达被那些看惯了明晰文字的批评家们深深诟病,又为他的思想找到了极其合适的承载。因为他期冀的写作是融和了含混与歧义的,包括言说与书写在内的广义书写。

第三节　关于《论文字学》的解读

　　自从1966年德里达在美国约翰斯·霍普金斯大学的国际学术会议上崭露头角以来,解构主义的影响就日渐增加。人们或许并没有阅读过他的煌煌巨著,但是都会受到不同程度的影响。1967年德里达的《论文字学》与《声音与现象》《书写与差异》同时出版。其中,《论文字学》不啻为他的成名作。1974年,斯皮瓦克把《论文字学》译成英文,这个得到交口称赞的英译本本身就是一个里程碑,标志着解构主义理论得以在英语世界迅速传播。

　　这是一部体现着解构主义基本精神的著作,反对逻各斯中心主义和语音中心主义,否认存在恒定的终极意义,拆除二元对立,瓦解形而上学,并且尝试提供新的阅读策略和写作方式。德里达自己无意于建立新的一般性的系统理论取代原有的哲学,他只是"试图提出一些批判性解读的问题",比如说,语言通过哪种方式使声音凌驾于书写之上,通过哪种方式可以颠倒上述等级秩序,以此在具体的读解中完成对时间线性或线性时间的阻挠。经过这样的解读得以建立的与其说是体系谨严、结构庞大的所谓科学性理论,毋宁说是展现了作为智者的德里达的特殊"视界",他的文字观、文本观、阅读观、写作观都一一显现出来。重建语言理论,创立"一种有别于语言学的文字科学或者称之为文字哲学,它既不是人文科学,也不是分支学科"②。

　　书中的第一部分考察了"字母产生以前的文字",首先回溯了历史上的文字开端,然后阐述他所采用的"文字学"一词和此词代表的另外一种文字观与结构主义语言学有什么区别,最后将其定位成实证科学。第二部分

---

① 德里达:《论文字学》,汪堂家译,上海译文出版社1999年版,第128页。
② 同上书,第123页。

"自然、文化、文字"主要通过对列维-斯特劳斯和卢梭作品的解读,推翻了旧有的成见,在文本中寻找裂隙,通过意义链的生成和不断循环而证明了以往认知中的蒙昧,同时提出了替补概念,对于建构形而上学大厦之外的文字织体起到了重要的作用。

一、文字观

《论文字学》开篇之初就引用尼采的话说,"苏格拉底,从不写作的人",以此来说明西方传统中根深蒂固的言语优越观。逻各斯中心主义在此表现为一种言语中心主义,它主张言语与存在绝对接近,言语与存在的意义绝对贴近,言语与意义的理想性绝对贴近。活生生的言语是内心经验的表征,它所贴近的是在场者的叙述和叙述中的思想及意义本身,而转述性的文字只不过是口述语言的表征,被书写下来的文字无非是前者的派生。"语音的本质直接贴近这样一种东西:它在作为逻各斯的'思想'中与'意义'相关联,创造意义、接受意义、表示意义、收集意义"①,但是,德里达所竭力撼动的正是这一传统。他逐一分析和批驳了语言学抑文字扬言语的理由,认为文字比语言更具意义,"不仅表示书面铭文、象形文字或表意文字的物质形态,而且表示使它成为可能的东西的总体;并且,它超越了能指方面表示所指方面本身"。另外,在德里达看来,具有"本原性""自然性"的语言是根本不存在的,语言本身始终就是一种文字,一种"原始文字"或"原型文字"。它的存在方式是"原始暴力,专名的丧失,绝对贴近的丧失,自我呈现的丧失"②。而且,"由于文字并非言语的'图画'或'记号',它既外在于言语又内在于言语,而这种言语本质上已成了文字"③。这样其实是把文字,或者说"原始文字"当做既包括文字又包括语言的一切语言现象的基础,由此使得文字不再只是语言的附加,并转而成为语言得以产生的基础。因为文字所具有的涵括能力是远远超出于言语之上的。

在颠倒、拆除言语/文字的二元对立模式的过程中,东方文字在《论文字学》一书中被屡屡谈及,尤其是汉语,由于它本身的表意性和西方拼音化的语言文字截然不同,简直像是"聋子的发明"(莱布尼兹语),因而成功地逃离了声音的纠缠和控制。其实索绪尔也意识到了世界上存在着两大文字

---

① 德里达:《论文字学》,汪堂家译,上海译文出版社1999年版,第14页。
② 同上书,第163页。
③ 同上书,第63页。

体系,一种是表意体系,一个词对应一个符号,一个符号就已经是一个具有完整意思的词,这个符号只和词所表达的观念有关,而和词的声音无关;另一种是表音体系,以不可再分解的音素为基础,通过音节、字母再现构成此词的一簇声音,由此使得某些字词已然失去原有的价值而单单作为显示孤立声音的符号。但是依旧沿袭逻各斯中心主义的索绪尔却仅仅将"以希腊字母为原型"的文字体系当做语言学研究的对象,这一选择基于他所认为的文字的特质——"符号的任意性"而做出,因此,与自然形态存有关联的书写记号就不具备成为文字的资格。而德里达正是站在了这种偏见的反面,将汉字褒扬为哲学性的文字。不过,德里达警惕地声明他的肯定和另外一种以褒扬的形式出现的偏见不同。如果说,索绪尔的"汉字偏见"是从人种中心主义出发的嘲弄,那么,"象形文字的偏见"则是另外一种无知的过分赞美。对于那种要依照汉字来建立新的"不受污染"的世界文字的设想,德里达视之为"不加理解的吸收过程"。在他看来,"纯粹的象形字与纯粹的表音字是理性的两种理念。纯粹在场的理念:在第一种情况下,是被指代物向它的完全模仿的呈现;在第二种情况下,是言语本身的自我呈现"①。归根结底,"文字的起源在千差万别的文化中始终是相似的,它以复杂而合乎规律的方式与政治权力的分配息息相通,与家庭结构息息相通"。面对这种身处变化之中的人类社会的特殊产物,德里达一方面希望能够在他的文字学中回答"文字是什么"的问题,另一方面也意识到这些思想仍然被禁锢在"在场"之中,所以,他的逃离只能在索绪尔的框架中发生,在这位语言学家关于语言学的定义基础上改头换面地说,这个目前还不存在的科学将以科学性为根据去追求自己的对象,"在未说的情况下做非说不可的事,在未开口的情况下写非说不可的东西",以此来开辟普通文字学的未来。② 而在这门学科中,语言/文字的秩序将被差异/踪迹取代,新的本文观、阅读观和书写观在文字观得到厘定之后开始展示它们的力量。

二、文本观

(1) 本文之外别无他物

《论文字学》的后半部分通过对列维-施特劳斯的《忧郁的热带》和卢梭的《语言起源论》等著作的解构主义式的解读,凸显了德里达独特的文本

---

① 德里达:《论文字学》,汪堂家译,上海译文出版社1999年版,第437、138页。
② 同上书,第40页。

观。他将卢梭的著作看成是继柏拉图的《斐德若篇》、黑格尔的《哲学全书》之后的第三大里程碑。

出于对一切深度模式的反对和厌恶,德里达在面对文本时坚决否认文字以外还有意义。所谓文字背后的真理是不存在的,也许那只是某种关于真理和真实的可能性的幻觉和设想,然而文本中的文字组成自我牵连、彼此指涉,结成内在的、无关于作者、也无关于文字深层意义的意义链。形而上的真理、文字深层的意义或者作者的本意一律被放逐在文本之外,作者在文本中表现的意图早已被文字的意义取代,得以解读的只是后者,而不必追索原意如何。对于本原,解构主义的态度一贯是怀疑的、否定的,在德里达看来,作者早已遭到放逐。作者的名称和理论的名称并无重大价值,它们既不表示身份也不表示原因。千百年来形而上学的一个根本谬误就在于预先设定终极价值、恒定的中心,或是不变的真理,而语言又是呈现真实的唯一工具,犹如复现在场的潜望镜,为人们提供直观真理的整体观望台,然后,得鱼忘筌,文字本身被弃若敝屣。这是德里达所不能容忍的,因为文字和文本的背后并不存在着什么真理,当然它们也就无从显示它,能指的独尊局面早就应该被僭越。文字是文字,不能等同于真理;语词是语词,不能混同于在场。它们自身足以不朽,无需附加的深意,不必外在的衍生。就此构成一种截然不同于结构主义、不同于解释学、不同于传记批评的文本观。这也就是被德里达反复论及的,"本文之外,别无它物"①。

(2)从"播撒"到"分延"

分延(différance)这个概念是德里达独出心裁的创造,它由区分"to differ"和延搁"to defer"两个动词共同构成,是阅读中瓦解确定意义的关键。这个词语得以出现的过程本身就显示了对逻各斯中心主义的进攻,所谓言语先行,文字后继的秩序已经破产,语词的本义也在新造语汇融入交往时趋向寂灭。他本人对这个词的释义既常常重复出现,又往往自相矛盾。一方面他说"纯粹的痕迹就是分延",又说"分延就是形式的构造;另一方面,它又是印象中被映现的存在物"。② 他反对把分延看做一个概念,甚至认为它连一个词都不是,认为它不属于存在、在场或缺席的范畴,主要指明的是差异的产生以及由此而开展的游戏运动。而且,德里达坚持用反权威的态度来使用此词,从不用大写字母来书写它,以此说明尽管它的颠覆力量能够攻

---

① 德里达:《论文字学》,汪堂家译,上海译文出版社1999年版,第158页。
② 同上书,第89页。

城略地,但实际上不具备任何支配力量。阅读活动是"在言语中辨认文字,即辨认言语的分延和缺席"①。由于符号并不是字面所指涉的对象,不能看做能指和所指的结合物,而应该是所指在场的推迟,因为符号的出现已经表示着物体的缺席,是区分与延搁的双重走向。在时间轴上,在差异的连续中延搁着所指的在场;在空间存在中,根据语境中的一系列区别而和其他符号区分开来。符号的不确定性再次得到强调,能指的确定意义在时间流向中被延搁,所指的在场想象在空间中不确定。词语的本原意义和确定内涵不复具有不言自明的地位。符号的确定只是在词语谱系中因为区分而得到暂时的停靠,不断进行着的区分与延搁致使新的意义长期处于形成之中。在这样的视点下,当下与历史、共时与历时的对立被新意义的产生消解。同时,终极性本原也随着符号的同一性、中心性的消失而丧失。恒定单一的源初意义已经不再存在,词语的意义只能在既无开端又不见尽头的无穷分延中变动不居、流动不停,没有止息的运动产生着没有定规的意义,而对于意义的选择也同样具有无限丰富的可能。

分延不但阻隔其他词语的确定意义,而且也躲避着自身的中心化。它反对给其他词语下定义的前提是本身拒绝被定义,普遍性定义或是规定性意义都是它避之不及的。由于它总是以亦此亦彼、非此非彼的面目出现,就使得符号的原生假想归于破灭。而符号之所以能够抵达理解之岸的原因只是因为符号间的差别构成了它存身其中的语境,符号在与其他符号的区分中,在时间的延搁中获取片刻的意义理解。由符号缀连而成的文本也成为延搁中的暂时意义,单立符号的不确定造成了文本整体的意义变化。由字及词、由词及句、由句及段,无尽的分延带来了无穷的意义。一个文本和别的文本联成宽网,把绝对的、固定的、先在的、本原的意义一概放逐,只有相对的、不定的意义在读解中一次次生成。在意义不定的变化中,解构的工作就可以选择任何细节来开始,文本符号间的裂隙犹如长堤上的蚁穴,从细部进入的读解足以造成全书意义的崩坏,将一成不变的结构和固定不变的意义统统扫去,文本的意义就成为主观相对的和无法确定的。

(3) 痕迹(trace)

既然文字只是自然的记号而非言语的图画,那么由文字织就的文本也就不能被当做自然的在场,而只是由不出场的物的符号的运动留下的痕迹。所以,文本的意义就不再有绝对的本源,痕迹只表明不在场的物和在场的分

---

① 德里达:《论文文字学》,汪堂家译,上海译文出版社1999年版,第203页。

延运动之间的关联。"痕迹既非自然的东西也非文化的东西,既非物理的东西也非心理的东西,既非生物学的东西,也非具有灵性的东西。它是无目的的符号生成过程得以可能的起点,也是与之伴随的自然与其对方的所有外在对立得以可能的起点。"①

不过,痕迹虽然标志着起源的消失,但关于起源的探寻却没有因此而消灭。起源不得不反转方向,通过非起源,通过痕迹来自我成形。这样就使得"痕迹成了起源的起源"。不过,这并不意味着存在什么原始的痕迹,所有的痕迹都是由于差别的显现而形成的原始综合,纯粹的痕迹就是分延。痕迹在对在场的延搁中暗示出符号的意义,从而将追本溯源的确定性企图抽空。所指依凭差异而成为指涉其他符号的意义链条,一边延搁意义,一边显形痕迹。文本就不再是拥有意义本源和作者原意的固定存在,而成为被追踪、被发现的痕迹之路。阅读就是不断的分延,从这道印痕进入到另外一处,分延、变化,并无终止。解读文本就是对痕迹的追随,从符号的差异到达其他符号,从一个文本到达其他文本,从这处痕迹到达下一处痕迹,在不尽的区分和延搁中,意义的起源和恒定的价值都不复再见,中心和确定性又一次被解拆。文本的离心式运动总是将痕迹的趋向导往自身以外,痕迹在意义的分延中解构了文本的同一逻辑。

(4) 替补之链(supplement)

替补的原意是指"用来完善和提供补充的某物",卢梭使用这一词语时已经将它的自然本义复杂化了。一切教育,即卢梭思想的要旨,后来被描述成替补的体系。但是他又认为只有邪恶的、消极性的东西才采取替补的形式,在场始终应该是自然的和自满自足的。替补物并不源于自然,而且异于和低于自然。在《忏悔录》中卢梭创造了"危险的替补"一词,他先是把自然当做不够完全的自我规定的完善,需要教育进行补充以成为真正的自然,而教育又可以使人获得原有的真实自然。如果说替补在卢梭的作品中只是作为概念被使用,那么在德里达的借用中就被赋予了对抗的功能,成为了具有拒斥和反对传统哲学的逻辑力量。他借用"替补的逻辑"来探求隐没在卢梭著作之后的让-雅克的生活,"将生活和写作纳入相同的织体,纳入相同文本的约束性和附属性。这种东西在此被称为替补,即分延"②。

可以说,德里达的替补是寄生在卢梭的消极替补之中同时又不断指向

---

① 德里达:《论文字学》,汪堂家译,上海译文出版社1999年版,第65页。
② 同上书,第217页。

前者漏洞的拆解手段。他指出卢梭替补之链在循环中的开裂：如果不是所谓首要的自然出现了缺欠，为何需要第二义的教育进行替补呢？如果教育能够补充自然的缺陷，那么它自身不也就成了它所增补之物的本质前提了吗？步步紧逼的诘问之中还点明了替补逻辑所具有的深远影响，如果相对于完整性而言某件事物是边缘的、片面的，如果这种边缘的、片面的事务替代了前面的完整或是增补完善了它，一种替补逻辑就建立起来了。"形而上学通过将替补确定为单纯的外在性、确定为纯粹的补充或纯粹的缺席来排除不在场的东西。排除工作是在替补结构内进行的。这其中显现的矛盾是，被补充的东西成了虚无，因为它补充了与它截然不同的完整在场。言语是对直观的在场（在者、本体、本质、存在等等的在场）的补充；文字是对活生生的自我呈现的补充；文化是对自然的补充，邪恶是对愚昧的补充，历史是对起源的补充。"①这种思维的后果就是言语之于书写的理所当然的特权地位。因为替补既是补充又是替代，双重意义的叠合再次指明了替补对于本源和终极真理的存在的虚空证明。替代物既不会不对在场的积极因素进行单纯的补充，更不去进行什么烘托，表示空无的符号早已确定它在这一结构中的地位。因此，从某种程度上说，某物只能够借助符号和指代者才能填满自身、完成自身。符号始终是物本身的替代物。也就是说，"词与物是只有替补结构才能产生和表明的参照界限"。

替补的本质是没有本质，但它有界限。"只有当人划出了将他的对方，即纯粹的自然、兽性、蒙昧性、幼稚性、疯狂性、神性排除在替补活动之外的界限时，人才能自称为人。人们把接近这些界限视为死亡威胁，因而害怕接近这些界限，同时，人们又把接近这些界限视为接近无限分延的生命，因而渴望接近这些界限。人自称为人的历史就是所有这些界限的结合。"②这也就意味着替补在人类历史的形成中所起到的作用。那些被形而上学规定过了的本源、真理和永恒都被德里达融进了替补的链条运动中，人们在寻觅虚设前提的道路上却意外地遭逢了先验概念的覆没。终极意义的悬隔转而被敞开和多变的意义取代，没有止息的替补活动将人们带入多样的意义增殖过程，不确定性成为唯一可以确定的对象，而活动的过程则代替了坚固的理念建构。被卢梭强行带入形而上学的替补反而成了德里达拆解这一大厦的最佳工具，难怪他会嘲讽卢梭的初衷只是一场幻梦，"我将我的梦作为梦来

---

① 德里达：《论文字学》，汪堂家译，上海译文出版社1999年版，第240页。
② 同上书，第356页。

看待,我让别人去评判我的梦中是否有对清醒者有用的东西"。是的,德里达找到了"替补"所包含的有用的东西,但是他所完成的破坏恰恰是卢梭全力维护的言语在场。

第四节 简单的结语

解构主义在欧美知识界的风靡从 20 世纪后半期开始,至今余响不绝,并日益显出不断扩大的趋势。如日中天的解构主义所产生的影响几乎波及了所有的人文学科,褒贬不一也就成为必然。贬者批评解构主义过分追新逐奇,一味制造悖论和矛盾,用稀奇古怪的解释取代明晰透辟的分析;在写作中生造术语,混淆词性,故做惊人之语,回避人文精神,拒绝价值关怀;停留在平面的语义游戏中,自恋于某些修辞性图式不能自拔。但是褒者却大加赞颂,认为解构主义不啻为惊醒现象学迷梦的功臣,重构了知识分子的精神组成,并且已经占据了大部分人文学者关于世界图景的想象。

对于哲学,尤其是西方哲学而言,解构主义风行的肯定性功用首先在于它对千年形而上学大厦的攻击和拆解。通过向一系列的常识化了的认识论、本体论的概念的质疑和颠覆,解构主义改写了已经被世人普遍接受了的哲学形象,转变了早已凝结的思维惯势,代之以流动不居、变化不已的意义滑动,在每一次情境的转换中和转换后生发出另外的可能性。"真理""绝对真理""确定性"等概念已经在德里达等人猛烈的抨击下权威不再,所以卡勒才给解构主义冠以"针对先时把握真理幻觉的清醒剂"①。同时,给出确定承诺的逻各斯中心主义已经不再能够提供关于世界的客观真理的合法性支撑,而是被论证成为某种无果的期望,古典哲学那种追求主客统一而后达到真理认识的思维路径已经被堵截,那些纯粹的在场观念、那些二元对立模式,也被模棱两可的"分延""痕迹""裂隙"等概念揭露出了虚构性,"本质""实在""理性"等也随着绝对真理的被解构而风光不再。

如果说解构主义在哲学方面完成的是本体论震荡,那么在文学批评界进行的就是方法论层面的革旧鼎新。文学界对解构主义的接受表现在三个层次上。其一是由"影响的焦虑"带来的语词更新的内在要求,使得评论界频频挪用那些含义含混,却又蕴涵张力的生造词汇,而今,几乎看不到对"消解""播撒""话语""颠覆""书写与言说"避而不用的评论。其二表现在批评策略

---

① 乔纳森·卡勒:《论解构》,陆扬译,中国社会科学出版社 1998 年版,第 16 页。

的转变上,往日的批评力求增殖式的,比原文提供更丰富、更趣味盎然的阐释和生发,而转向解构的批评却更关心文本所未能意识到的限定,"它无止境的倒行的趋势","证明我们并非生活在一个清晰界定的空间中","承认自身话语永远不足以说明自身"。① 其三,解构主义拆解二元对立、消除在场中心、反对权威的思维方法已经同化了现代批评的取向,洞悉权力运作、揭示合谋共谋、再现等级控制模式,成为了现代批评者的前期清场工作。

解构主义之所以会产生如此巨大的影响,关键原因在于它的新思维。相对于前期盛行的结构主义而言,解构主义无异是从反面开始了一场攻坚战。它在反对结构主义的封闭、确定、中心和统一的同时,提出了重视差异、取消中心、无限变更的开放活动的观念。以"意义"代替"结构",以"阅读"和"写作"取代"定论"和"成见",从而将重心挪至行动的过程,而不拘于固定的结果。一种生机勃勃的思维方式随之激发,具体到解构主义的写作实践就成为对界限的忽视和突破,以往横亘哲学与文学之间的人为切分被忽略,超越性写作得以出场,以其无终极、不统一、反体系、向未知敞开等特质成就了多样文本混合的文字织体。

可惜,解构主义在取得如此骄人业绩的同时也面临着危险。他们的拆解其实从来未能真正脱离传统哲学的共识系统,但是又从来不能承认在继续谈论传统,尽管新生词汇层出不穷,却仍然不能援救解构的困境,无论怎样规避,他们所使用的、所铺展的论述都势必要与传统构成推论性关系,否则就不是打破、不是颠覆,但是他们又不得不极力否认这种相依共存,因为反叛的立场需要维持下去。于是危险就此出现,解构面临着被解构,传统在反对中继续存活,反对只好沿着书页滑行。另外,解构主义的真理观也使自身陷入两难困境。如果依其所言,绝对真理已经绝对不存在,那么解释与解释、观念与观念间的差异就只能停留在能指的构成方面,解构主义本身孜孜倡扬的意义也就变得可疑甚至无处找寻。而且,它迷恋般的重视自我参照性的悖论,在挥舞语言利器,调侃和嘲弄秩序与权威的时候又行使了另外一种"暴虐",犹如"瘟疫"横行一般覆盖了文学的趣味。

参考书目:

1. 《拉康选集》,褚孝泉译,上海三联书店2001年版。
2. 米歇尔·福柯:《知识考古学》,谢强、马月译,三联书店1998年版。

---

① 斯皮瓦克:《〈德洛帕蒂〉译序》,载《批评探索》1981年第8期,第382—383页。

3. 德里达:《论文字学》,汪堂家译,上海译文出版社1999年版。
4. 德里达:《声音与现象》,杜小真译,商务印书馆1999年版。

思考题:

1. 解构主义从哪些方面提出了新的理论创见?
2. 德里达的文本观体现在哪些方面?
3. 德里达文论有何影响和局限?

第二十一章 格林布拉特的新历史主义文化诗学

新历史主义(New Historicism)以"返回"的方式对历史问题进行新的意义填空。这是因为思想的执着往往在于,总是要不断返回原初的问题空白。就此而言,新历史主义是一种不同于旧历史主义和形式主义批评的"新"的文学批评方法,一种对历史文本加以释义的、政治解读的"文化诗学"。在"主体"与"结构"二元上,形式主义批评选择了结构和语言,历史主义批评选择了历史的客观决定论,而新历史主义选择了主体与历史。并且,新历史主义在对文本中心论和历史决定论的清算中,使"文本的历史性"与"历史的文本性"得到关注,使"历史与叙述""政治解读与文化诗学"成为当代文论的热门话题。

第一节 新历史主义的源起与文化语境

新历史主义诞生在20世纪80年代的英美文化和文学界。它在70年代末已经初露端倪,即在文艺复兴研究领域中逐渐形成了一种新的批评方法,而且这种阐释文学文本历史内涵的独特方法日益得到西方文论界的认可,一大批新历史主义批评家也日益受到批评界的关注,其中较引人注目的有:格林布拉特(Stephen Greenblatt)、海登·怀特(Hayden White)、多利莫尔(Jonathan Dollimore)、蒙托斯(Louis Adrian Montrose)、维勒(Don E. Wayne)等等。

一种新理论往往产生于学科需要自我反思、自我更新的历史时刻。新历史主义之"新"是相对于历史主义(historicism)之"旧"和形式主义批评之"冷"而出现的。历史主义是研究历史(包括文化史、文学史和思想史)的历史哲学方法。近代以来,其代表主要有意大利的维科、法国的卢梭、德国的赫尔德、英国的柏克、德国的黑格尔、以及现代历史哲学家柯亨、克罗齐、狄尔泰、斯宾格勒、奥铿等等。尽管各人的理论基础不同、命题不同、视阈不同,但在历史主义的基本内涵上,大致都强调历史的总体性发展观,坚持任何对社会生活的深刻理解必须建立在关于人类历史的深思熟虑之上;强调社会发展规律支配着历史进程并容许做长期的社会预测和预见;注重思辨的历史哲学以对被看做一个整体的人类历史总方向提供一种解释的模式;注重批判的历史哲学而将历史最终看做一种独立自主的思维形式。这种"总体发展"的历史观,在本世纪初叶遭到形式主义和政治哲学家的批评。

政治思想家波普尔在《历史主义的贫困》(论点产生于 1919 年至 1920 年冬,基本大纲完成于 1935 年)中认为:历史整体论、乌托邦主义、历史决定论存在着思想的盲点,"历史命运之说纯属迷信,科学的或任何别的合理方法都不可能预测人类历史的进程"①。他甚至相当偏激地认为:"不可能有一部'真正如实表现过去'的历史,只能有各种历史的解释,而且没有一种解释是最后的解释,因此每一代人都有权利去做出自己的解释。……历史虽然没有目的,但我们能把这些目的加在历史上面;历史虽然没有意义,但我们能给它一种意义。"②波普尔反对历史主义,他强调历史主义的总体计划要求权力集中,这种集中的权力因难以控制而会侵害个人的权力,这种"封闭社会"的乌托邦工程必然导致极权主义。波普尔的这一反"历史主义"理论,对 20 世纪上半叶的历史主义的打击是相当沉重的,其"开放社会"的非中心论、非权威论已被西方学术界普遍接受。对历史主义发起进攻的另一主力是俄国形式主义、结构主义、新批评和解构主义。

可以说,本世纪初,俄国形式主义的走俏使文艺理论越出"历史"的轨迹而滑入"形式"的漩涡。经过新批评、结构主义、解构主义、后现代主义,文艺批评在文本无叙述和无关联语义的支离破碎的文学片断中进行着一种互文性实验。随着作家—作品—读者的中心位移,"作家权威"业已失效,"文本崇拜"已成逝梦,批评家成为文本意义的再生之父,"误读成为现代解读的独特锁钥"(布鲁姆语),至此,历史意义、文化灵魂都在语言的解析中变成了意义的碎片。历史主义终于让位于形式主义。

解构主义对历史主义的清算使得"历史"只能以其至大无言的沉默在浮躁的文本游戏中显现着自己的身影。当解构主义者砸碎偶像,立尽异说之后,蓦然回首,发现自己从语言哲学之壁掘进的隧道似乎并没有找到历史哲学的出口。文本世界被批判的武器弄得千疮百孔之后,仍然玄奥莫测地

---

① Karl Popper, *The Poverty of Historicism*, London, 1957, p.1.
② Karl Popper, *The Open Society and Its Enemies*, London, 1957, Vol. II, pp.259-260.

在历史语境中道出自己不可取代的意义。事实上,就在解构思潮席卷整个文学批评领域之时,解构大师仍然常常撞在"文学史悖论"的暗礁上。罗兰·巴特的《是文学还是历史》、哈特曼的《超越形式主义》、德·曼的《文学史与现代性》颇能透出个中消息。似乎可以说,在"写作—文本—批评"三维上仅仅注重批评之维,则必然在艺术意义与历史语境、文学本质与历史意识诸问题上造成观念的对立和偏激化。因此,历史意义对文本中心论具有纠偏去弊之效,换言之,历史意识是文本解读的意义不可缺少的维度。

在新历史主义正式命名以前,美国的文化符号学、英国的文化唯物主义、德国的法兰克福学派(尤其是第二代代表人物哈贝马斯)、法意新历史学派等,已经将"历史意识""历史批判""文化诗学"作为自己文化解释和审美分析的底蕴。这种完全不同于旧历史主义的文化历史诗学思潮,直接冲击着解构主义和后现代主义的语言操作和意义拆卸,使那曾一度淹没不彰的"何谓文学""文学与历史的本质意义何在""文学史的功能何在"等根本性问题,又重新显露出来,逼得人们在艺术和生存世界的交汇点上,找到了失落之源,而朝新的历史意识迈进了一大步。这无疑为新历史主义的出场创造了良好的氛围并做好了精神准备。

"历史主义的危机"是欧洲人丧失精神本源和价值关怀后非历史和反历史的必然结果。新历史主义思想发展史,是一部颠覆历史意识、历史叙事、否定目的论、因果律、阶段说和理性启蒙、瓦解主体、意义、元话语的历史。这一历史标明,元哲学命题、历史知识的合法性成了问题并遭遇到危机。在"非历史化游戏"的边缘地带,新历史主义参破了解构派矫枉过正而抹杀历史的做法,于是借用西方马克思主义理论,重新张扬历史化、意识形态化,以破除文本中心论和语义操作论,纠正文学的偏激化,挽救正在消隐的主体和历史。

1982年,新历史主义作为形式主义和解构主义的新的挑战者走向了历史的前台。美国加州大学教授斯蒂芬·格林布拉特在为《类型》学刊撰写的集体宣言中,正式确立了这一流派及其称谓,并成为该派的精神领袖。但这并非是原创性命名,事实上,早在1972年W.莫里斯(Wesley Morris)就以"新历史主义"来命名德国史学家朗克、狄尔泰,以及美国史学家帕林顿和布鲁克斯的文学史研究方法,米肯乐在1980年也用此术语指文艺复兴文化研究派。但是形成真正思想体系的,仍然当数格林布拉特的新历史主义。聚集在这一松散的流派之中的学者,将其工作重点放在对半个世纪以来的形式主义批评和历史主义批评的清算上。

就思想脉络而言,"新"历史主义作为文化历史批评的当代形态其实并非全"新",它只是在本世纪中西方文艺美学文本"共时态"研究成为时髦时被推入历史的盲点而已。80年代初,当解构主义乃至后现代主义在"语言学转向"的旗帜下斩断了文本与社会的联系,强调文本间关系比文本自身更重要,进而热衷于寻找文本中的裂缝的踪迹以寻绎出一套压抑语型和差异解释,并藉此推导出激进的"洞见"时,新历史主义突然进行"历史—文化转型",强调对文本实施政治、经济、社会综合治理,并将其工作重点放在对半个世纪以来的形式主义批评的清算上,他们将形式主义颠倒的传统再颠倒过来,再重新注重艺术与人生、文本与历史、文学与权力话语的关系;他们不满新批评仅仅将目光停留在文本结构和语言技巧的精细剔解上;也不满结构主义诗学所热衷的"从一粒蚕豆里见出世界,以单一结构概括天下作品"的做法;更不满解构主义以形式分析去瓦解传统的作家与文本的权威,把文学批评变成揭示符号的差异本质和语言的含混歧义的无休止的逆向消解的循环运动游戏。新历史主义将形式与历史的母题加以重新整合,从而将艺术价值(恒常性)与批评标准(现时性)、方法论上的共时态与历时态、文学特性与史学意义等新母题显豁出来,使当代批评家开始告别解构的独标异说的差异游戏,而向新的历史意识回归,实现了文学研究话语的转型。

进一步看,新历史主义是一个具有庞杂知识体系和学术范式的学派。它诞生于美国,而受欧陆思想的熏染,并呼应德法思想的冲突演进。这使它有可能跳出狭窄的文本视界,获得新的更为客观的视野,去洞悉后现代文艺的意识形态性、现代文化工业的生产消费规律,并通过时代意识的调节和文本分析与历史透视的方法,制衡后现代文化灵肉分裂的畸形发展,以期有可能在解构思潮"为了文本而放逐历史"的喧哗中,造成新一轮波及整个人文科学的范式革命,使人在"文本与历史"的透镜中,把握后现代社会中物化的隐秘和意识形态控制的真相,增进否定意识和批判性文化实践。

新历史主义者发展了一种"文化诗学"观,并通过批评实践而不断形成一种"新历史诗学"。他们从解释学和接受美学那里获得启发,从西方马克思主义那里吸收术语和获得历史视野,从而铸成一种新历史主义体系和思路。他们将理解和阐释构成作品的意义和价值这一命题作为自己理论的基石,认为文学史的意义在于总结一代人对以往文学的见解并打上当代人的烙印。新历史主义者致力于恢复文学研究的历史维度,把注意力扩展到为形式主义所忽略的、产生文学文本的历史语境,即将一部作品从孤零零的文本分析中解放出来,将其置于与同时代的社会惯例和非话语实践的关系之中。于是,文学作品、作品的社会文化语境、作品与其他文本的关系、作品与文学史的联系,就成为文学研究的重要因素和整体策略,并进而构成新的文学研究范型。

这样,"历史"和"意识形态"就在全新文本意义的解读上,进入了当代文化艺术的政治批评视野。历史是一个延伸的文本,文本是一段压缩的历史。历史和文本构成了生活世界的一个隐喻。文本是历史的文本,也是历时和共时统一的文本。历史不同于矢量的时间,历史是一个意味深长的过程,在其中不可逆转性一再重复出现,过去与未来在文本意义生成中瞬间接通。历史视界使文本成为一个不断解释而且被解释的螺旋体。历史语境使文本构成一种既连续又断裂的感觉和反思空间。历史高于文本,过程大于结果。如果说,文本将不确定性和转瞬即逝的飘逝存在加以形式化,将存在的意义转化为可领悟的话语符号的话,那么,历史诗学则还原存在的历史性,敞开存在的意义,在介入与世界的本体论对话中恢复现代人业已萎缩的历史意识。历史延伸了文本的维度,使文本的写作和阅读成为生命诗性的尺度。在尺度的历史测量中,人通过文本而寻绎到生命的诗性意义。

在新历史主义者看来,卢卡契、葛兰西等西方马克思主义思想家推行的"意识形态"研究模式,在后现代文化境遇中并没有丧失生命力,相反,当代资本主义所具有的虚伪性和欺骗性在文化工业和商品化大潮中改写着自己的身份,以期在人们习焉不察的情形下渗透进每个人精神深处并主宰社会文化意识。因而,需要对后现代主义文化进行"意识形态话语分析",对各类精神控制和学术教规发出质疑,以期从西方文化内部改造入手,批判、对抗后现代意识形态霸权的物化、制度化、日常化及语言异化等"窒息性压迫性质"。作为边缘批评,同女权主义、后殖民主义、西方马克思主义、少数话语一样,新历史主义直面权力、控制、社会压迫,强调性别、种族、阶级、心理方面存在的对立和冲突,从历史的对抗中把握文化精神。他们一反"零度写作"的冷漠,挺进文本中意识形态话语矛盾交织之处,以其灵活多变的解读挖掘出正史掩盖下的资本主义语言暴政和意识形态压抑。同时,通过本雅明、马歇雷、戈德曼文化生产与再生产理论,重新审视消费社会经济再生产与文化表征的互动,揭示出生产和消费对后现代的精神领域的制约再造功能,进而重视艺术的生产交换的文化错位和在后现代状况中日益严重的表征(representation)危机。新历史主义正因为举起"历史"和"思想"的大旗,使之在对后现代文化平面模式的批判上,在对主体精神扭曲和精神虚无的"价值削平"的战略抵御上,重新具有了明晰性和深度性。这一深度在当代文化思想史的研究坐标中已然显示出新的价值读数。

新历史主义的具体文本的阅读和批评,源于 80 年代文艺复兴研究领域。它重新剥离并命名不同种类的写作实践,以政治化解读的方式从事文化批评,关注文化所赖以生存的经济和历史语境,将文艺复兴的佚闻趣事纳入"权力"和"权威"的历史关系中,以边缘、颠覆的姿态拆解正统学术,以怀疑否定的眼光对现存政治社会秩序加以质疑,在文本和语境(context)中将文学和文本重构为历史客体,最终从文本历史化到历史文本化,从政治批评到批评的政治。①

第二节 《文艺复兴时期的自我塑造》的新历史观

历史问题作为人类本体存在的时间维度是绕不开的。尽管形式主义风靡一时,但最终"主体与语境""历史与文学"仍会浮上历史地表。70 年代以后,在文艺复兴文学研究领域中"历史问题"旧话重提并引起广泛关注,说明了西方文论界对形式主义批评的厌倦,以及对历史语境中的文学本质具有了新的兴趣。当然,从文艺复兴研究入手提出自己新的文学批评主张,绝非是钻故纸堆。相反,正是通过一些不起眼的小地方——一些轶事趣闻、意外的插曲、奇异的话题,去修正、改写、打破在特定的历史语境中居支配地位的主要文化代码(社会的、政治的、文艺的、心理的等),以这种政治解码性、意识形态性和反主流性,实现解中心(decentered)和重写文学史的新的权力角色认同,以及对文学史思想史的全新改写的目的。

新历史主义的领袖人物是美国著名学者斯蒂芬·格林布拉特(Stephen Greenblatt,1943—),伯克利大学教授,以研究文艺复兴时期的英国文学见长。主要著作有:《文艺复兴人物瓦尔特·罗利爵士及其作用》(*Sir Walter Raleigh*: *The Renaissance Man and His Roles*,1972)、《文艺复兴时期的自我塑造:从莫尔到莎士比亚》(*Renaissance Self-Fashioning*: *From More to Shakespeare*,1980)、《再现英国的文艺复兴》(*Representing the English Renaissance*,1987)、《莎士比亚的商讨》(*Shakespeare Negotiation*,1988)、《向灾祸学习》(*Learning to Curse*,1990)、《不可思议的领地》(*Marvelous Possessions*,1991)等。

---

① Brook Thomas, *The New Historicism and Other Old Fashioned Topics*, Princeton: Princeton University Press,1991.

这位对60年代风靡一时的新左派运动抱有好感的教授,对西方马克思主义者本雅明和早期卢卡契"喜欢"的激进态度使他左右不能逢源而遭到当堂质问,在令人难堪之中他只好改授"文化诗学"课。这位教授是一位"错位"式的人物。他"不得已求其次"的"文化诗学",这种与政治和马克思主义思想毫不相干的文学视角[①]到了80年代却日益成为一种热门的政治文化批评;他在解构主义炙手可热的70年代,却一头扎进文艺复兴和"冷门"的研究中,在出版《文艺复兴人物瓦尔特·罗利爵士及其作用》(1972)后几乎无人注意,然而七年以后出版的《文艺复兴时期的自我塑造:从莫尔到莎士比亚》(1980)则一鸣惊人,大有以新历史主义取代强弩之末的解构批评的趋势。那么,这位新的文学批评方法的"命名"者(准确地说是"挪用命名"者),在强调的是"一种实践,而不是教条"的新历史主义究竟具有怎样的形态?其"新"在何处?又为何能引起批评界如此巨大的反响呢?它究竟指明了世纪末文学批评的怎样的走向呢?

按照解释学的观点,一切历史意识的"切片"都是当代阐释的结果。格林布拉特对文艺复兴的研究也是如此。他要在"反历史"的形式化潮流(形式主义、结构主义、解构主义)中重标历史的维度,要在"泛文化化"的文学批评中重申文学话语范式对历史话语的制约,要在后现代"语言游戏风景"中,张扬历史现实和意识形态的权力话语关系。

格氏研究文艺复兴"自我造型"的出发点在于他相信16世纪的英国不但产生了自我(selves),而且这种自我(注意:不是"Ego")是能够塑造成型的意识。自我(self)问题,历来是哲学上一个重要的话题,有人将自我等同于柏拉图的灵魂(soul)概念,而笛卡尔《方法论》的"我"本质上是一个思维实体,休谟《人性论》的"我"是一种"心灵知觉",而相当多的当代哲学家都回避这一问题,认为经验只能是血肉之躯的人的经验。格林布拉特的这一思想,显然受新黑格尔主义者格林的影响。在格林布拉特那里,"自我"还常指自我意识,强调人能进行自我对象化和自我区分,在认识活动和道德活动中具有主体的作用。"自我"问题实质上就是"人的主体性"问题。人的主体性是在生命活动中力图塑造自我而实现真正的善,自我意识将自身和一定欲望相统一产生了行为的动机,而"动机是行为中的意志"。人之所以能有意志,就是因为人不满足现状,而必然自我塑造而趋向善。

据此,格林布拉特提出两条定义:(1)自我是有关个人存在的感受,是

[①] H. Aram Veeser, ed. *The New Historicism*, New York, Routledge, 1989, p.1.

个人藉此向世界言说的独特方式,是个人欲望被加以约束的一种结构,是对个性形成与发达发挥塑造作用的因素;(2)文艺复兴时代的确生成了一种日益强大的自我意识(self-cousciouness),它相应地把人类个性的素质塑造作为一种艺术升华性过程。① 在格氏看来,自我的塑造是在自我和社会文化的"合力"中形成的,主要表征为:自我约束,即个人意志权力;他人力量,即社会规约、精英思想、矫正心理、家庭国家权力;自我意识塑造过程,即自我形成(the forming of a self)"内在造型力"。而"造型"(fashioning)本身就是一种本质塑形、改变和变革。这不仅是自我意识的塑造,也是人性的重塑和意欲在语言行为中的表征。

那么,去发现文艺复兴时期众多为人所注目的人物内在心灵意识的变化,看人性改变、自我重塑和意识表现的目的,是不是要将人物放回到历史中去,将历史作为人物活动的背景,以纠正形式主义斩断"感受谬见"和"意图谬见"做法的偏向呢?是否仅仅是对文艺复兴时期人物进行传记式研究,或文学史研究,或文学社会学研究,或文化史研究呢?回答当然是否定的。

格氏并不愿走旧历史主义的老路,即在与研究对象保持"距离"中获得对对象的所谓"客观真理性"把握。相反,格氏要做的是在文艺复兴研究中烙上他自己现在所体验和意识到的人性奥秘,排除对象式的"单向"研究,而进入过去(16世纪)和现在(20世纪)的"双向"辩证对话之中。在这种人性自我塑形的奥秘揭示中,在与对象对话的主体双向"流通"中,我们得以窥见格氏研究文艺复兴自我塑形的真实意图:打破传统历史—文学二元对立,将文学看做历史的一个组成部分,一种在历史语境中塑造人性最精妙部分的文化力量,一种重塑每个自我以致整个人类思想的符号系统。而历史是文学参与其间,并使文学与政治、个人与群体、社会权威与他异权力相激相荡的"作用力场",是新与旧、传统势力和新生思想最先交锋的场所。在这种历史与文学整合的"力场"中,让那些伸展的自由个性、成形的自我意识、升华的人格精神在被压制的历史事件中发出新时代的声音,并在社会控制和反控制的斗争中诉说他们自己的活动史和心灵史。

对"文学与历史"关系的研究,成为格林布拉特最主要的工作。这分为两个层面,一是文学与社会的关系,二是文学人物与现实权力之间的关系。

---

① S. Greenblatt, *Renaissance Self-Fashioning:From More to Shakespeare*, Chicago:University of Chicago Press,1980,p.1.

当然，这两个层面又是呈胶着状态的。格林布拉特认为，文学与社会具有一种不可截然划分的关系，正是在这复杂的关系网络中，个人自我性格的塑造，那种被外力强制改塑的经验，以及力求改塑他人性格的动机才真正体现为一种"权力"运作方式。自我造型，正是一套权力摄控机制，因为不存在独立于文化之外的人性，所有人性和人性的改塑都处在风俗、习惯、传统的话语系统中，即由特定意义的文化系统所支配，依赖控制从抽象潜能到具体历史象征物的交流互变，创造出了特定时代的个体。

文学并非游离于文化话语系统之外，相反，文学是其中坚力量，并以三种相互关联的方式在文化系统中发挥独特功能，即作为特定作者的具体行为的体现，作为文学自身对于构成行为规范的代码的表现，作为对这代码的反省观照。文学的这种独特功能使格氏告别了传统的文学社会学研究、文学传记研究、一般文学史研究的旧模式，而运用福科的"权力话语"分析方法，一种他自称为更为文化的或人类学的批评。其具体方法是批评者"必须"意识到自己作为阐释者的身份，而有目的地将文学理解为构成某一特定文化的符号系统的组成部分，进而打破文学与社会、文学与历史之间封闭的话语系统，沟通作品、作家与读者之间的内在关联，并发现作为人类特殊活动的艺术表现问题的无限复杂性。因而，文学永远是人性重塑的心灵史。

伟大的艺术是对于复杂斗争与文化和谐极为敏感的记录。文学阐释是一种人性共鸣。尽管由于历史的非透明性并不能为文学文本的漂流的语义提供一个坚实的"客观"的停泊地，尽管阐释者在"共鸣"中不可能完全重新建立或进入16世纪的文艺复兴文化场景中，甚至尽管阐释者不可能在文学解码中"遗忘"自己所处的20世纪的历史语境，但这一切恰好是新历史主义力求"召唤"的特殊境遇。

格林布拉特强调说："我不会在这种混杂多义性前后退，它们是全新研究方法的代价，甚至也许是其优点所在。我已尝试修正意义不定和缺乏完整的毛病，其方法是不断返回个人经验和特殊环境中去，回到当时的男女每天都要面对的物质必需和社会压力上去，并落实到一小部分禀有共鸣性的文本上。这类文本的每一篇都将被看做16世纪文化力量交汇线索的透视焦点。它们对于我们的意义并不是说，我们能够透过它们见到深藏其下或作为其前提的历史原则，而是说，我们依赖这些作者生涯与较大社会场景的透视点，便可阐释它们之间象征结构的交互作用，并把它们看成是构成了一个完整而又复杂的自我造型过程。通过这种阐释，我们才会抵达有关文学与社会特征在文化中形成的那种理解。这就是说，我们是能获得有关人类表达结果的具体理解的。因为对于某年特定的'我'来说——这个'我'是种特殊的权力形式,它的权力既集中在某些专业机构之中——如法庭、教会、殖民当局与宗法家庭——同时也分散于意义的意识形态结构和特有表达方式与反复循环的叙事模式之中。"①

这段话是理解格氏新历史理论的关键,也是整个新历史主义理论纲领性的文件。因为,它申述了以下几项理论主张:

首先,任何理解阐释都不能超越历史的鸿沟而寻求"原意",相反,任何文本的阐释都是两个时代、两颗心灵的对话和文本意义重释。在这里,我们不难看到解释学的"视界融合"(伽达默尔)和解构批评"意义误读"的影子。

其次,任何对个别特殊的文学文本的进入,都不可能仅仅停留在文辞语言层面,而是"不断返回个人经验与特殊环境中去",也就是回到人性的根,人格自我塑形的原初统一,以及个体与群体所能达到的"同一心境"层面。只有这样,一切历史"才能"是当代史,一切文学对话"才能"是心灵的对话。

再次,任何文学文本的解读在放回到历史语境中的同时,就是放回到"权力话语"结构之中,它便承担了自我意义塑形与被塑形、自我言说与被权力话语所说、自我生命"表征"与权力话语压抑的命运。因此,进入历史和文学"文本",就意味着对自我意识在主导意识形态下被同化进而丧失应保持清醒的理论自觉,对压制文本的"权力"加以拆解,剥离文本中那些保留个体经验的思想、意义和主题的存在依据,揭示其背后被压制的权力结构,并且挑明意识形态结构与个体心灵法则对抗所出现的各种新异意识和思想裂缝。

在格林布拉特看来,文艺复兴文学研究,并不是考古式的研究,而是阐释式的"文化人类学"研究,因为它发现人类不能不靠文学为逝去的历史留下活生生的心灵化石,不能不靠文学文本密码来揭示那曾逝去的自我塑形遭到敞开或压抑的历史,更不能不靠文学符号系统来"复活"那些业已逝去的人们所经历过的一切并使当代人产生心灵"共鸣"。这无疑表明,文学是历史空间中最易被激活的思想元素,它参与了历史的发展进程,参与了对现实的文化思想塑造。

基于上述考虑,格氏从文艺复兴几千个故事里捕捉一小批有吸引力的人物(即六位作家:莫尔、廷德尔、魏阿特、斯宾塞、马洛、莎士比亚),期望通过这

---

① S. Greenblatt, *Renaissance Self-Fashioning : From More to Shakespeare*, Chicago: University of Chicago Press, 1980, "Introduction".

种个人化的研究,"通向更宽大的文化模式"。其方法主要有:(1)对每个人气质(quality)进行追问和应答,甚至发掘人物身上故意做作、变形和变化的不确定性部分;(2)发现这些人想成为"文化歌手"的上升式流动和隐藏的"高度紧张"的地缘性和意识形态性流动;(3)通过人物的价值选择和自我变革,看他们在当时文化中最敏感的境遇中,所表征出或体现出的该文化的主导性满足和焦虑;(4)关注这些人物创作中字词与生存权力结构的"错位"状态,以及其作品中呈现出的那种未经解决而又持续冲突的历史压力。

格林布拉特用大量篇幅对以上几位作家的内在心灵和外在环境的权力冲突与角色认同做了详尽的分析并得出结论,认为作家自我与权力相关联的运动方向是,莫尔、廷德尔、魏阿特二人,有 种从教会到书本、再到专制政体的迁移;而斯宾塞、马洛、莎士比亚三人是由颂扬反叛转向颠覆性的表面恭顺。而这些作者的作品与社会相关联的运动方向是,由作者本人完全被社区团体、宗教信仰或外交事务所主宰的局面,渐渐转向一种把文学创作当成自有其责的专业的固定意识,从而揭示了个体权力在整个权力话语中的运作状况。

其实,格氏的研究,发现了作家人格力量与意识形态权力之间的非一致倾向,即特定时代社会中占统治地位的意识形态话语都并非必然地成为作家和人们实际生存方式中的主要方式。尽管整个权力话语体系规定了个体权力的行为方向,但规约强制的话语与人们尤其是作家内在自我不会完全吻合,有时甚至会在统治权力话语规范与人们行为模式的缝隙中存在彻底的反叛和挑战。

这种反叛权力、挑战权威和对等级制的强烈仇视又往往以表面柔顺服从的方式出现。于是格林布拉特总结说:自我塑造不是顺向获得,相反,是经由那些被视为异端、陌生或可恨的东西才逆向获得的,而异己形象是透过权威意识而加以辨识并作为其对立面而出现的。一个人的权威正是另一个人的异己,而且任何一方被摧毁都会立即为新的所取代,而对权威和异己的自我,会将顺从和破坏内化在人性之中,权威的威胁性经验,有时会使自我遭到抹杀或丧失。因此,"自我塑造发生在某个权威与某个异己相遭遇时,而遭遇过程中产生的力量对于权威或异己两方面都意味着攻击"。

因此,任何被获得的个性,也总是在它的内部包含了对它自身进行颠覆或剥夺的迹象。[①] 这除了对"历史中的文本"或"文本中的历史"的复杂权

---

① S. Greenblatt, *Renaissance Self-Fashioning*:*From More to Shakespeare*, Chicago:University of Chicago Press,1980,"Introduction".

力运作过程加以解释以外,事实上,格氏还彰明了这样一个问题,即文艺复兴时期乃至任何人类社会时代,文学与政治、个体与群体、权威与异己、历史与文本之间的关系都呈现为一种社会控制模式。

但是,这种控制是一种压制与反抗所形成的"合力"的曲折过程。权力权威对文学的控制使文学顺从其意志,并被利用来化解和消泯社会中的变异性反抗力量,使全社会整合在同一轨道上。但有时在主导意识形态控制的严密网络下,往往会产生更多的异己力量,而文学的独创性往往成为产生异己力量的温床。因此,文学在历史中的重要品质呈现出来:对既有权力结构具有内在颠覆作用,同时,与主导意识形态保持其相对独立性时,又只能依靠这一权威构成自己的"他者"力量。无疑,格林布拉特的研究使新历史主义实现了自己的承诺,即成为一种具有政治批评倾向和话语权力解析功能的"文化诗学"或"文化政治学"。

第三节　文化诗学的价值取向

由上可知,新历史主义实质上在"历史"的研究方面体现着鲜明的当代文化批判意向。但是,我们需要提出的问题是,为什么新历史主义恰恰要选择"文艺复兴时期"作为自己研究的领域呢？事实上,新历史主义的诞生标志着处在后现代时代的哲人们的内在困惑。也就是说,人们处在前现代、现代、后现代的尖锐冲突以及第一世界与第三世界的隔膜冷战之中,因此,有关人性、心灵、人道主义、历史价值、人类前途都使得处于"过渡时代"的当代哲人频频回首,去看历史经验能给处在"历史豁口"上的人类以怎样的启迪。于是,文艺复兴时期这一横跨中世纪僵化静止的自我形象与现代自由人文主义自我塑形之间的"过渡时代",这一前工业社会的人的最后避难所,引起了后工业时代的学者的广泛兴趣。他们要从自己生存的时代断层中去探究文艺复兴这个时代断层,进而分析解读过去以理解和把握今天,并在过去的认识范式业已打破,而新的认识范式尚未建立之时,充分展开不同意识形态、价值观念、思想范型之间的冲突、批判和对话,使之在"间隙"之中伸展出一种正当的自我重塑和自我启蒙的文化诗学空间。

于是,我们就不难理解格林布拉特等新历史主义批评家为何总是热衷于讨论叙述的断裂、矛盾、张力、权力冲突等问题,展示关于人的自由这一文艺复兴意识形态与实际上作为决定权力关系的主体这种文艺复兴的人之间的分裂的真正目的所在了。格氏的文化诗学概括起来,具有以下特征:

"跨学科研究"性。格林布拉特大胆地跨越文学与非文学、历史学与人类学、艺术学与哲学、政治学与经济学等学科的界线。不仅如此,在这一杂色纷呈混合体的"系谱"中,不难看到西方马克思主义的批判武器、女权主义的激进话语、解构主义的消解策略、拉康的新弗洛伊德主义、后现代主义的游戏方略、福柯的权力话语。这一"开放性",使其具有多维视野研究的方便以外,也因缺乏自己的中心范畴而每每为人所诟病。

"文化的政治学"属性。文学与文学史研究走出了象牙塔式的学院式研究,而成为论证意识形态、社会心理、权力斗争、民族传统、文化差异的标本。有人对此惊呼:"文学研究被引上了非道德的歧途",认为对莎士比亚的误读和对文艺复兴的政治化解释,是"对西方文明知识遗产的总体拒绝",是足以与"纯粹的焚书之举相比"的野蛮主义。① 当然,这些说法不无偏激,但新历史主义的政治化批评特征的确是相当鲜明的。格林布拉特在《回声与惊叹》中明确地说:"不参与的、不做判断的、不将过去与现在联系起来的写作是无任何价值的。"②新历史主义具有的政治性,并不是在现实界去颠覆现存的社会制度,而是在文化思想领域对社会制度所依存的政治思想原则加以质疑,并进而发现被主流意识形态所压抑的异在的不安定因素,揭示出这种复杂社会状况中文化产品的社会品质和政治意向的曲折表达方式以及它们与权力话语的复杂关系。他认为,统治权力话语对文学和社会中的异在因素往往采取同化与打击、利用与惩罚并用的手段去化解消弭存在的异己不安定因素,而文化产品及其创作者则往往反控制、反权威而对意识形态统治加以消解破坏,于是在反抗破坏与权力控制之间出现一种张力并达到一定的平衡,甚至是为平衡而达到某种妥协。"那些真实而猛烈的破坏因素——原应因其严重而将作者押进牢房而动刑——却被它们所威胁的权力化解消弭了。可以说,这种破坏,正是那权力为自我巩固而预先设置罢了。"③

不难看到,新历史主义作为一种文化政治批评,的确是超越了西方激进主义思潮那种二元对立思维模式,不再满足于在官方意识形态与社会生活形态、权力话语与个体话语、文化统治与文化反抗、中心与边缘之间做出非此即彼的选择,而是看到二者之间不是单纯的对抗关系,而是有认同、利用、

---

① H. Aram Veeser, ed. *The New Historicism*. New York, Routledge, 1989, p. 29.
② Cf. S. Greenblatt, *Learning to Curse*, New York: Routledge, 1990.
③ S. Greenblatt, "Invisible Bullets: Renaissance Authority and Its Subversion," in *Political Shakespeareed*, by Dollimore and Sinfield, pp. 22-24.

化解、破坏等一系列文化策略和交错演化。因为,单纯反抗往往是对复杂的权力运作和文化控制简单化处理以及过低估计对象的结果,是一种充满激情但却盲目、看到对抗的阶级冲突形式却没有看到统治策略控制人们思想的实际方式的非理性行为。新历史主义作为一种政治批评,不同于西方马克思主义、女权主义、黑人批评的地方,就在于其对统治思想如何控制人、二元对立的能力如何转化、文化意识形态控制的严与宽的辩证法,有了清醒的、精密的分析,并具有了一种历史发展变化的辩证策略眼光——"历史意识形态性"。通观格林布拉特的多部著作,可以看到一种明显历史意识批评"症候"。

在格氏看来,人是对个体控制怀有对抗性的非人化和各种历史合力的产物,而人的文学在文化中具有颠覆性和抗争性作用,而文化颠覆就是一种文化通过策略向主导意识形态的挑战。这种产生颠覆又包容颠覆的特殊情况,"不是出于笼统意义上戏剧力量的理论需要,而是一种历史现象,是这种特殊文化的特殊形态。……统治者的权力构成,是通过戏剧舞台上对皇家崇拜的推崇以及对这种崇拜的敌人在舞台上施以暴力惩罚来加以表现的"①。这种所谓权威之所以得以维持,是有赖于某个恶魔式异己的存在的思想,是相当重要的,因为它在新的层面上测量了"社会状况思维范式和行为习俗的网络系统",使人获得"对一切意识形态的超越",达到对立两极互相兼容转让的格局。格氏的文化诗学善于将"大历史"(History)化为"小历史"(history)。他总是将视野投入到一些为"通史家"所不屑或难以发现的小问题和见惯不惊的问题上,而成为一个"专史家"。这样,格氏不再轻易采用文学史研究的诸如暗喻、象征、模仿、表现等概念,而是从其他研究领域寻找得心应手的新概念,最后在"文化文本"与"经济事实"之间找到具有沟通性和"商贸性"的术语,如"流通"(circulation)、"商讨(谈判)"(negotiation)、"交换"(exchange)等。

格氏使用这套术语有自己的目的,在他看来,新历史主义批评不是回归历史(大历史),而是提供一种对历史的阐释(小历史)。那么这种小历史就不会是自律的,而是实实在在进入社会各生活层面的。"胜者为王败者为寇",为王者写的大历史是充满谎言的,而小历史的具体性,使新历史学家只能将文学看做他律的。艺术作品与政治经济在现实生活中有着千丝万缕

---

① S. Greenblatt, *Renaissance Self-Fashioning : From More to Shakespeare*, Chicago: University of Chicago Press, 1980, p. 57.

的联系,文学实践同样进入"流通"领域,参与利润"交换"。而艺术创作者之间的"商讨",使作品得以诞生并充满"意义",从经济域向文化域转化。因此,"艺术作品本身不是我们沉思的纯净的火源。……艺术作品是一番谈判以后的产物,谈判的一方是一个或一群创作者,他们掌握了一套复杂的、人们公认的创作成规,另一方则是社会机制和实践。为使谈判达成协议,艺术家需要创造出一种在有意义的、互利的交易中得到承认的通货"①。因为,作为上层建筑的艺术不仅受经济基础的制约,而且反过来参与经济基础的构成。在上层建筑与经济基础之间,新历史主义通过"小历史"的发掘重新修复了文学的社会流通的双重性②,这促使当代文艺理论必须调整并重新选择自我的位置:不是在阐释之外,而是在"谈判(商讨)"和"交易"的隐秘处。③

不难看到,格林布拉特的"文化诗学"既有跨学科的血源杂交品质,又有政治性批判姿态,既有以文学和非文学共同解读历史内层的"小历史"策略,又有由文学话语转移到经济话语的新术语网络。就此而言,新历史主义仍在"路途上",它的主帅尚未形成自己的稳定的理论性格和特征,但是也正因为如此,它才具备更多的发展可能性。在这个意义上,海登·怀特说新历史主义从"文化诗学"向"历史诗学"④的概念发展,是有道理的。

第四节 对新历史主义的基本评价

新历史主义理论研究的重要意义在于:发现作家人格力量与意识形态权力之间的非一致倾向,即特定时代社会中占统治地位的意识形态话语并非都必然地成为作家和人们实际生存方式中的主要方式;权力话语体系规定了个体权力的行为方向,但规约强制的话语与人们尤其是作家内在的自我不会完全重合,有时甚至会在统治权力话语规范与人们行为模式的缝隙中存在彻底的反叛和挑战。

---

① H. Aram Veeser, ed. *The New Historicism*, New York, Routledge, 1989, p. 12.
② Cf. S. Greenblatt, *Shakespeare Negotiations: The Circulation of social in Renaissance England*, Berkeley: University of California Press, 1988.
③ 当然,格林布拉特理论的政治化倾向也引起一些评论者的批评,可以参见 Edward Pechter, "The New Historicism and Its Discontents: Politicizing Renaissance Drama", *PMLA*, may 1987, Vol. 102(3).
④ Hayden White, "The New Historicism: A Comment", in H. Aram Veeser. ed., *The New Historicism*, pp. 293-301.

新历史主义对文学史的意义在于：对旧历史小说主题人物加以剥离，对旧经学加以反拨，对旧的意识形态加以颠覆，使新历史文学走向了重新解释历史、再造历史、再造心态史、再造文化史的新话语，从而具有了新的理论和实践的阐释框架。首先，任何理解阐释都不能超越历史的鸿沟而寻求"原意"，文本的阐释都是两个时代、两颗心灵的对话和文本意义的重释；其次，任何对个别特殊的文学文本的进入，都不可能仅仅停留在文辞语言层面，而是"不断返回个人经验与特殊环境中去"，也就是回到人格自我塑型的原初统一层面，只有这样，一切历史才能是当代史；再次，任何文学文本的解读在放回到历史语境中的同时，就放回到"权力话语"的结构中，它便承担了自我意义构成与被构成、自我言说与被权力话语言说、自我生命"表现"与被权力话语压抑的命运。因此，进入历史和文学文本，就意味着对自我意识在主导意识形态中被同化进而丧失应保持清醒的理论自觉，对压制文本的"权力"加以拆解，剥离文本中那些保留个体经验的思想、意义和主题的存在依据，揭示其背后被压制的权力结构，并且挑明意识形态结构与个体心灵法则对抗所出现的种种新异意识和思想裂缝。在这个意义上，新历史话语表明，文学是历史空间中最易被激活的思想元素，它参与了历史的新发展进程，参与了对现实的文化思想史的重写。

同样，新历史主义的负面效应是明显的。新历史话语因过分强调文学的外部规律，过分注重对历史的重新解读，而可能使文学史变成个人随意阐释而主体间不可通约的"文学场"。在这种文学场中，文学的对话变成了争论和喧嚣，最终因意义的非统一性和标准的非一致性导致对话破裂。于是，文学的权力话语分析变成了想象性的再度虚构，心灵史的重新发现变成了意识形态甚至是变态心灵史的发现，而一切美好的、正常的、充满生机的精神现象反而落到新历史分析的视野之外。同时，还因其太过重视"边缘话语"的分析，如疯狂、性、同性恋、政治阴谋、历史黑幕等现象的分析，而忽略了人类经典文本中人的精神世界的分析和引导。所以，新历史方法以一种私人化方法进行书写和阅读，有可能是再一轮的"新"的"历史错位"。"新历史"无论是"主义"还是"小说"，还存在多方面的困惑，即它的解读总是为读者而写，它的叙事模式、思维方法仍然是二元对立的模式，尽管它标举多元甚至无元的方式。它在颠覆与反颠覆、权力与反权力、历史与反历史、语言与反语言之间，总是以非此即彼的方式和二元对立的方式去看待文学文本和社会文本，看待历史意识和非历史意识。这样，就可能使文学作品边缘化、局部化和底层化。同时，也使得在反政治、反意识形态、反旧的经学化的时候,走向新的政治化和新的权力化。就此而言,这种"新历史"之"新"仍然是值得审理,仍然需要在历史和文学史的价值解读中,重新证明其历史意识的合法性。不管怎样,新历史主义的正负面效应都充分说明,它具有对历史的沉重一页加以掀起和重解的积极性,同时,它也不可能超越自身的局限,只可能在历史中获得自己有限性的意义。

无论在新历史主义之"后"是它的消亡,还是它留下无穷尽的遗憾或累累硕果,它都将以自己的批评实践和文化策略,促使我们在世纪末做出我们自己的文化反思和文艺理论反省。因为它已经将问题挑明,即文学问题不单是一个纯粹的语言实体、结构分析和一般性的文学赏析问题,文学是一种特殊的意识形态,一种对话语权力的特殊揭露,同时也是对于历史中那些往往为人们忽略的和巨大的历史阴谋的象征性揭示和隐喻式披露。只有这样,我们才有可能穿越历史和文本的长期欺瞒,发现历史的巨大误会,才可能通过历史的一瞬,发现历史长河中的无穷尽的共时性结构,并通过历史中的殖民或后殖民话语,看到边缘化、局部化、底层化的众多问题。

当我们对新历史主义的负面效应有了认识以后,也许我们更能感觉到,它在某种程度上真正地推进文学理论和批评的"新历史"之维的真实意义之所在。这也告诉我们,面对这一重要文论流派,既不可能完全加以肯定,也不可能绝对加以否定,而只能将其放在历史的语境中看其历史性作用,同时将其置于整个20世纪文艺理论思潮史中,去审视其理论的得与失,从而为我们的新世纪文艺理论建设,设立更为清晰的思想价值坐标。

参考书目:

1. S. Greenblatt, *Renaissance Self-Fashioning*: *From More to Shakespeare*, Chicago: University of Chicago Press, 1980.
2. H. Aram Veeser, ed. *The New Historicism*, New York: Routledge, 1989.

思考题:

1. 新历史主义文论是在什么样的背景和语境中发生的?
2. 格林布拉特提出了什么样的历史观?对文学研究有何启示?
3. 新历史主义文论有何意义和局限?

第二十二章 利奥塔的《后现代状况》与诗学理论

利奥塔(Jean-François Lyotard,1924—1998)是法国当代著名的哲学家,研究后现代主义的代表人物之一。他的一生既经历了资本主义世界的第二次经济大危机,又经历了作为世纪灾难象征的第二次世界大战,在世纪末又强烈地感受到全球化趋势的迅猛冲击。利奥塔关注现实世界,他的思想总是触及当代社会的深层,并力求揭示世界性问题的根源所在。他为社会发展所做的文化诊断,对今天在全球化趋势下世界各国如何坚持多元理性、保持自己的特色优势,具有重要的边缘话语意义。

第一节 后现代主义问题的哲学背景

利奥塔的哲学思想涉及的领域很广,包括政治、经济、科学、语言、文化、艺术等等。我们在此所要阐释的,是支撑利奥塔分析和理解这些领域问题的基本哲学思想与美学观点。这些思想最集中体现在70年代末、80年代初开始甚至一直延续到现在的德、法思想家的论战。在这一论战中,法国思想界的代表人物除了利奥塔,还有福柯、德里达、布尔迪厄等;而德国的代表人物则主要是哈贝马斯。之所以说这是一场当代哲学前沿的争论,是因为他们所关心的焦点在于:二战以来科技发展状况、政治体制矛盾等等所带来的合法化危机。更确切地说,是在价值失落和非人的生存焦虑中,对启蒙运动开创的普遍理性的怀疑和摒弃,以及解合法化危机的多元理性或新理性等等是否可能的问题。

事实上,这场争论不仅在世界范围内形成了一股强劲的后现代主义思潮,也形成了利奥塔哲学观点的思想背景。不论争论各方如何看待现实状况,他们的共同之处都在于:他们都是以修正或拒斥康德的批判范式为基础来提出自己的哲学观点的。施太格缪勒(Wolfgang Stegmüller)在论述"现代哲学中的传统和创新"时指出,各种新的哲学观点都是建立在康德思想之上的。因为,"康德相信他能够证明,一切经验知识都是以关于实在的先天知识为基础的",而所谓真实的世界"就其根本性质来说,是我们自己(空间—时间的)直观能力和悟性的构成物"。但是,自然科学发展的精密程度和技术手段的支撑能力彻底破坏了康德的证明,甚至连"直观的空间和直观的时间也同样归结为主观化的过程了"。由此产生的连锁反应当然就是:"除了要求建立专门科学的哲学基础之外,也要求为其他文化领域,如宗教、道德、艺术、社会等建立哲学基础。"然而,在这些要求中,人们越来越觉得找不到"绝对的"根据,找不到对这些哲学基础有效的"整体性"规则。① 也正是在这种情况下,产生了后现代思想对"整体性"规则的质疑,对先验综合判断的批判,对元叙事合法性的消解。

对后现代主义的哲学背景加以描述,将有助于我们更好地理解其问题的渊源及发展脉络。我们知道,法、德思想家都是以批判康德的批判范式为理论起点的。但是,他们批判的目的则各不相同,不仅在法、德思想家之间,而且在法国思想家内部也存在着严重分歧。

我们首先来看哈贝马斯。哈贝马斯在拒斥康德的先天综合判断的同时,保留并保持了其批判范式本身的必要性和可能性。二战以后的哲学对康德哲学的批判,主要是批判他的"先验综合判断"。就先验来讲,哲学史上有各种流派,但只有康德不仅把先验作为万物的存在依据,而且赋予它一种逻辑的先在性,即综合判断的能力也是先天的、普遍的。哈贝马斯自然对此也予以否定,但却认为康德对批判范式(Critic Pattern)的普遍适用性要求还是合理的。因为,如果批判本身没有规范,批判的效果也就失去了针对和保证。在哈贝马斯看来,启蒙运动以来的理性原则还是要坚持的,只不过这"理性"是需要"从青年黑格尔犯了错误的地方"②进行修正,建设成为一种"新理性"。哈贝马斯推崇理性的社会性,其原则仍是为了维持民主、自由、科学等价值观。依这种原则进行批判,如果没有普遍适用的范式,一切就不仅不可能,而且失去意义。但是,康德的先验综合判断既已破除,新的批判理性的根据又在何处呢?这就引出了合法化危机。哈贝马斯为解救这一危机提出"交往理论",试图先在各种话语中搁置权力,再通过交往达致共识,以使社会以进化的方式跃入新理性社会,这一点甚至被看做一种话语的伦

---

① 参见施太格缪勒:《当代哲学主流》上卷,王炳文、燕宏远、张金言等译,商务印书馆1986年版,第16—24页。
② 理查·罗蒂:《哈贝马斯与利奥塔论后现代》,王岳川、尚水编:《后现代主义文化与美学》,北京大学出版社1992年版。

理学。利奥塔对此予以坚决反对。他认为,交往理性所依据的仍然是一种普遍理性,而普遍理性本身在利奥塔看来都是非法的。他以"奥斯维辛"(集中营)这个名字来讽刺和对抗哈贝马斯的解合法化危机的新理性,认为那是"'整体性'哲学留下的令人无法接受的残渣"①。利奥塔在对合法性问题进行广泛的研究之后认为,传统的合法性已经失效,只有通过"解"合法化(delegitimation),提倡多元理性,方能解合法化危机。利奥塔从对当代知识状况的考察入手,提出自己的后现代批判范式和多元理念。

启蒙运动所开创的普遍理性被否弃之后,用什么来支撑对现实的理解和批判,这不仅是法、德思想家争论的哲学前沿问题,也是利奥塔哲学思想所关注的核心问题。在这方面,利奥塔认为哈贝马斯企图寻找另一种理性标准的做法是毫无意义的,但是他也知道,否弃普遍理性和坚持多元理性的一个危险,就是有可能陷入彻底的怀疑论或绝对的相对主义。为了避免陷入这种困境,利奥塔一方面指出,知识的合法化危机是已经出现的事实,另一方面则把"解合法化"当做摆脱这个危机的一条可能途径。

如何看待普遍理性,在哲学上讲取决于对知识的看法。为此,利奥塔在《后现代状况》中开宗明义地说,他"决定用后现代一词"来表述"最发达社会里的知识状态",而对"后现代"的极简要定义"就是针对元叙事的怀疑态度"②。所谓元叙事(Matenarratives),根据 G. 普林斯(Gerald prince)的说法,就是指"有关叙事和描述叙事的概念"。也就是说"一个叙事有另一个叙事作为其主题(或多个主题之一)时,这个叙事就是一种元叙事"③。而在利奥塔那里,元叙事就是为各种知识提供理性标准的话语,怀疑元叙事的有效,就从根本上拆除了普遍理性的哲学基础。

人总是要说话,知识总离不开表述,所以利奥塔并不否弃叙事本身,而是指出元叙事的衰废所带来的知识合法化危机。利奥塔说:"科学陈述必须接受规则的制约,因为只有合乎既定的一组条件的陈述才算是科学的陈述。"但是叙事知识就没有这种限制,因为它只要保证在传达上的实用性就可以了,"叙事是文化的一部分,它们的合法性就在于它们做它们所要做的

---

① J. F. Lyotard, *The Postmodern Condition*, *A Report on Knowledge*, "Foreword" by Fredric Jameson X., Geoff Bennington & Brian Massami ,trans. The University of Minnesota,1984.

② Lyotard, *The Postmodern Condition*, Introduction, ⅹⅹⅢ, ⅹⅹⅣ.

③ 参见 Gerald Prince,ed. *A Dictionary of Narratology*, University of Nebraska, 1997,p.51.

这一简单的事实"①。这样,知识的合法化危机首先就隐含在科学知识和叙事知识的矛盾之中:"科学知识不可能知道或让人知道它是真理性知识,除非它求助于另一种知识即叙事知识。但从科学知识的眼光来看,叙事知识根本就不算知识。"②这种矛盾在利奥塔所说的后现代状况中更加突出了,因为科学的精密程度和学科的日益分化,都使过去那种由哲学思辨来提供标准假设的叙事方式不再有效了,而科学实验所提供的又只是具体的、有针对性的道理,它即使能用叙事的方式表述出来,也不能在普遍有效的意义上使其具有合法性,利奥塔因此认为:"这种不能使自身具有合法性的科学就不是科学。"

所以,利奥塔所说的知识合法化危机是元叙事衰废所带来的事实,对此他反问道:"元叙事衰废之后,合法性将在何处安身?"实际上元叙事衰废所引出的知识合法化问题已经变成一种启发式的推动力量,它作为问题已将自己合法化了。作为对这个问题的回应,利奥塔认为,我们现在拥有了一个解合法化的方法,而它是由合法化本身的需求所推动的。尽管如此,解合法化的哲学根据还是利奥塔所主张的多元理性,表现在语言的功能上,就是要承认语言不可通约的差异性,反对哈贝马斯的交往理性。利奥塔指出,哈贝马斯当然是想坚持人类正义和社会进步,解放的叙事正是为了这一未完成的事业而提供理性标准的,但是,利奥塔从事实中看到,这项事业"并未被放弃或遗忘,而是被毁灭、'被清算'了……'奥斯威辛'可以作为悲剧性地'未完成'的现代性的范式性名称"③。因此,解合法化作为一种方法,不仅是和主张多元理性互为表里的,而且是对任何元叙事的虚假性的一种揭示:"在我们应该是什么样和我们实际上是什么样之间,将永远存在着深刻的紧张。"④

因此,解合法化的哲学根据在于多元理性所要求的差异性,而它作为一种方法的真实性,则是在后现代状况下的一种生存方式。正由于此,利奥塔的解合法化希求崇高、超越限制、完全自由地运用语言,希求不受任何社会制度的束缚,反对哈贝马斯用合乎和谐化的兴趣和优美的方式来达到社会目的的主张。用理查·罗蒂的话来讲:"渴望崇高的人,追求的是后现代形

---

① J. F. Lyotard, *The Postmodern Condition*, *A Report on Knowledge*, "Foreword" by Fredric Jameson X., Geoff Bennington & Brian Massami, trans. The University of Minnesota, 1984, p. 8、23.
② Ibid., p. 29.
③ 利奥塔:《后现代性与公正游戏》,谈瀛洲译,上海人民出版社1997年版,第168页。
④ 同上书,第182页。

式的知识生活;渴望优美的社会和谐的人,则追求后现代形式的社会生活。"①

第二节 后现代问题及其逻辑起点

面对启蒙运动开创的普遍理性的失效,利奥塔提出用解合法化来争取话语的自由。当然,后现代主义哲学家们是不会仅仅从方法论上对传统哲学进行"清算"的,他们旨在建立一套全新的理论观念,进而从本体论上建立后现代主义的价值原则和生存方式。在这一点上,他们根据自己对世界现实状况的考察和分析,纷纷提出自己的后现代概念。

一、现代与后现代

利奥塔对于后现代有过明确的表述:"什么是后现代?……无疑,它是现代的一个组成部分。"这个表述引出了"现代"与它的"后"之间的时间关系和逻辑关系。从哲学上讲,利奥塔说,"后现代(post modern)必须根据未来的(post)先在(modo)之悖论来加以理解。"②但是,利奥塔的主要用意并不在于分析时间或逻辑意义上的现代和后现代,而是要说明现代性在后现代状况中的实现,也就是说,现代性在本质上是由它的后现代性来充满的。因此,我们首先要分清现代性(modernity)、现代主义(modernism)、后现代(postmodern)、后现代主义(postmodernism)在利奥塔那里的不同含义。

现代性是指一种不断被实现或被超越的文明性质,它自身并不具有时间性。利奥塔以资本主义为例说:"资本主义是现代性的名称之一。它预先假定对无限的欲望已被投入早已被笛卡尔(也许还被奥古斯丁,第一个现代主义者)指定的一个实例,即意志的实例之中。"这种意志其实就是一种普遍理性,所以,"作为象征,资本主义从无限性的理念获得其力量。在人类经验中,它可以化身为对金钱的欲望,对权力的欲望,对新奇事物的欲望。所有这些可能看起来非常丑恶,非常令人不安。但这些欲望是意志中的无限性(例示)在本体论上的人类学解释"③。现代主义虽然可能具有现代性,但它本身却有时间规定的含义,指19世纪以来的一种观念和态度,比

---

① 见理查·罗蒂:《哈贝马斯与利奥塔论后现代》,王岳川、尚水编:《后现代主义文化与美学》,北京大学出版社1992年版。
② J.F. Lyotard, *The Postmodern Condition*, *A Report on Knowledge*, "Foreword" by Fredric Jameson X., Geoff Bennington & Brian Massami ,trans. The University of Minnesota,1984,p.79、81.
③ 利奥塔:《后现代性与公正游戏》,谈瀛洲译,上海人民出版社1997年版,第147、149页。

如各种追求创新的艺术被称为现代主义艺术。如果现代主义确定了某种标准,限制了意志的无限性,它就失去了现代性。

后现代和后现代主义尽管都是20世纪的产物,但它们作为对某种文明性质的表述却是没有时间限制的,比如利奥塔说:"在我看来,小品文(蒙田)是后现代性质的。"①我们已经看到,利奥塔用后现代来表示当今社会的知识状态,也就是对元叙事的怀疑态度,而正因为如此,后现代才保持了现代性的意志无限性,从而避免了现代性的被阻断或自我失效。事实上,我们必须从现代性与后现代的关系中才能真正理解利奥塔的意思。利奥塔说:"我们必须说后现代总是隐含在现代里,因为现代性,即现代的暂时性自身包含着一种对自身的超越,而且会把自己变成一种稳定性,比如说像乌托邦计划、解放的叙事所包含的明确的政治计划要努力达到的最终稳定性那样。现代性在本质上是由它的后现代性来充满的。"②

不过,利奥塔并不认为人们都是在这个意义上来理解后现代主义的,但是,他坚持认为,只有认识到元叙事衰废带来的知识合法化危机,才能理解后现代与现代的关系。杰姆逊在为利奥塔《后现代状况》(英译本)一书所作的序言中说:"利奥塔以后现代主义这样时髦的主题作为书名,其意在于引起人们的关注。"但是,"值得注意的是,利奥塔书名上的'后'字和哈贝马斯书名上的'危机'二字都在提醒我们,合法化已越来越明显地成为一个问题。也就是说,只有当合法化与否被认为是问题时,'合法化'才变成人们的研究对象。"③利奥塔在《对"后"字意义的解释》一文中说的更加明确:如果把"后现代主义的'后'字只看做纯粹的接替,或者一连串历时性的阶段,每个阶段都可以清楚地确定"的话,这种"'后'字就意味着一种类似转换的东西:从以前的方向转到一个新方向"。但它对过去的决裂"实际上是遗忘或压抑过去,也就是说,是重复它而非超越它的一种方式"。我们知道,这与利奥塔所规定的现代性的超越性原则是违背的。所以他进一步明确说:"既然我们在开创某种全新的东西,那时钟的指针应该被拨回到零。和传统决裂并建立全新的生活和思考方式既是可能的也是必须的。"④

---

① J. F. Lyotard, *The Postmodern Condition*, *A Report on Knowledge*, "Foreword" by Fredric Jameson X., Geoff Bennington & Brian Massami ,trans. The University of Minnesota,1984,p.81

② Lyotard, *Inhuman*, trans. Geofrey Bennington & Rachel Bowlby, p. 25.

③ J. F. Lyotard, *The Postmodern Condition*, *A Report on Knowledge*, "Foreword" by Fredric Jameson X., Geoff Bennington & Brian Massami ,trans. The University of Minnesota,1984, VII,VIII.

④ 利奥塔:《后现代性与公正游戏》,谈瀛洲译,上海人民出版社1997年版,第143、144页。

总的说来，利奥塔认为，如果对最复杂的含义做最简括的表述，那么，"后现代主义的问题首先是一个思想的表达方法问题：在艺术、文学、哲学、政治方面都是如此"①。比如以文学艺术为例，利奥塔说："一部作品只要一开始是后现代的，那就会具有现代性。照这样理解的后现代主义在其最终目的上并不是现代主义，而是现代主义的初期状态，因而这一状态是持续不变的。"②

二、创造性重写

把利奥塔对后现代状况的分析看做他崇高的美学的逻辑起点，实际上是因为后现代的多元理性及其解合法化方法规定了利奥塔对二战以来美学向度的理解和把握。从利奥塔的后现代状况是以知识和人的生存境遇为分析对象这一点来说，这个逻辑起点是现实的，而就其这种现实的哲学意义来讲，则是指后现代在实现或充满现代性的过程中的一种创造性"重写"（re-writing）。

利奥塔把这种重写看成对后现代一说的更恰当表述，就是说，"'重写现代性'的优势取决于两个替换：从词汇的角度来说，'后（post-）'这个前缀转换成了'重（re-）'这个前缀，另一个转换是'重'这个前缀在句法上被应用于动词'写'，而不是名词'现代性'"③。事实上，用重写现代性来替代后现代并不是用词的准确或适宜与否，而是从创造的角度更进一步说明了后现代对现代性的实现。对此，利奥塔指出了重写现代性表明的两个主要方向。

"首先，它显示出了用'前（pre-）'和'后（post-）'这些前缀对于文化进行分期是不得要领的，因为它们对'现在'的位置毫不质疑，而人们理应能从这个位置获得对历时性顺序的合理观点。"我们已经看到，利奥塔说奥古斯丁是第一个现代主义者，这就是因为奥古斯丁在讨论时间时说，人们无法用同一种方式抓住像"现在"这样的东西。由于提出重写现代性，就可以看出，"和现代性正相反的不是后现代，而是古典时代"。因为"古典时代关系到一种时间状态（让我们称之为暂时性的一种状态），在这种状态中，人们认为到来和离去，过去和未来一起，好像在意义完全一样的统一性中包容了

---

① 利奥塔：《后现代性与公正游戏》，谈瀛洲译，上海人民出版社1997年版，第145页。
② J. F. Lyotard, *The Postmodern Condition*, *A Report on Knowledge*, "Foreword" by Fredric Jameson X., Geoff Bennington & Brian Massami, trans. The University of Minnesota,1984, p.79.
③ Ibid., p.24.

生命的总体性。比如说,这就是神话组织和分配时间的方式,它创造了叙述故事的开头和结尾的节奏,达到了使它们和谐的程度"①。显然,古典的神话是一种叙事,而它的意义统一性和生命总体性与后现代的多元理性是正相反的。

第二个方向是从历史角度来讲的。现代性本身是不断开放着它的意义生成的,所以利奥塔才把后现代主义作为现代主义的初始状态并且看成是一种持续不断的过程。但是,当现代性实现自身时,它总是以一种新的姿态来演示某种开端,所以:"历史的分期属于现代性所特有的强迫症。分期是把时间置于历时性之中的方法,而这种历时性是由革命的原则支配的。同样,现代性也包含了对自身的超越这种承诺,它有义务标明或指出一个时代的结束和另一个时代的开始。"因为"既然人们在开始一个据说是全新的时代,当然就应该把时钟拨到新的时间,重新从零开始。基于同样的考虑,基督教、笛卡尔主义或雅各宾主义都指定了它们的纪元年,在前者,它是指启示和救赎的那一年,而在后两者里,它们是重生和更新,以及革命和重获自由的那一年"②。

这种历史向度的重写有着极为重要的意义,因为它预示了重写现代性的创造特性。启示(revelation)和救赎(redemption)、重生(rebirth)和更新(renewal)、革命(revolution)和重获自由(reappropriation of liberties),都有"re_"这个前缀。既然是对历史的重写,意义生成就必然在当下。又因为"'重'字是和写作联系着的"③,"写作"又当然是一种表述,"重写"自然成为后现代对思想和态度的表达方法。当然,这里的"创造性"并不是指如何写作、如何表达,而是指"写作现代性总是重写现代性。在不断的重写中,现代性是写在、刻在自身上面的"。这当然是指后现代对现代性的实现或充满,但具体的创造状态,却是指对某种隐藏着的、压抑着的、不可表现的揭示。这些东西并不是确切存在在什么地方,而是不可名状的、有待生成的东西。这种创造是人的一种欲望,"因为欲望的本质就是把自身从自身的支配下解放出来的需求,而这种欲望是难以忍受的"。这种欲望的达到,既是实现了某种目的,也是欲望的终结,利奥塔说,目的和终结都是一个词,即 end。④

---

① Lyotard, *Inhuman*, trans. Geofrey Bennington & Rachel Bowlby, p. 25.
② Ibid., pp. 25-26.
③ Ibid., p. 26.
④ Ibid., pp. 28-29.

从欲望实现的状态来讲,是对压抑的解除,而"压抑"也和"写作"是一个词,利奥塔用英语来说明这个词,即 putting down,所以重写也是对压抑的一种解除。压抑或隐藏着的东西是尚未被明示的东西,也即通过重写才得以实现的,这就是现代性的要求。就现代性是一个不断被实现的过程来讲,当然也就是对不可表现之物的确证了:它实现在当下,却以将来的"后"为这种实现的前提,所以利奥塔又说这是一种"悖论的形式"。但我们却可以清晰地看到其逻辑的顺畅。显然,这种重写并不提供过去的知识,用利奥塔的话来讲,"相反,它预先假定,'过去'本身是头脑用来建构那幕情景的部分的原因或动力"。因此,重写现代性意味着,"后现代不是一个新的时代,而是对现代性自身拥有的一些特征的重写,首先是对现代性将其合法性建立在通过科学和技术解放整个人类这个事业的基础上的宣言的重写。但正如我已经说过的,这种重写在现代性本身里面已经进行很长时间了"①。

第三节 "崇高"的后现代性开放形式

崇高的美学在利奥塔那里具有两层含义:其一是指崇高本身的审美观念,其二是指关于崇高的美学,也即现代美学。对于崇高的美学的论述,是利奥塔哲学思想构架的一个重要组成部分。利奥塔在认识论上否弃了普遍理性的整体有效性,并且针对元叙事的衰废在方法论上提出了解合法化的方式,而这些认识和方法之所以可能的现实性,就在于后现代是以重写的形式来实现人类解放事业的现代性的。显然,从现代性的不断实现或充满来讲,重写的形式本身具有了本体论的伦理性质,这种重写是崇高的美学的一个现实的逻辑起点,而崇高的美学正体现了这种重写所具有的开放的形式特征。

一、形式的伦理要求

利奥塔分析后现代状况并提出解合法化的同时,他对传统的"和谐的或优美的美学"提出了质疑。在对多元理性的解合法化理清之后,他针对优美的美学的合法性危机提出了崇高的美学的概念。利奥塔认为,"哈贝马斯希望从艺术中得到的东西以及艺术所能提供的经验,是填平认知的、伦

---

① Lyotard, *Inhuman*, trans. Geofrey Bennington & Rachel Bowlby, p.31、34.

理的话语与政治话语之间的鸿沟,以便开辟出经验统一的途径"①。因此哈贝马斯主张的还是"优美的美学",而利奥塔从主张多元理性和承认差异性的角度,要求一种崇高的美学。对此,杰姆逊评论说:"这是一个美学让位给伦理学的转折。从伦理学的角度看,如何看待后现代主义(在后现代主义与新形式的科学和知识关系中)变成了我们对新社会组织的一个比较基本的态度。"②

这种态度当然表明了崇高的美学的逻辑起点,对此至少可以从两个层面来分析崇高的美学与后现代性的逻辑关系,以及对重写现代性的形式的特征体现。第一个层面是指崇高本身的美学特性,而这一点首先涉及利奥塔对康德美学的看法。我们知道,康德的批判哲学是针对主观意识的,《纯粹理性批判》研究认知的功能,《实践理性批判》研究意志的功能,而《判断力批判》研究情感的功能,即用介于理性和实践之间的情感判断来联结认知和意志。③ 在利奥塔看来,康德的批判哲学是建立在先天综合判断的普遍理性基础之上,而这种普遍理性不过是从属于一种辨别真假的语言游戏,但在现实中,判断却不仅仅限于主观意识。针对康德的三大《批判》,利奥塔提出:"我们缺乏的是一种经验的道德('审慎的'道德),也即一种政治。我们不是缺第四部批判,而是第三部《批判》缺了第三部分。在第三部《批判》里,反思判断只能用于作为目的的审美对象和自然,而显然反思判断还可以用于另一领域,即政治社会领域。"④利奥塔同意康德从"无形式"来讲崇高,即当可设想的无限制不能对应于可经验的现实时,崇高感就产生了,但是利奥塔更强调崇高对不可表现的东西的实现。

崇高让事物本来的面目实现出来,靠的是对这种本来面目的重写。利奥塔以拉康的"物"和弗洛伊德的无意识压抑为例,说明崇高的重写特性。拉康的物是不可表现之物,而弗洛伊德的无意识压抑却可以由精神分析的"彻底体验法"(Durcharbeitung)得到对某种情感的揭示。"我们必须把弗洛伊德所谓无意识情感的那种次级压抑(它引起了梦、症状、动作倒错等现象的'形成',而这些都是在意识情景的边缘的无意识再现),和拉康那种从来不把自身显现出来的'物'彻底区分开来。和拉康的'物'

---

① J. F. Lyotard, *The Postmodern Condition*, *A Report on Knowledge*, "Foreword" by Fredric Jameson X., Geoff Bennington & Brian Massami, trans. The University of Minnesota,1984, p. 72.
② Ibid., p. XVIII.
③ 朱光潜:《西方美学史》下卷,人民文学出版社 1979 年版,第 353、357 页。
④ 利奥塔:《后现代性与公正游戏》,谈瀛洲译,上海人民出版社 1997 年版,第 74 页。

紧紧相连的根本压抑与次级压抑之间的关系,就如同崇高与美之间的关系一样。"①

另一个层面就是关于崇高的美学。利奥塔接受康德关于崇高的分析,同时又指出,"康德认为崇高是一种情操,一种心灵的情感,而美却是由自然和心灵的一种'适应'所产生的情感"。"这种情操,这种心灵的情感表明,自然缺乏心灵,而心灵为着自己也缺乏自然。心灵仅仅感受它自己。从这个意义上讲,崇高仅仅是美学领域中伦理的祭献宣言。"②利奥塔崇高的美学既不是与科学、政治相对应的一个专门领域,也不是用来沟通或联结其他领域的某种判断,"追随崇高,就是在追随意愿中发现我们自己。事实上,这种发现就是发现'物'(指拉康的'物'——引注)。这种物并不等待被设定,它不等待任何东西,它也不吁请于心灵"③。显然,利奥塔比康德走得要远:在崇高中发现自己,这是既肯定差异又达致自由的一种伦理要求,同时也是"无形式"的形式的自我抗争,因为一旦涉及内容(尽管无形式指的就是内容的不可经验),那不可表现的东西也就不再是不可表现的了。所以利奥塔强调说,在崇高的形式中,"不仅启动了一种据说是'个人的'独特性的'物',而且不断地烦扰着我们写作时使用的语言、反对的传统、使用的材料的'物'。这样,重写被包括在美的诸多问题之内,但同样,在今天更多、更明显地被包括在崇高的诸多问题之内。这正巧揭示了美学与伦理学之间的关系的问题"④。

从崇高本身所具有的美学特性和关于崇高的美学这两层含义来看,利奥塔尽管没有离开美学来谈崇高,但崇高的美学显然已经是现代美学了,它不仅具有开放的生成性,消解单一标准,而且体现了重写现代性所具有的伦理要求的形式特征。

二、先锋的姿态

崇高作为一种情操而具有伦理性,但它的美学意义并不在于确定某一种伦理规范或内容,而是以某种形式不断地实现或充满有关人类解放的事业的意义,所以利奥塔说:"我们的任务并非是要提供实在,而是要创作出

---

① Lyotard, *Inhuman*, trans. Geofrey Bennington & Rachel Bowlby, p. 33.
② Ibid., p. 137.
③ Ibid., p. 142.
④ Ibid., pp. 33-34.

对不可表现之物的可以想象的暗指。"①在这方面,先锋派②艺术实践提供了恰当的实例,而先锋的姿态,就是使这个任务在一种开放的形式中不断得到实现。

就"先锋"(avant-gardes)一词的本义来讲,是指一种前卫的姿态,它的崇高特性,就在于时刻寻找并守卫着那生成意义而又不可表现的东西,这本身就是一种崇高的美学。利奥塔认为,"正是在这种崇高的美学中,现代艺术(包括文学)才找到了自己的动力,先锋派的逻辑也才找到了自己的原理"③。在这个意义上讲,先锋派对于现代性的寻找和重写一旦实现,并且把这种实现作为普遍的标准,先锋派的先锋性就失去了,所以先锋派并不等于持续的先锋姿态。利奥塔对此明确写道:"我们知道,在艺术领域里,或者更精确地说在视觉和立体艺术里,今天占主导地位的观点是认为波澜壮阔的先锋派运动已经结束和完蛋了。""我不喜欢先锋这名称,是因为它比其他名称总要多一些军事色彩。但是我确实注意到,先锋派运动的真正过程实际上是一种工作,一种长期的、执著的、有高度责任感的工作,其目的正在于研究现代性隐含的假设。"我们可以看出,在利奥塔那里,现代性和先锋姿态是一脉相承的逻辑关系。④

先锋派艺术所具有的开放的形式,在两个主要方面体现了崇高的美学的基本特征。一是对规则的怀疑,对此利奥塔说:"只要昨天(modo,即佩特罗纽斯[Petronius]过去常说的先在)必须受到怀疑,一切就都是可以接受的了。"二是在不断的创造中确证现代性:"现代性无论在哪个时代出现,如果不发生信仰的崩溃,如果没有对现实中的'现实性的缺失'的发现以及对其他各种现实性的揭示,现代性就不可能存在下去。"对于这两点,利奥塔用法国画家杜尚(Marcel Duchamp,1887—1968)为例做了说明:"杜尚的'现成品艺术'只不过是积极地、富有嘲弄意味地预示了这一持续不断的过程:绘画技艺被剥夺了,甚至作为艺术家的权力也被剥夺了……现代美学的问题

---

① J. F. Lyotard, *The Postmodern Condition*, *A Report on Knowledge*, "Foreword" by Fredric Jameson X. , Geoff Bennington & Brian Massami ,trans. The University of Minnesota,1984, p.81.

② 当利奥塔使用"先锋"的复数形式(avantgardes)时,指那些笼统地被称为现代主义的各种艺术流派和实践,故译为"先锋派",而自称后现代主义的先锋派,利奥塔称之为"超先锋主义"(trans-avantgardist)。

③ J. F. Lyotard, *The Postmodern Condition*, *A Report on Knowledge*, "Foreword" by Fredric Jameson X. , Geoff Bennington & Brian Massami ,trans. The University of Minnesota,1984,p.77.

④ 利奥塔:《后现代性与公正游戏》,谈瀛洲译,上海人民出版社1997年版,第146页。

并不是'什么是美的',而是'什么东西可以被说成是艺术(和文学)?'"①

杜尚的先锋姿态是典型的和彻底的,他1912年的《下楼梯的裸女》是立体主义的,秩序在作品中已不存在,而且作品本身也不再有和观众保持一致或进行沟通的视觉审美规则了。但杜尚仍不满足,利奥塔所说的杜尚的"现成品艺术"(ready made),是他1917年的《泉》。这个作品其实就是一个现成的小便盒,这样,杜尚不仅打破了"一切艺术所形成的习惯",而且"打破了人们必须作画这个规则"。② 事实上,杜尚的例子是真正不可重复的,《泉》或现成品艺术之所以被称为艺术,并不是因为它的形式,而是因为这种形式的开放性:权威的艺术展览馆展出并收藏了这件作品。对此,利奥塔强调了"作品展出的场所"③。因为这种场所所体现出的对艺术认可的偶然性,突出表明了"什么是美的"向"什么可以被说成艺术和文学"的后现代转变,它的先锋性在于揭示了形式本身的不可转换。所以利奥塔说:"弗洛伊德、杜尚、波尔、格特音德、斯坦因,还有他们之前的拉伯雷和斯泰恩都是后现代主义者,因为他们强调了矛盾,而这些总是证明了我所说的不可转换性。"④

先锋派艺术实践表明的开放的形式,当然是用想象的暗指来确证或实现那不可表现之物,也就是不断使现代性得到揭示。这是怀疑和创造的统一,利奥塔说:"康德在表明'无形即缺乏形式'这一概念时,曾把这种方法当做不可表现之物的一个可行的标志。他还谈到空洞的'抽象',这恰是想象在寻求表现无限(另一种不可表现之物)时所体验到的:这种抽象本身就像是在表现无限,也就是它的'消极的表现'。他列举了那条戒律,'你决不应当制造偶像'(《出埃及记》),并将其当作《圣经》中最崇高的一段话,因为偶像阻碍了对绝对的一切表现。"⑤

反对偶像崇拜,在教会是有其宗教和政治方面的考虑的,但它的崇高性质,则是保持可想象的偶然形式的开放姿态,而不是依据美的规则去表现可经验的客体。所以,按照美的规则来表现客体是"现实性的缺乏"(lacking

---

① J.F. Lyotard, *The Postmodern Condition*, *A Report on Knowledge*, "Foreword" by Fredric Jameson X., Geoff Bennington & Brian Massami, trans. The University of Minnesota,1984, p.79、77、75.

② Michael Levey, *A History of Western Art*, London, 1970, p.7, 323.

③ J.F. Lyotard, *The Postmodern Condition*, *A Report on Knowledge*, "Foreword" by Fredric Jameson X., Geoff Bennington & Brian Massami, trans. The University of Minnesota,1984, p.79.

④ Ibid., p.78.

⑤ Ibid.

of reality),这在元叙事衰废带来合法化危机问题的后现代尤其如此,而不断地创造现实,则是指发现和充满了现实性的揭示,它的表现形式是不可转换的,或者是不可模仿和重复的。正因为如此,利奥塔说"我们应当超越本杰明和阿尔多诺的沉默",而采取杜尚那种"积极的先锋姿态"①。人们可以从这些方法中看出先锋派的绘画原则,因为他们致力于"通过有形的展现来暗指不可表现的东西"。这些方式是崇高的形式本身。从美学上讲,"如果没有内在于康德的崇高哲学中的概念的那种不可测定的现实性,它们就仍然是不可解释的"。相反,"如果哈贝马斯也像马尔库塞那样,把非写实化的创作理解为先锋派特征所具有的(压抑的)'非崇高'方面,那实际上是因为他把康德的崇高和弗洛伊德的升华混为一谈了,同时也因为美学对于他来讲仍是关于美的东西"②。

三、形式本体

我们已经看到,先锋的姿态意味着用不断的重写来揭示和确证不可表现之物,即某种意义的现实性,因此,这种重写的形式就有了本体论的性质,就是说,形式成了人类生存的某种可能状态。从哲学的角度看,利奥塔多元理性的解合法化肯定了差异和不可通约,从而给重写的形式赋予了本体的特性。哈桑对此评论说,利奥塔关于元叙事衰废的看法之所以深刻,在于这种叙事"恰恰是资产阶级社会的有机构成因素,因此,这种深刻的危机就是某种'合法化'的危机(它和哈贝马斯在《晚期资本主义的合法性困境》中所说的'合法化危机'形成了对照),它在时下由许多语言主宰的各种认知的和社会的努力中体现出来"。哈桑认为,利奥塔指出了"后现代知识并不仅仅是权力的工具,它完善了我们的感觉力,使之认识到差异,同时也增强了我们容忍不能被同一标准衡量的东西的能力"③。利奥塔由此批评资本主义,他认为资本主义不爱秩序,爱秩序的是"国家"。资本主义的最终目标不是根据标准建造起来的一个技术、社会、科学的创造物;它的美学也不是美的美学而是崇高的美学,它的诗学是天才的诗学,因为资本主义创造不屈从于标准,它创造标准。我们由此可以看出,利奥塔指出虽然资本主义具有

---

① J. F. Lyotard, *The Postmodern Condition*, *A Report on Knowledge*, "Foreword" by Fredric Jameson X., Geoff Bennington & Brian Massami, trans. The University of Minnesota, 1984, p. 76.

② Ibid., pp. 78-79.

③ Inab Hassan, "Ideas of Cultural Change," Ihab Hassan & Sally Hassan ed. *Innovation / Renovation*, *New Perspectives on the Humanities*, University of Wisconsin, 1983, pp. 26-27.

现代性,但它的现代性并不是指其国家秩序,而是应该强调它的"国家先锋姿态",即"不屈从于标准"和"创造标准",而且这"创造"必须是持续不断的过程。我们还可以从利奥塔对当代科学知识的合法性以及资本主义的现代性的考察中推论出,科学和民主也只是在其为形式本体时才具有意义,如果作为一个已经实现的目标,则会因为其具有稳定性而失去其合法性。所以,科学和民主不仅不是目的,甚至也不是手段,因为它一旦具有稳定性或现实性,成为追求的标准,也就失去了作为资本主义的精神的价值。

利奥塔特别指出技术对自由形式的控制。他指出这一点和所谓新技术引人注目地被引入文化商品的生产、传播、销售和消费以及由此产生的问题有关。但是,比特,即信息单位的概念所具有的重要性我们无法回避。利奥塔认为,"当我们和比特打交道时,就不存在任何在此时此地赋予敏感性和想象力的自由形式的问题了。相反,它们是由计算机工程学构想的,在所有语言层次——词汇、句法、修辞和其他方面都可以定义的信息单位"[1]。在这种情况下,利奥塔进一步指出科学技术的合法化危机:"成功是技术科学愿意接受的唯一标准。但是技术科学不能够说明什么才是成功,或者为什么成功是好的、公正的或真实的,因为成功是自夸自赞的,就像法律不加任何考虑就批准一件事一样。因此技术科学并未完成实现普遍性的事业,而实际上加快了合法性丧失的过程,而这正是卡夫卡的作品所描写的。"[2]所以,"技术科学的进步已经成了一种加重而不是减轻这种不安的方式,把发展称为进步已不再可能了"[3]。

从哲学和社会学的分析,利奥塔都把崇高看成后现代状况最真实的美学形式:"资本主义的创造不屈服于标准,它创造标准。"[4]就崇高的美学来讲,它当然不屈服于标准,但更根本的问题不在于标准,而在于创造,也就是持续不断的重写。形式的自然抗争,也只在形式对意义生成的本体性作用上才是可以理解的。对此,利奥塔着重强调了现代美学的崇高和重写现代性的后现代崇高之间的区别。利奥塔说:"现代美学是一种崇高的美学,尽管它也是一种怀旧的美学。它使不可表现的东西仅作为失却了的内容而实现出来;但是,形式由于仍存在着可辨的一致性,它们就作为使读者或观众产生欣慰和愉悦的东西继续出现在他们面前。然而,这些情感并没形成真

---

[1] Lyotard, *Inhuman*, trans. Geofrey Bennington & Rachel Bowlby, pp. 34-35.
[2] 利奥塔:《后现代性与公正游戏》,谈瀛洲译,上海人民出版社1997年版,第168页。
[3] 同上书,第145页。
[4] 同上书,第148页。

正崇高的情操,因为那种情操只存在于快感和痛感的结合之中:理性应当超出所有的表象,想象或敏感不应等同于概念。"①很显然,这种崇高不仅在形式上仍然有一致的审美标准,而且由于必须表现某种对象性内容,形式反而不真实了,也就是不能发现现实性的缺乏并创造对现实性的揭示。

与此不同,利奥塔强调了后现代应当是这样一种情形:它在现代之中,但却以表象自身的形式使不可表现的东西实现出来,而且它本身也排斥优美形式的愉悦,排斥趣味的同一,因为那种同一有可能集体地分享对难以企及的往事的缅怀;我们由此可以发现,利奥塔的后现代美学是一种反对趣味共识、力求创新的行为过程。利奥塔是这样进一步强调的:"它寻求的总是新的表现,其目的并非是为了享有它们,而是为了传达一种强烈的不可表现之感。"②这就清楚地说明,后现代的崇高尽管不去怀旧,但它的创新是指形式的独立,是形式自身具有实现那不可表现的东西的功能。怀旧,因为有确定的东西可以回忆,可以表现,而失缺了内容的东西只能是现实性的失缺,还不是不可表现的东西,对于这两点,后现代的崇高都是排斥的。所以利奥塔又说:"后现代艺术家或作家往往置身于哲学家的地位:他写出的文本,他创作的作品在原则上并不受某些既定规则的制约,也不可能根据某种决定性的判断,并通过将普遍性范畴应用于文本或作品的方式来对它们进行判断。那些规则和范畴正是艺术品本身所寻求的东西。于是,艺术家和作家便在没有规则的情况下从事创作,以便规定将来的创作规则。"③没有规则的制定规则,是形式本体化的意义所在,所谓为将来的创造制定规则,并不是指成为别人创作的规范,而恰恰是指形象表现或表象本身的形式已经具有了众多特征,它们是在重写的形式中向作者呈现意义的。

如此看来,后现代写作是在传统写作的困境中为解其"表征危机"而来,但是,"重写"尽管可以作为后现代的写作方式并解救我们的"写作危机",我们却无法获取可供重写的内容,何况,在利奥塔那里,重写本身就具有本体的性质。也许真的是"利奥塔的意义在于他间接提醒人们:后现代哲人的时代和困境已同时来临"④。

---

① J. F. Lyotard, *The Postmodern Condition*, *A Report on Knowledge*, "Foreword" by Fredric Jameson X., Geoff Bennington & Brian Massami, trans. The University of Minnesota, 1984, p. 81.
② Ibid.
③ Ibid.
④ 王岳川:《后现代主义文化研究》,北京大学出版社1992年版,第197页。

四、情操的倾听

崇高的美学在形式上的自我抗争,当然是揭示和确证不可表现之物的必然形态,在这种状态中,想象力起了极大的作用。利奥塔用弗洛伊德称之为"自由联想"的态度来说明这一点:"要问这种做法和重写现代性有什么关系,我可以这样说,在彻底体验法里,可供我们使用的唯一指导线索就是情操(sentiment),或者更确切地说,是对情操的倾听。"我们已经讨论过,弗洛伊德的彻底体验法是要达到被压抑的东西,而利奥塔的崇高并不指对某个确定的东西的表现,情操的倾听只是指表现本身的形式呈现。所谓"不知道它是什么",正是形式的自我确证,而不是指能力上的达不到。相反,赋予形式这种本体性独立的原因,正在于我们知道"只有一件事是肯定的:正确的事物不可能是实际上存在的事物;现实社会不是从自身,而是从一个不能严格的指名的、不过是必须的集体那里获得合法性的"①。

实际存在的事物不一定是正确的,这种看法是利奥塔对当今资本主义社会的判断。至于哈贝马斯的批评,即反对元叙事会导致对正确的共识与错误的共识,或者说有效和权力不加区别,利奥塔回答说,他就是要"摧毁作为哈贝马斯研究基础的那样一种信仰。这种信仰相信,作为集体(或普遍的)主体的人性,可以经由所有语言游戏的'运行'的规则化而达到普遍的解放,也就是说,它深信所有语言陈述的合法性就在于它们能够对人性的解放有所贡献"②。利奥塔认为事实和哈贝马斯所设想的正相反:"后现代科学所关心的是无法决定的东西、精确控制的局限、不完整的信息所造成的冲突、'碎片'、灾难、以及实用的矛盾,因此,后现代科学把自己的演进看成是不连续的、灾难的、不可矫正的和矛盾的,并且把这一演进过程加以理论化。"在这种情况下,"共识只是科学论述中的一种特例,而不是科学论述的目的。相反,科学的目的是为了达到对谬误的推理"③。利奥塔的这一解释,彻底推翻了黑格尔"凡是存在的就是合理(理性)的"这一论断。

无法达到共识并不仅仅因为对现实的看法不同,更根本的原因还在于社会现实本身拒绝这种共识。从科学和哲学来讲,利奥塔认为:"语言碰巧是可以翻译的,不然它就不是语言了;但语言的游戏是不可翻译的,因为它

---

① 利奥塔:《后现代性与公正游戏》,谈瀛洲译,上海人民出版社1997年版,第182页。
② J. F. Lyotard, *The Postmodern Condition*, *A Report on Knowledge*, "Foreword" by Fredric Jameson X., Geoff Bennington & Brian Massami, trans. The University of Minnesota,1984,p. 66.
③ Ibid., p. 60、65、66.

要是可翻译的,那就不是语言游戏了,这就好比把象棋的规则和技法翻译成跳棋的一样。"①从社会机制来讲,资本的运行规则使一切都市场化了,也就是权利交换的强制性。利奥塔说:"这一原则在政治意义上不是极权主义的,但就语言而言它是极权主义的,因为它要求话语的经济样式的绝对霸权。这一样式的简单标准公式是:我会让你得到这,如果作为回报你让我得到那的话。"②

在语言规则不可转换和现实话语的绝对霸权中,崇高的美学实际上只能回到形式自身。利奥塔认为:"在读者在场的情况下,作者不可能进行广义上的写作,尤其当作者是为了写作而写作,当写作本身就是主要目的的时候。"这当然是一种形式的独立。而这种独立的自我抗争是形式失去了对象:"作者不再知道他是在为谁写作,因为品味已不再存在,已不再有任何内化的标准体系,使得某种筛选成为可能,即排除某些东西,加入某些东西,而且所有这些都在写作完成之前和进行过程之中发生。我们没有了对话者。"③这种读者不在场的状况是后现代的写作状况,它和读者在场的古典主义相对立。而所谓广义的写作,就是指重写本身的形式。

第四节　简单的结语

事实上,形式的抗争之所以只能是对情操的倾听,是因为语言有指称和指令的区别,指称是限制性的,指令则是规定性的,崇高的美学只能是限制性,它不规定任何东西。

利奥塔是主张自然法的,但对于崇高的美学来讲,重写要具有意义就不可能是指令性的,而只有以重写的形式,或者说只有因创现现实性的揭示的形式才能发现和确证那不可表现的东西,这本身就是对自由的限制性话语。所以,在这种话语中,我们听到的只是自己的情操。如果回到开头我们说过的废除元叙事而代之以解合法化的小叙事(petit récit),那么,这种倾听就是解合法化中各种具体的小叙事得以具有意义的基本形式。利奥塔认为,小叙事的描述性用语不具有指令性用语的含义,因为前者是指"我们能够这样做",而后者则是说"我们应该这样做"。他以康德一些历史政治论述为

---

① 利奥塔:《后现代性与公正游戏》,谈瀛洲译,上海人民出版社1997年版,第43页。
② 同上书,第188页。
③ 同上书,第16—17页。

例说明:"人类的普遍历史的叙事不能以神话的形式得到确认,它必须仍然暂时与实践理性的理念(自由、解放)无缘。它不能由经验的证据得到证实,而只能靠间接的符号和类比,它们在经验中发出的信号是指这一理想存在于人们的头脑之中。所以任何有关这种历史的讨论在康德的意义上都是'辩证的',也就是没有结论的。这一理想对感性来说是不可表现的;自由社会和自由行动一样是不可示范的。"①

对情操的倾听,形象地表明了自由的限制性实现,但其实现的形式却是开放性的。利奥塔强调"崇高也是一种完美的情操",并指出它和美不同,即"当想象力不能去表现一个可能按照某种原则与概念相称的对象时,崇高就产生了"②。这里只有情操的形式,而没有与此对应的客体。所以利奥塔又说:"崇高是将要有什么东西发生的感觉,不管是什么东西,在这种令人生畏的虚空中,什么东西将要登场,并且宣布任何东西都不会完结。这个场所仅仅是指'当下'(here),即最短暂的发生。"③在这种当下中,任何东西都可能登场,作为那不可表现的东西的揭示和确证,崇高的情操以倾听的形式来接受这种揭示和确证。如果要问崇高的美学为什么必须保持这种形式的自我抗争,那么利奥塔《后现代状况》的最后一句话是最适合的回答:"对此的回答是:让我们向整体性开战,让我们成为那不可表现之物的见证人;让我们激活分歧,拯救那名称的荣誉。"④

参考书目:

1. J. F. Lyotard, *The Postmodern Condition*, *A Peport on Knowledge*, The University of Minnesota,1984.
2. J. F. Lyotard, *Inhuman*, trans. Geofrey Bennington &Rachel Bowlby.
3. 利奥塔:《后现代性与公正游戏》,谈瀛洲译,上海人民出版社1997年版。

思考题:

1. 后现代与现代有怎样的关系?
2. 利奥塔是如何从后现代视角讨论崇高问题的?有何意义?

---

① J. F. Lyotard, *The Postmodern Condition*, *A Report on Knowledge*, "Foreword" by Fredric Jameson X., Geoff Bennington & Brian Massami ,trans. The University of Minnesota,1984,p.77,78.
② Lyotard, *Inhuman*, trans. Geofrey Bennington & Rachel Bowlby,p.84.
③ J. F. Lyotard, *The Postmodern Condition*, *A Report on Knowledge*, "Foreword" by Fredric Jameson X., Geoff Bennington & Brian Massami ,trans. The University of Minnesota,1984,p.38.
④ Ibid. ,p.82.

第二十三章 赛义德的后殖民理论与《东方学》

后殖民理论(Postcolonial Theory)是兴起于20世纪后半叶,兴盛于20世纪末期的一种重要的文化批评思潮,它集中探讨宗主国与殖民地之间的文化话语权力关系、东方主义、第三世界批评、媒体霸权与文化帝国主义扩张、他者与文化身份书写、民族文化与现代化、全球化与本土文化冲突、内部殖民等等问题。后殖民理论集多种话语于一身:后结构主义、女权主义、西方马克思主义、精神分析、少数话语、肤色理论等,以极其鲜明的意识形态性和文化批判色彩纠正了西方20世纪上半叶流行的纯文本形式研究倾向,展现出广阔的文化研究视野和对历史、社会分析的重新强调。

第一节 后殖民理论概述

在赛义德那里,后殖民理论是揭示"传统殖民主义活动的新模式与新形式"[①]。在他的论述中,这种新模式与新形式主要是指文化霸权。而在阿克罗夫特等人主编的《后殖民研究读本》导言中,则将后殖民理论概括为"基于欧洲殖民主义的历史事实以及这一现象所造成的各种后果"[②]。这与斯皮瓦克等人将后殖民简单界定为"帝国主义的遗产"一样,显得不够具体。一般来讲,殖民主义的历史大体可以划分为三个时期:前(旧)殖民主义,指欧洲殖民者侵略、掠夺、瓜分殖民地的历史。在这个阶段,亚、非、拉的许多国家和地区成为西方列强在政治、经济、文化、军事上直接控制的对象。20世纪初,列宁、卢森堡等的帝国主义理论就主要是针对这一时期。第二次世界大战以后,随着亚、非、拉各前殖民地国家的纷纷独立,它们开始在政

---

① Edward Said, "East isn't East", TLS, Feberary, 3, 1995, p.5.
② 转引自罗钢等编:《后殖民主义文化理论》,"前言",中国社会科学出版社1999年版,第2页。

治、军事上摆脱帝国主义的直接操纵,取得国家主权。但由于历史的原因,这些国家和地区在经济、文化上受到帝国主义和前殖民地国家直接或间接的控制,成为美国和前苏联等超级大国争夺的第三世界。它们与发达资本主义国家之间存在着明显的依附与不平等关系。华勒斯坦、阿明等的世界体系—依附理论对这一现象展开了深入探讨。这就是所谓的新殖民主义阶段。而后殖民主义与这两个阶段既有着密切的关系,又有着明显的区别。后殖民主义的"后"(post)同其他后学的"后"一样,既有时间上的意义,也有价值取向和批评策略上的"反"之意。简言之,后殖民主义就是反思批判殖民主义之后的全球文化状态。值得注意的是这里的批评重心和前殖民主义理论侧重政治、军事,新殖民主义侧重经济不同,后殖民主义的侧重点是文化及其全球的生产和消费,还有生产和操纵文化的知识分子。

当然,从文化上反思殖民者与受殖者的关系并非一种新现象。在20世纪初,特别是60年代法侬等人就已经对这些问题展开了较深入的思考。但为什么后殖民话语成为20世纪后20年来的一门显学呢? 它与整个西方的现代性反思和全球化趋势密不可分。一方面,后殖民主义同后现代相呼应,肇始于20世纪60年代整个西方的文化造反,后殖民主义和后现代主义一道,成为西方知识界内部反思现代性的重要思潮。它通过对西方中心主义及其文化霸权的批判与反思,构成了对西方现代性及其全球性扩张的批判。它怀疑关于"西方""中心""权威"等的真理、理性、同一性、客观性等经典论述,怀疑关于现代化普遍进步和解放的观念,对启蒙以来的各种价值观念及其对世界的规训进行反思。正如伊格尔顿所述,后现代主义源自于"西方向着一种新形式资本主义的历史性转变——向着技术应用、消费主义和文化产业的短暂的无中心的世界的转变,在这样一个世界上,服务、金融和信息产业压倒传统制造业,经典阶级政治学让位于一种'身份政治学'的分布扩散"①。这一论述放到后殖民主义身上同样适宜。因此,后殖民话语兴起的一个重要语境就是资本主义的全球化状态。科技的飞速发展、贸易和消费的跨国化、人口的急剧流动,构成了全球一体化的现代图景。阿帕杜拉(Arjun Appadurai)用人种图景(ethnoscapes)、媒体图景(mediascapes)、科技图景(technoscapes)、金融图景(finanscapes)、意识形态图景(ideoscapes)等

---

① 伊格尔顿:《后现代主义的幻象》,华明译,商务印书馆2000年版,第 vii 页。

五个维度来描述全球的文化流动。① 在这种全球化状态中,女性主义、文化多元主义、民族主义以及反对欧洲为中心的殖民主义遗产的斗争成为当代文化论争的中心问题。正是在这个意义上,我们看到后殖民理论关注到的并非仅仅是前殖民地国家和地区,它涉及更为广泛的不同文化之间冲突与不平等问题,同样指向一些非殖民地国家和地区的文化状态。因此,后殖民话语虽然肇始于西方知识界内部,却又必然成为全球尤其是第三世界知识分子异常感兴趣的话题。因为它触及的是资本主义全球化这一深层问题,它既给落后的、欠发达的发展中国家和地区的民族觉醒与文化自立打了一剂强心针,又为形形色色的民族主义和边缘话语提供了表演舞台。

基于此,德里克(A. Dirlik)认为后殖民一词有三种用法比较突出和重要:(1)如实描述前殖民地社会的状况,在这种情况下它有着具体明确的指称对象,如后殖民社会或后殖民知识分子;(2)描述殖民主义时代以后的全球状态,在这种情况下它的用法比较抽象,缺乏具体所指,同它企图取而代之的第三世界一样,意义模糊不清;(3)描述一种关于上述全球状态的话语,这种话语的认识论和心理取向正是上述全球状态的产物。② 第三种用法更具代表性。

后殖民理论涉及的问题比较丰富,牵涉到广泛的文化现象和深层的历史、政治、经济乃至军事问题,而文学只是其中的一个重要的切入点。因此,后殖民文学理论超越了传统狭隘的形式主义批评方式,走向泛文化的跨学科的文化研究视阈,强调文学与历史、社会分析相结合的多重研究角度。但我们也应看到后殖民理论同样暴露出不少问题,如受后结构主义等思潮的影响,它并未摆脱单纯的话语分析模式,在强调文化分析的同时,文学被他者化了,文学理论的界限日益模糊不清。

后殖民理论受葛兰西的"文化霸权"理论和法侬的"民族文化"理论,特别是后结构主义的影响很深,福柯的知识—权力理论、拉康的精神分析理论和德里达的解构思想成为后殖民理论家的基本武器。一般认为,后殖民理论走向自觉与成熟的标志是1978年赛义德出版《东方学》,赛义德因此而成为后殖民思潮中影响最大的理论家,其后影响较大的理论家有斯皮瓦克(Spivak)和霍米·巴巴(Homi Bhabha)。斯皮瓦克将女权主义、德里达的解

---

① 阿帕杜拉:《全球文化经济中的断裂与差异》,见汪晖等编:《文化与公共性》,三联书店1998年版。
② 德里克:《后殖民气息:全球资本主义时代的第三世界批评》,见汪晖等编:《文化与公共性》,三联书店1998年版。

构主义和西方马克思主义理论糅为一体,并以自己的"边缘"姿态为策略,善于从东西方女性所遭受到的权力话语压迫的境地出发,来探讨"臣属"(subaltern)的"历史记忆"与文化身份书写问题、第三世界妇女的命运、文化霸权与帝国主义批判等等问题,揭示了殖民主义的基本压抑模式,体现了深刻独到的理论视角、跨学科的广阔文化研究视野和富有批判性的批评实践。霍米·巴巴从法侬的理论出发,以拉康的精神分析理论为武器,对"第三世界"与"第一世界"、黑人与白人之间的存在差异和文化殖民的权力运作方式进行深入分析,强调差异性、边缘性、少数话语的文化研究方式,重视文本、他者形象、文化身份的"含混"性,对当代文艺理论产生了一定的影响。

第三世界的后殖民性或后殖民状态(postcoloniality),是当今后殖民理论家关注的基本问题,霍米·巴巴、斯皮瓦克、阿赫默德、德里克等等都以此为自己问题的出发点和中心。

在后殖民理论家中,还有侧重于女权主义分析的莫汉蒂,为文化帝国主义辩护的汤林森,以及近年来在后殖民理论颇为新锐的德里克、阿帕杜拉等等。在此,我们仅以赛义德的思想和著作为出发点来阐释后殖民理论的主要问题。

第二节 后殖民理论的旗手

赛义德是后殖民思潮中最重要的理论家之一,他以独特的多重身份、强烈的批判精神、鲜明的知识分子立场和新颖的观点引起人们的广泛关注,成为进入第一世界学术中心的成功的第三世界知识分子代表。

爱德华·赛义德(Edward W. Said,1935—2003),1935年生于耶路撒冷,在英国占领期间就读于巴勒斯坦和埃及开罗的西方学校,接受英式教育。1950年赴美,获哈佛大学博士学位,1963年起任教于哥伦比亚大学,讲授英美文学和比较文学。赛义德著作丰富,主要有:《康拉德与自传小说》(1966)、《开始:意图与方法》(1975)、《东方学:西方对于东方的观念》(1978)、《巴勒斯坦问题》(1979)、《巴勒斯坦问题与美国脉络》(1979)、《探访伊斯兰:媒体与专家如何决定我们观看世界其他地方》(1981)、《世界·文本·批评家》(1983)、《最后的天空:巴勒斯坦众生相》(1986)、《音乐的阐发》(1991)、《认同·权威·自由:君主与旅人》(1991)、《文化与帝国主义》(1993)、《笔与剑:赛义德访谈录》(1994)、《流离失所的政治:巴勒斯坦自决的奋斗,1969—1994》(1994)、《知识分子论》(1994)、《和平及其不满:

中东和平过程中的巴勒斯坦》(1995)等等。其中,尤以《东方学》(Orientalism)一书影响最大。他因此书而成为当今国际上赫赫有名的文学学者和文化批评家,对后殖民理论的建立与发展起到了决定性作用。赛义德还以知识分子的身份投入到巴勒斯坦的政治运动,在学术研究和政治参与上都扮演了重要的角色。

《东方学》是赛义德的成名作,也是后殖民理论的经典之一。《东方学》自1978年问世以来,已经在许多国家、语种、学科中产生了广泛持久的影响。赛义德在书中阐释的"东方主义"(Orientalism)话语触及当今世界政治、经济、文化和意识形态冲突中的诸多问题,"东方主义"成为讨论殖民时代以后全球状态的"关键词"(key words)。对于这部著作,我们将在下一节重点解读。

继《东方学》之后,赛义德最有影响的著作是《文化与帝国主义》(1993),这部著作被看做《东方学》的扩充和发展,它圆了作者在《东方学》的绪论中提出的"从总体上论述帝国主义和文化之间的关系"的愿望。因此,赛义德本人认为这本书至少在两个方面发展了《东方学》:一是在研究范围上从中东扩展到了整个世界;二是全书用了将近四分之一的篇幅对《东方学》中未曾论及的反帝国主义文化运动进行了历史描述与分析。在该书中,赛义德直接将文化与帝国实践联系起来,文化成为"帝国主义物质基础中与经济、政治同等重要的决定性的活跃因素"[1],当然,赛义德并非将文化提到"引发了"帝国主义的程度。赛义德的批评拓展了文学理论的思维空间和话语领域,使我们不得不重新思考"文化"这个概念,文化不再是高于日常生活的东西,像诗歌、小说、哲学这样的"高雅文化"与肮脏的帝国主义暴力和殖民占有绝非毫无干系。事实上,在高雅的审美趣味背后隐藏着更为根深蒂固的种族歧视与支配欲望,高雅文化所散布的殖民思想常常具有更强的渗透力,易于被广泛接受,"在19世纪欧洲列强攫取非洲领土的过程中发挥了鸣锣开道的作用"[2]。我们必须重新书写欧洲文学史,包括一系列经典作家和经典作品,如卡莱尔、拉斯金、狄更斯、萨克雷、奥斯丁、福楼拜、康拉德、吉卜林……都可以纳入到帝国主义文化霸权的阐释框架中来认识。尽管文化是一个"千差万别的活动领域",但它与帝国历程的联系,是一个不可忽视的问题。

---

[1] Edward W. Said, *Culture and Imperialism*, New York: Alfred A. Knopf, 1993, p. 222.
[2] Ibid., pp. vi-xxviii.

在赛义德所有的著作中有一个核心的主题:知识分子。《东方学》通过知识—权力的检讨对知识分子的理性使用等问题提出质疑与批判,企图在东方主义的话语结构中,重新审视福柯"主题死亡"这一现代性命题,恢复"人"的范畴,承认个人经验在提供理论和政治基础方面具有其有效性。在《文化与帝国主义》中,赛义德强调知识分子应该"与分裂的民族主义脱离关系,致力于一种更有统一精神的人类社会观和人类解放观"①,从狭隘的民族主义向"理论性的解放领域"转变。他认为,"后殖民主义的解放可能是全人类从帝国主义思想或行为里解放出来"②,并以非帝国主义的方式重新思考人类的经验。

这种充满世界主义色彩的立场是赛义德所一贯坚持的,也许这与他自己"流亡者"的身份体验有关。《知识分子论》(Representations of the Intellectual)总结了赛义德这位身体力行的知识分子的知识分子观,这本书也可以看做赛义德对自己批判立场的"现身说法"。赛义德对"流亡者"的心灵体味颇深:"大多数人主要知道一个文化、一个环境、一个家,流亡者至少知道两个;这个多重视野产生一种觉知:觉知同时并存的面向,而这种觉知——借用音乐的术语来说——是对位的(contrapuntal)。……流亡者过着习以为常的秩序之外的生活。它是游牧的、去中心的(decentered)、对位的;但每当一习惯了这种生活,它撼动的力量就再度爆发出来。"③赛义德多次提到自己的多重身份,"我是个巴勒斯坦的阿拉伯人,也是个美国人,这所赋予我的双重角度即使称不上诡异,但至少是古怪的。此外,我当然是个学院人士。这些身份中没有一个是隔绝的;每一个身份都影响、作用于其他身份。……因此,我必须协调暗含于我自己生平中的各种张力与矛盾。"④这种边缘的、含混的身份常常成为后殖民理论家灵活处理批评立场的策略,斯皮瓦克就明确表示:"我并不想为后殖民知识分子对西方模式的依赖性进行辩护;我所做的工作是要搞清楚我所属的学科的困境。我本人的位置是活的。马克思主义者认为我太代码化,女权主义者则嫌我太向男性认同了,

---

① Edward. W. Said, *Culture and Imperialism*, New York: Alfred A. Knopf, 1993, p.268.
② Ibid., p.274.
③ 赛义德:《知识分子论》,单德兴译,台湾麦田出版社1997年版,第9页。
④ Edward. W. Said, *Identity, Authority and Freedom: The Potentate and the Traveller*, Cape Town: University of Cape Town, 1991, p.12.

本土理论家认为我太专注于西方理论。我对此倒是心神不安,但却感到高兴。"①但赛义德在强调这种灵活的、散点透视式的宽广的视界的同时,始终坚持批判、对立、对抗的立场。他认为"从事批评和维持批判的立场是知识分子生命的重大面向"②。

正是这种"流亡者"式的身份,赛义德认为知识分子的公共角色是局外人、"业余者"、搅扰现状的人(outsider, "amateur", and disturber of status quo)。③ 因此,赛义德所推崇的知识分子形象并非那些固守在一个小圈子内的专家、学者,知识分子是在公开表现上既无法预测,又无法逼压成某些口号、正统的党派路线或固定教条的人,赛义德主张,不管个别知识分子的政党隶属、国家背景、效忠对象何为,都要固守有关人类苦难和迫害的真理标准。知识分子没有定则可以知道该说什么或做什么,也没有任何神祇可以崇拜并给予坚定不移的指引。在《世界·文本·批评家》中,赛义德明确提出了强调批判意识的"世俗的批评"(secular criticism)态度,反抗中立化的、"在批评面前团结一致"的状态,以对立于崇拜权威、偶像的"宗教的批评"(religious criticism)。赛义德本人穿行于政治与文化之间,以一个流亡者和边缘人(exile and marginal)、业余者、对权势说真话的人在西方学术界和巴勒斯坦政治活动中出现。

赛义德关于知识分子"流亡"情节的阐释对今天全球化时代知识、人种急剧流动的状况无疑具有深刻的透视价值,知识分子如何超越欧洲中心主义与国族主义、坚持人文主义关怀、反对双重标准、反省知识与权力的关系、倡导批判精神、正视文化的融和与冲突、张扬多元文化价值,成为当代后殖民理论的基本关切点。赛义德的立场是:知识分子作为民众的口舌,公理正义及弱势者、受迫害者的代表,即使面对艰难险阻也要向大众表明立场与见解;知识分子的言行举止也代表、再现了自己的人格、学识与见地。也许,这正是赛义德将自己对知识分子的阐述命名为"Representations of the Intellectual"的原因吧。当然,赛义德的知识分子论并未逃脱多方批评的命运,在此,笔者不能多加评述,只想以阿多诺晚年的愿望做结,知识分子的希望不

---

① 斯皮瓦克:《后殖民批评家:访谈录,策略,对话》,转引自王宁:《后现代主义之后》,中国文学出版社1998年版,第126页。

② Edward. W. Said, *The World, the Text, and the Critic*, Cambridge, mass: Harvard University Press, p. 30.

③ Edward W. Said, *Representations of the Intellectual: The 1993 Reith Lectures*, New York: Pantheon Books.

是对世界有影响,而是某天、某地、某人能完全了解他写作的原意。

第三节 《东方学》解读

赛义德通过对东方主义话语的分析与批判,"力图提出与探讨人类经验有关的一系列问题:人们是如何表述其他文化的?什么是另一种文化?文化(或种族、宗教、文明)差异这一概念是否行之有效,或者,它是否总是与沾沾自喜(当谈到自己的文化时)或敌视和侵犯(当谈到其他"文化"时)难解难分?文化、宗教和种族差异是否比社会经济差异和政治历史差异更重要?观念是如何获得权威、'规范'甚至'自然'真理的地位的?知识分子扮演的是什么样的角色?他是否只是在为他所属的文化和国家提供合法证明?他必须给予独立的批评意识,一种唱反调的批评意识有多大重要性?"[①]这些问题可以概括为:他者文化、社会、历史的再现、知识与权力的关系、知识分子的角色等议题。

一、何谓东方主义

对于 Orientalism 一词,汉语学界有多种译法:东方主义、东方学、东方论述、东方话语、东方学主义、东方志述等等,这说明 Orientalism 一词有着多重内涵。赛义德在书中多次给 Orientalism 下定义,但常常是随机界定,按照他自己的绪论中的总结主要有三层含义。

第一个层面,Orientalism 是指对东方进行学术研究的学科,对其历史、演变、特性和流播的思考是该书的主题之一。

根据《牛津英文词典》记录,Orientalism 一词首次使用是在 1769 年被侯霍沃特(Holdswort)用来评论荷马。东方学作为一门学科主要产生于16—17 世纪欧洲资本主义对外扩张时期。首先是一批欧洲商人、传教士和其他最初到东方传教、贸易和探险的人员编写的有关东方多国的记载。16 世纪末至 18 世纪是东方学的酝酿阶段,19 世纪是东方学的确立阶段,大约在 1850 年至 1945 年间形成为规范化知识领域,进入大学,建立学会,形成系统化、制度化的研究学科。[②] 20 世纪东方国家的学者也加入到东方学的研

---

① 赛义德:《东方学》,王宇根译,三联书店 1999 年版,第 418 页。
② 参见《中国大百科全书》《社会科学辞典》以及华勒斯坦等著《开放社会科学》,三联书店 1997 年版,第 22—34 页。

究队伍,东方学成为国际性的研究领域,主要有中国学(汉学)、西夏学、敦煌学、藏学、埃及学、赫梯学、亚述学、伊朗学、阿拉伯学、日本学、印度学、朝鲜学等分支,涉及历史、语言、艺术、文学、宗教、哲学、经济、社会政治等诸多领域,是一个综合性的学科群体。

正如赛义德所指出,东方学的词尾用的是"-ism",不像一般学科以希腊文的"logus"(学问、哲理)或英文的"(o)logy"为后缀,"-ism"在英语中主要是指一种主义,很显然,东方学这词一开始使用就隐含着明确的意识形态性。赛义德也不是在一般学科意义上来使用东方学的,他的论述主要集中在伊斯兰学和埃及学、印度学领域。同时,他主要是从福柯意义上强调了东方学作为知识与殖民意识形态、文化霸权之间的互动,"东方学是一种关于东方的知识,这一知识将东方的事物放在课堂、法庭、监狱或教科书中,以供人们仔细观察、研究、判断、约束或管制"①。他认为"将东方学理解为一套具有限制或控制作用的观念比将其简单地理解为一种确实的学说要好"②。

第二层,Orientalism 指一种思维方式,一种建立在"the Orient"(东方)和"the Occident"(西方)二元对立基础之上有关东方的思维方式,并以此来"建构与东方、东方的人民、习俗、心性(mind)和命运等有关的理论、诗歌、小说、社会分析和政治论说的出发点"③。

从这个意义上说,Orientalism 就不仅局限于学科意义上了,它是西方人进行文化研究与社会实践的基本思维方式和出发点,包含了更为广阔的含义,涉及久远的历史和广泛的文本陈述。赛义德追溯到了荷马史诗和古希腊戏剧,面及多种文字表述而不仅仅是学术研究。同时,赛义德强调了其意识形态性与权力运作机制,指出它不仅仅是学者的创造物,东方学可以"被视为一种规范化(或东方化)的写作方式、想象方式和研究方式,受适用于东方的各种要求、视角和意识形态偏见的支配。东方学通过一些具体的方式被教学,被研究,被管理,被评判"④。在这个意义上说,Orientalism 可以理解为一套权力话语规则,因此,赛义德认为"它是地域政治意识向美学、经济学、社会学、历史学和哲学文本的一种分配——最首要的,它是一种话语,这一话语与粗俗的政治权力决没有直接的对应关系,而是在与不同形式的权力进行不均衡交换的过程中被创造出来并且存在于这一交换过程中,其

---

① 赛义德:《东方学》,王宇根译,三联书店1999年版,第50页。
② 同上书,第52页。
③ 同上书,第4页。
④ 同上书,第258页。

发展与演变在某种程度上也受制于其与政治权力（比如殖民机构或帝国政府机构）、学术权力（比如比较语言学、比较解剖学或任何形式的现代政治学这类起支配作用的学科）、文化权力（比如处于正统和经典地位的趣味、文本和价值）、道德权力（比如处理'我们'做什么和'他们'不能做什么或不能像'我们'一样地理解这类观念）之间的交换。实际上我的意思是说，Orientalism 本身就是——而不只是表达了——现代政治/学术文化一个至关重要的组成部分，因此，与其说它与东方有关，不如说与'我们'的世界有关"①。很显然赛义德的批判矛头是普遍意义上的一种文化霸权表述（representation），学术上、观念上、思维上的有关东西方之间的支配关系与霸权关系的话语模式统统在内。这也是我们在一般意义上所使用的东方主义的含义。

  第三层含义，是在前两种含义基础上所做的进一步限定，是"从历史的和物质的角度进行界定的"，时间上是18世纪晚期以来，西方（主要是英法美的东方学界）怎样表述东方（主要指中东伊斯兰世界），以及这种表述与帝国殖民扩张之间的关系。全书集中探讨这套表述话语的基本模式、结构与历史，尤其是它至今依然挥之难去的持久影响力。赛义德后来在《东方主义再思考》中对这三个层面的意思进行了概括性表述："作为思想和专门知识的一部分，Orientalism 当然是指几个相互交叉的领域：首先是指欧洲和亚洲之间不断变化的历史和文化关系；其次是指发端于西方19世纪早期，人们据以专门研究各种东方文化和传统的科学学科；最后是指有关世界上被称作东方的这个目前重要而且具有政治紧迫性地区的意识形态上的假定、形象和幻想。这三个方面之间相对共同的特性是将西方和东方分离开来的界限，而我已经证明，这与其说是实际情况，不如说是人为的产物，也就是我们指的想象地理学。"②

  赛义德在书中不同的地方强调了 Orientalism 的不同含义，但总体来说是通过 Orientalism，探讨18世纪以来至20世纪中叶英、法、美知识界怎样建构、生产有关"东方"（主要是中东阿拉伯世界以及印度、埃及）的形象、观念、习俗的种种话语（历史、语言学、文学、人类学、政治报告、探险游记等），对这套话语的意识形态性质、结构模式、生产机制、修辞策略等，进行解构与批判。

---

  ① 赛义德：《东方学》，王宇根译，三联书店1999年版，第16—17页。
  ② 赛义德：《东方主义再思考》，见罗钢、刘象愚主编：《后殖民主义文化理论》，中国社会科学出版社1999年版，第4页。

二、知识—权力与异文化表述

赛义德的认识论基础是历史主义的,他承袭了从维科到黑格尔、马克思、狄尔泰、斯宾格勒以来将历史看做人的创造的观点。在方法论上他采用了后结构主义思想家福柯的知识—权力话语理论和意大利思想家葛兰西的文化霸权理论。赛义德的创造性使用在于将他们的理论框架置入西方对异文化的表述领域,以图刺痛整个西方以自我为中心的知识界,进而达到对整个人文学科,对知识的全面反省。"如果东方学知识有什么价值和意义的话,那也正在于它可以使人们对知识——任何知识,任何地方、任何时候的知识——的堕落这一现象能有所警醒。"①

赛义德在《东方学》的扉页标列了马克思《路易·波拿巴的雾月十八日》中的一句著名的话:"他们无法表述自己;他们必须被别人表述"(They cannot represent themselves; they must be represented.),并在书中两次重复引用了这句话。在他看来,《东方学》涉及的最核心问题就是异文化再现与表述问题。再现的研究是一个重大的文化议题,赛义德在一次访谈中明确表示,他的"中东研究三部曲"——《东方学》《采访伊斯兰》《巴勒斯坦问题》都集中于再现(representation)问题,以及再现作为研究的对象与政治、经济机构的研究之间维持着多少自主——而不是完全独立、不相往来——的关系。②

德勒兹曾说福柯创造了能让囚犯自己说话的条件,让被压迫的主体摆脱权力的枷锁。而事实上福柯的工作也仅仅是代表被权力操纵的受压迫者说话,在话语的层面上使缺席者出场,而真正的"囚犯"或许同斯皮瓦克笔下的"属下(另类)"(subaltern)一样是不可能说话的。斯皮瓦克在《属下能说话吗?》一文中对马克思那句话中的"表述"一词进行了语义辨析,她认为该词在德文和英文中都有两种含义,一是作为"代言"的再现或表述,如在政治领域;一是作为"重新表现"的再现或表述,如在艺术或哲学领域。"再现的这两种意义——一方面在国家构造和法律内部,另一方面在主体的表述中——相互关联但却是无法还原的、断裂的"③。而这两种意思在斯皮瓦

---

① 赛义德:《东方学》,王宇根译,三联书店1999年版,第422页。
② 参赛义德:《知识分子论》,附录《论知识分子:萨依德访谈录》,单德兴译,台湾麦田出版社1997年版,第167—168页。
③ 斯皮瓦克:《属下能说话吗?》,见罗钢、刘象愚编:《后殖民主义文化理论》,中国社会科学出版社1999年版,第105页。

克看来是混为一谈的,不存在真正的"再现",你以为你是"属下"的代言人,你"代表"他们说话,你再现了他们的真实与意愿,其实你不过是"狭义上的自我表现"。因此,"属下"不管是被"再现"还是被"代表",都被权力话语他者化了,他们不可能真正说话。在赛义德看来,西方表述中的"东方",就形同如此。东方学中出现的东方是由许多表述组成的一个系统,这些表述受制于将东方带进西方学术、西方意识,以后又带进西方帝国之中的一整套力量。表述的"客观性发现"不过是尼采意义上的"真理体系",即"语言的非透明性",或一种真理的语言包装。在尼采看来,语言的真理性只不过是"一组灵活变换的隐喻、转喻和拟人——简言之,一个人类关系的集合,这些关系以诗性的方式和修辞的方式得以加强、转置和美饰,并且,在经过长期使用后,对某一民族而言似乎成了牢不可破的、经典性的、不可或缺的东西:真理本质上只是幻象,不过人们经常忘记它的这一幻象本质"[①]。福柯的话语分析方式强化了尼采这一观点。福柯指出,人文科学一直为话语的修辞所控制,在其中,这些修辞构造(而不仅仅意指)它们假装研究的对象。福柯对人文科学演变及其沿革的多种研究旨在戳穿惑恩这些学科的修辞(虚构)策略。在福柯那里,"任何特定的话语形态不是通过它允许意识言说世界而通过它禁止意识言说世界,即语言本身切断了语言中再现的经验领域,来进行辨别的。说话(Speaking)是一种压抑性行为(repressive act),无语的经验领域把它辨别为一种具体的压抑形式"[②]。因此,在福柯看来由语言建构的知识学科,构成了对世界与人的一种规约(discipline),真理不过是语言的建构物,反过来语言又生产了一套真理体制,为权力运作提供必要的知识,形成一套知识管理技术,乃至一种知识政治(politics of knowledge)。东方学不过是这套知识—权力建构起来的真理体制中的一个组成部分,正如赛义德所指出,东方在东方学的表述过程中,被语言的"修辞"所规约,在知识—权力合谋中东方被本质化、非历史化了,东方学不过是一个受制于权力支配的空洞能指,福柯意义上的"陈述",它有一个"话语对象",但这个话语对象绝对不是指某一确指的事物状态,相反,它是由陈述本身派生出来的。东方实质上是一个被阐释的"西方",一个东方学家们自我表现的文本舞台。

[①] 赛义德:《东方学》,王宇根译,三联书店 1999 年版,第 259 页。
[②] 海登·怀特:《解码福柯:地下笔记》,见张京媛主编:《新历史主义与文学批评》,北京大学出版社 1993 年版,第 111、120 页。

三、他者形象与"东方化东方"

从文学的角度看,对异文化的表述结果常常是一系列的有关他者的形象,这些形象是东方主义虚构的,经过了"东方化"的处理,成为"想象的地理和表述形式"。对于他者形象与文化身份之间的关系及其重要性,赛义德有明确的论述:"我们采取的立场试图表明,每一文化的发展和维护都需要一种与其相异质并且与其相竞争的另一个自我(alter ego)的存在。自我身份的建构——因为在我看来,身份,不管东方的还是西方的,法国的还是英国的,不仅显然是独特的集体经验之汇集,最终都是一种建构——牵涉到与自己相反的'他者'身份的建构,而且总是牵涉到与'我们'不同的特质的不断阐释与再阐释。每个时代和社会都重新创造自己的'他者'。因此,自我身份或'他者'身份绝非静止的东西,而在很大程度上是一种人为建构的历史、社会学术和政治过程,就像是一场牵涉到各个社会的不同个体和机构的竞赛。当今在法国和英国进行的关于法国性(Frenchness)和英国性的讨论,都是这一阐释过程的组成部分,牵涉到不同'他者'身份问题,不管这些他者是来自于该文化外部还是内部。在所有情况下,下面这一点应该是明确的:这些过程并非一种纯粹的精神操练而是一场生死攸关的社会竞赛,牵涉到许多具体的政治问题,比如移民法、个人行为规范,正统观念之形成,暴力和/或反叛之合法化,教育的特点和内容以及国外政策的走向等,而这些问题往往必须为自己竖立一个攻击的目标。简而言之,身份的建构与每一社会中的权力运作密切相关,因此决不是一种纯学术的随想(Woolgathering)。"①

后殖民理论与批评关注的重点是他者形象与殖民扩张、帝国主义意识形态之间的关系;他者表述作为殖民者对被殖者、强势文明对弱势文明进行文化塑形与身份改写的权力运作机制;受殖者如何改写被他者化的"自我",清除文化殖民带来的身份扭曲与"镜像迷误"等问题。赛义德将问题直接纳入到东西对立的不平等关系中,他关注的是与帝国叙事有关的他者形象,尽管他将东西方之间的形象建构追溯到了荷马时代,但他的重点和绝大部分篇幅还是在18世纪晚期以来西方帝国扩张时的东方论述与形象建构上。因此,他在《东方学》的第一章一开始就直接引入西方两位现代政治家贝尔福和克罗默的东方表述,他们以知识权威的方式表达了殖民统治的

---

① 赛义德:《东方学》后记,王宇根译,三联书店1999年版,第427页。

政治需要与合法性,这种合法性建立在如下的"真理"基础之上:西方人理性、爱和平、宽宏大量、合乎逻辑、有能力保持真正的价值,本性上不猜疑;东方人缺乏理性、肮脏、好色、贪婪、不可理喻、懒惰……犹如福楼……拜笔下的中东人,是一群只知肆无忌惮的展示"它们的性的动物"。赛义德的问题就从这样的对比与差异开始。"这些论断源于一种什么样的观点,这一观点虽经集体形成然而却又有其特定的内涵? 是什么样的特殊技巧、什么样的想象动力、什么样的体制和传统、什么样的文化力量使克罗默、贝尔福和当代政治家们在描述东方时出现如此惊人的相似?"①赛义德将这些行为集中概括为"东方化东方",一种对东方的"彻底的叛化"。"东方学家都将叛化东方作为自己的工作;他做这些是为他自己,为他的文化,在某些时候自以为是为了东方。"②更重要的是这些行为"都与西方起支配作用的文化规范和政治规范紧密联系在一起。……当我们考察19世纪和20世纪的东方学时,给我们印象最深的是东方学对整个东方所进行的机械的图式化处理。"③东方被一种他者"套话"——"思想的现成套装"(吕特·阿莫希语),一种加工既定文化模型的"修辞方式"与"修辞策略"囚禁起来,从而在时间和空间上被双重压抑。

通过东方学的"他者"表述——"东方化东方",东西方关系被书写为:(1)一种"看"与"被看"的关系。东方被小丑化、女性化,被西方人观赏,是西方人"怪异性"取之不尽的源泉。西方人是看客,居高临下地审视(gaze)自我强大神话的虚弱陪衬——"东方",产生《埃及志》中所称的"怪异的快乐"。(2)东西方成为阐释与被阐释的关系,西方人有权随心所欲地对东方人的历史、文化、性格、传统进行"自我关涉"的阐释,作为自我行为实践(支配,占有东方)的合法化依据。(3)东方被他者化的过程也就是西方强行赋予东方以形式、身份和定义的过程,西方人有权对东方人进行分类,他们可以从一个具体的细节上升到普遍的概括,将一位10世纪的阿拉伯诗人的看法提升为埃及、伊拉克或阿拉伯这些东方人心性的普遍证据,古兰经中的一首诗就足以证明穆斯林根深蒂固的纵欲本性。东方的文化身份在西方的阐释视野中被改写,文化形象被重塑,东方不过是西方人可以随意捏捏的橡皮泥。(4)这样,东方乃是为西方而存在,而且永远沉默在凝固的时空当中,

---

① 赛义德:《东方学》,王宇根译,三联书店1999年版,第61页。
② 同上书,第96页。
③ 同上书,第86—87页。

东方文化、政治和社会历史是对西方的被动回应,"西方是积极的行动者,东方则是消极的回应者。西方人是东方人所有行为的目击者和审判者"①。在文学创作中,这集中体现为谁在书写?并以什么样的方式来书写?因为西方的"东方化"书写,所以有了东方的沉默。福楼拜在东方之旅中偶然与埃及歌妓邂逅并一夜销魂的经验,使他将东方与性紧紧编织在一起。赛义德认为福楼拜所传达的不过是西方的东方态度中的一个长盛不衰的母题而已——东方是西方性幻想和欲望的飞地,西方以男性视角审视(gaze)女性化的东方。这一母题长久不变,存在于福楼拜之前,福楼拜不过是其中最富天才的表现。福楼拜之后,纪德、康拉德、毛姆等等,都在20世纪重复着这一母题,最终,"'东方的性'像大众文化中其他类型的商品一样被标准化了,其结果是读者和作家们不必前往东方就可以得到它,如果他们想得到它的话"②。这样,在一种共同的意象、观念,或者更确切地说,西方中心主义的创作中,东方同质化、凝固化、非历史化了,东方学家们如同一批工人在东方学的车间里复制着同样的产品。

四、文化霸权与现代性批判

赛义德通过引入福柯的知识—权力理论,在批判西方知识分子在东方学中表现出来的对异文化表述上的文化霸权问题时,对现代性展开了批判。

首先,通过对东方学知识的客观性、真理性的质疑,直接导致对现代人文社会科学的科学性、合法性问题的反思,如人类学中文化描述的真实性问题,历史学中对异民族历史的书写问题,尤其是西方现代学科的欧洲中心主义是怎样根深蒂固,并广泛渗透进各门学科的问题。赛义德以思想史的写作方式对此展开了全面深入的批判。使我们得以理解文化是一个规训体,这个规训体具有知识的有效力量,而这种力量同权力系统性地——但又决非直接和有意地——联结起来。赛义德的批评直接击中了西方社会科学、人文科学在文化上的褊狭性这一当今日益受到关注的问题。正如华勒斯坦等人在《开放社会科学》一书中所展示的,自19世纪以来在欧洲和北美建立起来的社会科学打上了浓厚的欧洲中心主义色彩,但在二战后,尤其是20世纪70年代以来在世界权力分配格局发生变化的背景下,西方社会科学在文化上的褊狭性问题凸显出来。女权主义、文化多元主义、少数话语与

---

① 赛义德:《东方学》,王宇根译,三联书店1999年版,第142页。
② 同上书,第246页。

后殖民话语构成了对西方形形色色居主导地位的"普遍价值"与"范式"的批评,因此,它们要求开放社会科学。"对社会科学的理论前提进行探讨,以便揭露各种暗藏的、毫无根据的先验假定,这是一件很值得做的事情,从许多方面来看,它都构成了今日社会科学的当务之急。这些新的分析方法要求我们借助于学识、分析和推理对我们关于差异性(种族、性别、性关系、阶级)的理论研究进行反思。"①毫无疑问,赛义德的《东方学》是这种呼声中的代表。

其次,在全球化语境中,文化急剧融会、冲突、兼并的复杂状态几乎使每一个文化表述者都陷入焦灼不安的境地,赛义德本人的立场也展示了这种"无所适从感"。因此,《东方学》关于异文化表述的问题至少向我们发出了这样的追问:作为个体叙述者,作为知识分子,如何认识"文化"这个概念;如何处理自己的社会角色、言述方式与立场,是真理的代言人还是权力的合谋者;个体研究者如何在文献、文本与个人经验之间做出区分与判断;如何进行跨文化、跨地域、跨语境发言等问题。在东方学中,我们可以看到现代性价值预设中的理性、真理等理念遭到践踏,东方主义的失败是学术的失败,知识分子的失败,也是人类的失败。② 赛义德认为福柯最重要的知识分子贡献是:社会和历史中实施主导控制的意愿是如何通过真理、纪律、合理性、功利价值和知识等语言来系统地自我掩盖、欺骗、解释和伪装的。赛义德认为福柯思想中一个最重要的主题是知识与权力的关系,他将这一问题延伸到东方学,目的是要揭示掩盖在东方学表面的真理、客观性、合法性、科学性、真实再现等等欺骗性伪装,使隐含在东方学内部复杂深固的权力关系暴露无遗。如果说福柯通过一系列的历史—哲学研究:精神病、诊所、监狱、工厂、犯罪、性意识等等,目的是要揭示权力与现代知识形式之间的合谋,进而对启蒙话语展开全面的批判的话,赛义德的《东方学》也可以说是对现代性的一种批判,不过他是站在人本主义立场上的,这构成了他与福柯思想的一个断裂。福柯认为:"自18世纪以来,哲学和批判思想的核心问题一直是,今天仍旧是,而且我相信将来依然是:我们所使用的这个理性(Reason)究竟是什么?它的历史后果是什么?它的局限是什么?危险是什么?"③通过对东方学话语本质的分析与批判,赛义德在一定程度上回答了这些问题。

---

① 华勒斯坦等:《开放社会科学》,刘锋译,三联书店1997年版,第59页。
② 参见赛义德:《东方学》,王宇根译,三联书店1999年版,第421页。
③ 福柯《什么是启蒙》,转引自道格拉斯·凯尔纳、斯蒂文·贝斯特:《后现代理论》,张志斌译,中央编译出版社1999年版,第47页。

第三,对历史理性的批判。文化表述属于历史阐释的范畴,对另一种文化的表述,不管出于什么目的,都意味着对它们进行历史阐释与改写,尤其是站在欧洲中心主义立场上的东方学,在与种族中心主义和帝国殖民主义意识形态的合谋关系中,抹煞了东方历史,在西方文化霸权支配下,东方非历史化了。因此,批判东方学的异文化表述本质,既勾勒出了西方现代文化与帝国主义历史之间紧密一致的关系,也为受殖民族重新审视自我文化与历史提供了契机。"永远历史化"!不管杰姆逊本人是否做到了这一点,作为方法论我们必须强调这种态度。杰姆逊认为历史化操作主要有两条路径,但殊途同归:"即客体的路线和主体的路线,事物本身的历史根源和我们试图借以理解那些事物的概念和范畴的更加难以捉摸的历史性。"①因此,历史化意味着既要尊重、着手于特定历史客体的文本本质的研究与经验,同时又要考查其文化传播与流传中的再符码化历史过程。让对象永远尽可能成为一个变动发展的整体,而不做同质化、凝固化的抽象概括,这是文化表述问题的核心,批判东方主义权力逻辑的一个基点。

第四节 东方主义问题及评述

雷蒙德·威廉斯说得好,一个词汇的广泛使用及其变迁样式,可以视为一张特殊的地图,通过这张地图人们可以看到更为广阔的社会思想,政治经济生活的演变与现状。②"东方主义"无疑也是一张特殊的地图,透过它我们获得了怎样的认识论、价值论和方法论启示呢?

一、异文化表述中的文化霸权与方法论问题

东方主义所暴露出来的有关异文化书写中的"他者化""东方化"问题,必然成为文化交流、文化沟通中的障碍,甚至成为引发民族国家政治经济冲突的潜在导火线。因此,西方知识界对异文化表述问题的讨论也越来越引人注目,如何客观真实地表述他者?尤其是在表述中承认异文化的独特价值,而不是歪曲、抹煞弱势文明,导致全球西方化,依然是当今知识界争论的重要问题。在《东方学》中少有的几个受到赛义德赞扬的学者之一,人类学

---

① 詹姆逊(全书通作杰姆逊):《政治无意识》,王逢振、陈永国译,中国社会科学出版社1999年版,第3页。
② 雷蒙德·威廉斯:《文化与社会》,吴松江、张文定译,北京大学出版社1991年版。

家克利福德·吉尔兹(Clifford Geertz)强调以"深度描写"(thick description)方法和马林诺夫斯基的"文化持有者的内部眼界(the native's point of view)"的立场与角度来阐释异文化,越来越受到人们的关注,成为当今阐释人类学思潮的主要思想。①

二、自我身份改写与"东方人的东方主义"问题

自我身份改写是摆脱东方主义阴影的必由之路,但自我身份改写常常并不能避免重蹈东方主义的霸权逻辑。我们看到以普遍性为名的文化霸权(东方主义)压制和以特殊性为借口的"自我东方论述"(民族主义),构成了一个硬币的两面,但实质都是以特殊性膨胀为普遍性的霸权欲望与实践。因此,首先对各民族文化都应从特殊性的角度去审视,给予正确的评价和价值承认(recognition),文化身份的书写无疑也必须看到"差异"与自身的独特价值,但差异不能成为一种新的霸权,一种赛义德所说的"意识形态传染病"。所以,超越特殊性是一方面在特殊性基础上促进相互认识与对话,进而抵达相互理解,获得真正的共识;另一方面,不以特殊性自居,而是在参照中不断自我修葺,不以自我的特殊性排斥他人的特殊性,也不以自我的特殊性去取悦于他人的"异国情调"趣味。也许,说得直白一点,文化之间的普遍特殊之争只是一个权力争夺的借口,一种自我行为合法化的粉饰。文化之间强调的应是相互尊重与承认,求同存异,而不是相互取代与抹煞。因此,赛义德后来在《文化与帝国主义》中强调:"文化决不是一个所有权的问题,一个有着绝对的借、贷双方的借和贷的问题,而是转换、共同经历以及不同文化间的所有种类的相互依赖性。这是一条普遍性的标准。"②

因此,我们有必要强调跨文化、跨语际研究的重要性,既要研究西方世界的"东方学",也要研究中国语境中的"西方学"。西方人出于他们的问题与需要创造了"东方学",同样东方人在怎样引入、利用、阐释与再阐释"西方"呢?尤其是近现代以来,西方文艺思潮的涌入与中国语境的接受达成了怎样的关系?阿里夫·德里克(A. Dirlik)从马克思主义立场出发,立足于从世界新体系中全球资本主义权力关系的变化来重新审视东方主义。他发出这样的追问:东方主义是否是欧美发展的尔后抛向"东方"的一个自治

---

① 参见马尔库斯、费彻尔:《作为文化批评的人类学》,王铭铭、蓝达居译,三联书店1998年版;吉尔兹:《地方性知识》,王海龙、张家宣译,中央编译出版社2000年版。

② 福克马、蚁布思:《文学研究与文化参与》,俞国强译,北京大学出版社1996年版,第139页。

产物,抑或是欧美与亚洲之间一种扩展中的关系的产物?他认为这是理解"东方主义及其在现代性中的位置的根本"①。在他看来,欧美东方主义的认知和方法在20世纪已经成为了"中国自我形象的构成"。"东方主义原本表示亚洲社会与欧美社会之间的一种疏离,现在,随着亚洲社会以全球资本主义的能动参与者的身份出现,它似乎表达全球现代性内部的诸种差异了。在这个当代的掩盖之下,东方主义为冲突的意识形态之间的竞争提供了场所,而这些意识所效忠的中性力量已不再容易辨别出是东方的或西方的,中国的或非中国的了。"②基于此,德里克提出一个明确的概念:"东方人的东方主义",探讨东方社会的知识分子是怎样促成了作为实践和概念的东方主义的出现的。还有的学者提出了"后东方主义"的概念③,这些都可以看做东方主义问题的当代语境化和进一步拓展。

三、文化研究与文学理论的拓展

后殖民理论在文学研究中强调了历史的维度,使人们在纯文学的形式与文本分析技术之外,重新审视近现代文学与帝国权力之间复杂的社会历史关系,尤其是在一种更为宽阔的世界体系中来分析问题,这是文学研究思维范式的一次蜕变。赛义德在《文化与帝国主义》中拓展了《东方学》的这个主题,从多个角度清理无所不在的帝国主义霸权,这种批评方法本身就是对文学史的一种改写,提供了"另一条思考人类历史的途径"。

在笔者看来,赛义德这种文学批评观念与新历史主义文化诗学具有一定的相似性。如果说新历史主义通过对历史观念与历史方法的质疑而使文学史、文学研究领域中诸多被隐没的问题得以凸显的话,那么,后殖民文学理论则是通过对文学研究问题的跨文化、跨语境、跨地域性的关注,回到了对弱势文化的"潜历史"的重新发现与书写。它们都构成了对历史的质疑:是大历史还是小历史?是帝国主义书写史还是民族自我心灵史?历史是人的创造还是人的发现?最后的落脚总在于:谁有权书写历史?而文学有多

---

① 阿里夫·德里克:《中国历史与东方主义问题》,见《后革命氛围》,王宁等译,中国社会科学出版社1999年版,第278页;或见罗钢、刘象愚编:《后殖民主义文化理论》,中国社会科学出版社1999年版,第77页。

② 德里克:《世界体系分析和全球资本主义》,载《战略与管理》1997年第1期。

③ 关于"东方人的东方主义"问题,参见张兴成:《他者与文化身份书写:从东方主义到"东方人的东方主义"》,载于《东方丛刊》2001年第1期;关于"后东方主义",参见香港学者朱耀伟著《后东方主义》(板桥:骆驼出版社1994版)一书。

大可能颠覆它?

我们必须强调东方主义问题不是一个简单的文化问题,更不是单纯的文学问题;但是,通过东方主义问题我们看到,狭隘地将文学问题理解为形式或美学趣味的封闭式研究法很难解释当今诸多的文学问题与现象。我们反对将文学看做无所不能、对社会影响"巨大"的观点,同样也反对仅仅将文学看做个人精神的书写与抚慰。我们强调在一种更为开阔的语境中去审理文学问题,打破传统狭义的文学理论范畴,进入泛文化研究和"大文学理论"的广阔视野,将作家、作品纳入到文学甚至文化理论的"森林"中去探讨,看到文学与历史、政治、经济、传媒以及不同民族国家、东西方文化之间的关系。在赛义德等人的文化研究视野中,文学不再是"纯文学",而是泛化为文化文本中的"亚文化"和话语陈述,文学批评开始走向广阔的文化批评维度,文学批评家成为文化研究者。但是这并不意味着文学研究走向完全的外部规律化、他律化,而重要的是在文化研究中如何将文学文本自身的内在丰富性潜能与广阔的外部关系结合起来,从而使文学研究走向美学与文化批评的新的整合。

四、话语分析与文化批评的困境

赛义德一直倡导文化研究,将文学与政治、社会、历史结合起来,将文学、文化研究与文本分析融为一体,使文学研究摆脱了单纯的形式趣味玩赏。在《东方学》中,赛义德既展示了文化研究的魅力,但同时也暴露出文化研究的困境。

赛义德在批判东方学时像福柯那样将各种具体的话语形式:文学的、人类学的、语言学的、历史学的、哲学的、政治的统统纳入到一个知识—权力阐释系统中来,先验地设定了东方主义的性质与结构特征,但又不是像福柯那样从话语中导出权力而是从权力结构中去安排话语。事实上,在福柯那里,权力无所不在,不是因为它拥有万物而是因为它来源于万物。[①] 这样他在批判东方学将东方同质化、非历史化时,却将东方学也同质化、非历史化了,因此,赛义德必然滑入这样的危险:

(1) 由于急于批判东方主义中帝国意识形态与权力话语的无处不在,陷入了简单的因果推论,将东方话语内部存在多种复杂的、充满矛盾分歧的声音,尤其是一直存在的反帝反殖民话语压抑不彰。

---

① 参见福柯:《性经验史》第 1 卷,余碧平译,上海人民出版社 2000 年版。

(2）受福柯影响，将社会和文化过程简化为"话语式实践"，必然导致缺乏对文化、文学与社会历史语境之间更为复杂的关系做出完整的分析与考查，从话语直接到权力，这种直线式的论证方式常常带来阐释学短路，即在文章的论点中已经包含了论证。这就是赛义德在行文中经常使人觉得有些强词夺理的原因。最重要的是，话语分析不能代替历史分析，不能将一切论点建立在纯粹的思辨基础之上。如何更历史地分析话语，寻找话语背后复杂的历史事实，是赛义德必须面对的问题。这是后结构主义语言论的症结之一，也是赛义德承袭的苦果。

（3）在话语分析中，也常见于文化批评中，将文学艺术这种创造性活动完全等同于其他人文学科和社会科学，将作家等同于学者，纳入到统一的东方学结构中做同质化分析，像德勒兹称赞福柯克服了巴什拉将诗与科学相分离的做法一样，将文学形式、科学命题、日常句子、精神分裂症的无意义等等都视为陈述，科学和诗同样都是知识。① 这显然没有考虑到文学自身的规律性，文学话语的生产机制、表达形式以及接受过程与其他话语毕竟有很大的区别。正如布尔迪厄所阐述的文学场一样，虽然文学场与整体的社会场、政治场以及同属于文化生产场的科学场在结构和功能上存在着"差异中的相似性"，表现出一定的同源性，但是"如果文学场像其他场一样，是权力关系的所在地，那么，加进入这个场的所有行为者身上的权力关系，就会呈现一种独特的形式……把文学或艺术场变形为直接对抗建构它的世界，这是通过把文学或艺术场中的策略、利益或斗争，变形为政治场或日常存在中发生的情形而实现的"②。同时，福柯表现了对经典和权威的否弃，在他那里主体没有位置，权力存在于网络关系中，他几乎不引用大哲学家的至理名言，不靠任何经典来支撑自己的观点，也就是说"作者"的身份与位置是同一的，因此在话语分析中也是无关紧要的。赛义德似乎并不赞同这一点，他企图脱离福柯的话语决定论，与福柯不同，他认为单个作家对文本集合体具有决定性的影响，正是这些文本集合体构成了东方学这一话语形式，如果没有这样的话语形式，单个作家的文本将会湮没无闻。他在分析中使用了文本细读的方法，其目的是揭示单个文本或作家与其所属的复杂文本集合体之间的动态关系。但事实上，赛义德还是强调了话语集合体而压抑了个

---

① 德勒兹：《一个新型档案员——论知识考古学》，见杜小真编：《福柯集》，上海远东出版社1998年版，第560页。
② 参见布尔迪厄：《文化资本与社会炼金术》，包亚明译，上海人民出版社1997年版，第79—82页。

体。福柯话语理论否定作者的倾向与赛义德对东方学家的社会角色、权威地位、文化象征资本等主体性特征的强调构成矛盾,使得他在表述中常常言不由衷,前后冲突。

(4)赛义德指责东方主义话语不是对"东方"的真实表述或再现,但他的分析又始终停留在自洽的东方主义话语之内,因此,正如福克马等人所指出的,要证实东方主义话语的荒谬性,赛义德应该在东方主义的圈子之外拥有某个参照。"福柯关于话语的概念从原则上说不重视它与真实情况的关涉性,这迫使赛义德不能够论证说,他自己对东方或伊斯兰文化的理解要比所谓的东方主义者的理解更符合真实情况。"①

(5)问题化中的问题。东方主义话语在激活了一系列问题的同时,可能掩盖、加深了更多的问题。在东方主义话语背后,文化被激化为一种强烈的政治行为,第三世界文学成为一种政治文学、抗议文学甚至"怨妇"文学,东西方问题被打上浓重的意识形态色彩。这很难让人认为是在解构、销蚀中心与文化霸权,倒让人觉得是在制造、激化新的中心与霸权,不断升温文化的矛盾与文明冲突。尽管赛义德不停地强调东方学不能产生西方学,他害怕被戴上伊斯兰民族主义的高帽,威胁自己在第一世界中的地位与"流亡者"的散点透视式的"世界主义"立场。但是,东方主义在这个世界上最被接受的依然是"西方主义"者,东方主义权力运作逻辑常常成为受殖者还击宗主国的武器,而且,也成为第三世界民族国家之间斗争的霸权策略与话语机制。因此,我们应该给人们提供这样的警示:文化霸权,不管它是东方的还是西方的,第一世界的还是第三世界的,对内的还是对外的,个人的还是群体的,历史的还是现在的乃至将来的,都必须加以批判与检审。"换言之,问题不是东方主义,而是东方主义在不同社会和政治环境中的力量及其具体含义。"②

参考书目:

1. Edward. W. Said, *Culture and Imperialism*, New York : Alfred A. Knopf,1993.

---

① 福克马、蚁布思:《文学研究与文化参与》,俞国强译,北京大学出版社1996年版,第134—135页。
② 阿里夫·德里克:《后革命氛围》,王宁等译,中国社会科学出版社1999年版,第288—289页。

2. 赛义德:《东方学》,王宇根译,三联书店 1999 年版。
3. 赛义德著:《知识分子论》,单德兴译,麦田出版社 1997 年版。
4. 罗刚、刘象愚编:《后殖民主义文化理论》,中国社会科学出版社 1999 年版。

思考题:
1. 后殖民主义有怎样的思想渊源和理论创新?
2. 东方主义有怎样的内涵?它和东西方有着怎样的复杂联系?
3. 东方主义有何影响?其局限性在哪里?

第二十四章　鲍德里亚的《消费社会》与文化理论

在后现代消费社会中，人的心理和行为方式有了显著的变化。如何对这种心理和行为变异进行社会学的深层分析，揭露这个高速发展社会下残存的机制和精神生态困境问题，进而解构旧的体制和认识论价值论模式，沿着现代性批判理论道路对西方社会出现的新变化进行分析，理清消费社会中的客体、符号以及符码的多层复杂关系，呈现后现代社会的消费主义本质，成为当代世界学界重量级思想家为之努力的方向。这一方向的调整，使得文学研究日益泛化为文化研究，以期从更广阔的社会文化背景追寻文学转型和文论转型的深层原因。

为了对后现代社会进行总体性分析，著名法国思想家让·鲍德里亚（Jean Baudrillard）从后现代消费社会理论角度对当代世界加以透视，获得了新的问题意识。他的基本关注层面是：现代性问题与文化危机、消费社会形态转型和媒介传播的结构、消费主义与日常生活、商品拜物教中的精神生态危机、大众传媒与世俗化问题。这些前沿学术问题的探究，对当代世界性的消费社会文化困境的揭示有着重要的意义。鲍德里亚借助诸多新术语，诸如"仿像"（simulacrum）、"内爆"（implosion）、"超真实"（hyperreality）、"消费"（consume）"致命"（deadliness）等，重新思考当代世界若干前沿学术问题，代表了当代文化研究的最新理论视野和研究方向，使对当代世界精神生态问题的考察具有了一种文化生态批评（Ecocriticism）的视野。①

鲍德里亚在西美尔、马克斯·韦伯之后，直面当今社会的各种问题而大量写作，出版多部论列广泛、颇有影响的著作，主要有《生产之镜》《仿像与

---

① 当今出现的"生态批评"，或者又称为"生态诗学"（Ecopoetics），注重当代世界文化精神的生态平衡和文化与自然环境的关系，对诸多复杂的问题有新的透视角度，值得重视。可参Cheryll Glotfelty and Harold Fromm, *The Ecocriticism Reader*; *Landmarks In Literary Ecology*, The University of Georgia Press, 1996. 应该说，鲍德里亚对现代性问题的审理和"自然物质权力"的关注，同样使他成为注重人文生态平衡的思想家。

模拟》《冷酷的回忆》《完美的罪行》①等。其中《消费社会》等触及当代社会的灵魂——消费问题而成为影响深远的论著,系统地提出了当代世界若干前沿学术问题。这些具有宏阔人文视野和深远历史感的文化理论话语,值得我们深入思考。

第一节　现代性问题与"完美的罪行"

对当代传媒形态和全球化境况中生存层面的关注,使鲍德里亚更为关注当代人缺乏交流、闭锁心灵和充满误解误读的现状。这促使其将思考的重点放在信息传播和技术霸权问题的研究上,从而为当代信息播撒和心灵整合的研究提供了一个可资重视的文化视点。

在出版《消费社会》《生产之镜》《拟像与模拟》《冷酷的回忆》等著作并获得巨大的声誉后,在新著《完美的罪行》中,鲍德里亚进一步将自己的研究领域拓宽,不仅研究现代性传媒和技术问题,而且广泛地探索后现代社会中的诸多问题。其中,对完美的罪行、逼真的技术、镜中之物、冷漠和仇恨等当代精神状况进入了深度分析。

在他看来,"罪行"虽然从来不是完美的,但在"完美的罪行"中,完美本身就是罪行,如同在透明的恶中,透明本身就是恶一样。"完美的罪行就是创造一个无缺陷的世界并不留痕迹地离开这个世界的罪行。但是在这方面我们没有成功。我们仍然到处留下痕迹——病毒、笔误、病菌和灾难——像在人造世界中心人的签名似的不完善的标记。"②鲍德里亚在分析当今世界的典型事例中,澄清了一系列的误区,诸如当代人容易将虚拟的事物看成现实实在,将心造的幻影当成现实,将超验之思想看成必然的境况,将表面现象当成事情本身。尤其是通过罪行的分析,指明将罪行完美地遮掩使之具有合法性,从而达到消除对世界的激进幻想:"在我们不断积累、增加、竞相许愿的现代性中,我们已忘掉的是:逃避给人以力量,能力产生于不在场。虽然我们不能再对抗不在场的象征性控制,我们今天还是陷入了相反的幻觉之中,屏幕与影像激增的、幻想破灭的幻觉之中。"③

当前,人类正处于一个新的类像时代,计算机信息处理、媒体和自动控

---

① 鲍德里亚:《完美的罪行》,王为民译,商务印书馆2000年版。
② 同上书,第43页。
③ 同上书,第8页。

制系统,以及按照类像符码和模型而形成的社会组织,已经取代了生产的地位而成为社会的组织原则。后现代时期的商品价值已不再取决于商品本身是否能满足人的需要或具有交换价值,而是取决于交换体系中作为文化功能的符码。鲍德里亚声称:"这个世界的气氛不再是神圣的。这不再是表象神圣的领域,而是绝对商品的领域,其实只是广告性的。在我们符号世界的中心,有一个广告恶神,一个恶作剧精灵。它合并了商品及其被摄制时候的滑稽动作。"①后现代类像时代是一个由模型、符码和控制论所支配的信息与符号时代。任何商品化消费(包括文化艺术),都成为消费者社会心理实现和标示其社会地位、文化品味、区别生活水准高下的文化符号。"长久以来,电视和大众传媒都走出了他们大众传媒的空间,从内部包围'现实'的生活……我们都相信自己的感受器,这就是因为生活过于相近、时间和距离萎陷而产生了强烈的雾视效果。……我们曾批评空想的、宗教的、思想的所有幻觉——当时是令人高兴的幻觉破灭的黄金时代。现在只剩下一个:对批评本身的幻觉。进入批评射程的客体——性、梦、工作、历史、权力——以它们自身的消失进行报复,反过来,产生出对真实事物的令人快慰的幻觉。由于不再有受害者可折磨,对批评的幻觉就自己苦恼了。比工业机器更糟,思想的齿轮处于技术性的停顿状态。在其行程的尽头,批评思想缠绕在自己身上。"②

事实上,当代传媒中的垃圾信息以各种高清晰的图像呈现出来,人们在购买消费、工作选举、填写意见或参加社会活动中,受到传媒不断的鼓动和教唆,大众由此而逐渐滋生一种对立厌恶情绪。于是,冷漠的大众变成了忧郁沉默的一群,社会也因缺乏反馈而消隐。不同阶级、不同的意识形态、不同文化形式之间,以及媒体的符号制造术与真实本身之间的各种界限均已消失。如此一来,"大众传媒的'表现'就导致一种普遍的虚拟,这种虚拟以其不间断的升级使现实终止。这种虚拟的基本概念,就是高清晰度。影像的虚拟,还有时间的虚拟(实时),音乐的虚拟(高保真),性的虚拟(淫画),思维的虚拟(人工智能),语言的虚拟(数字语言),身体的虚拟(遗传基因码和染色体组)。……人工智能不经意落入了一个太高的清晰度、一个对数据和运算的狂热曲解之中,此现象仅仅证明是已实现的对思维的空想"③。

---

① 鲍德里亚:《完美的罪行》,王为民译,商务印书馆2000年版,第72页。
② 同上书,第29—30页。
③ 同上书,第33—34页。

这一内在而真实的揭示,使人洞悉了当代技术至上主义的内在困境。

更为严重的是,当代人过分依赖计算机,"在普及的接口中,思维自身将变成虚拟的实在,合成影像或文字处理自动输入的等同物。……带着虚拟的实在以其所有的后果,我们走到了技术的尽头,站在作为非常表面的技术一边。在尽头的那一边,不再有可逆性、痕迹、甚至对先前世界的怀念"①。鲍德里亚对这种状况甚为忧虑,并进而注意到:非群体性的个体"软性"问题,诸如个人、身体、文化等,成为了当代理论关注的热点。殊不知,对计算机的依赖最终表征为对网络这一新传媒形式的依赖,巨大的页面浏览量已经正在使网络成为平面媒体之后的第四媒体,这种媒体巨大的盈利欲望造就设定了广告+电子商务(网上商店)的赢利模式,等着每一个打开网页浏览的人。于是消费和诱导就成功地结合起来。

现在世界盛行的是对理性本身的反动,而事实上理论家们又找不到取代理性之物,于是在思想的空场中,理性日益丧失其当代合法性。人们在日常生活中也日益重视偶然原则、赌博原则、机遇原则,于是抛弃理性标准成为这个时代的思维惯性,并遭遇到若干严重的后果。"大众传媒的真相就是:它们的功能是对世界的特殊、唯一、只叙述事件的特性进行中性化,代之以一个配备了多种相互同质、互为意义并互相参照的传媒的宇宙。在此范围内,它们互相成为内容——而这便是消费社会的总体'信息'。"②鲍德里亚已经看到后现代传媒在加剧人们心灵的异化、在肢解社会心理和个体心性的健全方面所造成的严重威胁,并进而对传媒在"文化工业"生产中销蚀意义的功能加以清算,这是颇具独到眼光的。

在一个技术崇拜的时代,复制成为这个世界的最大胆的谋划。"支配这个世界的不再是上帝,是我们自己的感觉器官。……我们甚至不再提亚当的脐的问题:是整个人类必须装上一个逼真的脐,只要我们身上不再有会把我们与真实世界连接起来的期待的任何痕迹。在一定的时间内,我们还是妇女所生,但不久,我们就和试管婴儿这一代人一起返回到亚当的无脐的状态:未来的人类将不再有脐。"③应该说,鲍德里亚对当代弊端的反思是沉痛而有深度的。在我看来,衡量一位思想家的最好的尺度,就是看它在所谓的流行文化或者泡沫文化前的反思性深度,以及对历史的深切了解所达到

---

① 鲍德里亚:《完美的罪行》,王为民译,商务印书馆2000年版,第35—36页。
② 鲍德里亚:《消费社会》,刘成富、全志刚译,南京大学出版社2000年版。
③ 鲍德里亚:《完美的罪行》,王为民译,商务印书馆2000年版,第25页。

的文化批评悟性。只有庸俗的评论家,才会对一切新潮的东西低能地叫好,才会无原则地从事短期行为的平面性文化泡沫活动。

对技术性问题带来的负面效应,对当代新文化现象的剖析,使得鲍德里亚的分析上升到文化哲学高度。于是一种独特的人文悲情跃然纸上:"我们既被吞食,又被吸收和完全排除。列维-斯特劳斯划分了两种文化:吸收、吞食和掠夺的文化——吃人肉的文化,及呕吐、排出、驱逐的文化——吸人血的文化,现代文化。但是,我们的文化,我们的当代文化似乎在两种文化之间,在最深入的结合:功能的结合、空间的结合、人的结合和最激进的排出,几乎是生活必需的排斥之间实现了一个引人注目的综合。"①这种激愤的言辞在这部书中比比皆是,使《完美的罪行》成为当代人真实人生的独特写照,同时也是对现代性合法性的新质疑。

由此,我们清楚了精神生态已经失衡的世界和我们的思想平面化状态,进而重新思考价值平衡的可能性。因为,在现代性的境遇中,思想者的魅力不在于怂恿价值平面化,而是追问深度模式是怎样消失的,而且质疑那些现代性的罪行怎样被新的技术乌托邦修辞成为"完美"的。

第二节 消费社会中的日常生活精神颓败

消费源于人的需要,而人的需要可以不断制造出来。当代人缺乏交流、闭锁心灵和充满误解误读的现状,使鲍德里亚将思考的焦点放在后现代信息传播和消费社会中的人的价值存在研究上。一方面他关注电视传播的正负面效应,另一方面,关注消费社会中身体与自我问题、身体与他者问题、肉体取代灵魂而灵魂在肉体中沉睡问题。这诸多问题,已然成为今日文化研究所关注的救赎与解放的问题。

一般而言,当代消费社会具有几个明显特征。

其一,从消费社会根源而言,消费社会以最大限度攫取财富为目的,不断为大众制造新的欲望需要。在个人暴富的历史场景中,每个人都感到幸福生活就是更多地购物和消费,消费本身成为幸福生活的现世写照,成为人们互相攀比互相吹嘘的话语平台。社会物质不再是匮乏的而是过剩的,思想不再是珍贵的而是老生常谈的,节约不再是美德而是过时的陈词,社会财富这块大蛋糕等着人们疯狂地分而割之,"据为己有"成为"丰盛社会"的个体原则。

---

① 鲍德里亚:《完美的罪行》,王为民译,商务印书馆2000年版,第39页。

其二，消费意识的转化，超前消费和一掷万金成为时代精神的表征。消费社会运作结构善于将人们漫无边际的欲望投射到具体产品消费上去，使社会身份同消费品结合起来，消费构成一个欲望满足的对象系统，成为获得身份的商品符码体系和符号信仰的过程。加上广告的轰炸诱导，当代人不断膨胀自己的欲望，纷纷抛弃了独立思考原则而加入到听从广告消费的物质饕餮大军之中，更多地占有更多地消费更多地享受成为消费社会中虚假的人生指南，甚至消费活动本身也成为人获得自由的精神假象，从而丧失了人与自然、人与社会、人与他人、人与自我的丰满社会存在关系，成为全面的商品拜物教的信徒。

正是基于消费社会的特殊性，在《消费社会》中，鲍德里亚鲜明而清晰地剖析消费社会中人与社会生产、人与物质消费、人与大众传媒、人与精神存在的多重关系。他强调将消费主义社会与工业资本主义社会加以比较，并注意到工业资本主义比消费主义少一些诱惑欺骗性，而消费社会却承诺其无法给与的普遍的"幸福"和通过消费达到的"自由"，从而使"幸福自由"本身被消费化了。可以说，这部篇幅不大的书使鲍德里亚成为当今消费社会最为清醒的反思批判家，也使当代危机得以显豁：

首先，是日常生活中的大众交流问题。

当今世界的物质性使得人们慢慢地变成了官能性物质性的人。人类生活在"物的时代"，因不断张扬物质生活的合法性而贬低精神存在，而使人日益成为"物"。这就是鲍德里亚对当代人生活处境的总体判断，这一判断隐含了深刻的批判力量和忧患意识。

全球化使整个世界的运行速度加快并超速，速度本身成为人与团体成功的砝码。于是，大众交流中获得的不是现实，而是对现实产生的眩晕。这种眩晕不仅是日常生活的节奏加快所造成的，而且是主体在生活中不能真切地把握自身的存在，使日常生活成为生活的河床，并将这种意义加以碎片化造成的。"日常性提供了这样一种奇怪的混合情形：由舒适和被动性所证明出来的快慰，与有可能成为命运牺牲品的'犹豫的快乐'搅到了一起。"[①]面对种种日常社会现象的解释，需要关注这种日常生活为人们了解生命的意义提供了怎样的新视界，为观察变动不居的世界提供了怎样的新角度。因为日常生活与日常生活的批判是面对一种事物的不同阐释结果。

在这个后现代或者后物质时代，文化已经商品化，而商品又已经消费

---

① 鲍德里亚：《消费社会》，刘成富、全志刚译，南京大学出版社2000年版，第14页。

化。也就是说,文化只有成为商品进入市场,才能被"炒"作和被关注,而商品的价值已不再是商品本身是否能满足人的需要或具有交换价值。日常生活的意义正在于其消费性和个体欲望满足性。但是,鲍德里亚同时注意到事情更严重的一面:日常经济活动带来了公共环境的破坏。噪音、空气和水污染、自然的破坏和大型公共设施的建造,以及汽车的全球化后果,引起了巨大的技术上、心理上和人力上的赤字。这种现代性生活,使人在旋转的生活漩涡中感到世界的庞大和自身的渺小。生活的日常性逐渐演变为一种生活的挫折感并导致一种得过且过的犬儒主义流行。于是,一方面人在国民生产总值的增长中感到幸福生活为期不远,另一方面这种"增长"的神话"掩盖一种集体迷恋的巫术"①。因此,经济学家成为这个世界的权力运作人,他们一会儿坚持丰盛必将到来的神话,转眼之间又哀叹未来社会的物质匮乏和浪费,使得人生的意义在日常生活的低水平满足中,遗漏了最为重要的重心。在我看来,在日常生活和大众文化交流中,如何弄清个体存在意义,阐明在物质世界中人的存在的精神性,以及透视经济生活导致的幸福神话,对从事文化研究和日常生活研究的人来说,殊为重要。

其次,是消费社会的潜在危险。

消费生活与当代人的生存意义之间有不少差距。"生存意义"的价值贬抑在消费社会中往往意味着经济价值的增长。在日常生活消费中心论者看来,极大丰盛的物质在消费中才有实际意义,而精神生活则好像成为反日常生活的存在。在全球化语境中,创业者的传奇已到处让位于消费人的神话。"自我奋斗者"、创始人、先驱者、探险家和垦荒者的传奇色彩已经失效,不再是新生代的偶像。今天极度消费的"大浪费者生活"亦已成为"简单的"日常生活,生活的意义仅仅是疯狂购物,过花天酒地、纸醉金迷的生活。生活的社会功能和意义在于"奢侈的、无益的、无度的消费功能"。当这一切成为全民共识时,惊人浪费就成为日常生活的合理景观。"在我们目前的体制中,这种戏剧性的浪费,不再具备它在原始节日与交换礼物的宗教节日里所具备的集体的、象征性的而且起决定作用的意义。这种不可思议的消耗也具有'个性'并由大众传媒来传播。"②

更为严重的是,在全球军备和扩军中,用于军事预算和国家官僚开支的社会财富数额巨大:"这种浪费与赠送礼物的宗教节日里的象征性的方向

---

① 鲍德里亚:《消费社会》,刘成富、全志刚译,南京大学出版社 2000 年版,第 21 页。
② 同上书,第 28 页。

毫不搭界，它是一种堕落的政治经济体制中绝望的、生死攸关的解决方法。这种最高层次的'消费'与个人对商品如饥似渴的渴望一样属于消费社会的一部分。……在这个社会中，浪费式消费已变成一种日常义务，一种类似于间接赋税的通常无形的强制性指令，一种对经济秩序束缚的不自觉的参与。"①可以说，如今的巨大浪费正是在国家的军事投资、官僚体制的维护、人们消费观念的转变上。这造成了当今社会仅仅追求发展速度和人人拼命竞争的根本原因。说到底，消费社会需要商品来维持这个社会良性发展的假象，而真实的命运是政府和个人在需要物质消费中摧毁这个社会的和平和持续发展。商品过度消费和刺激消费只会导致其社会机体和心理慢性堕落。在这种慢性社会性自杀中，日常生活的原初意义未能得到应有的升华，相反，却使得体制性思想得以顺利征服所有的丧失自我主体的"消费人"。

消费人价值认同的形成，具有相当复杂的社会机制，除了整个生活质量、文化信念、消费程度的社会价值认同外，主要是个体身份的确认——在社会生活中找到自己的位置，获得整个社会的反馈和公认。在鲍德里亚看来，商品消费的象征符号表达不仅是某种流行式样风格，更是名牌政治的声望和权力。人们在消费商品时已不仅仅是消费物品本身具有的内涵，而是在消费物品所代表的社会身份符号价值。诸如富贵、浪漫、时髦、前卫、归属感等象征衍生价值就像异灵附身于商品上，散发出身份符号的魅力魅惑着消费者。消费者在一种被动迷醉状态下被物化成社会存在中的符号——自我身份确认。然而，在日益庞大的消费中，能够获得这种自我身份的真实确认吗？应该说，用消费主义理念支撑的社会，完全有可能成为大众媒体与世俗文化主导的世俗社会。这种社会的运转机制和存在问题都是需要审理的。

再次，是广告中虚假幸福与民主的承诺。

大众传媒在不断地造成信息发出、传递、接受三维间的"中断"。传媒"炒"文化的负效应使人们不再重视心灵对话的可能性，传媒已成为一种话语权力的炒作。这种权力转化为金钱话语使得"广告"成为当代消费社会中的不倒翁。当代广告是商场货品的展示在空间上的巨大扩充。广告通过躯体欲望和消费需要的生产调动人们的内在欲望。在耸人听闻的广告词语后面的"幸福"话语，成为消费社会的人生意义"拯救"的代名词。广告在不断重复的"平等"和"自由"的广而告知中，消解了西方新教伦理对民众的精

---

① 鲍德里亚：《消费社会》，刘成富、全志刚译，南京大学出版社2000年版，第28—29页。

神垄断和行为规范。这种平等神话的出现,使得社会阶层在消费层面上达到平等,但这种所谓的平等掩盖了内在深刻的不平等。"这种'消息'话语和'消费'话语的精心配量在情感方面独独照顾后者,试图为广告指定一项充当背景、充当一种喋喋不休因而使人安心的网络功能,在这一网络中,通过广告短剧汇集了一切尘世沧桑。在这些尘世沧桑,经过剪辑而变得中性化,于是自身也落到了共时消费之下。每日广播并非听上去那样杂乱无章:其有条不紊的轮换强制性地造成了唯一的接受模式,即消费模式。"①在消费体系中,广告明白无误地诱导和训导人们该怎样安顿自己的肉身,获得躯体感官的享乐。并由此使得大众彼此的模仿攀比,进入一个高消费的跟潮的消费主义状态。大众在模仿他者偶像之中"挪用"他者的形象,这种消费式的模仿将权力视觉化,或者将话语权力的表征表面化和商品化。②

值得注意的是,当代理论家莱斯理·斯克莱尔在《文化帝国主义与在第三世界的消费主义文化意识形态》中认为:广告这种消费主义的文化意识形态传播的主要渠道,常常将自己装扮成教育的、至少是提供信息的正面行为。这里存在两个问题:第三世界和大众媒体问题。对第三世界大众媒体以及其与广告的关系的研究,正适于着手研究消费主义的文化意识形态的运行方式。这一研究应在文化和媒体帝国主义的理论框架之内进行。广告的类型在国家和国家之间尽管有些微差别,在每日出版和定期出版的媒体、电台、电视以及露天宣传栏广告之间也有些差异,但是商品和服务广告的绝大数都是与消费相关的,而无关于生产。媒体帝国主义在逻辑上是由文化帝国主义所导出的。如果允许美国或者西方对文化的控制,那么它显然是通过对大众媒体的控制来达到,因为它制造了使人服从于"霸权文化"的条件,并且限制了对它进行有效抵抗的可能性。

不难看到,现代广告传媒的权力集中体现在影视和广告播撒等具体形式上。现代生活离不开广告,以至于美国一个年仅16岁的少年,就已长期受到10万条广告的冲击。广告的负面效应在于:充满诱惑的广告本身就是一种世界性的言说方式,一种制约人的意识的不可选择的"选择"。而这消费至上所引发的人与人、人与社会、人与世界的紧张关系却不期然地被超前消费性生活包装所掩盖。在国际和国内问题成堆的今天,影视娱乐与传媒广告却无视这些一触即发的问题,甚至以表面的热闹掩盖这些问题,从而呈

---

① 鲍德里亚:《消费社会》,刘成富、全志刚译,南京大学出版社2000年版,第129页。
② 参鲍德里亚:《物体系》,林志明译,上海人民出版社2001年版。

现不出任何时代中风的症候。正如鲍德里亚所说的那样,"物的量的吸收是有限的,消化系统是有限的,但物的文化系统则是不确定的。相对说来,它还是个无关紧要的系统。广告的窍门和战略性价值就在于此:通过他人来激起每个人对物化社会的神话产生欲望。……机动、欲望、奇遇、刺激、别人的不断判断、不断发展的色情化、信息以及广告的煽动:所有这些在普遍竞争的现实背景中,构成了一种抽象的集体参与的命运"①。在这个虚拟时代,是真实的"现实"还是虚假的"复制品"已不再重要。相反,电子时代生产的虚拟形象比真实的现实还要"逼真"。

然而,这种"逼真"毕竟不是"真实"本身。人们看广告似乎常常觉得效果"正相反",上面吹得天花乱坠的同它实际上指涉的东西恰好自我消解。"问题"正是在其"没有说出的话"中无意透露的。"广告既不让人去理解,也不让人去学习,而是让人去希望,在此意义上,它是一种预言性话语。"②现代某些传媒广告在许诺人世间温情时又显示出钱权交易性。这种表面热闹的画面其本质是将虚设和冷漠作为其性格,其外热内冷的冷漠性表征出现代社会意识话语的冷漠性,并以其内部和外部的巨大反差显示了空隙的界限。这表明意识话语同真实历史的冲突关系,从而以自我揭露的方式不断消解虚假。当消费的意识形态通过传媒而上升为大众的显意识时,人们一旦误认为钱是生命中唯一意义所在时,社会的失序就不可避免。

在这个鼓励消费的社会体制中,尽管创造的机遇和分配的制度不是平等的,但"丰盛"社会的新结构使这一问题得到了重新解决。除了巨富以外,剩下的人被排斥在工业体系增长之外成了"穷人"。这样,消费社会中的民主问题凸显出来。社会真实平等如能力、责任、社会机遇、幸福和平等,转变成了在物以及社会成就的其他明显标志面前的平等,转变为地位、电视、汽车和音响的消费形式上的民主。鲍德里亚强调:"在社会矛盾和不平等方面,它又符合宪法中的形式民主。两者互为借口,共同形成了一种总体民主意识,而将民主的缺席以及平等的不可求的真相掩藏了起来。"③人们在消费社会中被虚假的自我平衡——崇尚同一时装、在电视上观看同一个节目、大家一起去某俱乐部等所迷惑,甚至用消费平均化术语来掩盖真实问题,其本身就已经是用商品消费与符码标志,来替代对真正不平等问题和对

---

① 鲍德里亚:《消费社会》,刘成富、全志刚译,南京大学出版社 2000 年版,第 52—53 页。
② 同上书,第 137 页。
③ 同上书,第 33 页。

其进行的逻辑的和社会学的分析。问题的深层在于,在当代社会中,电视正在对"公共领域"和"私人领域"间的界限加以消解,从而使得一切私人生活空间都有可能被公众化。

最后,是人造物质的丰富与自然权力的匮乏。

人造物质的丰富与自然权力的匮乏,跨国传媒的意识形态化造成的东方对西方"文化霸权"的潜移默化的认同,这意味着消费主义的一元性正在排斥其他生活方式和存在方式。一方面是人造物质日益过剩:消费、信息、通讯、文化均由体制安排并组织成新的生产力,以获取最大利润,也完成了"从一种暴力结构向另一种非暴力结构转化:它以丰盛和消费替代剥削和战争"①。另一方面,是自然物质权力的日益匮乏,即城市工业界的影响使得新的稀有之物出现:"空间和时间、纯净空气、绿色、水、宁静……在生产资料和服务大量提供的时候,一些过去无需花钱唾手可得的财富却变成了唯有特要者才能享用的奢侈品。"②在空调、手表、电视机、汽车等日益过剩而贬值的状况下,"绿色"却成为昂贵而需要重新争夺的资源。如今,人们热衷于谈论健康权、空间权、健美权、假期权、知识权和文化权。那么是谁剥夺了这些自然权力?是谁在重新分配这些自然权力?在鲍德里亚看来,"新鲜空气权"意味着作为自然财富的新鲜空气的损失,意味着向商品地位的过渡,意味着不平等的社会再分配。这种盲目拜物的逻辑就是消费的意识形态。③

可以认为,极度生产以及耗费资源,庞大的消费主义并刺激消费欲望,日益成为人们生活大循环中的癌症,使一种丧失了简朴精神的生活状态成为当代物质过剩中的精神贫乏常态。面对这种当代生存状态,应该反思现代性社会的合法性问题。因为:"物质的增长不仅意味着需求增长,以及财富与需求之间的某种不平衡,而且意味着在需求增长与生产力增长之间这种不平衡本身的增长。'心理贫困化'产生于此。潜在的、慢性的危机状态本身,在功能上与物质增长是联系在一起的。但后者会走向中断的界限,导致爆炸性的矛盾。"④鲍德里亚的警告并非耸人听闻,而是将物质丰富化与心理贫困化联系起来,并将过度的物质消费同人的精神生态问题贯穿起来。

---

① 鲍德里亚:《消费社会》,刘成富、全志刚译,南京大学出版社2000年版,第42页。
② 同上书,第43页。
③ 同上书,第44—45页。
④ 同上书,第51页。

第三节　商品拜物教中的人文审美生态危机

消费社会中精神生态问题,关涉到人类未来发展的诸多问题。鲍德里亚洞悉后现代传媒在社会心理和个体心性的健全方面所造成的威胁,进而对传媒在"文化工业"生产中销蚀意义的功能加以清算,是颇具独到眼光的。尤其是他对后现代传媒的审理,进入到后现代理论本身的审理,认为其理论模式已经被"后现代化",理论不再是反思和划定边界,而是为了迎合当今时代的快速、时髦、肤浅和片断化特征。理论在这种自我蒸发中变成了一种"超级商品",成为无思时代兜售和宣扬最时髦消费意识和人生态度的一种谎言工具而已。正因为此,鲍德里亚尤其关注以下紧迫问题:

第一,是城市的异化与人的片断化。

城市从西美尔开始就被看成是现代性中一个重要的场域,是现代性膨胀的温床。城市对现代性从生产本位主义的选择与暴富到消费的无限性,提供了最好的竞争和分配场所。在其中,人与自我的关系被虚拟化、神秘化,变得更有利于操作。人们在消费物的同时也消费这种主体成功的神话。于是,对一个自由的、有意识的主体提出永恒价值的假设,便成为一种过时晚装。如今,"消费是一个系统,它维护着符号秩序和组织完整:因此它既是一种道德(一种理想价值体系),也是一种沟通体系,一种交换结构"①。事实上,流通、购买、销售、对财富及物品符码的占有,构成了当代社会语汇和行为的编码,整个社会都在物质和消费层面上获得沟通和交谈。这种消费结构,使得个体的需求及享受成为关键词:"这里起作用的不再是欲望,甚至也不是'品味'或特殊爱好,而是被一种扩散了的牵挂挑动起来的普遍好奇——这便是'娱乐道德',其中充满了自娱的绝对命令,即深入开发能使自我兴奋、享受、满意的一切可能性。"②

在"消费主义"风靡之时,个体就进入到大众生活逻辑之中,成为一种弥漫在世界逻辑中的新型权力话语,并有效地排除了人与人之间、群体与群体之间直接交流的需要,从而使文化传播成为一种世俗性的间隔方式。伴随着数码复制的新传媒方式的出现,一种新的大众生活交流方式已然来临,同时也将新的问题摆在了我们面前。

---

① 鲍德里亚:《消费社会》,刘成富、全志刚译,南京大学出版社2000年版,第68页。
② 同上书,第73页。

第二,是文化消费与"媚俗"的审美时尚。

文化消费中的最严重问题在于精神性的"文化危害",又称为"智力危害"。一种文化模式被另一种话语体系重新论述,并且抽离历史维度而成为一种非历史的替代品时,就变成了消费对象。这在大众传媒的网络时代尤其明显。过分的文化消费是对历史的平面化消解,或者对被消费对象进行的滑稽追忆,在这个过程中,一切曾经严肃发生的事情都被加以调侃模仿和游戏化消解。这样,"大众传播将文化和知识排斥在外。它决不可能让那些真正象征性或说教性的过程发生作用,因为那将会损害这一仪式意义所在的集体参与——这种参与只有通过一种礼拜仪式、一套被精心抽空了意义内容的符号形式编码才能得以实现"①。这意味着,艺术作品不再成为特殊时间和空间中的被欣赏对象而孤芳自赏,相反,消费大众感到艺术品带来的真正快乐在于在文化工业再生产中可以制造出价廉物美的艺术品"备份"。

于是,在鲍德里亚看来,媚俗成为时代审美的风尚,那些过分粉饰的、伪造的"蹩脚"物品,附属物品、民间小杂什、"纪念品",成为人们生活中的装饰品。"媚俗有一种独特的价值贫乏,而这种价值贫乏是与一种最大的统计效益联系在一起的:某些阶级整个地占有着它。与此相对的是那些稀缺物品的最大独特品质,这是与它们的有限主体联系在一起的。这里与'美'并不相干:相干的是独特性,而这是一种社会学功能。"②在媚俗而贫乏的文化氛围中,人们分成不同的阶层并形成日益弱化着自身的欣赏趣味。"媚俗"提出了其"模拟美学"——失去原作精神的滑稽模仿。这种缺乏实际操作意义的对功能的模拟美学,与社会赋予媚俗的功能相关。"这一功能便是,表达阶级的社会预期和愿望以及对具有高等阶级形式、风尚和符号的某种文化的虚幻参与;这是一种导致了物品亚文化的文化适应美学。"③

连结在传媒系统中媚俗,并在多重传播与接受过程中,将不同人的思想、价值认同整合为同一观念模式和同一价值认同。这种传媒介入所造成的私人空间公众化和世界"类象化"与家庭化,导致了传媒的全球化倾向。从此,"媚俗美学"成为后传播时代的审美风尚,即美学已渗透到了经济、政治、文化以及日常生活中,因而丧失了其自主性和特殊性。"可以把流行定

---

① 鲍德里亚:《消费社会》,刘成富、全志刚译,南京大学出版社2000年版,第105页。
② 同上书,第114页。
③ 同上书,第115页。

义为心理认知不同层次的一种游戏或操作:一种心理的立体主义,它不根据空间分析,而根据整个文化,以其知识和技术装备,如客观现实、反映写照、绘画表现、技术表现(摄影)、抽象概括、推论叙述等等,为出发点在几个世纪的过程中制定的种种认知模态来寻求对物品进行衍射。另一方面,音标的使用和工业技术造成了分割模式、双重模式、抽象模式、重复模式。"①这导致艺术判断的丧失和艺术市场标准的丧失:一方面是媚俗艺术品漫天要价,使得价格不再代表作品的相对价值,而只是表现了一种"价值的疯狂"和价格的暴力;另一方面,是消费逻辑取消了艺术表现的传统崇高地位,媚俗艺术品成为一个身份和地位的矫情的符码。更为严重的是,将日常性作为艺术作品的精神气质,在重复之中显示重复的乏味,或者在作品中注重对象的日常性、偶然性、粗糙性,使艺术成为生活无力的附庸品,从而将艺术的独创性和革命性加以消解。

第三,是电视播撒与消费心理模式。

电视传媒指出的事件是打上了权力话语的烙印的。鲍德里亚强调,媒体让我们看到的世界以牺牲世界的丰富性为代价。人成为媒体的附属或媒体的延伸。媒体将人内化,使人只能如此看、如此听、如此想。"大众传播的这一技术程式造成了某一类非常具有强制性的信息:信息消费之信息,即对世界进行剪辑、戏剧化和曲解的信息,以及把消息当成商品一样进行赋值的信息、对作为符号的内容进行颂扬的信息。简而言之,这是一种包装。"②

人从接受的主体成为媒体的隶属品——终端接受器接受储存了很多信息,却无法处理,因为人脑已被这些信息塞得满满的,人从思想的动物退化为储存信息的动物,并因超负荷的信息堵塞而导致信息膨胀焦虑症和信息紊乱综合症。"电视带来的'信息',并非它传送的画面,而是它造成的新的关系和感知模式、家庭和集团传统结构的改变。谈得更远一些,在电视和当代大众传媒的情形中,被接受、吸收、'消费'的,与其说是某个场景,不如说是所有场景的潜在性。"③电视始终将不同文化、不同习俗、不同品味、不同阶层的人连结在传媒系统中,并在多重传播与接受过程中,将不同人的思想、体验、价值认同和心理欲望都"整流"为同一频道、同一观念模式和同一价值认同。在这里,人与世界、人与自我、人与他人的对立似乎消失了,似乎

---

① 鲍德里亚:《消费社会》,刘成富、全志刚译,南京大学出版社2000年版,第126页。
② 同上书,第130页。
③ 同上书,第131页。

不再有主体与客体的对立,不存在超越性和深度性,不再有舞台和镜像,只有网络与屏幕,只有操作的单向涉入与接受的被动性。①

不可忽视的是,电视在根据某种编码规则对现实进行了重新诠释后又不加区别地将它们播发出来。这一编码规则既是一种意识形态结构,也是一种充满大众文化意识形态的编码规则的技术结构。"大众传媒化消费中的意义转向、政治的非政治化、文化的非文化化、主体的非性化都是超越于对内容的'肆意'重新诠释之上的。一切都是在形式上发生了改变:无论何处,在真实的地点和场所之中,都有完全产自编码规则要素组合的一种'新现实'的替代品。"②同时,媒体具有"敞开"(呈现)和"遮蔽"(误导)二重性,当今世界通过镜头组接以后的弥天大谎层出不穷,甚至电脑特技制造的"真实的谎言"或"虚假的真实"也随处可见。于是,媒体不断地造成各种"热点"和"事端",媒体成为当代价值的命名者——在制造虚假和谎言的同时,不断地塞给人们虚假的幸福感和存在感。"电视传媒通过其技术组织所承载的,是一个可以任意显像、任意剪辑并可用画面解读的世界的思想(意识形态)。它承载着的意识形态是,那个对已变成符号系统的世界进行解读的系统是万能的。电视只是希望能成为一个缺席世界的元语言。"③

人们通过媒体看到的是,媒体与其他媒体之间不断参照、传译、转录、拼接而成的"超真实""超文本"的媒体语境,一个"模拟"组合的"数码复制"的世界。这种复制和再复制使得世界走向我们时,变得主观而疏离。"它就这样伪造了一种消费总体性,按麦克卢汉的说法就是使消费者们重新部落化,就是说通过一种同谋关系、一种与信息但更主要是与媒介自身及其编码规则相适应的内在、即时的勾结关系,透过每一个消费者而瞄准了所有其他消费者,又透过所有其他消费者瞄准了每一个消费者。"④尤其是在多媒体电脑加工的文化品,更日益成为沟通中的"绝缘体"。传媒在多频道全天候的持续播出中,人不断接受储存很多芜杂的信息,而这些信息却无法处理,并因超负荷的信息填塞而导致信息膨胀焦虑症和信息紊乱综合症。

当然,传媒在促进人们彼此间的信息交流方面,提供了快捷多样的形式。我以为,拒绝传媒是愚蠢的,然而,同时又必须看到,大众传播行使自己的权力时,又在不断地造成信息发出、传递、接受三维间的"中断"。传媒

---

① Jean Baudrillard, *The Ecstasy of Communication*, New York: Semioteat,1998. p.12.
② 鲍德里亚:《消费社会》,刘成富、全志刚译,南京大学出版社 2000 年版,第 135 页。
③ 同上书,第 131 页。
④ 同上书,第 133 页。

"炒"文化的负效应,使人们跟着影视的诱导和广告的诱惑去确立自身的行为方式,传媒的全能性介入中断了人的独处内省和人我间的交谈。大众传播的单向度属性,是一种"无回应"缺乏反馈的话语输出,但是其自由选择模式掩盖了这种"无回应话语"的不平等话语权力实质。"电视广播传媒提供的、被无意识地深深地解码了并'消费了'的真正信息,并不是通过音像展示出来的内容,而是与这些传媒的技术实质本身联系着的、使事物与现实相脱节而变成互相承接的等同符号的那种强制模式。"①人们凝视电视而达到一种"出神忘我"的状态,这实际上是一种"窥视欲"的刺激与再生产。人们借助电影、视盘、电视可以窥视他人的生活,乃至犯罪的过程、性与暴力的过程。人们的私有空间成了媒体聚焦之所,整个世界方方面面的事又不必要地展现在家里。尤其是那些矫情的、色情的、无情的片子,更是使人在迷醉中得到下意识欲望的满足又膨胀出更刺激的欲望。不难看出,这种传媒介入所造成的私人空间公众化和世界"类像"的家庭化,导致了传媒(尤其是卫视)的世界一体化,从而使紊乱的信息传播全球化。这一方面有可能使信息扩张和误读造成"文明的冲突",另一方面,传媒信息的膨胀因失去控制而使当代人处于新的一轮精神分裂和欲望怂恿的失控状态之中。

第四,身体策略与生命自恋。

人们在放弃了最终的价值承诺以后,开始在消费社会中充分地享受身体欲望的放纵。于是,"在经历了一千年的清教传统之后,对它作为身体和性解放符号的'重新发现'。人们给它套上的卫生保健学、营养学、医疗学的光环,时时萦绕心头的对青春、美貌、阳刚阴柔之气的追求,以及附带的护理、饮食制度、健身实践和包裹着它的快感神话——今天的一切都证明身体变成了救赎物品。在这一心理和意识形态功能中它彻底取代了灵魂"②。

身体在消费神话中成为新的神话:人具有自己的"处身性",人的本质不再是一些抽象的形式原则,而是充满肉体欲望和现代感觉的"生命"。身体已经从"面容之美"表现走向了"躯体之力"的表现,从精神意象的呈现走向了欲望肉体的展示。身体成为肉体性、享受性和存在性的证明,脸逐渐被肉体所取代。不仅如此,身体地位成为一种文化表征,在文化话语中,身体关系的组织模式都反映了事物关系的组织模式及社会关系的组织模式。这要求社会说明:身体"这一话语是如何打着协调每个人与自己身体关系的

---

① 鲍德里亚:《消费社会》,刘成富、全志刚译,南京大学出版社2000年版,第130页。
② 同上书,第138页。

幌子,在主体与作为双重威胁的客观身体之间,重新引入了与社会生活关系相同的关系、与社会关系的规定性相同的规定性:讹诈、镇压、被迫害综合症、配偶神经症"①。身体的痛苦和走向死亡的灵魂,使得消费社会中个体神经处于高度敏感和麻木无感两极之间。身体欲望由于金钱的强势牵扯,已经很难对真正的精神价值做出切实的判断。

身体的满足成为灵魂逃亡的最新形式——休闲本身的意识形态。于是,在消费中进行集体性的身体"指导性自恋",成为今天社会欲望再生产的一个无穷宝库。"休息、放松、散心、消遣也许都是出于'需要',但它们自身并没有规定对休闲本身的苛求,即对时间的消费。自由时间,也许意味着人们用以填满它的种种游戏活动,但它首先意味着可以自由地耗费时间,有时是将它'消磨'掉,纯粹地浪费掉。"②休闲并非是对时间的自由支配,那只是它的一个标签。在错觉的年代里,身体的外表前所未有地成为虚假的美丽修饰,身体策略成为刺激生命原始欲望的方式。人们在高速社会节奏中,将身体和欲望作为交换价值并被它所操纵,个体在日常生活的错觉中,自觉主动地变成了金钱和时间的附庸。

鲍德里亚所描述的后现代消费社会,是一个充满风险和危机的社会,隐藏在这个社会表面正常背后的,是模态社会的支配性权力结构。首先,现代性理性在纯粹肉身欲望的冲击中,已经成为理性的碎片,并遭遇到非理性意志全面侵占。享乐主义、拜金主义成为整个世界的生存法则,如今的人生指南已经不再是由思想者发出,而是由电视消费广告播撒。消费成为刺激欲望再生产欲望的人生道德主宰,人在消费欲望之流中才能感到自己的存在意义。消费欲望终于在金钱经济支配的大城市生活中树立起来,它在推动现代人去涉猎私人权力和私人空间当中,却开始抛弃了公共空间和公共权力。随着这种身体空间感和生命时间感的进一步加固,由身体状态的膨胀就引申出这样的当代文化意识形态:个体对异化社会的反抗是没有意义的,坚持理想精神同样是凌空蹈虚而无实际利益的,个人无限制地获取欲望满足是正当的,所以无论怎样沉醉在消费中都不过分。在这样的逻辑之下,凡是满足欲望的消费就具有终极合法性,凡是个体身体的欲望就只能释放出来。这样一来,社会意识形态整体上转化为消费意识形态,并不断被消费意识话语所控制。于是,人类的道德体系和心智原则有限性终于让位于个体

---

① 鲍德里亚:《消费社会》,刘成富、全志刚译,南京大学出版社2000年版,第141页。
② 同上书,第171页。

消费欲望的无限性,消费神话在价值失范和道德滑坡中变得漠然起来。

应该说,在西马学者执着于社会异化、意识形态、阶级斗争、希望绝望问题之后,文化学家开始注视着平等、消费、电视、身体等问题;在解释学与解构学争论文本意义的正读与误读、差异与共识时,消费文化研究深入到日常生活的机制,分析内在运作机制和话语表征关系、文化意识转型。这种从巨型社会文化意识形态分析到微型文化消费意识形态的转化,使得当代危机问题有可能得到真实的显露。

第四节 白色社会中的后现代镜像

精神生态问题成为当代问题的汇聚点,有其自身的发展逻辑。在全球化消费主义发展进程中,自然生态和精神生态成为一个问题的两个方面。因为 Ego(自我)与 Eco(生态)有着内在的和谐联系,需要均衡发展。然而,在这个被鲍德里亚称为日常消费生活的"白色社会"中,这种和谐却被一再地破坏了。鲍德里亚不断审理全球化文化生态失衡在社会心理和个体心性的健全方面所造成的威胁,并进而对传媒在"文化工业"生产中销蚀意义的功能加以清算,是有批判眼光的。

生产过剩的"丰盛"社会中,当代人的活法是"白色"的——没有感情介入,没有形而上冲动,也不可能再有异端邪说。在鲍德里亚看来,后现代时期的商品价值已不再取决于商品本身是否能满足人的需要或具有交换价值,而是取决于交换体系中作为文化功能的符码。这是一个充斥着预防性白色的饱和了的社会,一个没有眩晕没有历史深度的社会,一个除了物质神话或者不断造神话之外,没有其他精神神话可以立足的消费社会。也许只有激进的革命的突发事件和意外的分化瓦解才能打碎这"白色的弥撒"。

在这个日常消费生活的"白色社会"中,我们应该听听思想家的警示:"在利用公共交通工具的情况下,每一个他人都和其他人一样。这样的杂然共在把本己的此在完全消解在'他人的'存在方式中,而各具差别和突出之处的他人则又更其消失不见了。在这种不触目而又不能定局的情况中,常人展开了他的真正独裁。常人怎样享乐,我们就怎样享乐;常人对文学艺术怎样阅读怎样判断,我们就怎样阅读怎样判断;竟至常人怎样从'大众'中抽身,我们也就怎样抽身;常人对什么东西愤怒,我们就对什么东西'愤怒'。这个常人不是任何确定的人,而一切人(却不是作为总和)都是这个常人,就是这个常人指定着日常生活的存在方式。"①海德格尔的话,敲响了现代性日常生活世界享乐中"常人"的危险警钟。

同样,当代法国社会思想家皮埃尔·布迪厄(Pierre Bourdieu)在《现代世界知识分子的角色》中也认为:经济对人文和科学研究的控制在学科中变得日益明显。知识分子发现,他们越来越被排除在公共论辩之外,而越来越多的人(技术官僚、新闻记者、负责公众意见调查的人、营销顾问等)却赋予自己一种知识分子权威,以行使政治权力。这些新贵声称他们的技术或经济—政治文化具有超越传统文化,特别是文学和哲学的优越性。传统文化发现自己被贬到无用雌伏的地位。传统式的知识分子的预言功能被抛弃。"这一套机构只是电视德行使了一种形式特别有害的象征暴力。象征暴力是一种通过施行者与承受者的合谋和默契而施加的一种暴力,通常双方都意识不到自己是在施行或在承受⋯⋯电视成了影响着很大一部分人头脑的某种垄断机器。然而只关注社会新闻,把宝贵的时间浪费在空洞无聊或者无关痛痒的谈资上,这样一来,便排斥了公众为行使民主权利应该掌握的重要信息。"②

著名东欧思想家斯拉沃热·齐泽克(Slavoj Zizek)更是从精神内层注意到当代人精神和存在中具有的难以言清的精神错乱症候。他从拉康的心理分析视角重新描述人类思想和人类欲望的基本结构,认为社会共同体的功能已经失调,每个个体在灵肉濒临崩溃、矛盾焦虑的同时,也在文明内部冲突的现实压力下寻求身份和欲望的妥协:"我们今天亲眼目睹的冲突,与其说是不同文明之间的冲突,不如说是同一文明内部的冲突。也就是说,我们要睁大眼睛看一看,这种'文明冲突'究竟是因何而起的?眼前正在发生的真正'冲突',不都显然与全球资本主义的扩张密切相关吗?⋯⋯只有在每一个社会都承认,将其撕裂的'冲突'来自其内部,不同社会之间的真正接触才是可能的,这种接触是以参与统一斗争的共同经验为基础的。"③这事实上把个体内部的欲望同全球化导致的文明内部的冲突联系起来了。

应该看到,整个西方社会运动尖锐对峙的矛盾开始为追求幸福生活的信念所抚平,社会境况日益成为消费性的和科技中心的,科技成了新意识形态。政治和文化的尖锐冲突随着时间的冲洗,其价值观、自我

---

① 海德格尔:《存在与时间》,陈嘉映、王庆节译,三联书店1987年版,第156页。
② 布尔迪厄:《关于电视》,许钧译,辽宁教育出版社2000年版,第14—15页。
③ 斯拉沃热·齐泽克:《意识形态崇高客体》,季广茂译,中央编译出版社2002版,中文版序,第7—10页。

的政治观,逐渐为生活的有序感、现实的身份感和理想的幻灭感所取代。于是,人们更多地感到社会共同体中的地位,在整个政治谱系中存在认同意义的延续性,这一延续性意味着政治责任感的持续影响和自己新身份的不断改写。

消费世纪是资本符号下加速了的生产力扩展的结果,因而这个世纪是彻底异化的世纪。商品逻辑成为整个人类生活的逻辑,后现代消费逻辑不仅支配着生产的物质产品,而且支配着整个文化、性欲、人际关系,以至个体的幻象和冲动。在鲍德里亚看来,"一切都由这一逻辑决定着,这不仅在于一切功能、一切需求都被具体化、被操纵为利益的话语,而且在于一个更为深刻的方面,即一切都被戏剧化了,也就是说,被展现、挑动、被编排为形象、符号和可消费的范型"①。人类目前正处于一个后现代类象时代,计算机、信息处理、媒体、自动控制系统以及按照类象符码和模型而形成的社会组织,已经取代了生产的地位,成为社会的组织原则。

不难看到,鲍德里亚已经洞悉后现代文化在社会心理和个体心性的健全方面所造成的威胁,并进而对"文化工业"销蚀意义的功能加以清算。他对后现代传媒的审理,进入到后现代理论本身的审理,认为其理论模式已经被"后现代化"——理论不再是反思和划定边界,而是为了迎合当今时代的快速、时髦、肤浅和片断化特征。理论在这种自我蒸发中变成了一种"超级商品",成为无思时代兜售和宣扬最时髦消费意识和人生态度的一种权力话语工具而已。

对完美的罪行的分析、对仿像世界和指涉关系的批判,和对消费社会的审理,使鲍德里亚注重后传播时代仿像流中运作的权力关系和意义消解问题。因为这种不断复制传播的、内爆的、虚假的仿像,使得世界上的政治经济文化消失了界限,社会万象处于目眩神迷的变幻流动之中,哲学话语、社会理论、大众传播理论及政治理论的边缘正在侵蚀消融,甚至不同社会形态和意识形态结构都不再壁垒森严,而是在消费主义中内爆为一种无差别的仿像流,一种现实与仿像彼此不分的新状态。② 但是这种现实与仿像部分的状态中的问题却相当复杂。法国"五月风暴"后,资本主义社会中传统正统的、官方的价值观伦理观受到前所未有的质疑和消解。解构主义后现代

---

① 鲍德里亚:《消费社会》,刘成富、全志刚译,南京大学出版社2000年版,第224页。
② 鲍德里亚:《拟仿物与拟像》,洪浚译,时报文化出版企业公司1998年版;鲍德里亚:《物体系》,林志明译,上海人民出版社2001年版。

主义对当代电影、电视、小说、社会新闻等文化商品加以权力运作，不断颠覆着各种社会秩序文化禁忌，张扬造反的文化嬉皮士和大众丑学。如此一来，影视传媒中的黑道大盗、冷面杀手成了时代的英雄和人们仿效的对象，镜头的血腥感成为刺激都市人惰性生活的兴奋剂，欲望写作和激情戏成为感官压迫和解放的动力，传媒调动一切手段刺激人们放纵自己的欲望，挑动身体感觉、本能情绪、形下器官的后现代手法日渐满足人们的窥视欲。

于是，文化颓败不可避免地推倒了自己的第一块多米诺骨牌，文化的商品化和文化的世俗化并没有消解官方主流文化，而是日益消解着知识分子的精英文化，并常常打着"主流文化"的招牌或者与之合流，进行世俗文化扩充和当代文化的混杂，使当代社会在全面繁荣的假象下，诞生出内在的意义危机，并播撒着文化商品正使社会价值系统崩溃的文化病毒。

第五节　鲍德里亚文化理论的意义与局限

进入80年代，鲍德里亚面对现实的尖锐问题而更加勤奋地写作，出版了《致命的策略》(1983)、《扭曲的神性》(1987)、《冷静的回忆》(1987)、《痛苦的昭示》(1990)等著作，并被大量译介到英语世界，不断地确立其后现代文化理论家的地位。在反响很大的《致命的策略》中，他依照西方主流学界提出的"主体的消解"论，进一步拆解主体地位和存在价值，要求主体放弃它主宰客体世界的欲求，使自己成为一个具有客观主义立场的后现代物质主义者。从某种意义上说，那种文艺复兴时期以来的主体的人，那种具有绝对主体价值的大写的"人"，那种被整个西方传统锻造成主体神话的"人"，在后现代后殖民时期缺席了。于是"个性化"填充了这个缺席的主体"人"的地位，并且以其日常生活的方式使任何想重建主体之人的想法归于落空。应该说，鲍德里亚的文化研究理论对"个体身体"私人空间的重视，对过去那种唯理性的否定感性生命的做法，确有纠偏作用。但是这种"跟着欲望走"，使当代消费主义在个体的狭窄空间中不断播撒非主体意识，从而使当代个体肉身膨胀中，少了一种社会价值的内在焦虑感而重新被物化为白色的"客体"。

于是，"致命的策略"就成为——将任何逻辑推到极限，从而使其走向自身的反面：消费社会的极限就是无止境地疯狂消费，传媒的极限就是彻底抛弃形而上学而追逐世俗化，从而使这个理性社会走向反面——非理性。在我看来，鲍德里亚已经面对后现代传媒社会的病灶却无力开出药方，这种所谓极端的"策略"本身是"致命"的。因为现代化所带来的消费的全球化,不是通过怂恿和推到极限就可以复归的,相反,这种丧失了人文知识分子精神吁求的非理性做法,可能是雪上加霜,后果不堪设想。这里,也可以看到鲍德里亚理论的内在困境。

同福柯、德里达、拉康相比,鲍德里亚的思想影响的深度和广度都不能与之比肩。但80年代后期,鲍德里亚的主要著作被广泛译介,参与了后现代谱系的重新修订,并很快确立其后现代理论家的地位。尽管在社会知识谱系分析、形而上学的颠覆、话语心理无意识结构的剖析上,鲍德里亚理论缺乏原创性、深度性,但在对消费社会、传播机制、文化心理制约、后现代文化权力运作等方面的研究,无疑具有独到的创建性和启发性,并成为当代十分热门的"文化研究"和"文化批评"的理论基础。因而,鲍德里亚学说具有不容忽视的当代意义:

其一,在对商品拜物教的分析中,鲍德里亚的分析超越了霍克海默和阿多尔诺的西马分析模式,而采用后现代式的话语权力分析方式——不仅否认直接经验之下有任何实在意义存在,而且不再希望在表层后面能够寻到深层本质,在虚拟形象后面有任何真实阐释"深度模式"。其所绘出的后现代社会大众传媒的图景,在某种意义上提供了一种阐释后现代社会镜像的新视角。

其二,在后现代时期,政治经济文化哲学和艺术美学上的转变是根本性的,无论是从经济上清理跨国资本运作与文化霸权的关系,还是从政治上看全球化中的东方主义与西方主义的权力角逐,无论是从文化上看数码复制时代的平面化问题,还是从大众传媒和消费社会的种种问题看人类话语泡沫中的失语,都能发现某种新视域和新问题。具体地说,消费社会已经进入一种文化身份的符号争斗中。商品权力话语消解了高雅文化的壁垒而与通俗文化合谋,轻而易举地通过大众传媒侵入到当代文化的神经,将日常生活作为市场需求和世俗文化模式设定为当下社会文化的普遍原则,并企图将消费主义作为当代人生活的合法性底线。于是在哲学"元话语"失效和中心性、同一性话语消失后,人们在焦虑、绝望中寻找到挽救信仰危机的解救方法。然而传统美学趣味和深度的消失使得"表征紊乱"成为时代的症结,本能欲望的满足和怂恿成为消费时代的焦虑。因而后现代消费时代问题的袒露性,显示出这个时代的复杂性,并对当代问题的深层面揭开了重要的一角。

其三,西方"他者"的警示作用。后现代大众传播和消费社会是西方社会的现实写照,这一问题在全球化的播撒中已经逐渐延伸进当代中国大众生活。中国近年来出现的消费主义思潮和电视媒体膨胀的世俗化倾向,已经和正在深刻地改变着当代中国个体空间和大众场域。鲍德里亚文化理论提醒我们对知识生产重新理解和认识,对其立场、前提、利益冲突、文化产业资本加以深切的反思。应该说,当代中国学者面对的是一系列复杂的世纪之交的问题,除了第一世界所面临的"现代与后现代"传媒和消费问题外,第三世界也面临"现代性转型"问题。因此,如何张扬一种健康的文化,而非一种颓败的文化,如何保持文化理论的有效性和合法性,对各种文化符号资本在社会中的权力运作加以分析定位,并对一切文化特权加以质疑,必得成为我们思考的重要层面。

在笔者看来,鲍德里亚消费社会和大众传播理论的新颖意义,是与他理论内在的局限矛盾地混合在一起的,这种理论局限性需要深入考察。

首先,过分强调丧失深度价值的传媒时代的技术中心主义情结。除了消费的名牌政治和大众传媒的虚假身份外,其他似乎都不再具有意义。现实与符号象征再现的区别在象征领域已然被取消,这使生活在象征境遇中的人类沟通模式遭到改写——从手写文明到印刷文明和电子媒体,形成新的"真实虚拟"的沟通系统。这种不同含义的意义编码构成了文化的多重症候,对应着人类文化心灵的各个层面,但由于符号象征系统还能指涉未经编码的内容,因而与其现实的对象又处于非对称状态,使得现实在被感知时成为一种虚拟的状态,成为多余的剩余物,人们就被置于一种"超实在"(hyper reality)虚无中。① 应该说,鲍德里亚的这种虚拟理论的关键在于,他已经取消了现实的第一性问题,将观念对现实的折射过分夸大。同时,值得注意的是,传统意识形态是文字时代用文字与精神意识的对称性来谈论问题,而仿像时代是图文时代甚至图图时代,用仿像的图文表征问题。于是,永无休止的为新而创新传媒形式使最时尚的消费形式成为时代中心,并耗尽了当代人精神内容和信仰形式的全部资源,使当代人整体价值观念和生活方式正在发生着深刻的变异。

其次,消费主义成为时代精神和个体享乐的问题。无论如何,在后现代高速发展的经济战车中,人们基于对社会个体身份和历史虚无的理解,不再将理想主义作为自己的存身之道,而是将消费主义作为达到世俗幸福的捷径。于是消费成为获得身份建构自身以及建构与他人关系的关键环节,甚

---

① Jean Baudrillard, *The Ecstasy of Communication*, Semioext(e), 1998, pp. 82—83.

至成为支撑现行体制和团体机构生存发展的润滑剂。消费不再是为了刺激再生产,而是在名牌政治化和时尚崇尚克隆中呈现当代崇洋心态——商品拜物教和西方中心观念。"消费"心态观念与"西方"名牌政治,终于成为一个铜币的两面。

从形而上学理想化到大众传媒时代世俗化的进程,可以看到西方最前沿的历史文化轨迹和精神蜕变脉络。这一脉络表明,从现代社会进入后现代社会以后,每个人的生活维度都不再是单维的,而是集体网络关系中的一员,具有相互交往链接的深层因素和变异的可能性。这种身份和认同是相互作用的,一个人虽然具有多重身份,但最主要的身份是通过社会交往和社会传播获得社会认同。社会认同是随着时间的流逝、政治身份的变化以及他人合作方式的空间转换而相对固定的某种文化属性。这种文化社会身份不是一成不变的,因为身份认同是通过社会过程形成的,随着社会关系的重新组合,在共同语境中不断获得修正和重塑。大众传媒加速了对传统价值颠覆的个体日程,相当多的人进行了自我反叛,个体产生了不可忽略的认同危机。揭示这种危机并开创新的问题域以化解这种后工业社会中的消费主义症结,成为当代文化研究理论的努力方向。这也许是鲍德里亚文化理论在当今世界不断升温的内在原因。[①]

鲍德里亚《完美的罪行》《消费社会》《生产之镜》等的社会文化分析,在当代世界的思想界有相当的影响力。就思想价值取向而言,他对电视传媒的负面效应是持冷峻批判态度的。因此,他被认为是"非乐观态度"的后现代文化学者。他在洞悉后现代传媒在加剧人们心灵的异化、在肢解社会心理和个体心性的健全方面所造成的严重威胁的基础上,进而对传媒在"文化工业"生产中销蚀意义的功能加以清算[②],这是具有学术推进意义的。应该说,鲍德里亚在消费社会中警醒人们关注生命的本真意义,在传媒热衷于制造"追星"群体和消费"热点"之中,给当代精神失重的人们亮出了另一种价值尺度,并为人类走出消费社会消费主义的阴影,重建精神生态的平衡系统做出了前沿性的学术思考。

参考书目:

1. 鲍德里亚:《完美的罪行》,王为民译,商务印书馆2000年版。

---

① 另参艾伦·杜宁(Alan Durning):《多少算够:消费社会与地球的未来》,毕聿译,吉林人民出版社1997年版;提清二:《消费社会批判》,朱绍文等译校,经济科学出版社1998年版。

② Cf. Jean Baudrillard, *The Mirror of Production*, St Louis, Mo: Telos Press. 1975.

2. 鲍德里亚:《消费社会》,刘成富、全志刚译,南京大学出版社2000年版。
3. 齐泽克:《意识形态的崇高客体》,季广茂译,中央编译出版社2002年版。

思考题:

1. 何谓消费社会？消费社会有着怎样的精神困境？
2. 鲍德里亚是如何进行消费文化批判的？
3. 博德利亚的文化理论有何意义？其局限性何在？

第二十五章 文化研究与布迪厄的《艺术的法则》

今天的文艺理论无法回避文化研究。为什么在这个经济发达、科技昌明的时代,文学界莫不谈"文化"呢?文化研究到底研究什么呢?

第一节 文化研究理论的兴起与文学研究的文化转向

文化研究是指20世纪60年代的英国文化研究,后来广泛扩展至法国、美国、德国等,其理论旨趣越来越多样化。但其源头可以追溯至20世纪初的文化社会学,如马克斯·韦伯等。文化社会学研究给文学研究提供了广阔的社会文化平台。在20世纪,以文化为主要讨论对象的学派就有后现代主义、后殖民主义、新历史主义、女权主义等,可以说,文化是20世纪后期文论思潮的主角。大体而言,文化研究包括三个板块,一是20世纪早中期的法兰克福学派的文化研究,如马尔库塞、阿多尔诺等,他们主要分析的对象是文化工业,主要是从哲学的角度加以分析,并且坚持精英主义立场,对文化工业进行批判,未能客观揭示文化工业的成因、规律及意义等。二是20世纪中后期的英国伯明翰学派,如霍伽特、霍尔等,他们关注与精英文化相对的大众文化,比如工人阶级、青年、性别、身份、亚文化等现象,广泛涉及电影、媒介、广告、底层文学等,但其问题在于其边界的无限膨胀,而难以收缩。伯明翰学派也是通常意义上的文化研究,其理论的命名来源于"当代文化研究中心"。但这一中心现在已经不复存在了,而其开垦的文化研究领域却如火如荼地在全球开展起来。三是20世纪后期法国的文化研究学派,注重将一些理论应用于微观的社会分析,比如福柯、布迪厄、博德里亚等,他们并不在于分析过多的文化现象,而是针对一些具体的对象解剖社会、反思成见、还原历史。

尽管文化研究有不同的学术思路,但文化研究始终有一个共同的研究倾向和目的论诉求。就研究倾向而言,大致有五种,即重视当代、大众、边缘、社会、跨学科①,可以说文化研究具备扭转文学研究过分偏重内部倾向的作用,从而具备了独特的价值诉求。这为当今的一些文化理论家所强调。特丽萨·埃伯特说:"文化研究的出现本身就是文化领域内阶级斗争的一部分。"②帕米拉·麦考勒姆说:"在21世纪,文化研究应该重新审视在20世纪70年代文化研究中很突出的阶级观念,重新对它进行理论探索,以适应最近15到20年间出现的新形势。"③约翰·卡洛斯·罗说:"21世纪的文化研究还将始终如一地呼唤民主权利。"④理查德·特迪曼说:"文化研究一直试图表达被贬低的或曾受压制的人类体验和文化表现。"⑤关注阶级斗争、民主权利、人民福利、被压抑者的利益,等等,是西方文化研究的重要旨趣。由于文化研究被赋予重要的社会文化任务,其方法论也必然是跨学科和超学科的,以及以社会为取向的文本话语分析方式。

  文化研究的主要领域有以下几个方面:一是关于文化研究的学术史,梳理文化理论的起源、范式等。二是文化政治研究,比如身份政治、差异政治、话语权力、文化政治经济学等。三是消费文化研究,其主要内容是关注购物心理、商品形式、营销策略及消费主义等。四是传媒文化研究,主要关注各种信息网络中的文化现象,如电视文化、电影文化、手机文化、网络文化、广告文化、视觉文化等。五是大众文化研究,主要关注各类受众广泛的文化形式,包括青年亚文化、同性恋文化、女性文化、底层文化等,与一般的人民的、民间的大众文化不同。六是流行文化研究,也即时尚文化研究,主要对流行的影视、音乐、美术、服装等加以研究。七是休闲文化研究,主要包括健身文化、美容文化、旅游文化、娱乐文化等,是对社会中的剩余时间内的文化生活做研究。八是文化工业与文化产业研究,主要关注国家与世界的文化产业政策、生产线、运营模式、资本等,探讨文化的工业化、产业化特征与出路。以上各类文化研究大体可以分为三类,一是文化研究的自我观照,二是文化研究的意识形态观照,三是文化研究的对象观照,三种观照是相互交叉的,并非截然对立。

  一般来说,文学研究与文化研究的关系不大。但是,如果不受制于学科规范的话,任何学者都有一个研究的目的性、倾向性,所以文化研究虽然不

---

① 罗钢、刘象愚主编:《文化研究读本》,中国社会科学出版社2000年版,"前言",第1页。
② 谢少波、王逢振编:《文化研究访谈录》,中国社会科学出版社2003年版,第51页。
③ 同上书,第114页。
④ 同上书,第210页。
⑤ 同上书,第257页。

符合学科规范,但对文学研究而言则有积极的促进作用。然而,令人担忧的是,有相当数量的文学创作者是顺着文化研究所探讨的市场化、资本化路子在创作,可以改编为电视剧、电影,可以通过描写惊世骇俗的题材获得轰动效应,甚至为了便于改编而在自己的小说里大量使用对话,而对叙事技巧、人物塑造缺乏创新性的关注。今天文学的消亡成为命名的消亡,文学不再被称为"文学",而是被称为"写作",文学作品也不再被称为"作品"(work),而是被称为"文本"(text)。对此,文学理论引入文化研究显然能够发现原有方法(比如审美、形式等)所不能发现的权力、资本、场域等问题。

资本操作下的大众文化可以挪用任何文化艺术资源,无所顾忌地拼贴、剪裁、重组。在市场、资本、技术、文化(文学艺术等)结合在一起的时候,大量的利润滚滚而来。今天就是一个垄断的文化艺术时代,谁占有市场、资本和技术谁就是这个时代的文学。文学青年、天纵之才、辉煌梦想之所以没有成为"英雄",很可能是没有市场、资本和技术的眷顾。今天,推出新人与明星阵容并行不悖,但都是经过资本、技术、市场淘汰后的,真正的新人和明星屈指可数。如近年电视中的"选秀"运动就是在制造当代的大众明星,其客观上产生了一些出类拔萃的人,但其方式是投机性、淘汰性的,其成功率极低,人才的缓慢成长变成所谓的"海选",坐享其成。但是,由于范围扩大了,受众极广,具有巨大的参与性和轰动效应,满足了人们对新鲜事物的追求和对自身的超常预期。然而结果是大众只是作为陪衬,闪烁的总是少数,沉默的是大多数。文学艺术市场的两极分化不能说不严重。在文学领域,作家并不是以文学水平来划分的,很可能里面有着资本操作的因素。那些毫无资本的青年文学家只能作为这个时代的陪衬。文学理论似乎不应该冷落他们,而应关注他们未来的可能性。

文化研究中的"文化"(特别是大众流行文化)是短暂、肤浅、表面、破碎的,以此消解那种深度的、霸权的乃至意识形态的文化,这种文化潜移默化地影响到文学艺术的创作和接受,使得原来的文学的读者被新的文化样式所征服。近年来,中国国民阅读率不断下降,令人堪忧。尽管文学还是阅读的首选,但娱乐性阅读成为最重要的需要。文学在这个时代只能成为娱乐和消遣。我们的读者都去关注杂志、网络、影视去了,文学理论研究还有什么用?文学批评还有什么用?如果认定这个时代是"消费—娱乐时代",那么文学和文学理论委身其中恐怕是一件危险的事情,它需要发现其自身的反思性潜质。

这里并不是说文学理论不去关注上述的网络、影视等上的文学内容,而是强调不能丧失理性立场和反思性立场,即对文学性、人文性、审美性的关注和守护。也许米勒说的不错,文学研究从来都生不逢时。① 文学的轰动效应的丧失正让其回到了自身,在澄静和默默无闻中获得精神的提炼和升华,再也无需为了时代的"任务"而牺牲精神的深刻。文学需要的可能不是"热""炒",而是"淡定",是对整个世界深情冷眼的关切。所以,文学是整体的,而不是破碎的,是深情的,而不是单纯的热情和激情,这就是文学审美的人性价值。文学审美的人性价值在于净化心灵,而不是美容身体,满足愿望,而不是满足欲望,激励生活,而不是单纯的美化生活。净化心灵使我们更纯洁,满足愿望使我们不再因过重生活的压力而放弃了自我,激励生活使我们不再消耗自我而遗忘了身处其间的他人和世界。审美的人性价值使我们获得美好的心境、美丽的心情和幸福的想象。我依然相信,文学是让我们更美丽,而不是让我们更丑陋。这个美丽的是内在的美,而不是单纯的形式美。美感、悲剧感、崇高感、优美感等消失并被快感和性感淹没是这个时代的病症,而文学家和文学理论家就是这个时代的医生和护士。

"大文学"变成了"小文学"是文学的现代命运。人们只能通过个体性的言说、展示去沟通和搭建群体的价值共识。在日益相对主义化的时代,任何对宏大叙事和绝对真理的强调,任何对他人的意志的强加,都可能忽视了自由与自愿的人性底线。也许,如果佛家"我不入地狱谁入地狱"还有效的话,那么,文学和文论只能通过"入地狱"来了结尘缘,进入那个更黑暗、更残酷的世界。真实的世界对文学和文论而言,也许光线太明亮了,也许声音太嘈杂了。死亡也许是重生的一个过程,因为"方死方生"。正是在这样的一种时代氛围中,坚持文化研究的社会还原,发展真实的历史,并重新裁决未来艺术发展的可能性,就尤为重要了。

第二节 布迪厄与"文化场域"理论

在文化研究不同流派中,伯明翰学派的文化研究相对成熟,而对法国文化研究则较为薄弱。法国文化研究理论有两位具有代表性的理论家,一位是博德里亚,另一位是布迪厄。布迪厄(Pierre Bourdieu,1930—2002)是法国当代著名的社会学家、文化理论家,他横跨多个领域,打破了学科界限,广泛触及人类学、社会学、教育学、语言学、哲学、政治学、史学、美学、文学、艺

---

① J.希利斯·米勒:《全球化时代文学研究还会继续存在吗?》,《文学评论》2001年第1期。

术学等问题。在这一个崇尚专业的时代,布迪厄以其多方面的成就奠定了20世纪思想家的地位,他坚持反思性的社会学立场,给我们打开了一扇又一扇观察现实的窗户。

布迪厄是高产的理论家。问世的重要著作就有数十种,代表作有:《实践理论大纲》(1977)、《教育、社会和文化再生产》(1990)、《语言与符号权利》(1991)、《实践与反思:反思社会学导引》(1992)等。在文艺理论领域出版有《中等艺术:论摄影艺术的社会功能》(1965)、《爱恋艺术:美术馆和参观的观众》(1966)、《区隔:趣味判断的社会批判》(1979)、《艺术的法则:文学场域的生成与结构》(1992)。《艺术的法则》是布迪厄晚年一部独立撰写的文艺理论著作,是布迪厄运用其社会文化实践理论观照艺术的范例,对理解其社会文化实践理论有着重要的意义。

皮埃尔·布迪厄在文艺理论方面最重要的成就是对艺术场的分析。对艺术场的分析可能会令大部分人大跌眼镜,因为和一般的对文学加以赞颂、肯定的话语不同,布迪厄的文学场话语可谓是将文学场的权力斗争揭露得淋漓尽致。这使得我们认识到,那种以为文学的艺术自律天经地义的看法不过是历史上的偶然而已,并且认为艺术自律可以永久存在而不考虑后世的或当下的文学场域,显然是过于天真了。尽管布迪厄的分析过于描述化,在洋洋洒洒的叙述中我们很难提炼具有理论性的话语,但其扑面而来的实证性分析足以让我们体会到,反思性社会学的魅力,就是在微观的社会分析中见出历史的真相。

布迪厄是反结构主义者。他否定了索绪尔的结构主义语言观。[①] 他认为:"创造语言并不是为了进行语言学分析,而是用来说话,用来得体地说话。"[②]同时,布迪厄将社会学思路注入语言研究之中,注重探讨语言活动场域的支配与被支配关系。"每一次语言交流都包含了成为权力行为的潜在可能性,当交流所涉及的行动者在相关资本的分配中占据着不对称的位置时,情况就更是如此。"[③]在文学场中,语言或者说话语,具有举足轻重的作用。

"场"(或场域)是布迪厄最重要的术语之一。场域理论是布迪厄自己的一个理论创见。布迪厄说:"在高度分化的社会里,社会世界是由大量具

[①] 布迪厄、华康德:《实践与反思:反思社会学导引》,李猛、李康译,邓正来校,中央编译出版社1998年版,第187页。

[②] 同上书,第188页。

[③] 同上书,第192页。

有相对自主性的社会小世界构成的,这些社会小世界就是具有自身逻辑和必然性的客观关系的空间。"①他从社会学的角度切入艺术领域,将人们的审美实践同社会条件或者社会场域结合起来,认为什么样的审美,其背后都有相应的审美规范,这种规范就是权力规范。场域与一般社会学上经常用到的家庭、社会等还不同。在布迪厄看来,场域就是一个不断建构的网络世界,"场是位置之间的一个客观关系网"②在这一网络空间中,有占有者、行动者、体制性等不同的要素。布迪厄的场域理论是一种微观社会学,同时也是一种动态社会学,或者说结构社会学。当然,这一结构社会学不是静态的、抽象的,而是历史性的。社会空间中的不同场域有共同的权力结构,所以它们都是权力场的一种变形,尽管不同的场域也有不同的表现,比如艺术场中的艺术形式,宗教场中的认同程度,政治场中的号召力等。

构成场域的有两个核心内容,一个是资本,一个是习性。在某一场域里,资本是最为重要的,进入场域的每个人都在尽力遵守规则的同时获取最大的资本——生产与再生产。资本的重要特点是累积性,也就是资本的最大化,包括财产继承、家学传承等。布迪厄将资本划分为经济资本、文化资本、社会资本和象征资本。经济资本是可以直接转化为利益的资本,文化资本主要体现为受教育程度,如高学历、名校、名师等,社会资本体现为社会职位、身份、威望等,文化资本和社会资本有时候经常联系在一起。象征资本也称符号资本,主要是信用、信誉、信仰、信念等。比如一块地,不过是种植庄稼,但对贵族而言,这是身份、名誉的象征。③经济资本可以转化为文化资本,比如富豪投资自己的子女上名校,提升子女的文化资本,而子女的文化资本也使得其能够尽快跻身上流社会,占有社会资本。

场域中的运行规则就是获取并持续占有更多的资本,无论是经济资本还是文化资本,因此斗争就成为场域的重要表征。场域中的"资本赋予了某种支配场域的权力,赋予了某种支配那些体现在物质或身体上的生产或再生产工具(这些工具的分配就构成了场域结构本身)的权力,并赋予了某

---

① 布迪厄、华康德:《实践与反思:反思社会学导引》,李猛、李康译,邓正来校,中央编译出版社1998年版,第134页。

② 布迪厄:《艺术的法则:文学场的生成与结构》,刘晖译,中央编译出版社2011年版,第207页。

③ 布迪厄:《实践感》,蒋梓骅译,译林出版社2003年版,第191页。

种支配那些确定场域日常运作的常规和规则、以及从中产生的利润的权力"①。艺术场域建构了艺术行为(习性,或惯习),在艺术场域中的主体都必须遵从艺术场域所设定的法则,否则就将被逐出场域或者边缘化,但当其所占资本足够大的时候,这种行为可能上升为主流行为。由此,"规则(法则、逻辑)—习性(行为方式)—资本"成为艺术场域中的三大要素,而其运行模式则是支配与被支配的关系。

习性是布迪厄分析场域时的主体要素,它不是孤立的,而是在个体与社会的互动关系中逐渐成形的。"习性是历史的产物,按照历史产生的图式,产生个人的和集体的、因而是历史的实践活动。"②人的行为有积极和消极两个方面,积极地面对个体与社会的关系,这体现为创造性,而消极地面对个体与社会的关系,就体现为适应性。一般来说,后者称为习惯,而前者是布迪厄意义上的习性。"习性是一种无穷的生成能力",在社会语境中,习性不断生成自己的产品,如行动、话语等。③ 习性具有群体性或集团性,也即习性成为区分不同群体的重要标志。人们在与社会打交道的过程中,由于相近的生存条件及其策略、立场、方式而形成了相近的习性,习性成为这些人的精神面貌。在《艺术的法则》中,布迪厄将习性称为"配置系统"。配置系统是一个人在权力场中的支配系数,因此配置系统与场域中的位置是紧密相关的,在其位置上,就有相应的配置系统用以维护这种占位,否则就可能丧失这一占位。

场域、资本、习性构成了布迪厄场域理论的三大要素,但是除此之外,还有一个要素值得认真梳理,就是权力。权力概念从尼采到福柯等后现代思想家那里经常被提到,布迪厄也不例外。权力就是支配性的力量和能力。权力的形成并不是完全个人的,而是社会的、历史的与个体性的充分融合。在一定程度上,个体性与社会性达成了某种共识,即越强大的个性所占有和支配的社会文化资源也就越大。但是权力所支配的东西并不是无所不包的,在有的时候不能兼得。比如既要有钱,又要有名望,显然很难兼顾。国内一些研究者认为,通过经济资本的占有达到对社会资本的占有,再达到对象征资本的占有,其实在一个场域中,经济资本和象征资本是两极结构,特别是在文学艺术场域中,因为经济资本的丰厚必然意味着销量,而销量必然

---

① 布迪厄、华康德:《实践与反思:反思社会学导引》,李猛、李康译,邓正来校,中央编译出版社1998年版,第139页。
② 布迪厄:《实践感》,蒋梓骅译,译林出版社2003年版,第82—83页。
③ 同上书,第84页。

意味着价值观的平庸性。而艺术象征资本则专注于艺术创新,它需要经济的支持,但未必就能带来经济资本。再比如奢侈品(香水),本来是身份的象征,如果一味扩大销量,反而使固有的主顾转向其他奢侈品了,也就是销量与象征资本成反比。①

布迪厄的艺术社会学研究将权力之间的支配与被支配关系放置在特定的场域之中,从而具有了微观社会学的特色,他提示我们,艺术场域永远充满着竞争与斗争(权力、利益),特别是符号、话语的斗争:是斗争本身构成场的历史;斗争才使得场有了时间性。布迪厄正是将语境、权力话语(福柯)和政治经济学(马克思)结合起来,深刻呈现了资本主义时代艺术的存在方式,才形成了自己的场域理论。

《艺术的法则》是布迪厄集中论述文学场的文艺理论名著。要想理解这部著作显然不是一件容易的事,首先,这部著作的中译本有四百多页,显然是一本大部头。这部书除了序言共分为三大部分。序言通过对福楼拜的《情感教育》的分析,引入对文学场的分析。第一部分是讨论场的三种状态,第二部分讨论文化生产场的一些普遍特征,主要是布迪厄的方法论,第三部分讨论文学观念的历史性问题,反对那种"超历史化"的方法,其中第一部分集中体现了布迪厄的文学场理论的基本风貌。

文学场和其他场域一样,都是充满斗争和矛盾的,在这样的场域中,抽象谈论文学的自律性、独立性显然是不完全的。"在文学场或艺术场,即在能够引起或规定与'利益'最无关的矛盾世界的逻辑中,寻找艺术作品具有的历史性的,然而也是超历史性的存在原则,就是把艺术作品当成一个被其他事物困扰和控制的有意图的符号,而且作品也是这种事物的征兆。"②文学场中的艺术作品不是纯而又纯的,而总是受制于多种多样的因素。要想理解艺术的真实存在场景,就不得不暂时放弃艺术过于纯粹的看法。这一看法显然与新批评等构成了重大区别。"作为可能的力量场,权力场也是一个斗争的场,或许由此可以被比作一个游戏,可能的力量作用于所有可能进入场的人;配置,也就是说一系列被归并的特征,包括优雅、自如甚至美丽,以及各种形式的资本,经济资本、文化资本、社会资本,构成了起统帅作用的王牌和游戏的成功,总之,构成了福楼拜称为'情感教育'的整个社会

---

① 布迪厄:《艺术的法则:文学场的生成与结构》,刘晖译,中央编译出版社2011年版,第231页。

② 同上书,"前言",第5页。

衰老过程。"①显然,文学场是充满斗争的。所谓斗争就是利益的占有和格局的重组,而不是一成不变的。在这一文学场中起着重要作用的资本形式包括经济资本、文化资本、社会资本、象征资本。

布迪厄以福楼拜《情感教育》为例,指出19世纪中期法国文学场有两极,一极是"艺术与政治",另一极是"政治与商业"。艺术与政治一极一般包含国家机器、政府官员、军人、宗教人士等。政治与商业一极包括的是市场、投资者等。两极结构显然与一般所理解的经济—文化—象征等级结构是不一样的。等级结构缺乏流动性,而对立结构却充满矛盾张力。

布迪厄以福楼拜的《情感教育》为引子,开启了他对文学场问题的讨论。《情感教育》本来是一部文学作品,布迪厄为何对其做出文学场的分析信心十足呢?这主要在于《情感教育》本身是现实主义作品,作品"以一种极为精确的方式重建了它产生于其中的社会世界的结构乃至精神结构,精神结构因为受到这些社会结构的影响,成为作品的发生原则,这些结构在作品中体现出来"②。显然,布迪厄是敏锐觉察到了作品的特殊的社会学品格。但是,布迪厄的分析并不是审美分析,也不是一般意义上的新批评研究,而是文化社会学、文化政治学的研究。在一般的抒情文学特别是诗歌,是很难用到这种分析模式的。当然,布迪厄的分析结论具有一定的说服力,可以让我们窥见19世纪中期西方资本主义社会中的文学状态。

需要说明的是,布迪厄以《情感教育》为引子来讨论文学场,但并不是用《情感教育》来诠释自己的理论,在全书的大部分篇幅中也并不是以《情感教育》为主的。布迪厄讨论文学场也不是抽象地讨论,毋宁说是历史地讨论,即考察法国19世纪中后期的文学场,从其发生到成型的这一系列社会文化过程。所以,布迪厄的《艺术的法则》更确切的说法就是艺术法则的发生史。

第三节 自主性与文学场的出现

关于文学场的分析是《艺术的法则》第一部分的主要内容。在这一部分,布迪厄描述了场的三种状态。第一种状态是场的自主性。自主性包含

---

① 布迪厄:《艺术的法则:文学场的生成与结构》,刘晖译,中央编译出版社2011年版,"前言",第7页。
② 同上书,"前言",第29页。

两个方面,一是场自身的自主性,二是艺术家的自主性。就场的自主性而言,在法兰西第二共和国时期(1852—1970),封建主义日益瓦解,而资本主义日益壮大,此时的艺术场面临两大对象,一是权贵(封建贵族),二是商业(资产阶级)。在这一场域中,要么依附权贵,要么拥抱市场。但是还有第三种立场,即艺术立场,波德莱尔、福楼拜等就是典型,他们成为落魄文人的精神领袖。由于客观上的社会条件和主观上的条件,法国文学场在19世纪中期逐渐形成。

所谓自主性,就是"试图完全成为艺术世界的成员的人,特别是企图在当中占据统治地位的人,才执意要显示出他们相对于外部的政治或经济力量的独立性"①。自主性的主体是那些试图在艺术场中占据核心地位的人。一般而言,在文学场中,自主性的体现也往往集中于那些最具代表性的人物身上,这是因为他们借以调动的资本要比一般的人更大。而一般的人调动的资本很小,也更容易受到政治经济的影响。这些自主性的艺术家除了他的核心性外,还具有完全性,就是具有完全的艺术身份。自主性艺术家所要相对独立的领域主要集中在政治和经济领域。政治是硬权力,它给予艺术场以直接的调节和干预,甚至破坏;而经济是软权力,但它意味着一位艺术家的经济基础,如果他没有家族可以庇护,完全忽略经济问题,显然是不可能的。或者他自身就已经解决了自己的经济问题,再也不需要外在的市场制约了。当然,一些自主性的艺术家也可能通过这种与政治经济的直接拒绝达到自己的自主性目的,比如拒绝诺贝尔文学奖,像萨特那样,或者与主流的价值观保持距离,或者唱反调,这样反而赢得人们的普遍尊敬,进而成为抗衡政治和经济冲击的最好保证。

自主性文学场往往体现在对文学艺术制度的质疑上。在《情感教育》中,表现为三个方面,一是"揭露和惩罚对权力的妥协",这是对政治干预的一种反作用。二是对抗主流价值。三是鼓吹"为艺术而艺术",强调艺术的独立性和自律性。无论是福楼拜还是波德莱尔,尽管他们有差别或妥协,但都是毫无例外地反对政治、经济的干预,"把与统治者的决裂变成了艺术家作为艺术家的存在原则,并按照正在形成的场的功能确立了这条原则"。自主性程度越高,越有助于艺术家对抗政治和经济的干预。

文学场有两种调节手段,一是市场调节,二是政治调节。市场调节就是

---

① 布迪厄:《艺术的法则:文学场的生成与结构》,刘晖译,中央编译出版社2011年版,第17页。

"通过销售量、票房收入等直接作用于文学活动","通过报刊、出版、插图及工业文学的所有形式提供的新职位直接作用于文学活动"。① 市场调节的原则的宗旨就是控制销量,销量的大小可以决定文学场的倾斜。政治调节就是"通过对报纸及其他出版物进行制裁","还通过他们能够分配的物质利益和象征利益"。后者包括四种形态,一是年金,就是政府资助的经费待遇等。二是在剧院、音乐厅或沙龙上演或展览作品的可能性。这就是所谓的审查机制,政治调节可以让一些作品问世,同时也可以让一些作品永远无法问世。"禁书""禁片"等就是例证。三是政治职务,比如会长、主席等,这是政治身份的象征。四是荣誉,如勋章、院士等。当然,除了这两种调节,还有艺术自身的自我调节,就是不断创新,形成自己的象征资本。

与自主性相关的还有文学的立场。文学场中有三种立场,一是以娱乐、市场为导向的商业立场,坚持这种立场的艺术就是"资产阶级艺术"。二是现实主义立场,要求文学具有社会的和政治的功能,积极参与社会进程,坚持这种艺术的是"社会艺术"。三是"为艺术而艺术"的立场,他们拒绝市场和商业,拒绝社会性的政治关怀,而只关注于艺术形式。为艺术而艺术的立场可以称为艺术立场。艺术立场在起初是需要创立,而不是现成就存在的。这种创立就是艺术场的重组。"只有实际地并合法地变革一个排斥他们的艺术世界,才能令这个位置得以存在。"②这样一种人是"反对法定位置及其占据者,并创造确定这个独特位置的东西,而且应该首先是前所未有的社会人,这个前所未有的人是现代作家或艺术家,是专业人士,他彻底地、专门地投入到他的工作之中,对政治的需要和道德的禁令漠不关心,不承认其艺术的特定规范之外其他任何形式的裁判"③。

由此,艺术立场的作家们处境就至为艰难了,他们不是与商业立场即"资产阶级艺术"和政治立场即"社会艺术"相安无事的,而是对他们的拒绝。商业立场和政治立场占据着"法定位置",而艺术立场却需要斗争才能获得。但是,反对商业立场和政治立场的还有一些人,这些人就是放荡不羁的文人,坚持艺术立场的作家与此不同,前者的反抗是"无美学后果",或者是平庸的、肤浅的,不能产生形式化的艺术品。艺术立场的作家既反对各种外在因素的制约,但同时也更加注重艺术本身,特别是艺术的形式化。

---

① 布迪厄:《艺术的法则:文学场的生成与结构》,刘晖译,中央编译出版社2011年版,第5页。
② 同上书,第33页。
③ 同上书,第33页。

艺术立场的经济逻辑是拒绝市场、消灭市场,是一种"颠倒的经济世界"。"艺术家们通过象征革命摆脱资产阶级的要求,拒绝承认除了他们的艺术之外的任何人,这种象征革命的作用是消灭市场。其实,他们倘若不同时消灭作为潜在主顾的资产阶级,就无法在关于艺术活动的意义和功能的控制权的战斗中战胜'资产阶级'。"但是随之而来的问题是,如果艺术家拒绝市场,表现他的高贵性、自主性,他又如何养活自己呢?布迪厄指出,在市场报酬之外,还有之中潜在的主顾,就是"同行"。作家的阅读不是市场化的,而是朋友化的,建立于志同道合的基础上。当然,艺术立场也与经济发生关联,比如继承了家族财产,也使得拒绝市场的艺术家能够生存下去,从事艺术创新,从而保证其象征资本的积累。"在作品中的投入,这种投入可以用努力、各种牺牲,以及最终是时间的付出来衡量,而且,与此同时,由此独立于市场外起作用的力量和限制,甚或场内起作用的力量和限制。"①

在文学场中,体裁也有新的定位。这就是体裁的等级制度。在19世纪中期,文学场的体裁制度表现为三个方面,一是低级体裁,主要是小说。在19世纪中期,小说与高级体裁的诗歌是有着很大的等级差异的。那么,在文学场中,小说如何获得它的地位呢?就是要斗争。福楼拜通过小说创作实现了这一改造。首先,福楼拜改造了他的同行们,"所有稍有抱负的小说家,特别是自然主义小说家,都把他当成领袖"。②而后在沙龙世界里完成了一次反击,将高级体裁的诗人逐出了沙龙。当然,这只是形式上,最重要的是福楼拜要"在被认为低级的文学体裁的最低下和最平庸的形式中","推行在高贵体裁中才被确认的最高要求"。③福楼拜的作品虽然被归为现实主义,然而在立场上,福楼拜是批判现实的,福楼拜自身的创作一方面是与流行艺术拉开距离,即所谓的畅销书,另一方面又与无病呻吟的浪漫主义划清界限。小说在福楼拜那里从艺术立场和艺术形式两个方面完成了自己的斗争,即获得高贵体裁的美学要求,同时拒绝肤浅的、急功近利的市场导向。然而,这一斗争也必然预示着孤独,"象征革命对现行思想方式的质疑和这种革命引发的纯粹独创性,是绝对的孤独换来的,对可思之物的界线的超越导致了这种孤独"④。

---

① 布迪厄:《艺术的法则:文学场的生成与结构》,刘晖译,中央编译出版社2011年版,第42页。
② 同上书,第46页。
③ 同上书,第51页。
④ 同上书,第53页。

福楼拜等坚持艺术立场的作家要获得在文学场中的地位,就需要进行纯粹美学上的革命,或者象征革命。这一革命不仅是形式的,也是精神观念的。象征革命"离不开一种社会新人的创造,这种新人即伟大的职业艺术家。他们将反抗意识和摆脱因循守旧的自由意识与一种极端严格的生活和工作纪律,集中在一个既脆弱又不可靠的组合中,而这个组合是以资产者的富有和单身条件为前提的,更多地体现出学者或博学家的特点"①。职业艺术家显然不想过庸人的生活,这首先在于他们具有明确的反抗意识和自由意识,但是他们还是为艺术奋斗的人。他们要保持这种反抗和自由,保持艺术投入的纯粹性,有两点不可或缺,一是富有,这是生存的保证,二是单身,类似福楼拜,就对家庭和婚姻大加谴责。职业艺术家既不是统治者,也不是被统治者,而是"难以归类的人",唯此才能坚持自己的独立性。

第四节 双重结构与艺术立场定位

场的第二阶段是双重结构。在第一阶段,自主性成为关键,在自主性的不断壮大中,艺术场完成了重构。

首先,在体裁上发生了变化。在场中,从经济角度而言,处于顶点的是戏剧,最底层的是诗歌,小说处于中间位置。但是在场内,从占统治地位的评判标准或者声望来看,最高的是诗歌,其次是小说,最后是戏剧。从经济角度,体裁等级可以从三个方面表现出来,一是价格,二是消费规模,三是生产周期。从艺术角度而言,体裁依靠"象征信用"进行区分。象征信用与经济利益成反比。

在一级体裁出现的这种情况,在二级体裁也有类似的表现。也即是说,从经济角度划分和声望划分两个方面。比如戏剧,有古典戏剧,也有滑稽歌舞剧等;比如小说,有上流社会小说,也有大众小说等。在这样的情况下,艺术体裁内部就划分为两端,一端是商业区域,另一端是探索区域,即先锋派。两端也是两个市场。当然,这两个市场并不是截然分开的。这两端的生产模式也是不同的。探索区域的生产模式是"纯粹生产"或"有限生产"。纯粹生产的潜在对象差不多都是"同行","纯粹生产"者多数艺术家。而商业区域的生产模式是"大生产",生产者不限于艺术家。

---

① 布迪厄:《艺术的法则:文学场的生成与结构》,刘晖译,中央编译出版社2011年版,第67页。

在文学场中有两组参数,一是认可程度,二是经济利益。由此文学场划分为两大区域,第一个区域是高度认可的微弱经济利益,这个也称为"内部等级化",第二个区域是低度认可的高经济利益,这个也称为"外部等级化"。内部等级越高,象征价值越大,相反,外部等级越高,象征价值越小。因为稀缺是价值的决定性要素。当然,这两大区域也依据认可度和经济情况有进一步的划分,比如同样是微弱的经济利益,但也有高度认可和低度认可的差异。高度认可的并不在意经济利益,而低度认可的则在乎经济利益。但是,即便经济利益很大的,也未必有着高度认可,比如通俗喜剧,市场广阔,但不会有高度的认可。而高度认可的尽管不在意经济利益,但它也不会产生更多的经济利益。这主要在于生产模式的差别。

整个社会文化空间分为三级模式,第一级模式是社会空间,第二级是权力场,第三级是文化生产场,文化生产场又分为"大生产"和"有限生产",有限生产场又分为高度认可的和低度认可的两类。大生产和有限生产遵照两类规则,一类是自主性规则,一类是资本量规则。在大生产中,自主性规则低,支配资本是经济资本。在有限生产中,自主性高,支配资本是特殊象征资本。在有限生产中又划分为两类,一类是高度认可的先锋派,另一类是低度认可的先锋派。高度认可的先锋派其特殊的象征资本远远高于低度认可的先锋派。

在整个社会空间中,偏向权力场的,支配资本是经济资本、文化资本,而在权力场中,偏向文化生产场的主要是文化资本,而在文化生产场中,偏向有限生产的主要是特殊象征资本,而在有限生产场中,高度认可的场中占据支配地位的是特殊象征资本。在这样的结构中,大体而言,经济资本、文化资本、象征资本维持在一个平衡状态,因此,想要兼顾经济资本、文化资本、象征资本显然是不可能的,特别是经济资本与象征资本处于不可兼得的关系之中。

文学场内的斗争与外部的斗争是一致的。"尽管拥有特定资本的人与缺乏特定资本的人之间的持久斗争构成了生产象征产品的不断变化的动力,但是持久斗争要想产生象征力量关系的深刻变化,即体裁、流派或者作者等级制度的颠覆,还需要依靠相同意义上的外部变化。"[1]这一点显示了布迪厄文化理论的综合性。在外部条件上的变化,主要体现为受教育人口

---

[1] 布迪厄:《艺术的法则:文学场的生成与结构》,刘晖译,中央编译出版社2011年版,第94页。

的增加。教育人口的增加表现为两个方面,一方面是生产群体,另一方面是消费群体。从生产群体而言,就是"能以写作为生或靠文化机构——出版社、报纸等——提供的小差事谋生的生产者数量的增加"①。从消费群体而言,就是读者市场的扩张。布迪厄以左拉的自然主义文学为例,说明了他们成功在文学场获得自己的地位的外部条件,一是进入文学职业的门槛降低,二是文学市场的不断扩大。文学职业门槛降低意味着从业人员总量的加大,入门不会变得那么苛刻,对一些青年人而言尤其如此,比如左拉,可以靠很少的经济维持生存,从而投入文学事业。文学市场的扩大给新作品的接受提供了可能,这是因为文学读者市场的扩大使得接受呈现了多元性和多样性。

作家在销量上的成功也会引起怀疑,即你可能偏向了经济、商业利益。在这样的情况下,作家如何保持自己的自主性和独立性呢?一种可能的方式是"通过将文人的独立和特定尊严的立场变成有意的和合法的选择,文人有充分的理由以他的特殊威望为政治事业服务"②。一些成名成家的作家反而在政治上能够发出较为独立的见解,这一方面是因为其威望到达了一定程度,另一方面也是其作家责任和良心的表现。这一点在左拉身上可以看得更明确。

1894年,法国发生了德雷福斯事件。事件的原委是这样的,当时排犹倾向已经较为明显了。此时法国军队发生了一起间谍案,经过一系列毫无效果可言的调查之后,一个名叫阿尔弗雷德·德雷福斯的军官被认定为德国间谍。当时并没有能够证明德雷福斯是间谍的有力证据,做出有罪判决只因为他是犹太人。关于这一事件,左拉的表现非常果断坚决,发表了《我控诉》这样的战斗檄文。左拉的表现显然显示了文学场的成熟性。当文学场以其独立性介入政治场的时候,文学家变成了知识分子。

"知识分子以自主的名义和高度独立于权力的一个文化生产场特有的价值的名义,介入到政治场中,如是构成自身。"③像这样的文学知识分子反对三种人。第一种人是17世纪的作家,他们领取俸禄,沉溺消遣,而从来不过问政治问题。这种人是政治的附庸。第二种人是过分渴望在政治上有一席之地的人,是政治的弄潮儿。第三种是"以文学

---

① 布迪厄:《艺术的法则:文学场的生成与结构》,刘晖译,中央编译出版社2011年版,第94页。
② 同上书,第95页。
③ 同上书,第96页。

场中一个通常低等的身份换取政治场中的一个位置的人"①,就是拿文学换取政治利益。

第五节 象征财产市场及其再生产模式

场的第三阶段是象征财产市场。什么是象征财产呢?布迪厄认为象征财产有两个方面,一是商品,二是意义。这两个方面是相互独立的。由于这一特性,其生产方式也不同。生产商品的是文化生产,而生产意义的是作品生产。

作品生产的经济是反经济学的,它"建立在对非功利价值的被迫认可和对('商业'的)'经济'和(短期的)'经济'利益的否认的基础上,它优先考虑源于自主历史的生产及其特定要求"②。从长远看,这种生产"除了自己产生的要求之外不承认别的要求,它以积累象征资本为目标,象征资本是被否认、被认可因而变得合法的'经济'资本,真正的信用,它能够在某些条件下长远地提供'经济'利益"③。作品生产是纯粹的,它的主要目标是积累"象征资本"。象征资本也是象征信用,它的信用不是短期的,而是长期的,能够在未来的某个时刻转化为经济利益。在艺术场中,偏向艺术的一极明显是排斥短期效应的,或者说经济效益的。

文化生产与此不同,"文学艺术产业将文化财产的交易与其他交易一视同仁,赋予由发行量衡量的即时的和暂时的成功以优越地位,满足符合顾客的先在的需要"④。在文化生产中,遵循的是经济逻辑,比如畅销书等,文化生产的弊端是过于迎合大众需求。因为,如果不如此,它就很难产生不断的成功。当然,文学生产场也不是一味注重经济逻辑,它还要有一定的文化逻辑,一是拒绝粗制滥造,从而影响持续的成功,二是把自己的功利性掩盖起来,使用冠冕堂皇的词汇,比如"传承文化""发扬国粹"等等,这样可以兼顾文化生产和作品生产。但是,真正的作品生产是拒绝市场的,因为它的创造指数过高,是缺乏广阔的市场的,它只能等待未来。

文化生产和作品生产的时间是不一样的。"生产循环的长度无疑构成

---

① 布迪厄:《艺术的法则:文学场的生成与结构》,刘晖译,中央编译出版社2011年版,第96页。
② 同上书,第110页。
③ 同上。
④ 同上。

了衡量场中的一个文化生产企业的位置的最佳标准之一。"①从生产周期而言,两种生产的表现也不同。越是一味符合受众群体的,这个企业就越受制于商业逻辑,这样的企业就是"短期生产周期的企业"。相反的一极就是"长期生产周期的企业"。短周期企业"按照可定向的需求进行预先的调整,将风险降到最低,这些企业配备了商业化流程和生利手段(广告、公共关系,等等),这些流程和手段被指定用来促进注定很快过时的产品的一种快速循环来保证利益的加快回收"②。短周期企业的最终目标就是利益的最大化,为了获得利益最大化,它尽可能最快地收回成本,于是它所运作的绝对是短期的成功。它通过一次又一次的短期成功维持自己的运行。

相反的一极长周期生产企业,其建立的基础不是商业逻辑,而是"建立在服从艺术商业的特定法则的基础上;这种全部以未来为目的的生产在目前没有市场,倾向于变成库存的产品,这些产品甚至有重新落入物品境地的危险"③。不是说长周期企业不能赚钱维持生存,而是它们的生存法则并不一致。比如一些着眼于先锋派的出版社,坚持艺术史眼光,就会推出一些先锋作品,虽然暂时销量不佳,但过了一段时间就会畅销。当然,这需要有很专业的审美眼光和对未来艺术史格局的高超的预见性。还有另外一种情况,就是有的企业可以同时兼顾长期生产和短期生产,这在于经营理念的高下,保守的做法是预留给长期生产一定的份额。但是,二者不仅是生产理念的问题,也是审美观念的问题,有时很难兼顾。

长期生产如果要取得经济的成功,除了需要艺术家和批评家的行动,还需要教育体制。"学校教育机构企图垄断对过去作品的任何和对标准的消费者的生产和认可(通过学历),只有在死后,经过漫长的过程,才给予可靠的认可标志,这个认可标志是通过收入教学大纲把作品确认为经典形成的。"④长期生产产生的是经典,而短期生产产生的是畅销书,从另外一个意义上说,经典是长期的畅销书。这一长期的畅销需要依赖教育体制。比如中国现代文学史叙事上,将鲁郭茅巴老曹作为经典,他们作品一直被印刷、被购买,而张爱玲、钱锺书的书相对而言就弱,只有当他们也成为经典的时候,印刷和销量才会有所改善。

---

① 布迪厄:《艺术的法则:文学场的生成与结构》,刘晖译,中央编译出版社2011年版,第110页。
② 同上。
③ 同上。
④ 同上书,第115页。

从事短期生产的企业和生产者如果想获得长久的成功,唯一的方法是"彻底认可'纯粹'生产的特殊法则和赌注"①。两种成功给人的印象是不同的,在短期生产中,成功接踵而至,失败就意味着再也无法成功,因为一旦销量锐减,终审判决就是该作家没有才华。而在相反的一极,即自主性生产的一极,对即刻的成功却是令人怀疑的。

于是,短期生产所获得的经济资本并不是最终保证,"'经济'资本只有再次转化为象征资本,才能保证场提供的特定利益——和这些特定利益常常会带来的长期'经济利益'"②。那么,什么样的象征资本才可以呢?就是名声,或者"认可的资本"。就像前面提到的进入教育体制,收入教科书。两种生产还表现为不同的"衰老方式"。就产品而言,短期生产的产品是只有暂时的经济价值,但最终贬值,而长期生产的产品却是增值的。

艺术家的年龄有两种:一是生理年龄,就是实际年龄;二是艺术年龄,艺术年龄是根据"场在它的时空中为他们分配的位置衡量的",或者"按照艺术世代(革命)衡量的",或者"相应的风格在相对自主的绘画历史中出现的年代"。③ 大体可以说,艺术年龄就是艺术史年龄。你的创作如果以过去的为主,那你创作的艺术年龄就是老,如果以创新为主,进行艺术探索,那么你的创作的艺术年龄就是最年轻的。先锋派艺术家的艺术年龄和生理年龄(年轻时)是一致的,即他们在自己的生理年龄中进行了艺术史的探索,是双重年轻,因为他们拒绝金钱和世俗荣誉,从而保持了艺术生产精神的年轻。相反,有些艺术家在是创作方法上模仿、因袭前人,甚至还以市场为导向,那就是双重衰老。后者就是"化石艺术家",他们"地位稳固","出自美术学院,获过奖,是学院的成员,佩戴着荣誉勋章,拥有官方的订购,非常富有"。④ 化石艺术家的特征就是模仿,他们非常乐意按照老师的手法、主题、场景从事艺术。先锋派艺术家的年轻是付出代价的,这些纯粹作家"从事形式探索且距离'尘世'太远"⑤,而化石艺术家则全方位地拥抱现实,这为他们带来了巨大的经济利益。当然,先锋派艺术家比化石艺术家拥有更多的精神含金量和生命力,这是艺术的规律。也就是说,当艺术开始维持生

---

① 布迪厄:《艺术的法则:文学场的生成与结构》,刘晖译,中央编译出版社2011年版,第115页。
② 同上书,第116页。
③ 同上书,第118页。
④ 同上书,第119页。
⑤ 同上书,第122页。

计,重复自我,重复历史的时候,它就衰老了。

在艺术场中,先锋派产生了一批又一批的"划时代"的作品、流派,这些划时代作品可能是无法同时共存的,但是在艺术史(历史时间)上却能和平共处。艺术史造成了艺术的"老化"。艺术的"老化"才能促进艺术的新生。这一点就是西方艺术史的谱系。"时时刻刻都按照它们的艺术年龄,也就是说,按照它们艺术生产方式的年代,按照这个既是认识模式又是评价模式的发生模式的经典化和传播程度分步。"①越是靠前的艺术,其认可程度就越高。不同艺术流派之间的差距就是"艺术代"。②

艺术代是两个先锋派之间的时间间隔,类似于年代。在艺术代中,分为三个区域,一是面向未来的先锋派,二是现在大多数人接受的艺术,三是面向过去的保守的艺术。先锋派的同代人并不在现代,而在未来,保守派的同代人也不在现在,而在过去。艺术代内部也是充满斗争的,而不是相安无事的。按照艺术史规律,不同年代有不同的艺术流派。被认可的艺术在获得认可的情况下,其市场前景也逐渐打开。先锋艺术在刚出现的时候专注于形式创新,因而缺乏市场效应,但是在不断的接触、宣传、教育、认可的过程中,它们被理解了,"变得越来越可读和容易接受"③。艺术代内部的斗争集中体现为对时间性的抢占,先锋派为了抢占时间,就必须将前辈打入历史、打入过去,而自己抢占现在和未来,但所有的艺术都具备归于历史的宿命。布迪厄这里提出了与艺术多元性不同的艺术竞争性关系,是有启发意义的,他解释了西方现代艺术的发生规律,即在场的运动中抢占象征资本,并使其不断升值(经济)的过程中贬值(象征),而后一波又一波的新艺术不断重复这一模式。

第六节 文学场的理论旨趣及其局限

关于艺术场的方法论,布迪厄在《实践与反思:反思社会学导引》中有一个说明。他认为,对一个场域进行完整的分析要经过三个步骤。第一步是分析与权力场域相对的场域位置。这一点是将权力场引入到文学场分析之中,并将其视为参照系。第二步是分析场域中的相互关系,其核心是资本

---

① 布迪厄:《艺术的法则:文学场的生成与结构》,刘晖译,中央编译出版社 2011 年版,第 126 页。
② 同上书,第 127 页。
③ 同上书,第 128 页。

的占有和相互斗争。第三步是分析场域中独特的生存心态,就是习性。①从某种意义上说,场域的形成和习性的形成,这两个过程是一致的。

以上简略论述了布迪厄的文学场理论,大体而言,布迪厄文学场理论的以下几点值得重视:一是他的反本质主义。一般的文学理解都倾向于给文学下一个定义,而忽略了定义中各要素的历史语境。在布迪厄看来,本质主义就是将一个事物做抽象化、非历史化的理解。用布迪厄的话说就是"把对艺术作品的主观体验即作者体现,也就是某个社会的一个有教养的人的体验当作对象,却不考虑这种体验和它适用的对象的历史性","将个别情况普遍化,并由此将关于艺术作品的定位和定时的个别经验转换为一切艺术认识的超历史规则"。② 本质分析或者本质主义一方面是将个别普遍化,一方面将历史非历史化,比如"把被认识的客体与它的环境分开",比如"无视社会学的和历史的背景",比如"摆脱了过去和未来的忧虑",也即"无利害和超脱"。③ 这里的本质分析其实是有明确所指的,就是"纯粹美学",尤其以康德为代表。布迪厄在《区隔》一种中对其做了历史化的还原。④ 纯粹美学就是艺术的自律性,这种自律性本身是历史形成的,并不具有普遍性,而今天它已经成为神话而被人膜拜、消费,从而削弱了自律性在最初的先锋意义,也使得艺术丧失了它的批判性维度和艺术史维度。布迪厄反对本质主义并不意味着自己落入相对主义。因为相对主义也要经历反本主义的分析才可以成为相对主义,否则相对主义在骨子里不过是变形了的本质主义而已。反本质主义的价值诉求就是重新解释知识、思想的批判性维度,历史化也意味着再当下化,而非历史化也就意味着非当下化,布迪厄的批判性和实践性思维范式可见一斑。

二是他的综合性的方法论。他反对对作品进行单纯的外部分析和内部分析。所谓外部分析就像卢卡奇那样的西方马克思主义者,只探讨社会层面,缺乏细致的文艺内部探讨,所谓内部分析就像新批评或结构主义一样,认为文本之外不值得探讨。从《艺术的法则》可以看出来,布迪厄的分析是具体的,不仅联系社会条件,也联系文学本身,指出文学本身所依赖的社会

---

① 布迪厄:《实践感》,蒋梓骅译,译林出版社2003年版,第147页。
② 布迪厄:《艺术的法则:文学场的生成与结构》,刘晖译,中央编译出版社2011年版,第270页。
③ 同上书,第269页。
④ Pierre Bourdieu, *La Distinction. Critique Sociale du Jugement*, Paris, Les Editions de Minuit, 1979.

历史条件。比如他对体裁、艺术年龄的分析就耳目一新。当然,在某些方面还有二元对立的嫌疑,比如两极场,比如颠倒的经济逻辑,比如自主性与非自主性等。布迪厄的反形式主义分析尤其值得注意,他将社会史与艺术史融为一体,认为"社会史构成了艺术场的生命和运动"①。

三是他的反思性的社会学立场。所谓反思性就是"对认识主体的特权提出质疑"。不具有反思性的立场"将认识主体当成纯粹的活动意识,随意地让它摆脱了客观化活动"。② 反思性反对主体的特权和优越性,而是将主体放置在社会时空之中,这些主体受到来自利益、冲动、信仰等的制约,因而体现了认识主体的有限性和局限性。反思性通过对经验主体的还原,产生了科学主体,科学主体其实不是纯粹的主体,而是放置在社会空间中的主体,这是反思性的本意。

四是他的实证分析,运用了大量的资料来加以说明,在如今过于理论化的学术界这是值得借鉴的。从一定意义上说,布迪厄的确不是文艺理论家,而是社会学"分析师",把文学场的方方面面加以剖析,还原文学场的本来面目,呈现文学场中的真正的艺术精神,并为未来写下备忘录。比如他对知识分子强调,当文学场的自主性日益丧失其曾经的辉煌的时候,不是俯身于政治或经济,而是升级自己的自主性,这不仅在于赢取更大的象征资本,也在于维护了人类的高贵精神。

最后是他坚持的知识分子精神。严格意义上的知识分子就是在场域的斗争中坚持自主性的一批作家、艺术家,他们敢于向权力发声。但是知识分子越来越遭受威胁,这种威胁就是打击知识分子的自主性,使其成为依附性的知识分子。当艺术世界与金钱世界(商业、经济)的渗透加剧的时候,艺术家保持自己的自主性就愈加困难。在资本主义世界,布迪厄始终坚持知识分子的自主性精神,就是反抗资本主义的文化霸权。在资本主义世界,经济学就是政治经济学,艺术学就是艺术的政治经济学,而不是侈谈纯粹的形式、审美。布迪厄认为知识分子一方面要通过对政治、经济的斗争加强自主性,另一方面要防止艺术进入象牙塔之中,而是"鼓励他们进入现实世界"③。因而,布迪厄在全书的结尾对知识分子和艺术家提出了忠告:"文化生产者只有一劳永逸地放弃'与生俱来的知识分子'神话,而又不落入另一

---

① 布迪厄:《艺术的法则:文学场的生成与结构》,刘晖译,中央编译出版社2011年版,第283页。
② 同上书,第178页。
③ 同上书,第327页。

个补充的神话,即彻底引退的名人的神话,同意维护他们自身的利益而共同奋斗,才能重新找到他们在社会世界中应得的地位"。①

上述理论贡献只是挂一漏万,其实布迪厄的文化场理论给我们以充分的启示。由于布迪厄的理论贡献,他在当代法国社会学界和思想界中,有着重要的影响。英语世界对布迪厄的关注也日益增长,随着布迪厄著作的英译本的出版,他的文化理论也逐渐进入英美国家的学术思想界。据统计,在20世纪80年代末,布迪厄在美国已经成为引用率最高的社会学家之一,排名仅次于福柯,超过了列维-斯特劳斯,这是其思想影响力的最好说明。在中国当代,布迪厄的研究稳步开展,也有研究者运用布迪厄的核心概念"场域"探讨中国古代文学、中国当代文学与文化问题,取得了积极的成果,进一步显示了布迪厄文化理论的生命力。

当然,他的文学场理论也受到批评。比如其微观社会学导致其理论分析过于繁琐,这是我们阅读布迪厄著作的一个直接的感受,当然这也给读者提出了更多的挑战,即阅读布迪厄需要更艰难的思考,而不是被动接受教科书的答案。不过,其日常性、微观性的分析的确有淹没主题的嫌疑,这也是其社会学家职业本性使然。还有的批评是指出布迪厄的文学场理论不适合于其他时代或国度,而只是对法国19世纪文学场的说明,这是有道理的,这提示我们万不可照搬。对布迪厄的理解,应注重其目的性,其理论并非以普遍化为目的,而在于还原历史的真相。这种理论的自觉意识应该为我们所借鉴。还有一个不足是他的唯权力化倾向,一切都置于权力场和权力结构之中。这一点似乎只有马克思主义的经济基础和上层建筑理论可以与之相比。实际上,布迪厄吸收马克思主义思想的地方颇多,他虽然固执地坚持权力分析,受到福柯等的影响,但他从另外的意义上坚持了物质基础决定上层建筑的马克思主义原则。尤其是放置在资本主义语境下,唯权力化更能解释资本主义无所不在的文化霸权,充满了知识分子的理想主义的战斗精神。然而,这也构成了其文学场的局限性,用以分析非资本主义的文学场是否适当,这就需要我们做出认真的具体的分析了。这也是理论研究必须秉有的态度。

参考书目:

1. 罗钢、刘象愚主编:《文化研究读本》,中国社会科学出版社2000年版。

---

① 布迪厄:《艺术的法则:文学场的生成与结构》,刘晖译,中央编译出版社2011年版,第328页。

2. 布迪厄、华康德:《实践与反思:反思社会学导引》,李猛、李康译,中央编译出版社1998年版。

3. 布迪厄:《艺术的法则:文学场的生成与结构》,刘晖译,中央编译出版社2011年版。

4. 布迪厄:《实践感》,蒋梓骅译,译林出版社2003年版。

思考题:

1. 文化研究兴起的背景及其问题域是什么?
2. 艺术场域有着怎样的动态构成?对理解艺术活动有何意义?
3. 文学场的理论旨趣与局限性何在?

第二十六章　生态文学与生态批评文论

第一节　生态批评思潮及其哲学基础

美国生态批评家斯科特·斯洛维克曾经在课堂上做过一个思想实验，他问听众：如果你手里有一桶水，你的家着火了，你是用这桶凉水去灭火，还是以这桶水为主题作一首诗？这个实验的意图很明显，是提醒从事生态批评的人们意识到生态危机的现实性和紧迫性。虽然水火无情，生态危机无情，但是人们对于这样的预警话语已经麻木了，人们心中的疑问是，火在哪里呢？让人们"看"到火，一直是生态批评也将继续是生态批评的主要任务之一。可以说，充当预警系统的生态批评是一面镜子，生态批评是放大镜，帮助我们看到难以看到的危机，使人们意识不到或者不愿意看到的危机能进入普通人的神经；生态批评是显微镜，看到被人类单面化的自然的美，看到人与自然的本质关系，看到人自身的身份，看到人类的生活与思维的新模式；生态批评还是照妖镜，看到环境问题中的社会权力与责任的分配问题。

生态批评是一个极具包容性的学科，除了研究的对象和自然环境有关之外，几乎没有固定的理论框架，学术界倾向于将生态批评归为环境人文学（Environmental Humanities）。可以说，生态批评不是一个单一庞大的体系，而是差异纷呈实践之聚合体。谢里尔·格洛特费尔蒂在其著作《生态批评读者》的导言中指出，生态批评研究的是文学和外部世界的关系[1]。大卫·马泽尔在其专著《美国文学环境主义》中认为生态批评研究文学的态度是似乎大地真有其事[2]。斯科特·斯洛维克对生态批评的定义很宽泛：生态批评是任何以学术的方式研究明确的环境文本的研究，或者反过来讲，是审视任何文学文本或者其他艺术文本中的生态内涵和人与自然的关系的研

---

[1] Cheryll Glotfelty, "Introduction", *The Ecocriticism Reader*, 1996, p. 18.

[2] David Mazel, *American Literary Environmentalism*, David Mazel, Athens: University of Georgia Press, 2000.

究,这些文本乍看起来似乎并不明确指涉非人类的世界。① 西蒙最近批评这种定义"模糊的开放性":早期生态批评的策略性的开放已经有了某种程度上的模糊,为了获得学术圈的一席之地并争得荣誉,这种开发确实收获了成功,但同时也导致人们对生态批评到底做了什么或者想要做什么产生了疑惑。② 卡米洛·戈米德斯给生态批评下了一个激进的定义:生态批评是分析并促进提出人与自然关系的道德问题的艺术作品,与此同时激励观众过一种有节制的生活,从而保证人类的持续生存。③

"生态学"一词,是由希腊语 oikos(房子、住所)派生而来,在英语中为 ecology。最早将生态学(ecology)作为一门学科提出并首先予以定义的,是德国生物学家恩斯特·海克尔(Ernst Haeckel),生态学是"关于有机体与周围外部世界关系的一般科学,外部世界是广义的生态条件"(《有机体的普通形态学原理》,1866)。1962 年,瑞切尔·卡逊《寂静的春天》出版。1978 年,威廉姆·鲁克尔特在《文学与生态学:一次生态批评实验》中首次提出了"生态批评"的概念。1992 年,"文学与环境研究会"(The Association for the Study of Literature and Environment,简称 ASLE)在美国内华达大学成立。1993 年,生态批评的学术阵地《文学与环境的跨学科研究》(ISLE)问世。1995 年,劳伦斯·布伊尔发表了其被誉为"生态批评里程碑"的《环境的想象:梭罗,自然书写和美国文化的构成》。生态批评作为一个独立的文学批评范畴正式出现的标志,是 1996 年格罗特菲尔蒂编辑的《生态批评读本》(The Ecocriticism Reader)为生态批评给出了明确的定义:"生态批评是关于文学与物质环境关系的研究","生态批评运用一种以地球为中心(earth-centered)的方法研究文学"。

生态批评从 20 世纪 80 年代开始到现在已经经历了四次浪潮④,在这个过程中它经历了两次清晰的"浪潮",现在已进入了第四次"浪潮"。这些浪潮并没有明确的分界线,它们之间有着重峦叠嶂的关系:第一次浪潮的特征有些延续到现在;第三次浪潮的特征早在第一次浪潮阶段就已经萌芽。尽管如此,"浪潮"意象更有助于我们理解生态批评的发展脉络。生态批评的

---

① Scott Slovic, "Ecocriticism: Containing Multitudes, Practising Doctrine," *The Green Studies Reader: From Romanticism to Ecocriticism*, Ed. Laurence Coupe. London: Routledge, 2000. p.160.
② Simon Estok, "Theorizing in a Space of Ambivalent Openness," *ISLE* 16.3 (Spring 2009).
③ Camilo Gomides, "Putting a New Definition of Ecocriticism to the Test: The Case of *The Burning Season*, a Film (Mal) Adaptation," *ISLE* 13.1 (Winter 2006): 13 – 23.
④ 严格来说,"生态批评"这个术语的第一次使用是在 1978 年。

第三次浪潮在2000年之后不久出现,但其命名直到2009年才出现。在本次浪潮中出现了探索全球范围的地域概念、具有强烈的比较诉求、性别化生态批评方法、"从内部进行反省"等若干新动向。这些新动向似乎代表了生态批评领域在三十年前被命名并成为一个自觉的学术运动以来的第三次潮流,即第三"阶段"。从前期到后期,生态批评基本的走向是从关注无人的荒野到关注多元环境,从非人类中心走向多元中心,从地方感走向全球感,所关注的国别多样化、性别多样化、种族多样化、文体多样化、文本多样化,而各种趋势呈同时交叉存在的状态。纵向而言,横向而言,生态批评的诉求包括"环境保护、生态的生态批评、生态中心/深层生态学、生态女性主义、环境正义"①。这些诉求从最初的相互论争走向相互融合。比如环境正义、生态女性主义不再像以往那样排斥深层生态学,而深层生态学也更关注现实语境。

在生态批评的前期,其理论基础的非人类中心主义的色彩更浓厚。在这个阶段,生态批评中的两个重要论题是"位置"(place)与"动物"(animality)。"位置"可以指地理位置,但是也包含一些相互矛盾的概念,如地方主义、生态地域主义、世界主义、地方依恋、位置迁移等;而"动物"则包括人类与其他物种之间的关系,早期的生态批评具有浓厚的非人类中心主义色彩。这些非人类中心主义的哲学基础为:"环境伦理说"(Environmental Ethics)或"环境哲学"(Environmental Philosophy)对人与自然环境之间的道德关系进行探讨;非人类中心说主张非人类存在物,如物种、生态系统等同样具有道德地位,指出人类对它们负有直接的义务;施韦策(Albert Schweitzer)的"敬畏生命"论和泰勒(Paul W. Taylor)的"生命中心论"(Biocentrism)将道德关心的对象扩展到整个生命界,构筑了以"尊重自然"为终极道德意念的伦理学体系;克利考特(J·Baird Callicott)的主观价值论和罗尔斯顿(Holmes Rolston Ⅲ)的客观价值论,特别是奈斯(Arne Naess)等人提出的"深层生态学"(Deep Ecology)都可以被看做生态批评的理论基础。而在这一阶段,生态批评主要关注文学文本中的荒野意识和地理意义上的自然存在,具有更强的审美诉求。代表性的生态批评著作有:斯科特·斯洛维克的《寻找美国自然文学中的生态意识》(*Seeking Awareness in American Nature Writing: Henry Thoreau, Annie Dillard, Edward Abbey, Wendell Berry,*

---

① Scott Slovic, *Going Away to Think: Engagement, Retreat, and Ecocritical Responsibility*, Reno and Las Vegas: University of Nevada Press, 2008, p.94.

Barry Lopez,1992)、劳伦斯·布伊尔的《环境的想象》(*Environmental Imagination*, 1995)、劳伦斯·库帕(Laurence Coupe)主编的《绿色研究读本:从浪漫主义到生态批评》(*The Green Studies Reader: From Romanticism to Ecocriticism*, 2000),从"绿色传统""绿色理论"和"绿色读物"三方面论述了生态文学批评的渊源与发展。此外还有 1999—2001 年间出版的伦纳德·西格杰(Leonard D. Scigaj)的《持续的诗篇:四位生态诗人》(*Sustainable Poetry: Four American Ecopoets*,1999)、乔纳森·巴特(Jonathan Bate)的《大地之歌》(*The Song of the Earth*, 2000)、帕特里克·默菲的《自然取向的文学研究之广阔领域》(*Farther Afield in the Study of Nature-Oriented Literature*, 2000)、戴维·梅泽尔(David Mazel)的《美国文学的环境主义》(*American Literary Environmentalism*, 2000)和劳伦斯·布伊尔(Lawrence Buell)的《为濒临危险的地球写作》(*Writing for an Endangered World: Literature, Culture, and Environment in the U.S. and Beyond*, 2001)。

在生态批评的后期,生态批评家们则致力于建构生态批评自身的理论体系。巴赫金的"对话理论"、海德格尔、梅洛-庞蒂的现象学理论和身体美学理论、罗兰·巴特的"符号学"。都被用于建构生态批评的理论。虽然生态批评的理论显得很庞杂,但是不难看出其浓厚的后现代性色彩和文化批评诉求。其基本的脉络是对机械论、二元论的批判,代表作有帕特里克·默菲(Patrick Murphy)的《文学与文化研究真的生态批评探索:藩篱、界限与领域》(*Ecocritical Explorations in Literary and Cultural Studies: Fences, Boundaries, and Fields*,2009)、厄秀拉·海斯(Ursula Heise)的《地方感与全球感》(*Sense of Place and Sense of Planet*,2009)等。从 2008 年开始,生态批评进入了所谓的第四次浪潮。本次浪潮关注的重心有两个,一个是体验世界的肉身性(corporeality)与体验性,一个是后殖民主义的生态批评与环境正义(environmental justice)。在第四次浪潮中,有下面三位生态批评家及其代表作值得关注。第一是斯黛西·阿莱(Stacy Alaimo)的《肉身的自然》(*Bodily Natures: Science, Environment, and the Material Self*, 2010),作品反思了物质世界的感知能力和主体性,也反思了人的身份和在现代语境中人与自然之间物质交流的机制,发现在受环境影响的程度上女人和男人的差异性——女人似乎更容易受影响。第二是蒂莫西·莫顿(Timothy Morton)的《超物体》(*Hyperobjects: Philosophy and Ecology after the End of the World*, 2013),对人类的知觉与知觉缺失问题进行理论建构,在哲学上具有很强的创新性。第三是罗布·尼克松(Rob Nixon)的《缓慢的暴力及穷人的环境保护主义》(*Slow Violence and the Environmentalism of the Poor*, 2011),关注环境问题中的社会权力分配问题,聚焦鲜为人知的多种环境危机中磨耗性的杀伤力。

下面我们将选取不同阶段生态批评的代表性论著进行介绍与评述。本章所选取的生态批评著作所依据的原则是,这些生态批评著作将重心放在了对自我身份的反思,对人本身生活方式和思维方式的思考上。

第二节 劳伦斯·布伊尔的《环境的想象》

在生态批评界,劳伦斯·布伊尔是一位有着较高理论修养的批评家,他善于将生态批评实践上升为抽象的理论模式,其三部曲式的生态批评著作《环境的想象》(*The Environmental Imagination*, 1995)、《为受到威胁的世界而写作》(*Writing for an Endangered World*, 2001)和《环境批评的未来》(*The Future of Environmental Criticism: Environmental Crisis and Literary Imagination*, 2005)构成了美国生态批评界乃至整个西方生态批评界的里程碑,以其理论高度,引领了生态批评三次浪潮的方向,即生态批评中的环境转向和全球化转向。布伊尔是一位极具挑战性的批评家:他对生态批评有着全局性的把握,以"环境的想象"之宏大气势展示出文学批评家广阔的视野和敏锐的思想,在生态批评实践中,常常抓住一些正面和负面的标志性现象,进行概括和总结,对生态批评的未来趋势有深入的思考和独到的见解;他展示出了百科全书般的知识,广泛涉猎的作品和话题得到人们的高度赞赏,但从另一方面来看,也因此使得其论述有时出现游离主题,读者难以把握其思路和论点的情况[①];此外,他较为晦涩的文风,著作中大量新词的出现,也增加了阅读其著述的难度。[②]

在《环境的想象》中,布伊尔对生态批评理论建构的贡献在于他提出的"主动放弃的美学"。在很多人看来,与他者的认同是对自我个性和生命的克制与牺牲,而在"主动放弃的美学"中,自我与他者认同的过程是一个体验深度喜悦的过程。布伊尔在《环境的想象》中分析了体现"主动放弃的美学"的三部生态文学作品。在《环境的想象》第五章"主动放弃的美学"中,

---

① 布朗大学长期从事生态文学和生态批评教学的圣·阿蒙德先生也曾表示布伊尔的著作艰深晦涩。

② 方丽:《"环境的想象"与"浪漫主义生态学"——论布伊尔与贝特的生态批评理论》,《名作欣赏》2010年第33期,第43—45页。

布伊尔用马修斯《生态自我》中的一句话作为引子:"生存的单位是环境中的有机体。如果环境无法存在,自我的存在也就无从说起。"①布伊尔首先对一些放弃美学叙事进行了扫描。之后布伊尔以三部生态文学名著为例来具体说明"主动放弃的美学"是如何处理人与自然的关系。在这几部生态文学作品中,作者最为关心的是人如何最大限度地、最持久地在自然面前保持自我的谦逊。谦逊的程度和持久性可以作为人性完满程度和心理成熟的重要标志之一。自我放弃是自我最大的完满,是最大限度的自我实现。主动放弃是自我在更高层次的认同。布伊尔深感人们在环境问题上知行难以合一:"美国人日益具有环境意识,但是依然痴迷于消费。"②与斯洛维克一样,布伊尔致力于增强人们环境的想象和生态的意识,并寄希望于将这种想象力和意识转化为人们的正面行动。体现"主动放弃的美学"的一个重要叙事模式就是第一人称的隐匿。布伊尔在分析女性生态文学作家对生态文学所产生的影响时,认为女性在写作的时候更倾向于一种集体的视角,更少使用"我"这个第一人称。她们坚定不移的现实主义、韧性和与自然环境的亲密关系,是使生态文学走向更为独立的文类的重要因素。女性的细腻和现实主义的文风使作者倾心自然,忘记了自我。

在《环境的想象》中,布伊尔分析了吸引生态文学作家注意的两种放弃形式:对物质的放弃和对自我中心的放弃。第一种放弃在生态文学中是一种常见的情节。第二种放弃,即"主动放弃的美学",更为激进,它"是放弃了自我的自主权。放弃人在精神和身体与所处环境的分离幻觉。这种放弃美学意味着对情节的消解,对自我意识权威的质疑。这种美学带来了彻底的视野转换,意味着更为生态的存在状态。因为,如哲学家霍尔姆斯·罗尔斯顿三世所说,生态学不认同封闭的自我凌驾于其所在的环境之上。但是如果我们放弃人类的孤立与自我,我们需要什么样的文学?我们需要的文学应该是放弃文学中最为基本的一些要素:人物、角色和叙事意识。什么样的文学可以在这种情况下生存?"③答案就在布伊尔所分析的生态文学范例中。主动放弃的美学是一种根本的放弃,是比物质上的放弃更为彻底的放弃。进入主动放弃状态的人,往往能够做到马斯洛所描述的自发简朴。

梭罗的"不由自主的专注"(involuntary attention)是自我实现的理想状

---

① Lawrence Buell, *The Environmental Imagination*, Cambridge, Mass.: Harvard University Press, 1995, p. 143.
② Ibid., p. 4.
③ Ibid., p. 145.

态,可以被看做一种"主动放弃的自我"的典范。布伊尔在《环境的想象》"放弃的美学"一章中对该概念进行了阐发,其中一小节谈到了无意识的简朴(involuntary simplicity)和自发简朴(voluntary simplicity)。① 我们可以做这样一个联想,因为自我在对自我之外的世界不由自主的专注中逐渐忘却了小我的存在,进入"主动放弃"的状态,自发简朴就自然而然地发生了。自发简朴是"大我"的素养。戴维提出自我实现的一种重要日常生活方式是自发简朴:"自发简朴是一种促进人格发展和自我实现的术语。杜安·埃尔金(Duane Elgin)在《自发简朴》中提供了许多生活简朴、内心丰富的实例。他教我们辩识欲望和真实的,生死攸关的需求。"②梭罗的简朴如同他的专注都是不由自主的,他已经将"小我"放下,处身于一种深刻的大我的快乐境界之中。主动放弃的美学与马斯洛所说的处于自我实现状态的人们往往自发简朴③,以及深层生态学八项行动纲领中"除非满足基本需要,人类无权减少生命形态的丰富性和多样性"④的原则具有高度的一致性。布伊尔在《环境的想象》中分析了大写的"我"是如何在《瓦尔登湖》中逐渐淡化的。在布伊尔看来,梭罗特意保留大写的"我"。但是作为生态批评家,我们有义务看到《瓦尔登湖》中那个非恒定的因素,那个不断变换的机制。⑤这个机制就是,循着《瓦尔登湖》中叙述者的变化,我们看到的是梭罗自我实现的轨迹。布伊尔指出,《瓦尔登湖》中的叙述者不断地在一系列角色功能中转换,如"我做""我正在做""我记得""我相信""有"(There is)、"曾经有"(There was),在不同的场合下,或突出人物角色,或者消退人物角色。在这个转换的过程中,我们看到了一个明显的背离了自我中心主义(egocentrism)的轨迹。在布伊尔眼中,"这种角色的转换标志着一个放弃的过程,在个人主义日益成为富有争议的问题的今天,这种角色的摇摆不定应该

---

① 而在斯洛维克那里,自发简朴对应着"不由自主的专注"(involuntary attention)。
② Bill Devall and George Sessions, *Deep Ecology*, Salt Lake City, Utah : G. M. Smith,1985, pp. 28-29.
③ Abraham H. Maslow, *Religions, Values, and Peak-experiences*, New York: The Viking Press, 1973,p. 93.
④ Bill Devall and George Sessions. *Deep Ecology*, Salt Lake City, Utah : G. M. Smith,1985, p. 70.
⑤ 这个机制是《瓦尔登湖》中的叙述者。在斯洛维克和布伊尔等生态批评家看来,这个叙述者经历了微妙而确凿的变化。

被解读成对存在方式中个性自我张扬的合理性的思考"①。

第三节 斯科特·斯洛维克的《寻找美国生态文学中的生态意识》

斯科特·斯洛维克现为美国爱达荷州大学(University of Idaho, Moscow)英语系文学与环境教授。他是美国文学与环境研究协会(ASLE)的创会主席(1992—1995),1995年至今担任《文学与环境的跨文化研究》(ISLE)主编。在他的生态批评实践中,"自我"始终是一个重要的主题。具体而言,是对自我感知的敏感度进行关注。斯洛维克曾指出,自我实现在美国生态批评界一直以来都是一个重要主题。斯洛维克曾在被问及"是什么东西激发了您对生态批评的研究"的时候回答道:"我本科学位论文是关于自传体文学,从那时就开始对作者是如何就身份提问,如何认识自我这样的问题感兴趣。在我看来,很多作者都致力于对自身进行探索研究。在我把'生态意识'这个词应用于这类主题研究之前,就发现自己已经对这类问题满怀好奇之情:我们如何了解自己,对什么进行关注,对他人、社会问题和非人类世界持什么态度?这些看法源自哪里?为什么我们会对某些事物特别关注、感觉敏锐,而在其他方面又感觉迟钝呢?"②在题为《生态语境中"自我"的塑型》("The Shape of the 'I' in Ecological Context")的文章中,斯洛维克回应了生态批评家莫顿提出的客观取向本体("object-oriented ontology")。③ 斯洛维克指出,"生态自我"不是一套抽象、冰冷而客观的概念。它需要在具体的爱之中,存在于心理意识、精神震颤和心灵感知当中。生态批评应该承认并研究实际的人类认知过程,促进我们对潜在信息产生更加灵敏的反应,而不是简单地将人类作为机器进行重新概念化的处理。斯洛维克将这种认知过程的变化说成是意识进化。而在笔者看来,他所说的意识进化具有心理成熟程度的意味。人类意识的进化,是为了适应新的环境。斯洛维克的学术兴趣与自身心理学家庭背景有着密切的关系。斯洛维克的父亲是俄勒冈大学的心理学教授,这一点从侧面解释了斯洛维克的研究方向。斯洛维克在多种场合下提到过父母心理学对他的影响:"我一直都在

---

① Lawrence Buell, *The Environmental Imagination*, Cambridge, Mass.: Harvard University Press, 1995, p. 168.

② 马军红:《生态意识和生态责任——司各特·斯洛维克访谈》,载《当代外国文学》2010年第2期,第160—170页。

③ Scott Slovic, "The Shape of the 'I' in Ecological Context," ELN (Spring 2012).

寻找能够使自己的感受力变得更加敏锐的方法。事实上,在我很小的时候,有一次父亲曾让我观看一个微缩的人类大脑模型。那时,我就在想人类是多么神奇的物种。我们的大脑以一种非常惊奇的方式运转。我们并不能完全了解大脑是如何厘清思想的,因为意识波动不定;为什么我们有时候敏锐警觉,有时候又迟钝麻木。我们会因为某种原因失去对周遭事物的敏感性。有时甚至意识不到自己越来越缺乏意识和敏感性。当大脑进入睡眠状态,我们便无法感知到任何事物。这令我十分着迷。我发现深入地了解人类大脑活动有着重要的社会意义。"①随着时间的推移,斯洛维克将对自我、自我身份和自我体验的兴趣与生态语境结合起来。

1995年,斯洛维克出版了自己的博士论文《寻找美国生态文学中的生态意识》。在该著作中,斯科特·斯洛维克从心理学角度,分析生态文学作家不仅是自然的品鉴者,更是人类心灵的研习者,是文学心理师,并认为,生态文学作家大多有着高度的专注意识。这种专注意识体现在生态文学独特的叙述模式中。斯洛维克对人与自然之间"融合倾向"和"分离倾向"的认同模式发生了浓厚的兴趣。他在《寻找美国生态文学中生态意识》中主要分析了美国生态文学的这两种具有矛盾张力的认同范式。在自然哲学中,这个倾向传统可以归结为人与自然的两种具有矛盾性的认同模式——"融合倾向"和"分离倾向"。斯洛维克这种心理意识最早可以追溯到19世纪中期的亨利·大卫-梭罗。他非常明确地表达了一种联系和分离的模式,斯洛维克发现,这两个模式在梭罗以及沿袭梭罗写作风格的作家的作品中得到了承袭和发展。在《寻找美国生态文学中的生态意识》中,斯洛维克追溯了与梭罗一脉相承的生态文学作家,分别是安妮·迪拉德、爱德华·艾比、温德尔·贝里、巴里·洛佩兹等,这些作家的著作对人如何了解他们与自然之间的融合和分离问题尤为感兴趣。而正是这种意识模式贯穿于斯洛维克的生态批评实践之中。

这两者之间存在着一定的张力,但无论是"融合倾向"的认同模式还是"分离倾向"的认同模式,最终的落脚点都是体验主体对非我世界专注意识的提升。而这一点发现正是斯洛维克生态批评的独特视角。这一著作主要是围绕着五位相关的生态文学作家的叙述策略和自我对专注力的追求。"专注力"在该著作中是一个核心词,它以不同但是相关的词汇出现,表达

---

① 马军红:《生态意识和生态责任——司各特·斯洛维克访谈》,《当代外国文学》2010年第2期,第160—170页。

了如何提升自我对他者的关注,涉及如何消除小我的先见、自大与偏见,充分领悟非我世界传递的"神圣信息"。

可以说,该生态批评著作以心理学角度审视了美国五位生态文学作家如何在作品中提升自我的生态意识。①在斯洛维克看来,这些作家表面上看,好像是在探寻其他的主题,如描写科学、风景、旅行和不同的人物,但实际上都是在探索自我。"意识"(awareness)一词在书中具有特殊意义,它既有对包括非人类世界在内的事物存在的关注,也包含着主体谦逊、包容、敏感等生态态度。书中频繁出现与意识一词有关的词汇如注意(attention)、意识(aware)、留心(watchfulness)、领会(seeing)、觉悟(awakening)和领悟(understanding)等,都是用来说明主体对自我之外的,尤其是非人类事物的理解、包容和认同。

《寻找美国生态文学中的生态意识》提到了若干提升自我专注意识的策略,包括日志美学策略、写作策略、陌生化策略、熟悉化策略、故事叙述策略等等,这些策略看起来各不相同,甚至是自相矛盾,但讨论了自我如何对非人类世界保持一种敬畏之情,并与之保种持久、深刻和丰富的关联。斯洛维克阐释了五位生态文学作家采取相关策略提升自我对他者的关注能力。

在《寻找美国生态文学中的生态意识》一书的卷首,作者引用了他即将分析的五位生态文学作家的五段话作为全书的思想概括。而贯穿于这五段话的有一个醒目的词汇——"专注"。第一段出自梭罗:"我不打算写出一首忧郁颂,而想做一只清晨的雄鸡,英姿飒爽地挺立高歌,唯愿唤醒我的邻居。"这里的唤醒是呼唤邻居们开启他们感知的天赋,睁开双眼专注于四周,而不是一味陷入自我的领地。第二段话出自缪尔:"当我们与自然相处的时候,我们是清醒的。"清醒与麻木相对,与专注同义。第三段话出自马西森的《雪豹》:"当我们紧密关注眼下事物,我们会惊喜地注意到身边的小事物。"精微之美时时存在,只是我们丧失了观看的耐心。第四段话出自迪拉德:"我们教会孩子们的只有一样东西,正如我们所学会的:醒来。……醒来是我们每天需要多次练习的功课。"我们需要从自我的执着中醒来,这

---

① 斯洛维克的父母都的心理学家,他自己也曾说:"我喜欢倾向于心理学目的自然书写,我非常喜欢这一类的自然书写。我很想知道,人类的大脑是如何对自然做出反应的,人类的大脑起的是一种什么样的作用,我们是怎么去阅读和接受自然书写的,自然以及自然书写是如何影响我们的感觉和生活的。"参见王诺:《对话斯洛维克:生态文学研究》,《生态与心态:当代欧美文学研究》,南京大学出版社2007年版。

不是一件容易的事情,我们很容易沉睡于小我世界,自满是需要时刻提防的情绪。《大学》记录有这样的话——汤之《盘铭》曰:"苟日新,日日新,又日新。"《康诰》曰:"作新民。"若要做新民,需对自我身上的尘埃时时拂拭。而这也正是梭罗在《瓦尔登湖》中引用过的一段中国的古训,用来鞭策自己日日自新,走向更高境界的自我。第五段话出自洛佩兹的《北极梦》:"人类有一个古老的梦,梦想着找到一种尊贵,这种尊贵使得我们拥有包容万物的心。……实现梦想的办法之一就是极目原初的大地。""极目"也可以看做"专注"的同义词。所有这五位生态文学作家所极力传递的一个愿望就是培养我们人类专注于自我之外的事物。

如前所述,书中的五位生态文学作家培养专注意识的模式不尽相同,用词也不尽相同,但他们无一例外地深知专注的重要性和艰难性。斯洛维克所研究的五位自然作家不仅仅是或者主要不是"对自然的分析和欣赏者,他们是人类心灵的学生,文学心理师。他们主要关注的是心理意识现象"。斯洛维克指出,为了提升对我们栖居之地的注意以及对我们自身存在的注意,我们必须了解我们的心灵,我们必须学会反复警醒自己,使自己保持清醒。①斯洛维克反复强调,这里所说的心灵状态是一种"提升了的精神境界",是一种"精神高度"。精神境界的提升和心理发展的高度的重要标志是关注自我之外的能力。如前所述,生态文学作家用不同的词汇表达这种特殊的素养——专注的素养。他们悉心研究各种方法培育这种专注素养:梭罗的日志美学,迪拉德的写作之道,艾比的美学策略,贝里的"长相守"理论,洛佩兹的故事讲述。

斯洛维克对生态文学中专注意识主题的研究始于生态文学作家梭罗。他对梭罗所进行的生态批评成果体现在,他发现了梭罗在"融合模式"与"分离模式"两种认同模式中提升自我的专注意识。斯洛维克认为,梭罗结合了人在自然中的狂喜体验(rhapsody)和冷静观察(detachment)这两种体验模式,生态文学作家几乎都遵循梭罗"将对内在意识和外在自然的迷恋合二为一"的原则,但是他之所以选择了迪拉德等四位生态文学作家,是因为"他们以现代的模式清晰地呈现了梭罗对自然的两种体验模式:相异性和同一性"②。这两种模式的平衡构成了一种微妙的张力,即人与自然同一

---

① Scott Slovic, *Seeking Awareness in American Nature Writing*: Henry Thoreau, Annie Dillard, Edward Abbey, Wendell Berry, Barry Lopez, Salt Lake City, Utah: University of Utah Press, 1992, p. 3.

② Scott Slovic, *Seeking Awareness in American Nature Writing*, p. 6.

性(correspondence/conjunction)和相异性(otherness/disjunction)之间的张力。同一性体现为人与自然的融合模式,而相异性则体现为人与自然的分离倾向。这两者在梭罗的学生中继承下来。迪拉德和艾比主要是对相异性的继承。而贝里和洛佩兹则主要是对同一性的发展:"贝里和洛佩兹与自然世界的同一体验的确也存在摇摆不定的张力,但是大多数情况下这两位作家往往始于某种和自然的相异体验(比如贝里的背井离乡,洛佩兹的异乡远游),但是逐渐地,这种相异体验通过持久的守护和关注最终消失。结局是,贝里不断增加的'留心'精神,洛佩兹不断深化的敬畏和理解。"[1]无论是与自然的融合还是分离,都是提升自我对自然专注的过程。

梭罗提升自我专注意识的方式被斯洛维克称为一种日志美学(Journal Aesthetic)。日志的功能在于保持自我的警醒,而不至于沉睡于小我之中。斯洛维克认为后来梭罗的整理者们为了出版梭罗的日志,对它原来并不是太规则的形式进行了加工,以春夏秋冬四季的模式代替了梭罗原始的日志。但是斯洛维克暗示说,梭罗对四季的极度敏感也许不是源自这种将之出版的初衷,而是"将同一性超越理论进行检验,他对自我与自然之间永不停息的同一性和差异性关系的审视的结果"[2]。虽然梭罗本人"在日志中反复表示'艺术的最佳境界是淳朴'",但最终还是"屈服了出版商的要求和读者的口味"。[3]斯洛维克意在告诉我们,日志对于梭罗的意义是对自我与自然之间关系进行动态审视过程的记录,并达到驱除小我走向大我的终极目标。这里我们看到,和生态文学作家 A. H. 戴明一样,写作成为促进自我对外界关注的手段。

写作的过程,是自我对他者专注力提升的过程,这一点在日志第一人称使用数量的变化中得以体现。斯洛维克谈到了第一人称代词的逐渐消失。作者指出,在读梭罗日志的时候,梭罗对自然的观察模式逐渐富有预见性和惯常化,很像自然四季的变迁。日志中的变化和惊讶只是用以驱除枯燥或机械的重复感。在梭罗去掉了对自然场景的描述中"自我"的在场后,他叙述的激情依然使读者保持兴致盎然的状态。作者的缺席暗示了小我的消失。在日复一日、年复一年的日志中,小我的消失是一个渐进的、几乎难以察觉的过程。日志为梭罗提供了"一个新的视角,使得梭罗能够用眼睛的

---

[1] Scott Slovic, *Seeking Awareness in American Nature Writing*, p. 5.
[2] Ibid., p. 23.
[3] Ibid.

余光看自然,避开了'美杜莎之首'"①。这美杜莎之首可以看做顽固的小我。而在日志中,梭罗日益走入一种忘我的境界。斯洛维克引用一位文学评论家的话:"大约在1852年后,梭罗的作品呈现出对更为客观、更为经验主义的文风。"在其日志中,梭罗则似乎证实了"岁月让人更将人变为现实主义者"②。此处的现实主义是与超验主义相对,更倾向于对外在事物的关注。在这个过程中小我的消失是自发的,且是愉快的。在这个过程的初级阶段需要某种形式的练习,而在过程的后期,则是不由自主的一个美的历程。在这个历程中,日志者完全忘记了出版的目的,也不再完全遵循线性时间的规律,而呈现出较为不规则的模式,以至于出版商需要对原生态的日志进行大规模的整理和加工才可以以标准的四季为模式进行出版。

斯洛维克所指出的梭罗日志的非线性模式实际上是提炼了梭罗作品中的非线性时间意识。这是一种对时间的超越。在日志过程中,日志的线性时间美学日渐让位于英国哲学家艾伦·瓦兹(Alan Watts)所说的"舞蹈的诱惑",瓦兹说:"解放之途显然是指生命没有一个明确的目的地,因为当下就是天堂。换言之,生命就是游戏,那些不善游戏者没有了解生命的真谛。"舞蹈如果有一个目的,那便是一种对专注状态的追求。舞蹈就是生命的真谛,不会舞蹈、不善游戏的人信仰的是一种奔跑美学。③ 在这种状态中,自我丧失了自我,同时也完满了自我。深层生态学家戴维在《深层生态学》中说:"培养生态意识是一个学会欣赏沉默、孤独和聆听的过程,学会接受、信任和融合的过程。"④

在梭罗的日志过程中,他"更关注的是某一天某一具体状况,关注具体某一天之内的变化,而非突出四季大致分明的气候状况"⑤。因为自然每分每秒都在变化之中,且观察者的情绪也时刻在变。值得一提的是梭罗在日志中第一人称逐渐消失的同时,自我却在逐渐解放。斯洛维克指出,梭罗日志的大部分内容,包括那些最为精彩和瑰丽的段落显然不是为了出版而写的。如果斯洛维克的观点得到证实的话,那么我们也可以说,梭罗日志中那

---

① Scott Slovic, *Seeking Awareness in American Nature Writing*:*Henry Thoreau*,*Annie Dillard*,*Edward Abbey*,*Wendell Berry*,*Barry Lopez*,*Salt Lake City*, Utah:University of Utah Press, 1992, p.37.
② Ibid.,p. 25.
③ Bill Devall and George Sessions, *Deep Ecology*, Salt Lake City, Utah : G. M. Smith,1985,p. 9.
④ Ibid.,p. 8.
⑤ Scott Slovic, *Seeking Awareness in American Nature Writing*:*Henry Thoreau*,*Annie Dillard*,*Edward Abbey*,*Wendell Berry*,*Barry Lopez*,*Salt Lake City*, Utah:University of Utah Press, 1992, p. 26.

些瑰丽的段落是自我实现状态下的产物。梭罗写日志的原则是"尽可能地以极大的热情写作。'用心去做自己想做的事情,满心欢喜地去做',他渴望'现在获得永恒,渴望这种永恒成为他的日常生活状态'"①。我们在日志中发现,随着时间的流失,梭罗日趋达到这种永恒,而与此同时,我们又能感知到自我的隐退。"随着他的日记美学的逐步成型,他的自我意识在写作过程日益消退。"梭罗的"自由与日俱增",他的主动专注(voluntary attention)日趋变为自动专注(involuntary attention),也就是对非我的专注成为一种无意识的行为,自我意识逐步退去。

斯洛维克提醒我们,为了使这种满心欢喜的"看"的状态成为永恒,梭罗在自我意识退去之前经历了漫长的有意识的努力。"这种人与自然的结合对于梭罗而言,并非容易且并非永恒的。'我们必须日复一日地外出,与自然牵手。'梭罗写道。尤如写日志一般,我们需要日日新,又日新,才能维持自我的清醒和注意。"②这是一个动态的过程,在这个日复一日的艰辛努力中,梭罗慢慢将自己发展成为一个"耐心、细致、忠实而勤勉的观察者"③,最终,梭罗从一个早期"自发的专注"(voluntary attention)进入后来的自我引退之后"不由自主的专注"(involuntary attention)的阶段。在这个阶段,梭罗沉浸在一种自我实现的平静、祥和与满足的状态:"梭罗渴望与自然的交流。'在自然中,我全身心沉浸在快乐之中。……自然让我平静满足。'"④这种快乐是自我意识消失之后的大乐,是小我消失、大我出现的时刻:"只有当我们的自我消失的时候,我们才开始意识到我们身处何处,以及我们与万物无穷延展的关系。"⑤

梭罗日志美学的成型、从自发专注发展到不由自主的专注以及第一人称的逐渐消失几乎是同步发生的。在后期的日志中,梭罗"不仅逐渐省略了冠词,动词,且省略了代词'我'。……也许我们可以将'我'的消失看成是一种新视角的实验。……在后期的日志中,自我要么是一个无形的观察者,要么是一个暗含的参与者。从1855年后的八个日志条目中的动词几乎都不是指观察者的动作。偶尔的三次对观察者动作的指示也只是限于察

---

① Scott Slovic, *Seeking Awareness in American Nature Writing: Henry Thoreau, Annie Dillard, Edward Abbey, Wendell Berry, Barry Lopez*, Salt Lake City, Utah: University of Utah Press, 1992, p. 30.
② Ibid., p. 33.
③ Ibid., p. 35.
④ Ibid., p. 38.
⑤ Ibid.

觉,如看到、看和听与看等,没有更主动的词汇。相反,动作,可以说全部的存在都是外部世界,与观察者毫无干系。观察者的物理存在仅仅被简略地暗示"①。自我的消失伴随着快乐的增长,斯洛维克分析道,随着日志美学的逐步成型,梭罗喜欢上日志本身而没有什么外在的目的了:"随着日志美学的形成,自我逐渐消失。"②即便日志有着自身的目的,它不是为了知识的增长,而是为了专注的深入。越是专注,自我就越活跃。随着梭罗专注的深入,他就越是倾向于留在家园。"'不在于你走了多远,而在于你内心有多活跃。'这种活跃不是外在的,也无法量化。获得这种活跃,需要与外在的世界深刻反复交流。"③日志则正是带给梭罗活跃状态的重要手段。梭罗自我的消失并融入自然的喜悦是一种纯粹自然的状态:"让我们永远追寻自我吧,尽管我一刻也找不到自我。我永远是个在寻找自我途中的陌生人。我对自我的热爱和崇拜消融在对世界的爱之中。"④梭罗的专注之道告诉我们,"生态自我"的形成是一个动态开放的过程。

第四节 斯泰西·阿莱的《肉身的自然》

斯泰西·阿莱(Stacy Alaimo)是美国德克萨斯大学的英语教授,著有《未经驯化的大地:重塑女性空间的自然》(*Undomesticated Ground*:*Recasting Nature as Feminist Space*)、《肉身的自然》(*Bodily Natures*:*Science*,*Environment*,*and the Material Self*)(2010),与苏珊·赫克曼(Susan Hekman)合作编著了《物质女性主义》(*Material Feminisms*[IUP,2008])。

在《文学与环境的跨文化研究》(*ISLE*)2012年夏季号中,主编斯洛维克在其"编者的话"开篇说:物质生态批评正悄然兴起。而物质生态批评的领军人物之一就是阿莱。斯泰西·阿莱《肉身的自然》(*Bodily Natures*:*Science*,*Environment*,*and the Material Self*)(2010)中提出"肉身交互理论"。在该书中,阿莱指出,作为物质文化核心的"物"被科学家们降格为"可操控的碎片",被文化研究学者们平面化了。在科学家和文化研究学者眼中,"物"不过是人类文明的产物。然而,阿莱将"物"还原为其应有的复杂性,在她

---

① Scott Slovic, *Seeking Awareness in American Nature Writing*:*Henry Thoreau*,*Annie Dillard*,*Edward Abbey*, *Wendell Berry*, *Barry Lopez*, *Salt Lake City*, Utah:University of Utah Press, 1992,p. 49.
② Ibid., p. 51.
③ Ibid.,p. 54.
④ Ibid.

看来,人的肉身与非人类的自然之间是"相互关联、相互转化、相互过渡的"。她呼唤更为开阔的认识论,坚持一种物质世界与人的肉身是交互的、不可分割的观念。阿莱质疑文化研究与女性主义学者,认为他们对"肉身"的考察主要局限于文化与话语建构。阿莱在生态批评的框架下运用环境伦理、性别研究、生化伦理、环境健康、科学研究、环境正义等理论对"肉身交互理论"进行阐释。她将该理论定义为"人类肉身和非人类的自然之间的运动"。在她看来,交互肉身带来新的"分析模式",在这个新的模式中,物质的、话语的、文本的、生物的、环境的以及文化等的领域之间重叠区域的内涵得以呈现。阿莱看到了文化研究的局限,提出了一个新的环境伦理"'后'人类环境伦理"。"'后'人类环境伦理"借用了达尔文的"人与非人之间是平等的"理论,赋予非人类的物质以能动的地位,该理论重点讨论了人与非人之间极端的互相转化的关系,将"生态的自我"或者说"肉身化的自我"与"现代的自我"进行并置。前者与非我的"物质"世界之间的关系是永恒相互转化的,是动态的、开放的、不断转化的、有活力的、非本质的,而后者则是本质的、静态的、封闭的、决定论的。生态的自我不是"事物"(thing),而是成为的过程(becoming, doing),现代的自我是物化他者,也是自我物化的。在"'后'人类环境伦理"中,"我"与"非我"之间的界限是无法预测的,时刻都在变化,因为"我"与"非我"时刻进行着互动。这种全新的"我"与"非我"的关系的哲学将我们自身理解为通过内在和外在的媒介彻底对非我敞开并与之发生联系。自我正是在对非我敞开的过程中不断形成的。"我"与"非我"互相包含,互相转化。

在阿莱看来,文化并非主要产生意义,"物质"如何、在哪儿以及为何与文化、生物、政治、性别、政策以及阶层相互作用,才是最终形成文化的根基。如果忽视这个巨大而复杂的网络,我们将以生命作为代价。因为女人与自然一直无法分离,性别研究则企图分离她们。阿莱动摇了现有的生物概念,她指出,女性主义学者急于反拨生物决定论,却将性别置于人类建构的框架之中。生物决定论本身应该被质疑,阿莱解释说,但这本身可能是决定论的文化建构产物,以异性恋主义为例,它很可能是一个骗局,因为四到五个动物王国的许多物种并非需要性来进行繁殖,而有的生物如裂褶菌则有28000多种性别。通过布鲁诺·拉图尔(Bruno Latour)的《我们从未现代过》(*We Have Never Been Modern*),阿莱指出,肉身交互理论能帮助我们将人与非人之间的关系看做一个复杂的网络交集,互为构成因素。为了阐释这个核心理论,阿莱将食物称为"最为显著的与肉身交互的物质",因为它代表了一个复杂的人与非人之间交流的环境。借用南茜·图安娜的作品,阿莱用飓风向我们展示了"包含了社会行为与自然现象相互作用的机制"。人类主体不应该是文化的、话语的、社会的以及生物活动的主要角色,相反,他们是这些因素交叉、创造重要的互动,带来海量的、更多的反应。

阿莱将自己的理论建构在环境正义的框架之中。她认为,我们对我们肉身的观念受到科学与医学的影响,但是由于意识形态深刻地影响着科学与医学,我们需要厘清这些要素之间是如何交叉作用的。在阿莱看来,肉身不是一个封闭的、孤立的存在,而是一个各种因素交互作用的场所,体现了自然、话语和社会等作用因子的共时性。由此,工人的肉身是阐释肉身交互理论的最佳对象,在企业将工人的肉身当做自然资源对待的情况下,尤其如此。阿莱质疑公司医疗福利历史,在她看来,这些福利在历史上一直是用来保护企业而非员工个体。堂娜·哈拉维的情境化知识概念为阿莱提供了灵感,在阿莱看来,人的肉身是一系列具有意识形态色彩的观念之合集,因此,职业病被看做肉身对有害劳动的抵抗。

阿莱分析了梅里戴尔·勒叙厄尔的短篇小说对强大的机构为何将我们的肉身交给环境的揭示。阿莱通过分析穆丽尔·鲁凯泽的诗《死者之书》得出这样的结论:文本是"穿行于人类肉身的物质,但与权力和知识不可分割"。阿莱将 X 光照片确定为体现肉身交互性的重要媒介,因为 X 光照片可以作为文本,该文本由个体阅读,传递了一系列关于科学、公司不法行为、性别、种族和生物等的信息。

阿莱进而使得 20 世纪 80 年代后的种族学术问题复杂化,在她看来,此前,种族学术主要集中在对种族的社会建构观之上。她认为,这种立场却使得人们的注意力从种族的物质性上转移开,过度关注文化与话语。阿莱鼓励学者重新审视种族的物质性,因为,既然语言不足以帮助人们了解诸如毒素、基因、原子、细菌等,所以我们需要其他的方法。她说,许多西方人生活在风险社会,但是一些人,尤其是一些少数民族比其他人更有可能受到污染、有毒化学物质和辐射物质等的影响。所以,既然构成风险的物质实体一般都很难被发现,我们需要考察种族与地域相互作用的特殊地点和环境。

阿莱在对珀西瓦尔·埃弗雷特的小说《分水岭》的分析过程中展示了物质交互性生态批评理论是如何阐明这些问题的。她的分析提出了涉及谁有条件获得科学、技术、医学资源,以及技术是否是专家专属的地盘等关键性的问题。她提到学术潮流中的通俗流行病学、街道科学、普通技术,来强调科学之外的知识生产方式。为了证明这一点,她吸取桑德拉·哈丁的

"强客观性"理论和哈拉维的"情境知识"理论来质疑科学的所谓客观性。当肉身交互性出现的时候,很难获取受到影响的个体的一致意见,因此阿莱呼吁环境保护行动家们使用摄影和其他新的媒介来创作新的证据,从而矫正环境正义问题。

物质备忘录是阿莱探讨的另一种重要文类。这些备忘录帮助生态批评家们探索介定肉身交互性的物质路径的交叉点,因为这些备忘录包含了私人的、由经验驱动的对物质性的描述,帮助生态学者们超越传统的知识获取途径的局限。阿莱借用奥德罗德的《癌症日志》和桑德拉·斯坦格莱伯的《生活在下游:一个科学家对癌症与环境关系的私人调查》证实这种文类的重要意义。她将自我理解为一个生物的、政治的、经济的和意识的事物,这使得环境健康问题成为肉身交互理论研究的理想对象,因为它将自我与社会、个体与政治、外部与内部融合在一起。所以,物质备忘录至关重要,因为它们反映了一个人对自我本体所进行的搜寻。也就是,"我"是谁?"我"是封闭固定的,还是变动不居的?通过引用朱迪斯·巴特勒,阿莱进一步证实"批判"行为体现了自我与福柯"真理的环境"之间的自反性(reflexivity)。物质备忘录激活了这个自反性,从而带来新的认知方式:个人的环境体验成为了科学数据。鉴于科学的意识与政治维度的限制,此种个人的知识是至关重要的,因为如乌尔利希·贝克所说,在风险社会里,该种知识拥有了新的价值。阿莱有力地证明了作为获取知识新方法的物质备忘录应该被重视,征引劳伦斯·布伊尔的"有毒叙事",她说明当代对于环境风险的讨论充满了焦虑、指责、影射和说教。"有毒叙事"的特征是没有充足的证据,并充满了意识形态的论争,企业有时候指责这些讨论制造不安和争端。阿莱通过引用拉图尔证明,在一个新的肉身交互性环境伦理当中,我们不应该分散,而应该团结,我们不应该减少,而应该增加。我们应该增加环境批评的复杂性、立体性和丰富性,而不是将之降格为孤立的碎片。她提到另外一个例子——现代基因运动来解释为什么我们需要转变生态批评的范式:基因学家往往过于强调基因/个体的肉身,而弱化环境与肉身的关系。因而,肉身交互之网被忽视了。

阿来最后对 MCS(多元性化学敏感症)进行了讨论,在 MCS 中,成千上万的人受到危害,却往往在医学界被质疑和误解。阿莱考察了大量的文本,如托迪·希恩斯的电影《安全》(Safe),朗达·兹微林格的摄影集《一无所有者:与 MCS 共存》(The Dispossessed: Living with Multiple Chemical Sensitivities)以及雅各布·B. 伯克森的《金丝雀的故事》(Canary's Tale),以展示医疗行业无法解决这个困境,从而显示其在肉身交互语境中的无能。MCS 的受害者一般是女性,很多医疗人员将她们的症状归结为由心理状况引起的。但是,尽管医疗行业一直都违反肉身与手术、注射、移植、透析以及其他程序的界限规定,它却往往不能很好地考察生物性致病因素和环境性致病因素之间的关系。由于种种原因,女人总是更多地接触香水、洗涤液和其他潜在的危险物质,因此简单地考察她们的行为是如何构成的,而不考虑物质是如何危害她们的做法很不公平。在阿莱看来,环境健康在根本上是对肉身的社会建构主义观念的谴责,因为这样的观念完全没有考虑肉身交互性的因素。

最后,阿莱指出,理解"偏差"观念(the concept of "deviation")及其多种内涵,比如与标准意识形态的偏差或者在进化中出现偏差以适应环境条件等,可以帮助环境人文主义者们走向一个全新的"后"人类环境伦理,此伦理不仅考虑了人类,还包含了所有的生命与物质。主体可以是具有理性思维能力的生物,还可以扩展到包括尘土、水、细菌、昆虫以及大量其他物质主体,这些主体构成了一个肉身交互网络。重视非人类的主体是走向这个全新伦理框架举足轻重的一步。

阿莱此力作对于迅速崛起的物质生态批评领域做出了杰出贡献。如果说拉图尔的"参与者网络"理论建构了一个找到网络的构成、广度和宽度的框架的话,阿莱则为学者们提供了一个审视这些复合体并找到其中最为重要的节点的理论框架。对于阿莱而言,向内部审视意味着同时向外张望,因为所有物质都是紧密相连的。更为重要的是,她有效地揭示了肉身交互性的交流的复杂性和普遍性,以及这些交流如何协助生态批评者们倡导新的伦理健全的环境行为。

这部著作帮助我们理解物质因素的作用和重要性以及它们是如何与人的身体进行互动交流的。我们的身体不可避免地与我们的外部世界紧密相连,如何界定人的身份在当今时代越来越成为一个问题。该书集中考察了强大而无所不在的物质因素及其对人类身体日益严重的伤害。综合运用女性主义理论、环境研究、自然科学研究、一系列文学的、大众的、科学的文本、摄影、电影以及行动主义者的网站的资源,阿莱专注于讨论肉身交互性或者人类肉身与非人类自然界之间的物质交流。"肉身交互理论"深刻地改变了我们对人类主体性的观念,环境伦理以及个体与科学知识之间的联系。有些章节讨论了环境健康和环境正义,有些则讨论了物质主体问题。它始于讨论主体,认为主体并非就是人类;终于提出了一个建构在哲学、科学和日常生活的实践之上的"'后'人类环境伦理。"该伦理为学界理解"共生性"这个生态热词提供了更为深刻的视角。

综合以上生态批评代表论著,我们似乎可以判断,"看"的主题是生态批评中的一个关键词:斯科特将对他者的"专注"作为《寻找美国生态文学中的生态意识》的主线,他所寻找到的生态意识就是人类对他者的最大化的开放与接纳,只有这样才能"看"到一个更为丰富和真实的世界;布伊尔在《环境的想象》中提出的"主动放弃的美学"也把主动放弃看做"看"的前提。但是这两位生态批评早期发展阶段的人物主要是运用文学艺术作为"看"的媒介。生态批评发展的新时代见证了"看"的媒介的多样化趋势:艺术手段的"看",如装置艺术,摄影艺术等(Scott Slovic, "Re-Scaling Geo-Loyalty:Considering Expressions of Trans-Scalar Thinking",集中讨论了这些艺术是如何帮助人类克服感官的局限,看到难以忽视的事实的真相);科技手段的"看",如生物学、流行病学等;大众手段的"看",如私人日记、备忘录等。这些媒介帮助人类超越感官和观念的局限,看到一些难以为普通人用肉眼感知到,鲜为人知或者被别有用心的人蓄意掩盖的事实。当摄影的镜头对准的是无人,是迷人荒野中美可入画的风景时,阿莱提醒我们,在壮美和优美体验之外,还应该借助其他手段看到风景中的毒素。阿莱将"看"的内涵与外延,"看"的手段和意义往前大大推进。对他者的"看"的过程,不仅是对他者存在及作用的认可和欣赏,而且是自我不断生成的过程。在生态批评者们看来,"自我"不再是孤立的、静止的、被动的实体,而是绵延的、动态的、生成的、进行的与外界交互作用的过程。这极大地改造了人们关于自我的观念。

虽然人类中心主义作者忧虑的对象之一,但是,该著作通篇的落脚点似乎还是在人类,尤其是弱势群体的健康。这是作者将思路置于环境正义的理论框架所致。然而,可以肯定的是,该著作的理论意义远远超出了对人类肉身健康的关注而具有对人类本体身份重新定位的高度,具有很强烈的新人文主义色彩。

第五节 简单的结语

在分析生态批评的兴起原因时,都会提到两个因素,一个是日益恶化的自然生态危机,另一个是现代消费社会中的人文生态危机。而大多数人的共识是,这两者均源自现代性。应该指出的是,我们在指认病灶的时候,最可贵的是审慎精神。如果我们将危机的根源表述为"人文与生态危机的产生根源是现代性中让我们异化的因素",我们在解决问题的时候将更理性,更有针对性。现代性不是必然让人异化的,或者说,我们可以避免遭受现代性的异化。因为,异化中的人最具有杀伤力,不仅对自己,对他人和自然都是如此。只有当人身心合一,人的灵魂得以安放,才不会狂躁地去惊扰这个美丽的世界。

生态批评带着警醒沉睡在异化中、在麻木生存状态中的人类的使命。"我执"是人类的宿命,也是人类的忧伤。历史上似乎只有大规模的战争或者瘟疫才能让喧嚣的人类宁静片刻,让沉睡的人类警醒片刻。到那个时候再注视真相,为时已晚。生态批评的预警带有一种无人聆听的悲情。而生态批评知其不可为而为之。生态批评者们如早起的公鸡,带着先知的使命,欲用自己的鸣叫警醒沉睡的人类,将他们看到的真实呈现给人类。而人们要么睡得太沉,无法醒来;被吵醒的人却不耐烦,甚至恼怒。这只公鸡自始至终所做的事情都是跟大家说:"看!"因为我们执着于快速地赶路,这使我们的感官处于沉睡麻木状态,失去了欣赏和感恩的能力,生态批评给了文学的读者一双善睐的眼睛,善听的耳朵,善感的心灵,让我们的触觉、听觉、视觉、味觉处于开放状态,让我们于平凡处见到神奇,重获感知美丽的能力。它让我们慢下来,仔细聆听、观看,在且行且歌中重获感恩的力量。因为我们太久习惯于将自然物化,生态批评让对象化的"凝视"变为主客合一的"看",让"以我观物"变为"以物观物",让人在失去自我中获得更大的自我实现;因为我们过多依赖单一的认知模式,在生态批评中,我们用来"看"的不仅仅是肉眼,而且还可以是借助了科技和艺术手段的各种"看"的艺术,包括了装置艺术、变焦艺术、现代科技、有毒叙事,以帮助读者突破个体体验局限,超越自身利益的局限,超越时间和空间带来的感知障碍,超越肉体的感知局限。

生态批评有着新人文主义的诉求。如果当代文论是"将人存在及其意义作为自己的重心"[①],作为当代文论重要流派的生态批评也不例外。我们可以说,无论是文学还是包括生态批评在内的文学批评,都是对事关人类思维和生活方式的反思。在某种意义上,生态批评是对自我观的反思。生态批评要求自我对他者永恒开放,是对本质主义自我的否定,是对自我身份的动态塑造。生态批评既不是人类中心的也不是非人类中心的,因为人类世

---

① 王岳川:《当代西方最新文论教程》,复旦大学出版社2008年版,第3页。

界与非人类世界两者之间的界线是模糊的。自然是人类的一个重要他者,而这个他者时刻与我们自身融合,每时每刻塑造着新的自我。因为有了这样的一个他者,自我不再是确定的、本质的、静态的。生态时代的自我应该有忘却自我进入他者的能力与素养。而这正是对传统文人主义的修正。不难看出,贯穿于美国生态文学的是其新人文主义的精神。不同于启蒙时代的人文主义,新人文主义对人性、人的尊严和人的价值做出了新的思考。美国学者欧文·白璧德参照中国的人文精神提出:人若真正是人,便不能循着一般的"我"来自由扩张活动,而要以自律的功夫使这一般的"我"认识"轻重、本末"。"中庸""自律"等实际上已成为他所提倡的新人文主义的基本支柱。如果说知识的启蒙和欲望的释放是传统人文主义的关键词,而新人文精神则致力于将人性从物质主义的牢笼中解放出来,成就新的人性。传统的人文主义所要发展的人性是指"人的潜在能力和创造能力",新人文主义则强调人性中的精神和灵魂层面。生态文学中蕴涵了丰富的生态思想,如普遍联系的思想、整体主义思想等,但这些思想背后的支配性原则是对生命完满性的思考。可以说,生态文学中似乎有意消除了人的活动,将前台让给了非人的"风景",然而,生态文学是以寻找个体生命完满为旨归的、带有新人文主义追求的文学。在表面上,对个体生命完满的追求似乎是人类中心主义的,事实上恰恰相反,个体生命的完满在生态文学中往往体现出一种悖论式的真理,即个体生命的完满是建立在对伪自我的否定上的;另一个悖论是,个体生命的完满表现出某种"无我"的"心景"。如美国诗人罗伯特·弗罗斯特在《论爱默生》一文中所言:"唯一可怕的物质性就是你迷失在对象里,完全忘记了一切。"这样的物质性使自我进入一种"以物观物"的模式,从而进入到最完满状态的自我。换言之,自我进入他者的能力是实现个体生命力的重要前提。自我完满的过程同时也是一个自我倒空、向他者敞开的过程,反之亦然。所以说新的自我观既非人类中心主义的,也不是非人类中心主义的,或者两者都是。因为,放下小我与进入大我是互为前提的。

值得生态批评界共同反思的一个问题是,生态批评的理论建构需要有一个指纹性的概念。美国著名心理学家亚伯拉罕·马斯洛曾经说过,如果你手里有一把锤子,那么在你眼中什么都是钉子。如果所有文本乃至整个世界都是钉子,那么,生态批评家手中的锤子应该是什么样的?带着这个问题,我们可以回到生态文学和生态批评的起源:美国作家爱默生与梭罗关于自然(nature)的阐释。这两位作家关心得更多的是野性(wildness)而非荒野(wildernesss),所以,地理意义上的荒野和自然在他们那里更多的是一个隐喻(metaphor)。生态文学与生态批评也是如此。生态批评的目的不是简单地劝诫人们回归荒野,保护环境,弃绝现代性,而是要在现代语境中达到某种高级的天人合一、有生命力的简朴生活,而非为简朴而简朴。简朴是为了"向生命迈进",反之亦然,即生命充盈的人们往往安详而简朴。因此,对于自然的隐喻性阐释,以及如何维持人的"野性"状态以摆脱异化而麻木的生存状态,或许将是生态批评的下一个任务。

参考书目:

1. Bill Devall and George Sessions, *Deep Ecology*, Salt Lake City, Utah: G. M. Smith, 1985.
2. Lawrence Buell, *The Environmental Imagination*, Cambridge, Mass.: Harvard University Press, 1995.
3. Scott Slovic, *Seeking Awareness in American Nature Writing: Henry Thoreau, Annie Dillard, Edward Abbey, Wendell Berry, Barry Lopez. Salt Lake City*, Utah: University of Utah Press, 1992.

思考题:

1. 生态批评有怎样的哲学基础?
2. 生态批评有怎样的理论贡献?
3. 生态批评有怎样的现实意义?

第三版后记

这部《西方文艺理论名著教程》上、下两卷,是做了重大修订的第三版。这次修订,以论及20世纪文艺理论的下卷增补为多,从而使这部教科书能更好地适应21世纪高等教育发展的需要。

《西方文艺理论名著教程》初版的编写始于1982年,完成于1984年,只出了上卷。1986年由北京大学出版社出版,并一再重印。在1988年第三次重印时,我们深感必须对20世纪西方文艺理论做更多介绍,应及早尽快扩充篇幅,增补内容。于是,请王岳川、刘小枫一起参与组织编写工作,约请李幼蒸、薛华、方珊等一批中青年学者撰写了论述狄尔泰、尼采、英伽登、杜夫海纳、海德格尔、伽达默尔、姚斯、卢卡契、布洛赫、阿多诺、马尔库塞等人的文艺理论16章,加上一卷本中原有的论及杜威、弗洛伊德、伍尔夫、萨特的4章,共20章,由王岳川任副主编,编成《西方文艺理论名著教程》下卷。

2000年夏天,我和钱中文(中国社会科学院文学研究所)、李衍柱(山东师范大学)、曾繁仁(山东大学)、王岳川(北京大学)、邹贤敏(湖北大学)、李寿福(浙江大学)等同在青岛附近的田横岛聚会,商讨《西方文艺理论名著教程》(两卷本)的修订事宜。大家都认为,这部教科书在八九十年代曾发挥过积极作用,扩展了我们的理论视野,适应了高等教学改革开放的需要。1992年,这部书还被国家教育委员会评为全国高校优秀教材二等奖。如今,需要进一步提高、完善,更要注重精选,并多在阐释和评价上下功夫。为此,我们调整了编辑委员会,由我、王岳川、李衍柱、曾繁仁、邹贤敏、李寿福组成新的编委会,仍由我任主编,王岳川、李衍柱任副主编,特聘钱中文为顾问,并确定王岳川负责下卷修订,李衍柱负责上卷修订。第二次修订,把重点放在下卷,增加了论英美新批评、巴赫金、梅洛-庞蒂、伊泽尔、雅克·拉康、罗兰·巴特、德里达、女权主义、新历史主义、后现代主义、后殖民主义、文化研究等章,削减了伍尔夫、杜威、英伽登等章。在此次增加的一半多篇章中,特别多邀了一些既懂得外语而又熟悉理论的优秀中青年学者参与编写。

我和王岳川在上卷《绪论》和下卷《导言》中分别对西方文艺理论发展的轮廓做了简要叙述。

时光转眼过去了十二年,在西方文论新的发展中,这部名著教程需要做新的修订。今年初,王岳川教授到深圳来看望我,我告诉他,我因年事已高,已经没有精力组织人做修订工作,特别委托王岳川主持下卷的修订工作。经过大半年的努力,终于完成了《西方文艺理论名著教程》第三版的修订工作:减去了马利坦和洛特曼两章,删去了一些章节中冗长的文字,新增了最新的文化研究和生态批评两章,校正了全书文字错误和一些作者生卒年的讹误,增加了下卷的参考书目和思考题。

需要说明的是,《西方文艺理论名著教程》第三版的出版,得到了编辑艾英和本书责任编辑延城城的全力支持,在此深致谢忱!

胡经之
2014 年夏